国家哲学社会科学规划项目
国家社科基金一般项目（编号：13BWW043）

申富英 ◎ 著

乔伊斯作品幽灵叙事研究

A Study on the Spectral Narratives in Joyce's Literary Works

上海外语教育出版社
外教社 SHANGHAI FOREIGN LANGUAGE EDUCATION PRESS

图书在版编目（CIP）数据

乔伊斯作品幽灵叙事研究 / 申富英著. -- 上海：上海外语教育出版社，2021

国家哲学社会科学规划项目

ISBN 978-7-5446-6949-8

Ⅰ.①乔… Ⅱ.①申… Ⅲ.①乔埃斯 (Joyce, James 1882–1941) —文学研究 Ⅳ.①I562.065

中国版本图书馆CIP数据核字(2021)第176300号

出版发行：**上海外语教育出版社**

（上海外国语大学内） 邮编：200083

电　　话：021-65425300 (总机)
电子邮箱：bookinfo@sflep.com.cn
网　　址：http://www.sflep.com
责任编辑：奚玲燕

印　　刷：启东市人民印刷有限公司
开　　本：635×965　1/16　印张 19.75　字数 333千字
版　　次：2023年2月第1版　2023年2月第1次印刷
书　　号：ISBN 978-7-5446-6949-8
定　　价：63.00元

本版图书如有印装质量问题，可向本社调换
质量服务热线：4008-213-263　电子邮箱：editorial@sflep.com

目录

序言 ····· I

第一编 《都柏林人》的幽灵主题与幽灵叙事形式 ····· 1

第一章 爱尔兰国际地位的寓言：以《赛车以后》为例 ····· 2

第一节 《赛车以后》的历史背景 ····· 2
第二节 《赛车以后》中爱尔兰城市新贵的财富观念和阶级意识 ····· 5
第三节 国际政治棋局中的爱尔兰 ····· 7

第二章 侵扰、控制爱尔兰儿童的帝国幽灵：以《一次遭遇》和《阿拉比》为例 ····· 11

第一节 被帝国幽灵控制的儿童天性：以《一次遭遇》为例 ····· 12
第二节 被帝国幽灵侵扰的感情：以《阿拉比》为例 ····· 16

第三章 钳制民众精神的宗教幽灵：以《姊妹们》为例 ····· 21

第一节 《姊妹们》的瘫痪与死亡主题 ····· 21

第二节 《姊妹们》文本内外的幽灵元素 ················· 24

第四章 被驱逐的民族主义幽灵：以《选委会办公室里的常青藤日》为例 ················· 30

第一节 帕内尔幽灵的缺场与亲英话语的在场 ··············· 30
第二节 帕内尔之后爱尔兰民族主义运动的式微 ············· 34

第五章 心灵牢笼的魅影：以《痛苦的事件》为例 ··········· 37

第一节 西尼考太太的幽灵 ····························· 38
第二节 杜菲先生与西尼考太太的影子人物关系 ············· 40
第三节 历史和作者自传的幻影 ························· 42
第四节 殖民传递 ···································· 45

第六章 侵扰在爱尔兰所有人身上的死亡幽灵：以《死者》为例 ···· 46

第一节 被死亡幽灵所侵扰的教众 ······················· 47
第二节 被死亡幽灵所侵扰的"西不列颠人" ··············· 49
第三节 被死亡幽灵所侵扰的不知亡国之恨的民众 ··········· 54
第四节 幽灵叙事的形式——嵌套情节 ··················· 58

第二编 《一个青年艺术家的肖像》的幽灵主题与幽灵叙事形式 ················· 62

第一章 作为民族意识幻影的斯蒂芬美学思想 ················ 63

第一节 艺术家的独立反叛精神 ························· 63
第二节 艺术的本质 ·································· 65
第三节 "非个性化"理论 ····························· 68

第四节 流亡美学 ·· 70

第二章 宗教与其他势力的隐性勾连 ·· 73

第一节 宗教与殖民统治的隐性勾连 ·· 74
第二节 宗教与民族主义的隐性勾连 ·· 76
第三节 宗教对民众精神的幽灵式控制 ·· 79

第三章 青年艺术家心灵屏幕上转瞬即逝的幽灵人物 ·· 83

第一节 不知亡国之恨、饱受殖民之害的民众 ·· 83
第二节 爱尔兰民族主义者 ·· 84
第三节 夸夸其谈的青年学生 ·· 86
第四节 缺乏民族意识的崇洋媚外者 ·· 89

第四章 作为幽灵人物的阿奎那 ·· 91

第一节 阿奎那美学思想的幽灵 ·· 93
第二节 阿奎那灵魂观的侵扰 ·· 97
第三节 阿奎那艺术与生活观的幻影 ·· 104

第三编 《尤利西斯》的幽灵主题与幽灵叙事形式 ·· 107

第一章 《尤利西斯》的幽灵主题 ·· 107

第一节 对英国殖民的批判 ·· 109
第二节 对民族主义的批判 ·· 115
第三节 对宗教的批判 ·· 121
第四节 对不知亡国之恨的快乐的背叛者的批判 ·· 129
第五节 对噩梦般的历史真相的揭露 ·· 136

第二章 《尤利西斯》的幽灵叙事形式 ········· 149

第一节 显文本与隐文本之间的幽灵式连接 ········· 150
第二节 作为爱尔兰文化传统、现状和未来寓言的人物群 ····· 158
第三节 作为爱尔兰不同侧面寓言的女性人物群 ········· 166
第四节 作为被妖魔化族群寓言的中国人 ········· 177
第五节 言此意彼的禁忌书写 ········· 188
第六节 作为幽灵人物的莎士比亚 ········· 198

第四编 《芬尼根守灵》的幽灵主题与幽灵叙事形式 ········· 209

第一章 《芬尼根守灵》主题的幽灵式表达 ········· 211

第一节 堕/坠落主题的幽灵式展现 ········· 211
第二节 复活主题的幽灵式展现 ········· 213
第三节 历史循环主题的幽灵式展现 ········· 214
第四节 新旧更替和争斗主题的幽灵式展现 ········· 217
第五节 爱情母题的幽灵式展现 ········· 220

第二章 《芬尼根守灵》人物的变形 ········· 223

第一节 "灵魂转生"概念 ········· 223
第二节 《芬尼根守灵》人物变形的特点和本质 ········· 224
第三节 HCE 的变形人物群 ········· 225
第四节 HCE 与其变形人物间的"灵魂转生"关系 ········· 228

第三章 《芬尼根守灵》语言的幽灵性特征 ········· 239

第四章 作为幽灵人物的维柯 ········· 253

第一节 对《芬尼根守灵》结构的幽灵式影响 ········· 255

第二节 对《芬尼根守灵》主题的幽灵式影响 ················ 258

第三节 对《芬尼根守灵》中人物的幽灵式影响 ·············· 260

结语 ·· 265

附录 I Titles of Episodes in *Ulysses* ················ 277

附录 II 詹姆斯·乔伊斯生平大事年表 ················ 278

序言

所有伟大的文学作品，无论怎样反映其时代现实，都总能超越其创作时代，以其包含的永恒真理使人类受益。换言之，它们远远超前于其创作时代而指向未来。这种深为历史所决定的未来指向，对于创作者的同时代人而言总是因为种种原因而显得模糊不清，因而也就常常为这些同时代人所忽略。詹姆斯·乔伊斯的作品，特别是《尤利西斯》和《芬尼根守灵》，尽管在出版之初被某些批评者谴责为晦涩和下流，被贴上了种种否定性的标签，却逐渐被批评界认定为世界文学史上最伟大的作品。它们的伟大源于多种因素，其中非常重要的几点就是它们对爱尔兰民族文化现实困境的敏锐观察，它们对历史、历史的本质以及历史和爱尔兰文化现实问题之间关系的深刻洞察，它们对爱尔兰文化之未来的超前想象，还有它们对走出爱尔兰文化现实困境的不懈探索。这些都属于《尤利西斯》的青年主人公——斯蒂芬所界定的"真正的艺术"，即"把不为人知的过去和现在投射到未知的未来"[1]。简言之，乔伊斯小说真正的伟大之处在于它们对现实状况的关切，对与现在紧密相关的过去的关切，对过去与

---

1 Richard Ellmann. *The Consciousness of Joyce*. London: Faber & Faber Ltd., 1977, p. 4.

现在所指向的未来的关切，而这种种关切长期以来被公众对乔伊斯作品的"非政治性"定位和高超的现代主义写作技巧的热烈讨论所遮蔽。

作为爱尔兰人，乔伊斯的心从未真正离开过祖国，而且乔伊斯对爱尔兰现状的深深关切也渗透在作品的字里行间。例如，在被批判者认为是"两个民族（犹太民族和爱尔兰民族）的史诗"[1]的《尤利西斯》中，乔伊斯巧妙地表现了他对英国殖民活动的摒弃：他通过爱尔兰日常生活中时时处处都能碰到的小场景，特别是马铁洛塔中斯蒂芬及其同住者清晨生活的点点滴滴（这塔由爱尔兰人斯蒂芬付房租，但钥匙却被英国人海恩斯和他的同伙穆利根强行拿走）、迪希先生看似和善亲切的说教（这说教表面上是关于人生智慧，实际上却交织着殖民主义者对"他者"罪恶的虚构和对英国国王的赞美）、以"我们国王"的名义请求捐助的残疾士兵、都柏林红灯区里的打斗（爱尔兰诗人斯蒂芬被两名强壮的英国士兵毫无顾忌地殴打）等，映射出英国殖民行为和殖民思想对爱尔兰无处不在的毒害。在这部小说中，乔伊斯对狭隘的民族主义的摒弃表现得更加坚决，也更为复杂。在图书馆、报社、客栈、酒馆等爱尔兰公共场所里弥漫着强烈的民族主义情绪，但可悲的是，这只是一种盲目的仇外情绪，与殖民主义思想意识采取的是同一逻辑，所采用的形式也只不过是酗酒和吹嘘而已。乔伊斯对爱尔兰天主教的憎恶在这部小说中表现得既富寓言性，又有现实性。令人压抑的斯蒂芬母亲的鬼魂在某种意义上就是文化上和精神上令人窒息的天主教的寓言；饱食爱尔兰人民收获的谷类精华的神父形象则是对天主教的剥削性极具现实意义的批判，而且被视为英帝国同谋的天主教也是压制和剥削斯蒂芬的两个"主人"之一。

除了英国殖民者、天主教和狭隘的民族主义者的剥削和压制之外，乔伊斯还把爱尔兰的现实困境归因于爱尔兰人民中那些"快乐的背叛者"。正如《尤利西斯》所暴露的那样，爱尔兰人中有两类叛徒：一类是英国殖民者的帮凶，另一类则是沉溺于酗酒、赌博、逍遥和调情的寻欢作乐之徒。

然而，乔伊斯作品中对这些爱尔兰问题的深切关注在20世纪90年代以前都因批评者对乔伊斯"不关心政治"这一臆断而被人忽视。正如谢默斯·迪恩（Seamus Deane）在其专著《凯尔特复兴》（*Celtic Revival*）中一篇题为《乔伊斯和民族主义》（"Joyce and Nationalism"）的论文中所写

---

[1] Stuart Gilbert ed. *Letters of James Joyce Vol. I*. New York: Viking Press, 1963, p. 180.

到的那样:"众所周知,和斯蒂芬一样,乔伊斯致力于一种高度非政治性的和极其深奥难解的写作实践";"尽管上述看法最近已有某种改变,但它仍然是有关作家生活和创作的较为稳固的臆断。"[1]至于形成这些臆断的原因,如文森特·陈(Vincent Chen)所论,"可能只有以这种方式,这个爱尔兰人所书写的充斥着对政界、宗教界和学界的强烈愤恨的作品才能作为英国伟大文学经典中的现代主义文学的楷模被接受甚至推崇。"[2]尽管早期批评家,比如斯图亚特·吉尔伯特(Stuart Gilbert)、哈里·莱文(Harry Levin)、威廉·约克·廷德尔(William York Tindall)和弗兰克·巴枕(Frank Budgen)等,他们的评论在某种意义上是对乔伊斯作品中的民族关怀的初步认识,但这种模糊认识也常常因他们对乔伊斯小说中其他现代主义主题或实验性技巧的探讨而被读者忽略。正如文森特·陈所归纳的那样,"数代读者和学者现今(在很大程度上)集中于乔伊斯文体的研究,避而不谈乔伊斯文本中所包含的意识形态,并由此作出定式的臆断,即这些作品是不涉及政治的,在本质上基本上也是非意识形态性的"[3]。事实上,这几代评论家忽视了这样一个事实,那就是"爱尔兰是唯一一个既有早期又有晚期被殖民经历并且民族历史遭剥夺的西欧国家"[4];爱尔兰人民是既"无特定历史"也"无特定语言"[5]的被殖民的民族。幸运的是,关于乔伊斯不关心政治和漠视民族命运的臆断在文学批评领域里受到了文化研究和后殖民主义思潮的冲击,因而乔伊斯在文化方面对其祖国的过去、现在和未来看似隐晦实则无所不在的关注也逐渐进入批评家们的视野。多米尼克·曼格涅洛(Dominic Manganiello)、文森特·陈,恩达·达菲(Enda Duffy)、艾默尔·诺兰(Emer Nolan)和亚当·伍德拉夫(Adam Woodruff)等广具影响力的学者都在乔伊斯关于爱尔兰文化所面临的困境这一问题上研究颇多。

在他们的专著中,多米尼克·曼格涅洛的《乔伊斯的政治学》(*Joyce's Politics*),谢默斯·迪恩的《凯尔特复兴》和恩达·达菲的《属民的<尤利西斯>》(*The Subaltern* Ulysses)及一些论文开创了关于詹姆斯·乔伊斯

---

[1] Seamus Deane. *Celtic Revival: Essays in Modern Irish Literature 1880-1980*. London: Faber & Faber Ltd., 1985, p. 92.
[2] Vincent John Chen. *Joyce, Race and Empire*. Cambridge: Cambridge University Press, 1995, p. 2.
[3] Ibid.
[4] Seamus Deane. *Celtic Revival: Essays in Modern Irish Literature 1880-1980*. London: Faber & Faber Ltd., 1985, p. 3.
[5] Ibid., p. 11.

的后殖民研究先河。在《乔伊斯的政治学》中，曼格涅洛消解了"乔伊斯作品是非政治性的"这一长期以来的臆断，并论证了乔伊斯的创作不仅由当时的政治决定，而且还具有重要的政治意识形态内容。在《凯尔特复兴》中，迪恩宣称，包括乔伊斯在内的许多爱尔兰作家都把他们的作品置于爱尔兰民族问题的框架内。迪恩对爱尔兰民族主义和乔伊斯作品的许多见解都具有开创性，极大地启发了研究乔伊斯的后辈学者。例如，他在论文《爱尔兰人乔伊斯》（"Joyce the Irishman"）里指出，"颠覆精神是乔伊斯的创新之本"，"没有任何政治的和社会的意义乔伊斯不进行消解和重构"[1]。在专著《凯尔特复兴》里一篇有关叶芝的论文中，迪恩提出"英国留给它的殖民地的、在20世纪保持最为持久的东西就是虚构的'英国特性'的概念"，而"整个爱尔兰文艺复兴是与这一虚构概念的抗衡，是远离殖民地宗主国而向殖民地自身的迈进，是用'爱尔兰特性'取代'英国特性'的转变"[2]。

  从后殖民主义视角研究乔伊斯的专著中，最有影响力的就是文森特·陈的《乔伊斯、种族和帝国》（Joyce, Race and Empire）。这部专著探讨了乔伊斯对种族和权力结构的关注。基于他对19世纪英国殖民主义者所定义的"民族"和"国家"的研究，基于殖民者对爱尔兰人的刻板化印象和本尼迪克特·安德森（Benedict Anderson）有关"想象共同体"的概念，陈对《尤利西斯》的研究探讨了爱尔兰人如何通过模仿殖民主义的逻辑把本土民众的形象本质化，从而建构本民族的纯正起源和荣耀，同时排斥利奥波德·布卢姆之类的"异类"。另外，他还探讨了多种意识形态立场和话语是如何在小说中相互碰撞的，乔伊斯又如何颠覆了英国权力的神话和爱尔兰民族主义的神话等问题。恩达·达菲在其专著《属民的<尤利西斯>》中表达了以下观点：《尤利西斯》实际上是第一部后殖民主义小说；这部小说描述了殖民审查体系，嘲讽了宗主国对本土民众的刻板印象，揭露了民族主义和"想象共同体"的沙文主义思想意识，并把《尤利西斯》与来源于帝国和叛乱档案中的文件和照片相并列进行比较，探讨它们在后殖民主体构建中的作用。艾默尔·诺兰在《詹姆斯·乔伊斯和民族主义》（James Joyce and Nationalism）中质疑广为接受的观点，即乔伊斯是大都会的代言人和现

---

1 Seamus Deane. "Joyce the Irishman." *The Cambridge Companion to James Joyce*. Ed. Derek Attridge. Cambridge: Cambridge University Press, 1990, p. 44.
2 Seamus Deane. *Celtic Revival: Essays in Modern Irish Literature 1880-1980*. London: Faber & Faber Ltd., 1985, p. 48.

代性的倡导者，并论证了政治民族主义和美学现代主义在许多方面的可比拟性。

有关乔伊斯研究的一些论文集也值得一提。由德里克·阿特里治（Derek Attridge）和马乔里·豪斯（Majorie Howes）主编的《半殖民地的乔伊斯》（Semicolonial Joyce）论述了把握爱尔兰的殖民状况对于理解乔伊斯作品的重要性，讨论了乔伊斯对爱尔兰民族主义的矛盾态度。该论文集真正的价值就在于撰稿者既利用又质疑后殖民理论的成果，提出了一系列涉及政治问题的、现今仍为热点话题的观点。另一本具有重要价值的论文集是由雷纳·艾米格（Rainer Emig）主编的《尤利西斯》（Ulysses，新专题资料汇编系列）。它概述了乔伊斯批评的最近发展趋向，引入了乔伊斯研究领域的新看法。这部论文集中很有影响力的两篇论文分别是恩达·达菲所写的《独处的莫莉》（"Molley Alone"）和亚当·伍德拉夫所写的《没人在家》（"Nobody at Home"）。前者也是达菲的专著《属民的＜尤利西斯＞》的最后一章，讨论了《尤利西斯》第18章中乔伊斯展望未来的爱尔兰想象共同体的艰难和矛盾心情；后者与达菲在克莱尔·康纳利（Claire Connolly）主编的期刊《后殖民时期的爱尔兰》（Postcolonial Ireland）里出现的版本有所不同。这篇论文通过消解《尤利西斯》的后殖民主义解读与心理分析方法解读之间的分歧，论证了褊狭的民族主义实为虚假认识的仪式化复制，其中交织着被压抑的民族焦虑情绪。

乔伊斯创作小说的时期主要是爱尔兰深受殖民之害和民族主义情绪高涨的时期，为了规避殖民主义文化审查制度和民族主义者及不知亡国之恨的民众的攻击，乔伊斯为自己对爱尔兰民族的关注巧妙地披上了"非政治"的现代主义外衣，把自己对殖民主义和民族主义等的批判与思考，变成一种现代主义显性叙事之下的隐性叙事，或者说是一种幽灵叙事。前文关于乔伊斯作品的研究成果为笔者研究乔伊斯作品中的民族主义和殖民主义等幽灵主题提供了许多启示，但目前关于乔伊斯对宗教和不知亡国之恨的"快乐的背叛者"的批判等幽灵主题的研究还比较少；具体而言，与爱尔兰民族主义和英国殖民主义在本质上形成合谋的爱尔兰天主教以及爱尔兰民族事业中那些"快乐的背叛者"（特别是那种对爱尔兰本土文化困境起到推波助澜作用的爱尔兰普通大众）寻欢作乐的生活方式对爱尔兰困境的影响都有很大的研究空间。

VI

要了解乔伊斯对爱尔兰民族的关怀，首先要了解乔伊斯的幽灵叙事形式；但要讨论乔伊斯的幽灵叙事形式，首先应该讨论乔伊斯的幽灵主题。无论是在相对容易理解的《都柏林人》和《一个青年艺术家的肖像》中，还是在天书一般的《尤利西斯》和《芬尼根守灵》中，掩藏在显性文本之下的幽灵主题总是乔伊斯对爱尔兰民族命运的关怀，特别是他对英国殖民主义、爱尔兰狭隘的民族主义、爱尔兰天主教、爱尔兰"快乐的背叛者"等对爱尔兰民族的戕害保持的高度警觉。本书在聚焦于这四个方面的幽灵主题的同时，还着重研究四者之间错综复杂的关系，认为它们之间的相互关联、相互作用乃至合谋是造成爱尔兰民族灾难的根源。

尽管乔伊斯在其小说中对爱尔兰文化的现实问题做了全面、系统而又极其暧昧的寓言性的暗示，但他并不囿于描述现实问题而置问题的根源和解决方法于不顾，而是竭力去找出这些问题与历史的联系或在未来解决这些问题的办法。乔伊斯的历史观深受维柯（Giovanni Battista Vico）的影响。维柯认为，历史是人类建构的产物，"其起因可在人类头脑中寻求"[1]。乔伊斯认为历史是虚构的故事，他的这一观点可在《尤利西斯》和《芬尼根守灵》的许多章节中找到证据，而且殖民主义者和民族主义者都试图把历史作为文化战场这一现象也有力地佐证了这一观点。而且维柯还认为，对现代人的心理分析和现存语言的词源分析可揭示某种历史真相。以这一观点为重要参照，本书力图阐释乔伊斯的历史观这一幽灵主题和乔伊斯的幽灵叙事形式（特别是《芬尼根守灵》语言变形及维柯思想对《芬尼根守灵》叙事形式的影响等）。在《尤利西斯》中，历史就如同斯蒂芬力图从中醒来的噩梦。用斯蒂芬自己的话来比喻就是，人类所知的历史仅是历史的"外壳"，是历史学家和普通人出于各种目的和受到种种思想意识影响而虚构的一些故事。与历史决定论者们假定的不同，历史并不是神或者其他权威意志的显现，而是"混沌"的表征。但乔伊斯并非历史虚无主义者，他承认历史有其"内核"（斯蒂芬的另一比喻性的说法），内核的中心便是真正的艺术家所感兴趣的某种永恒性。而在关于永恒的主题中，使艺术家感兴趣的除了艺术之外，传统与创新、继承与反叛的关系及作为真理的母爱等也是重要话题。艺术与创新和永恒的关系，在《尤利西斯》中最重要的幽灵人物——莎士比亚身上寓言式地体现了出来。而在《芬尼根守灵》中，

---

[1] 转引自 Hugh Kenner. *Dublin's Joyce*. New York: Columbia University Press, 1987, p. 333.

维柯的历史观不仅是小说的幽灵主题之一，更是统摄小说总体框架的幽灵，也是作者进行语言革命的思想基础。

需要特别注意的是，乔伊斯意识到历史不仅是爱尔兰民族主义者、英国殖民主义者甚至不同宗教派别当权者的文化战场，也是他实现创造民族"所未有的良知"[1]这一梦想的灵感之源。然而直到目前为止，评论家们仍没有充分注意到乔伊斯作品中的历史问题与其民族关怀之间的有机联系。诚然，一些评论家也确实对历史话题进行了某些研究。据笔者所知，在研究乔伊斯的老一辈评论家中，较为突出的有斯图亚特·吉尔伯特，其专著《詹姆斯·乔伊斯的＜尤利西斯＞》（*James Joyce's* Ulysses）有一章专门对《尤利西斯》的第二章进行阐释，讨论了其中的历史话题。还有休·肯纳（Hugh Kenner），他在专著《都柏林的乔伊斯》（*Dublin's Joyce*）中用一节内容讨论维柯对乔伊斯的历史观的影响。还有塞缪尔·路易斯·歌德伯格（Samuel Louis Goldberg），他的专著《古典气质》（*The Classical Temper*）以二十多页的篇幅讨论了《尤利西斯》中的历史噩梦。尽管这些研究者提出了有关乔伊斯的历史思想的深刻见解，但他们的讨论仅限于对历史的一般讨论，与其他问题（特别是爱尔兰文化问题）脱节，而且他们的论据也主要是基于乔伊斯生平研究或对某件具体事情的阐释。

近些年的乔伊斯研究者在评论乔伊斯的历史思想方面贡献颇多。这些研究主要从文本语言研究和心理分析等视角展开。这些研究者中最重要的代表包括波希曼-萨福（Boheemen-Saaf）、迈克尔·墨菲（Michael Murphy）、杰弗里·A.温斯托克（Jeffrey A. Weinstock）、洛奇特·斯普（Rocket Spoo）和詹姆斯·费尔霍尔（James Fairhall）等。波希曼-萨福在《乔伊斯、德里达、拉康和历史创伤》（*Joyce, Derrida, Lacan and the Trauma of History*）一书中探讨了乔伊斯文本的后现代性和爱尔兰被殖民的创伤历史之间的关系，认为乔伊斯的创作应被视为对无法言说的历史的间接见证，乔伊斯的作品为爱尔兰文化记忆的内在表达确定了外在的表现形式。詹姆斯·费尔霍尔在《詹姆斯·乔伊斯和历史问题》（*James Joyce and the Questions of History*）中把乔伊斯的作品作为对爱尔兰及欧洲的历史的回应加以探讨。他将乔伊斯与其历史时代联系起来，探讨乔伊斯对民族主义、

---

[1] James Joyce. *A Portrait of the Artist as a Young Man*. Hertfordshire: Wordsworth Editions Ltd., 1992, p. 196.

殖民主义、第一次世界大战、性别和阶级的态度，并揭示了文学文本和历史文本的密切关系。洛奇特·斯普的专著《詹姆斯·乔伊斯和历史的语言》（*James Joyce and the Language of History*）基于尼采、威廉·爱德华·哈特波尔·莱基（William Edward Hartpole Lecky）、古格列尔莫·费列罗（Guglielmo Ferrero）和维柯对乔伊斯的影响及文本性、语言和文体的研究新成果，研究乔伊斯的历史思想，深入探讨乔伊斯对历史的思考。在该著述中斯普还认为，若不理解主导19世纪和20世纪早期的历史思潮，就不可能理解乔伊斯的创造性成就。通过研究乔伊斯的史学艺术与其形成背景，他得出结论：作为一位埋头于历史问题写作的现代派作家，乔伊斯创造了一种全新的语言来强调和重新界定历史。

还有相当数量的期刊论文也探讨了乔伊斯的历史观。和同时期的专著一样，这些论文主要从语言和心理角度探讨了乔伊斯的历史思想，如杰弗里·温斯托克的论文《失望之桥：<尤利西斯>中的文本侵扰》（"The Disappointed Bridge: Textual Hauntings in *Ulysses*"）通过对幽灵人物的探析，讨论《尤利西斯》中过去和现在、存在与缺失、主题与文本含义之间的关系。而迈克尔·墨菲在《"普罗透斯"与散文：父权还是技巧？》（"'Proteus' and Prose: Paternity or Workmanship?"）一文中的观点为笔者撰写本书有关艺术家的永恒性（第三编第二章第六节）提供了极为重要的启示。墨菲主要以细读《尤利西斯》第三章"普罗透斯"为基础，研究了爱尔兰历史遗产与斯蒂芬创作动力及达到永恒的欲望之间的关系。

这些探讨乔伊斯的历史观的当代批评论著似乎更强调维柯学说——历史"可通过对现代人的心理分析和现存语言的词源分析被发现"[1]——中的后一种分析方法。故而大多数论著主要就是探讨乔伊斯在创作中怎样以娴熟的语言策略叙述他自己的历史思想，或者怎样设法超越前人文本的影响，以免自己的创作在前人文本的冲击下被淹没。说得直接些，就是大多数评论家看起来更热衷的是对乔伊斯的叙事方式而不是对其思想意识的研究。

乔伊斯的主要作品，特别是《尤利西斯》和《芬尼根守灵》，都是叙述爱尔兰民族的过去、现在和未来构想的史诗性作品，居于这种过去、现在和未来结构体系之基础地位的是乔伊斯的历史思想。由于历史问题与爱尔兰民族的困境和出路紧密相连，出于规避文化审查和政治迫害的目的，

---

[1] Hugh Kenner. *Dublin's Joyce*. New York: Columbia University Press, 1987, p.333.

加上历史本身的幽灵特质，乔伊斯关于历史问题的思索同样也成了其作品中的幽灵主题，对其的述说同样也使用了幽灵叙述的形式。所以笔者认为乔伊斯的历史思想这一幽灵主题和对这一幽灵主题的叙述形式同样值得探讨。英国殖民主义者、爱尔兰民族主义者、爱尔兰天主教，甚至普通大众怎样利用历史作为文化阵地来证明他们各自民族的思想和行为的正当性？他们为什么把历史篡改为他人常听到的故事？他们是怎样篡改的？历史昭示的究竟是什么？是混乱抑或是神的意志？历史传统和创新是何种关系？怎样避免真相被历史淹没？作为人和作为艺术家怎样获得永恒？对这些问题的回答都是乔伊斯作品，特别是《尤利西斯》和《芬尼根守灵》的幽灵主题，也是他借助微妙的幽灵叙事形式想竭力赋予侵扰力量的思想。在后殖民文化研究的体系内讨论乔伊斯的历史观，关注乔伊斯的历史思想与其祖国文化问题的密切联系，并探讨其历史主题的幽灵叙事形式，这些都是极其重要的。这些都是以前和当今的乔伊斯批评在某种意义上缺失的，也是笔者在本书中努力探讨的。

对历史的记忆和对现状的分析主要是为了建构或规划未来，以期未来会比现在更美好。乔伊斯在《尤利西斯》中确实对爱尔兰文化予以构想，然而这一构想表现得如此隐晦，以至于长期以来一直被乔伊斯评论家们所忽视。乔伊斯关于爱尔兰文化未来的构想寓示于莫莉这一人物形象及她与布卢姆和她的众多情人之间错综复杂的关系之中。将爱尔兰文化的未来寓言式地寓示于一个女性人物，而这个女性人物被某些文学评论家们谴责为"邪恶的女人"和"三十先令买一个的妓女"，这一做法大大出乎熟悉《尤利西斯》的读者们的意料。但如果我们接受小说中莫莉说的最后一个词 yes 具有"布卢姆通向永恒的护照上不可或缺的汇签"[1]的寓言意义，那么我们就不可能再把莫莉阐释为一个缺乏任何文化寓意的形象，因为布卢姆与其"精神之子"斯蒂芬一直被认为是爱尔兰民族状况的寓言。那么莫莉的形象又具有何种文化寓意？这一寓意又与寓示爱尔兰古老民族文化的布卢姆及寓示爱尔兰当代文化的斯蒂芬是什么关系呢？如果以她来比拟爱尔兰文化的未来，那又是何种未来呢？一直到最近几年，所有这些问题都无人深入研究。

---

1 James Joyce. *Selected Letters of James Joyce*. Ed. Richard Ellmann. London: Faber & Faber Ltd., 1975, p. 278.

根据对莫莉形象的评论，老一辈的批评家们可分为两个阵营：一个是持"邪恶的女人"之说的阵营，另一个是持"大地之母"之说的阵营。持前一种观点的以知名评论家休·肯纳、爱德温·斯坦恩伯格（Edwin Steinberg）、达西·奥布雷恩（Darcy O'Brien）等为代表，他们主要由于莫莉在性爱上的不忠和龌龊而对她进行完全否定的评价。持后一种观点的以著名的乔伊斯评论家斯图亚特·吉尔伯特、哈里·莱文（Harry Levin）、威廉·约克·廷德尔等为代表。他们把莫莉看作具有史前人类和后人类的品质特性的盖娅－忒勒斯（Gaea–Tellus），即大地之母的形象，[1]还以乔伊斯与其亲朋及评论家们的书信来佐证他们的这一观点。尽管这两个阵营的评论看似与莫莉所寓示的爱尔兰文化的未来不沾边，但二者至少都是讨论莫莉所体现的文化寓意的起点。盖娅－忒勒斯的形象具有广泛接纳、平和、容忍等内涵，因为大地之母是生产、包容、接受及容纳一切的史前人类形象；而"通奸"则是某种"杂糅性"和"异质性"的标志。广泛接纳和杂糅性是阐释莫莉形象的两个关键词。

当代评论家对莫莉形象的阐释贡献良多，他们主要是从女权主义和文化研究两种视角切入。就前一种视角来说，邦妮·凯姆·司科特（Bonnie Kime Scott）在《乔伊斯和女性主义》（*Joyce and Feminism*）中对乔伊斯的作品及其中的主要女性人物进行深入分析。她用一章的篇幅分析莫莉后得出结论：佩内罗普（Penelope）的品质要素是古老的、积极的、在场的，尽管这些品质要素部分否定了乔伊斯的人性观。理查德·布朗（Richard Brown）在《詹姆斯·乔伊斯与性》（*James Joyce and Sexuality*）中对乔伊斯的性行为描写策略进行系统分析，他把莫莉阐释为"一种新型的文学女性：博大、旺盛、泰然自若，而布卢姆则被动、琐碎、抑郁、吝啬，是一种女气的新型男人"[2]。伊莱恩·拉普·昂克里斯（Elaine Rapp Unkeless）在诸多论文中都用女性主义视角分析《尤利西斯》中的主要人物，如《娘娘腔的利奥波德·布卢姆》（"Leopold Bloom as a Womanly Man"）和《传统的莫莉·布卢姆》（"The Conventional Molly Bloom"）。这两篇论文阐

---

[1] Gea，或 Gaia，或 Gaea，是希腊神话中的"大地之母"，而 Tellus 是罗马神话中与之对应的神话人物。希腊人和罗马人求助于该女神战胜地震等自然灾害。她和希腊神话中的谷物女神 Demeter 或罗马神话中的谷物女神 Ceres 一起负责农业生产，也与婚姻、女性、孕妇及怀胎的动物有关。

[2] Richard Brown. *James Joyce and Sexuality*. Cambridge: Cambridge University Press, 1985, p. 101.

释了莫莉作为具有乔伊斯所赋予的慵懒、被动、自恋、本能等特征的形象，体现了"女性所思所为方式的传统观念"[1]。尽管这些女性主义视角下的乔伊斯评述为读者理解《尤利西斯》拓宽了视域，但它们几乎没有把人物的阐释与爱尔兰民族文化问题联系起来，而后殖民评论家们认为这两者之间具有互为寓言的特质。但无论如何，女性主义视角把性作为文化建构的观点为本书在阐释莫莉、布卢姆和斯蒂芬等人物形象时提供了可取的视角。

后一种视角，即文化研究视角，对评论者评论乔伊斯作品的视野具有很强的拓展作用。罗伯特·波义耳（Robert Boyle）在《话语崇拜者》（"Worshipper of the Word"）中论述了"神灵"或者"第三人称的神"常被视为"女性"，如引起莫莉喜悦的雌鸟以及艾克里斯（Eccles）街上的宇宙女神等。布鲁斯·威廉姆斯（Bruce Williams）在《莫莉·布卢姆：原型或刻板化形象》（"Molly Bloom: Archetype or Stereotype"）一文中质疑将莫莉作为女性原型形象的观点，提出莫莉实为男性强加于女性的刻板化形象。这两篇论文虽然与本书的论述没有直接联系，却也给本书提供了参考视角。前篇提出了"三位一体"（Holy Trinity）的概念，笔者用这一概念阐释作为爱尔兰文化寓言的布卢姆、莫莉和斯蒂芬之间的关系。后篇促使笔者力图在莫莉作为大地之母的原型形象和莫莉作为男人强加给她的"淫荡"的刻板化形象之间取得平衡，因而也促使笔者以自己的阐释来中和"大地之母"之说和"邪恶的女人"之说两个阵营的冲突。

尽管上述当代批评在某种意义上给了笔者启示，但同时也给笔者留下了继续研究乔伊斯的巨大空间。这些批评都避而不谈爱尔兰民族文化问题，尤其是爱尔兰民族文化杂糅的未来指向，而这却正是《尤利西斯》的文本中最重要的幽灵主题。最近有两项有关乔伊斯的研究促使笔者以调和后殖民主义和性别研究的思想来研究乔伊斯作品中关于文化杂糅未来的幽灵主题及其幽灵叙事形式。其一就是约瑟夫·瓦伦特（Joseph Valente）对乔伊斯的跨学科性评论。他在其论著《詹姆斯·乔伊斯和正义问题》（*James Joyce and the Problem of Justice*）中提出了当代文学和文化研究领域内的重要议题，如种族、性别、同性交往和殖民现状及公平正义问题等。他的论述主要集中于乔伊斯的语言、生平及社会历史背景，尽管这些并非本书所

---

[1] Elaine Unkeless. "The Conventional Molly Bloom." *Women in Joyce*. Eds. Suzette Henke & Elaine Unkeless. Urbana: University of Illinois Press, 1982, p. 150.

研究的问题的重点，但他对种族和性别问题的特别关注仍给本书提供了富于启发性的研究视角。另一项便是恩达·达菲对《尤利西斯》的后殖民研究。与其他有关乔伊斯的后殖民研究几乎不论及其作品中的未来指向的现象所不同的是，达菲的论著《属民的＜尤利西斯＞》探讨了爱尔兰的未来构想。他指出，作为后殖民写作中的第一部后殖民小说，《尤利西斯》确实对爱尔兰的未来予以构想，而这在早期的后殖民写作中是非常罕见的。但他认为乔伊斯对爱尔兰共同体未来的展望又是自相矛盾的。他的确将莫莉的形象与乔伊斯对爱尔兰共同体未来的展望相联系，但又坚持认为作为处于从属地位的莫莉展示了乔伊斯对爱尔兰共同体未来的展望所持的质疑态度。尽管达菲对《尤利西斯》有关未来的设想的研究结论与本书的观点大相径庭，但他把莫莉和《尤利西斯》中所阐释的未来相关联的做法给了笔者启发和信心。

作为爱尔兰人民的"民族寓言"[1]，《尤利西斯》不可能指向如此黯淡的未来。若小说中莫莉是布卢姆通向永恒的护照上必不可缺的汇签的话，那她就不可能是如此黑暗的未来的体现者。正如德克兰·奇伯特（Declan Kiberd）所指出的那样，"同所有被殖民的人民一样，爱尔兰人民因其噩梦般的历史，除了生活在美好未来的曙光里，别无选择"[2]。迈克尔·哈里斯（Michael Harris）也评论说，"尽管具有悲剧性和迷失感，后殖民小说也常表现出一种看似自相矛盾的对未来的希望"[3]。作为第一部后殖民小说，乔伊斯的《尤利西斯》显然属于这一常见的文学现象之列。乔伊斯确实展望了爱尔兰民族文化的未来，并把这一未来具象化于莫莉的形象及莫莉与布卢姆以及她的情人们之间的关系之中。布卢姆代表渐老渐衰但生命力尚存的爱尔兰文化传统；博伊兰代表强势的、精力充沛的殖民主义文化传统；莫莉代表爱尔兰文化未来的杂糅，即保持爱尔兰文化传统的同时又从外来文化中汲取养料。莫莉对博伊兰既迷恋又反感的态度寓示乔伊斯对英国文化传统既感激又怨恨的态度。莫莉对性无能的布卢姆不满但又决心与他恢复和谐性关系的态度寓示乔伊斯既意识到爱尔兰文化传统的劣势，又意识

1　Frederic Jameson. "Third World Literature in the Era of Multinational Capitalism." *Social Text*, 15.3 (1986), p. 68.
2　Declan Kiberd. "Anglo-Irish Attitudes." *Ireland's Field Day*. Ed. Seamus Deane. London: Hutchinson, 1985, p. 95.
3　Michael Harris. *Outsiders and Insiders: Perspectives of Third World Culture in British and Post-Colonial Fiction*. New York: Peter Lang Publishing Inc., 1992, p.186.

到坚持本土文化传统的必要性。莫莉的两个英国情人——加德纳和马尔维之间的鲜明对比也表明乔伊斯对爱尔兰文化的矛盾情感。莫莉情人众多的事实表明乔伊斯强调在爱尔兰文化与异族文化的杂糅过程中平和、接纳、协商和容忍的态度的重要性,强调不同文化群体之内或之间认同和接纳文化差异的重要性,强调为了未来文化的杂糅而抛弃文化二元对立逻辑的重要性。

本书主要是从后殖民主义的视角研究乔伊斯文学作品的幽灵主题,但新历史主义批评、女权主义批评和性别批评等,又对乔伊斯的幽灵叙事形式研究产生深远的影响。女权主义批评、性别批评与后殖民主义批评的交叉点成为研究乔伊斯幽灵叙事形式的重要方法。在乔伊斯小说中,作者对英国殖民之下的爱尔兰历史、现状及未来的书写并不是显性的,而是一种寓言式的、隐性的。乔伊斯在表达他的爱尔兰民族关注时运用的是通过书写人物的夫妻关系、恋爱关系、父子关系、父女关系、母子关系、母女关系、普通人的人际关系等,来寓示爱尔兰乃至全人类的历史、现状与未来的哲学关系以及爱尔兰或任何国家内部各势力之间及其与异族文化之间错综复杂的关系。只有运用后殖民主义思想中关于(后)殖民叙事与性别叙事、家庭叙事、人际关系叙事之间的寓言关系的理论,才可以找到乔伊斯作品中性别关系、家庭关系、人际关系等琐事与民族未来之间的寓言或象征关系。

尽管这种做法在有关乔伊斯的研究中并不多见,但仍能以其他评论者对其他作家的文学批评学术成果证明其可行性。阿尼亚·鲁姆巴（Ania Loomba）在其论著《殖民主义与后殖民主义》（*Colonialism and Postcolonialism*）中讨论殖民主义和后殖民主义的话语时,清醒地意识到女性形象的书写与民族/种族意识的表达之间的关联。由珍·皮克林（Jean Pickering）和苏珊娜·卡德（Suzanne Kahde）主编的论文集《怀旧叙事:性别与民族主义》（*Narratives of Nostalgia: Gender and Nationalism*）中几乎所有论文都涉及性别问题与民族主义之间的密切联系。珍妮·夏普（Jenny Sharpe）在《帝国寓言:殖民文本中的妇女形象》（*Allegories of Empire: The Figure of Women in the Colonial Text*）中把民族和殖民主义等概念引介到女性主义关于强奸和性别差异等问题的讨论之中,通过研究女性写作来消解英帝国试图以英国妇女特性来寓示其恒久统治的企图。贝尔·胡克斯（Bell Hooks）的论著《渴望:种族、性别和文化政治学》（*Yearning: Race,*

Gender and Cultural Politics）和桑吉塔·雷（Sangeeta Ray）的论著《印度人性别建构研究》（En-gendering Indian）也是把民族问题和性别问题联系起来的范例。艾勒克·伯默尔（Elleke Boehmer）在《殖民文学和后殖民文学》（Colonial and Postcolonial Literature）中也探讨了后殖民写作把女性形象和民族/种族共同体构想相联系的常见做法。[1]查尔斯·贝克（Charles Baker）的论著《威廉·福克纳的后殖民南方》（William Faulkner's Postcolonial South）在珍妮·夏普的论文《难以言说的强奸境界》（"The Unspeakable Limits of Rape"）和《帝国寓言》论述的基础上，也指出殖民主义常借用性别话语来加以描述，在这种描述中，父权制的宗主国通常将所统辖的边缘地区女性化。[2]尽管如约瑟夫·瓦伦特的专著《詹姆斯·乔伊斯和正义问题》的书名所示，性别问题和殖民问题的关联不是该论著的重点，但他在讨论性别矛盾及殖民主义矛盾时仍指出，对两性关系的书写乃是研究乔伊斯民族关怀主题的可取视角。

　　上述批评论著虽没直接论及乔伊斯的作品（约瑟夫·瓦伦特的论著除外），但对笔者极富启发性，使笔者注意到乔伊斯的性别书写和殖民主义书写之间的联系。诚然，长期以来，乔伊斯作品中的女性人物、性及性别等也受到评论界的关注，其中最著名的有理查德·布朗的《詹姆斯·乔伊斯与性》和邦妮·凯姆·司科特的《乔伊斯和女性主义》。虽然只有极少的批评论著把乔伊斯对性别的书写与他对民族的书写联系起来，但至少这些论著的作者在阐释乔伊斯的文学作品时都暗示了女性人物的重要性。

　　实际上，乔伊斯对性别的书写是理解他民族书写的关键。《尤利西斯》中有几组寓示民族问题的人物群，最重要的一群是莫莉、布卢姆及莫莉的情人们，其次是寓示爱尔兰不同侧面的女性人物群，包括送牛奶的老妪、梅·迪达勒斯、格蒂和莫莉。送牛奶的老妪是处于英国殖民活动压制之下的贫困的爱尔兰的寓言，梅·迪达勒斯是处于天主教压制之下的令人窒息的爱尔兰的寓言，格蒂是被爱尔兰民族主义者美化了的爱尔兰的寓言，而莫莉则是指向文化杂糅的未来的爱尔兰的寓言。第三个人物群是包括布卢姆、斯蒂芬和莫莉在内的另一类重要的人物群。布卢姆寓示爱尔兰文化传统，

---

[1] Elleke Boehmer. *Colonial and Postcolonial Literature* (2nd edition). Oxford & New York: Oxford University Press, 2005, p. 216.
[2] Charles Baker. *William Faulkner's Postcolonial South*. New York: Peter Lang Publishing Inc., 2000, p. 35.

虽渐老渐衰，但又因其能宽容他者和接纳异己而生命力尚存；斯蒂芬寓示当代爱尔兰文化，受到英国殖民主义、天主教、爱尔兰民族主义及爱尔兰"快乐的背叛者"的压制，但同时也在奋力走出自身的文化困境；莫莉寓示未来爱尔兰文化杂糅的最终命运。

在分析这些寓示民族问题的寓言人物群时需特别注意两点：其一就是乔伊斯小说中屡次出现的"多位同体"（Consubstantiality）概念，当然这些概念不仅限于基督教中的"三位一体"，而是指由三个或三个以上的人物所组成的"多位同质"关系，这些概念被用来寓示某一问题的几个方面。为了更确切地表达这种复杂关系，本书将这种关系称为"多位同体"关系。由于这些人物组的人物在现实中的关系要么很复杂，要么几为陌路，而他们的"多位同体"关系只是像幽灵一样存在于寓言层面，一般读者很难理解乔伊斯作品，特别是《尤利西斯》和《芬尼根守灵》中诸多人物的这种处于在场和不在场之间的幽灵式关系。另一点便是乔伊斯作品，尤其是《尤利西斯》和《芬尼根守灵》中人物身份的不确定性。这些作品中人物身份是虚构的，这也是为什么《尤利西斯》的整个文体常常充满着这些感觉或意识：自欺与自慰感（典型地表现于"食忘忧果者"[Lotus Eaters] 一章中）、历史的虚构感（典型地表现于"奈斯特"[Nestor] 和"独眼巨人"[Cyclops] 两章中）、庸俗的浪漫传奇感（表现于"瑙西卡"[Naucicaa] 一章中）、身份的不确定感（表现于"尤缪斯"[Eumaeus] 一章中）、身份的融合感（表现于"佩内罗普"[Penelope] 一章中）。这也是为什么《芬尼根守灵》中一个人物也是其他许多人物，一个故事会变形为其他许多故事，连语言的意义也极其不稳定的原因。这种身份的不确定性对分析《尤利西斯》中人物的寓意以及《芬尼根守灵》中人物、主题表达和语言的幽灵式变形具有十分重要的意义。

另外，在研究乔伊斯作品的寓言式写作手法时，必须牢记寓言的本质特点，即言此意彼。对于乔伊斯而言，"言此意彼"中的"彼"在言说中处于在场和不在场之间，不会一目了然；而"言此"时乔伊斯也不会把"此"书写得清楚、有逻辑，而是支离破碎，以碎片化和拼贴化为特点，以免当权者识破其"意"之"彼"。所以无论是"言此"的手法还是"意彼"的内容，都充斥着大量幽灵元素。乔伊斯为了逃避殖民主义文化审查制度和民族主义的文化排斥，大量使用了言此意彼的叙事策略。将不可言说的文化禁忌变成可以言说的日常禁忌去言说,借此言说不可言说的钳制爱尔兰文化健康发展的各种文化禁忌,这是一种言此意彼策略;将不可言说的殖民者对爱尔兰民族的偏见,变成普遍流行的西方人对犹太人的偏见以及犹太人对中国人的偏见,将同样不可言说的爱尔兰民族主义者对英国文化的丑化,变成中国人对西方人的负面想象等,从而言说不可言说之事,这也可以说是言此意彼的另一种策略。还有上面几段提到过的寓示爱尔兰民族不同方面的几组人物,也可以看作言此意彼的策略,因为它们实际上是在借言说性别、家庭琐事、禁忌之事、无厘头冒出的幽灵般的概念等言说民族大事,并且在这个隐匿的大框架下使用了化整为零的策略,似乎生怕当局识破性别、家庭琐事、禁忌之事、飘忽的神秘概念与民族大事之间的关联,于是便将爱尔兰民族问题的几个方面分散到素不相识或相对独立的人物身上去分别寓示。这种言此意彼的策略是理解乔伊斯幽灵叙事形式的关键。

本书主要是从后殖民主义、新历史主义、女权主义和性别批评等视角研究乔伊斯作品中的在"言此"的表象下被"意彼"的幽灵主题,但不容置疑的是,乔伊斯是如何在显性的现代主义人性书写之下隐藏其民族关怀情结的?要搞清楚这个问题,研究者就需要运用文化研究,心理学,特别是幽灵批评的视角去研究这种双重书写机制。因此,在本书中幽灵批评、心理学批评、性别研究、文化研究等视角也非常重要,也就是说,对乔伊斯幽灵叙事形式的研究是依托于后殖民主义中的民族问题研究、性别研究、幽灵批评、文化研究等许多领域的研究成果的交叉点。更确切地说,本书的特点是把对两性关系、家庭关系、人物之间的幽灵式关系、不同禁忌间的置换关系等作为阐释民族问题的基础。

就理论参照而言,后殖民主义批评研究范式对本书关于乔伊斯幽灵叙事主题影响巨大。后殖民主义话语的主要倡导者爱德华·萨义德(Edward Said)的《东方主义》(*Orientalism*)在如何看待帝国主义文化压制行径方面给了笔者很多启迪;霍米·巴巴(Homi Bhabha)的《民族和叙事》(*Nation and Narration*)在阐释民族主义者对本土历史的虚构方面也给了笔者启示;而本书对爱尔兰文化杂糅的未来指向的阐释则深受阿尼亚·鲁姆巴的论著《殖民主义与后殖民主义》的影响。许多有关后殖民研究的论文集和综述也为笔者提供了参考之便,其中最重要的有《后殖民研究读本》(*The Postcolonial Studies Reader*)、《逆写帝国》(*The Empire Writes Back*)及艾勒克·伯默尔的《殖民文学和后殖民文学》。

而对本书关于乔伊斯作品幽灵叙事形式研究影响巨大的则是"幽灵批评"（spectral criticism）。该批评兴起于20世纪90年代，也叫"幽灵侵扰学"（Hauntology）。它缘起于弗洛伊德的"暗恐"（the Uncanny）理论和德里达的解构主义，逐渐综合本雅明的废墟美学、布鲁姆的逆反批评理论、后殖民主义以及新历史主义的某些观点。它认为文学文本中充满了各种类似"幽灵"的元素的侵扰（haunting）。飘荡在文本中的"幽灵"包括作者隐秘的思想、历史无形而又无处不在的影响、前世和当世文本的"魅影"（phantom）、当世意识形态和大众文化的侵扰、文学作品中人物潜意识中被压抑的愿望和精神创伤遗留的暗恐等。目前运用幽灵批评进行文学研究的学者较著名的有埃伦娜·西苏（Hélène Cixous）、尼古拉斯·艾布拉姆（Nicolas Abraham）、玛利亚·唐洛克（Mária Török）、T. 卡塞尔（T. Castle）等。幽灵批评虽然正处于发展阶段，但它"会对今后几十年的批评活动继续产生一种多少具有幽灵性质的影响"[1]，因为它为研究诸如乔伊斯后期作品中的晦涩难解之处提供了一种综合的、比较有效的视角，尤其为解读《尤利西斯》《芬尼根守灵》中民族叙事和人性叙事之间飘忽不定、支离破碎的连接提供了非常契合的理论依据。

国内外以往的乔学研究大多以单纯性的文本导读和介绍、文献研究、传记研究、作品研究、美学研究、诗学研究、批评史研究、比较文学研究、实验小说形式研究等为主，很少涉及乔伊斯作品中的幽灵元素。最近十余年乔学研究最新热点集中在乔伊斯作品的民族史诗和人类史诗双重叙事模式上，对其作品中的民族身份想象、历史创伤、暗恐、意识形态侵扰等话题的研究越来越多地吸纳了幽灵批评的思想和方法，较有效地阐释了乔伊斯文本中介于在场与不在场之间的某些幽灵元素，比较著名的研究者有M. 艾尔曼（M. Ellmann）、S. 本斯托克（S. Benstock）和温斯托克等。但从整体而言，目前尚缺乏综合系统地探讨乔伊斯作品幽灵叙事形式及其与文化诗学、人性诗学关系的研究。

"幽灵"作为一个批评专业术语，对于乔伊斯作品研究不仅具有鲜明的相关性，而且具有相当的建设意义。例如，《尤利西斯》具有民族史诗

---

[1] David Punter. "Spectral Criticism." *Introducing Criticism at the 21st Century*. Ed. Julian Wolfreys. Edinburgh: Edinburgh University Press, 2002, p. 259.

和人类史诗的双重叙事结构，而连接双重叙事结构的是文本中飘忽不定的幽灵元素。幽灵元素充斥在《尤利西斯》的文本中，从人物特征、人物关系到叙事方式都有幽灵元素各种形式的体现；它们飘忽不定，处于在场与不在场之间，但时时制约着文本的意义。研究乔伊斯作品的幽灵元素可以较有效地破解乔伊斯作品的晦涩难解之处。对乔伊斯作品进行幽灵批评模式的批评，有助于挖掘乔伊斯作品幽灵叙事与作者的人性观、历史思想以及对民族身份的看法等问题的千丝万缕的联系。

本书运用幽灵批评理论，研究乔伊斯小说中那些捉摸不定的、处于在场和不在场之间但在乔伊斯创作思想、文化诗学和人性诗学的表达方面起关键作用的幽灵叙事方式，分析小说文本的幽灵叙事形式与乔伊斯文本中的民族史诗与人类史诗双重叙事之间的关系。具体而言，本书以幽灵批评，特别是以大卫·庞特（David Punter）的幽灵批评、弗洛伊德的暗恐理论、德里达的解构主义等为理论参照，研究乔伊斯小说中的幽灵元素、幽灵叙事的作用机制以及幽灵叙事之于其小说中人性和民族双重叙事的作用。本书对幽灵叙事形式的探讨主要包括文学和哲学先驱对小说文本的幽灵侵扰（例如莎士比亚对《尤利西斯》的寓言功能，阿奎那、维柯的思想对《一个青年艺术家的肖像》和《芬尼根守灵》主题的幽灵式影响）、爱尔兰历史人物对小说人物的侵扰（例如小说中故去的民族英雄帕内尔等人的精神在斯蒂芬及民众心中的影响）、小说人物的亡灵对活着的人物的侵扰（例如斯蒂芬之母、布卢姆之子等在小说中的幽灵式存在）、如幽灵般转瞬即逝的人物在主要人物潜意识里留下的魅影，还包括几个关键的幽灵概念，如"多位同体""灵魂转世"（metempsychosis）、"变形"（metamorphosis）等对人物关系和人物功能的魅控。这些幽灵概念既是《尤利西斯》中几个人物组内部存在的幽灵式关系的模式，也是《芬尼根守灵》的人物塑造、语言变形和主题表达形式的模式。也就是说，在《尤利西斯》中，几组寓言爱尔兰的人物组之间的关系就是多位同体关系，穆利根则是在民族主义者、天主教徒、卖国贼和寻欢作乐的民众四者之间来回变形的人物，而海恩斯与迪西先生、斯蒂芬与萨金特、克兰利与穆利根等都有灵魂转生关系；而在《芬尼根守灵》中，HCE与其他几十个人物存在灵魂转生关系，表面看似不同的插曲因为表达相同的主题而存在着多位同体关系，小说的语言也如幽灵一样变形。具体就幽灵叙事的叙述手法而言，则包括故意跑题、故事嵌套、次文本嵌套、主文本与次文本的倒置、对话的欲说还休、顿悟、禁忌置换等。

总之，乔伊斯小说的民族叙事与人性叙事双重叙事策略的核心是幽灵元素。幽灵元素是破解乔伊斯人类史诗与民族史诗双重叙事间的交互在场策略、隐匿的神话框架与显性文本的对应策略、前世文本对现文本的干扰策略、乔伊斯前文本在现文本中的幽灵再现策略、置换式叙述策略、人物身份的不断变换与融合策略等的金钥匙。无论是幽灵元素还是幽灵叙事策略，其突出特点是不确定性和隐喻性，它们与死亡意识、疯癫、梦境、幻觉、潜意识等存在密切联系，是一种在场与缺席之间的中间状态。通过研究乔伊斯小说中的幽灵叙事元素和幽灵叙事特点，不仅对于理解乔伊斯小说的混沌美学，双重、多重叙事作用机制以及现代主义和细节现实主义的有机联系等问题，而且对于理解现代社会人性的异化、人类被压抑的欲望、大众文化对于现代人生活的侵扰、文学创作者超越传统的焦虑、（后）殖民文学中人性关怀和民族关怀的双重情结、历史创伤、民族身份的不稳定性、流亡诗学的内涵等问题，都具有很强的学术意义。

中国的乔伊斯研究主要集中于对作者及其作品的翻译、引介、导读及传记评论等方面。就整体而言，国内较有深度和创新性的乔伊斯批评主要集中于对乔伊斯的美学思想和小说艺术的研究，例如李维屏教授的专著《乔伊斯的美学思想和小说艺术》、冯建明的专著《乔伊斯长篇小说人物塑造》、戴从容的论文《乔伊斯与爱尔兰民间诙谐文化》和《自由的言说——论〈芬尼根守灵〉的饶舌叙述》、郭军教授的论文《关于乔伊斯的"灵悟"美学及在〈肖像〉中的运用》和《乔伊斯："历史的噩梦"与"创伤的艺术"——解读乔伊斯的小说艺术》等。但整体而言，在国内除了陶家俊教授的《爱尔兰，永远的爱尔兰》等文章对乔伊斯的民族关怀详加论述外，鲜有学者把《尤利西斯》作为爱尔兰民族寓言系统加以讨论，也没有学者把乔伊斯在这部爱尔兰民族史诗中对爱尔兰文化的过去、现在和未来的关注作为探讨中心，更没有人系统地研究连接乔伊斯民族叙事和人性叙事之间的幽灵元素。尽管如此，笔者仍然认为下列论著对本书的撰写是有很大帮助的：一是萧乾先生翻译的《尤利西斯》，这部译著帮我解决了因意大利语、拉丁语、法语等外语所造成的语言障碍，其中的注释也帮助我理解了因大量用典而造成的许多地方晦涩难懂的问题；二是袁德成教授的《詹姆斯·乔伊斯：现代尤利西斯》，它给我提供了关于乔伊斯生平及思想的丰富材料；三是陈恕教授的《〈尤利西斯〉指南》，尽管此书的目的在于帮助一般读者理解《尤利西斯》，却不乏对乔伊斯评论家来说富有启发意义的思想亮点。但无论如何，国内仍需更多的人推进有关乔伊斯的研究，特别是有关乔伊斯在小说中对自己祖国命运的思考以及被人称为"天书"的《尤利西斯》和《芬尼根守灵》等作品中晦涩难解和不确定元素的更好破解方面，而这些研究也正是笔者在本书中努力去做的。

　　需要说明的是，本书的研究重点是乔伊斯作品中的幽灵叙事形式，但要研究幽灵叙事形式，首先要搞清楚幽灵叙事的主题，所以本书将重心放在两个层面上，即乔伊斯作品中的幽灵主题研究和幽灵叙事形式研究。为了方便撰写，本书分为四部分，即分别将乔伊斯的四部小说——《都柏林人》《一个青年艺术家的肖像》《尤利西斯》《芬尼根守灵》每部设置一章，并把对每一章的研究置于相应章节之下。但有些研究无法绝对囿于某部作品，在这种情况下，本书就将其安排在与之关联性最强的章节中。还有一个需要说明的是，由于上述小说具有不同的特点，所以本书在研究其幽灵叙事形式时采用了不同的研究方法。

　　本书第一编主要研究《都柏林人》的幽灵叙事主题和幽灵叙事形式。因为《都柏林人》在某种意义上是短篇小说集，而且各个短篇的幽灵叙事形式都不同，所以我们就将这些短篇小说分篇进行研究，并在各篇中把它们的幽灵主题与它们的幽灵叙事形式合并研究。又因为篇幅空间限制，本书选取了具有代表性的七个短篇进行研究。

　　在这七个短篇中，《赛车以后》可谓是爱尔兰国际地位的寓言。爱尔兰这种被边缘化、受欺压的地位是爱尔兰所遭受的诸种苦难和压迫的国际背景和重要根源，其中主人公崇洋媚外的心态也是爱尔兰民族苦难的根源之一。对爱尔兰国际地位的研究可谓研究爱尔兰民众精神瘫痪的基础。《一次遭遇》和《阿拉比》两个短篇小说的主题均与孩童的精神幻灭相关，一篇是关于孩子对冒险的向往被帝国规训力量的幽灵所控制和扼杀的经历，另一篇是关于孩子懵懂的爱情随着帝国文化所激发的对异族文化的神秘想象的幻灭而幻灭的心路历程。可以说，前者揭示的是帝国文化幽灵对孩子探查外部世界天性的扼杀，后者揭露的是帝国文化幽灵对孩子感情世界的摧折。连孩子的天性和感情都受到帝国文化幽灵的规训和扼杀，遑论爱尔兰成年民众能够拥有一个健康的精神世界了，恐怕他们只有陷于精神瘫痪状态这一种命运了。《姊妹们》中关于死去神父的一切话语都被悬置，言说者均是欲言又止。在这种悬置话语背后是爱尔兰天主教对民众的精神控制，这种控制杀死了神父的灵魂，也使得神父周围的信众精神瘫痪，失去了独立思考的能力。《选委会办公室里的常青藤日》描写的是帕内尔纪念日发生的事。按照一般逻辑，在帕内尔纪念日，爱尔兰民众应该纪念帕内尔，但小说中在典型的公共空间——办公室里上演的却是贿选，是民众关于如何贿选成功的讨论和对贿选佣金的渴望，其中还嵌入了用来贿选的宣传文本，使小说似乎有些文不对题。但恰恰是这种"文不对题"的、类似幽灵的内容的嵌入，形成了一种陌生化效果，凸显了爱尔兰国内极度荒诞的政治生态。《痛苦的事件》可以说是爱尔兰民众，特别是知识分子，在精神上故步自封的缩影。该小说通过塑造杜菲先生与西尼考太太这对影子人物，揭示了民众继续故步自封还是冲破精神牢笼两种选择都必然走向悲剧命运的现实。西尼考太太的命运是杜菲先生选择冲破精神牢笼可能性的幽灵，她的悲剧是杜菲先生另一种命运的魅影。《死者》里诸多人物看似过着怡然自得的生活，但他们都被死亡的幽灵所侵扰。该小说通过驴子围着错误的物体绕圈和迈克尔死亡的故事嵌套，凸显了爱尔兰中产阶级精神死亡的现实。

本书第二编主要研究了《一个青年艺术家的肖像》中的幽灵元素，包括控制着主人公斯蒂芬美学思想的幽灵元素：斯蒂芬对爱尔兰民族命运的关怀，天主教与其他政治势力之间的如幽灵般神秘莫测的勾连，小说中在主人公心灵屏幕上如幽灵般转瞬即逝、飘忽不定的人物形象，阿奎那对乔伊斯的幽灵影响等。如果说《都柏林人》中主要使用的是现实主义小说传统中的情节悬置、文本嵌入和情节嵌入等手法并辅以影子人物、顿悟和寓言等现代主义小说技巧来表达其中的幽灵主题的话，《一个青年艺术家的肖像》则主要使用现代主义的意识流技巧中的时间蒙太奇和空间蒙太奇手法，将不同空间和不同时间中的人物和事件拼贴，并通过书写主人公的精神顿悟暗示这些人物和事件之间的幽灵式连接，从而将一些作者要述说又因政治禁忌无法明说的幽灵主题作为一种介于在场与不在场之间的文本存在，并使之具有一种幽灵侵扰的力量。换句话说，该小说从某种程度上颠倒了传统中叙事的主次位置：斯蒂芬的心理成长主线是由他对天主教的虚伪无能、殖民者的残酷压榨、民族主义的偏狭激进、民众的愚昧无知等的认知组成，按一般道理而言，对上述四种势力对斯蒂芬心灵的钳制的正面书写才应该是小说叙事的主要内容，但若如此书写就会触犯社会的政治禁忌，所以乔伊斯似乎只得反其道而行之，将对四种势力的不满隐藏在冗长枯燥的布道或讨论中，或者隐藏在看似互不相关的记忆碎片中。例如，在天主教冗长的布道和对孩子的随意体罚中飘荡的是天主教无处不在的魅控，在民族主义者喋喋不休的争吵中隐藏的是民族主义与天主教错综复杂的勾连，在宗教殖民者关于语言的说教中游荡的是殖民主义文化霸权的幽灵，各类小人物的只言片语或琐事如幽灵般侵扰着斯蒂芬对爱尔兰民族的认知，连斯蒂芬自己要冲破各种钳制的决心也隐藏在对艺术理论的抽象、晦涩的探讨中。

本书第三编主要研究《尤利西斯》的幽灵主题和幽灵叙事形式。如果说《都柏林人》和《一个青年艺术家的肖像》的幽灵叙事手法还处于为幽灵主题服务的从属地位，那么《尤利西斯》中的幽灵主题和幽灵叙事形式则相得益彰，并驾齐驱，甚至在某些章节中形式就是内容。究其原因，或许是由于《尤利西斯》具有双重叙事，即以再现现代社会人生状态为主旨的人性叙事和旨在表达对爱尔兰民族命运关注的民族叙事；人性叙事基本属于显性存在，民族叙事则基本属于隐性存在；而连接双重叙事的是寓言式书写形式。小说的寓言特质非常突出，甚至连叙事形式本身也具有了寓言意义。为了凸显小说的幽灵叙事形式的主体地位，本书将对幽灵叙事主题和幽灵叙事形式分别进行研究。就幽灵叙事主题而言，它包括小说对英国殖民主义者、爱尔兰民族主义者、宗教、以不知亡国之恨者和卖国贼为代表的"快乐的背叛者"等势力的批判以及对历史虚构性和真实性之关系的揭露等；就幽灵叙事形式而言，它主要表现为连接寓言的寓体和寓意之间，即显文本与隐文本之间的幽灵式连接方式。

具体而言，《尤利西斯》作为现代爱尔兰民族寓言，它的寓体和寓意之间的连接方式主要是乔伊斯在小说中不断暗示的几个幽灵概念以及这几个幽灵概念制约的几种关系。第一个幽灵概念是"三位一体"，它如幽灵一样，无形地维系着斯蒂芬、布卢姆和莫莉这组人物的三位一体关系，即他们分别寓示着爱尔兰文化的现状、历史和未来。第二个幽灵概念是"三位一体"的衍生物，即"多位同体"关系。它如幽灵一般，无形中制约着送牛奶的老妪、梅、格蒂和莫莉之间的关系,使她们分别喻示爱尔兰穷苦神秘、沉迷宗教、夜郎自大和文化杂糅的未来等不同方面。这些不同人物之间或许事实上没有任何关联,甚至完全是陌生人,但他们在寓言意义上却关系密切,几个人共同喻示某种事物的不同侧面,相互间是一种同质体关系。第三个概念是"灵魂转生",它如幽灵一般,无形中也制约着不同人之间的关系,使得陌生人或生死两隔的人因为精神相通而似乎有某些像灵魂转生的关系,比如克兰利与穆利根因为试图对斯蒂芬进行精神控制而似乎存在灵魂转生关系,斯蒂芬与萨金特因为与母亲血肉相连而似乎融为一体。这种灵魂转生关系的衍生物就是《尤利西斯》中人物间的等式关系或者叙事的置换策略。这种等式关系表现为爱尔兰的属民地位=犹太人的属民地位=中国人的属民地位=非裔美国人的属民地位……而这种等式关系背后是禁忌背后的置换策略。在无法应对某种强大的力量时,人们往往会采取置换策略,形成对某种近似的东西的禁忌。在《尤利西斯》中,当作者无法言说殖民主义、民族主义等政治禁忌和天主教信仰中的宗教禁忌时,小说采取的就是置换策略,即代之以言说可以言说的禁忌,即可以言说的宗教禁忌、死亡禁忌和饮食禁忌等。"灵魂转生"的概念也使得《尤利西斯》中的另一种幽灵叙事形式,即幽灵人物的强力嵌入,具有了非凡意义。莎士比亚本来在小说里没有参与任何事件,但他的存在占了全书文本几十页的篇幅,其原因是莎士比亚是斯蒂芬和布卢姆的灵魂转生人物(从现实层面的逻辑而言,则可以反过来),他身上寓言的是斯蒂芬和布卢姆身上的特质。第四个幽灵概念是"变形",它也如幽灵一般,在无形中制约着人物的不同侧面之间的关系。也就是说,某些单个人物的身份会兼具许多不同人物的特点,似乎单个人物会不停地变换成其他不同的人物。这种特点在《尤利西斯》中表现得不太明显,形式也比较单一,只是较多地表现为穆利根不断在卖国贼、不知亡国之恨的民众和天主教信徒之间来回戏拟式地变来变去,所以本编只在第一节对变形进行简单讨论,留待第四编再详加论证。

  本书第四编主要对《芬尼根守灵》的幽灵叙事形式进行研究。之所以重点研究其幽灵叙事形式而不再重点研究其幽灵叙事主题,主要是因为在《芬尼根守灵》中,幽灵元素成了唯一元素,一切都具有了幽灵所具有的不稳定性和不确定性,所有的边界都消失殆尽,形式即内容,内容即形式,所以研究幽灵叙事形式也就是在研究幽灵叙事主题。上述不稳定性和不确定性主要表现为《芬尼根守灵》中的变形。小说中的一切都处于变形和流动中，人物不再有清晰的边界，一个人物也是其他很多人物，甚至是在很重要的意义上相互矛盾的人物。情节的边界也模糊不清，一个插曲与另一个插曲相互映射，相互纠缠，参与插曲的人物的边界也模糊不清，分不清数个插曲中的人物到底是同一个人物还是数个不同的人物，而小说中的几个主题就是在这幽灵般的情节变形中表达出来。在这种幽灵叙事及幽灵叙事形式的操演中，语言也发挥了很大的作用。借助各种语言的混合、词语的混成和变形，语言变成了幽灵，极具不确定性和张力，衍生出阐释的无限可能。因此，本编用三个章节分别对小说中的人物变形、主题的幽灵式表达（即情节的变形）和语言变形进行探讨。除此之外，由于维柯的影响在《芬尼根守灵》中属于不断侵扰的幽灵元素，本编第四章还探讨了维柯对《芬尼根守灵》的结构、主题和人物塑造的幽灵式影响。

第一编

《都柏林人》的幽灵主题与幽灵叙事形式

　　《都柏林人》完成于1905年,在庞德的帮助下于1914年出版。整部作品由15则短篇小说集结而成。它采用现实主义的写作手法,描绘了一群下层市民平庸琐碎的生活图景。乔伊斯选择都柏林这一"麻木状态的核心"作为地点,将"瘫痪"和"死亡"这两大主题贯穿整部作品,采用审慎的平民语汇对童年、青少年和成年人社会生活进行了细致入微的观察与刻画,但作者本人从不在小说中做任何形式的评论,保持了作者自身与文本的疏离。[1]

　　在《都柏林人》这部作品中,大部分人物孤独寂寞,各自互不相关,生活在狭小的空间里,躲藏在黑暗深处,但又以一种文雅的态度面对着所处的世界。整个都柏林在这部小说中弥漫着一丝苟延残喘的气息,被徒劳、无用、厌倦和绝望的氛围笼罩着,被纷繁复杂的无序感侵染着。每当面临改变命运的抉择时刻,他们普遍表现出一副不知所措、呆若木鸡的姿态,被动地将自我乃至整个城市置于瘫痪状态。15

---

[1] David Norris & Carl Flint. *Joyce for Beginners*. Cambridge: Icon Books, 1994, p. 64.

则短篇小说看似毫无顺序与逻辑，却在所要表达的主题上表现出惊人的相似；每则短篇中的情节都似乎有跑题之感，似乎被许多毫不相干的对话或琐事所笼罩，但"从《姊妹们》开始，乔伊斯的叙事中讲述了许多故事，但所有故事都与更广阔的叙事语境有一种讽喻性的联系"[1]。也就是说，所有的琐碎的对话和琐事都是都柏林无处不在的瘫痪和死亡的寓言。乔伊斯就像但丁《神曲》中引领但丁进入地狱之门的维吉尔一样，带领着读者——"朝圣旁观者"，"进入当时的都柏林这一地狱"[2]，整部作品无时无刻不充斥着乔伊斯作品内核中对都柏林乃至整个国家的深切关注和对亡国的绝望，还有这样一种渴望：为爱尔兰擦亮一面能实现觉醒与改变的镜子，在瘫痪造成的缺失与不在场中寻求到彼岸世界的意义乃至微弱的民族希望。[3]

第一章 爱尔兰国际地位的寓言：以《赛车以后》为例

第一节 《赛车以后》的历史背景

《赛车以后》是《都柏林人》中的第五则短篇小说，即青年部分的第二个故事，被乔伊斯不客气地评为"最糟糕的两篇小说"之一，另一篇则是《痛苦的事件》。[4] 乔伊斯之所以对其不满并有意加以修改，很可能是由于在小说中他的叙事侧重点和问题的焦点都由他所深谙的柏林中下阶层转向了不太熟悉的新兴暴发户群体。《赛车以后》没有一如既往地展现都柏林人在恶劣的社会环境和贫瘠的经济条件下痛苦挣扎的生存困境，反而集中描写一个来自都柏林富裕家庭的年轻人吉米·杜瓦尔不务正业的纨绔态度和肆意挥霍的奢靡生活。小说的故事层面主要讲述了三个场景，分别是赛车以后返程都柏林、法国酒店的精致晚餐以及美国游艇上的晚会，场景间由吉米回家换衣服和街上豪迈地合唱两部分相衔接。《赛车以后》看似

---

[1] Thomas Hofheinz. "'Group Drinkards Maaks Grope Thinkards': Narrative in the 'Norwegian Captain' Episode of *Finnegans Wake*." *James Joyce Quarterly*, 29.3 (Spring 1992), p. 645.
[2] Daniel R. Schwarz. *Reading the Modern British and Irish Novel 1890-1930*. Oxford: Blackwell Publishing, 2005, p. 130.
[3] Richard Ellmann & Stuart Gilbert. *Letters of James Joyce I*. London: Faber & Faber, 1957, pp. 63-64.
[4] Richard Ellmann & Stuart Gilbert. *Letters of James Joyce II and III*. London: Faber & Faber, 1957, p. 189.

展现了一个另类的光怪陆离的国际化的世界,但深藏在文本下的民族历史和政治意义的隐形文本像幽灵般若隐若现。如同《尤利西斯》一般,《赛车以后》中的个人叙事和民族叙事构成复杂的寓言式双重叙事,把积淀了七百多年的历史和复杂的国际关系置于光怪陆离的个人生活表层之下,以寓言的形式展现了爱尔兰尴尬的国际地位。

在论及《赛车以后》潜文本中的幽灵式内涵之前,需要先理清历史上与文本幽灵叙事相关的一些背景。首先,小说故事源于1903年4月乔伊斯在《爱尔兰时报》上发表的一篇关于法国赛车手亨利·福赫尼尔(Henri Fournier)的采访和同年7月在爱尔兰举办的第四届高登–本奈特杯汽车大赛(Gordon-Bennett Cup Race)。亨利·福赫尼尔不仅是一名赛车手,同时也是法国一家汽车公司的经理,故事中吉米的法国朋友赛古安就是以他为原型的。此外,本届汽车大赛的冠军由德国人(事实上是比利时人)获得,而法国车队则捧获团体冠军的奖杯,这些都为乔伊斯的小说创作提供了灵感和充分的现实素材。本届汽车大赛理应由上届获胜国家——英国举办,但由于法律及人口相对密度等相关问题的制约,最终主办机会落到了殖民地爱尔兰头上。[1] 整个赛事牵动着爱尔兰人民的心,他们的热情从法国车队的游轮刚抵达爱尔兰时就可见一斑。如法国权威汽车杂志《汽车画报》的特邀记者所写:"出于对如绿宝石般美丽的爱尔兰岛的赞美,至少六个重要的法国赛车手都佩戴着绿色领带和帽子。"[2] 这种恰到好处的恭维让爱尔兰人非常受用,于是约有两千多人聚在港口热烈欢迎。不仅如此,赛事结束后的场面宏大而激动人心。在法国车队回程驶向都柏林的路上,成千上万的爱尔兰人簇拥着车队缓缓前行,赛车手们犹如打了胜仗荣归故里的士兵,接受着爱尔兰"父老乡亲们"的顶礼膜拜和致敬。[3]

其次,历史上爱尔兰和法国两国间的关系非常错综复杂。法国对爱尔兰的庇护更可追溯到几百年前。在爱尔兰追求民族独立和反抗英国统治的斗争中,法国是诸多爱尔兰民族主义者的避难所,如爱尔兰共和兄弟会前身的创建者詹姆斯·斯蒂芬斯就曾逃到法国,参与巴黎激进的革命秘密会社活动,寻求解决爱尔兰问题的新途径。[4] 更为重要的是,法国曾几次试图

---

[1] David F. Ward. "The Race Before the Story." *Éire-Ireland*, 2 (Summer 1967), pp. 28-29.
[2] 见 "Gordon-Bennett Cup Race, Arrival of the French Cars." *Irish Times*, 29 June 1903, p. 8.
[3] "Irish Race Echoes." *Motoring Illustrated*, 11 July 1903, p. 188.
[4] 艾德蒙·柯蒂斯:《爱尔兰史》,江苏师范学院翻译组译,南京:江苏人民出版社,1974年,第118页。

登陆爱尔兰并援助其发动共和革命,其中最为人熟知的就是"卡斯尔巴追击"战役(the Races of Castlebar)以及"追击以后"(After the Race)的惨况。由于法国大革命激化和重构了爱尔兰政治思想,民族主义者西奥博尔·德沃尔夫·托恩(Theobald Wolfe Tone)竭力说服法国派出远征军协助爱尔兰发动革命,他的提议和法国政府的想法不谋而合。然而法国人的运气实在不佳,1796年12月的恶劣天气和双方复杂的政治原因导致法国舰队屡屡失利,最终错失了进攻英国的良机。班特里湾(Bantry Bay)的受挫虽然使爱尔兰人协会感到失望,但至少证明了法国人是站在爱尔兰这一边的。两年后的1798年,托恩再一次为法国人谋划了一次突袭,即亨伯特(Humbert)将军于8月22日带领着一千多名法国士兵在基拉拉湾(Killala)毫无阻碍地登陆爱尔兰。他们在当地招兵买马并给投入麾下的爱尔兰农民发放武器和军服后,在卡斯尔巴遭遇了雷克(Lake)将军率领的英国大军。尽管双方实力相差悬殊,但联合军却奇迹般地大败英军,致使英军在撤退的过程中溃不成军、仓皇逃窜。经历了"追击"和短暂的胜利后,联合军在战略转移的过程中由于误判战局,最终在巴利纳姆克(Ballinamuck)遭到雷克和康沃利斯(Cornwallis, Lord Lieutenant)总督的火炮袭击和重骑兵的猛烈进攻,最终被迫投降。但出人意料的是,所有的法国军官都被英军以礼相邀参加宴会,战俘们坐着驳船一路欢快地被送往都柏林,随后返回法国。在都柏林停留的一天一夜,他们如凯旋的英雄般受到了成千上万市民的崇敬和爱戴,耳边的《马赛曲》此起彼伏。法国军队光荣般的战败和被英军礼让遣返与协同作战的爱尔兰人的悲剧命运形成了极具讽刺的反差。爱尔兰农民军和高级军官都遭到英军无情的屠杀,甚至整个基拉拉地区都被血洗屠城。[1] 让人唏嘘的是,爱尔兰人的悲剧并没在法国同盟这里激起多少怜悯之心,除了亨伯特将军为他的爱尔兰副官向英国求情使其免于绞刑(结果依然被英军处死),其他的法国军官都无动于衷。从上述历史不难看出,爱尔兰在诡变的英法战争中只是一枚棋子,法国采取迂回作战的方式入侵爱尔兰——英伦三岛上防御最薄弱的环节,只不过想以其为跳板,为日后进攻英国本土提供便利。另外,高傲的法国人从未将爱尔兰视为真正的盟友,他们对军纪涣散和"愚昧无知"的爱尔兰人充满了鄙视和偏见,双方的合

---

[1] Donald T. Torchiana. "Joyce's 'After the Race,' the Races of Castlebar, and Dun Laoghaire." *Éire-Ireland*, 6 (1971), p. 121.

作完全是无稽之谈，战败后立刻不顾同盟之谊抛弃了爱尔兰。

第二节 《赛车以后》中爱尔兰城市新贵的财富观念和阶级意识

乔伊斯在《赛车以后》中用了寓言式的手法来讽刺爱尔兰民众对曾背弃过自己的所谓"盟友"的盲目热忱和崇拜。"在英奇柯尔的小山顶上，观众成群地聚集在一起，望着车队疾速归来，望着欧洲大陆的财富与工业穿过这条贫瘠而无生气的通道奔驰。成群的观众不时为落后者鼓劲，使他们大为感动。不过，他们真正同情的是蓝色车——那是他们的朋友法国人的车子。"[1]尽管没有一个角色正式登场，赛车手的富裕优渥和围观群众的贫穷落后、前者的自命不凡和后者的愚昧短视，多重对比跃然纸上，充满了无尽的讽刺意味。无论是没见过世面的普通大众还是受过欧洲高等教育的"精英"阶层，都盲目追随着代表国家的赛车，崇拜着赛车背后欧洲大陆的巨大财富。他们坚信赛古安和他所代表的法国如同几百年前一样，依然是爱尔兰民族解放的救星，能把他们从压迫和桎梏中拯救出来。

杜瓦尔一家作为都柏林新兴暴发户群体的代表，其对欧陆的盲目崇拜和追崇，寓言式地讽喻了爱尔兰上层社会不顾民族利益、奴颜婢膝追捧欧陆模式的做法。杜瓦尔一家渴望从低俗的屠宰行业跨界到充满国际时尚的赛车领域，从狭隘落后的都柏林生活一跃而至欧洲大陆的上流社会，促成如此辉煌成就需要两个必备因素：金钱和文化。为了赚钱并积累财富，老杜瓦尔先生早早地放弃了做一名"激进的民族主义者"，他的爱国主义热忱和政治忠诚在金钱和社会地位面前一文不值。他一生都"奔驰"在追求财富的道路上，通过跟警察局签的一批批合同从一名白手起家的屠宰商摇身一变成了富有的"商业王子"。除了金钱和成功，从本质上来说，杜瓦尔先生跟那些"感激涕零地受压迫的"[2]围观群众毫无差别。虽然爱尔兰在艺术尤其是音乐方面的建树声名远播，但老杜瓦尔依旧从心底里鄙视本民族的文化，因此他不惜花费大量金钱把儿子吉米送到剑桥接受短暂的高等教育并接触欧洲人眼中习以为常的文化，即便儿子不务正业、奢侈挥霍，父亲依然为他能开开眼界而感到骄傲和得意。吉米高攀社会名流不仅极大

---

[1] 詹姆斯·乔伊斯：《都柏林人》，王逢振译，上海：上海译文出版社，2010年，第40页。本章后文出自《都柏林人》同一译本内的引语，将随文标出中文译名简称《都》和引语出处页码，不再另注。
[2] James Joyce. *Dubliners*. New York: Penguin Books, 1996, p. 44.

地满足了老杜瓦尔的虚荣心,也让他跻身成为上流社会企业家的理想和抱负多了一份实现的可能。故事中即便是一次普通的受邀参加欧洲朋友的晚餐,在老杜瓦尔看来都是具有非凡意义的大事。他对吉米的匈牙利朋友维洛纳的友好与恭维还不及维洛纳眼中一顿美餐来得实在。后者对生存之需热切肯定的现世态度极大地嘲讽了老杜瓦尔的谄媚嘴脸以及他对社会身份的愚蠢追求。

身为爱尔兰中上层阶级"精英",吉米是典型的纨绔子弟,也是崇洋媚外的爱尔兰民众的寓言。他整日无所事事,虚度光阴,"特立独行"地把所有的时间"一半用于音乐,一半用于赛车"(《都》41),富裕的物质生活无法给他带来精神上的满足感和心理上的安全感。他羡慕赛古安和利艾维尔所拥有的汽车以及他们背后的国际背景,想要攀附见多识广的朋友,从而进入欧洲的社会交际圈。故事开篇中的吉米因跟其他国家的赛车手一同回都柏林而感到无限的得意和荣耀。赛车带来的兴奋感和狂欢的热闹氛围在他被"许多朋友都看见他和这些大陆来的人待在一起"时达到了高潮。他十分享受"再回到观众的世俗世界,被人们用肘臂轻轻推着,投以羡慕的眼光"(《都》42)。能与这些国际友人称兄道弟让他觉得自己的身份和地位倍增,对平凡枯燥的都柏林生活和庸俗的同胞则不屑一顾。但这一切荣耀和美好都在他与维洛纳不得不中途下车、步行回家时戛然而止。"他们向北走,心里有一种奇怪的失望感,而在他们头上,城市里苍白的路灯悬挂在夏日夜晚的薄雾之中。"(《都》43)赛车和它令人眩晕的速度让吉米短暂地陷入错觉,当他走下车来,从喧嚣多彩的国际舞台再度回到世俗孤寂的现实世界,无尽的失落感和幻灭感让他意识到深受都柏林社会习俗和道德影响的自己可能永远都无法真正融入欧洲上流社会。作为都柏林商业新贵的父子俩正是乔治·拉索尔(George Russell)在1913年爱尔兰罢工期间所发表的公开信中提到的那类"不合格的公民"。"他们坐拥城市巨大的财富却没有一点慷慨之心[……]他们不使用与之经济权利对等的公民权利来矫正罪恶腐败的行政管理体系,放任社会底层人民的聚集地沦落为瘟疫之地。"[1]这类毫无公德心、只知道崇洋媚外的资产阶级暴发户群体最终加速了自己的祖国在物质与精神方面的双重贫瘠。

---

1 George Russell. "An Open Letter to the Employers." *100 Years of Irish Prose*. Eds. Vivian Mercier & David H. Greene. New York: Grosset and Dunlap, 1961, p. 228.

相比小说集中的其他故事，《赛车以后》更为关注爱尔兰新兴暴发户的财富观念和阶级意识。乔伊斯不仅在构建故事的各类场景时使用了多种与钱、财富及数目有关的意象，更是不厌其烦地在短短两页中提到 money 这个词九次[1]，成功地让整个故事浸淫在一切以经济为导向的社会氛围中，不仅让读者深刻地体会到金钱的无穷力量，更让人意识到万物都会被资本主义商品化的必然趋势。老杜瓦尔通过儿子天价的海外教育和挥霍无度的生活来炫耀自己的财富，就连吉米体面的风度和外表也同样有着经济效用："他父亲甚至从商业的角度也会感到满意，因为他使儿子获得了一种常常用钱买不到的气质。"（《都》44）不仅如此，杜瓦尔一家都期盼用金钱来缩小与欧洲人之间的距离，从而在物质化的欧洲大陆博得一席之地。由于"赛古安有那种无须置疑的富豪气派"（《都》43），一向精明的父亲经过"深思熟虑"后决定在不甚熟悉的汽车生意里投入一大笔钱，进而实现跻身上流社会的愿望，这样的决定让读者不由地心生担忧和焦虑。故事中的汽车像是有着超能力的救星："这种旅行像一根具有魔力的手指拨动了生命的真正脉搏，使人的神经系统伴随着疾驰的蓝色动物激烈地跳动"（《都》43），但是它的速度、狂喜、兴奋感等相关意象不禁让人思考：汽车领域真的能如人所愿把杜瓦尔一家从都柏林狭隘平庸的生活中解救出来，还是会引领他们一步步走向邪恶的深渊？故事的结局以吉米在牌局中豪赌失败而告终，荣耀、骄傲以及乌托邦式虚幻的美好也如昙花般转瞬即逝。

第三节 国际政治棋局中的爱尔兰

如果说"卡斯尔巴追击"战役中爱尔兰是英法军事博弈的一枚棋子，那么故事里在由法国、加拿大、匈牙利、英国、美国和爱尔兰所组成的"小联合国"中，爱尔兰依然承袭了当年无足轻重的地位。对于熟知爱尔兰历史的乔伊斯来说，各个国家出场的先后顺序和在赌局中的胜负均是刻意安排的。英国是日不落帝国，其殖民地甚至包括了后来独立的美国；法国是与英国势均力敌的欧陆国家，也是在争夺爱尔兰方面的宿敌；美国和加拿大是刚刚脱离了殖民统治、日渐走向繁荣的国家；匈牙利国力较弱，但好在未沦为英国的殖民地；而爱尔兰却一直悲哀地依附在英国殖民者的统治之下，其国内充斥着让人切齿的懒惰萎靡、崇洋媚外、饮酒作乐等各种陋

---

[1] Jane Somerville. "Money in Dubliners." *Studies in Short Fiction*, 12 (1975), p. 110.

习。几个国家之间的关系及其在国际上的地位寓言式地隐含在几个赛车手的牌局中。文本刚开始出场的只是赛车手赛古安（法国人）、吉米（爱尔兰人）、利艾维尔（加拿大人）和维洛纳（匈牙利人），在晚宴上增加了赛古安和吉米的老熟人鲁斯（英国人），在赌牌之前增加了利艾维尔的老熟人法利（美国人）。这看似随意安排的出场顺序和人物关系具有寓言意义，它喻示着这些个人所属的国家的关系和地位。在与爱尔兰的关系上，法国和英国总是处于敌对状态，都在争夺在爱尔兰的利益；英国殖民了爱尔兰，爱尔兰对英国怀有敌对情绪，把法国视为避难所和盟友（这三个国家是"老熟人"了！）。加拿大与法国的关系比与英国的关系要好一些，前者对后者存在某种亦步亦趋的关系；匈牙利与法国同属欧陆，在许多利益上是一致的。这与文本中爱尔兰人吉米与法国人赛古安关系很好，加拿大人利艾维尔是其老板法国人赛古安的经理，爱尔兰人、法国人、加拿大人和匈牙利人出场先后的安排存在对应的寓言关系。在晚宴上，英国人鲁斯不请自来，且是吉米和赛古安的老熟人，暗喻英国对爱尔兰和法国而言是怎么也无法摆脱的纠缠，是爱尔兰的不速之客，是不受欢迎的入侵者。法利是加拿大人利艾维尔的老熟人，他最后加入牌局中，但随后加拿大人利艾维尔似乎成了不在场者，这与美国和加拿大曾同为英法等国殖民地、美国的国际地位后来居上、加拿大地位一直式微有寓言式的对应关系。

爱尔兰在这个所谓的"小联合国"里却永远是一个边缘者、任人宰割者和输家。这种地位典型地寓言在爱尔兰富家子弟吉米的身上。他通过三种令人诟病的兴奋方式来麻痹自己的民族情怀："穿过空间的高速运动使人飘飘欲仙；声名狼藉也同样如此；而拥有金钱也产生同样的效果。这些就是令吉米兴奋的三大原因。"（《都》42）但即便他就像"在纳亚斯路的车辙里滚动的小球"（《都》40），所追寻到的速度感和兴奋感带来的短暂逃避及轨道中纯粹的机械移动也并不能赋予他任何真正意义上的解放和自由。无论是故事中兴奋喧闹的一天，还是在都柏林生活的 26 年，吉米的身份早就被定格为一个被动的观察者而非主动的参与者。剑桥的生活、法国酒店的私人晚餐、游艇上的夜间聚会和牌局……虽然吉米都身处其中并努力地试图融入周遭环境，但一切似乎都超越了他的理解与认知范围，边缘的爱尔兰身份让他始终低人一等，时刻有着被藐视、被排斥和被算计的危机。

法国对于爱尔兰的民族主义力量具有非常深的掌控力，这在吉米身上也得到了寓言式的展现。早在剑桥学习期间吉米就认识了赛古安，他极愿意跟这个眼界开阔、见过世面的法国朋友交往，更觉得能在赛古安的汽车公司入股，让他能看上那"一点点"爱尔兰人的钱，是自己莫大的荣幸。但是，赛古安真的像克施纳（R. B. Kershner）所说的那样与吉米有着《三个火枪手》中兄弟般的情谊[1]，还是伙同其他欧美朋友给吉米设了一个必输的赌局？随着第二场景故事情节的推动和发展，读者心中将渐有定论。赛古安在晚餐中故意把话题由艺术引向政治，似乎有意挑起爱尔兰人和英国人之间由来已久的矛盾。深藏在吉米心中的战斗性和民族主义气节很快被激发出来，他觉得"父亲身上那种久已泯灭的热情在他身上复活了"（《都》44-45），年轻的英国人鲁斯成了吉米激情演讲的政治对象。虽然房间里气氛热烈，甚至"出现了个人攻击的危险"（《都》45），但赛古安成功地掌控全局，及时举杯向"博爱"致意，以缓和气氛。这与历史上亨伯特将军抵达基拉拉湾以后向当地信奉天主教的农民们灌输同样的"自由、平等、博爱"等革命口号形成幽灵般的呼应关系。事实上，对于法国而言，在保证法国军事利益最大化的前提下，爱尔兰能否实现上述革命理想并取得民族独立并不重要，就如同眼下吉米内心澎湃的爱国主义精神也不具意义，而且法国总是能够把爱尔兰民族主义的起落玩弄于股掌之中，正如赛古安若有所思地打开窗子就能使得吉米噤声，让其高涨的情绪和激烈的讨论渐渐消声于无尽的夜中。

赌牌的结局则是在国际舞台上英国、法国、美国、加拿大、匈牙利和爱尔兰等国相互博弈后的命运的寓言，小说最后一个场景——游艇上的聚会，是由跟飞驰的赛车带来同样眩晕感和刺激感的舞蹈开始的，喻示着爱尔兰的吉米一如既往地天真幼稚，对参与各国人之间的游戏怀有单方面的盲目热忱和自欺欺人的美好愿景。他情绪兴奋高昂，充满着幼稚的孩子气："多么快活！吉米跳得很起劲；这至少是见识生活……多快活的弟兄们！多好的伙伴呀！"（《都》46）舞蹈结束后他们开怀畅饮，国际化的祝酒词"为爱尔兰、英格兰、法国、匈牙利和美利坚合众国干杯"充满了夸张与荒诞。微醉的吉米又一次发表了冗长的演说，期间每次停顿都会听到维

---

[1] R. B. Kershner. *Joyce, Bakhtin, and Popular Literature: Chronicles of Disorder*. Chapel Hill & London: University of North Carolina Press, 1989, p. 74.

洛纳热情高喊"听啊！听啊！"以及混着法利笑声的热烈掌声。愚蠢的吉米把眼前一切虚伪迎合都当成对自己真诚的赞美，虽然头晕目眩但依然敢"大胆地投入冒险"（《都》46）。牌局中的吉米由于心神不宁经常弄错牌，甚至连债款都需要别人来帮忙计算，红桃王后和方片王后分别隐喻的牺牲和输钱的厄运毫无悬念地降临到吉米身上。他潜意识里一直在躲避清醒，因为任何内心乍现的清醒都会让他不得不正视自己的愚蠢和残酷的现实，"他知道次日早晨他会后悔的，但此时他高兴能够休息一下，高兴昏暗麻木会掩盖他的愚笨"（《都》47）。赌局的最后赢家将在暗喻英法之间矛盾的鲁斯和赛古安间产生，而此刻的吉米则如同18世纪末被卷入英法战争的爱尔兰，先是一个无足轻重的旁观者，随后是毫无作战能力的参与者，最后是惨遭杀害的殉难者。吉米很清楚"他自己会输"，也可以承担这次的巨额赌债，但他再也无法负担再次进入上层社交圈的代价，如同当年怯懦参战最终被大肆屠杀的爱尔兰农民军，在得失的忧虑中陷入了敌人和盟友合谋的骗局而悲惨收场。赌局尾声的高潮和幻灭再次完美地平衡了整个故事，吉米的愚笨和欠下大笔赌债的结局是一种不可逆转的必然。事实上，又矮又胖的美国人法利也是输家之一，但他的输赢没有暗含像爱尔兰、法国、英国间如此复杂深刻的历史政治寓意。美国在平衡欧洲大陆各国间的关系时充当了和事佬的角色，它也希望能为爱尔兰提供庇护从而在获益时分一杯羹，只不过最终由于山高水远很难为之罢了。在这场国际博弈中，与爱尔兰一样拥有辉煌历史但在现实中也处于弱势的匈牙利则沦为摇旗呐喊者——维洛纳伴奏者的角色不失为这种匈牙利配角的生动寓言，而新生的加拿大似乎比美国还惨，沦为了一种缺场的存在——加拿大人利艾维尔在对牌局的书写中从头至尾未被提及，他所代表的加拿大在各国的祝词中完全被忽略，这同样是加拿大缺场角色的生动寓言。

　　故事的结尾是匈牙利人维洛纳在晨曦中打开舱门告知所有人天亮了，我们不禁要问：为什么是匈牙利人宣布了黎明的到来，让喻示爱尔兰的吉米"顿悟"般地从愚蠢和麻木中清醒过来？纵观整个故事，我们发现吉米跟贫穷的匈牙利人才是最为熟稔、最谈得来。赛车归来时是维洛纳与他一起坐在车的后排，同样也是维洛纳中途跟他下车，步行回家换衣服。扎克·波温（Zack Bowen）通过分析亚瑟·格里菲斯（Arthur Griffith）的论著《匈牙利的复兴》，发现在历史上，匈牙利的民族独立与爱尔兰有诸多共同点。

他认为乔伊斯把维洛纳看作"艺术家领袖"的同时,更希望通过借鉴"匈牙利政治"和通过维洛纳的帮助来促进爱尔兰民族独立事业。[1] 维洛纳是一名艺术家,一个穷困但颇有才气的钢琴家,他和《一个青年艺术家的肖像》中的艺术家一样,都是爱尔兰人的精神导师,带领他们寻求有关自身的真理,从而走出虚妄和谬误。

总之,《赛车以后》通过以吉米与五位朋友和熟人赛车归家、晚宴和赌牌等个人生活中的三个片段为寓言本体,喻示了爱尔兰与法国、英国、美国、匈牙利和加拿大等国错综复杂的国际关系、这些国家的国际地位以及爱尔兰在国际上的被边缘化、被出卖和被殖民的尴尬地位。

第二章 侵扰、控制爱尔兰儿童的帝国幽灵:以《一次遭遇》和《阿拉比》为例

19世纪,英国对爱尔兰的殖民并不像在印度那样只要贸易不要土地,而是要实现对爱尔兰在政治、经济和文化等方面的全面统治,要将其纳入自己的版图,因此体现英国殖民统治权力的帝国幽灵也就渗透了爱尔兰人生活的方方面面,规训惩罚着那些敢于忤逆的他者。作为小说背景的都柏林,是被殖民的爱尔兰的"瘫痪中心":在这里,大英帝国的殖民统治不仅以强征土地、强征赋税、军事管制等显性形式存在,其政治和文化的规训更以隐形的但不断侵扰的幽灵形式而存在。帝国幽灵是帝国权力的一种存在形式,其凝视作用则是帝国"权力化的视觉模式"[2]。

《一次遭遇》和《阿拉比》是短篇小说集《都柏林人》的第二篇和第三篇,书写的是这部被称为"道德史"的短篇小说集的童年部分。作为小说集背景的都柏林,大英帝国的殖民幽灵在这里无处不在。这两部短篇小说中的小男孩作为英国殖民者眼中的他者,其一举一动似乎都处于帝国幽灵的凝视之下,在成长过程中时刻受到帝国幽灵的规训与惩罚。《一次遭遇》中的小男孩在逃离并寻求自由狂野的过程中,其自由、冒险的天性在帝国幽

---

1 Zack Bowen. "Hungarian Politics in 'After the Race'." *James Joyce Quarterly*, 7.2 (Winter 1970), p. 138.
2 朱晓兰:《凝视理论研究》,南京大学博士学位论文,2011年,第41页。

灵的凝视和规训下被无情压制；《阿拉比》中的"我"对懵懂爱情的追求也被帝国幽灵无情"扼杀"。帝国幽灵通过规训与惩罚，对殖民地儿童进行驯化。从小就受到英国殖民主义规训的爱尔兰儿童，其成年后的精神瘫痪状态可以从中略见一斑。

第一节 被帝国幽灵控制的儿童天性：以《一次遭遇》为例

在《一次遭遇》中，帝国幽灵似乎时隐时现，飘忽不定，似乎在故事行将结束时以"古怪的老家伙"的形象遽然出现。但细细读来，就会发现帝国幽灵无时无刻不在凝视、规训着故事中的男孩们。它利用了儿童自由的天性，激发了儿童的冒险精神，却又用帝国权力驯化的"古怪的老家伙"破灭了儿童的探险之旅，压抑了其自由天性，完成了对殖民地孩子的规训与惩罚。

帝国杂志作为帝国权力的喉舌，是殖民统治幽灵的附体，它成功地激发并利用了儿童自由的天性与好奇心，使孩子们变得勇敢、冒险、顽皮不逊。"真正使我们了解荒凉西部的是乔·狄龙。他有个小小的图书馆，收藏了一些过期的杂志，有《英国国旗》《勇气》和《半便士奇闻》。"（《都》27）这些杂志是有关大英帝国殖民地的刊物，其中《英国国旗》和《半便士奇闻》最初都是面向儿童，介绍在英国殖民地及海上旅行或冒险的故事，尤其是后者经常充斥着侵略主义和强硬外交的思想内容，教育殖民地的孩子要勇敢，要为大英帝国而战。[1] 于是，勇敢与战斗变成了孩子们的课余追求。"每天下午放学以后，我们便聚集在他家的后花园里，玩印第安人打仗的游戏。"（《都》27）打仗的游戏除了显示了孩子们爱玩的天性外，还似乎是为帝国而战的预演，而"勇敢"成为"我们"倍加推崇的品质。作者似乎带着感叹的语气写道："不论我们战得多勇，在围攻和对搏中我们从未胜过，每次较量的结果都是乔·狄龙跳起胜利的战舞。"（《都》27）故事中的"我"虽然体质较弱，战战兢兢，但还是勇敢地"勉强装扮成印第安人，唯恐显出书呆子气，缺少大丈夫的气概"（《都》28）。因此，作为帝国幽灵载体的杂志成功地使我们中间"扩散着一种顽皮不逊的精神"（《都》28），而且在这种精神的影响下，勇气使我们忽略或战胜

---

[1] Machiko Fukuoka. "Development of Children's Plays in James Joyce's 'An Encounter'." *Bulletin of Hosen College of Childhood Education*, 7 (2016), p. 35.

了文化与体格上的差异。不仅如此，杂志中有关西部的冒险故事激起了"我们"逃避的勇气，打开了"我们"逃避的大门，尽管"我"的天性并非如此。至此，帝国幽灵利用杂志似乎已初步成功地诱惑孩子们按照自己的指向发展：去逃避，去冒险。

那么，孩子们要逃避什么？故事的发展让我们明白，帝国幽灵引诱孩子们逃避的是老师的讲课，是学校的教育，于是孩子们成了帝国幽灵与巴特勒神父的教会学校所争夺的对象。巴特勒神父对学生要求严格，他所在的教会学校为学生开设了"罗马史"等课程，培养学生的"爱尔兰性"[1]。然而，有关荒凉西部的冒险故事，常有暴躁、漂亮女孩出现的美国侦探故事成了孩子们的最爱，在学校里私下流传。小说中的"我"似乎站在了帝国统治的立场，不满地说："这些故事虽然并无什么错的东西，虽然他们的意图还是文学性的，但它们在学校里却只能私下里流传。"(《都》28) 对此，巴特勒神父深恶痛绝。在聆听学生背诵《罗马史》时，他发现乔·狄龙正在偷看《半便士奇闻》。他让狄龙站起来，把口袋里的书上交，并斥责他说："你不学《罗马史》就是读这些东西吗？别让我在这个学校里再发现这种肮脏的东西。"(《都》28-29)

帝国幽灵与巴特勒神父的教会学校争夺孩子们的激烈程度由"公立学校"的教育可见一斑。作为殖民统治的精神载体和帝国幽灵的显性载体，公立学校是由英国政府资助开办的，实行的是无宗派或非教派的英国式教育。[2] 这种帝国式教育脱离了爱尔兰性，试图规范、约束、驯化孩子们的成长，为英国的殖民统治服务，因此受到了爱尔兰人的鄙视。这一点在巴特勒神父对狄龙等孩子的责骂中可以显著体会到："你们这些受过教育的孩子读这样的东西（指杂志故事），真让我感到吃惊。倘若你们是[……]'公立学校'的学生，我倒也还能理解。"(《都》28-29)

巴特勒神父义正词严的批评让孩子们从对自由的狂热中平静了下来，回归了爱尔兰自我身份的认同。神父的训斥让"我"感到西部荒野的光彩变得暗淡，狄龙的惶恐也让作为爱尔兰人的"我"深感内疚。课堂上的"我"显然受到了触动，决心要好好按照老师的要求专注于学习。然而，孩子们

---

[1] Christopher Michael Elias. "What Makes Them Dubliners? James Joyce's 'An Encounter' and the Foundations of Masculinist Nationalism in Ireland." *Journal of Men's Studies*, 24.3 (2016), p. 233.
[2] James Joyce. *Dubliners: Text, Criticism, and Note*. Eds. Robert Scholes & A. Walton Litz. New York: The Viking Press, 1973, p. 465.

热爱自由的天性一旦被幽灵激发似乎又难以控制。一旦远离了学校的约束，"我"又渴望狂野，渴望逃避，这种渴望变得如此强烈，以至于战争的游戏像课堂一样变得让人厌倦。帝国幽灵对儿童的诱惑进一步升级，孩子们要去经历真正的冒险。

在去冒险的过程中，帝国幽灵一如既往地凝视着作为他者的儿童，侵扰着他们的言行，腐蚀着孩子们已有的爱尔兰性。面对幽灵的诱惑，孩子们逃课去冒险并非毫无顾忌。"我们"既要避免被家人发现，又要向神父提出各种请假的借口，或写假条，或让人说自己生病了。乔·狄龙更是担心冒险的路上会碰到巴特勒神父或学校里的人。然而帝国幽灵的诱惑还是略胜一筹，"我们"做出了最后的安排。同所有的诱惑一样，"我"因逃避而去冒险，这让"我"兴奋得一夜都没睡好。冒险途中，在人少的地方，马候尼扮起印第安人，挥舞着没有装弹子的弹弓，追逐一群穿得破破烂烂的女孩子。这多少折射了殖民统治下爱尔兰人的三大爱好（酗酒、唱歌、谈女人）中的"谈女人"。英国统治下的爱尔兰人成了自己的监狱，他们故步自封，不求进取，既悲观又无奈，只好得过且过。这种在被殖民中，被帝国幽灵凝视下形成的性格特征似乎要在下一代人的身上形成。对女孩子的追逐招致了两个衣衫褴褛的男孩子打抱不平，向"我们"投掷石子。马候尼让"我"和他一起向他们冲去。"我"拒绝了，理由是孩子太小。这种平等对决的精神显然与帝国侵略的行为格格不入，不能不算是爱尔兰性的体现。然而帝国统治的幽灵似乎并未退让，马候尼的衣着显然受到了英国化的影响，因而被那群衣衫褴褛的孩子称作"新教鬼"。帝国的幽灵就这样在冒险的路上时隐时现，驯化着不断成长的孩子们。都柏林的商业景象，过往的渔船、货轮，不同颜色眼睛的外国水手，更激发了孩子们对远航冒险的渴求。代表着爱尔兰性的学校和家"似乎在远离我们，他们对我们的影响似乎也在消逝"（《都》32）。

然而与被帝国殖民统治驯化的"古怪的老家伙"的"偶遇"却终结了孩子们的探险之旅，破灭了他们追求更多自由的渴求，压抑了其自由的天性。"古怪的老家伙"既是爱尔兰人，又是帝国幽灵附着的显性实体，是一个被帝国权力规训和惩罚的"驯化品"。他看上去相当老：胡子花白，拄着拐杖，行走缓慢，"穿着一套墨绿色的破旧衣服，戴一顶我们常常称作'夜壶'的高顶毡帽"（《都》33）。他与"我们"谈论天气与季节的变化、学校与书，他对逝去童年的感伤让"我们"有点厌烦。他说自己读过司各特、李顿勋爵和托马斯·莫尔的书，家藏前两位作家的全部书籍。接着开始谈论"情人"，并认为每一个男孩都有一个小情人。"老家伙"的服装、谈吐以及他对当地季节与数十年前不同的感受暗示了他是一个中下层爱尔兰人，他炫耀读过的书籍则表明他受到了帝国殖民文化的规训，而他大谈情人则明确了他拥有同殖民统治下精神瘫痪的都柏林人一样的爱好——谈女人，尤其是他对女孩子们的细致描述更凸显出他精于此道。出人意料的是，后来这位"古怪的老家伙"竟然忘了自己的自由论调，滔滔不绝地谈起惩罚学生的事情，说自己会用鞭子一遍一遍地抽打和女孩说话或有女孩作情人的男孩，对那些有了情人还不说的男孩更是要往死里打。他还向"我"详述如何鞭打这样的孩子，并说这是他最爱干的事情。另外，对于像马候尼那样粗野的孩子，应该狠狠鞭打，因为打手板、抽耳光都无济于事。"我"对此的反应是想愤慨地反驳他，告诉他"我们"不是像他说的那样，不是"公立学校"那种挨鞭子的学生。这些描述虽然不能说明"古怪的老家伙"一定是公立学校的教师，但至少可以看出他深谙此道，可以断定"公立学校"对孩子的"教育"就是鞭打或施以其他暴力，这与英国对爱尔兰的殖民统治如出一辙。"古怪的老家伙"对小学生拥有情人前后矛盾的态度以及对学生强硬、冷酷、残忍的惩罚行为或想法正是帝国殖民暴力幽灵的侵扰式显形。小说在谈到这位"老家伙"时说，"我认为，我们都曾遇到过他"[1]。"古怪的老家伙"已成为一个受到帝国权力规训的奴化的爱尔兰人，帝国幽灵已经将其控制并腐蚀，使其成为帝国幽灵的显性实体。他让原本心怀自由梦想、向往冒险的孩子们感到害怕并表现出懦夫的恐惧。他对鞭打学生的看法"使我大为震惊，不由抬头瞟了一眼他的脸"（《都》36-37），他那双深绿色的眼睛"从抽搐的额下正盯着我看"（《都》37）。这让"我"感到恐惧，不得不移开了目光。而"古怪的老家伙"更让"我"感到害怕的是他对惩罚有情人的小男孩的描述，以致"我"猛地站起身准备逃离。逃离是对帝国暴力幽灵显现的自然反应，但"我"在逃离过程中的伪装则是对幽灵的主观抗争。"为避免显出慌乱不安，我假装系好鞋带，故意拖延了一会儿，接着便向他告别，说我必须走了。"（《都》37）但"我"还是心跳得厉害，"唯恐他会把我的脖子抓住"（《都》37）。"古怪

---

[1] Stanislaus Joyce. *My Brother's Keeper*. New York: The Viking Press, 1958, p. 63.

的老家伙"带给孩子们的是暴力、恐惧和震撼,这即使不能说明他具备了帝国统治爱尔兰的代言人的特征,但至少客观上他已成为帝国殖民权力执行者的"帮凶"。与"古怪的老家伙"的"偶遇"让孩子们的内心充满了惊恐,变得怯懦,这未尝不会成为孩子们的梦魇;人生中的暗恐,腐蚀着孩子们的健康成长。

面对危险,面对幽灵的凝视,"我"的抗争显得孤立无援,于是马候尼便成了可以依靠的对象。"我""冲着田野的那边大叫:'墨菲'"(《都》37)。墨菲与史密斯作为"我"和马候尼的化名,显然是"我"在感到(幽灵凝视的)危险时所使用的一种规避手段。

帝国殖民先是通过杂志、都柏林的商业景象与外国水手等幽灵载体激发孩子们自由、冒险的天性,继而以"古怪的老家伙"为代言人(agent)湮灭了孩子们的探险之旅,扼杀了孩子们的梦想。这似乎隐喻着帝国殖民看似允许爱尔兰人拥有部分自由追求,但要其留居爱尔兰,接受帝国幽灵的凝视,成为帝国殖民幽灵统治下的驯化品,成为麻木疲软、无所作为的"瘫痪"的都柏林人。

第二节 被帝国幽灵侵扰的感情:以《阿拉比》为例

如果说《一次遭遇》中的帝国文化以一种幽灵的形态控制着爱尔兰孩童们的天性,那么《阿拉比》中的帝国文化则以若隐若现的幽灵形式,控制着爱尔兰孩童的情感世界。在《阿拉比》中,帝国文化似有似无,只是在故事即将结束时以阿拉比市场中两位英国男子的形象突然出现。在这则短篇小说中,英国殖民使得孩子们的生存环境破败、萧条,压抑着孩子们的精神。在这样一个死气沉沉的世界中,小男孩产生了懵懂的爱情,似乎从中得到些许逃避现实的精神慰藉。然而帝国文化的幽灵在小男孩心中培养了对虚构的东方魅力的热望,但现实世界中帝国蛮横的形象在阿拉比市场扼杀了小男孩的浪漫之心,也完成了对殖民地儿童情感世界的规训。

小说开篇描写了一幅英国殖民统治下荒芜、破败的场景。其中,没落、萧条的北里奇蒙街、小男孩居住的破败房子、荒芜的花园、死去的牧师等无不折射出帝国殖民的可怕后果。乔伊斯于 1893 年曾提到他曾在基督教兄弟会学校学习过,而《阿拉比》的写作完成于 1905 年。[1] 该时期英国殖民统

---

[1] James Joyce. *Dubliners: Text, Criticism, and Notes*. Eds. Robert Scholes & A. Walton Litz. New York: The Viking Press, 1973, p. 467.

治加强，爱尔兰人民民族主义激情高涨，并最终引发1919—1921年的爱尔兰独立战争。[1]帝国压迫的加重、帝国势力的横行首先造成了房产的废弃和人心的冷漠。北里奇蒙街尽头的两层楼房，居于空地并与周围的房屋隔开。这似乎暗示着楼房主人的尊贵身份，至少楼房主人的社会地位高于周围房屋的住户。然而在帝国殖民统治下，房子已人去楼空。街上其他居住着体面人家的房屋，似乎只能"以棕色庄严的面孔相互凝视"（《都》38），似乎居民家庭之间毫无温情可言。房客牧师宽厚仁慈，而且死后所有的钱都捐给了慈善机构，但他生前居住的客厅却被人遗忘或遗弃，"由于长期关闭，房间里散发出霉味，厨房后面废弃不用的房间里，满地扔着陈旧无用的废纸"（《都》38）。他的死以及死后居住场所长久破败的景象表明了都柏林人与人之间的隔膜。殖民统治造成的经济萧条和文化荒芜使得孩子们也失去了昔日的"伊甸园"。房子后面的花园与园中央的苹果树原本可以像《圣经》中的"伊甸园"一样，为孩子们提供欢乐，但实际上男孩姑妈家的花园荒芜，灌木横生，连打气筒都生了锈，这都暗示了男孩"伊甸园"的彻底失落。因此，在帝国殖民统治下，小男孩的成长环境萧条、阴暗，生活枯燥乏味，精神贫乏。

然而，在这样一个死气沉沉的世界中，曼根的姐姐却给小男孩带来了懵懂的爱情，使其着迷狂热。沉闷的生活与帝国文化的殖民催生的荒谬爱情想象成了他的精神支柱。"每天早晨，我都趴在前厅的地板上，注视着她家的门口。"（《都》40）朦胧的爱带给小男孩的是心虚、紧张、心跳、欲拒还迎的感受。在前厅窥视曼根的姐姐时，小男孩要把百叶窗放下，唯恐被别人看见；曼根的姐姐走上台阶时，小男孩心跳加速，抓起书跟在后面，并在分叉路口加速超过她。不仅如此，曼根姐姐的名字使小男孩热血沸腾，曼根姐姐的形象萦绕在小男孩的心头，挥之不去。这种迷茫的爱慕之情开始取代宗教成为小男孩的精神支柱，对这种迷茫爱情的追求也成为小男孩的精神追求。在吵闹、混杂、拥挤的集市上，小男孩产生了一种独特的感受——"我想象自己捧着圣杯，在一群敌人中安然通过。"（《都》40）懵懂的爱情不仅在他心中成了保护他免于世俗烦扰的圣杯，而且超越了他对宗教的狂热。"在我进行自己并不理解的祈祷和赞美时，她的名字时不

---

[1] Christopher Michael Elias. "What Makes Them Dubliners? James Joyce's 'An Encounter' and the Foundations of Masculinist Nationalism in Ireland." *Journal of Men's Studies*, 24.3 (2016), p.231.

时地从我的嘴里脱口而出。我眼里常常充满泪水，有时一股热流似乎从心里涌上胸膛。"(《都》40-41)小男孩在某天晚上走入牧师死去的客厅时，他对死气沉沉的现实的厌恶达到了顶峰，他朦胧的爱情也彻底取代了宗教，成了他唯一的精神支柱：

> 我庆幸自己看不清什么。我所有的感觉似乎都渴望模糊，当我觉得快要失去感觉时，我紧紧地把双手合在一起，只合得它们颤抖起来，口中反复喃喃自语："啊，爱情！啊，爱情！"(《都》41)

此时，曼根姐姐的形象已经深深地浸入小男孩的灵魂，使其无法自拔。但是，帝国文化的实质是，可以允许甚至鼓励属下臣民荒谬虚无的浪漫幻想，但又总以铁腕统治的现实击碎它们。小男孩对懵懂爱情的追求与其他孩子对阿拉比市场的东方魅力的想象如出一辙，都是浪漫幻想的不同形式，都是对帝国统治下残酷沉闷现实的某种逃避。这种逃避在某种程度上可以弱化帝国属下臣民反抗的动力，因此也受到帝国文化的支持，其目的正如《一次偶遇》中那个奇怪的男人鼓励男孩们去读托马斯·莫尔和沃尔特·司各特的作品和英国杂志不断刊登美国西方故事一样。而一旦这种浪漫幻想转化成对冒险的追求，就有鼓励和培养自主精神的危险。一旦有这种危险的苗头出现，帝国幽灵就会介入，来扼杀这种对浪漫幻想的追求。在《一次偶遇》中，帝国扼杀浪漫幻想的幽灵以那个翻手为云、覆手为雨的男人的面目出现，上演了一出帝国文化出尔反尔的闹剧；帝国幽灵也会以残酷现实的面目出现，将虚构的浪漫的美丽外衣撕去，直接露出丑恶的现实。

"阿拉比"原本是"阿拉伯"的古名，在小说中指一个大型的集贸市场(《都》39)。在小说中，它被孩子们赋予了想象中的东方魅力。东方魅力是帝国殖民文化的建构，小男孩与曼根的姐姐从未离开过故土，有关东方的知识源于帝国文化(杂志、小说、传记等)的书写，是经过帝国权力过滤的知识。[1]阿拉比市场被赋予帝国文化虚构的美好、壮观、繁华、好客等浪漫特质，让孩子们心驰神往。曼根的姐姐因为需要做静修而无法前往，于是便有了她对小男孩的"嘱托"："她终于和我说话了……问我去

---

[1] 范若恩：《帝国知识体系中的他者——论<都柏林人>中的阿拉伯及其他》，《外国文学评论》，2011年第4期，第20页。

不去阿拉比。"(《都》41)慌乱不安中,小男孩对自己的心上人承诺,假如自己前去,一定会给她带点东西。这样,爱情的发展就与阿拉比市场紧密地联系起来。在小男孩心中,懵懂爱情的如梦如幻与阿拉比缥缈虚幻的东方魅力具有相同的特质,男孩想象中曼根姐姐的美与想象中阿拉比市场的繁华美好融合在一起,达到了一荣俱荣、一损俱损的地步,成功到达阿拉比市场并买到承诺的礼物成了小男孩心中能够获得爱情的方式。因此,前往阿拉比市场成了小男孩生活的全部:课堂上几乎不回答问题,无法集中思想,对正经事没有耐心。

不过,自从姑父答应让小男孩前往市场开始,帝国幽灵似乎展开了对他追求虚幻浪漫的"扼杀"。首先,姑父的迟归严重耽搁了小男孩启程的时间,让小男孩坐立不安,心急如焚。姑父迟归是因为他在外喝酒。[1] 作为在帝国统治下精神瘫痪的都柏林人,姑父同其他男人一样秉承了都柏林人三大爱好之一——酗酒。姑父的酗酒迟归耽搁了小男孩的行程,而且在他离开时,姑父又用象征帝国幽灵载体的《阿拉伯人告别骏马》向他发问,再次延缓了他动身的时间。当心急如焚的小男孩迫不及待地坐上火车的三等车厢后,火车却又让人难以忍受地晚点了。这一切似乎冥冥之中有一只无形的手在掌控着男孩的行程,这只无形之手实际上是帝国殖民造就的社会经济和文化环境。

当满怀期待与狂热的小男孩到达时,阿拉比市场却给了他顿降式的幻灭。与想象中的繁华、壮观不同,小男孩看到的是就要完全关闭的迟暮货场:"差不多所有的货摊都已关闭,大厅的一半都黑乎乎的。"(《都》45)市场既没有想象中的喧嚣与骚动,也没有长久期盼的异域风情,只是静寂一片。"我辨识出一种静寂,它像是做完礼拜之后弥漫在教堂里的那种静寂。"(《都》45)尽管如此,小男孩还是没有放弃对爱情的执着,寻找着仍在营业的货摊。然而,当代表异域色彩、象征东方魅力的物品展现在他的眼前时,他却大失所望:它们只是一些瓷瓶和有花卉装饰的茶具。这与帝国文化构建的想象中的琳琅满目、缤纷多彩的异域物品毕竟有天壤之别。原本繁华、好客的市场如今寂寥、冷清。守摊的女郎出于责任才询问小男孩是否想买东西,而且她的语气并不像是鼓励小男孩去买。这又与帝国文化

---

[1] Katherine Mullin. "Something in the Name of Araby: James Joyce and the Irish Bazaars." *Dublin James Joyce Journal*, 4 (2011), p. 33.

构建的想象中的阿拉伯人的热情好客不可同日而语。而市场中两位英国男子与爱尔兰货摊女郎富有调情意味的对话更是给寻求懵懂爱情的小男孩致命一击。对话中，两位英国男子调戏性、武断性地强证女子没有说过的话，女子虽然认为那是胡扯，但在两位英国男子面前还是屈从了。英国男子是帝国殖民幽灵的显性载体，代表的是强权与统治、荣华与富贵以及对属民的奴役与压迫，而货摊女郎作为被殖民的爱尔兰人只能屈服、顺从。货摊女郎的形象在小男孩的心中似乎与曼根的姐姐连接在一起，曼根姐姐（美丽崇高）的形象（似乎渐渐）融入货摊女郎（奴颜世俗）的形象之中[1]，曼根姐姐那朦胧纯真的美似乎变成了货场女子的怯懦轻浮，货摊女郎的今天仿佛就是曼根姐姐的明天，这彻底冷却了小男孩对爱情的狂热痴迷，使他在幻灭中变得愤怒无比。当大厅完全黑暗下来时，他"抬头向黑暗中凝视"，"看见自己成了一个被虚荣心驱使和嘲弄的动物，[……]双眼燃烧起痛苦和愤怒"（《都》46）。

小男孩的愤怒表面上看是因没能买到承诺的礼物而起，实质上是对阿拉比市场所代表的异域浪漫特质与荒唐懵懂爱情幻灭的愤怒，他对异域文化风情的长久期盼与对曼根姐姐唯美形象的迷恋均被无情打碎。前者是帝国文化塑造的一种幻象，与真相相去甚远，凸显出就要关闭的真实的阿拉比市场与想象中的壮观落差巨大；后者是对帝国权力统治下黑暗现实的逃避，而这种逃避一旦外化成对纯真爱情或冒险经历的追求，就对帝国权利所依赖的习俗、秩序、规矩等构成潜在或显性的威胁，这是帝国权力所不能容忍的。所以，在帝国权力的操控下，曼根姐姐一定/必须变成代表着世俗、屈辱、顺从的货摊女郎，真诚的爱情一定/必须变成两性间的厌恶。帝国殖民统治权力好似悬在空中、居于人们头上的无形幽灵，凝视、操控、规训着成长中的小男孩。小男孩最终的顿悟隐约暗示了他对帝国幽灵对其成长所施加影响的觉察，他仰望天空的凝视似乎是对幽灵的怒视，是一种抗争性的反凝视。

总之，《阿拉比》中的英国殖民统治使孩子们的生存环境恶化，精神受到压抑，唯一让孩子们得到巨大精神慰藉的懵懂爱情终被帝国幽灵一步步地"扼杀"，帝国幽灵侵扰着殖民统治下他者的童年，惩罚、规训着童

---

1 John J. Brugaletta & Mary H. Hayden. "The Motivation for Anguish in Joyce's 'Araby'." *Studies in Short Fiction*, 1 (1978), p. 17.

年他者的成长，操控了孩子们的感情世界。

《一次遭遇》与《阿拉比》均以追寻开始，以幻灭结束，反映了帝国幽灵般的凝视给成长中的都柏林儿童所造成的幻灭与伤痛。小说中的两个孩子都执着于自己的追求，但帝国幽灵始终萦绕在都柏林人的周围，时隐时现，严密监视、规训、操控着孩子们的成长。帝国殖民幽灵造就的冷酷现实与理想的巨大差距扼杀了他们的追求与梦想，帝国权力的幽灵惩罚了敢于忤逆的儿童，阻碍着他们爱尔兰民族身份的建构，塑造着他们的"天性"，规训着他们的感情。

第三章 钳制民众精神的宗教幽灵：以《姊妹们》为例

《姊妹们》作为排在首位的开篇故事，带有一种"序言"的性质，奠定了整部作品的"瘫痪"主题，明确了都柏林这一城市为乔伊斯笔下爱尔兰人民瘫痪的最中心。[1] 乔伊斯曾经在 1904 年 8 月写给友人的信件中毫不掩饰地表达了他对整个国家当时所践行的宗教教义与社会规范的批判态度，并表示自己早在六年前就愤然退出了天主教，并发誓再也不会回头，[2] 而《姊妹们》就典型地反映了乔伊斯对天主教的批判。该小说以普通民众中的小人物为主人公，通过对他们所经历的周遭琐事的叙述，既生动形象地剖析出他们或复杂或纠结或过于被天主教驯化的善良的内心，又体现了他们人格卑微的同时亦是导致瘫痪的体制的直接受害者。乔伊斯通过讲述《姊妹们》中的老神父看似轻描淡写、平淡无常的故事，批判了宗教对人们精神的钳制以及带来的沉重影响，凸显了宗教造成的肉体和灵魂的"死亡"和"瘫痪"的主题，将导致爱尔兰堕落、陷入苦难的根源之———天主教公之于众。

第一节 《姊妹们》的瘫痪与死亡主题

死亡是贯穿《姊妹们》的主题，而导致死亡的则是民众们恪守的信仰。在天主教徒比例高达百分之九十以上的爱尔兰，宗教拥有至高无上的权力

---
1 李兰生：《从<姊妹>与<圣恩>看乔伊斯的文化焦虑》，《中南大学学报》，2011 年第 4 期，第 138 页。
2 Richard Ellmann ed. *Selected Joyce Letters*. New York: The Viking Press, 1975, p. 25.

与地位。[1] 因为民众精神上受到天主教的规训与约束，对宗教禁忌诚惶诚恐，一味顺从，失去了思想的自由和表达自我的自由，甚至逐渐失去了对身体的自主权，慢慢生病、瘫痪，直至死亡。在圣母、耶稣、圣灵和神父的精神控制下，宗教势力完全渗透到都柏林的每一个角落，就像千万只眼睛监视着人们的生活。人们出于对惩罚的畏惧，在种种不可言说中吞吞吐吐，欲言又止。没有人敢说真话，也没有人敢公然去反对教规的一丝一毫，更别说有谁胆敢触犯天主教，违背神的旨意，对宗教表露出任何的不敬。老神父作为《姊妹们》中的悲剧人物，穷其一生都没有获得精神上的救赎，深陷于对打碎圣杯这一事故的悔恨与恐惧中。神父是维护神权的人，他的存在相当于一个神的替身，所作所为也代表着神的意志和旨意。盛满耶稣基督鲜血的圣杯作为神权的代表之一，具有浓厚的宗教意味。巧合的是，圣杯有着起源于爱尔兰凯尔特人的历史，[2] 这双重讽刺了老神父因自己的失误将圣杯打碎，怀着罪恶感与自责感死不瞑目的悲剧。由此可见，宗教不仅仅钳制了民众的思想，也钳制了神父自己的思想，令他在惶惶不可终日的折磨中精神崩溃、瘫痪而死。据《姊妹们》中门上贴着的讣告，神父于1895年7月1日去世。乔伊斯将神父的死亡日期设定在这一天，也具有深刻的意味。殖民历史上的1895年7月1日这天，詹姆斯二世率领的军队在爱尔兰北部的博恩河战役中失利，从此爱尔兰失去了自己的领土与主权。

乔伊斯所要表现的不仅仅是神父的瘫痪和死亡，而是整个爱尔兰受人奴役的家国破碎的悲剧。"在《姊妹们》中没有哪个人物能够讲清楚那个死去的神父的故事，但通过每个讲述的模糊性，我们可以隐约感知那个被扭曲和被幽灵侵扰的人的生活轨迹。"[3] 而这个侵扰神父心灵的幽灵，也是扭曲和侵扰爱尔兰民众心灵的幽灵，在这篇小说中，它就是宗教。宗教的影响在神父与民众中悄无声息地发酵，宗教的钳制作用影响着神父与民众：神父作为神的发言人，对民众而言代表着钳制作用的实施者与监督者，民众对他怀有敬畏之心；而在广大民众群体依赖神父的同时，集体的凝视又反作用于神父，亦形成一种不容许有半点差错的监视钳制。这种民众对神

1　Ellsworth Mason & Richard Ellmann. *The Critical Writings of James Joyce*. New York: The Viking Press, 1959, p. 169.
2　John Matthews. *The Elements of the Grail Tradition*. Dorset: Element Book Ltd., 1992, p. 11.
3　Thomas Hofheinz. "'Group Drinkards Maaks Grope Thinkards': Narrative in the 'Norwegian Captain' Episode of *Finnegans Wake*." *James Joyce Quarterly*, 29.3 (Spring 1992), p. 645.

父的钳制在文中表现得如幽灵一般，总是处于在场与不在场之间。出于对宗教与神父身份的畏惧，人们对神父一些肮脏龌龊的行为刻意回避，每次提起就吞吞吐吐，话说半句，不敢直截了当地清楚表达。但恰恰是整个短篇小说文本遮遮掩掩的叙述，不仅显露出宗教本体及其精神钳制之下的爱尔兰的瘫痪死亡状态，而且揭示出造成这种状态的罪魁祸首——天主教。

首先，神父这个人潦倒不堪的状态及民众对其怀有的不满心态透射出天主教的陈腐、败落和民众灵魂的瘫痪。从文中可看出，神父总穿着一件褪了色的绿色长袍，极其古旧，毫无整洁可言。他长期"坐在火炉边的扶手椅里，几乎全身都捂在大衣下面"（《都》5）。他在履行神职时抽鼻烟，还用"被鼻烟染得污黑不堪"的红手帕去弹掉落在旧袍子上的烟末。神父的住处也很不起眼，是座昏暗无比的"小小的房子"。小房子也并不是一个单纯的居家住所，靠街的一边还开成了一个"极普通的小店"，年岁已久，连"名字【都】有些模糊"，"经营【着一些】儿童毛线、鞋和雨伞"（《都》4）。或许，在传统意识中，肩负神父这一神圣职责的人应是着装体面、光洁一新，有着高尚的品德、虔诚无比的灵魂和饱满高涨的宗教热情。这样积极向上的形象才配得上神父这一身份，才能担当引领与赦免的职责。文中的神父却着装邋遢、嗜烟成性、精神萎靡，像一个垂死病人般苟延残喘。对他住所的描写处处流露出破败与辛酸，他为了维持生计而经营的杂货铺也生意惨淡，落魄到连字号牌都斑驳难辨。连自己温饱生活都难以维持的人，很难再有更多的精力去做其他事，比如除去他副业之外的神职工作。由此可见民众在这样一位神父的带领下，能受到多少来自主的慰藉，能过着怎样的精神生活。然而，他们虽有不满，却还是尊其为神职人员，遵从他传达的神的旨意。

其次，神父的行为及民众的反应展现了宗教的虚伪和民众灵魂的死亡。神父的行为亵渎了神的神圣，民众虽对此心知肚明，怀有不满，但依然遵从他的引领。民众的这种态度造成了神父的罪孽在文本中成了一种幽灵式的存在。比如神父"买卖圣职"[1]这一龌龊行径，只是在小男孩的意识里闪现了两次，民众中任何人都从未提及。到底是小男孩的想象，还是他的道听途说，抑或是人人皆知的事实，都成了悬案。从生活常识而言，最大的

---

[1] Maud Ellmann. *The Nets of Modernism: Henry James, Virginia Woolf, James Joyce and Sigmund Freud*. Cambridge: The Cambridge University Press, 2010, p. 6.

可能是老神父的确犯过买卖圣职之罪。但即便老神父犯了此罪，他既然当上了神父，人们就不得不受他的引领，因为他的身份代表了神的旨意；既然代表了神的旨意，那就是圣洁的，就不可能有罪，所以，神职人员的任何罪过在虔诚的民众那里都可以被视而不见、避而不谈。小说对买卖圣职一事的幽灵叙事化处理恰恰彰显了教众对宗教的极端尊崇。民众对神父的盲目尊崇在伊丽莎身上表现得比较典型。老神父去世后，伊丽莎回忆老神父的一些行为，她仿佛把什么都看明白了似的说道："告诉你吧，我注意到他后来变得有些奇怪。每当我端汤给他时，总发现他常用的祈祷书掉在地上，他自己往后靠在椅子里，张着嘴巴。"（《都》10）此事可有两种并行不悖的解读。一是虔诚的伊丽莎虽对神父怀有敬畏之心，在神父在世时兢兢业业地侍奉他，但她对天主教更加虔诚，对神父的行为在内心深处还是不满的：她认为虽然神父身体瘫痪，但虔诚之心不应该瘫痪，不应当让祈祷书掉落在地上，更不应该在读祈祷书时睡着。这从侧面说明宗教的虔诚已经扼杀了教众的悲悯之心，已经剥夺了善良的伊丽莎对身患重病的神父的体谅之心。另一种解读就是天主教的信仰虽然在民众中非常深入，但在神父心中只不过是谋生的手段。神父心中或许已经没有了信仰，认为"上帝已经离去"了，[1] 认为祈祷书已经无用、无趣了，所以才会在读祈祷书时睡着。

第二节 《姊妹们》文本内外的幽灵元素

小说中关于神父买卖圣职和其他不堪行为在民众口中成了欲说还休的幽灵般的不确定事件，民众似是而非的不确定反应也如幽灵一般处于在场和不在场之间，但这些都不是侵扰性最强的元素。在《姊妹们》中，侵扰性最强的幽灵元素是民众对神父的禁忌和神父的死因。神父周围的人都不愿意让自己的孩子接触他，似乎这个祀奉上帝的人成了某种邪灵，如果孩子接触他，他就会对孩子造成不洁的影响。老柯特在与第一人称叙事的小男孩姑父聊天的过程中，对老神父虽不敢有什么过激的言论，但他已经用肢体语言明确地表达了自己的看法。当老柯特得知小男孩与神父交往过密后，就用他那"又小又亮的黑眼睛审视"小男孩，小男孩心中也顿感不安，怕自己已经受到老神父不好的言传身教的影响。老柯特在"粗鲁地往壁炉

---

[1] Richard Ellmann. *James Joyce*. New York: Oxford University Press, 1983, p. 96.

里吐了一口痰"后，开口道：

> "我可不喜欢自己的孩子跟那样的人谈得太多，"他说。
>
> "我的意思是，"老柯特说，"那样对孩子不好。我的看法是：让年轻的孩子到处跑跑，与同年龄的年轻孩子们去玩，不要……我说的对不对，杰克？"（《都》3）

姑妈依旧没有意会到老柯特话语中的意义，不依不饶，势必要刨根问底地问小孩子和老神父在一起为什么不好，老柯特依旧解释得很委婉："那样对孩子们有害 [……] 因为他们的心灵很容易受到影响。孩子们看见那种事情时，你知道，它就会产生某种效果 [……]"（《都》3）

闷声抽烟斗和粗鲁地吐痰这两个行为非常确切地暗示了老柯特反对小孩子与老神父过多接触的意见并且在言语中表达了自己对老神父的"定罪"与否定[1]。老柯特不想让孩子接触老神父，不仅是因为神父自己都不能以身作则，不能给大家树立榜样，还用金钱买卖神职去践踏信仰，已经在民众中造成了极其恶劣的影响，还因为老神父身上的阴鸷气质，那种像幽灵一样令他们感到不安的不确定特征。老柯特与小男孩姑父的聊天一直以那小男孩作为焦点，表面上拿孩子说事儿，说对孩子不好，其实是自己觉得事情本身不好，对任何人都不好。

这种对任何人都不好的事，在文本中一直是一种幽灵存在，虽然未得到言明，但也有蛛丝马迹，即老神父身上那种令人感到奇怪的东西，与他的死因紧密相关。事实上，老神父也是一个有可恨之处的可怜之人。在神父与民众的相互作用中，宗教是主谋。神父也是受宗教钳制的受害者之一。圣杯摔碎后，他便一蹶不振。他的特殊身份使得他承受了更多来自宗教精神上的压制与迫害，因而总对小男孩念叨："我在这世上活不了多久了。"（《都》1）。老神父心先死，而后身死于怪病"瘫痪"。老神父去世的消息也仅仅将"一束绉纱花用丝带系在门环上"来宣告，加上绉纱花上一枚小小的纸片上写着简短的讣告文，还得走进才能看清上面的字（《都》4）。然而，即便是死后，老神父都没有得到神的救赎。死亡看似是一种解脱，实际上却并不是：

---

1 Richard Greaves. "Paralysis Re-considered: James Joyce's *Dubliners*." *A Companion to the British and Irish Short Story*. Eds. Cheryl Alexander Malcolm & David Malcolm. Oxford: Blackwell Publishing, 2008, p. 166.

> 当我们站起来走到床头时,我看见他并没有微笑。他躺在那里,庄严而雄伟,穿着整齐,好像要上祭坛似的,一双大手松松地捧着圣杯。他的面孔显得痛苦可怖,苍白而宽阔,鼻孔像两个大的黑洞,头上长着一圈稀疏的白发。房间里有一股浓重的气味——鲜花的香气。(《都》7)

在小男孩看来,神父的遗体是恐怖的。他的脸显得很痛苦,苍白而宽阔,鼻孔像巨大的黑洞。老神父的灵魂依旧乞求原谅,可见他至死都在遭受灵魂上的拷问与煎熬。黑洞的不可预测性也使他获得宽恕的希望更加渺茫。按照常理,即便是用来凭吊死者,鲜花的香气也应该是沁人心脾的,更何况被凭吊的人还是一位神父。浓重的气味也许表明此时此刻,或是花香真的过于浓郁,抑或是由于小男孩对神父的复杂情感,本能的排斥心理让他觉得鲜花的香气刺鼻。不管是出于哪一种假设,这里刺鼻的花香毫无疑问是一种对神父和对宗教的讽刺。

随后,老神父又化作幽灵萦绕在小男孩周围,依旧在忏悔打碎圣杯的失敬行为,忏悔关于买卖神职的罪恶。小男孩仿佛又:

> 看见了那瘫痪者阴沉灰白的面孔。我用毯子蒙住脑袋,尽力去想圣诞节的情景。但那张灰白的脸依然跟着我。他低声嘟哝着;我知道它是想表白什么事情。我觉得自己的灵魂飘荡到一个令人愉快而邪恶的世界;在那里,我发现那张面孔又在等我。它开始轻声细语地向我忏悔,但我奇怪为什么它不停地微笑,为什么嘴唇上那么多唾沫。可那时我又记起它已经因瘫痪病死了,于是我觉得自己也在无力地微笑,仿佛要宽恕他买卖圣职的罪孽。(《都》4)

老神父渴求被宽恕的灵魂竟然跟随小男孩到了庆祝耶稣基督降生的日子。不仅如此,在一个愉快而邪恶的世界中,它依旧在跟随着小男孩,企图向他倾诉压垮自己的忏悔。老神父嘴上带有很多唾沫,微笑着,轻声细语地忏悔,可见他直至死亡,都没有得到宽恕,就算化作幽灵也在不停地向人们忏悔,忏悔的次数过多而嘴角堆起唾液泡沫,也因忏悔过多而疲乏不堪,甚至心灰意冷,但他没有放弃继续忏悔,没有放弃得到宽恕的希望。小男孩自己无力的微笑也透露出了他或许也预感了神父得到宽恕的希望渺茫，或许是因为自己势单力薄，自己一个人对他的宽恕实际上也解决不了太大的问题，毕竟自己不是上帝也不是神职人员，也代表不了广大的信徒。但是小男孩并非真心要宽恕他，因为小男孩去看神父的遗体时"佯装祈祷，却心不在焉"的细节也透露出他对宗教及与宗教宽恕之类的信念的冷漠，"仿佛"一词也透露出他宽恕与否的不确定性（《都》7）。其实小男孩心知，即便自己宽恕了老神父，老神父还是要化作鬼魂去求得他人的宽恕，因此更重要的是求得神的宽恕，让他疲惫的灵魂得以安息。

面对老神父的离世，教众们是想看到善恶有报的证据的。老神父所造成的恶劣影响让教众们不敢言语、不敢反抗，但人人心中有一杆秤，认为老神父死后一定会受到惩罚。但小说对这一愿望的书写同样采取幽灵式的在场与不在场之间的手法。在询问老神父离世后的情况时，小男孩姑妈吞吞吐吐，欲言还休：

> 没有一个人说话：我们全都凝视着空荡荡的壁炉。
> 一直等到伊丽莎叹了口气，我姑妈才说：
> "唉，也好，他到另一个更好的世界去了。"
> 伊丽莎又叹了口气，点头表示同意姑妈的看法。我姑妈用手指捏着高脚杯的杯脚，随后呷了一小口。
> "他死时……安详吧？"她问。
> "哦，相当安详，夫人，"伊丽莎说。"你简直说不出他是什么时候断的气。他完全像是睡死了过去，感谢上帝呀。"
> "那么一切都……？"
> "奥鲁克神父星期二来这里陪了他一天，给他涂了油，为他做了所有准备。"
> "那时他知道吗？"
> "他自己是无所谓的。"
> ……像睡着了似的，显得那么安详平和。谁也不会想到他的遗体这么完美。（《都》7-8）

姑妈欲言又止的模糊化处理，隐含了丰富的潜台词：按照老神父生前的所作所为，按照教规教义，他的遗体不该如此完美，理应受到惩罚，应该看起来不幸才对。[1]而事实上,老神父遗体的模样完美得像是一位虔诚的天主教徒去世之后的模样,并且这个事实是谁也没有想到的,说明大家对待老神父的真实态度是隐忍而一致的。这样的细节也讽刺了宗教的虚伪性,让恪守教义的信徒们对宗教产生怀疑。既然恶人去世并没有受到应有的惩罚,那活着的人何必如此辛辛苦苦地遵规重道。

其实,老神父也并非一无是处。他宗教知识渊博,热心宣讲教义。对这些信息的显性书写背后却隐含着另一个信息的幽灵,即老神父在宗教信仰方面的莫衷一是。小男孩在和他的接触过程中学到了很多知识,比如:他教会小男孩掌握了标准的拉丁文发音;也给他讲地下墓道和拿破仑·波拿巴的故事,拓展了小男孩的知识面;还向小男孩解释不同弥撒仪式和传教士穿不同服装的意义。除此之外,老神父还经常出题考小男孩关于宗教教义的问题,或者出一些教义上没有明确指示的判断题,比如"在某些情况下一个人该做什么,或者某某罪孽是十恶不赦的重罪还是可以宽恕的轻罪,抑或仅仅是一些缺陷"。这些问答让小男孩对宗教有了更深入的思考,让他明白了"教会的某些规章制度是多么复杂和难解,而以前我总觉得他们是最简单的条例"(《都》5),也让他意识到,神父这一工作,也是很辛苦的,因为神父要承担很多责任,比如"教士对圣餐的职责,对忏悔保密的职责"等(《都》6)。一般情况下,无神论者做不到对看似普通的圣杯、圣餐怀有别样的情感,也不能理解它们所带有的宗教意味。如果非要将它们看作神器,更像是强迫自己去相信天方夜谭。而不是特别虔诚的人,或是一些看似正统的"伪信徒",也很难完全消化理解或带有崇敬虔诚的心去看待这些神器和仪式,毕竟普通之人总是心怀质疑。神父倾听了那么多人的忏悔,那么多不可告人的秘密,还要对别人做的恶事守口如瓶,坦然去正视向他忏悔过的那些人,一遍又一遍地说着"神会宽恕你",并且不被世俗诸罪浸染,这本身就非常人所能胜任。在书写当神父的诸多要求时,文字的蛛丝马迹暗示出一个幽灵般的隐含事实,即神父本人也未必对宗教没有半点质疑,他同样也怀有质疑之心。每当小男孩对他所提出的问题进行"非常愚蠢的、犹豫含糊的回答,对此他总是微笑,或者点两下头";每当小男孩流利地背诵时,"他总是沉思着微笑,点点头,不时捏一大撮鼻烟,

---

[1] Dominic Head. *The Modernist Short Story: A Study in Theory and Practice*. Cambridge: Cambridge University Press, 1992, p. 41.

轮番塞进每一个鼻孔。他微笑时，总是露出他那大而发黄的牙齿，舌头舔着下唇——在我们刚刚认识、我还不太熟悉他的时候，这习惯曾使我感到不自然"（《都》6）。

老神父这样的动作带有一种质疑的意味。人心在外可以伪装，但身体所做出的微动作、微表情是潜意识下产生的。当神父在很难接受某事又不能去辩驳时，当他面对小男孩含糊其词的回答时，他并不多言，还抱之以微笑。或许，这些问题，老神父自己也未必能答得出来。所以当小男孩抱着蒙混过关甚至愚蠢作答的态度去对待神圣不可亵渎的宗教时，老神父并没有批评，也没有给出任何匡正，反而是微笑处之。微笑时还用舌头舔着下唇，映射出了他的一种质疑而又思索、谨慎而又得过且过的微妙心理。

质疑是认真的一种表现，也是真正认真的基础。害死老神父的不是他的瘫痪，不是他买卖圣职的罪过，不是人们对他奇怪举止的议论，而是他对宗教的认真态度。他买卖圣职一直是一种幽灵式的存在，只在小男孩的意识里出现一次，要么是小孩的道听途说，甚至想象，要么是真实存在于小男孩意识屏幕上的闪现。但教众刻意回避谈论这个话题，谁也没有提到过神父的这宗罪过，反而不断提及他的"奇怪"。不管怎么说，买卖圣职这宗罪并未对他形成事实上的致命伤害，而这种质疑精神和认真态度却害死了他。当他死后，一位服侍他的老妇人这样评价他："他这个人总是过于认真……神父的职责对他太重。而他自己的生活可以说又坎坎坷坷。"（《都》10）打碎圣杯对老神父来说是他本人人生中的转折点。他对宗教的复杂心理中认真的一面与质疑相互交织，最终选择了相信，并且这份相信将他自己置于死地。他对自己打碎圣杯的这一事故不停地回想、考量，渴求上帝原谅，又不知死后会不会得到原谅。"那件事影响了他的精神，"老妇人说，"从那以后，他就开始郁郁寡欢，不跟任何人说话，独自一人到处游荡"，并且有时还会找不到人，找到了之后，人们发现他一个人在小教堂里，"摸黑坐在他的忏悔隔间里，完全醒着，好像轻声地对自己发笑"（《都》11）。

摸黑静坐的神父又何尝不是整个爱尔兰民众的众生相？他们明知宗教的虚妄和罪恶，依旧选择视而不见，紧抱着宗教信仰不放，过着灵魂瘫痪的麻木生活，实际上这种态度是对宗教的大不敬，但是这种不敬和亵渎却维护了宗教表面的光鲜和荣耀；当他们以虔诚之心认真对待宗教，用质疑精神追问宗教的实质，他们便会被信众定义为"怪异"，被原有的宗教教义折磨致死。这两种状态中（而且他们只有这两种状态可选）无论生活在哪种状态，他们都只能生活在"暗无天日的都柏林"（或曰整个爱尔兰），在精神层面永远都无法"将黑暗点亮"[1]。

打碎圣杯本来是一个孩子不小心造成的，但它像一个幽灵一般侵扰着老神父，把他的质疑之心激活，把他最终折磨成了幽灵，游荡在教堂和忏悔室，也使他如同幽灵一般生活在都柏林。他对自己发笑，成了别人眼中的邪灵。到底笑的是什么，这成了永远的谜。买卖圣职似乎并未影响教众对他的尊崇，也并未对他形成多大的心理负担，而因自己未能照顾好圣杯，他却心中质疑顿起。这本来也是为了寻求宗教的真理，是一种对宗教虔诚的行为，却令他走火入魔，瘫痪而死。这一切都因宗教而起，不管老神父最终虔诚与否，他的的确确被宗教死死地钳制住了，身心俱伤。从买卖神职的权宜之计，到因打破圣杯而瘫痪在椅的苟延残喘，老神父成也宗教，败也宗教，最终还死于宗教。他最后"带着死亡的庄严和痛苦，一只无用的圣杯放在他的胸上"（《都》11-12）。"无用"一词暗示了老神父为之付出生命和信仰的宗教的虚妄本质，也昭示了老神父虔诚信仰背后的荒谬与悲凉。

第四章 被驱逐的民族主义幽灵：
以《选委会办公室里的常青藤日》为例

第一节 帕内尔幽灵的缺场与亲英话语的在场

常青藤日（the Ivy Day）是指爱尔兰每年10月6日民族主义运动和自治运动领导人、无冕王查尔斯·斯图尔特·帕内尔的逝世纪念日，这一天人们会佩戴一片常青藤叶以示纪念。从《选委会办公室里的常青藤日》这个标题来看，小说应该写人们（特别是帕内尔的追随者）如何纪念帕内尔，如何不忘他的遗志，把爱尔兰民族主义和自治运动进行到底，或者写帕内

---

[1] Benjamin Boysen. "The Necropolis of Love." *Neohelicon*, 1 (2008), p. 158.

尔的幽灵如何侵扰着生者。但小说的整个内容似乎完全失控，除了人们佩戴的常青藤叶子、结尾处人们念的那首蹩脚的纪念诗以及关于帕内尔的只言片语的扯闲篇，整篇小说写的都是爱尔兰的政客们如何贿选、民众如何为了金钱与贿选者同流合污帮助拉票、民众如何醉生梦死、民众如何被说服接受英国殖民统治等内容，所有发生的一切，完全是对帕内尔的亵渎和背叛。就连最后纪念他的诗歌，也是一种强制嵌入的形式，虽在听众中引起一阵掌声，但随后所有听众继续酗酒，麻醉自己的灵魂，连那首诗也被克罗夫顿以非常冷淡、敷衍的语气说："这是一篇非常好的作品。"（《都》153）

小说运用跑题和强制嵌入的手法，凸显了爱尔兰政客和民众忘记、背叛帕内尔的现实，及他们忘记民族大业、甚至卖国求荣的可耻行径。在纪念帕内尔的节日里，帕内尔本应该成为一种显性在场，却成为被忘却、被驱逐的幽灵。能够将这样一位爱尔兰民众心中的无冕之王的幽灵驱逐进忘却的地狱的，却是那本应该躲在阴暗角落里的东西：贿选、拉票、卖国、不顾家国存亡的醉生梦死等。这些本应该见不得人的东西都堂而皇之地进入选委办公室这个公共空间，堂而皇之地被议论；本应该大张旗鼓地发生，却被公然地背叛、驱逐；本应该躲在角落里见不得人的，却又堂而皇之地上演，这种阴阳善恶倒置的书写手法强化了对后帕内尔时代爱尔兰民族主义者和民众道德沦落、灵魂死亡的批判。

首先，驱逐帕内尔幽灵的是政客们的贿选。在纪念帕内尔逝世的常青藤日，在爱尔兰政界，不论是出于真切的怀念也好，还是虚情假意的纯政治作秀也罢，政客们应该大张旗鼓地纪念帕内尔这个民族英雄。但纵观全文，没有一个政客出来纪念帕内尔，也没有一个人吩咐手下进行纪念，而是每个人都忙着网罗人手，想尽各种手段贿选、拉票。在那些为市政选举服务的工作人员的口袋里装着的是政客泰尔尼先生拉票的卡片。而这个办公室的所有人员都是泰尔尼打白条雇来的拉票者和替他贿选的人。这个靠拉票和贿选很可能当选的泰尔尼是一个"耍滑头、靠不住"（《都》134）的人，一个"一心想捞取某个职位"（《都》133）的人，一个很可能是工作人员所影射的"为自己儿子、侄子和亲戚们谋求肥差"且可能"玷污都柏林的名誉去讨好一个德国人国王"（《都》134）的济贫法监察员。他雇佣人为他拉票，却一直耍滑头不肯付钱给他雇佣的人；据给他工作的人判断，他"要多滑头有多滑头",在政治上毫无原则,大耍两面派,很可能为了自己的利益出卖爱尔兰利益,向英国国王磕头(《都》134)。这样一个在纪念帕内尔的日子里公然将拉票贿选的行径推行到办公室、公然将帕内尔的魂灵驱逐出公众空间的政客,不难判断其掌权后会将爱尔兰带向何方。

其次,驱逐帕内尔幽灵的还有为了一点点金钱就将帕内尔精神忘得一干二净的爱尔兰民众。市政选举办公室的工作人员被泰尔尼许下的空头支票所吸引,认为只要为他拉选票,帮助他去贿选,就能得到钱。为了那点钱,虽然明明知道工人出身的科尔根"是个朴素诚实的人,没有任何党派倾向,他代表劳工阶级参加竞选"(《都》133),而且"劳工才生产出一切,工人不会为自己儿子、侄子和亲戚们谋求肥差,工人不会玷污都柏林的名誉去讨好一个德国人国王"(《都》134),但仅仅因为科尔根没有钱,而泰尔尼有钱且给他们许下空头支票,他们就转而帮助泰尔尼,虽然他们也明明知道泰尔尼的为人,确信泰尔尼得到权力后会卖国,也怀疑泰尔尼不会给他们钱,只是敷衍他们。他们虽然身上别着纪念帕内尔的常青藤叶子,闲聊中也谈到如果帕内尔还在世的话他绝对不允许泰尔尼之流贿选和卖国(《都》134),但在行为上他们等于驱逐了帕内尔的幽灵,在内心等于忘记了帕内尔的精神。他们的谈话和意识里,似乎唯一重要的是泰尔尼会不会给他们钱。他们在意泰尔尼的人品,不是担心他道德败坏会给爱尔兰民族带来灾难,而是担心他道德败坏会赖账;他们关注哪个政客道德高尚哪个道德败坏,关注哪个政客可能成功哪个不成功,不是因为他们自己有道德观念,更不是因为他们自己有政治倾向(他们甚至把没有党派倾向当作一种优点),而是因为这些政客的道德和成败会影响他们的利益。泰尔尼越不马上付给他们钱,他们越努力为泰尔尼卖命,因为他们知道,泰尔尼一旦败北,绝对不会付钱给他们,空头支票就真的一文不值了;如果泰尔尼获胜,说不定一高兴真的就给他们些钱了。诚然,这些帮助泰尔尼贿选的人的确生活困顿,急需挣钱养家糊口,但他们错就错在忘记民族大义和伦理道德,为了钱支持一个道德败坏、可能卖国的人。为了甚至可能得不到的一点点不义之财,这些爱尔兰民众背叛帕内尔精神,驱逐帕内尔的幽灵,有这样的民众作脊梁的爱尔兰怎能摆脱英国的殖民统治?

驱逐帕内尔幽灵的还有爱尔兰民族酗酒的弊俗。在纪念帕内尔的日子里,在贿选、拉票横行和民族无望的阴霾中,唯一能够给这些唯利是图的民众些许安慰的就是酗酒。老杰克一直抱怨儿子被酗酒所害,认为他儿子在基督教兄弟会学校学会了"胡吃海喝"(《都》131),离开学校后又"连工作都给喝掉了"(《都》132),他为此伤透了心。但这个为自己儿子酗酒而伤透心的老人却与那些帮助回旋拉票的人一起在办公室喝啤酒,而且还任凭别人劝那个才17岁的送酒男孩喝酒,还亲自为小男孩打开瓶盖,虽然他也明白对小男孩而言,"这就是酗酒的开始"(《都》144)。而那些为泰尔尼拉票的人,唯一能把他们从泰尔尼可能赖账的恐惧和烦恼中暂时解脱出来的就是喝酒。不管多么要紧的事,哪怕是正在谈论国家的命运和民族的大业,都得"让我们先喝了再说"(《都》143)。即使是在他们好不容易想起了帕内尔,请海恩斯念了他写的纪念帕内尔的诗歌后,"所有听的人都默默无语,对着瓶口喝起酒来",只有海恩斯"似乎没有听见酒瓶对他发出的邀请"(《都》153)。连那个为他们的民族贡献了一切、他们认为唯一能够救他们于水火之中的帕内尔,也不能把他们从酒精中唤起。所以,从某种意义上说,是酒精驱逐了帕内尔的幽灵。从这个层面讲,我们也不难理解爱尔兰著名记者罗伯特·威尔逊(Robert A.Wilson)发出的"禁酒的爱尔兰乃是自由的爱尔兰"的呼吁了。[1]

再次,驱逐帕内尔幽灵的还有爱尔兰民族主义阵营的分裂和内部的背叛。在本短篇小说中,参加竞选的有民族党和没有党派倾向的劳工代表,也有其他党派,但这些阵营之间互不信任甚至互相倾轧,市政选举办公室的工作者甚至怀疑海恩斯从劳工阵营转到民族党阵营,要么是为了钱,要么是来做间谍,为劳工阵营打探消息的。在这些工作人员交换拉票贿选战绩的时候,不速之客——科恩神父突然进来,又讪讪而退,就马上被怀疑为"黑色绵羊"(《都》140-141),即害群之马,也就是内奸,而且使得这些人联想到"我们也有几个"(《都》141)这样的内奸。不是这些人草木皆兵,而是当时爱尔兰充斥着相互背叛的阴霾,科恩神父是不是神父都不能确定,其身份十分神秘,被怀疑成间谍似乎情有可原。但海恩斯"是个正直的人",也被人怀疑是明里为泰尔尼贿选拉票、暗里是"科尔根的间谍",显得怀疑他的人有些疑心太重。但如果考虑到当时爱尔兰连帕内尔都背叛,那些"山里人和芬尼亚分子有一些是聪明过了头","那些小丑中的某些人""有一半是由政府豢养的"(《都》158),他们中甚至有

---

[1] 詹姆斯·乔伊斯:《尤利西斯》,萧乾、文洁若译,南京:译林出版社,1996年,第556页。

人"为了四便士便出卖他的国家"(《都》159),我们就不难理解那些办公室的工作人员为何草木皆兵了。民族主义情绪高涨的"山里人和芬尼亚分子"、表面上忠于帕内尔的"爱国者"(《都》159),都有可能是"政府豢养的"或"城堡雇佣的走狗"(《都》158),一边出卖祖国,一边"跪下来感谢万能的基督"(《都》159)。民族主义阵营的分裂削弱了民族主义和爱国主义的战斗力,到处充斥着的内奸导致民族主义和爱国主义阵营内部相互怀疑、互不信任,这不仅削弱了民族主义和爱国主义阵营的合力,而且背叛本身也导致了民族主义和爱国主义有生力量的牺牲,让民众看不到民族独立的希望。毫无疑问,爱尔兰民族主义阵营的分裂和内部背叛重创了帕内尔所献身的事业,驱逐了他的幽灵。

最后,驱逐帕内尔幽灵的还有民众对英国殖民统治的幻想。爱尔兰民众,特别是爱尔兰的政客们,对英国的殖民统治怀有一厢情愿的美好想象。在英国国王即将来到爱尔兰之际,爱尔兰民众对英国殖民留给他们的千疮百孔视而不见,却对英王来访可能带来的利益想入非非;他们不是把英国殖民看作爱尔兰经济萧条的根源,而是将英国殖民看作是经济复苏的希望:"国王到这里来,意味着有一笔资金要流进这个国家。都柏林的公民们将从中受益。看看码头附近那些工厂,全都一片萧条!只要我们振兴这些昔日的工业,这些面粉厂、造船厂和其他工厂,看看国家有多少钱吧。我们真正需要的是资金。"(《都》147)在明知道英国国王把他们当作野蛮人的情况下,他们依旧满怀热忱地准备欢迎他:"[英王]是个世界性的人物,对我们颇有好感。要是你问我的话,我得说他是个非常正派的好人,没什么可挑剔的。他只是对自己说,'老娘从未去看过这些野蛮的爱尔兰人。基督啊,我可要亲自去看看他们是什么样子'。当一个人来这里进行友好访问时,我们能侮辱他吗?"(《都》147)政客们比民众更加欢迎英王,只要英王能给他们带来利益,就连打着民族主义旗号的民族党人泰尔尼也保不准会对英王致欢迎辞(《都》134)。

第二节 帕内尔之后爱尔兰民族主义运动的式微

当然,民众和政客们之所以这么欢迎英王,似乎与帕内尔死后的影响式微有关系。莱昂斯就分析了这两件事之间的联系,他认为爱尔兰民众在帕内尔的领导下,还算是有理想的,但由于帕内尔被认为与有夫之妇有不正当男女关系，破坏了他自己的形象，所以爱尔兰民众看不到自立的希望，所以才会欢迎英国的殖民。"我们为什么要欢迎那样一个人呢？你现在是不是觉得，帕内尔做了那种事之后还适合当我们的领袖人物？不然为什么我们要欢迎爱德华七世呢？"（《都》148）所有的人都乐意忘记历史，忘记帕内尔，"过去的事就算过去了"（《都》148），就连那群为市政选举办公室工作的人中唯一一位没有背叛帕内尔的人，即乔·海恩斯，也认为他写的纪念帕内尔的东西"过时了"（《都》150）。死去的为爱尔兰献出毕生心血的帕内尔与活着的继续推行殖民主义的英王相比，明显成了一种实质上的缺场。在爱尔兰民众与政客那活跃的想象中，英王成了资源、财富、利益、权力的象征，是一种鲜活炽热的在场，而帕内尔的幽灵只是过时的、无用的缺场，似乎完全失去了侵扰的能力，除了挂在海恩斯和老杰克领口上的常青藤纪念章和海恩斯那首只在他本人心中激起情感起伏的纪念诗。

该小说采取了跑题的叙事手法来凸显帕内尔精神的缺场。在纪念帕内尔的日子里，竞选办公室的人本来应该纪念、缅怀帕内尔，但他们却东拉西扯，谈的全是贿选、阴谋、金钱、权力和交易，发泄的全是牢骚、不满、怀疑等情绪，想的唯一出路似乎是寻找替罪羊和借酒浇愁。例如老杰克在谈到孩子自大、酗酒的问题时，作为一个老酒鬼和施暴者，他不是从自己身上找原因，而是把所有问题都推到妻子身上，认为妻子对孩子的溺爱才是问题的根源。不仅如此，他如果不是因为年老体衰，还会继续对已经19岁的儿子实施暴力。更有甚者，尽管他知道酗酒对孩子的不良影响，还是把啤酒递给了一个17岁的男孩，还大言不惭地指出：这次让这个男孩喝酒，"就是酗酒的开始"。在他眼里，他的妻子用各种手段使得他的儿子cock up（在英文中既有"毁坏"之义，也有"雄起"的含义）。显然他甚至怀疑妻子"与儿子合谋"，"象征性地阉割和杀死了父权制的父亲"并"造成了儿子的性无能"[1]。这种将女性黑化和变成替罪羊的做法在该小说中还有一处，即他们不对自己即将欢迎英国国王的懦夫行为感到羞耻，而是为此寻找借口说，英国国王也是个"非常正派的好人"，而且是一个被自己老妈控制到白了头发才上位的没有主见的人，似乎要借国王的懦弱为自己

---

[1] Linda Rohrer Paige. "James Joyce's Darkly Colored Portraits of 'Mother' in *Dubliners*." *Studies in Short Fiction*, 32 (1995), p. 330.

的懦弱找个陪衬。而且，在这些亡国奴的心中，国王的懦弱也是女人造成的，是国王的母亲毁了国王。在他们的话语里，如果谁应该为爱尔兰被殖民负责的话，那就应该是国王的母亲，因为她想看看野蛮的爱尔兰长什么样子，才派她的儿子来爱尔兰进行殖民视察。凡此种种荒唐臆断，证明这些爱尔兰男人们为自己酗酒和暴力寻找替罪羊，已经到了疯狂的边缘。

该小说除了运用跑题技巧凸显民族英雄及民众精神的缺场外，还运用嵌套文本来突出本该在场的帕内尔幽灵的实质缺场和本该缺场的反帕内尔话语和行为的实质在场。本小说有两个嵌套文本，一个是为泰尔尼拉票贿选所使用的宣传卡片，一个是海恩斯所写的纪念帕内尔的诗歌。宣传卡片很短：

市政选举

皇家交易所选区

在皇家交易所选区即将举行选举之际，济贫法监察员查理德·J.泰尔尼先生恳祈阁下惠赐一票并鼎力赞助。

查理德·泰尔尼谨拜

卡片看似礼节性的，使用它的人却不遗余力、不择手段地将它要说服人做的事变成现实，而且在对话中一直热烈交流经验，希望把这项拉票贿选工作做到好上加好。拉票贿选本来是见不得人的事，在这个纪念民族英雄帕内尔的节日里却成了爱尔兰民众和政客们心心所系、念念不忘的头等大事，成了最显性的存在；而那个本应该受到纪念的民族英雄帕内尔，却在自己的纪念日里被遗忘，被认为过时了。

即使在那篇有些冗长的纪念诗里，尽管对背叛帕内尔的势力（"现代的伪君子""怯懦之狗""乌合之众""阿谀奉承的教士"等）揭露得很准确，对帕内尔的贡献和失去他带来的损失也总结得比较到位，但听众并未有什么真实的触动，只报以表面上的掌声，接着就回归沉默和酗酒。"他朗诵完之后，房间里一片沉寂。接着爆发出一阵掌声：甚至莱昂斯也鼓起掌来。掌声持续了一会儿。掌声停止后，所有听的人都默默无语，对着瓶口喝起酒来。"（《都》153）只有纪念诗作者、那个被怀疑是奸细的海恩斯"似乎没有听见酒瓶对他发出的邀请"（《都》153）。虽然有一两个人小有激动，问其他人这首诗怎么样，却被克罗夫顿先生的评价（被乔伊斯以间接引语的形式呈现出来)所终结:"这是一篇绝好的作品。"这个间接引语与被淹没在热烈的谈话中、被寒冷驱逐进竖起的翻领靠里一面的常青藤叶子一样,总是成为被遮蔽的存在。即使在海恩斯激动地指着常青藤叶子要抒发对帕内尔的热爱和怀恋时,他也很快被关于拉票贿选的谈话所打断。跑题的叙事策略和嵌套文本对比的叙事策略凸显了帕内尔幽灵的缺场和他所代表的民族主义精神的沉沦和变质。

总之,跑题是这篇小说最鲜明的幽灵叙事形式。这种叙事形式的作用被霍夫亨茨(T. Hofheinz)总结得很到位:"乔伊斯笔下的帕内尔追随者们讲述往昔岁月的故事。他们那千篇一律的感伤讲述有力地凸显了一个更宏大的故事,即现代爱尔兰无处不在的对道德状况的失望之情。"[1] 在看似跑题的长篇大论的对话中,乔伊斯凸显了驱逐帕内尔幽灵的诸种因素,彰显了爱尔兰民族主义阵营所面对的严峻问题;通过嵌套文本的植入和对比,他凸显了帕内尔幽灵的缺场和民族主义精神的蜕变。

第五章 心灵牢笼的魅影:以《痛苦的事件》为例

《都柏林人》(*Dubliners*)是乔伊斯的早期作品。作家将目光聚焦于令他爱恨难舍的祖国,描摹了在英帝国、罗马天主教会和爱尔兰民族主义三重压迫下,都柏林人痛苦、麻木以及死气沉沉的精神氛围,其"目的是为【爱尔兰】谱写一部道德史"[2],以唤醒爱尔兰民众改变现状的决心。

小说集由15则短篇构成,主要从"童年期、青春期、成年期和社会生活四个主题"[3]揭示都柏林的瘫痪状态。《痛苦的事件》是小说集的第12篇,属于成年期部分。小说表面上是写负心汉杜菲先生背叛西尼考太太的爱情导致其自杀的悲剧,但通过在显性文本下植入两个人精神上的固化和心灵的封闭孤独等若隐若现的幽灵信息,实际上揭露了都柏林人精神瘫痪和灵

---

[1] Thomas Hofheinz. "'Group Drinkards Maaks Grope Thinkards': Narrative in the 'Norwegian Captain' Episode of *Finnegans Wake*." *James Joyce Quarterly*, 29.3 (Spring 1992), p. 645.
[2] William York Tindall. *A Reader's Guide to James Joyce*. New York: The Noonday Press, 1959, p. 4.
[3] Eric Bulson. *The Cambridge Introduction to James Joyce*. Shanghai: Shanghai Foreign Language Education Press, 2008, p. 35.

魂死亡的根源——心灵的牢笼。

第一节 西尼考太太的幽灵

西尼考太太是整篇小说中最具有幽灵特质的人物。在文本空间里，她从未真实存在过，仅仅存在于杜菲先生的目光中，她的一切都是经过杜菲先生的意识形态过滤和定义的。从最初她主动与他"攀谈"[1]，到杜菲先生认为她美丽动人、感情丰富同时又有自制力而与她"亲近"和"约会"（《都》153），到他进行教导，给她"介绍种种观念"，使她变成自己的"告解神父"，再到他因为"不能把自己给出去"而拒绝她的爱情，到最终导致她的死亡，整个过程都是他在主导，每一步都是他的"自己"在决定继续还是终止。西尼考太太到底怎么想的、对她而言最为痛苦的两件事——被杜菲先生拒绝和被火车撞死，在杜菲先生的眼中都可以成为一带而过的事情。杜菲先生用怎样冠冕堂皇的理由拒绝了她，她是绝望自杀还是醉酒被撞，两个问题在杜菲先生喋喋不休的意识流中都成了悬案。如果说他不知道死因还情有可原，怎么拒绝他至少是心知肚明的。之所以忽略这样的细节，是因为这些对西尼考太太生死攸关的事件，对杜菲先生而言或许不如他那"厌恶一切表示物质或精神混乱的东西"（《都》117）的小小的"自己"更为重要。

但这个生前在丈夫、女儿、情人杜菲先生眼中无足轻重的人，死后却展现出幽灵侵扰的力量，她的死讯不断侵扰着她周围相识或不相识的人。除西尼考船长和她女儿外，杜菲先生应该是受触动最大的人。这位曾与西尼考太太产生精神共鸣后又拒她于千里之外的"冷漠杀手"，得知其死讯后心理活动矛盾而又复杂，良知一再接受自我拷问，由刚开始的厌恶、恶心，到后来推卸责任、划清界限，再到最后的内疚、自责，西尼考太太的魂灵促使杜菲先生不断拷问自己的思想。西尼考太太去世以后，杜菲先生去公园旧地重游时确实感觉到了她的"在场"："黑暗中仿佛她就在他的身边。有时他好像觉得她的声音传入了耳朵，又觉得她的手拉住了自己。"（《都》127）她这种幽灵般的"在场"更加深了杜菲先生的精神拷问。他反思自己对待西尼考太太应不应该如此冷漠和决绝，他的道德品性应不应该如此低劣，最后他顿悟到存在于自己以及都柏林人身上的精神瘫痪和道德崩溃的

---

[1] Eric Bulson. *The Cambridge Introduction to James Joyce*. Shanghai: Shanghai Foreign Language Education Press, 2008, p. 35.

现实。

　　但西尼考太太的幽灵力量仅仅是昙花一现，因为她个人的幽灵敌不过钳制着以杜菲先生为代表的爱尔兰人群体的幽灵——"厌恶一切表示物质或精神混乱的东西"的心灵。随着时间的流逝，杜菲先生"感觉不到黑暗中她在自己身边，耳朵也听不到她的声音。[……]他什么也听不见：夜幕下一片静寂"（《都》128），他仍是孤身一人。爱尔兰人"厌恶一切表示物质或精神混乱的东西"的精神牢笼如此牢固，以至于在小说结尾处杜菲先生似乎又回到了小说开始时坚守孤独的状态，顿悟之后他仍没有任何改变。西尼考太太的死也未能唤醒她周遭的任何人，每个人仍如行尸走肉般按照既定的秩序运转，因此小说结尾比开篇显得更为消极、悲观，以杜菲先生为代表的都柏林人的精神顽疾已入膏肓，禁锢爱尔兰人心灵的幽灵仍然控制着每个人，他们再无走出孤独的可能。

　　事实上，"厌恶一切表示物质或精神混乱的东西"的幽灵也控制着西尼考太太，使得她只有以死解脱。在她自杀之前，她早就心如死灰了。丈夫的冷淡和奚落像无形的枷锁钳制着她，令她孤独、绝望，但她似乎并没有主动寻求改变，只是默默忍受。是杜菲先生对她伸出的爱情橄榄枝使她产生了寻求改变的愿望，但杜菲先生的冷漠背叛将她抛回了原来死水一潭的生活，加速了她的精神崩溃，将她仅有的热情耗费殆尽。如果说西尼考船长的"冷暴力"意味着妻子必须付出更多的宽容和忍耐，那么杜菲先生对她感情造成的创伤则令她痛不欲生，忍无可忍。西尼考太太的死绝非偶然，她是用性命给麻木不仁的都柏林人敲响了警钟。自杀事件所有目击者的证词拼贴起来便再现了西尼考太太自杀前的无助、挣扎和痛苦，死水无澜、画地为牢的都柏林让她备受煎熬，宛如地狱一般。杜菲先生提出分手后，她"开始剧烈地颤抖"（《都》121），分手事件浇灭了她重新燃起的希望，极大地撼动了她的内心。此外，女儿证实，"最近她母亲常常在夜里出去买酒"（《都》125），西尼考太太买醉为的是麻痹自己，让自己感觉不到精神的牢笼以及由此造成的苦痛，可酗酒效果并不好，因为铁路公司代表推断，"死者看来习惯于在深夜横越铁路，从一个站台到另一个站台"（《都》124）。当酒精也无济于事，她仍无法像其他都柏林人一样故步自封、画地为牢地苟活于这世上时，她便不再对生活抱有任何美好的幻想，没希望、没未来、没有精神寄托的日子最令她绝望，死亡或许是她逃脱痛苦最好的选择。

西尼考太太的幽灵侵扰着都柏林人的神经，使人们反思、顿悟，却最终未能让人们觉醒。西尼考太太的痛苦事件折射出一幅故步自封、画地为牢、孤独冷漠的众生相，都柏林扼杀了人们全部的热情、希望甚至感情，使之成为死气沉沉的精神荒原。

第二节 杜菲先生与西尼考太太的影子人物关系

小说中的影子人物（dark double）是指"叙事中那类不用叙述者正面描述，始终像人的影子一般隐藏在某一人物背后，随着故事情节的推进随时可能跳出来的角色"[1]。影子人物原意是"活着的人的鬼魂"，但自19世纪早期开始变成一种文学创作手法。"在文学中，影子人物的内涵越来越复杂，它不再单纯指人格相近的人物、双胞胎人物或者某人物人格的镜像人物，而是常常指与某个人物人格相反的人物形象。他/她的自我常常表达另一个人物黑暗的或者无法言说的或者隐秘的心理。"[2] 与现实中的人物相比，影子人物在小说情节中若隐若现，却无形中推动着故事情节的发展，是一种"缺场的存在"。从某种意义上说，影子人物也是一种幽灵式的存在。虽然是一种缺场存在或者处于缺场和在场之间的状态，却与幽灵一样具有侵扰和彰显本质的功能。杜菲先生是小说中的主要人物，分手后，西尼考太太便幻化成幽灵般的存在，不断侵扰他的内心，拷问他的灵魂，使他意识到自己存在的本质。但他们又同是那个瘫痪社会的受害者，从这个角度来说，西尼考太太与杜菲先生也可以理解为互为影子人物。尽管杜菲先生和西尼考太太的生活态度不同，但他们都被无尽的孤独和绝望包围，最终双双成为都柏林精神瘫痪的牺牲品。

杜菲先生的孤独与故步自封可以说是西尼考太太生活状态的影子。杜菲先生安于孤独，"享受"孤独，小说一开始就强调他对秩序自然而然的内化。他是一家银行的出纳，日复一日地机械重复着单调乏味的生活，每天早、中、晚的生活轨迹几乎相同。他讨厌"一切表示物质或精神混乱的东西"，缺少变化的生活方式反而让他感到踏实，主色调是黑白两色、井

---

[1] 黄光芳：《缺席的在场者：<奥德赛>中门忒斯的"影子人物"形象》，《戏剧之家》，2015年第11期（下），第265页。
[2] 转引自 Manmood Hasan Al-khazaali. "The Concept of the Doppelganger in Modern Fiction: A Study of Joseph Conrad and Virginia Woolf." *Research Journal of English Language and Literature*, 4.3 (2016), p. 708.

井有条的房间是他心灵的港湾,"书架上的图书自下而上按体积大小排列"(《都》116)则是他固守既定秩序与传统的外化。在精神生活方面,杜菲先生也循规蹈矩,时刻以怀疑的目光警醒自己,简直成了自己的规训者。与西尼考太太交往过程中,生活的变化一旦超越了他容忍的底线,他真实的自我就开始告诫自己,"我们不能把自己给出去,我们是属于我们自己的"(《都》121),结果他不惜一切代价与西尼考太太分手,自己也花费四年时间才恢复平静的生活。西尼考太太的生活状态在文本里虽然不是显性存在,但她的生活状态应该与杜菲先生的生活状态一样,否则后者不会那么容易就体会到,"她过去的生活一定是多么孤独,夜复一夜地一个人在那个房间里坐着",更不会将她的生活状态与自己的联系到一起,"他自己的生活也会孤独的,直到他也死去"(《都》127)。

西尼考太太对另一种生活的追求和悲剧结局实际上是杜菲先生缺场的另一种可能的影子。也就是说,如果杜菲先生选择另一种生活,选择与西尼考太太继续保持恋爱关系,故步自封、画地为牢的爱尔兰社会会像他无情抛弃西尼考太太一样,抛弃他们两个;他们也会像西尼考太太一样,要么借酒浇愁,郁郁而终;要么痛苦自杀。与杜菲先生的生活态度完全不同,西尼考太太并不喜欢孤独:为了摆脱孤独,她去剧院看戏;为了摆脱孤独,她不顾伦理道德与杜菲先生约会;也是为了摆脱孤独,她深夜买醉甚至以命相搏。由此可见,她更希望生活充满感情色彩,也更渴望心灵的交流。可悲的是,她生活在"瘫痪"的中心——都柏林,丈夫、女儿和情人都无法带给她内心的温暖。希望幻灭之后,她没有去寻找另一个情人,因为她深知:整个都柏林的男人,要么是像《两个浪汉》中的浪汉,只会从女人身上捞取性的满足和金钱财物,根本不知精神交流为何物;要么像杜菲先生那样,为传统和秩序所窒息,恐惧变化,宁可被灵魂的牢笼所窒息,也不会面对变化的新生活带来的惊吓。都柏林社会能给她的,只是一个连一扇小小的出气孔都没有的精神牢笼,乐意也罢,无奈也罢,她只能继续过画地为牢、故步自封的生活,只有死亡能够让她解脱。但从她死后的情况来看,即使是死亡也无法带来任何改变。新闻报道剖析整个自杀事件后,以官方的口吻判定:"这是一个令人非常悲伤的案件,[……]他[副验尸官]没有对任何人进行谴责。"(《都》125)铁路职员乃至死者的丈夫和女儿都不用对此事承担任何责任,事故完全是死者个人原因造成的。从西尼考太太的经历可以推断出另一种可能是：如果杜菲先生不与她分手，走投无路的将是他们二人，要么身败名裂，要么以死相搏；但都柏林社会对他们的解读也就是奸夫淫妇，或者负罪而死，或者不幸事故致死，他们二人的死亡不会对都柏林社会造成一丝一毫的改变。

  尽管两人对待孤独的态度截然相反，造成两人遭遇的原因却惊人地相似，可以互为影子。其一，家庭成员间关系疏离。西尼考太太受尽丈夫冷落，女儿也只是偶尔陪她看看戏，自杀前虽然女儿发现她举止反常，所做的也只是"努力劝她母亲，并且引导她加入了一个戒酒协会"（《都》125），并未足够重视，没去试图打开母亲的心结。母女之间尚且如此，其他人就更指望不上了。而杜菲先生则完全自闭在自己的精神世界里，为数不多的几个机会才能让他想起亲人，他"只在圣诞节去看看亲戚，他们死了时到墓地为他们送葬"（《都》118），除此以外，从不与任何人交流，好像生活在孤岛上的孤儿一样。后文叙述者曾提及"他父亲去世"（《都》122），貌似画蛇添足，因为父亲是否健在于他的生活并无太大影响，其实他是一个缺少"精神教父"的灵魂孤儿。其二，社会生活自私、颓废和消极。杜菲先生故步自封的根源在于他对社会变革已经彻底绝望。由于党派分裂，斗争目标低俗，他曾预言"几个世纪之内，都柏林不大可能发生社会革命"（《都》120）。冷酷的社会现实彻底浇灭了他的革命热情，使他不认同任何阶层的做法，也更加孤僻清高、愤世嫉俗。因此，他坚守自我的态度也暴露出当时整个都柏林社会颓废、瘫痪而又无可奈何的状态。与杜菲先生相似，西尼考太太也一直固守传统，好不容易鼓足勇气追求个人幸福生活时，却被所谓的情人断然拒绝，原因竟是他要保持无奈的"心灵孤独"。冷漠又故步自封的社会现实令她生不如死，在绝望之际她只得以死抗争。

  因而，从某种意义上说，西尼考太太是杜菲先生的影子，她充满反抗精神，敢于挑战杜菲先生想都不敢想的事情，这也是对杜菲先生不妥协结局的另一种假设。两方面互为补充，在瘫痪的都柏林要么像杜菲先生一样，自私冷漠，虽生犹死，要么像西尼考太太一样奋起反抗，落得可悲的下场。

第三节 历史和作者自传的幻影

  在《痛苦的事件》中，不断侵扰显性文本的幽灵元素还包括历史及作者自身生活经历的幻影。乔伊斯出生于爱尔兰一个中产阶级之家，父亲是个税务员,童年时期家境还算殷实,父亲破产之后家道便逐渐衰落,这番经历让他对这个阶层的困境有了更为透彻的了解。爱尔兰的中产阶级因遭受英国殖民统治、天主教的钳制和爱尔兰统治阶级的压迫,在经济、政治、文化等方面影响力较小,因而时常表现出犹豫不定、焦虑不安的特质。都柏林中下层人民生活在多重压迫的夹缝中,这给乔伊斯客观地展现都柏林人提供了最原初的材料。[1]

小说中,杜菲先生是银行的出纳员,西尼考先生为商船船长,他们都属于中产阶级,虽然基本上衣食无忧,但精神世界却异常孤独、悲观消极。他们不满于现状,但又无力彻底改变现状,只好循规蹈矩,麻木不仁。

杜菲先生身上带有知识分子(当然包括乔伊斯)上下求索与无奈的影子。意大利哲学家葛兰西曾写道:"我们可以说所有的人都是知识分子,但并不是所有的人在社会中都具有知识分子的作用。"[2] 从这个意义上说,小说中的杜菲先生也可称得上是知识分子的一员,书籍对他的意义非同一般。书是他日常消遣的手段,他的书架上摆着华兹华斯全集,书桌上放着豪普特曼戏剧的译稿;书是他和西尼考太太思想交流的媒介,他也乐意"与她共享他那种知识生活"(《都》120);书也是他平复自我的手段,和西尼考太太分手之后,他添置了尼采的作品以平衡自己即将崩溃的精神世界。然而这位视知识与真理为生活一部分的知识分子[3],在压迫、奴役面前并未表现出知识分子应有的本色,没有奋起抗争,去挑战故步自封的社会氛围。相反,他选择了继续服从故步自封、画地为牢的社会,无奈地逃离唾手可得的改变生活的机遇。

小说开始就写明杜菲先生"希望尽可能远离他是其公民的那座城市"(《都》116)。他还不停地从一个地方游荡到另一个地方[4],俨然一个流亡者的形象。杜菲先生曾有一段时间热衷于党派活动,参加过爱尔兰社会党的会议,但身处一群工人中间,他始终觉得自己那么格格不入,而且始终无法在精神层面上与他们认同。更可悲的是党派内部出现分裂,"那个

---

[1] A. Nicholas Fargnoli & Michael Patrick Gillespie. *Critical Companion to James Joyce: A Literary Reference to His Life and Work*. New York: Facts on File, 2006, p. 46.
[2] 爱德华·萨义德:《知识分子论》,单德兴译,北京:三联书店,2016年,第25页。
[3] Paul K. Saint-Amour & Karen R. Lawrence. "Reopening 'A Painful Case.'" *Collaborative Dubliners: Joyce in Dialogue*. Ed. Vicki Mahaffey. New York: Syracuse University Press, 2012, p. 248.
[4] Margot Norris. "'No There There': Place, Absence, and Negativity in 'A Painful Case.'" *Rethinking Joyce's Dubliners*. Eds. Claire A. Culleton & Ellen Scheible. New York: Palgrave Macmillan, 2017, p. 34.

党后来分成三派，每派各有自己的领袖和开会的阁楼"（《都》120），于是他便失望地放弃了。据他分析，爱尔兰的社会革命之所以徘徊不前，是因为民族主义者目光短浅、懦弱无能，斗争目标低俗，无法形成统一的纲领，且党派内部分歧不断。为此他倍感绝望，早期斗争的热情慢慢消失殆尽，并最终绝望地断言"几个世纪之内，都柏林不可能发生社会革命"（《都》120），并选择逃离他曾经热衷的民族主义运动。

上述经历带有乔伊斯对民族主义运动的态度以及他为寻求民族出路而上下求索的影子。乔伊斯也曾热心于民族主义，曾是帕内尔的崇拜者，但民族主义的排外主义、对本族文化纯洁性的盲目追求以及对爱尔兰语的盲目热情都令他无法忍受。他也曾博览群书，上下求索，试图为爱尔兰寻求出路。但与杜菲先生最终回归孤独、画地为牢的选择不同，乔伊斯最终选择了远走欧陆，像《一个青年艺术家的肖像》中的斯蒂芬一样，"仅只使用我能允许自己使用的那些武器来保卫自己——那就是沉默、流亡和机智"[1]，来为爱尔兰锻造从未存在过的灵魂。

杜菲先生的经历也被爱尔兰历史的魅影所侵扰。19世纪末至20世纪初，爱尔兰的民族独立斗争日益高涨，但由于党派分裂和内讧等原因，爱尔兰各邦的统一问题至今仍未解决。在帕内尔领导爱尔兰民族自治斗争的过程中，上述问题同样存在。1879年，又一场大饥荒即将爆发，帕内尔及追随者勇敢地与殖民当局斗智斗勇，维护了佃农利益，暂时缓解了土地危机。但境况稍有好转后，帕内尔却无心继续将政治运动引向深入，以满足爱尔兰民族主义热潮的要求。紧要关头更是传出他和奥谢夫人的丑闻，这一事件给民族运动带来巨大伤害，他不仅被罢免了爱尔兰党团的领导职务，爱尔兰的民族党也因此分裂为两大派别，即帕内尔派和反帕内尔派。两个派别持续争斗，对民族主义者的意志和力量都造成了永久性损害，爱尔兰的民族运动随后也出现转向。杜菲先生之所以故步自封、画地为牢、惧怕改变，是否是因为他曾为民族主义理想所振奋，满腔热忱地投身于民族主义运动，但目睹了民族主义领袖被卑鄙地背叛、抛弃的过程而伤透了心、吓破了胆，从此缩在虚无主义的哲学里，守卫着他那唯一确定的小小自我，拒绝一切冒险和改变？这恐怕只有一个幽灵一般不确定的答案了。但我们能够确定

---

[1] 詹姆斯·乔伊斯：《一个青年艺术家的画像》，黄雨石译，南京：南京译林出版社，2016年，第263页。

的是，纵观爱尔兰民族斗争的历史，背叛、内讧和分裂充斥其间，获取民族自治的进程一再受挫。小说中，爱尔兰民族斗争的大背景是不可或缺的幽灵元素，它隐秘地影响着人物的个人命运，杜菲先生由愤世嫉俗到故步自封，不管哪种消极情绪都投射出他对爱尔兰民族运动的无奈和绝望。

总之，自传和历史魅影的侵扰，打破了虚构和现实、个人与民族、现在与历史的边界，使文本内容和历史、民族、国家等现实问题勾连起来，赋予小说以真实感和厚重感。

第四节 殖民传递

在乔伊斯的小说里，不仅爱尔兰的民族主义力量遵循着与英帝国殖民主义相同的逻辑[1]，就连女性的社会、家庭地位也秉承着类似的"他者"（the other）逻辑。英帝国殖民者或者爱尔兰民族主义者都狭隘地排斥、故意贬低"他者"以达到自己的目的，男权社会中的主体——男性又把这一殖民逻辑转嫁到女性身上。女性由于经济上无法独立以及社会分工的差异导致其在家庭生活中处于从属地位，她们"生活在男人强迫她接受他者地位的世界中"[2]，不得不成为可悲的"他者"。

《都柏林人》中的女性人物多处于双重边缘化的境地，身受多重压迫，但最主要的还是来自男权社会的迫害。在《都柏林人》中，玛利亚花了大半辈子伺候乔一家，换来的仅仅是羞辱。伊芙琳的母亲被丈夫折磨致死，伊芙琳最终也无法鼓足勇气追求自己的幸福。如果说家庭暴力造成了伊芙琳及其母亲无法疗愈的身体创伤和精神恐惧，那么这种暴力对西尼考太太则意味着容忍更多的冷漠和奚落，它是隐形又无处不在的"冷暴力"。西尼考船长无视妻子的存在价值，"他早就失去了与自己妻子寻欢作乐的兴趣，因此毫不怀疑还有谁会对她产生兴趣"（《都》119），他妻子与杜菲先生交往想要征求他意见，结果他"以为人家看上了自己的女儿"，妻子在他眼中没有任何魅力可言。妻子自杀之后，他向警官作证，虚伪地说"他们结婚已经22年，一直过着幸福快乐的生活"，所以不管西尼考船长是否在场，西尼考太太始终难以挣脱无形的束缚。在爱尔兰男权社会中，女性是被忽略、被蔑视的"他者"。

---

[1] 申富英：《民族、文化与性别——后殖民主义视角下的〈尤利西斯〉研究》，山东大学博士学位论文，2007年，第 xvii 页。
[2] 戴雪红：《他者与主体：女性主义的视角》，《南京社会科学》，2007年第6期，第31页。

如果说西尼考船长的冷暴力直接造成妻子的孤独和苦闷,那么杜菲先生则加剧了她的痛苦和挣扎,两人如一丘之貉,从不同侧面反映了男权社会对女性的迫害。当西尼考太太炽热的情感触及他真实自我的时候,这个自我便坚持让他"保持不可救治的心灵的孤独"(《都》121)。杜菲先生遵从内心的导向,迅速断绝了一切与西尼考太太的联系,不曾顾及她的任何感受,只"唯恐她会再次失控,赶紧向她告别,离她而去"(《都》122),在感情上,可怜的西尼考太太再次遭到抛弃。而且,从报纸上得知西尼考太太的死讯之后,杜菲先生的第一反应竟是厌恶和恶心,认为她不配做自己的精神伴侣。一个曾经爱着他也让他心动的人,生前被他弃之如敝屣,死后也得不到他半点怜悯,不仅说明杜菲先生自私无情,而且也隐含着父权社会对女性命运麻木不仁的态度。

更具讽刺意味的是,新闻报道以官方权威的口吻阐释西尼考太太的死因,并表示不应该对任何人进行谴责,事实真相不断被男人篡改、误读,女性在社会生活中彻底丧失了话语权。女性在社会生活中丧失话语权,在家庭生活中始终无法改变其客体地位,一再被爱尔兰社会边缘化,其中遵循的便是排斥、贬低"他者"的逻辑,是爱尔兰殖民统治在家庭生活范围内的延续。

总之,幽灵元素在小说中主要体现在三方面,即文本中的人物关系,乔伊斯的生活经历和创作思想在小说中的体现以及爱尔兰国家、民族问题与文本内容之间千丝万缕的勾连。

第六章 侵扰在爱尔兰所有人身上的死亡幽灵:以《死者》为例

《死者》是《都柏林人》一书的最后一则短篇小说,更是《都柏林人》的作结之作。既然题目是"死者",那么这篇小说的主题一定与死亡相关。但通读全文,"死亡"主题似乎在最后几段才出现,小说的主体部分似乎与死亡无任何关系,而且似乎还与死亡相悖:作者的大部分笔墨都用来描述一群都柏林人的"生"的高潮——舞会的情况。但如果细读文本,不难发现，该小说通篇的确都在写"死亡"。如果说结尾处"死亡"是显性主题的话，那么小说主体部分中的"死亡"就是一种幽灵式主题。通过将晚会中都柏林人"生"的状态与结尾处"死者"对生者幽灵般的侵扰相拼贴，作者暗示了都柏林人行尸走肉般的社会生活。

《死者》中的死者名叫迈克尔，是小说主人公加布里埃尔妻子格丽塔青年时代的恋人，在格丽塔离开他不久后即忧郁而死，加布里埃尔一直不知道他的存在，在小说中他完全是一种幽灵般的存在，只是在晚会结束时格丽塔因为一首曲子勾起了对迈克尔的回忆，回到宾馆后对加布里埃尔简单讲述了她与迈克尔青涩朦胧的恋爱及分别的情景，但迈克尔的死亡对加布里埃尔的内心形成了挥之不去的侵扰和创伤，使得他由迈克尔的幽灵联想到作为群体的幽灵世界：

> 他的灵魂已经接近了那个居住着大量死者的领域。他意识到他们扑朔迷离、忽隐忽现的存在，但却不能理解。他自己本身也在逐渐消失到一个灰色的无形世界：这个实在的世界本身，这些死者曾一度在这里养育生息的世界，正在渐渐消解和缩小。（《都》262）

死者的侵扰使得生者习以为常的世界渐渐消解和缩小。那么在这个小说中，这个实在的世界是什么？不难推断出，那就是以作者花大量笔墨描绘的那个舞会为缩影的爱尔兰人的芸芸众生相。这些死者的幽灵的影响，犹如"整个爱尔兰都在下"的雪，"落到所有的生者和死者身上"（《都》262），也就是说，整个爱尔兰都笼罩着死亡的气息。

第一节 被死亡幽灵所侵扰的教众

顺着结尾处的这条死亡线索，再回观本小说前面的部分，就会发现生的世界浓重的死亡气息。

首先，死亡的幽灵一直侵扰着舞会举办者的生活。凯特小姐、朱莉娅小姐为两姊妹，都是老姑娘，都年事已高，一个头发花白，一个老得几乎走不了路。她们的侄女玛丽也是个老姑娘，将近40岁。三个老姑娘一起住在阿舍尔岛一个阴暗萧条的出租屋里，表面上生活还算舒适，雇有女仆李莉，且生活讲究："她们的生活虽然简朴，但主张吃得要好，一切食品都是最好的，菱形骨牛排，三先令一磅的茶叶，上等的瓶装黑啤酒。"（《都》203）但在这简朴讲究的生活下面，是三颗宛如死灰的心。两位老太太，一个将一生献给了天主教，充当唱诗班成员，培养唱诗班成员，成了"不知道自己在什么地方，也不知道该去什么地方"（《都》207）的老人；另一个无所事事，常常徘徊在赞美教皇和指责教皇的精神纠葛中，以被别人夸赞好客善良为乐。二人均老来寂寞，老爱大惊小怪，固执呆板，不容许别人顶嘴，与外界严重脱节。玛丽年近40尚未婚配，孤身一人与两个行将就木的老姑娘姑妈住在一起，虽然上过专科学校，有份教弹奏风琴的工作，但其寂寞可想而知，她除了充当这个三位老姑娘之家的顶梁柱之外，似乎别无所求。三位老姑娘的生活除了讲究吃穿外，唯一的兴奋点就是一年一度召开的舞会。这种舞会在她们生命中是件"大事"，30年来年年举办。但这个在她们生命中如此重要的舞会带给她们和其他人的印象只是"光彩壮观"。

但在这种光彩壮观的背后，不难发现三位老姑娘深入骨髓的、心如死灰的悲哀。在平常的日子里，她们心无所依，寂寞无聊；在舞会上，她们能够得到的也只是虚华热闹而已。她们在舞会上的作为，就是照顾好参加舞会的人，赢得一个好客的名声，此外就是让人欣赏她们的音乐才能。令人悲哀的是，她们的好客缺乏合适的施予对象。来参加舞会的人要么是醉生梦死的酒鬼和混混，要么是毫无思想或追求的知识分子，要么是狂热的民族主义者，要么是崇洋媚外的卑俗利己主义者，使得她们的好客失去了意义。更可悲的是，她们的音乐才能也被她们习以为常的天主教扼杀殆尽。玛丽的音乐才能在浓重的天主教氛围中早已丧失了最为宝贵的激情和思想性，她弹奏的学院派乐曲，没有一点主调旋律，令所有听众感到索然无味，纷纷离场，能够欣赏她弹奏的一个是她自己，一个是为她翻乐谱的凯特姨妈（《都》215）。朱莉娅姨妈的音乐天赋都浪费在唱诗班中。在舞会上她高歌一曲，赢得了所有人的赏识，但正如她妹妹所言，"她不肯听任何人的劝告，不分昼夜，夜以继日地在那个唱诗班里像奴隶似的辛劳"，其最后结局却是"教皇从唱诗班里把一生在那里当奴隶的妇女们赶出来，让一群乳臭未干的小男孩骑在她们头上"（《都》226）。眼睁睁看着自己姐姐的音乐才华被天主教浪费而自己侄女的音乐才能被天主教扼杀，凯特姨妈也无可奈何，只能抱怨两句："我想教皇这样做是为了教会的利益，但这是不公正的，玛丽·简，这样做是不对的。"（《都》226）但她马上又不得不向天主教妥协，认同天主教："我并不怀疑教皇是对的。我不过是个愚笨的老太太，没想到会做这样的事情。然而总还有日常的礼貌和感激这样的事吧。"(《都》266-267）她虽对神父有所怨怼，但认为教皇是正确的。即便这样的抱怨也被周围的人所压制，凯特姨妈的抱怨话题数次被周围的人岔开，直到她闭嘴为止（《都》266-267）。没有丈夫、没有未来、没有独立思想、没有爱情、没有激情、才华被扼杀和浪费……这就是被加布里埃尔赞为"都柏林音乐界的三女神"（《都》238）的三位老姑娘心如死灰的生活。

第二节 被死亡幽灵所侵扰的"西不列颠人"

小说主人公加布里埃尔的生活表面光鲜，他自己也颇为自豪。但透过他在舞会上遇到的爱佛丝小姐的眼睛，不难发现他是一个没有灵魂的活死人。他在皇家大学获得学位，目前在大学任教，还为《每日快报》撰稿，每周一次。但正如爱佛丝小姐所说，他是一个"西不列颠人"，即土生土长但崇拜英国的爱尔兰人。他是不是西不列颠人并不重要，重要的是他作为一个知识分子，没有爱国思想，没有民族立场，甚至鄙视自己的祖国。他对自己的行为毫不羞愧，反而以文学的非政治性为借口：

> 他每星期三为《每日快报》写一个文学专栏，为此他得到十五先令的报酬，但那样做绝不会使他成为一个西不列颠人。他收到的那些让他写评论的书，远比那张微不足道的支票让他动心。他喜欢抚摸新出版的书的封面，翻阅崭新的书页[……]他想说文学是超越政治的。[……]他看不出写书评与政治有什么关系。（《都》218）

表面上，他似乎是一位不关心政治的书生，对政治不感兴趣，只倾心于文学，但如果考虑他所服务的《每日快报》是爱尔兰的宗主国——英国的宣传口舌，他所评论的作家是英国作家，他所抚摸的新书是英国作家的作品，就不难看出，他承认也罢，不承认也罢，他为英国报纸撰写文学评论文章的行为是具有政治性的。而且，他也不是没有政治性的人，他喜欢外国，讨厌自己的祖国。他乐于去国外旅行，而且美其名曰是与那些国家的语言建立联系。当爱佛丝小姐质问他为何不去看看自己的祖国爱尔兰、为何不去和自己的语言接触时,他强词夺理地回答:"爱尔兰语不是我的语言。"诚然,在英国的长期殖民统治下,大多数爱尔兰人已经不会说爱尔兰语,但不承认自己的母语依然可以看作是对爱尔兰民族的背弃。当爱佛丝小姐质问他"你对自己的人民、自己的祖国究竟知道多少?"时,他恼羞成怒,恬不知耻地说,"我讨厌自己的国家,讨厌它!"可见他已经完全蜕变为彻头彻尾的西不列颠人,完全丧失了对祖国爱尔兰民族的认同。

更可恶可悲的是,这样一个背弃祖国的人还头头是道地为自己的行为辩护。他受其姨妈委托,在舞会上演讲。他抓住这个机会,对爱佛丝的行为大加批判,大力宣扬爱尔兰民族热情、好客、幽默、仁慈等特质。在祖国饱受英国殖民主义者蹂躏之际,加布里埃尔不仅不谈勇气、抵抗、气节等有益于受殖民民族的独立大业的特质,而是大谈热情、好客、幽默、仁慈等消解抵抗的特质,其目的不是像《尤利西斯》中布卢姆宣扬容纳、接受等文化杂糅特质,而是为自己充当《每日快报》的吹鼓手寻找借口,并且借此打压爱佛丝小姐等的爱国言行,将其指责为数典忘祖、背叛传统道德的人:

> 我们国家没有任何传统像这种热情好客的传统那样,给国家带来如此的荣耀,值得如此小心地维护。[……]在现代国家中,这是一个少有的优良传统,也许有人会说,对于我们,这毋宁说是一种弱点,而不是什么值得夸耀的事情,但即使如此,我也认为它是一种高贵的弱点,一种我相信会在我们中间长期发展下去的弱点。[……]我们的先辈把这种传统传给了我们,我们也必须把它传给我们的子孙。(《都》236-237)

> 我们生活在一个怀疑的时代,如果我可以这么说的话,也是一个思想遭受折磨的时代:有时我担心,尽管这新的一代受过教育或高等教育,但他们将缺少昔日那些仁爱、好客和善良的幽默等优秀品质。[……]我觉得我们生活在一个比较狭隘的时代,毫不夸张地说,过去那些日子可以称之为广博的时代。(《都》237)

他不仅将他的那些背弃民族的行为称为好客、善良、热情等优秀品质的体现,而且鼓励深受英国殖民之害的民众继续发扬这种品质,哪怕这种品质已经在新的时代被认为是弱点;同时他将爱佛丝小姐的那一代称作狭隘的代表，是背弃热情好客和善良幽默传统的人。而且更可悲的是，他的这种论调受到了舞会全体参加者（爱佛丝小姐已经离开）的赞同，可见爱尔兰民众对自己祖国爱尔兰命运的漠视到了多么严重的程度。

在家庭层面，加布里埃尔的生活也是充满了死亡意味。从表面上看，他与妻子格丽塔之间浪漫恩爱，他一直扮演着关爱自己妻子的理想丈夫角色，也扮演着关爱孩子的慈爱父亲角色。但他家庭生活的浪漫色彩全是由他自己一厢情愿的物质层面的关怀所造成的假象。他为了孩子的健康，要求儿子汤姆晚上戴绿眼罩，让他练哑铃，强迫看到麦片粥就吐的女儿吃麦片粥；为了让妻子不患感冒，他要求妻子只要地上湿就得穿上难看滑稽的套鞋。所以他的浪漫和关爱成了孩子们童真的束缚和痛苦的来源，成了妻子眼中的"麻烦"，甚至成了传统固执的两位老姑娘姨妈眼中的"笑料"（《都》208）。要说他关爱孩子，在文本中除了关心孩子的健康外没有任何关于他与孩子心灵沟通的证据；要说他关爱妻子，除了他害怕妻子感冒外也没有任何关于他与妻子进行精神沟通的描写。在他想象中温柔贤淑的妻子的心，在认识他之前就已经随着"初恋情人"（他妻子一直没有承认迈克尔与自己有恋情，但加布里埃尔一直怀疑迈克尔是妻子的初恋情人）的死而死去，在他眼中牢不可破的爱情，也在他听到妻子与其"初恋情人"的关系时瞬间轰然崩塌。正如华丽气派的舞会后面是三位老姑娘心如死灰的生活一样，在他家庭浪漫温情的背后是这个家庭精神死亡的真相。

在宾馆与妻子的感情互动中，加布里埃尔的言行和心理活动暴露了他对妻子缺乏真正爱情的真相。他表面上表现得似乎温柔体贴，嘘寒问暖，但其目的却很明显——用温言细语来挑逗妻子的情欲，使得妻子进入与他过夫妻生活的情欲状态："像她现在这样就去和她做爱未免有些粗暴。不。他一定要先在她眼里看到同样的激情。"（《都》254）"他渴望从内心里对她呼喊，把她紧紧地抱在怀里，将她征服。"（《都》255）更为可笑的是，他不了解妻子的内心世界，荒唐地企图用他借给马林斯一镑硬币的事来勾起妻子的情欲。

"啊，可怜的家伙，毕竟他是个正派的人。"加布里埃尔言不由衷地继续说。"他还了我借给他的一英镑硬币，其实我没指望他还，可惜他总不肯离开那个布朗，因为他不是个坏人，说实

在的。"(《都》254)

在他意图用来挑逗妻子情欲的话语中,暴露了他卑俗的劣性:其一,用对借给人一镑钱这样琐碎俗事的念念不忘企图打动妻子,除了引起妻子对其卑俗的厌恶,任何好的作用也不会产生。能够在企图挑逗妻子的情欲的情况下还能想到借给人一镑钱的人,其本质该是多么恶俗!其二,用还不还一镑钱来判断人的正派与否,其人该是多么浅薄,没有逻辑。其三,用肯不肯离开某个口碑不好的同伴来判断人是不是好人,同样暴露出做这样判断的人的无知与浅薄。所以说,加布里埃尔表面上与妻子相敬如宾,实质上早就貌合神离,其原因很可能是他虽是个知识分子,但缺乏知识分子应有的独立思考能力和对人性的深刻认知,以及因此造成的卑俗性格和与妻子进行基础精神交流的能力的匮乏。

按照常理分析,他与妻子结婚多年,育有子女,没有多大感情冲突,二人之间的感情应该比青涩朦胧的感情经得起考验。但在得知妻子的"初恋情人"在与格丽塔告别不久就死去的真相后,他那自以为高雅浪漫的爱情便黯然失色:"一个男人因为她而死去,现在想到他这个丈夫在她生活里扮演了多么可怜的角色,他几乎不再感到痛苦。他注视着正在熟睡的她,仿佛他和她从来未像夫妻一样在一起生活过似的。"(《都》260)他那自以为高贵纯洁的爱情与妻子那个因相思而逝的"初恋情人"的感情相比变得像白开水一样淡而无味,这使他渐渐意识到,他从未对妻子怀有过爱情,妻子也未对他怀有过爱情。"他想到躺在他身边的妻子,想到她多年来如何心里深锁着她的情人告诉她不想活下去时的眼神。[……]他从未觉得自己对任何女人有那样的感情,但他知道,这样的一种感情一定是爱情。"(《都》261)死者迈克尔的幽灵折射出他的浅薄和狭隘,使得他意识到自己的世界的荒芜,甚至连爱情也未曾拥有过。

目前学界关于加布里埃尔对其婚姻的幻灭的原因有多种解释,其中有种说法颇有道理:加布里埃尔的妻子与迈克尔存在性关系,他们可能还有个私生子。这种说法出自莱恩(B. Ryan)。莱恩认为,从格丽塔所说的她was great with 迈克尔(此处英文系双关语,可作"曾经处得好"讲,也有"身子重、怀孕"之意),及她对文中歌谣(此歌系关于男女私通及男女背叛等内容)的反应来看,她应该与迈克尔有性关系而且很可能怀了迈克尔的孩子，但迫于社会习俗，她不得不躲进修道院，躲避谣言，偷偷将孩子生下送人，当然其家人也棒打鸳鸯散，逼她与迈克尔一刀两断，而迈克尔"或许因为虚弱得既无力斗争也无力逃走"[1]，为了格丽塔的前途，也与格丽塔断绝关系，在偷偷看过格丽塔后抑郁而亡。随后格丽塔隐瞒了感情史，嫁给社会地位比自己高很多的加布里埃尔。但她听过歌曲后加布里埃尔意识到问题，在他追问下她道出部分真相，加布里埃尔猜出真相，他心中的"爱情"随后幻灭。

死者迈克尔的幽灵不仅折射出加布里埃尔婚姻生活的死亡本质，也折射出他整个精神死亡的实质。他没有爱国之心，没有是非观念，自视为已经超越了政治性的高雅知识分子。在迈克尔幽灵的侵扰下，他猛然惊醒，意识到自己躲在非政治性的文艺王国里的灵魂的丑陋，他以狭隘的、物质主义的、利己主义的、自以为是的世界观构筑的文雅光鲜的虚假表象也随之轰然崩塌，剩下的是赤裸裸的真实自我："他发现自己成了一个滑稽人物，扮演一个为姨妈跑腿挣小钱的人，一个神经质的、自作多情的感伤主义者，一个对一群庸俗的人大肆演讲把自己小丑般的欲望理想化，一个他在镜子里瞥见的那种可怜而愚蠢的家伙。"（《都》258）死者迈克尔的幽灵如同照妖镜一般，彻底照出来他那卑俗自私、几近死亡的知识分子之魂。

当然，加布里埃尔对婚姻感情的幻灭不仅仅是个人私人感情的幻灭，还是爱尔兰"西部"与"东部"关系的幻灭，或者说是调和"向西"和"向东"关系的幻灭。根据克波特（D. Kibert）的划分，爱尔兰"存在两种截然相反的现实版本，哪一种也无法占绝对上风"[2]。加布里埃尔虽然娶了西部姑娘格丽塔，但他一直鄙视西部，认为西部贫穷、落后、愚昧，他刻意掩盖格丽塔出身西部底层的事实，一心要将格丽塔培养成能够配得上他"西不列颠人"地位的人。他心向东部，仰慕英国文化，但他用来装点自己上层西不列颠人身份的妻子，却在内心深处思念着西部的底层少年，很可能与他发生了性关系，生了孩子，这对他这样一位一心向东的西不列颠人的确是非常大的打击，"他最后向西的旅途可以说是某种令人吃惊的东西，或

---

[1] Barry Ryan. "Pregnancy and Abjection in James Joyce's 'The Dead'." *Nordic Irish Studies*, 14 (2015), p. 47.
[2] Declan Kibert. "Literature and Politics." *The Cambridge History of Irish Literature: 1890-2000*. Eds. Margaret Kelleher & Philip O'Leary. Cambridge: Cambridge University Press, 2006, p. 19.

许这是对他一心想忘却的他妻子出身背景的部分妥协"[1]。可以说,加布里埃尔的幻灭,既是爱尔兰知识分子独立思想的幻灭,也是爱情生活的幻灭,更是爱尔兰知识分子在以西部为代表的本土文化和以东部为象征的英国文化夹缝中生存梦想的幻灭。

第三节 被死亡幽灵所侵扰的不知亡国之恨的民众

舞会上的其他人也具有表面浮华、精神虚空的问题。作为深受英国殖民压迫的爱尔兰人,不知亡国之恨是造成灵魂死亡最悲哀的根源。不知亡国之恨最典型的表现就是醉生梦死。在《死者》中,醉生梦死的醉鬼有两个,即马林斯和布朗先生。马林斯是个酒鬼,相貌臃肿粗俗,面色苍白,耳朵和鼻子浮现着酒精中毒引起的红色。在舞会上三位老姑娘一直担心马林斯"会喝得醉醺醺的才来"(《都》203),而且当得知他到来时,凯特姨妈特意嘱咐加布里埃尔:"要是他喝醉了别让他上楼,我肯定他喝醉了。"(《都》210)看来醉酒是他的常态。他到舞会时,尽管样子邋遢,带着"一副没睡醒的样子",但因为看样子"不怎么醉"(《都》214)而令凯特姨妈长舒一口气。他酗酒到了无可救药的地步,以至于他的母亲在除夕夜让他发誓戒酒(《都》214)。但这似乎于事无补,他没有一点要戒酒的样子,结果人们把他这次"几乎没有一点醉态"(《都》221)当作天大的好消息告诉他母亲。他无所事事,百无一用,除了醉酒,能干的事就是讲些不尴不尬的故事,自己陶醉得不可自制,尖声大笑,或者对别人讲些夸大其词却没任何实质性的奉承话。舞会上还有一位酒鬼,就是布朗先生。布朗先生嗜酒如命,舞会开始不久他就给自己斟了一大杯威士忌,还厚颜无耻地对女士们说:"这是医生的命令。"(《都》212)当见到酒鬼马林斯时,尽管凯特姨妈朝布朗先生示意不要勾着马林斯醉酒,布朗先生还是给自己又倒了满满一大杯威士忌。除了喝酒,布朗先生感兴趣的就是年轻女士和美食。所以文本中对他在整个舞会上的描写除了喝酒就是领着年轻女士进进出出,笑容可掬地与她们交谈和吃吃喝喝。

崇洋媚外也是不知亡国之恨的一种典型表现形式,而且比不知亡国之恨更可恶。这类人的代表就包括马林斯的母亲马林斯太太。马林斯太太的

---

[1] Barry Ryan. "I'm Sick of My Country: Ethics and Aesthetics in Joyce's 'The Dead'." *Nordic Journal of English Studies*, 11.2 (2014), p. 167.

女儿和女婿一家住在英国的格拉斯哥,她也随女儿一家常年住在那里,一年才回爱尔兰一次。在她眼中,英国的一切都是好的:在舞会上她大谈"她女儿在格拉斯哥的漂亮房子,以及她们在那里所有的朋友"(《都》221);不停地炫耀女儿女婿在苏格兰度假的情况,"讲述苏格兰的风景名胜和旖旎风光"(《都》222),吹嘘"她的女婿每年都和家人到湖区去,他们还常常钓鱼。她的女婿是个钓鱼的好手。有一天他钓了一尾漂亮的大鱼,旅馆里的主人帮他们烹好当作晚餐"(《都》222)。在她眼中,英国房子漂亮、人友好、生活富足、品味高雅(度假、钓鱼),当然英国治下的湖区是英国人度假的天堂,连旅馆老板都那么友好善良。但爱尔兰呢?她绝口不提,那只是每年回来一次的地方。

对旅游之地的选择,绝不仅仅是对风景或历史遗迹的选择,它更多的是一个人对某种文化的选择。如果结合加布里埃尔对旅游地的选择,这个问题就会更好理解。当爱佛丝小姐问加布里埃尔计划到哪里去旅游时,他们有如下对话:

> "哦,一般我们去法国或比利时,或许还去德国,"加布里埃尔尴尬地说。
>
> "为什么去法国和比利时,"爱佛丝小姐说,"为什么不去看看自己的国家?"
>
> "哦,"加布里埃尔说,"一方面是与这些国家的语言保持接触,一方面是换换环境。"
>
> "难道你不要和你自己的语言——爱尔兰语保持接触么?"爱佛丝小姐问。
>
> "啊,"加布里埃尔说,"如果说到这一点,你知道,爱尔兰语并不是我的语言。"
>
> [……]
>
> "难道你没有自己的国家去看看?"爱佛丝小姐继续说,"你对自己的人民,自己的国家究竟知道多少?"
>
> "哦,说实话,"加布里埃尔突然反驳说,"我讨厌我自己的国家,讨厌它!"(《都》219-220)

很显然,加布里埃尔选择去法国或比利时,不是要去接触这些国家的语言，而是要去认同和膜拜这些国家的文化或民族，就像他动不动就想引用莎士比亚或者华兹华斯的话语。在讨论地理方位的文化负载这个问题时，我们有必要对当时不少爱尔兰人对"东部"和"西部"的定位做下解释。根据英葛索尔（E. Ingersoll）的研究，"至少在一个世纪多的时间里，爱尔兰的西部一直在文化层面被建构成爱尔兰民族本土文化的'余脉'和爱尔兰文化的'心之所依之地'"；而对于加布里埃尔之流而言，西部则代表爱尔兰文化的小地方性。[1] "东部在此语境下直接代表罗伯特·布朗宁的英国，加布里埃尔为布朗宁写诗评，为自己赢得了'西不列颠人'的名头。"[2] 相应地，向西旅行或向东旅行也带有了文化取向和文化选择的色彩。在这样的心理地理中，"如果向东旅行是特权的隐喻，那么向西旅行在这个意义上就代表囿于本土，是向女性特质的一种脆弱倒退"[3]。所以，无论是主要人物加布里埃尔，还是次要人物马林斯太太，他们对旅游地的选择都是一种文化取向的外化。

加布里埃尔认同英国的文化和民族，连英国报纸寄给他评论的书的味道都令他感到陶醉。如果说要接触语言，他最需要接触的是爱尔兰语。他百般狡辩，最后被爱佛丝小姐戳中痛处，狗急跳墙，说出真话："我讨厌我自己的国家，讨厌它！"因为他讨厌自己的国家、民族和文化，所以当他妻子提议去她的故乡、爱尔兰文化保存得较好的高尔韦旅游时，他冷淡地回答："你想去你可以去嘛。"（《都》222）言下之意是，"要去你自己去，反正我不去！"否则，他太太也不会对马林斯太太抱怨说"瞧跟你说话的人是个多好的丈夫"（《都》222）。作者把加布里埃尔与爱佛丝小姐关于旅游的争论、加布里埃尔对其妻子关于去爱尔兰西部旅游提议的拒绝和马林斯太太对其客居之地格拉斯哥的称赞和关于其女婿去湖区的炫耀拼贴在一起，很显然是要让这些插曲相互说明、映衬，凸显人们选择旅游之地背后的政治文化选择。通过马林斯太太对格拉斯哥和湖区的膜拜，不难推断出她崇洋媚外的心理。

加布里埃尔的妻子格丽塔也是灵魂几乎死去的角色。她从小跟着居住在高尔韦岛上的外祖母长大，深爱着爱尔兰西部，但在她长成个大姑娘时

---

[1] Earl G. Ingersoll. "The Psychic Geography of Joyce's *Dubliners*." *New Hibernia Review*, 6.4 (Winter 2002), p. 106.
[2] Ibid., p. 105.
[3] Ibid.

却要去都柏林某个修道院。她为何要离开自然、传统的爱尔兰西部去都柏林？爱尔兰天主教很显然扮演着重要角色，因为她是去都柏林的修道院：一个天主教规训（青年）女性的地方。在离开高尔韦岛的前一天晚上，与她关系很亲密的男青年迈克尔尽管已经身染重病，仍然冒雨跟她道别。一个星期后迈克尔撒手人寰，格丽塔的心也几乎随迈克尔的死而死。虽然她后来嫁给加布里埃尔，表面上夫唱妇随，琴瑟和谐，且育有一儿一女，但她对丈夫似乎缺乏应有的爱情。这点从加布里埃尔在她听到爱尔兰民歌《奥芙里姆的少女》后的表情所激起的情欲就可以曲折地反映出来。加布里埃尔发现格丽塔在聆听《奥芙里姆的少女》时呈现出他从未看到过的美丽和魅力："她神态显得优雅而神秘，仿佛她是某种东西的象征。"（《都》245）这首歌使得格丽塔呈现出从未有过的精神之美，使加布里埃尔的灵魂产生了某种感动。"如果他是画家，他会画下她的那种神态。"（《都》245）这首歌不仅激发出格丽塔的精神魅力，也给她以久违了的青春之美，唤醒了她沉睡的爱情，"加布里埃尔发现她双颊泛红，眼睛闪闪发光"（《都》248）。只是当时加布里埃尔还未意识到，这青春和爱情都不是为他而复苏的。

很显然加布里埃尔从未见过如此饱含爱意和青春又兼具精神之美的妻子，误以为妻子这所有的情感是因作为丈夫的他而发，所以他在回旅馆的路上一直心旌荡漾，"爱意"绵绵。当他被告知那首造成妻子如此巨变的《奥芙里姆的少女》是妻子初恋情人常唱的歌，妻子的初恋情人因妻子的离开忧伤而死时，他才意识到他妻子对迈克尔怀有的"感情一定是爱情"，而他自己"从未"对任何女人有过那样的感情，或者换句话说，他从未在妻子身上得到过那样的感情。如果说格丽塔从未对加布里埃尔产生过爱情，那么她与加布里埃尔的婚姻就是精神死亡的坟墓，她对迈克尔怀有的爱情也是幽灵式的爱情。平时这爱情处于死亡状态，只当迈克尔的幽灵侵扰她时，这爱情才如幽灵显现或者回光返照一般瞬间存在。所以说，格丽塔的心或者灵魂已经随着迈克尔的死亡而死亡。

这些不知亡国之恨的民众似乎不包括爱佛丝小姐，因为她属于爱国者或者民族主义者一类的人物。她因为加布里埃尔为英国报纸《每日快报》撰写文学评论而称呼他"西不列颠人"，因为他去外国旅游而建议他去爱尔兰西部看看，因为他告诉她讨厌自己的祖国而再次骂他是"西不列颠人"，如此种种，可以看出她有着强烈的爱国意识和敏锐的民族意识。但这个人除了指责加布里埃尔外,就是选择离开舞会,而且还选择礼貌地离开,告诉送别的人说她在舞会上玩得很高兴。她既没有认识到加布里埃尔的问题并不是他个人的问题,而是爱尔兰大多数人的问题,至少舞会的参加者大多数都和他一样,要么醉生梦死,要么崇洋媚外,不知亡国之恨;也没有做出任何实质性的事情,比如教育民众、唤醒民众,至少她可以在舞会上说一说她的思想,在加布里埃尔演讲时反驳他几句,或者即使选择离开,也要表明自己为何离开,表达自己对不知亡国之恨和崇洋媚外者的愤怒。所以这个人物是个开始在场、后来不在场的人物,从某种意义上是处于在场与不在场之间的人物,是另一种意义上的幽灵,是没有行动能力的爱国者的代表。

舞会上除了本文分析过的人物外,其他众多人物在文本中都属于出出进进、吃吃喝喝、大谈音乐和风情的角色。可以说他们与本文分析过的人物一起,构成热闹、虚华的舞会表象。

第四节 幽灵叙事的形式——嵌套情节

从结构上而言,如果没有最后死者迈克尔的故事出现,这篇小说给人最深刻的印象就是舞会上的热闹气氛:三位老姑娘为舞会做准备和谋划时的忙碌与兴奋、两姨妈见到外甥与外甥媳妇时的热烈问候、弗雷迪出人意料没喝醉的消息带给大家的惊喜、弗雷迪讲故事的兴奋劲儿和布朗先生的幽默风趣、男女配对跳舞的欢快气氛、朱莉娅姨妈的演唱带给大家的快乐、马林斯太太对女儿女婿一家幸福生活的渲染、加布里埃尔演讲带给舞会的高潮、美食带来的热闹和享受、大家谈论音乐时的热烈、告别时的忙乱和嘈杂、回程时的笑话段子等,除了玛丽弹奏乐曲时小小的不如意及加布里埃尔与爱佛丝小姐谈话时短暂的不愉快,无一不透露出舞会的热闹和欢快。但恰恰是小说结尾处才出现的迈克尔为爱而死的故事,看似与前面的热闹和欢快格格不入,却由于它与前面欢快气氛的"强硬"拼贴,或者说是在文本总情节中关于迈克尔之死的嵌套情节,使得前后两部分呈现出极大的张力,使得迈克尔的幽灵成为一面镜子,一面去伪存真的照妖镜,剥去每个人身上虚华伪饰的外衣,暴露出掩藏于其下的空虚、停滞、懦弱、不分是非、不知亡国之恨的真相,暴露出前文中每一位生者生活中的"死亡"本质。

迈克尔的幽灵首先是连接前文和后文的纽带。他为格丽塔抑郁而死，这个情节解释了为什么格丽塔听到《奥芙里姆的少女》这首歌后呈现出其丈夫从未见过的精神之美和青春之美（原来迈克尔经常唱这首歌给格丽塔听），也说明了爱佛丝小姐关于爱尔兰人应该到爱尔兰西部去看看的建议何以不是牵强附会的爱国情怀（那里有爱尔兰当下最需要的忠诚和纯情），更使得加布里埃尔猛然醒悟他所得意的一切都只不过是虚妄，他只不过是一个从未拥有过爱情、自以为是的小丑。借助加布里埃尔对自己认知的反转，小说暗示其他生者生活表象向生活真相的反转：三位老姑娘不是音乐界的三女神，而是被天主教扼杀了天分而不自知的行尸走肉；加布里埃尔不是那个被英国知名报纸邀请撰稿、到国外度假、夫妻和美的大知识分子，而是崇洋媚外、不知亡国之恨、小里小气、从未拥有过妻子之爱的可怜虫；格丽塔不是快乐幸福的贤妻良母，而是心里一直装着初恋情人、心如死灰的痛苦存在；爱佛丝小姐不是理直气壮、坚定合格的爱国者，而是虎头蛇尾、怯懦的逃避者；马林斯太太不是高高在上、令人羡慕的上等人，而是崇洋媚外、没有民族气节、喜好吹嘘的卑俗之流；马林斯先生和布朗先生不是幽默的绅士，而是醉生梦死的亡国奴。死亡借助迈克尔的幽灵，将生者生活中隐秘的"死亡"真相凸显出来。

迈克尔的幽灵还打破了生与死的界限，将死者与生者并置，使得生者与死者形成鲜明对比。迈克尔为爱冒雨带病送别，这与加布里埃尔要求妻子地一湿就要穿难看的套鞋形成对比，哪个爱得真挚，哪个爱得卑俗虚伪，显而易见；迈克尔与格丽塔最终都没有形成世俗公认的恋爱关系，可是迈克尔却为爱抑郁而死，这与加布里埃尔在公开场合大秀恩爱、其对老婆的关爱成为姨妈惯常的笑料形成鲜明对比，哪个爱得深沉，哪个无爱装爱，不言而喻。迈克尔因爱死于高尔韦岛，从此高尔韦岛成为格丽塔魂牵梦绕之地，而加布里埃尔因为不喜欢自己的祖国和崇洋媚外去法国和比利时，还美其名曰与当地语言建立联系，还有马林斯太太常年离开祖国爱尔兰，客居于格拉斯哥，常常夸耀那里的美丽，这些地方哪个是真正的心灵归属之地，哪个仅仅是人为增加吹牛资本而去的无聊去处，无须赘言；迈克尔冒雨带病向真爱道别，不惜一死，爱佛丝小姐虽然爱国，但为了不破坏人情世故，虽对崇洋媚外的人满腹愤懑，愤然离席，但离开时强颜欢笑，公开表示与那样的人相处很愉快，两相对比，哪个坚定，哪个懦弱，自有分晓；

迈克尔对格丽塔没有甜言蜜语，更没有爱情誓言，却用生命铸就爱情永恒的誓言，而酒鬼马林斯在除夕夜被母亲所逼发誓戒酒后依然故我，不思悔改，日日酩酊大醉（可以想象布朗先生也是如此），两种人相对比，哪种值得敬佩，哪种一钱不值，无须多言。因此，虽然迈克尔之死似乎与在篇幅上占有绝对优势的前文不甚协调，但迈克尔的幽灵确实是本小说的神来之笔，也是点睛之笔，他为有关生者世界的描绘赋予了深刻的意义。

迈克尔的幽灵也打破了人类世界人与动物的分界。换句话说，关于迈克尔之死的嵌套情节为另一个嵌套故事提供了意义。小说中关于帕特里克·莫肯的马的故事本来出现在加布里埃尔的笑话里，是小说中的另一个嵌套情节。这匹马名叫乔尼，常年为帕特里克·莫肯拉磨。一天，帕特里克·莫肯骑它外出，当看到比利王雕像时，乔尼围着这座雕像转了起来，"不知它是爱上了比利王的坐骑还是觉得自己又回到了磨坊，它竟开始围着雕像转起了圈子"，不管它的主人如何吆喝，它就是停不下来（《都》243）。帕特里克·莫肯和他的马早已作古，但由于迈克尔的死亡故事，加布里埃尔想到了帕特里克·莫肯和他的马，想到他的姨妈也会去见她的兄长帕特里克·莫肯和他的马。西方人一般认为，人死了到阴间会见到自己的亲人，所以朱莉娅姨妈死后见到其兄长没有什么稀奇，但此处为何还要提及那匹马？笔者认为此处恰恰是因为关于迈克尔之死的嵌套故事反转了这匹马在加布里埃尔笑话中的滑稽色彩，凸显这匹马严肃的象征或类比意义。这匹马似乎是那些舞会上生者的写照：他们崇洋媚外，不爱自己的祖国却爱英国或其他国家，这就如那头驴子将雕像的坐骑错认作恋爱对象，可悲又滑稽；他们尊崇天主教，受天主教的钳制，或认同英国殖民主义的思想，厌恶自己的祖国，或者反对崇洋媚外，却缺乏应有的勇气，这些行为就像那匹拉惯了磨的马一样，习惯成自然，故步自封，已经无可救药，碰到个雕像也会错认成磨盘，习惯性地绕圈拉起来，回到自己早已经熟悉的生活状态上来。正如窦赫梯（G. Doherty）所说，"那匹马继续绕着比利王的雕像转圈，机械性地重复，其所起的作用就是所有的都柏林人都深受其害的、更大的'瘫痪'的嵌套形象。这些都柏林人在屈从于压迫性的政治权力时，自己也被迫过一种千篇一律、碌碌无为的'转圈'生活"[1]。而就叙事形式而言，这

---

[1] Gerald Doherty. "Undercover Stories: Hypodiegetic Narration in James Joyce's *Dubliners*." *The Journal of Narrative Technique*, 22.1 (Winter 1992), p. 39.

个嵌套故事是一个环形叙事,没有开头,没有高潮,也没有结束,其本身的形式与都柏林人一贯如一、毫无变化或生机的"瘫痪"主题相得益彰。

所以说,关于迈克尔之死的嵌套情节唤醒了所有的幽灵,幽灵的侵扰就如遍及爱尔兰的大雪,将所有的爱尔兰人都笼罩起来,拷问所有生者的灵魂:能不能将自己的灵魂与迈克尔的幽灵对比一下,反思一下活着的自己比那个 17 岁就死了的少年缺少了什么;能不能将自己的灵魂与那匹马的幽灵做下对比,问一问自己能不能比那个愚蠢的畜生聪明一点。

第二编

《一个青年艺术家的肖像》的幽灵主题与幽灵叙事形式

从题目上看，《一个青年艺术家的肖像》应该是书写青年艺术家的个人成长和个人生活的小说，但该小说实际书写的是在逐渐成长为青年艺术家的历程中，斯蒂芬从孩童一直到青年时期的意识屏幕上不断侵扰的天主教以及与之形成隐形合谋的殖民主义、宗教与民族主义及不知亡国之恨的民众等势力。代表各种势力的各色人物如幽灵般在他破碎的意识流中转瞬即逝，却又不时如魅影般侵扰。在他成长为艺术家的过程中，他艺术思想的成熟虽然是一种显性存在，但在这种显性存在中却隐含着斯蒂芬对爱尔兰民族的关怀和思考；换句话说，就是透过他对艺术创作看似深奥晦涩的长篇大论，我们能够窥视出作者掩藏在显性文本下对爱尔兰艺术与爱尔兰民族大业之间关系的思索。而且，在乔伊斯（大多数情况下也可以说是斯蒂芬）的美学思想中，有一个历史幽灵人物——阿奎那在不断侵扰。

第一章 作为民族意识幻影的斯蒂芬美学思想

虽然詹姆斯·乔伊斯的《一个青年艺术家的肖像》(以下简称《肖像》)充满自传色彩,但是这部作品绝不仅仅是乔伊斯青年时期的简单再现。《肖像》是乔伊斯青年时期对其美学追求的探索和总结。李维屏认为"乔伊斯将他早期的美学思想大都掺入第一部长篇小说的初稿《斯蒂芬英雄》之中。最终,他的这些思想以戏剧对话的形式在《肖像》中得到了充分的反映"[1]。乔伊斯没有写过一部小说理论专著,也没有专门的文艺理论合集,但他借斯蒂芬之口在《肖像》中表达了他青年时期的主要美学思想和艺术追求。斯蒂芬有关美学的论述概括起来有四个方面:独立反叛的精神、艺术的本质、"非个性化"理论和流亡美学。这些思想看似是关于美学的枯燥冗长的理论,与小说的其他内容格格不入,但透过这些美学思想,我们可以窥视乔伊斯掩藏在这些长篇大论中关于爱尔兰艺术家在民族危亡关头应该做出的选择。

第一节 艺术家的独立反叛精神

波海姆(Helmut Bonheim)曾指出:"叛逆是《肖像》的主人公青春期的特质。"[2] 斯蒂芬的叛逆除了表现在对性的探求之外,还表现在他在艺术思想逐渐形成的时期,对独立反叛精神的维护与坚持。斯蒂芬对拜伦的崇拜和对其姓氏"迪达勒斯"的认同都体现了他强烈的独立反叛精神。

在谈及诗歌创作偶像时,斯蒂芬没有选择与主流文化相妥协的丁尼生,而是选择了具有反叛精神的拜伦。尽管斯蒂芬平时比较顺从周围的人,但是在涉及艺术追求的时候,他忍受着他人的嘲笑与辱骂,坚持己见。当听到兰博和纳什讨论谁是最伟大的诗人时,斯蒂芬忍不住说,丁尼生"也就是个打油诗人",而拜伦当仁不让是最伟大的诗人。其他的同学随即嘲讽他,"只有没念过书的人才认【拜伦】作诗人……,拜伦是个异端,而且还道德败坏"[3]。面对同学对拜伦的侮辱,斯蒂芬非常生气,据理力争。在被同

---

[1] 李维屏:《英美意识流小说》,上海:上海外语教育出版社,1996年,第72页。
[2] K. Sharon Hall ed. *Twentieth-Century Literary Criticism, Vol. 3*. Detroit: Gale Research Company, 1980, p. 277.
[3] 詹姆斯·乔伊斯:《青年艺术家画像》,朱世达译,上海:上海译文出版社,2011年,第81页。后文出自《青年艺术家画像》同一译本内的引语,将随文标出中文译名简称《青》和引语出处页码,不再另注。

学抽打和推搡之后,斯蒂芬"一边气急败坏地攥紧拳头,一边抽咽不止"。虽然斯蒂芬本性柔弱恭顺,"他一次也没有表现出不服从,也从不让好捣乱的伙伴引诱他改变默默服从的习惯,甚至当他对老师的陈述有所怀疑时,他也从不公开地表示出来"(《青》142)。但是在面对艺术偶像的选择时,斯蒂芬表现出了强烈的叛逆与反抗精神。

斯蒂芬之所以崇敬拜伦,是因为他在拜伦身上找到了他文学创作中需要的反叛和独立精神。在文学史上,拜伦以其"拜伦式英雄"精神傲立于世。他孤傲、愤世嫉俗、富于反叛精神,宁肯永远处于孤独之中,也不与他称之为"群氓"的庸俗市侩同流合污。而在斯蒂芬艺术思想逐渐形成的时期,爱尔兰艺术界有两种主流思潮:一种是以《都柏林人》中《死者》中的"西不列颠人"为代表的崇洋媚外的思潮,他们推崇英国和欧陆文化,希望将爱尔兰英国化和现代化,崇拜和追随英国作家(如莎士比亚、丁尼生和卡莱尔等人)的艺术思想;另一种是以当时的爱尔兰文艺复兴运动(也叫"凯尔特复兴运动")为代表的文化思潮,这部分文人极端美化爱尔兰历史,鼓吹爱尔兰(凯尔特)民族血统的纯洁性,盲目排外,故步自封。作为具有独立思想的斯蒂芬,拒绝走非此即彼的文化道路;他既要远离崇尚文化扩张和侵略的英国帝国文化,又要远离坐井观天、敝帚自珍的本土民族主义文化;他选择的是跳出庐山之外以认清庐山真面目的"流亡"之路,即通向兼收并蓄的文化杂糅之路。所以,他在艺术上崇敬拜伦,实质上是他在面临殖民主义文化和民族主义文化双重威压的境况中,选择独辟蹊径,走流亡美学之路的一种外化。

斯蒂芬崇敬拜伦还源于他对拜伦能够独享孤独这一特质的认同。拜伦在艺术表达上与同时期的浪漫主义诗人不同,反叛造成的孤独感贯穿拜伦的创作生涯。"拜伦描写大自然常常是伴随着主人公的孤独,让自然成为孤独中的人交流的对象,自然成了主人公的伙伴,抑或是孤独者的避难所。"[1] 拜伦笔下的英雄往往在与世决裂后,漂泊于自然山水之间,寻求艺术上的慰藉。在《肖像》中,斯蒂芬在创作的初始阶段就模仿拜伦。当他准备为幻想的女孩写诗时立刻想到了一首诗的标题"献给 E-C-"。"他知道他这样写是对的,因为在拜伦勋爵的诗集上他就看到过类似的题目,[……]那

---

[1] 蒋承勇:《"拜伦式英雄"与"超人"原型——拜伦文化价值论》,《外国文学研究》,2010年第6期,第58页。

首诗只不过讲到那天的夜晚和那令人快意的微风以及那散发着少女光泽的明月。"而斯蒂芬的诗歌和拜伦的诗歌一样,主人公都是一个孤独者,"无声地站在那光秃无叶的树下",心中"埋藏着不可名状的悲愁"(《青》69)。"孤独"和忍受孤独的能力,对于选择走流亡美学之路的斯蒂芬非常重要。要想创造出能够真实反映爱尔兰现实的艺术之路,爱尔兰艺术家需要同时与殖民主义和民族主义文化决裂,而其后果是受到内外两种主流势力的夹攻,不得不远走他乡,饱受孤独。所以,在斯蒂芬看来,流亡和孤独既是真正爱国的爱尔兰艺术家的真正艺术创作道路,也是他们的宿命。

在《肖像》中,主人公斯蒂芬·迪达勒斯的姓氏"迪达勒斯"本身也代表了艺术家追求独立和自由的特点。艺术家是一个天生的独立创造者,而不仅仅是模仿者。小说的卷首语"他用他出众的才思开拓出新的艺术领域"(Et ignotas animum dimittit in artes)是古罗马诗人奥维德《变形记》中的诗句,乔伊斯在开篇以此点明了小说的主题,也暗示了斯蒂芬随后美学讨论的核心要旨。"迪达勒斯"[1]这个姓氏背后所蕴含的就是艺术的自由反叛精神。斯蒂芬的姓氏暗喻了斯蒂芬希望像迪达勒斯一样,插上艺术的翅膀逃离宗教、殖民主义、民族主义和不知亡国之恨的民众等势力编织的罗网,离开爱尔兰,流亡欧洲,踏上追寻独立艺术理念的道路,为爱尔兰打造从未有过的灵魂。斯蒂芬的姓氏与他的独立反叛精神之间的幽灵式对应关系在他准备走向流亡之路的时候得以强化:"老父亲,古老的巧匠,现在请尽量给我一切帮助吧。"(《青》270)

第二节 艺术的本质

关于艺术的本质,斯蒂芬的美学思想同样可以反映出他深切的民族关怀。斯蒂芬在成为真正的艺术家之前,基于对亚里士多德美学理论的思考与认识,大胆地构筑起自己最初的美学体系。斯蒂芬首先探讨了什么是悲剧性的情感。他在与林奇探讨艺术时说:"亚里士多德没有对怜悯和恐惧下定义。我却下了。"他说:"占据人类心灵并使苦难与受苦受难者连接在一起的情感,就叫作怜悯[……]占据人类的心灵并将苦难与其神秘原因连接在一起的情感,就叫作恐惧。"(《青》213)斯蒂芬认为艺术的最高

---

[1] "迪达勒斯"系古希腊神话传说人物。他是希腊神话中著名的艺术家、建筑家和雕刻家。他为逃离孤岛,用羽毛制作翅膀,带儿子飞向高空,跨越海洋。途中儿子越飞越高,粘制翅膀的蜡被太阳晒化,因此坠海而亡。

形式是悲剧，而悲剧性的情感皆有恐惧和怜悯，是静态的，是真正艺术的本质。具体到爱尔兰的真正艺术家，他们的艺术应该唤醒的是对生活，或者说是对生活在殖民主义、民族主义、宗教等势力统治之下的民众生活的一种悲悯之情，是对真和真理的敬畏之心，是正视真正现实的勇气，而不是自欺欺人的，或者浪漫自大的，或者数典忘祖的寻欢作乐的肉欲。

其次，斯蒂芬把静态的情感与艺术美联系起来，与引发动态的感情或者纯肉体的感受对立起来，其背后同样充溢的是他对爱尔兰民族命运的关怀。他认为艺术美唤起的是静态的审美感情，而诸如色情或媚俗的艺术唤起的则是欲望或厌恶的动态情绪。"艺术家所表现的美不可能在我们身上引发动态的感情或者纯肉体的感受。它唤醒，或者应该唤醒，诱发，或者应该诱发一种美的静态，一种理想的怜悯或理想的恐惧，这种静态将招致、延长并最终消除我所说的美的节奏。"（《青》213）在斯蒂芬看来，"恐惧、怜悯和愉快是精神状态"，是静态的情感，因而与可能促使人们行动的动态的欲望和厌恶具有明显的区别。在《肖像》中，斯蒂芬把美和真紧密地联系在一起。他对林奇说，"我相信，柏拉图是说过，美就是辉煌的真理 [……] 不过真和美总是血肉相连的 [……] 真也能在人的思想意识中产生一种静态平衡"，"真被智力所观赏，抚慰这智力的是可理解的事物间最令人满意的关系；美被想象力所观赏，抚慰这想象力的是可感受的事物间最令人满意的关系"（《青》188）。斯蒂芬认为艺术的两个最重要的因素是美与真。对真的强调彰显出乔伊斯（也是斯蒂芬）对英国殖民主义者（比如《尤利西斯》中的海恩斯和迪西先生）刻意将爱尔兰人刻板化和故意歪曲爱尔兰历史以及民族主义者（比如《尤利西斯》中的"市民"）刻意美化爱尔兰历史和丑化异族人的做法的厌恶；他将可能促使人们行动的动态的欲望和厌恶驱逐出美的范畴也说明他对诸如《都柏林人》中《一次遭遇》中孩子们偷偷阅读的冒险小说等含有帝国扩张宣传色彩的文学作品以及含有民族主义色彩过浓的阿贝剧院上演的戏剧等的警惕，因为在殖民主义和民族主义、天主教和新教矛盾日益加剧的时期，这种促使人们行动的动态的欲望和厌恶的情绪只能激化矛盾，催生暴力，这是一直主张容纳、忍耐与和平的乔伊斯所无法容忍的。

最后，斯蒂芬探讨了美必须具备的三个条件，这三个条件背后隐含的是他对寻求"真"的路径的探讨，也是他对民族困境思考的一种无意识隐喻。

他关于美的三个条件的讨论很大程度上是基于阿奎那的理论。他说："阿奎那说：Ad pulcritudinem tria requirun tur integritas, consonantia, claritas。这句话我这样翻译：美必须具备三个条件，完整、和谐和光彩。"（《青》221-222）斯蒂芬还以篮子为例对美的这三个条件分别做了解释：第一，"感知的第一阶段是，先把你要感知的事物周围划一条界线。一个审美形象，或者通过空间，或者通过时间，呈现在我们面前。[……]但是，时间也罢，空间也罢，[……]它们都不是这形象。你感知到的是一件东西。你把它看作是一个整体。你就感知到了它的完整性。这就是 integritas（完整）"（《青》222）。也就是说，完整性即从整体的视角看事物。当我们对一个审美对象进行审视的时候，首先看到的是一个"完整"的形象。第二，"你把它作为界线之内彼此平衡的各部分来感知；你感觉到了它的结构的节奏。[……]感觉到它是一件东西之后，现在你要感觉东西的特征了。你感知到它是一个综合体，多层次，可以分，可以离，由各部分组成，它是各个部分的结果，是其和谐的集成。这就是 consonantia（和谐）"（《青》222）。也就是说，和谐性需要多层次感知各部分的集成，构成和谐的要素是各部分与各部分之间以及各个部分与整体之间对应、吻合、协调、一致。第三，"美的最高境界，审美形象的明亮光彩，被为美的完整所吸引而为美的和谐所陶醉的心灵明晰透彻地感受的那一瞬间，便是审美快感所达到的明晰而安谧的静态平衡"（《青》223）。也就是说，在"完整"与"和谐"的基础上，美达到了最高境界，像外部照射来的光，在一瞬间发出令人感到愉快的"光彩"，此时美达到了静态平衡，人陶醉于明晰而安谧的快感中，这就是美的最高境界。至此，一个完整的审美过程得以完成。通过斯蒂芬的论述，我们可以看到"完整""和谐""光彩"组成了美，形成了审美过程，三者相互联系，不可分割。

不难看出，斯蒂芬之所以强调美的三个条件，即完整、和谐和光彩，很有可能与他对爱尔兰民族形势的判断具有对应关系。完整性注重的是审美对象与其他事物的区别，即这个对象与其他事物相对的完整性和与其他事物之间的边界，这与爱尔兰在殖民统治下失去国土和文化的完整性、其作为国家和民族均丧失独立性的境况似乎有某种联系，或许正是爱尔兰国家和民族的完整性的丧失使得斯蒂芬如此重视审美对象的完整性。而和谐性强调审美对象内部诸元素诸层次之间的和谐统一，这也或许与当时爱尔兰内部诸种势力之间的勾连和矛盾关系相关。爱尔兰殖民主义、民族主义、天主教、新教、卖国贼、不知亡国之恨的民众等诸势力相互争斗又在本质上互为同谋，共同将爱尔兰变成了灾祸频起的地方。斯蒂芬将审美对象内部诸种元素的和谐关系作为美的第二个条件，也或许与他对爱尔兰内部诸种势力复杂的关系的洞察相呼应。美的第三个条件——光彩强调的是审美对象在审美者内心所形成的感觉，即审美者为审美对象所陶醉，其心灵明晰透彻地感受到审美快感，感受到明晰而安谧的静态平衡。[1]第三个条件实际上是审美或者说真正的艺术在艺术家和艺术的受众心中所激起的感觉或者说造成的效果，这种心灵状态与乔伊斯所说的"精神顿悟"不谋而合。而这种"顿悟"与斯蒂芬试图冲出殖民主义、民族主义、宗教、民众等势力的文化迷雾、看清真相、为民族寻求真正行得通的出路有关。

乔伊斯在《肖像》的前身《斯蒂芬英雄》中对"精神顿悟"进行了解释："所谓精神顿悟（epiphany），就是思索中突然的精神感悟。不管是通俗的言辞，还是平常的手势，或是一种值得记忆的心境，都可以引发精神顿悟。"[2]而在《肖像》中，斯蒂芬基于阿奎那的美学理论阐释了审美的最高境界，指出"光彩"就是引发"心灵明晰透彻地感受的那一瞬间"的力量。审美中，审美主体通过光彩悟出了审美对象的真谛。这和"思索中突然的精神感悟"相契合。可以说，"光彩"引发的"精神顿悟"实际上将审美主体对审美对象的理性分析和审美者超越理性局限性、调动最古老也是最本源的认知手段——直觉和感觉的完美结合和完美平衡，是最大限度运用人类的所有认知方法去发现真理和辨别真伪的有效手段。在这个意义上，斯蒂芬对"顿悟"的重视也是他想努力冲破各种势力宣传的迷雾，走出历史"噩梦"的理论外化。

第三节 "非个性化"理论

斯蒂芬崇尚的艺术是非个性化的。他将艺术分为三种形式：抒情的形式、史诗的形式和戏剧的形式。

> 如果你记得这一点，你就会看到艺术必须把自己划分为三种形

---

[1] 关于审美三条件与乔伊斯民族关怀之间的关系，请参见申富英：《论乔伊斯美学思想的民族性》，《外国文学》，2020年第6期。
[2] James Joyce. *Stephen Hero*. New York: New Direction, 1944, p.188.

式，一种形式接着一种形式往前推进。这三种形式是：抒情的形式，艺术家利用这种形式表现和他本人直接相关的形象；史诗的形式，艺术家利用这种形式表现和他自己以及其他的人间接相关的形象；戏剧的形式，艺术家利用这种形式表现和别人直接相关的形象。（《青》224）

由此看来，抒情形式就是艺术家表达自己情感的形式。而在史诗形式中，艺术家表达的不再是纯个人的东西，而是与自己相连也与他人有关的东西。最后，当艺术家基于他人形象展示本人形象时，其叙述便拥有了戏剧的形式。从抒情的形式到史诗的形式再到戏剧的形式，在这个过程中艺术家的非个性化程度越来越大。在戏剧这种非个性化的创作中，作者因人格的升华而失去了存在，逐渐从作品中隐退，也获得了超越具体和烦琐，达到跳出庐山之外一览庐山真容的效果。

在三种艺术形式中，斯蒂芬最推崇的是戏剧的形式，也就是非个性化程度最高的艺术形式。斯蒂芬的思想从他与同学林奇的讨论中可见一斑。"艺术家个人的存在，起初是一声喊叫，一个节奏，或一种情绪，接着便成为一段流动的闪烁着光辉的叙述，最后使自己升华而超然物外，也可以说使自己非个性化。[……]如同创造万物的上帝，艺术家隐匿于他的作品之中，之后，之外，之上，他无影无踪，超然物外，毫不经意，修剪着指甲。"（《青》225）在这里，斯蒂芬强调的是艺术家升华自己超然物外的素质。看来，艺术家的存在被隐匿于他的作品之中、之后、之外、之上，成了一种幽灵性的存在。艺术家个体化的经验在作品中超越了琐碎和个性，具有了普世性，从而使艺术来源于生活而高于生活。

乔伊斯的"非个性化"创作理论与济慈、艾略特、福楼拜和易卜生的创作理论有相通之处。首先，在浪漫主义时期，济慈已经对"非个性化"做出了相关阐释。他认为，为激发和丰富诗人的想象力，诗人须具备"一种消极能力（negative capacity），也就是能够处于含糊不定、神秘疑问之中，而没有必要带着焦躁心情，去追寻事实和道理"[1]。为了获得这种消极能力，诗人必需超越个性和自我的局限性。按照斯蒂芬的观点，艺术家在创作的时候，应当把自我隐匿在作品之中，在作品中无影无踪。这与济慈所说的"消

---

1 伍蠡甫：《欧洲文论简史》，北京：人民文学出版社，1985年，第228页。

极能力"有异曲同工之妙。其次,艾略特在《传统与个人才能》一文里指出,一个艺术家只有消灭了自己的个性,才能介入传统:"一个艺术家的进步意味着继续不断的自我牺牲,继续不断的个性消灭"[1],"诗歌不是表现个性,而是逃避个性"[2]。斯蒂芬认为,艺术家应该把自我感受直接融入作品中,把自我个性隐退到作品之后,并在作品形成过程中使自我消失,这与艾略特的思想不谋而合。最后,乔伊斯提出的"非个性化"的观点也受福楼拜小说的"客观化"叙述手法和易卜生戏剧理论的影响。他曾写道:"现在比以往任何时候,戏剧家们都必须更要记住所有经久完美的艺术的一条原则,那就是让自己以人物的语言来表述自己的故事。"[3]乔伊斯在《戏剧与生活》中写道:"艺术家应该扬弃自我,在蒙着面纱的天主面前,在亘古不变的真理面前,保持中立。"[4]按照乔伊斯的"非个性化"的观点,在创作的时候,艺术家应当将自我个性融入作品中去,并在作品的形成过程中隐匿自我。虽然作品包含了艺术家的自我意识,但是艺术家在作品中却无法被感知。

乔伊斯的"非个性化"原则与他对待钳制爱尔兰文化的诸种势力的态度一脉相承。可以说,只有"非个性"的诗学思想,才能够表达他对英国殖民主义与爱尔兰民族主义、天主教与新教、爱尔兰民族主义者与爱尔兰的卖国者等几对敌对势力的不偏不倚的反抗与批判。他拒绝接受上述任何势力的逻辑,拒绝任何一方的拉拢,保持超然于外的态度,颇有世人皆醉我独醒的风范。只有在艺术世界坚持"非个性化",超越琐碎和具体,才能保持思想的冷静和文化上的非此非彼的态度。

第四节 流亡美学

在《肖像》中,斯蒂芬拥有敏锐的观察力和锐利的批判力,但爱尔兰当时复杂的社会环境成了囚禁他艺术家灵魂的迷宫。他只有逃离爱尔兰的牢笼,才能获得艺术上的自由。对于斯蒂芬而言,流亡能够帮助他与现实保持距离,认清现实,保存完整的自我,跳出非此即彼对抗逻辑的藩篱。

---

[1] 艾略特:《传统与个人才能》,载《艾略特文学论文集》,李赋宁译注,南昌:百花洲文艺出版社,1994年,第5页。
[2] 同上,第11页。
[3] James Joyce. *The Critical Writings of James Joyce*. Eds. Ellsworth Mason & Richard Ellmann. London: Faber & Faber, 1959, p. 100.
[4] Ibid. p. 42.

首先，斯蒂芬选择逃离爱尔兰，主要是想与爱尔兰复杂的社会环境保持距离，能够更加理智地认清现实，揭露爱尔兰社会的种种弊端，打造爱尔兰民族的灵魂。在小说中，斯蒂芬与他周围的环境格格不入。到小说的最后，斯蒂芬与爱尔兰社会诸种势力的矛盾始终没有解决。他最终选择流亡，就是为了客观、冷静地再现生活。他的流亡不是逃避或逃跑，而是要选择一种更加有利于客观冷静地认识现实的站位。在《肖像》的原型《斯蒂芬英雄》中，斯蒂芬告诉母亲："艺术不是一种对生活的逃避。恰恰相反，艺术正是生活的集中表现。"[1] 作为青年艺术家的斯蒂芬时刻都在想着追求艺术的美。斯蒂芬离开爱尔兰，并不意味着他认为艺术是一种对生活的逃避，而是要寻求更加客观的视角再现爱尔兰的困境。《肖像》的结尾是斯蒂芬对生活的呼唤："欢迎啊，生活，我准备第一百万次去接触经验的现实，并在我的灵魂的作坊中铸造出我的民族的还没有被创造出的良心。"（《青》270）斯蒂芬流亡的目的就是跳出现实，保持与钳制民族精神诸种势力的心理和情感距离，从而铸造出其民族还没有被创造出的良心。但这并不是说乔伊斯不爱爱尔兰，他的爱深沉而持久，他一生在精神上从未离开过爱尔兰。"他（乔伊斯）疏远了当代爱尔兰的文化运动与民族主义运动，却又沉浸于爱尔兰生活之中：它的首都、它的人民、他们的言谈、他们的幽默、他们的忧郁、他们的感伤、他们的讥讽、他们的痛楚——他无一能够忘怀。"[2]

其次，斯蒂芬的流亡又是他保持自我的有效武器。从家庭到学校，外部世界一直在侵蚀着他的内心世界。家庭束缚、宗教传统和狭隘的民族主义情绪总是让他找不到出路。殖民主义对爱尔兰历史的扭曲、爱尔兰民族主义对爱尔兰历史和文化的纯洁化和美化、宗教对民族政治的参与等均使得少年时代的斯蒂芬困顿不安，"他的思想不过是由各种疑虑和对自己的信心不足所组成 [……] 即使他远离那教室他也感到非常不安和毫无办法"（《青》182-183）。为了摆脱各种势力的钳制，他痛苦过，挣扎过，但总觉得一直处于各方势力织就的大网和迷宫中。他一直以希腊神话中的迪达勒斯自况，以那个粘上了翅膀试图飞出迷宫的匠人自况，就是在凸显自己试图冲破各种势力织就的罗网的决心。在《肖像》最后，斯蒂芬终于认清各派势力的面目，下定决心与他们决裂。他向克兰利宣称："我决不会为

1　James Joyce. *Stephen Hero*. New York: New Direction, 1944, p. 86.
2　Harry Blamires. *Twentieth Century English Literature*. London: Macmillian, 1982, p. 104.

我不再相信的东西卖力,它把自己叫作我的家、我的祖国或我的教堂都一样:我将试图在某种生活方式中,或者某种艺术形式中尽可能完整地表现我自己,并且只使用我能允许自己使用的那些武器来保卫自己——那就是沉默、流亡和机智。"(《青》263)也就是说,他试图通过流亡来摆脱生活、宗教和民族主义的束缚,既是保持自我完整性的手段,更是达到超越自我、超然于物外的效果。只有保持了自我的完整性,才能集客观与直观于一体,才能超然于物外,达到非个性化的境界。

最后,艺术流亡是斯蒂芬跳出二元对立逻辑藩篱的有效策略。对抗本身就是对二元对立逻辑的承认和妥协。相应地,对对立势力采取非此非彼、莫衷一是的态度和立场是走出二元对立逻辑的有效方法。在遇到使他产生精神顿悟的水边少女之前,他只是尊崇单一逻辑,要么坚拒肉体的诱惑,追求宗教灵性的生活,要么沉溺肉欲,反抗宗教的说教和虔诚的宗教信仰;他既沉溺于对帕内尔的民族主义者式的缅怀,还在表面上对教导主任代表的英国文化压迫忍气吞声,在内心深处则极度排斥。从本质上而言,他根本没有逃脱他所反对的一切事物背后的非此即彼的逻辑。当斯蒂芬看见徜徉在水中的少女时,突然产生顿悟,在少女身上发现了逃出宗教强调的精神和世俗社会中追求的肉欲之间二元对立的东西,即少女身上体现出的精神和肉体的融合。在这一刻,"他的灵魂在听到这一召唤时止不住欣喜若狂。生活下去,错误下去,堕落下去,为胜利而欢呼,从生命中重新创造生命"(《青》177)。"从生命中重新创造生命"就是艺术创作,而艺术创作也是精神世界的理性和属于物质世界的肉体的感性的完美融合。所以他从少女身上听到了艺术的呼唤,从而决定离开爱尔兰,去追求艺术的自由。从那个少女身上,斯蒂芬认识到如果用非此即彼的逻辑一味进行对抗,其本身就是在遵从所对抗的事物的逻辑,从而陷入悖论的迷宫。借此顿悟,他最终选择了流亡,摆脱了来自家庭、社会、宗教以及民族等桎梏对自己灵魂的束缚。

总之,《肖像》中斯蒂芬美学的四个方面,即独立反叛精神、艺术的本质、"非个性化"理论和流亡美学,无一不与乔伊斯对其民族命运,特别是爱尔兰民族艺术的现状密切相关。无论是他对传统的超越,还是对艺术的美和真的追求;无论是他的独立反叛精神,还是他非个性化的强调,均是他要"在我的灵魂的作坊中铸造出我的民族的还没有被创造出的良心"

的一种理论表达和美学追求。换句话说，小说中斯蒂芬的美学思想，也是其民族关怀这一隐性叙事不断侵扰的场域。

第二章 宗教与其他势力的隐性勾连

乔伊斯终其一生都在书写爱尔兰民族史和爱尔兰人民的精神历程。爱尔兰社会的政治现实、经济局势、宗教传统和文化困境都是乔伊斯文学创作的核心主题。19世纪末20世纪初，爱尔兰既遭受英国殖民统治，又遭受国内民族主义压迫。殖民主义者分化成不同阵营，相互钩心斗角，爱尔兰民众也各持己见，争论不休。在错综复杂的权力博弈中，宗教不仅成为各方势力争夺的主战场，也成为被各方势力所利用的手段和工具。"宗教的传统是爱尔兰所有传统中最根本、最普遍，也是最需要首先面对的。"[1]

乔伊斯曾表示："我深深地憎恶并摒弃当今的社会制度和基督教，包括家庭观、公认的道德观、社会的等级制度和宗教的教义等。"[2] 乔伊斯的半自传体小说《肖像》通过描写主人公斯蒂芬对宗教由深信不疑、摇摆质疑直至彻底抛弃的心路历程，揭示出宗教对爱尔兰的落后局面和苦难历史有着直接关联，表达了他对宗教的深深厌恶。从小说的题目来看，它应该是写一个青年艺术家的成长历程，但作者却用了几乎三分之一的文字写宗教教义、宗教布道词和斯蒂芬对地狱和惩罚的恐惧。换句话说，宗教本来是精神层面的、在物质世界不太显性的存在，如果要显现，也应该是一种幽灵式的存在，通过控制人的精神来显示其精神性的本质，但在这部小说中，宗教却大大突破它幽灵的限阈，成为一种绝对的显性存在，与其他邪恶势力相互勾连，成了横行于人的物质生活和精神生活的邪灵，控制着爱尔兰民众，特别是爱尔兰艺术家的灵魂。除了宗教教义、宗教布道词和斯蒂芬对地狱和惩罚的恐惧等宗教的显性存在，宗教与殖民主义、民族主义的勾连以及它的反人性特点，在小说的书写中基本都是一种幽灵性的存在。通过研究这些幽灵存在，我们会对乔伊斯对宗教的批判有更为全面深刻的

---

[1] 赫云：《乔伊斯与爱尔兰宗教传统关系研究》，《大连大学学报》，2009年第3期，第72页。
[2] 袁德成：《詹姆斯·乔伊斯：现代尤利西斯》，成都：四川人民出版社，1999年，第89页。

认识。

第一节 宗教与殖民统治的隐性勾连

爱尔兰曾经屡次遭受外族入侵。英国对爱尔兰的入侵,最早可以追溯至 11 世纪初诺曼底征服者威廉一世统治英格兰的时期。12 世纪,亨利二世率军入侵爱尔兰。"爱尔兰是 1150 年由教皇让给英国的亨利二世的。教皇本人则于 1171 年来到爱尔兰。自那时起,就存在着一种惊人的一贯态度,把爱尔兰居民看作是野蛮人和堕落的民族。"[1] 从 16 世纪开始,英国殖民当局开始推广种植园制度,一方面从爱尔兰北部没收大量土地,另一方面从英格兰吸引大量人口。英国政府把收缴的土地赐予定居在爱尔兰的英格兰人,使他们成为种植园主。作为交换,得到赐予的庄园主则必须宣誓效忠英王。这一举措引发了爱尔兰原住居民——盖尔族人长期广泛的武装反抗。17 世纪英国资产阶级革命时期,克伦威尔也曾率军入侵爱尔兰。由于爱尔兰人笃信罗马天主教,而英国军队经由宗教改革已经转信新教,这种宗教分歧导致入侵的英军对爱尔兰军民采取了极为严苛的镇压手段。19 世纪初,大不列颠及爱尔兰联合王国的成立标志着英国对爱尔兰的全面侵占。

爱尔兰被吞并的时期适逢西方强国向垄断资本主义转型时期,殖民主义主导下的全球性扩张拉开帷幕。该时期西方殖民者对殖民地的统治手段已经由简单粗暴的武力入侵转为渗透至政治、经济、文化等各方面的统治。显然,宗教也已经成为殖民主义者施行殖民统治的一种重要手段,以"使异教徒皈依主流宗教的活动扮演着使经济剥削合法化的角色"[2]。殖民者借由宗教对殖民地青少年进行殖民教育,披着宗教的外衣宣讲宗主国的文化历史以实现对殖民地文化历史的压制。

在《肖像》中,斯蒂芬就读的耶稣会学院就是各方势力借由宗教争夺话语权的主战场。首先,耶稣会学院副教导主任的身份就充满了殖民主义色彩。在爱尔兰,天主教会学校入学门槛甚高,是上流社会和权势阶层子弟才可以就读的学校。而这所学校的副教导主任却是一个英国人,而且是来自英国底层社会的穷人。但他宗教改宗并迁居爱尔兰之后,居然可以在耶稣会学院里出任副教导主任,接近固化的社会阶层只因为其英国殖民者

---

1 爱德华·萨义德:《文化与帝国主义》,李琨译,北京:三联书店,2004 年,第 314 页。
2 Ania Loomba. *Colonialism/Postcolonialism*. London: Routledge, 1998, p. 114.

的身份就轻易在爱尔兰实现了突破和逆转，由此可见英国殖民者在爱尔兰享受到的特权。

其次，副教导主任宗教信仰的转变也体现了英国殖民者利用宗教进行权力操控的事实。英国自资产阶级革命后就转而信仰新教，而爱尔兰却是欧洲少数几个笃信罗马天主教的国家之一。副教导主任是一位改宗者，斯蒂芬眼中的他与浪子的形象并无二致，并对这位改宗者对宗教的虔诚之心深表怀疑。他是如何在英国那样的国教氛围里突然顿悟，从教会分裂的喧闹以及各自为政的教派中发现他改宗皈依的教会的？这个问题使人很有理由怀疑副教导主任很可能是在谋生的压力下受到经济利益的驱使才改变了宗教信仰。由此可见，宗教成为英国殖民者转移国内剩余劳动力的一种手段，同时也是英国底层阶级实现自我身份转换的一种途径。副教导主任近乎荒谬的改宗行为使斯蒂芬"几乎使用寓言中长兄看待回头浪子的眼神注视着这位英格兰的皈依者"[1]。

再次，副教导主任知识匮乏、思想苍白却高人一等的嘴脸也表现出英国殖民者对爱尔兰文化的压制。在斯蒂芬与副教导主任的一次交谈中，斯蒂芬深刻认识到爱尔兰在英国殖民者面前所处的劣势，而最为讽刺的是这一切却发生在本应该是爱尔兰宗教大本营的耶稣教会学院：在探讨艺术时，斯蒂芬使用"灯"一词来说明艺术启蒙人心、发散艺术之美的特质，而这位副教导主任本性呆板平庸，对艺术一窍不通，竟然将艺术之灯理解为日常生活照明的灯，并对着谈论艺术的斯蒂芬大谈灯的结构，在斯蒂芬用了"通盘"（tundish）一词来指涉灯的一个部件时，他颇有语言文化优越感地纠正斯蒂芬，说他用的tundish不是英语单词，应该用英语单词"漏斗"（funnel）来替代。鉴于自己的爱尔兰人身份以及副教导主任的英国人身份和师长之尊，斯蒂芬未敢坚持己见。但这种民族和语言文化的双重压制恰恰是英国人借改宗爱尔兰人的"本土"宗教天主教所完成的。这种民族和语言压迫引发了斯蒂芬大段的内心独白，并像幽灵一样萦绕在他心头：

我们两人刚才的谈话所使用的这种语言原来是他的语言，后来才变成了我的语言。像家、基督、麦酒、主人这些词，从他嘴里说

---

[1] 詹姆斯·乔伊斯：《一个青年艺术家的肖像》，黄雨石译，北京：外国文学出版社，1983年，第220页。本章后文出自《一个青年艺术家的肖像》同一译本内的引语，将随文标出中文译名简称《青》和引语出处页码，不再另注。

出来和从我嘴里说出来时多么的不相同啊！我在说这些词儿和写这些字的时候可能并不感到精神上十分不安。他的语言对我来说是那样的熟悉，又是那样的生疏，对我它永远只能是一种后天学来的语言。那些字不是我创造的，我也不能接受。我的声音拒绝说出这些字。我的灵魂对他语言的阴森含义感到不安。（《青》221）

直到小说结尾处，斯蒂芬在4月13日的日记中写道："'通盘'那个词儿长时期来还一直扰乱着我的思想。我查了查，发现它原是英语，而且是规规矩矩的古老的英语。让那个副教导主任和他的'漏斗'见鬼去吧！他到这儿干什么来了？是教我们他自己的语言，还是跟我们学习我们的语言？不管是哪一样，都让他见鬼去吧！"（《青》304）作为英国本土居民的副教导主任，竟然把英语词汇 tundish 当作爱尔兰语，其对英语词汇的掌握还不如一个爱尔兰人，竟然还有脸且被官方认可作为导师对爱尔兰学生进行"教导"，不可谓不荒唐透顶。这一方面反映出他本人所代表的英国殖民者的不学无术和文化霸权，也体现出作为殖民地的爱尔兰在文化方面所处的绝对弱势。

斯蒂芬与副教导主任之间所发生的小故事在斯蒂芬的成长过程中可谓是个微不足道的小插曲，但这个小插曲在乔伊斯揭露宗教对爱尔兰文化殖民过程中所扮演的角色时却如幽灵一样具有很强的侵扰意味，在斯蒂芬心中如幽灵般侵扰，挥之不去，驱之不散。

第二节 宗教与民族主义的隐性勾连

宗教也是英国殖民主义者与爱尔兰民族主义者进行政治抗争的主要领域，这主要表现在各种政治势力在宗教领域的渗透和对话语权的争夺，宗教分歧的表象下是不同政治势力围绕对爱尔兰统治权所展开的斗争。政治斗争与宗教活动相互交织，不仅渗透至爱尔兰民众家庭生活的各个方面，而且左右了爱尔兰民族自治运动的走向，对爱尔兰的发展造成了沉重的打击。对于宗教与民族主义政治之间的勾连，《肖像》虽未明写，但借由描写斯蒂芬家庭聚会上的争吵暗示出来，成为斯蒂芬童年的幽灵般的印象。

一方面，宗教与民族主义政治的相互交织影响着爱尔兰民众家庭生活的各个方面。在《肖像》第一章中，斯蒂芬在经历了孤独而压抑的寄宿学校生活后满心期待地回到家中,对圣诞节家庭聚餐充满期待。但是,原本应该温馨和谐的家庭聚会却充斥着有关宗教和政治的争论。长辈们在应该纪念耶稣诞生的节日里因为爱尔兰民族自治运动领袖帕内尔的死亡争吵起来,尤其是原本慈祥温柔的丹特姑妈由于宗教信仰而变得冷酷无情。大人们的争论不仅打破了幼年斯蒂芬对家庭温暖的憧憬,也从侧面反映出他们不尽相同的宗教信仰和政治立场。此外,宗教与民族主义政治的交互影响也左右着斯蒂芬作为爱尔兰人个体生活的方方面面。当斯蒂芬家道中落后,父母讨论过他就学的问题,并表示:"他既然一开始接近的就是耶稣会的成员,那么,还是让他始终跟他们在一起吧。若干年后,他们对他会有好处的。只有他们那些人可以给你找一份差事。"(《青》75)显然,在宗教传统悠久的爱尔兰,耶稣会学院的资源足以保障学生就业并在社会取得立足之地。

另一方面,宗教与民族主义政治相互交织也影响着爱尔兰民族自治运动的走向。宗教在近代爱尔兰民族主义运动与英国殖民主义扩张的斗争中一直扮演着重要角色。由于爱尔兰具有悠久的宗教历史以及浓厚的宗教氛围,甚至有学者指出"如果说宗教是人类的鸦片,那么爱尔兰人就是瘾君子"[1]。因此,宗教既是殖民主义者掌控和征服爱尔兰的重要手段,也是爱尔兰民族自治运动赖以发展的主要根基。纵观爱尔兰的近代史,民族主义的发展与罗马天主教有着不可分割的关系,乔伊斯曾经借斯蒂芬之口指出过爱尔兰人有两个主子:"一个是英国殖民主义者,另一个是老根儿在意大利的罗马天主教。"[2]因此,即便是英国人长达数世纪的殖民统治,也未能撼动天主教在爱尔兰宗教领域的主体地位。自从12世纪开始,英国殖民者就开始觊觎爱尔兰。16世纪,英国与罗马天主教教廷决裂转而信奉新教,爱尔兰一直笃信罗马天主教。此后的两个世纪里,"从16世纪到18世纪,大主教的西班牙和法国在与英国的冲突中多次入侵或试图入侵爱尔兰,并支持那里的天主教徒反英。英国则以此为由对爱尔兰进行政治压迫、宗教迫害和经济剥削"[3]。到18世纪,爱尔兰民族独立运动逐渐高涨,但多数民族主义领袖主要聚焦于争取爱尔兰的民族利益,并未将维护天主教信仰作

---

1 Donald H. Akenson. *Small Differences: Irish Catholics and Irish Protestants, 1815-1922: An International Perspective*. Kingston: McGill-Queen's University Press, 1991, p. 139.
2 詹姆斯·乔伊斯:《尤利西斯》,萧乾、文洁若译,南京:译林出版社,1994年,第50页。
3 J. E. Fallon. "Ireland: Two States, Two Nations." *World Affairs*, 158.2 (1995), p. 75.

为主要奋斗目标。换言之，当时爱尔兰独立运动参与者的共同目标是反抗英国的殖民主义扩张，并未因宗教信仰的分歧而影响团结。但宗教却对民族主义阵营起到了分裂作用，罗马天主教教廷及其在爱尔兰的主教团对于新教徒参与反殖民的政治运动是不赞同的，因为他们认为一部分新教徒站在"爱尔兰人的对立面"[1]拥护英国的殖民政策，天主教就以偏概全，反对新教徒参与爱尔兰民族独立运动。20世纪初，爱尔兰民族主义运动内部的人员构成发生巨变，天主教教徒成为主导力量。宗教分歧导致爱尔兰民族主义运动的政治诉求发生分裂。大部分天主教教徒主张爱尔兰独立，而大部分新教徒倾向于归顺英国。至此，宗教的教派分歧与反殖民运动参与者的政治立场交叠起来，天主教在爱尔兰的发展与民族主义者要求政治独立的诉求逐渐融合，天主教教义就此演变为爱尔兰民族自尊心的主要内容，而且爱尔兰的宗教与政治已经密不可分，爱尔兰，甚至民族主义团体，"已经完全屈从于宗教权威，一个外来机构，穿着精神体制的外衣，实则发挥着政治体制的作用"[2]。

在《肖像》中，宗教对政治事务的参与和渗透无处不在。在斯蒂芬期盼已久的家庭聚餐中，众人围绕宗教和政治展开了激烈的争论。他父亲曾对自己的教士说："神父，只要你不再把供奉上帝的教堂变成一个投票站，我将承担一切费用。"凯西先生也表示："我们恭顺地走进上帝的殿堂，是为了去向我们的造物主祷告，而不是去听竞选演说。"（《青》30）从侧面可以窥见天主教对爱尔兰民族主义运动的参与和渗透之深。而最能体现出宗教与爱尔兰政治局势密不可分的就是爱尔兰民族运动领袖帕内尔之死以及其后引发的一系列连锁反应。帕内尔所领导的抵抗运动是19世纪爱尔兰民族自治运动的顶峰，因此也成为各方政治势力予以特别关注的对象，尤其是英国殖民主义者以及爱尔兰国内与其宗教信仰发生分歧的政治势力。乔伊斯对帕内尔的死因没有进行直接交代，而是借由不同人物之口进行多视角、碎片化的描述，凸显出帕内尔之死的扑朔迷离。有人将他称为爱尔兰的英雄，有人认为他只是个无赖。一个有能力领导爱尔兰走出被殖民和被压迫境地的独立运动领袖，因为莫须有的罪名被同胞和祖国置于死地，可见当时爱尔兰宗教分歧导致的政治势力分裂已经与英国殖民主义者形成

---

1 Johnathan Tonge. *Northern Ireland: Conflict and Change*. London: Prentice, 1998, p. 6.
2 Seamus Deane. "Joyce the Irishman." *The Cambridge Companion to James Joyce*. Ed. Derek Attridge. Cambridge: Cambridge University Press, 1990, p. 40.

共谋。

宗教对于爱尔兰民众的家庭生活、个人生活甚至民族命运的影响如幽灵一样，在斯蒂芬童年的记忆中如幽灵般飘过，但随着他的成长，这些幽灵记忆随其对宗教和民族主义等认识的加深逐渐变得意义非凡。斯蒂芬认识到："从托恩的时代到帕内尔的时代，没有一个正派、诚实的，为爱尔兰牺牲自己的生命、青春和爱情的人，不是被你们出卖给敌人或者在他需要你们的时候被你们抛弃掉或者受到了你们的诅咒；你们扔下他又去追随另外一个人。"（《青》239）宗教教派的分歧已经严重分化了爱尔兰民族主义者的内部阵营，甚至影响到不同阵营的政治立场和判断，从而在与英国殖民者的抗争中屡次败下阵来。

第三节 宗教对民众精神的幽灵式控制

爱尔兰的苦难历史不仅是英国的殖民扩张和民族主义的政治分裂的结果，还是爱尔兰民众深陷文化困境的泥沼从而无法形成对国家、民族以及自身命运的正确认识的恶果。而宗教对爱尔兰民众的精神形塑起着至关重要的作用。"在野蛮的欧洲没有哪个地方的修士或圣徒能够像他们在爱尔兰的同道那样主宰着全体人民的社会生活与灵性生活，[……]不管他们的目的是崇高也罢世俗也罢，自私也罢无私也罢。"[1]乔伊斯在《肖像》中展示了宗教对爱尔兰民众精神世界的如幽灵般的控制，揭示了以天主教为主导的宗教势力对爱尔兰文化困境有着不可推卸的责任。

首先，小说揭露了天主教学校中的反人性教育。小说对天主教教义反人性本质的揭露不是直接的，而是隐含在斯蒂芬的动物本能与他的苦修之间的争斗以及最后宗教败给人性的结局中。"在神道看来，人间的物质诱惑和生理欲望是人类罪恶的根源。许多宗教把禁欲主义看作是一种高尚的美德，而人道主义则把物质生活和情欲生活看作是人生存的基本权利。"[2]斯蒂芬的母亲笃信天主教，他本人就读于耶稣会学院，从小就浸淫在浓厚的宗教氛围里。他曾经尝试过依循教义禁欲苦修，抑制嗅觉味觉和触觉、履行斋戒等。但这种违反人类本性的苦修并未给他带来精神世界的平静，反而使他愈发烦躁。当斯蒂芬进入青春期时，他不得不听从身体的需求开

---

[1] 泰德·奥尔森：《活着的殉道者：凯尔特人的世界》，朱彬译，北京：北京大学出版社，2007年，第85页。
[2] John Blades. *How to Study James Joyce*. London: Macmillan Press, 1996, p. 76.

始阅读淫秽书籍，并且不可抑制地陷入了性幻想。虽然他也曾对这种有违教义的行为感到羞耻，甚至在宗教伦理和人类本能之间苦苦挣扎，但当他误入红灯区后却"像一头被打伤的野兽四处徘徊，低声呻吟。他急于想和另一个跟他相似的人一起去犯罪，强迫另一个人和他一起犯罪，并和她一起品尝犯罪的欢乐"（《青》113）。在妓女的诱惑和自身欲念的驱动下，他的动物本能战胜了宗教理性，有了实质性的男欢女爱。在动物本能面前，斯蒂芬从幼儿时期所接受的来自家庭及学校灌输的宗教教义都溃败下来。在小说中，斯蒂芬苦修的虔诚与对男欢女爱的享受并置，形成了一个幽灵般的主题：宗教的无力和荒谬以及人性的不可根除性和合理性。

他在初尝禁果之后曾经变得绝望愧疚，甚至感到自己已经堕落成了牲畜。为了赎罪，他加强苦修，认真聆听布道，苦苦祈祷上帝的原谅和救赎，但这些活动带给自己的是更深的精神痛苦。他不能根除对女性想入非非的"恶念"，上帝不能救他于精神痛苦，不是因为他宗教信仰不够虔诚，而是人性是人的天性，人的本能，是人与生俱来的，是任何力量也无法消除的。斯蒂芬对性的朦胧认知以及对女性的欣赏赞美从他幼儿时期就已经开始了，一直是他生命深处的一部分。小说中从始至终都在暗示他一直喜欢一个姑娘。但他心里的那位姑娘没有具象至某个人物身上，有时是艾琳，有时是艾玛，有时像《基度山伯爵》中的美茜蒂丝，更多时候以无名无姓的"她"来指代。这种看似零散荒唐、不合情理的描述，恰恰体现出男性对女性所抱有的天然的欣赏和爱慕，也正是人类动物本能的一种自然反应。斯蒂芬自幼年开始就挣扎于本能欲望和宗教清规之间，试图皈依宗教戒律却屡屡以失败告终，最终他挣脱了宗教的束缚回归人类本性，并表示"我们都不过是些普通动物。我也不过是一个普通动物"（《青》242）。可以说，斯蒂芬意识流中那个幽灵般的女孩就是人类天性和动物性的幽灵，它的挣扎映射出天主教对人性的幽灵一般的控制。

其次，小说暴露了天主教学校中的愚民教化。在小说中，宗教愚民的主要手段就是向信众灌输上帝的无限权威和在信众心中激发他们对上帝的恐惧之情。斯蒂芬对上帝的恐惧如幽灵般一直萦绕侵扰着他的意识。天主教教义鼓吹上帝主宰世间的一切，包括人的命运，所以人心中必须对上帝抱有敬畏之心，服从神的旨意。但是，有学者指出人神之间是矛盾对立的：

"人奉献给神的越多,留给自己的就越少。"[1] 这句话也可以解读为:人对宗教越虔诚,独立思考的能力也就越弱。而宗教教义得以在现实世界贯彻的主要手段就是教化信徒服从神的权威并且付出对神的至爱。换言之,天主教教义的内核就是规训信徒对上帝无条件地服从和膜拜,否则上帝会借由灾难对人类发出警告并施加惩戒。在《肖像》中,斯蒂芬自幼在教会学校中体会到的都是惩戒责罚所带来的恐惧感。小说一开始老师就告诉他打雷表示上帝发怒了,这句话使年幼的主人公因恐惧而对上帝敬畏不已。后来他就读于克隆沃斯学校,当得知高年级同学竟敢偷窃圣餐盒,他的心灵再次受到恐惧的侵袭。在幼年斯蒂芬看来,圣餐盒神圣不可触碰,偷窃圣餐盒简直罪无可恕,所以他坚持每天为那位学长祈祷,"这样要是他死了,就可以不下地狱"(《青》126)。对宗教的恐惧如恶灵一样,控制着年幼的斯蒂芬对世界的认知,禁锢着他的思想。

小说中天主教会学校利用上帝的绝对权威对信徒进行身体和心理的双重控制,而这种控制力无形中也成为统治阶层操控权力的工具。"对于上层阶级,宗教是一种与政治意识形态和政治联盟交织在一起的社会活动,是一种压迫工具。对于底层人民,宗教是希望的来源,将人从日常生活的磨难与不确定性中解放出来。"[2] 小说中有位神父曾布道:"如果人在尘世上做出了某种牺牲,那他在另一个世界中,在永恒的天国中将得到成百倍,成千倍的补偿。"(《青》126)天主教会所提倡的今生受苦、来世得偿的思想具有愚民性,本质上成了英国殖民者和国内统治阶层的共谋者。爱尔兰民众未能通过自我提升、独立思考而批判性地看待这种教义,自然就会对其盲目地遵从。小说中以丹特为代表的虔诚忠贞但盲目偏执型信徒和以达文为代表的善良顺从但缺乏主见的信徒是当时爱尔兰民众笃信宗教的缩影。这些普通信众对天主教的偏执和虔诚恰恰折射了他们心中那个宗教幽灵的强大。

最后,小说批判了天主教会圣职人员的虚伪。天主教会所宣讲的教义与其神职人员的所作所为大相径庭,这在小说中集中体现在耶稣会学院的暴力管理以及教会神职人员对爱尔兰世俗事物的操纵。一方面,天主教神职人员大多宣讲公平、慈爱、怜悯和宽恕,但是在斯蒂芬所就读的耶稣会

---

1 陈霞:《宗教和道德关系的结构层次》,《四川大学学报》,1999年第5期,第39页。
2 Perry Share & Hilary Tovey. *A Sociology of Ireland*. Dublin: Gill and Macmillian, 2007, p. 410.

学院里,"学生们每分钟都会被叫去十板八板地挨打"(《青》48)。学生们因为违反校规或犯了错误而遭受不同种类、不同程度的暴力体罚,有戒尺、藤条、开除等不一而足。斯蒂芬因为眼镜被毁未能按时完成作业,却被老师误认为偷懒、撒谎而遭受体罚,虽层层上告却投诉无果。乔伊斯对体罚的描写极其详尽:"一阵刺骨的、火烧一般的、令人发疯的猛烈疼痛使他的手掌和手指全缩成一团,变成了一块哆嗦着的发青的死肉。"(《青》58)教会学校象征着权威,但是这种暴力的管理方式也表明了教会的残忍和不公正,显然与其宣扬的教义背道而驰,其伪善的面目暴露无遗。斯蒂芬遭受体罚一事是对天主教残忍与不公的显性描写,但这个事件的后果却隐含了一个幽灵主题,即天主教对教众邪灵般的操控和愚昧化。斯蒂芬层层投诉,最后告到教会的最高层,但得到的答复却是老师可能有个误解,学校会找那个老师谈谈。就这样一个敷衍性的答复,却被教会学校的学生认为是学生的巨大胜利,并被报以集体庆祝欢呼。天主教对教众的愚昧化和幽灵般的控制,或许才是乔伊斯最为痛心的,或许可以解释为什么"天主教教会学校的教育成为他最终选择自我放逐的重要原因"[1]。另一方面,天主教教义要求信徒远离尘世、清心寡欲,但小说中的神职人员却从政、敛财、腐化、堕落。斯蒂芬家破产之后,他父亲试图谋一份差事,他母亲直接指出这需要求助神父,因为神父们"相当有钱,都生活得很富裕"(《青》80),对政治有着非常大的影响。小说中并未明写教会如何插手政务,借为人谋私利而谋自己的私利,但斯蒂芬母亲的话成为神父敛财、插手政务的映像。

总之,宗教问题是乔伊斯《肖像》的主要批判对象。乔伊斯通过在斯蒂芬成长过程中意识屏幕上转瞬即逝的意识流片段、意识流背后的幽灵般的恐惧以及其他人物不经意间的只言片语在其意识流中投下的映像折射出宗教与殖民主义、民族主义和民众生活如幽灵一样无处不在又隐秘纠缠的错综复杂的关系,暗示了宗教既是英国殖民扩张的手段,又是左右爱尔兰政治局势和民族独立运动走向的影响因素,同时也是爱尔兰民众走出文化困境、重塑独立精神的阻碍。

1　David Daiches. "James Joyce: The Artist as Exile." *College English*, 2.3 (1940), p. 198.

第三章 青年艺术家心灵屏幕上转瞬即逝的幽灵人物

《一个青年艺术家的肖像》讲述了青年艺术家斯蒂芬·迪达勒斯的成长历程，呈现了在斯蒂芬的意识屏幕上爱尔兰民众的众生相。小说中的爱尔兰民众如同幽灵一样，在斯蒂芬的意识屏幕上转瞬即逝，但这些人物虽然没有持久的显性存在，但其在短暂出场后就在显性世界消失，用介于在场与不在场的状态侵扰着斯蒂芬的心灵，留下如魂灵的幻象一样的映像，影响着斯蒂芬的艺术家成长之路，因此对这些有幽灵般影响的人物类型的把握是理解《肖像》的关键。

第一节 不知亡国之恨、饱受殖民之害的民众

在乔伊斯的笔下，饱受殖民之害又不知亡国之恨的爱尔兰民众不时会侵扰在斯蒂芬的意识流中。他们浑浑噩噩，对祖国的苦难熟视无睹，整日沉沦于酗酒、聊天、寻欢作乐，他们身上体现出对爱尔兰民族解放运动造成沉重负担的文化弊俗。许多民众对国门的破碎与国土的沦丧不以为意，这种态度是与爱尔兰的国情和民族性紧密相连的。达文所邂逅的少妇即是寓示着这种民族性的人物。达文在回家途中口渴，向路边人家讨水喝，一个年轻的女人为他端出牛奶，并直白地邀请他在家里过夜。这个女性形象与小说中青年艺术家斯蒂芬的成长历程似乎毫不相干，但她却对斯蒂芬的精神成长起着如幽灵般挥之不去的影响。她是无知的爱尔兰民众的化身，毫不介意引外人入室，这种状态隐喻着爱尔兰民族的蒙昧状态："这是她的民族和他自己的民族的一个典型的象征，一个蝙蝠一样的心灵在黑暗、隐秘、孤独中忽然意识到了自己的存在，于是，她通过一个毫无忸怩之念的女人的眼神、声音和姿态，邀请一个陌生人到她的床上去。"[1]她的这一举动与爱尔兰曾经多次在出现内部纷争时请外部势力介入以解决矛盾的历史如出一辙。在黑暗、隐匿、孤独中飞翔的蝙蝠与这个幽灵般的女人形象相互叠加，成为小说中频繁出现的意象——历史悠久的爱尔兰有着坐井观天、故步自封的一面，它缺乏民族观念，不介意外部势力在爱尔兰内部的

---

[1] 詹姆斯·乔伊斯：《青年艺术家画像》，朱世达译，上海：上海译文出版社，2011年，第199页。本章后文出自《青年艺术家画像》同一译本内的引语，将随文标出中文译名简称《青》和引语出处页码，不再另注。

植人。乔伊斯对这种特性深恶痛绝,他认为这种特性是造成爱尔兰国土沦丧的元凶,并借斯蒂芬之口痛斥爱尔兰民族的劣根性对民族未来的毒害:"爱尔兰是一个吃掉自己的猪崽子的老母猪。"(《青》224)《肖像》书写了在爱尔兰的殖民政治漩涡中人民与国家形成了相互消耗的恶性关系,呈现出爱尔兰特有的文化病理与爱尔兰社会的重重危机的关联。

爱尔兰民族性的另一个问题是愚昧无知。这种民族痼疾由另一个幽灵式的人物——土著老人来体现。爱尔兰西部山区的土著老人同样也与主人公斯蒂芬的成长没有直接关系,但他出现在斯蒂芬的日记中,仅仅是一个小小的插曲人物,与小说故事主线没有什么交集。但他却像幽灵一样侵扰斯蒂芬对民族的认知。在听到宇宙和星辰的事后,土著老人认为世界的那一头"准会出现许多可怕的奇怪的人"(《青》284)。这种对现代性毫无认知的话语正呈现出一部分爱尔兰民众没有世界概念,对外界缺乏基本知识,思想愚昧狭隘。近代爱尔兰被侵略的历史与其民族的劣根性有着不可分割的关系,爱尔兰群众的无知与狭隘堪称殖民者的帮凶,阻碍着爱尔兰民族解放与独立运动的进程,使近代爱尔兰深陷泥潭。

在《肖像》中有一个完全意义上的幽灵人物——帕内尔。他将毕生精力献给了爱尔兰自治运动,但由于天主教的指责刁难和民族主义者的背叛,其政治生涯沦落,生命也在抑郁落寞中走向尽头。他的幽灵侵扰着斯蒂芬,时刻提醒他爱尔兰民族主义者乃至民众的劣根性——背叛。斯蒂芬目睹了从托恩时代到帕内尔时代的许多爱尔兰人为了眼前的利益不断背弃为国捐躯的民族英雄,而帕内尔之死更使他痛感"民族主义政治叙事的主题是背叛"[1],而对这些行径熟视无睹、在国家民族生死存亡之际仍旧饱食终日的更是大有人在。在悲愤之极时斯蒂芬愤怒地指责"爱尔兰是一个吃掉自己的猪崽子的老母猪"。由众多背叛者构成的爱尔兰民族就如同那个吃掉自己的小猪仔的母猪,亲手扼杀了支撑自己未来的民族英雄。斯蒂芬正是因为洞察了爱尔兰这些根深蒂固的弊俗才会与国内各种势力均保持距离。

第二节 爱尔兰民族主义者

《肖像》还塑造了爱尔兰民族主义者的众生相。对这些民族主义者的

---

[1] Derek Attridge. *The Cambridge Companion to James Joyce*. Cambridge: Cambridge University Press, 1990, p. 35.

塑造，作者同样将他们放在斯蒂芬的意识屏幕上，使他转瞬即逝，但又让他们像幽灵一样不断侵扰斯蒂芬的思想。这群民族主义者以达文为代表。他们常常将爱国挂在嘴上，实际上其想法却脱离爱尔兰的现状，对爱尔兰民族解放运动毫无帮助。这些人往往盲目地奉行流行的民族主义理念，他们对国家的热爱出于顺从、淳朴与天真的本性，而非救民于水火之中的大义与责任感。达文出生于爱尔兰乡村，对爱尔兰农村具有与生俱来的热爱。他天性纯良，固守爱尔兰传统文化，但思想狭隘，有着盲目的民族自豪感，其想法往往围绕着非此即彼的二元对立思想，无法容忍任何与民族主义相悖的思想。而斯蒂芬所看到的是真正的而非民族主义者们美化后的爱尔兰的历史与现实，因此坚持自己思想的斯蒂芬冷眼旁观的态度在达文等人眼中显得格格不入。当斯蒂芬对爱尔兰作出批评时，达文质问他"你到底是不是一个爱尔兰人？"并批评斯蒂芬"向来对什么都一味冷嘲热讽"（《青》222）。

比达文更极端的民族主义者是坦普尔之流。这些民族主义者的幽灵特质更为明显，因为他们就如鬼影般迅速淹没在令人晕头转向的民族主义争论中。这些民族主义者追捧主观构想的爱尔兰，其虚构的爱尔兰辉煌历史实质上是对抗外来入侵元素的白日梦。在坦普尔、克兰利、麦卡恩等人的辩论中，坦普尔大谈爱尔兰的优长："社会主义是一个爱尔兰人开创的，第一个在欧洲宣传思想自由的是柯林斯。"（《青》216）这些民族主义者通过对外族的嘲讽与贬低和对本族的无限美化以自我慰藉，试图抬高爱尔兰的民族地位，但他们所谓的爱国热情既认真又可笑，在表面的抗争姿态下隐藏着对当时社会意识形态的顺从与奴性，其自我欺骗与安慰呈现出精神上的被阉割状态。

无论是淳朴的达文，还是盲目自大的坦普尔，都同样是狭隘、排外的。他们难以区分爱国与民族主义的概念，偏狭地推崇自己民族的一切，敝帚自珍。这种民族主义有着不可小觑的负面影响，在爱尔兰后殖民话语中形成了一种霸权地位，压制爱尔兰社会中的少数声音，从意识形态层面上产生了消极的麻痹作用。[1] 不仅如此，爱尔兰民族主义者还鼓吹爱尔兰民族的单一性，否认其杂糅性，将人为编织的神话强加于爱尔兰，对普通民众形

---

[1] 陶家俊：《爱尔兰，永远的爱尔兰——乔伊斯式的爱尔兰性，兼论否定性身份认同》，《国外文学》，2004年第4期，第52页。

成严重误导，其政治意指在于抵抗殖民，并明显倾向于极端的暴力方式。在英国殖民者与天主教宗教殖民主义双重压制之下的爱尔兰，这种思潮有百害而无一利，从本质上与殖民主义持有相同的逻辑，即对本族盲目吹捧，对外族大加排斥，因而只能加重爱尔兰的矛盾。乔伊斯认为，爱尔兰的文化民族主义运动不过是英国殖民史的一种延续，是对殖民者的种族主义暴力构架的借用，而这个构架原本是用以加速爱尔兰民族分裂的工具。[1] 小说既抨击英帝国对爱尔兰的殖民，更抨击爱尔兰民族主义及其种族净化。[2]

无论是哪一种民族主义，乔伊斯都持批判态度。爱尔兰民族主义者们普遍拥护爱尔兰引以为傲的传统，企图套用英国的殖民统治模式，使爱尔兰的文化和民族保持"纯净"；而给予爱尔兰现实关注的乔伊斯则认为，爱尔兰民族身份的建构必须建立在消除余弊的基础上，欲立需先破："在一个现代的爱尔兰破壳而出前，必须毁灭、抛弃、抹掉旧世界的罪孽。因此，关键是要别除某些传统意象，拥抱生活，普通、平凡、真实、快乐的生活。"[3] 在任何一个民族主义者的群体中，斯蒂芬都难以找到精神的契合。事实上，斯蒂芬正是认清了他们的真面目才痛定思痛，义无反顾地自我流放，决心挣脱民族主义、殖民主义和天主教的桎梏，去为自己的民族打造真正的灵魂："我不愿意去为我已经不再相信的东西卖力，不管它把自己叫作我的家、我的祖国，或我的教堂，都一样：我将试图在某种生活方式中，或者某种艺术形式中尽可能自由地、尽可能完整地表现我自己，并且只使用我能容许自己使用的那些武器来保卫自己——那就是沉默，流亡和机智。"（《青》277）

第三节 夸夸其谈的青年学生

乔伊斯在《肖像》中刻画了一群围绕在斯蒂芬身边的青年学生。这些学生在小说中没有思想，甚至没有灵魂，只会夸夸其谈。与此相呼应的是，他们的存在似乎也成了一种幽灵的存在，他们存在的方式只是一个表情或一个身体部位或动作，主要的显性存在就是争论。小说通过学生间的夸夸其谈，映射出爱尔兰民族危机下青年知识分子的心理状况和他们对待国家、

1　Vincent J. Chen. *Joyce, Race and Empire*. Cambridge: Cambridge University Press, 1995, p. 21.
2　Robert Spoo. *James Joyce and the Language of History: Dedalus's Nightmare*. New York: Oxford University Press, 1994, p. 47.
3　转引自 David Pierce. *James Joyce's Ireland*. New York: Yale University Press, 1990, pp. 141-142.

民族、宗教问题的真实态度。斯蒂芬常常带着审视的目光看待周遭的一派喧闹，与各方学生团体保持着一定的心理距离，这反而让他看清某些学生貌似关心国家和民族存亡，实际不过是玩世不恭、不负责任的空谈主义者。在某种程度上，斯蒂芬的愤世嫉俗和辛辣言辞表达了他对代表爱尔兰未来"希望"的青年学生身上那种精神瘫痪和腐朽之气的强烈不满与失望。

在这群学生中，麦卡恩似乎是为数不多的有思想的人。但透过他的所谓"和平主义"思想，不难看出他依旧是一具没有灵魂的躯壳。这个青年学生中的"精英"分子，自称是"一个民主派"，致力于传播一份争取沙俄势力支持的请愿书，并"决心要为未来的欧洲合众国里的一切阶级和性别的社会自由和平等进行工作"（《青》192）。他在同学的簇拥下侃侃而谈，将爱尔兰民族问题的解决完全寄托在沙皇俄国和虚幻的"社会良知"上。他"滔滔不绝地讲起沙皇的诏书，讲起斯特德、普遍裁军、对国际纠纷的仲裁、时代的迹象、新的人类以及一种将所有的社会全都负起责任来，以最小的代价求得最大多数人的最大幸福的新福音"（《青》216）。但在斯蒂芬看来，麦卡恩的沙皇根本充当不了那个真正博爱的救世主，并不值得追随。麦卡恩所倡导的"世界和平"，也不过是虚张声势的"吵吵嚷嚷"，毫无现实的根基也经不起仔细推敲（《青》217）。

麦卡恩不切实际的空想从侧面反映了爱尔兰民族精神的软弱和一部分爱尔兰人对民族问题根源的刻意回避与无视。萨义德对爱尔兰解放和民族斗争曾做出这样的判断："爱尔兰的解放问题不仅比其他类似的斗争持续得都更长久，而且时常不被看作是一个帝国主义的或者民族主义的问题。"[1] 麦卡恩幻想通过沙俄来解决爱尔兰的民族问题，是爱尔兰人长期遭受奴役和禁锢后，民族精神中奴性和极度不自信的体现，最终的结果无非是重蹈历史上爱尔兰邀请英国来解决内部纷争却反被殖民的覆辙。

小说中发生在青年学生间的口角和争执也揭示了爱尔兰民族主义者内部四分五裂、各自为政的混乱状况，这种境况在大学校园里已现出端倪。帕内尔领导的自治运动失败后，"以平民大众为基础的大规模政治运动开始逐渐退出历史舞台"[2]。爱尔兰自治运动自此分裂为几个派系，各自为营，互不相让。民族主义演化为内部争权夺利的斗争，陷入瘫痪状态之中。这

---

[1] 爱德华·萨义德：《文化与帝国主义》，李琨译，北京：三联书店，2004年，第336页。
[2] 王广坤：《帕内尔与19世纪后半期的爱尔兰自治运动》，《世界民族》，2015年第2期，第44页。

样的社会氛围必然波及校园里的青年学生，他们之间也轮番上演了互相敌视、争吵和指责的闹剧。

在这些年轻人当中，"吉卜赛学生"坦普尔具有鲜明的人物典型性，其言行举止虽然常会给人哗众取宠的感觉，但乔伊斯并没有将他单纯塑造为一个插科打诨式的人物，而是借由他让原本混乱的局面更加喧闹和荒唐，或是借他之口引发新的争吵和矛盾。在斯蒂芬与麦卡恩的辩论中，坦普尔因为钦佩"斯蒂芬敏锐的才智和激扬的个性"而对斯蒂芬表示支持。[1] 但他从来都是站在自己的角度领会问题，很多时候不过是在自说自话，毫无逻辑可言，因而根本无法与斯蒂芬在精神上产生共鸣。斯蒂芬抨击麦卡恩所谓的耶稣并不"完全合法"（《青》217），坦普尔却接过话头，大谈特谈自己信仰思想的力量。他口口声声说自己"崇拜不受一切宗教影响的人的头脑"，却忘了之前为了迎合麦卡恩，把马克思说成是"一个大傻瓜"（《青》216）。坦普尔加入斯蒂芬和麦卡恩的争论，一定程度上是受到"红脸盘的矮胖学生"要请他"喝一瓶"的恩惠（《青》216）。他常常自认为拥有聪明的头脑，但总想着一些下作、肮脏的事情；他对斯蒂芬的欣赏和赞美也不过是为了"强调他对克兰利公开的厌恶"[2]。他揶揄并四处宣扬副教导主任的传闻："你可知道他是结过婚的？他在他们让他皈依上帝以前就已经结过婚了。他的老婆孩子都没有住在这里。"（《青》219）这番话让克兰利大为恼火，而坦普尔却"暗暗感到满意，大笑不止"（《青》220）。

同时，乔伊斯通过描写斯蒂芬和坦普尔对待宗教这个严肃问题的两种不同态度，试图揭露部分爱尔兰人在真正面对国家和民族问题时只会虚张声势的劣根性。在斯蒂芬和克兰利关于宗教信仰的谈话中，斯蒂芬坦言自己已经放弃天主教这一"合乎逻辑、内部贯通的荒唐信念"，亦不会去抓住新教这个"不合逻辑、自我矛盾的荒唐信念"（《青》273）。乔伊斯欲借斯蒂芬之口，暗示争议不断的宗教问题是造成爱尔兰民族精神混乱复杂的原因之一。斯蒂芬对待宗教信仰貌似莫衷一是的态度，反而在他心中消解了天主教和新教的二元对立，让他对爱尔兰的宗教问题有了更加冷静、清醒的认识。与温和的斯蒂芬不同，坦普尔在宗教信仰问题上表现得态度强硬、言辞激烈，但是也仅仅限于咒骂"教堂和一切老罪犯一样残酷"，"圣

---

[1] V. P. Zimbaro. *Cliff Notes on Joyce's Portrait of the Artist as a Young Man*. Lincoln: Cliffes Notes, 1992, p. 14.
[2] Ibid.

奥古斯丁［……］也是一个残酷的老罪犯"（《青》263-264）。表面的虚张声势反而暴露了其色厉内荏，内心十分狭隘、极端。事实上，乔伊斯塑造的坦普尔这个人物并非一个特殊的个例，他身上暴露的是爱尔兰民族沉溺于豪言壮语与夸夸其谈的痼疾。乔伊斯曾经借用王尔德的话对此有过辛辣的讽刺："我们爱尔兰人是自希腊人以来最伟大的夸夸其谈者。"[1]

斯蒂芬身处躁动的学生群体中，内心的孤独感反而越发强烈，这也是驱使斯蒂芬选择远离爱尔兰的原因之一。这些学生表面指点江山、胸怀大志，实际上对于国家和民族问题并没有深刻的思考和清醒的认识，"要么保守妥协，要么走上极端"[2]。乔伊斯通过对学生群像的描写，呈现出动荡不安的社会历史大背景下的微观众生相，暗示青年斯蒂芬无法在同伴中寻得理解，只得选择"沉默、流亡和机智"来"保卫自己"（《青》277）。

第四节 缺乏民族意识的崇洋媚外者

出现在《肖像》中的另外一类爱尔兰人是缺乏民族意识的、属于爱尔兰上层阶级的崇洋媚外者。他们胸无民族大义，只考虑自己的蝇头小利，唯殖民者马首是瞻。在入侵爱尔兰的殖民者面前，他们非但没有表现出丝毫愤恨与悲痛，反而模仿其姿态，化身殖民者的跟班和走狗。斯蒂芬在经过一间枫叶旅馆时，曾毫不留情地讽刺了那里装腔作势的所谓上流阶级："爱尔兰的显贵们一定都安静地住在这旅馆里，过着舒适的生活。他们整天想的是军部的委令，是土地买卖［……］他们还知道某些法国菜的名字［……］他们那又尖又高的声音简直都要把他们原来包裹得很紧的土腔调给刺破了。"（《青》266）乔伊斯笔下的这个群体处于爱尔兰社会阶层的顶端，与英国殖民者的密切关系和萎靡的生活早已消磨了他们身上的爱尔兰性。他们巴结殖民者高层，通过与殖民者的土地买卖谋取金钱利益，消费高档的法国菜，模仿殖民者的腔调，极力掩饰自己的爱尔兰身份，所有这些行为在斯蒂芬眼中都显得极为下作，没有骨气。

而更让斯蒂芬深感愤怒和无奈的是爱尔兰的上层阶级与英国殖民者之间的交好与通婚。斯蒂芬不知应该如何"打动"通婚者们的"良心"，更

---

1 James Joyce. *The Critical Writings of James Joyce*. Eds. Ellsworth Mason & Richard Ellmann. New York: Viking Press, 1959, p. 174.
2 陶家俊：《爱尔兰，永远的爱尔兰——乔伊斯式的爱尔兰性，兼论否定性身份认同》，《国外文学》，2004年第4期，第53页。

无从知晓该如何将自己对未来爱尔兰种族命运的担忧投射到这些显贵的"女儿们的想象中",从而阻止她们生出更低人一等的种族(《青》266)。原本应该并有能力承担起改变民族命运的爱尔兰上层阶级,民族意识日益淡薄并对被奴役的地位和命运麻木不仁、甘之如饴。斯蒂芬深知爱尔兰民族解放大业无法托付给这些趋炎附势的上层阶级,因为他清醒地认识到这些人只要有利可图便会同殖民者沆瀣一气,并积极辅助他们销蚀爱尔兰已然破败不堪的政治、经济和文化根基。也恰恰是这份清醒的认知在不断驱动着他远离故土,成为他在距离中审视和思考爱尔兰前途的一个内在动因。

虽然乔伊斯在《肖像》中对缺乏民族意识的崇洋媚外者着墨不多,但在他的其余作品中,乔伊斯延续了对这类人的严厉批判。比如,《都柏林人》中的两个短篇《赛车以后》和《选委会办公室里的常青藤日》虽然简短,但对媚外的爱尔兰人的批判都是"装满弹药"且毫不留情的。[1]《赛车以后》中,新贵族吉米·杜瓦尔极力巴结那位"见过大世面的,据说拥有几家法国最大旅馆"的赛古安,并为赛古安身上"那种毋庸置疑的富豪气派"折服[2]。"激发他激情"的是金钱和他骨子里对法国人的崇拜,在乔伊斯笔下,这个人物活脱脱就是一个"现代版本的爱尔兰傻瓜"[3]。《选委会办公室里的常青藤日》中,金钱成了民族主义者参与政治活动时考量的前提和唯一衡量标准,甚至只要英国国王可以带来资金,他们就可以把民族大义完全抛诸脑后,对英王致欢迎辞并宣誓效忠,哪怕这种行为是"对英王表达忠心和接受英国的殖民统治"[4]。

以上四个群体在《肖像》中大致代表了爱尔兰民众的主流,而斯蒂芬的民族意识也正是在认识这些群体的过程中逐渐觉醒并成长的。斯蒂芬深刻地洞察到,爱尔兰内部由于诸多势力的混杂而暗流涌动、矛盾重重,爱尔兰因而如万丈深渊般对他充满了强大的扼杀力量。斯蒂芬深深感到"当一个人的灵魂在这个国家诞生的时候,马上就有许多网在他的周围张开,防止他飞掉"(《青》224)。斯蒂芬对爱尔兰国家和民族问题有着清醒和理智的认识,当身处这些他根本无法认同的爱尔兰人群体中,他找不到归

1　Donald T. Torchiana. *Backgrounds for Joyce's Dubliners*. Boston: Allen & Unwin, 1986, p. 13.
2　詹姆斯·乔伊斯:《都柏林人》,王逢振译,上海:上海译文出版社,2013 年,第 41-43 页。
3　郭军:《隐含的历史政治修辞:以<都柏林人>中的两个故事为例》,《外国文学研究》,2005 年第 1 期,第 57 页。
4　Don Gifford. *Joyce Annotated: Notes for* Dubliners *and* A Portrait of the Artist as a Young Man. Berkeley: University of California Press, 1982, p. 91.

属感并深感压抑和痛苦,这同样也是青年时期的乔伊斯面对的问题和困惑。乔伊斯让斯蒂芬和自己一样最终选择游离在故土之外,以自我流放的斗争方式来对抗爱尔兰幻灭的民族主义和令人窒息的殖民话语体系,从而担起真正爱国的青年知识分子应该具有的责任和担当:"我要第一百万次地面对现实的经历,我要在我灵魂的冶炉中,锻造出我的民族那尚未被创造出来的良心意识。"(《青》285)乔伊斯对爱尔兰意识的重塑是义无反顾的,他通过建构爱尔兰人民的不同形象和审视爱尔兰各个阶层的精神痼疾来打破爱尔兰的精神枷锁,并希望他们从麻木与混沌的生活中惊醒。正是这种家国情怀使得乔伊斯成为"爱尔兰的卢梭"[1]。

第四章 作为幽灵人物的阿奎那

在《一个青年艺术家的肖像》中,詹姆斯·乔伊斯用了大量篇幅畅谈自己的美学观,其中多次借用中世纪意大利经院哲学家阿奎那的美学理论,并称自己的美学观为"应用阿奎那思想"[2]。通观乔伊斯的著作,不难发现,乔伊斯与阿奎那在对待艺术和生活的许多观点上是一致的,阿奎那的基督教神学、哲学和美学理论"对乔伊斯的小说《都柏林人》《一个青年艺术家的肖像》和《尤利西斯》的创作产生了不同程度的影响"[3]。如果说爱尔兰人不知亡国恨的行尸走肉般的生活和乔伊斯对爱尔兰又爱又恨的复杂情感作为一种幽灵式的主题统领着乔伊斯的所有著作,而《肖像》中斯蒂芬周围的人物像幽灵一样穿行、变幻于小说之中,那么阿奎那的美学、哲学理论作为一种创作理念亦如幽灵一般时隐时现于其创作文本之中。

乔伊斯很早便受到阿奎那理论的影响,这与他的生活环境是密不可分的。乔伊斯出生于都柏林的一个中产阶级天主教家庭。他出生时,其家族正处于兴旺发达时期,乔伊斯的父亲在都柏林市政府谋到了一份税收员的

---

[1] Stanislaus Joyce. *My Brother's Keeper: James Joyce's Early Years*. New York: Viking, 1988, p. 3.
[2] 詹姆斯·乔伊斯:《青年艺术家画像》,朱世达译,上海:上海译文出版社,2011年,第262页。本章后文出自《青年艺术家画像》同一译本内的引语,将随文标出中文译名简称《青》和引语出处页码,不再另注。
[3] 李维屏:《乔伊斯的美学思想和小说艺术》,上海:上海外语教育出版社,2000年,第55页。

工作。这是一份极受尊重的工作,且待遇非常丰厚。稳定的收入为他们带来了富足的生活、体面的朋友和跻身上流社会的机会,而高频率的家庭聚会使得乔伊斯从小就能接触到各种上层艺术。乔伊斯有众多兄弟姐妹,作为幸存下来的孩子中的长子,乔伊斯受到了家族尤其是父亲的喜爱和关注。父亲对他寄予厚望,并将他送到爱尔兰最好的一所天主教学校——克朗高士森公学接受"最好的教育"[1]。即使在后来经济拮据、家庭状况每况愈下的情况下,乔伊斯的父亲仍然托朋友将他送到一所有名的耶稣会学校——贝尔弗迪尔学校上学。这两所教会寄宿学校以及他后来就读的皇家大学(即现在的都柏林大学),"大都将托马斯·阿奎那圣人的学说作为课程的重要内容来传授"[2]。在学校学习的日子里,乔伊斯"很早就领会了援引圣托马斯·阿奎那的惊人效果"[3]。他在广泛的阅读中对西方美学和诗学产生了浓厚的兴趣,并在潜移默化中开始将这些理论用于自己的写作实践。流亡法国时,乔伊斯是法国国立图书馆的常客,他广泛阅读各国的名家名作,逐渐形成了自己独特的艺术观。

努恩(W. Noon)指出,乔伊斯或许"并未对圣托马斯的著作进行过正式的研究……极有可能是他想要检验和阐释他的某些观点的来源的好奇心和个人意愿,使他在私底下对阿奎那的文本做了一些非正式的研究"[4]。无论如何,阿奎那学说对乔伊斯的影响体现在了他的众多文本创作之中。《普拉日记》中有专门两篇是关于阿奎那学说的,《斯蒂芬英雄》也是乔伊斯在潜心研究阿奎那的美学理论的基础上写成的。奥伯特(J. Aubert)声称《斯蒂芬英雄》的整个立论都建立在阿奎那学说之上:"《普拉日记》中的两段话被刻在圣托马斯·阿奎那的墓志铭下面,这使得我们想要简要地考查乔伊斯的学术哲学渊源,《斯蒂芬英雄》更像是一个外在的证据,证明了乔伊斯的整个论点都来源于对第三个无声的作者(即阿奎那,笔者注)的引用。"[5]也就是说,阿奎那是《斯蒂芬英雄》和《肖像》中最主要的幽灵人物,他的艺术思想一直侵扰着斯蒂芬(乔伊斯)的艺术思想。具体说来,

---

1 理查德·艾尔曼:《乔伊斯传》(上),金隄、李汉林、王振平译,北京:十月文艺出版社,2005年,第25页。
2 李维屏:《乔伊斯的美学思想和小说艺术》,上海:上海外语教育出版社,2000年,第57页。
3 Donald Phillip Verene. *Vico and Joyce*. New York: State University of New York Press, 1987, p. 5.
4 William T. Noon. *Joyce and Aquinas: A Study of the Religious Elements in the Writing of James Joyce*. New Haven: Yale University Press, 1957, p. 20.
5 Jacques Aubert. *The Aesthetics of James Joyce*. Baltimore & London: The Johns Hopkins University Press, 1992, p. 100.

乔伊斯受阿奎那的影响体现在美学观、灵魂观和艺术观三个方面。

第一节 阿奎那美学思想的幽灵

美学观虽在阿奎那学说中并未占据十分重要的地位，却对乔伊斯早期美学思想的形成产生了重要的影响。阿奎那认为，"中悦视觉者为美"[1]，也就是说，在视觉上给人以美感的即为美，由此将美与视觉直接联系起来。而视觉之美可通过两种方式加以获得，一是出于感官的本能反应，二是通过理智的判断。阿奎那将判断区分为"肉欲意义上的判断"和"理性的喜悦"，并主张"在可能的范围内，要将这种属于肉欲的材料去除"[2]。由此可见，阿奎那所谓的"美"是一种感觉到的、并在理性判断之下得出的"美"。乔伊斯修正了这一理念，将直觉与理智的和谐、平衡和结合看作美的基础。他指出，"美是具有审美意识的人所渴望的，这种渴望能在可感觉的事物的最佳关系中得到满足"[3]。在《肖像》中，乔伊斯借主人公斯蒂芬之口，重申了阿奎那的这一观点，"阿奎那说，斯蒂芬讲道，对令人愉悦的东西的颖悟就是美"（《青》260）。他进一步阐释说，阿奎那所谓的"审美颖悟力"，"无论是通过视觉或听觉还是通过其他的理解手段……相当明晰地排除激发欲望与厌恶感的一切善的与恶的东西"，是一种"静态的平衡"（《青》260）。在这里，"相当明晰地排除激发欲望与厌恶感的一切善的与恶的东西"指的是在审美过程中要排除的是由肉体的动物本能所激发的欲望和厌恶感，而不是基于肉体功能的直觉。斯蒂芬（也即乔伊斯）垂青于直觉，也就是对"令人愉悦的东西"的颖悟。"令人愉悦的东西"其实是人类直觉可以感知的、符合人性需求的东西。基于理性和直觉的长期磨合和争斗而达到的平衡，基于在这种平衡之中长期的思考和感悟，人类可以通过肉体的视觉或听觉或者其他的理解手段体味得到这种东西带给自己的愉悦感，它是人类在理性和直觉达到最佳平衡的瞬间突然体会得到的最微妙的、最深刻、最美妙的感觉，这种感觉就是颖悟。"颖悟"[4]（epiphany）是基督教术语，指一些东方教堂于每年6月1日这天庆祝东方三博士来到

---

[1] 刘素民：《阿奎那》，昆明：云南教育出版社，2012年，第124页。
[2] 同上，第125页。
[3] James Joyce. *The Critical Writings of James Joyce*. Eds. Ellsworth Mason & Richard Ellmann. New York: The Viking Press, 1959, p. 147.
[4] 本文遵循朱生达译本译为"颖悟"，国内学界还有"顿悟""灵悟""显现""昭显""生显"等译法。

圣城耶路撒冷，遇见基督向世人显灵的情景。在《斯蒂芬英雄》中，乔伊斯通过斯蒂芬之口，对该词作了详尽的阐释，指出"颖悟""就是在思索中突然的精神感悟"，"不管是通俗的言辞，还是平常的手势，或是一种值得记忆的心境，都可以引发"[1]。在乔伊斯看来，即便是最微小最普通不过的事物，如办公室里的钟表，也能够激发"颖悟"。随意一瞥之下，这座钟不过是众多寻常物件当中的一个，然而，当"灵魂之眼"对它聚焦的一瞬间，"那座钟的意义会被突然颖悟"[2]。可见"颖悟"的获得往往会在一瞬间，而这种精神顿悟虽然发生在电光火石之间，却是经历了"灵魂之眼"的探寻与苦苦的静思之后获得的。乔伊斯对"颖悟"的阐释摆脱了宗教的桎梏，将这一术语形象化地运用到了生活和艺术之中，拓展了这一术语的范畴。这种在审美的静态平衡中感受"美"并获得"颖悟"的理念被乔伊斯广泛地用于其写作实践当中，成为乔伊斯独特的写作风格之一。

乔伊斯不仅延续并阐释了阿奎那的美学思想，更在阿奎那美学基础上提出了自己的美学观。阿奎那对美提出了三个要求："首先，完整或完美，因为凡是残缺不全的东西都是丑的；其次，应该具有适当的比例或者和谐；第三，鲜明，所有鲜明的东西被公认为是美的。"[3]阿奎那所谓的"完整"，指的是事物的统一性，是事物的存在状态，可以通过本能的反应和理智的判断获得。"和谐"是事物内部及事物之间的关系，"阿奎那将理性视为[观赏者与被观赏者之间]的关联——理性为比例和谐之物而着迷……对称就是美"[4]，只有和谐的、有序的、对称的存在才能产生美。"鲜明"则指涉事物存在的精神状态，真切、明晰的事物总会令人愉悦。在阿奎那看来，只有具备了这三点的事物才是美好的事物，只有这样的美才具有普遍性。

在《肖像》中，阿奎那的"美"的三要求的学说变成了侵扰斯蒂芬（乔伊斯）美学思想的幽灵："给我刚才所说的关于美的谈话作一个概括，斯蒂芬说，可觉察事物之间的最完美的关系因此必须与艺术颖悟的各个必然的阶段相吻合。当你发现这些时，你便发现了普遍美的特征。"（《青》265-266）他进而引用了阿奎那的一句话，将之译为"美需要三样特性：完整性、和谐和光彩"（《青》265-266），并指出这三样特性正是呼应着"颖悟"的

---

[1] James Joyce. *Stephen Hero*. Ed. Stuart Gilbert. London: Grafton Books, 1977, p. 188.
[2] Ibid.
[3] 刘素民：《阿奎那》，昆明：云南教育出版社，2012年，第128页。
[4] Bernard Bosanquet. *A History of Aesthetic*. London: Macmillan, 1904, pp. 147-148.

三个阶段。斯蒂芬(乔伊斯)不仅借用了阿奎那审美事物首先应当具有统一性的观点,还为如何感知事物的存在提供了具体的步骤。斯蒂芬所谓的"完整",是感知事物的第一步。比如你看到一只篮子,"首先将篮子与它周围可见的空间分离开来"(《青》266),这便完成了"颖悟"的第一阶段,即通过空间或时间感知审美形象,从而"颖悟""它的完整性"。在从整体上界定了审美对象之后,斯蒂芬进而从事物内部各部分之间的关系方面界定了审美对象。在它形状的引导之下,"从一个点移到另一个点",来感悟"它的相对于它极限之内的部分而言的均衡的部分",这便构成了对事物的进一步分析,从而"颖悟到它是复杂的,多层次的,可分割的,可分离的,是由各部分、各部分的结果和它们的总和所组成,是和谐的"(《青》266-267),这就与阿奎那所倡导的"美"应当"具有适当的比例或者和谐"呼应起来。关于"颖悟"的第三阶段,斯蒂芬认为阿奎那所用的术语"光彩"(claritas)"看来不太精确"。为了让这一术语更加清楚、明白,他继续用篮子做比喻来加以阐述,指出在对篮子进行整体感知并加以分析之后,"完成了逻辑上和美学上允许的唯一事情——综合",便明白了事物的存在并"感知了最高的特性"(《青》267)。斯蒂芬(乔伊斯)将阿奎那所谓的"光彩"理解为事物的精神和艺术性的一面,指出正是这一面使审美对象本身更加光彩灿烂,而"被审美形象的完整性所攫住、为审美形象的和谐所着迷的心明白地颖悟美的最高特性和审美形象的明晰的光彩的那一瞬间便是审美愉悦的辉煌无声的静态平衡"(《青》268)。这三步都完成之后,篮子的"完整"与"和谐"的特征开始绽放"光彩",使得篮子这件寻常之物变得无比奇妙,成为一个光彩夺目的美学形象,不但令人愉悦,更能使人"颖悟"。在对审美的三个过程中,第一步和第二步更多与理性相关,最后一步更多与直觉相关。但每一步基本都是理性和直觉相协作而完成的。第一步强调事物的完整性以及相对于其他事物的独立性,第二步强调事物的特点,特别是它各部分之间的关系,强调各部分之间的和谐,或者它的独特性。第三步强调事物在人的理智和直觉中所引起的精神反应,它令人愉悦,使人"颖悟",这强调事物美的特性和效果。

奥伯特指出,"在《斯蒂芬英雄》中和最后在其修订版《肖像》中,乔伊斯所做的,就是认同托马斯的形而上学和美学,并把这样一种理念应用于他的美学体验"[1]。乔伊斯在其文本创作中不断践行这一理念,捕捉了无数意义非凡的颖悟瞬间。例如在《肖像》中,少年斯蒂芬在向神父忏悔之后,非但没有得到心灵的宽释和解脱,反面陷入了更深的疑惑和痛苦之中。他在困惑中苦苦挣扎,神父的谆谆开导亦不能为其解惑。他孤身一人来到海边,意外地看到"有一位少女伫立在他面前的激流之中,孤独而凝静不动,远望着大海。她看上去像魔术幻变成的一头奇异而美丽的海鸟"(《青》210)。此时,呈现于读者眼前的先是一幅全景图,对于少女这一审美对象的感知空间地、直接地展示出来,而少女也如上文提到的篮子一般被分离出来加以整体观照。在进行了审美聚焦之后,审美对象以其自身的存在和形态引导着我们进行了点对点的细致观察和分析。从"她那颀长、纤细而赤裸的双肢"到"圆润可爱"的大腿到"酥软而纤细"的胸脯再到秀发和脸庞,少女展现的是一种神奇的极致的美。少女这一审美形象无论整体还是细节都是完美的,她各部分之间是和谐的,而"她孤独而凝静不动,远望着大海"(《青》210)这样一种存在又使她与周围的环境和谐相融。"海鸟"这一意象更彰显了她与大海互相联系、互为存在的共处关系。完整之美、和谐之美使得海边的少女这一形象光彩夺目,在一瞬间触发了审美主体斯蒂芬的情感认知:

> 老天!斯蒂芬的灵魂在极其快乐、如醉如狂的爆发中喊了出来。
>
> 他蓦地转过身背对着她,横跨过岸滩。他的双颊在燃烧;身子像着了火;四肢在颤抖。他一直往前走去,往前,往前,往前,在沙滩上走得很远,对着大海大声地歌唱,呐喊着去迎接那一直在召唤他的人生的来临。
>
> 她的形象永远深深地铭刻在他的灵魂上了……去活,去犯错误,去失败,去成功,去从生命中创造出生命来!(《青》211)

彷徨无措、苦苦思索人生而未果的青年艺术家斯蒂芬在审美的一瞬间受到了心灵的震憾,从而感悟到了人生的真谛——"去活,去犯错误,去失败,去成功,去从生命中创造出生命来"。由此可见,少女的美好形象

---

[1] Jacques Aubert. *The Aesthetics of James Joyce*. Baltimore & London: The Johns Hopkins University Press, 1992, p. 105.

不仅给斯蒂芬带来了观赏的愉悦，更是触动了他的灵魂，引发了他对人生的顿悟。

在斯蒂芬的顿悟过程中，我们能够发现他对阿奎那审美理论的继承和发展。对宗教的追求是一种纯理性的行为，天主教的教条，特别是禁欲主义，是对人性的扼杀。斯蒂芬因为肉体的冲动而犯下了"淫邪罪"，与妓女行了苟且之事，虽然他暂时获得了肉体的欢愉，但灵魂深处充满了负罪感。他试图用纯理性的宗教来约束自己的行为，洗刷自己的罪责，但无济于事。在看到那个海边少女后他突然顿悟，天主教的教条是反人性的，是压制肉体的，他要的是肉体与精神和谐的生活。所以他在少女身上获得的顿悟看似是纯直觉的体验，但它是基于他自己长期的理性思考和精神挣扎，而且顿悟到的内容从实质上说也是理性与肉体的结合。"去活，去犯错误，去失败，去成功，去从生命中创造出生命来"，就是去人性地生活，既要去过基于肉体的、直觉的、世俗的生活，又要在这种生活中提炼、汲取精神的、理性的精华，去创造艺术之美。

从肉眼的观察到"灵魂之眼"的观察，斯蒂芬不仅发现了美，更在精神顿悟之中创造了美，这便是乔伊斯的美学感悟。正如上文所述，在《肖像》里，乔伊斯奉阿奎那为权威，借主人公斯蒂芬之口，以对话的形式，不仅阐释了阿奎那的美学观，也呈现了在此基础上发展而来的具有乔伊斯特色的美学观，即完整、和谐和光彩三个要素相辅相成、缺一不可，而在此基础上获得"颖悟"是审美的意义所在。

第二节 阿奎那灵魂观的侵扰

阿奎那的著作中用了许多篇幅来阐释其灵魂观。阿奎那认为，"魂"对于任何生物来说都是至关重要的，因为"魂"意味着生命与活力。而人区别于其他动植物的重要特征之一便是人"有思想，有理解和思维能力，这就是'理智灵魂'，简称为'灵魂'"[1]。肉体与灵魂是密不可分的，人之所以成为人正是因为人的肉体与"理智灵魂"的结合，因为只有灵魂和肉体"两者结合，才成为一个现实存在的实体"[2]。阿奎那否定了将肉体视为灵魂载体的灵魂观，强调只有肉体与灵魂两相结合，人"才成为一个有

---

1 江作舟、靳凤山：《经院哲学的集大成者阿奎那》，合肥：安徽人民出版社，2001年，第82页。
2 同上，第84页。

理性的实体，一个有位格的人"[1]。他承认灵魂具有非物质性，认为人的理智不仅能认识物质的存在，也能知晓非物质的存在，既"知道永恒的存在，也知道绝对的无限的存在"[2]。他延续了基督教教义中关于灵魂在肉体消亡后不死不灭的观点，断定在人死后，灵魂将保持自我属性，继续存在，并在肉体复活后与肉体重新结合。

阿奎那十分关注灵魂的力量，在阐述灵魂的力量时延续并扩展了三位一体观。三位一体（Holy Trinity）是基督教术语，指圣父、圣子、圣灵三个位格为同一本体，具有同一属性。阿奎纳主张天主既完美又完整，而且还可以用"三位一体"概念完整解释。这三个不同的位格（圣父、圣子、圣灵）由他们与天主的联系构成一体。在阿奎那的神学体系中，圣父借由自我意识的联系产生圣子，而圣子又因为自己的神性而激发和巩固人类对天主的信仰，从而产生永恒的圣灵，圣灵"拥有神授的爱戴天主、爱戴天父的本质"。"三位一体"的存在并不与现实世界分割，而是用于把天主的启示及美德传递给人类。这种传递是通过由天主化身而成的耶稣基督及人类内心的圣灵（三位一体中最精髓的东西），由那些有被天主救赎经验的人所施行。在这里，阿奎那关于肉体与灵魂相结合和关于灵魂不死不灭的灵魂观为"三位一体"说提供了依据。在分析天主三位一体的本质时，阿奎那的关注点是人类的理解能力和意志力，认为"人类的理解能力代表着圣子产生于圣父的过程，而意志代表着圣灵的过程"，"人类的理解能力和意志的每一个方面，都是对天主的模仿"，"人类可以通过学习上帝的内在的过程来效仿上帝"[3]。这就是阿奎那所说的"灵魂的力量"，或者说是"人的力量"。而且他进一步指出，通过反思人的行为对象，人类不仅可以适应他们发现和选择的事物，更可以据此来认识人类自己的力量。

从强调"理智灵魂"到关注"灵魂的力量"，可以看出，阿奎那非常重视理性及其作用，这便与上文所述的通过理智判断进行审美的美学观呼应起来。此外，他的光彩说也与灵魂密切相关，因为他声称"一件光辉灿烂的事物的光彩来源于灵魂的光彩"[4]。在乔伊斯看来，阿奎那的审美三步

---

[1] 江作舟、靳凤山：《经院哲学的集大成者阿奎那》，合肥：安徽人民出版社，2001年，第84页。
[2] 同上，第84-85页。
[3] 约翰·英格利斯：《阿奎那》，刘中民译，北京：中华书局，2014年，第101-103页。
[4] 转引自 Ljberato Santoro-Riuenza. "Joyce: Between Aristotle and Aquinas." *Literature and Aesthetics*, 15.2 (2005), p. 141.

骤中的第三步——光彩为三位一体说提供了另一种解读,而对阿奎那光彩说的阐释则为乔伊斯分析和运用三位一体理念提供了契机。阿奎那美学观的幽灵在《肖像》中经由斯蒂芬之口得以显现,其灵魂观的侵扰则在《尤利西斯》中通过斯蒂芬对莎士比亚的讨论及众多的人物群内部的幽灵式关系以极其隐晦的方式得以间接展现。

奥伯特曾评价说,对"三位一体"的讨论其实是阿奎那学说最核心的部分,对它的探讨与艺术紧密相连。人类所能够看到的是个体的美,这就像作为个体的圣子耶稣,而人类的艺术之美就好像圣父,每个个体之美都与艺术之美相似,具体(个体)之美与艺术(永恒)之美的关系就如阿奎那学说中圣子与圣父之间的关系:"永恒(aeternitas)既是父亲、个体或意象的属性,又是儿子的属性,而使用(usus)、喜悦或者享乐(jouissance)是圣灵的属性。儿子可以被视为个体,因为他与父亲完全相像,而这样一个完美的形象更是一种自然之美。"而且艺术所描摹的对象之美的体验就好比人类心中对圣灵的体验,如奥伯特所言,在阿奎那理论体系中,"人类对艺术对象之美的体验是一种类比,是对这种超验之美的类比"[1]。

阿奎那关于"三位一体"论断中对乔伊斯最具吸引力的是圣父、圣子、圣灵之间的关系的类比意义。这种类比比较突出地被乔伊斯富于创新性地应用到作为艺术家的莎士比亚、莎士比亚的文学作品和在读者心中的莎士比亚作品的意蕴之间的关系以及布卢姆、斯蒂芬和连接这对精神父子之间的关系上。在《尤利西斯》中,当讨论莎士比亚时,斯蒂芬首先强调的是圣父、圣子和圣灵"三位一体"的关系,而且认为在这种关系中起决定作用的是作为逻各斯的圣灵:"无形的精神上的。父,道,圣息。万灵之父,天人。……不断地在我们内心里受苦受难的逻各斯。"(《青》339)圣父、圣子(耶稣在人间所行之道)和圣灵(人类心中对天主的信仰)主宰着世界,在人们心中处处充满基督教的"受苦受难的逻各斯"。这种逻各斯虽然不是诞生于天然,却是大宇宙和小宇宙的大"道":"男人是缺乏父性这一概念的,那是从唯一的父到唯一的子之间的神秘等级,是使徒所继承下来的。教会不是建立在乖巧的意大利智慧所抛给欧洲芸芸众生的那座圣母像上,而是建立在这种神秘上——牢固地建立在这上面,因为正如世界,正如大

---

[1] Jacques Aubert. *The Aesthetics of James Joyce*. Baltimore & London: The Johns Hopkins University Press, 1992, p. 106.

宇宙和小宇宙,他是建立在虚空之上,建立在无常和不确定之上的。"(《青》367)强调"三位一体"的无处不在,为乔伊斯创造性地把"三位一体"用作艺术创作的类比提供了前提。

在《尤利西斯》中,圣父、圣子和圣灵的"三位一体"关系与艺术家、文学作品和文学在读者心中的影响有着十分贴切的类比关系。作者与自己创造的人物有着圣父与圣子一般的关系,艺术家的经历与自己的创作就如圣父与圣灵一般,前者"既是父亲、个体或意象的属性,又是儿子的属性";"儿子可以被视为个体,因为他与父亲完全相像,而这样一个完美的形象更是一种自然之美。"具体到莎士比亚,在他扮演哈姆莱特时,他既是老哈姆莱特,又是莎士比亚;哈姆莱特既是老哈姆莱特的儿子,又是莎士比亚夭亡的儿子哈姆奈特:"他是对儿子,自己的灵魂之子——王子,年轻的哈姆莱特——说话,也对肉身之子哈姆奈特·莎士比亚说话——他死在斯特拉特福,以便让他的同名者获得永生。"(《青》343)由于艺术家与其作品间的圣父和圣子的同体关系,莎士比亚就成了自己剧作中的幽灵。在其作品中,莎氏化身为有自己儿子名字谐音的哈姆莱特的父亲,对着哈姆莱特,以鬼魂的形象出现,以"父亲"的身份说着台词。斯蒂芬不禁推测莎士比亚"可不可能,有没有理由相信,他并不曾从这些前提中得出或并不曾预见到符合逻辑的结论:你是被废黜的儿子,我是被杀害的父亲,你的母亲就是那有罪的王后,娘家姓哈撒韦的安·莎士比亚?"[1]而且由于这种圣父与圣子间的同体关系,即"他在我的父亲之中,我在他的儿子之中"的关系(《尤》351),艺术家借由自己的作品,跨越时间的局限,既活在历史的长河中,又活在现在和未来中。"没有生存在世上的儿子的形象,通过得不到安息的父亲的亡灵,在向前望着,想象力迸发的那一瞬间,用雪莱的话说,当精神化为燃烧殆尽的煤那一瞬间,过去的我成为现在的我,还可能是未来的我。"(《尤》350)而读者心中的文学作品,便如圣灵一样,是圣父和圣子的幽灵的实体,只有它才是圣父和圣子的声音的回响和外化;莎士比亚早已经作古,变成英国的一部分,只有热爱他的人才听得见他的声音,才体会得到他作品中的意蕴。"如今他成为亡灵,成为阴影;他成了……海洋的声音——只有作为影子的实体的那个人,与父同体,才听得

---

[1] 詹姆斯·乔伊斯:《尤利西斯》,萧乾、文洁若译,南京:译林出版社,1996年,第343页。本章后文出自《尤利西斯》同一译本内的引语,将随文标出中文译名简称《尤》和引语出处页码,不再另注。

见的声音。"(《尤》354)

就如同不同的信徒心中会有不同的天主,不同的读者心中会有不同的莎士比亚。对于爱尔兰艺术家而言,莎士比亚除了是一位伟大的艺术家之外,还是作为殖民者的英国人的化身,他身上带有英国人唯利是图和嗜好扩张侵略的特点:"他把夏洛克从他自己的长口袋里拽了出来,作为啤酒批发商和放高利贷者的儿子,他本人也是个小麦批发商和放高利贷的。……为了赚钱,他什么都干得出。"斯蒂芬也同意埃格林顿的话:"他是圣灵,又是王子。他什么都是。"(《尤》373)用斯蒂芬的话就更能反映出作为英格兰人的莎士比亚在爱尔兰艺术家眼中的负面意蕴:"他什么都是,存在于我们一切人当中,既是马夫,又是屠夫,也是老鸨,并被戴上了绿头巾。"(《尤》374)不难理解,莎士比亚在爱尔兰艺术家心中的负面意蕴主要源于英格兰对爱尔兰在历史上和当下的压迫。斯蒂芬曾说:"他真不愧为屠夫的儿子,在手心上啐口唾沫,就抡起磨得锃亮的杀牛斧,为了他父亲这一条命,葬送掉九条。我们在炼狱中的父亲。身着土黄色军服的哈姆莱特毫不迟疑地开枪。第五幕那浴血的惨剧乃是斯温伯恩(A. C. Swinburne)先生在诗中歌颂过的集中营的前奏。"(《尤》342)正是英国人的嗜血、好战、残忍,哈姆莱特复仇情节中的杀戮和残忍才被爱尔兰作家注意到,并与斯温伯恩关于集中营的宣传联系起来。

在《尤利西斯》中,阿奎那关于"三位一体"的理论如幽灵一样,侵扰着斯蒂芬对莎士比亚的整个讨论。在将阿奎那的理论进行创新性的运用时,乔伊斯将重点放在"三位一体"概念的类比意义和圣灵的类比意义的作用上。圣父、圣子和圣灵的同质关系可以类比莎士比亚身上的三位一体特质,莎士比亚既是自己,也是自己的儿子,还是自己的父亲,更是他家族的父亲。他既是他自己的历史的沉淀,也是他自己未来的指向。"他不仅是自己的儿子之父,而且还由于他不再是儿子了,他就成为,自己也感到成为整个家庭之父——他自己的祖父之父,他那未出世的孙儿之父。"(《尤》367)而使得他能够穿越历史指向未来的原因,恰恰是他经历并超越了具体的父亲或儿子的个体角色,带有了根植于人心中的普遍性的父性,它像因信仰圣父、圣子而产生的圣灵一般的存在,既适应于所有人,又可以由不同人进行不同的阐释。

当然,阿奎那关于"三位一体"的理论也被用在类比布卢姆、斯蒂芬和连接这对精神父子之间的关系上。"精神父子关系"是《尤利西斯》最重要的母题之一。作为爱尔兰青年艺术家，斯蒂芬如同他的同族人民一样，是"两个主人的奴仆"，既处于英国殖民主义和罗马天主教的压迫之下，又受"要我给他打杂"的奴仆的欺压（《尤》50），而这个要人侍奉的奴仆代表爱尔兰内部的诸种势力，包括不知亡国之恨的民众、出卖祖国的内奸和爱尔兰民族主义者，这些势力都想争夺爱尔兰艺术家来为他们服务。在诸种国内外势力的压迫下，爱尔兰艺术失去了反映现实的功能，成了"仆人的一面有裂纹的镜子"（《尤》33），也失去了现实的滋养。斯蒂芬用赚钱来类比爱尔兰艺术家的尴尬境地："问题是要弄到钱，从谁身上弄？从送牛奶的老太婆或从他那里。我看他们两个，碰上谁算谁。"（《尤》45）此处的"他"指的是海恩斯，或者说是海恩斯代表的英国；卖牛奶的老太婆被称为"最漂亮的牛，贫穷的老妪"，这两个称呼都是"往昔对她的称呼"（《尤》42），很明显她就寓言着爱尔兰。一边是殖民者英国，一边是物质和精神双重贫瘠的爱尔兰（"伺候着征服者和她那快乐的叛徒"的"卑贱者"）（《尤》42），斯蒂芬很清楚，爱尔兰的艺术无法从这二者身上得到任何滋养："我看不出什么希望[……]老太婆也罢，那家伙也罢。"（《尤》45）很明显，作为爱尔兰艺术家的斯蒂芬，之所以找不到滋养，一方面是他的视野此时比较狭隘，仅局限于敌对的两方，即殖民者英国和被殖民的爱尔兰，没有将视野放到更广阔的世界文化；另一方面是他遵从的是非此即彼的逻辑，即 either … or 的逻辑，而不是 both … and 的逻辑，甚至是 all 的逻辑。所以这位爱尔兰艺术家既与历史断裂，失去了历史之根，又没有未来。历史是他"正努力从中醒过来的一场噩梦"，一场"街上的喊叫"（《尤》77），混乱而无意义；他所谓的未来是基于噩梦和混乱历史的未来，"看不出任何希望"的未来。因此，爱尔兰艺术家就成了"身穿廉价丧服，满是尘埃，夹在服装华丽的二人之间的"（《尤》48）尴尬之人（"二人"指的是代表爱尔兰诸种势力的穆利根和代表英国势力的海恩斯），成了一位寻找父亲的"雅弗"（《尤》47）。

斯蒂芬寻找的精神之父就是布卢姆。布卢姆身上的容纳、平和等特点正是修正斯蒂芬身上愤世嫉俗和狭隘等弱点的良药。布卢姆容纳百川的气量可以从他处理他妻子莫莉与情人博伊兰私通事件上一览无余。莫莉不仅有过很多情人，而且布卢姆怀疑他出去揽广告时莫莉在家里与博伊兰行了苟且之事，而且他回家时也发现了证据。在外边揽广告的一天中，布卢姆还遇见过博伊兰。布卢姆与博伊兰面对面时避免与博伊兰正面交锋，回到家中虽然看到妻子私通的证据也装作视而不见，没有对妻子做任何追究。他的行为可以解释为由于他的懦弱，但笔者认为更多的是由于他的宽容和容纳百川的气量。他是个犹太人，但由于在爱尔兰生活了半辈子，自认为自己既是犹太人又是爱尔兰人，尽管他在爱尔兰饱受爱尔兰狭隘的民族主义者的排挤和歧视。他甚至用他的容纳思想消解民族的定义："民族指的就是同一批人住在同一个地方"，"另外也指住在不同地方的人"，并且强调自己也是爱尔兰人，因为他"生在这儿"（《尤》580）。对于民族主义者"市民"等人的歧视和侮辱，他采取和平手段，有理有据地予以应对。他首先揭露世界上充满了民族仇恨和迫害："世界历史上充满了这种迫害，使各民族之间永远充满仇恨"（《尤》580）。他自己就属于被迫害和被仇视的民族："我还属于一个被仇视、受迫害的民族"，"被盗劫 [……] 被掠夺。受凌辱。被迫害。把根据正当权力属于我们的财产拿走"（《尤》581）。尽管如此，在布卢姆心中，要解决民族迫害，以牙还牙或以暴制暴是不可行的，只有施行博爱。面对别人提议用暴力来对抗迫害，布卢姆指出，"暴力，仇恨，历史，所有这一切，对男人和女人来说，侮辱和仇恨并不是生命，每一个人都晓得真正的生命都是恰恰相反的"（《尤》582）。当被问到那种宝贵的东西是什么时，他毫不犹豫地宣布："是爱。"当他被"市民"骂作是"披着羊皮的狼""受到天主的诅咒"时（《尤》588），他不卑不亢地反驳说："门德尔松是个犹太人，还有卡尔·马克思、梅尔卡丹特和斯宾诺莎。救世主也是个犹太人，他爹就是个犹太人。你们的天主。"（《尤》592）当"市民"拿起饼干桶，要给他"开瓢"时，他选择远离暴力，乘上马车离去。这一切都说明他是一个有头脑、有勇气、理智、心胸宽阔、容纳多元、热爱和平的开明人士。

愤世嫉俗的斯蒂芬与容纳多元的布卢姆成为精神父子，这在《尤利西斯》中是最有意义的情节之一。这个情节多处飘荡着阿奎那关于"三位一体"学说的幽灵。首先，这对精神父子颇有"圣父""圣子"的味道。圣父与圣子的关系是圣父具有圣子的属性，圣子具有圣父的属性，即精神本质的一致性。布卢姆和斯蒂芬之所以成为精神父子，即他们身上具有精神的一致性：对爱尔兰不同于民族主义者的爱、对单一身份的否定、对异质的容纳（虽然斯蒂芬自己似乎在小说开始并未意识到，却是他苦苦追寻的）。在阿奎那的学说中，圣父与圣子的一致性最终的意义体现于圣灵的产生过程。在《尤利西斯》中，斯蒂芬与布卢姆之间的精神父子关系的意义使二人身上的共同特征（即容纳多元）得以彰显。

第三节 阿奎那艺术与生活观的幻影

在对待艺术和生活的关系上，乔伊斯虽在许多观点上与阿奎那学说具有一致性，但也有所不同。艾尔曼指出，"他（乔伊斯）的作品中首要的和决定性的判断便是为普通事物辩护……乔伊斯发现……普通事物是非凡的"[1]，鉴于"阿奎那最令人费解之处在于他所说的正是街上的普通人说的话"[2]，"这将乔伊斯的作品置于了阿奎那的世系之下"[3]。正如阿奎那重视民众之言一样，乔伊斯笔下所描绘的，正是普通人的普通生活。乔伊斯所追求的，是要在生活中发现艺术："一个下巴，一个微笑，一杯茶，一首歌，一个回声，一个唤醒，都会产生一种洞察力，洞察之前隐藏的某种形式。"[4]

《尤利西斯》中斯蒂芬关于艺术与生活的关系的看法带有阿奎那上述思想的幽灵："每个人的一生都是许多时日，一天接一天。我们从自我内部穿行，遇见强盗、鬼魂、巨人、老者、小伙子、妻子、遗孀、恋爱中的弟兄们，然而，我们遇见的总是我们自己。"（《尤》347）每个人的一生都是由普通生活的每一天构成的。尽管人们在表面上身份不同，或是强盗，或是鬼魂，或是巨人，或是老者，或是小伙子，或是妻子，或是遗孀，或是恋爱中的弟兄们，但是在普通生活中，在某些境况下，我们都曾经在现实中或在内心深处扮演着上面的角色；在这种普通生活中，存在着让我们顿悟自我和自我生活的东西。

正是以"展现普通事物的非凡之处"这一艺术观为基础，乔伊斯发展了其"颖悟"说，认为艺术便是在寻常之处发现憾动心灵之美。这种发现或者说洞察"不是对可见之物的颖悟，而是……对人生和人格构造的洞察。

1　Richard Ellmann. *James Joyce*. Oxford: Oxford University Press, 1982, p. 5.
2　Ibid.
3　Thomas S. Hibbs. "Portraits of the Artist: Joyce, Nietzsche, and Aquinas." *Beauty, Art, and the Polis*. Ed. Alice Ramos. Notre Dame: University of Notre Dame Press, 2000, p. 126.
4　Ljberato Santoro-Riuenza. "Joyce: Between Aristotle and Aquinas." *Literature and Aesthetics*, 15.2 (2005), p. 148.

颖悟的'捕捉'力量在于用来捕捉和模仿这些事件的话语"[1]。用通俗的话说，乔伊斯的"顿悟"或"颖悟"，是对小说人物对普通事物、普通场景或另一个（群）普通人物身上发现的对自己的心灵产生的一种精神震撼，这种震撼唤醒了他久久思索而不得的但在他潜意识里早就存在的沉睡意识里的对真相或真理的认识，使得他似乎突然明白某种真理或真相。在此过程中，最重要的东西有两种，一是普通的具体的客观存在，二是人物的意志、精神和思考，而且这二者须融为一体，达到平衡，缺一不可。换句话说，乔伊斯的顿悟与唯意志论是不同的，他强调客观世界与精神世界的平衡。

在论及人的生活时，阿奎那声称"人是社会的动物"[2]，人只有通过群体生活才能满足自己的生活所需，获得必要的物质资源，而只有通过参与社会生活，通过参与社会分工，人才能获得必要的知识来维持自己的生活。语言则成为区分人与动物、彰显人类社会性的显著标志，人通过语言进行交流，表达情感，语言为人类的群体生活提供了基础。作为社会动物的人要协调好个人利益与社会公共利益的关系，只有这样，个人才能获得更好的发展。由此可见，阿奎那的生活观与社会观是息息相关的。希布斯（T. Hibbs）指出，"阿奎那强调理解、言谈和意愿在交流中的统一性，强调友谊对人类社会的必要性，这为斯蒂芬提供了理论上的和隐含的实践上的素材来克服现代哲学的唯意志论和个体主义"[3]。阿奎那所倡导的，是人与人之间的友谊，是一种求同存异的社会的生活。然而，乔伊斯在承认友谊以及人的社会生活的同时，否定了人与人之间现实的差异。正如希布斯所指出的那样，"在说明众人之中存在的友谊对于社会的必要性时，斯蒂芬引用了阿奎那的话[……]朋友可能被描述为另一个自我，但他是一个独特的自我，他与我的联系扩展了我的经验和知识[……]斯蒂芬对人物和人物群的描述否定了所有的差异"[4]。

在《尤利西斯》中，乔伊斯艺术地、富于创新性地践行了阿奎那的"求同存异"诉求，并将其推进一步，在主题上强调"容纳、和平、不抵抗"的特质，这一点可以从对布卢姆和莫莉的人物特点上明显展现出来；在人

---

[1] Ljberato Santoro-Riuenza. "Joyce: Between Aristotle and Aquinas." *Literature and Aesthetics*, 15.2 (2005), p. 148.
[2] 江作舟、靳凤山：《经院哲学的集大成者阿奎那》，合肥：安徽人民出版社，2001年，第189页。
[3] Thomas S. Hibbs. "Portraits of the Artist: Joyce, Nietzsche, and Aquinas." *Beauty, Art, and the Polis*. Ed. Alice Ramos. Notre Dame: University of Notre Dame Press, 2000, p. 133.
[4] Ibid., p. 134.

物塑造上，他大量使用模糊不同人物身份的手法，否定了人与人之间现实的差异。例如，在最后一章莫莉的意识流中，莫莉在提到丈夫布卢姆、情人博伊兰、马尔维等人时好多地方只用"他"，造成指涉模糊不清的效果。通过模糊人物指涉，小说暗示了人物身份边界的不稳定性，从而达到彰显身份单一性的荒谬性。

总之，在乔伊斯的《肖像》和《尤利西斯》中，阿奎那的影响如同幽灵一样侵扰着斯蒂芬的思想，也如幽灵一样，侵扰着作者的小说创作。在《肖像》的后半部分，阿奎那甚至似乎成了显性存在，被斯蒂芬奉为权威，以阐明自己的艺术理念。但即便如此，阿奎那依旧是一种幽灵存在，迅速被斯蒂芬自己的艺术理念所替代。对于阿奎那和亚里士多德的思想，斯蒂芬的思路是："我需要那些思想，只是为自己所用，为自己指路，一直到后来借着它们的点化，我能自己有所成就。如果油灯有点儿烟，或是有点味儿，那我就修剪一下灯芯。如果那灯给的亮光不够了，那我就卖掉它，再买一盏。"（《青》252）也就是说，阿奎那之所以如幽灵般存在于《肖像》中，是他有助于说明斯蒂芬艺术思想的形成过程；但阿奎那的思想不是斯蒂芬的思想，它只不过是被斯蒂芬改造融入了自己的思想，就如被修剪了灯芯的一盏灯，其光亮已经不是原来的光亮，只是原来光亮的幽灵；甚或是那盏斯蒂芬觉得亮光不够而卖掉的灯，已经在使用过后被抛入虚空了。

第三编

《尤利西斯》的幽灵主题与幽灵叙事形式

乔伊斯创作《尤利西斯》之时正是爱尔兰深受殖民之害和民族主义情绪高涨的时期，出于规避殖民主义文化审查制度和民族主义者及热衷天主教和不知亡国之恨的民众的攻击的需要，乔伊斯为自己对爱尔兰民族的关注巧妙地披上了一层"非政治"的纯粹现代主义外衣，把自己对殖民主义、民族主义、宗教、不知亡国之恨的民众等的批判与思考，变成了隐匿于人性叙事这种显性叙事之下的隐性叙事，或者说是一种幽灵叙事。要研究《尤利西斯》的幽灵叙事形式，首先须研究它的幽灵叙事，或者说它的幽灵主题。

第一章 《尤利西斯》的幽灵主题

爱尔兰民族受英国殖民统治长达几个世纪，其人民遭受了其他被殖民的民族所遭受的一切剥削和压迫，其中最广为人知的就是经济剥削。正如弗朗茨·法农（Frantz Fanon）

所说，"第三世界才是欧洲的真正缔造者"，因为是"黑人、阿拉伯人、印度人及黄种人的血汗劳作才促进了欧洲的富裕和繁荣"[1]。当然，第三世界也包括爱尔兰，其人民被英国殖民者视为介于"白奴"和类人猿之间的人种。英国殖民者从爱尔兰人民手中夺走了土地和收成，以爱尔兰民族的血泪换来英国人的富足与奢华。但殖民主义者带给被殖民民族的痛苦绝不止经济剥削而已，他们还会不遗余力地贬损和妖魔化被殖民者，以使自己的剥削和压迫合理化。艾梅·赛泽尔（Aime Cesaire）认为殖民活动不仅掠夺被殖民者，而且还将其非人化和物化。[2] 殖民主义者利用科学和知识为其殖民行径辩护，把被殖民者变为唯命是从的属民，心甘情愿地为其殖民统治效力卖命。正如鲁姆巴（A. Looma）所说，在西方殖民活动的过程中，"知识并不是无私公正的，而是与权力的运作紧密相关"[3]。鲁姆巴还认为，"科学的客观性使得欧洲国家对其他国土的入侵合法化了"[4]。貌似客观的现代西方科学与考察人种差异的种族主义的建构紧密勾连。

殖民主义者利用刻板化和笼统概括的方式来贬损和妖魔化其他种族和民族。根据吉尔曼（S. Gilman）的观点，刻板化的方式是指把形象和观念降低至简单易控的程度，其目的就是使"自我"和"他者"之间人为构造的差别永久化。[5] 阿尔伯特·梅米（Albert Memmi）也评论说，殖民主义者在刻板化"他者"的过程中还有意使用笼统概括的方式："被殖民者从来没有个性化的特征，他只配成为被埋没于芸芸众生中的一员。"[6] 在刻板化和笼统概括时，一方面，"欧洲国家常与男性、成熟、文明、理性等特征相关，而另一方面，非欧洲的国土就与幼稚、原始、疯狂等特点相连"[7]。以英国殖民活动为例，爱尔兰人被英国人贬为居于"白奴"和类人猿之间的"野蛮人"，遭受了黑人、印度人及黄种人所遭受的所有苦难。

长期以来，乔伊斯在其生活和创作中被认为是"极其漠视政治的"[8]。

1　Frantz Fanon. *The Wretched of the Earth*. New York: Penguin, 1967, pp. 76-81.
2　Aime Cesaire. *Discourse on Colonialism*. New York & London: Monthly Review Press, 1950, p. 21.
3　Ania Looma. *Colonialism/Postcolonialism*. London & New York: Routledge, 1998, p. 43.
4　Ibid., p. 61.
5　S. Gilman. *Difference and Panthology: Stereotypes of Sexuality, Race and Madness Ithacca*. New York & London: Cornell University Press, 1985, p. 18.
6　Albert Memmi. *The Colonizer and the Colonized*. Boston, MA: Bacon Press, 1967, p. 88.
7　Ania Looma. *Colonialism/Postcolonialism*. London & New York: Routledge, 1998, p. 138.
8　Seamus Deane. *Celtic Revival: Essays in Modern Irish Literature 1880-1980*. London: Faber & Faber Ltd., 1985, p. 92.

此观点盛行的原因是显而易见的。众所周知,在乔伊斯时代,对爱尔兰民众而言,批评爱尔兰文艺复兴和民族主义几乎等同于渎神。因而,和斯蒂芬一样,乔伊斯拒斥爱尔兰文艺复兴,摒弃爱尔兰民族主义,这就使得乔伊斯看起来对自己祖国的命运漠不关心。而且,由于英国殖民文化审查体系,他在表明对英国殖民活动的看法时不得不假借现代主义的写作手法为掩盖策略。但随着乔伊斯研究的推进,越来越多的批评家们意识到"以这种观点(即乔伊斯不关心政治)看待乔伊斯是极易使人产生误解的"[1];以这种观点看待乔伊斯的鸿篇巨制《尤利西斯》则更是极具误导性的,因为无论如何,乔伊斯对祖国命运的关切在这部小说中随处可见。在这部民族史诗中,乔伊斯不仅表明了他对英国殖民活动的摒弃和对令人窒息的天主教的憎恶,而且也表达了他对民族主义问题冷静但不冷漠的思考,表露了他对爱尔兰人民漠视自己祖国命运的深深忧虑。而且更为重要的是,他在深入探讨这些问题的同时也揭示出被殖民的爱尔兰陷入困境的原因。

第一节 对英国殖民的批判

英国殖民者是爱尔兰自主权的篡夺者,他们窃取爱尔兰人民的"主人"地位,占据爱尔兰的土地,强迫爱尔兰民众为其殖民统治效力卖命。为使其殖民活动合理化,他们还利用殖民主义的科学和文化贬损爱尔兰人民,并且鼓吹他们启蒙和教化爱尔兰民众的"善行"。殖民主义人类学家把爱尔兰人民贬损为具有"粗野""野蛮"特征的、"居于'白奴'和类人猿之间位置上的人种"[2],还通过把"细枝末节的事实与大量他们对本土民众想当然的观点简单混杂,根据他们当时的特殊之需作出预谋好的结论"[3]。

一、马铁洛塔:殖民压迫下的爱尔兰现状

爱尔兰民族忍受的任何苦难都没有逃过乔伊斯的眼睛。在《尤利西斯》中,他表达了自己对爱尔兰现状的忧虑。但作为英国殖民者统治下的属民,乔伊斯不能明确地表露他对英国殖民活动的憎恶,因而他选择使用寓言的写作手法。第一章里的马铁洛塔便是英国殖民统治下的爱尔兰的寓言。斯

---

[1] Lewis P. Curtis Jr. *Apes and Angels: The Irishman in Victorian Caricature*. Washington: Smithsonian Institution Press, 1971, p. 95, 107.
[2] Ibid.
[3] Lewis P. Curtis Jr. *The Anglo-Saxons and Celts: A Study of Anti-Irish Prejudice in Victorian England*. Bridgeport, Connecticut: University of Bridgeport, 1968, p. 58.

蒂芬尽管极其贫穷，仍然支付租塔费用；而海恩斯和穆利根虽然富有，不但不付房租，而且还强行索要钥匙。最终他们不但拿走钥匙，而且还强求斯蒂芬代付他俩喝得"酩酊大醉"的酒钱。[1]这种横行霸道的态度就是英国对爱尔兰的关系的贴切寓言。英国殖民者就像住在马铁洛塔里的海恩斯一样，是爱尔兰人民家园里的"闯入者"：他们占据爱尔兰的土地，以爱尔兰民众的"主人"自居，且强令爱尔兰人民为其"殖民统治"效力卖命。在马铁洛塔里，实际起支配作用的是海恩斯，而穆利根只是充当他的爪牙。尽管穆利根看似有发言权，吵吵嚷嚷，残酷地讽刺和无情地嘲笑斯蒂芬耶稣会会士的气质，并随意指使斯蒂芬，吩咐他做这干那，侍奉海恩斯和他自己，但实际上他只是海恩斯的狗腿子，力图促使斯蒂芬配合海恩斯出卖爱尔兰文化，还卑顺地为海恩斯提供金钱，以供海恩斯消遣作乐之用。虽然是斯蒂芬支付的租塔费用，但他却被当作局外人而受到边缘化的对待。他沉默无言，或轻声简短地说一两句，还时常受到穆利根的讥讽和嘲笑。因为拒绝满足他母亲的临终愿望，斯蒂芬被谴责为"害死"她的凶手；他被歪曲为看不见镜中自我映像的卡利班（莎士比亚剧本《暴风雨》中丑陋凶残、半人半妖的形象）；他的手帕也被嘲弄为爱尔兰艺术家们肮脏的鼻涕布。

　　海恩斯、穆利根和斯蒂芬之间的关系就如英国殖民者、殖民者的走狗及爱尔兰人民之间的关系一样。殖民者不仅占有和掠夺爱尔兰，还贬损爱尔兰人民；殖民者希望统领殖民地，同时还希望被殖民者对其殖民活动感恩戴德。乔伊斯对此的洞见与艾梅·赛泽尔的观点有非常相同之处，即"殖民主义不仅掠夺被殖民者，而且还把被殖民者非人化和物化"[2]。

二、殖民者的殖民策略

　　从政治意义上说，英国殖民主义者对被殖民者及其文化的贬损是一种非常高明的策略，这有利于殖民主义者对被殖民国家的国土，尤其是文化的殖民化过程。因此，"英国人认为所有的爱尔兰本土人，不论其肤色，都是'他者'，都是'劣等'人种的代表"[3]，有些英国人甚至把当地民众

---

[1] James Joyce. *Ulysses: The Corrected Text*. Eds. Hans Walter Gabler et al. New York: Random House, 1986, p. 9.
[2] Aime Cesaire. *Discourse on Colonialism*. New York & London: Monthly Review Press, 1950, p. 21.
[3] Charles Baker. *William Faulkner's Postcolonial South*. New York: Peter Lang Publishing Inc., 2000, p. 17.

称为"黑鬼"¹。殖民主义者不遗余力地贬损和歪曲本土人民的文化,淡化甚至消除本土人民的历史记忆。乔伊斯探讨了殖民主义者文化压迫的实质,表明了自己对海恩斯来爱尔兰的"差使"的洞见。海恩斯的这趟爱尔兰之行,表面上是为收集爱尔兰的智言隽语,但其真实目的却是传播英国文化,并将爱尔兰文化固定在他想象的刻板化框架之内。他不承认英国殖民活动对爱尔兰经济和文化所造成的巨大危害,而是力图嫁祸于抽象的"历史",并扬言,"这应归咎于历史"。在马铁洛塔里,海恩斯尽管很少说话,但他的影响力却无处不在。这影响力迫使穆利根和斯蒂芬忙前忙后取悦他,为他煮鸡蛋、买牛奶,诸如此类。他如"海上霸主"一般,前来爱尔兰的目的就是要掠夺爱尔兰文化,就如他的父亲曾掠夺居住在南非纳塔尔的祖鲁人的文化一样,卖给他们泻药,宣传不仁道的骗术或其他货色。² 他收集爱尔兰俗语格言也就是为了寻找证据以证明他们把爱尔兰民众作为"他者"的刻板化想象的合理性。在第一章里他与卖牛奶的老妪面对面的对话中就含有双重反讽:

——"你听得懂他在说什么吗?"斯蒂芬问她。
——"先生,您讲的是法国话吗?"老妪对海恩斯说。
海恩斯又对她说了一段更长的话,把握十足地。
——"爱尔兰语,"勃客·穆利根说。"你有盖尔族的气质吗?"
——"我猜那一定是爱尔兰语,"她说,"就是那个腔调。您是从西边儿来的吗,先生?"
——"我是个英国人,"海恩斯回答说。
——"他是一位英国人,"勃客·穆利根说,"他认为在爱尔兰,我们应该讲爱尔兰语。"
——"当然喽,"老妪说,"我自己就不会讲,好惭愧啊。会这个语言的人告诉我说,那可是个了不起的语言哩。"(《尤》43)

海恩斯说盖尔语,因为他确信老妪是个地道的爱尔兰人,肯定会说盖尔语。但老妪不懂这门语言,误以为他说的是法语。当穆利根告诉她海恩

---

1 Raymond F. Betts. *The False Dawn: European Imperialism in the Nineteenth Century*. Minneapolis: University of Minnesota Press, 1975, p. 216.
2 詹姆斯·乔伊斯:《尤利西斯》,萧乾、文洁若译,南京:译林出版社,1996年,第34页。本章后文出自《尤利西斯》同一译本内的引语,将随文标出中文译名简称《尤》和引语出处页码,不再另注。

斯说的是盖尔语时,她又误认为海恩斯是从爱尔兰西部来的本土人。这一方面表明了殖民主义者对被殖民者的文化压制,因为正如迪恩所说,殖民活动就是剥夺的行径:被殖民人民被夺走其特有的历史;诸如爱尔兰和其他被殖民国家,其人民甚至被夺走他们特有的语言。[1]这就表明殖民主义者对被殖民者刻板化的想象是毫无根据的。同样地,本土人民对殖民者也存有误解。

海恩斯为何不把"有教养的"穆利根和斯蒂芬看成是典型的爱尔兰人,还坚持认为典型的爱尔兰人应会说爱尔兰语即盖尔语?其原因就是殖民主义者往往将负面消极的品格要素附加于本土人身上,而把正面积极的品格要素从他们身上去除。盖尔语是一种古老的语言,除了偏远乡村里的本土人之外,这种语言已为爱尔兰人民所忘却不用了。英国殖民主义者想当然地认为本土爱尔兰人的典型特征,就是住在偏远或落后的地区,说着这种"神秘的"近乎消亡的语言。在殖民主义者看来,如斯蒂芬那样"高度文明的"、有教养的、有学识的典型的爱尔兰人几乎是难以置信的,因而海恩斯竭力发掘斯蒂芬身上的爱尔兰特性,他认为这特性最好地表现在斯蒂芬机智诙谐的说辞里。虽然诸如爱尔兰艺术是"仆人的一面有裂纹的镜子"之类的说辞是显露爱尔兰某些负面消极的性质要素的经典之言,但无论如何,海恩斯从不想承认斯蒂芬是一个有着可敬身份的正派之人。当然,殖民主义者给本土人身上附加负面消极的品格要素,而拒不承认其正面积极的品格要素,这种做法就是"为英国殖民地的开拓及其在此的贸易、宗教布道和军事活动提供理由"[2]。

三、殖民者对本土人民的潜在恐惧

海恩斯尽力把某些负面消极的品质与斯蒂芬相关联,这一做法的潜意识就是他对展现在斯蒂芬身上的、代表爱尔兰人民的积极的、强有力的品质感到下意识的恐惧。在海恩斯梦里出现的黑豹就象征着爱尔兰人民对英国殖民主义者潜在的威胁。每晚海恩斯都为梦里的黑豹所惊吓,想用枪杀死这只黑豹。这个象征性的梦境表明,尽管殖民主义者不遗余力地贬损被

---

1 Seamus Deane. "Introduction." *Nationalism, Colonialism, and Literature*. Eds. Terry Eagleton, Fredric Jameson & Edward W. Said. Minneapolis, Minnesota: University of Minnesota Press, 1990, p. 11.
2 Ania Looma. *Colonialism/Postcolonialism*. London & New York: Routledge, 1998, p. 58.

殖民人民，但他们在意识或潜意识里一直为后者的潜在力量所困扰，因而千方百计地试图消灭这种潜在力量。值得注意的是，这只豹子是黑色的，这表明在殖民者的内心深处，爱尔兰人民类似于黑人，因为殖民主义者把所有被殖民者都看作是同等的"无理性""野蛮、淫荡和懒惰"[1]。所有这些消极品质都与不被承认或接受的黑色紧密相关。在殖民主义者看来，爱尔兰人、黑人、亚洲人、犹太人的地位是一样的，这是因为"英帝国主义者认为凡不是英国人的所有人种都是同等低劣的和次要的"[2]；而且，"与它们同英国的一般差异相比，殖民地之间的差异是从属的"[3]。事实上，当布卢姆和斯蒂芬在小说中进行他们的精神探索历程之时，英国殖民者发动了对布尔人（南非荷兰移民的后裔）的战争，众多爱尔兰民众支持布尔人。布尔人的反抗对英国殖民者构成真正的威胁，这同样也是殖民者意识里的"黑豹"。

四、殖民者与民族主义者共通的逻辑

诚然，《尤利西斯》中不同的被殖民或被边缘化的种族之间的关系最突出的类比就是爱尔兰人和犹太人之间的关系。如果斯蒂芬是被殖民的爱尔兰的寓言，布卢姆则既是被殖民的爱尔兰也还是被边缘化的或受迫害的犹太人的代表。早在斯图亚特·吉尔伯特的论著《詹姆斯·乔伊斯的<尤利西斯>》中，布卢姆和斯蒂芬之间的精神父子关系就是证明犹太人和爱尔兰人之间的类比关系的有说服力的论据。博伊兰对布卢姆的婚姻领域的侵犯类似于英国殖民者对爱尔兰领土的殖民侵略。他不仅与布卢姆的妻子莫莉私通，而且还主导布卢姆家庭的精神生活。每次布卢姆见着博伊兰，不是后者觉得困窘，而是前者感到怯慑。这种尴尬情形与英国殖民者不仅占有爱尔兰而且还强求爱尔兰人民对其感恩戴德并为殖民统治效力卖命的状况十分相似。博伊兰是"擅闯入室的陌生人"，而布卢姆反如局外人，在自家"帮佣"，为莫莉做早饭，端来给她吃，在她的吩咐下忙前忙后。在第十五章有关他的幻觉描写中，他甚至顺从地配合博伊兰，使之与莫莉发生性关系。这一情形又与马铁洛塔里斯蒂芬付租金而海恩斯和穆利根却

---

1 Ania Looma. *Colonialism/Postcolonialism*. London & New York: Routledge, 1998, p. 47.
2 Charles Baker. *William Faulkner's Postcolonial South*. New York: Peter Lang Publishing Inc., 2000, p. 33.
3 Bill Ashcroft, Gareth Griffiths & Helen Tiffin eds. *The Postcolonial Studies Reader*. London & New York: Routledge, 1995, p. 18.

强行索取钥匙及斯蒂芬被迫侍奉撒克逊人海恩斯而做这干那的状况十分相似。博伊兰类似于英国殖民者,具有"海上霸主"的某些特征,侵略成性,连莫莉也认为,在性关系和商业事务上,他是"凶猛的野兽"(《尤》621)。博伊兰从不为他与莫莉的通奸而愧疚,正如英国殖民者也不会为他们在爱尔兰的殖民活动而受良心责备一样。受迫害的犹太人与被殖民的爱尔兰人之间具有类似的状况;在殖民主义者眼里,所有被殖民者的地位都一样,对这些类似之处的洞察表明了乔伊斯极其敏锐的政治意识。

《尤利西斯》中殖民主义对"他者"的文化压制与爱尔兰民众妖魔化犹太人具有逻辑上的一致性。爱尔兰民众不仅是被英国殖民者妖魔化的受害者,也是妖魔化"他者"的民族,尤其是犹太民族的施害者。爱尔兰民众妖魔化犹太人就类似于英国殖民者贬损爱尔兰人民。

"市民"(《尤利西斯》中的一个典型的民族主义者)的排犹态度就是这种文化压制的典型体现,他谴责犹太人是摧毁爱尔兰经济的臭虫(《尤》570)。对此,布卢姆反驳说他们(如"市民"等)所信奉的上帝就是犹太人,为世界作出巨大贡献的马克思和斯宾诺莎也是犹太人,这就证明殖民主义逻辑及仇外的民族主义逻辑是彻底荒谬的。但无论怎样,这种逻辑对民众的心理产生了巨大影响,这种影响充分表现于小说第四章中的一个小插曲:布卢姆渴望向他的一个犹太相识打招呼,却因盛行的对犹太人的偏见而畏缩了。

五、殖民主义的流毒

殖民主义边缘化、妖魔化"他者"的逻辑的负面影响在大众媒体中以潜在的流行方式得以呈现。通过隐蔽地操控大众文化,殖民主义逻辑成为普通民众日常生活的一部分,而这却正是殖民主义文化对社会生活产生的最恶劣的影响。即使最倾向于开放态度的布卢姆,即便他最愿意接纳各种文化现象(无论这些文化现象看似怎样奇特),他也不能免受殖民主义者边缘化、妖魔化"他者"文化的逻辑的影响。当他在墓地参加迪格纳姆的葬礼时,他想起了他的朋友麦斯帝亚斯基(Mastiansky)所设想的中国人的坟地:"中国茔地上种着巨大的罂粟,能够采到优等鸦片。"(《尤》197)当他看见一群人在狼吞虎咽地吃东西时,他便惊讶于人们极其古怪异常的口味:有的喜欢吃腐烂的东西,有的喜欢吃某些动物的死尸。他还认为中国人喜欢吃腌了可能数十年的鸭蛋,一餐能吃三十多道菜肴。尽管布卢姆能容忍非洲国王用窗帘擦鼻涕的行为,认为那仅是他们(非洲人)的习俗,而不是他们没有良好卫生习惯的原因,但他对中国人根深蒂固的风俗习惯的容纳却是以殖民主义者的东方主义思想为基础的,这些思想通过大众文化如流行歌曲、旅行书籍和回忆录等文化形式强加到他的意识里。事实上,没有中国人会在其祖先的坟头种罂粟,也不是所有中国人都爱吃腌了数十年的鸭蛋(恐怕是西方人对松花蛋的误解),大多数中国人也从未听说过这道菜肴。在20世纪初,当布卢姆和斯蒂芬在小说中进行精神探索之时,绝大多数中国人还生活于贫困之中,糊口尚且担负不起,更不用说一餐吃三十多道菜肴。诸如布卢姆和莫莉之类的普通大众并不是仇外主义者,他们不自觉地把其他民族边缘化的观念应归咎于影响他们的殖民主义的东方主义思想。

总之,在英国殖民主义政治、经济和文化压制下,爱尔兰变成了一片荒原。布卢姆和斯蒂芬在都柏林一整天的精神旅途中看到的是满目疮痍:擅闯入室的陌生人(即英国殖民主义者);因贫困或酗酒而致的死亡(如《阴间》[Hades]一章的内容所示);自欺与自慰(如《食忘忧果者》[Lotus Eaters]一章的内容所示);饥饿与贫困(如《游岩》[Wandering Rocks]中通过斯蒂芬的妹妹们的描写内容所示);寻欢作乐(如《赛仑》[Sirens]一章的内容所示);卖淫(如《刻尔吉》[Circe]一章的内容所示);艺术家的艰难境遇(如《太阳神的牛》[Oxen of the Sun]一章的内容象征性所示)及爱尔兰被奴役的状态(如《刻尔吉》一章的内容所示)。尽管这些灾难或问题都与爱尔兰的宗教冲突及狭隘的民族主义有关,但在更大程度上却是英国在爱尔兰的殖民活动所致,可以说,这些都应该由英国殖民者来承担主要的罪责。

第二节 对民族主义的批判

对《尤利西斯》的后殖民主义色彩的强调,很容易令一些读者产生这样一种片面的认识,即《尤利西斯》对当时时局的批判主要集中在对英国殖民主义的批判上。实际上,《尤利西斯》作为一部伟大的不朽之作,它所批判的远远不止殖民主义这一帝国贻害,还包括许许多多毒害人类社会,尤其是毒害作为殖民地的爱尔兰的有害思想和偏见。在这些有害思想和偏见中，最易为普通读者所忽视的就是民族主义。

乔伊斯之所以在《尤利西斯》中毫无保留地批判民族主义，不仅是因为他认为民族主义隐蔽在所谓的"爱国"口号背后的与殖民主义共同的逻辑，即对本族的盲目美化和对他族的恶意丑化，而且还因为民族主义对民族事业造成的巨大伤害，即对本族文化的钳制和对人民心灵的扭曲以及它对他族的压迫和欺辱。

一、民族主义的逻辑

在《尤利西斯》中，在爱尔兰都柏林的大街小巷，到处弥漫着狭隘的民族主义。饭店里、酒馆里、剧院中、马车夫棚中，到处都有人狂热地议论着民族主义的话题。民族主义之所以盛行，主要是因为它与殖民主义采用同一个逻辑，即利用本民族人民对自己民族的认同和热爱，盲目美化本族，丑化他族，继而达到在他族与本族中间划出一条鸿沟，将本民族团结在一起，将异族排斥在外的目的。

与殖民主义者一样，爱尔兰的民族主义者以丑化他族为能事，特别是他们的老对手盎格鲁-撒克逊人。在爱尔兰民族主义者凯文·伊根口中，维多利亚女王成了"长着黄板牙的丑老太婆"；在爱尔兰狂热民族主义者"市民"口中，盎格鲁-撒克逊人什么文明都没有，只有"梅毒文明"，他们全是一帮"婊子养的厚耳朵混蛋崽子""鬼模鬼样的私生子"和"那些短舌头的崽子们"。盎格鲁-撒克逊"音乐、美术、文学全谈不上，简直没有值得一提的。他们的任何文明都是从咱们这儿偷去的"（《尤》572）。而且他还诅咒"该死而野蛮的撒克逊佬和他们的土音，统统都下地狱去吧"（《尤》572）。

当然，爱尔兰民族主义者所丑化的远不止英国人，他们对那些移民爱尔兰并为爱尔兰经济做出巨大贡献的犹太人也恨之入骨，极尽丑化之能事。"市民"指责犹太人"大批地涌进爱尔兰，弄得全国都是臭虫"（《尤》570），骂他们是"披着羊皮的狼""该死的抠门儿鬼""跟茅坑里的老鼠一样狡猾"（《尤》588，591），而且诬蔑犹太人"一面讲道，一面摸你的包"（《尤》583）。

如果说出对于殖民者的义愤而骂上几句没什么错的话，那么对一个饱受欺辱的犹太民族极尽侮辱则是不可原谅的了。当然，作为爱尔兰民族主义者的"市民"与犹太人并无个人恩怨,他之所以对犹太人怀有偏见,主要是因为他深受民族主义思想的毒害,把"我"与"他者"的界限划得过于苛刻,时刻不忘"为主义而工作"(《尤》538):"我们所爱的朋友站在我们这边,我们所憎恨的仇敌在我们对面。"(《尤》551)换句话说,"市民"判断敌友的标准非常简单,凡属我族者皆朋友,凡非我族者皆敌人。

对他族的丑化总是与对本族的美化密不可分。《尤利西斯》也十分辛辣地批判了民族主义者对爱尔兰的盲目美化。在民族主义者眼中,爱尔兰不仅山美水美,而且还是世界上最伟大、最文明的民族,他们认为英国人的文明全是从爱尔兰那里偷去的。在民族主义者"市民"眼中,爱尔兰是贸易发展最早的国家,"那些杂种还没呱呱落地之前,咱们就跟西班牙人、法国人和佛兰芒人搞起贸易来了"(《尤》575-576);在民族主义者心中,爱尔兰文明孕育了世界上最伟大的人物,甚至包括莎士比亚、孔子、伊斯兰教先知穆罕默德,因为他们已经在设法证明莎士比亚出生在爱尔兰,已经给那些伟大人物冠以爱尔兰民族的姓名(《尤》541)。民族主义者把凡是属于爱尔兰的一切都奉为至宝,不仅试图让所有国人重操爱尔兰语,而且要复兴爱尔兰古代本土体育活动,他们在烂醉中"谈起绅士派的游戏——草地网球,爱尔兰曲棍球,投掷石头,谈到地地道道的本土风味以及重建国家等话题,谈到古代盖尔族体育运动的复兴"(《尤》562-563),并针对着"复兴我们古代泛凯尔特祖先那历史悠久的竞技和运动之可取性"进行大讨论(《尤》563)。爱本民族的文化本是件好事,但盲目自大、敝帚自珍却对本族事业的发展毫无益处。热爱自己的母语,发展本民族的体育事业也无可厚非,但让国人放弃他们已习惯的英语,放弃所谓的非爱尔兰体育活动,则明显是井底之蛙的做法。乔伊斯不仅在《尤利西斯》中对这种狭隘的民族主义予以了批评,而且明确指出了这种做法背后的所谓种族纯洁性情结的可笑:"此种关于种族纯洁性的论点是十分荒谬的",因为所谓的种族纯洁性从本质上说就是痴心妄想(《尤》191)。

二、民族主义的危害性

在乔伊斯看来,民族主义对本族的美化和对异族的丑化对爱尔兰民族事业有百害而无一益,它不仅钳制了民族文化的发展,而且还蒙蔽了国人,将整个民族抛入了失望的深渊。

首先，民族主义对爱尔兰民族文化的发展形成了一种钳制。民族主义者借美化自我和丑化他者，在国人心中植入了他们自我想象和编造的所谓"民族"概念，这种概念本身就是一种文化想象，但可以使许多移民即使互不相识也会维护同一个民族形象，并终生为这个形象奋斗。[1] 民族主义者肆意歪曲异族形象，盲目美化本族形象，使民众形成根深蒂固的偏见：凡是爱尔兰的全是好的，凡是非爱尔兰的都是不好的。

在这种偏见的指导下，爱尔兰普通民众盲目自大，盲目排外。他们将一些非爱尔兰裔的爱尔兰人排除在"爱尔兰人"的范畴之外，以保持所谓"爱尔兰民族的纯洁性"。主人公布卢姆奉公守法，热心助人，热心公益事业，关心爱尔兰民族命运，是个好市民，但由于他有犹太血统，就被爱尔兰人认为是臭虫、好色鬼、抠门鬼等，拒不承认他是爱尔兰人的一分子；南南蒂虽为议员，热心爱尔兰独立事业，但由于他有意大利血统，也被人视为异类。另外，民族主义者积极向人灌输非友即敌的狭隘思想，使得许多报纸杂志也充斥着民族主义的陈词滥调，就连爱尔兰独立运动的领袖亚瑟·格里菲斯主编的报纸也在"用种族仇恨的老调教育民众"[2]。

民族主义者盲目美化自我、丑化他者和盲目排外、仇视异族的做法极大地压制了民族文化的发展。当时许多爱尔兰文人深受民族主义思想的影响，盲目美化爱尔兰民族传统文化，敝帚自珍，不敢吸收异族文化中的新鲜血液，把所谓的复兴爱尔兰古代文化当作文化圈里最伟大的事业。那些从事爱尔兰古代文化复兴的人士被视作英雄，而冷静思考、试图寻求文化融合的人士则被视作叛徒，受到"规劝"甚至被强行"教导"。乔伊斯就是属于后者阵营的一分子。民族主义者克兰利试图让他作民族主义者"沉默的传令兵"，另一个民族主义者凯文·伊根则想把他引入民族主义轭下，充当民族主义者的轭友。总之，民族主义者打算将爱尔兰文人拉入他们麾下，给他们"打杂"，充当吹鼓手。但民族主义者的这种狭隘做法不仅使众多文人无法看清本族文化中存在的问题，而且还对一些具有清醒头脑的文人形成一种压制。鉴于民族主义的此种威压，乔伊斯把民族主义也列为压在爱尔兰人民头上的三座大山之一。他认为爱尔兰有两个主子，即英国殖民主义者和罗马天主教会，还有一个身为这两个主子仆人的压迫者，即民族

---

1 Benedict Anderson. *Imagined Communities: Reflections on the Origin and Spread of Nationalism*. London: Verso, 1991, p. 6.
2 Richard Ellmann ed. *Letters of James Joyce, Vol. II*. New York: Viking Press, 1966, p. 187.

主义者。这个主子的仆人表面上在振兴爱尔兰民族文化，实际上无意中压制了民族文化的发展，要求乔伊斯"给他打杂"（《尤》50），无形中充当了殖民主义者的帮凶。

爱尔兰民族主义不仅对文化形成一种威压，而且还将整个民族抛入一种虚妄狂热之后的失望的深渊。由于民族主义者拒绝承认存在于该民族内部的弊病，又拒绝承认异族的优势，所以就无法解释爱尔兰被英国殖民主义压迫的真正原因。他们所能找到的原因要么是存于弱小的异族身上，要么存在于被男权压制的女性身上。按民族主义者"市民"的话说，爱尔兰之所以沦为殖民地，一是因为犹太人"大批地涌入爱尔兰，弄得全国都是臭虫"；二是因为"一个不守贞操的老婆"，而且"这是咱们一切不幸的根源"。被强权所欺凌，却把原因归结到比自己还弱小的种族或女性身上，这样永远也找不到受欺凌的根本原因。

由于找不到受欺压的原因，又生活在一边虚妄地自高自大的幻想中，一边又是殖民者黑暗的统治中，这致使众多爱尔兰人民，尤其是一些民族主义者十分痛苦和彷徨。他们看不到胜利的希望，只好借酒浇愁，妄谈女性取乐。在《尤利西斯》中，几乎每一章都有关于酒鬼的描写。小说中主要人物迪格纳姆因嗜酒而死；斯蒂芬的父亲将家中仅有的一点活命钱买了酒喝，置饥饿的孩子于不顾；他的朋友坎宁翰的妻子喝酒喝得倾家荡产；民族主义者"市民"一边大谈民族独立事业，一边喝得烂醉。斯蒂芬和布卢姆一天中在都柏林街头遇到无数酒鬼。醉酒成了爱尔兰民族的一大疾患。爱尔兰著名记者罗伯特·威尔逊提出的"禁酒的爱尔兰乃是自由的爱尔兰"（《尤》556）从侧面证明了醉酒之于爱尔兰民族的危害，而当时只有乔伊斯意识到了醉酒与民族主义之间的必然联系。他把一个极端民族主义者——"市民"塑造成了一个酒鬼，并借布卢姆之口一针见血地指出，这类民族主义者所谓的"爱国主义"只不过是"酒鬼的爱国主义"，并坚决喊出"打倒酒鬼爱国主义"的口号。

三、对其他民族的欺压

民族主义者不仅钳制了爱尔兰民族文化的发展，将民族独立事业抛入失望的深渊，而且还同殖民主义者一样充当压迫者，欺压凌辱异族人民，毒害普通民众的心灵。他们在爱尔兰境内排斥异族人民，包括为爱尔兰民族独立事业做出了很大贡献的意大利裔议员南南蒂和诚实善良的有着犹太血统的广告商布卢姆。他们将犹太人妖魔化为"披着羊皮的狼",宣称是犹太人毁了爱尔兰,这与英国殖民主义的代言人迪希校长的排犹言论如出一辙:"英国已经掌握在犹太人手里了。占去了所有高层的位置:金融界、报界。而且他们是一个国家衰败的兆头。不论他们凑到哪儿,他们就把国家的元气吞掉。"(《尤》76)很明显,民族主义者和殖民主义者在丑化异族方面使用的是同一套逻辑。

民族主义者在压迫异族方面更为有害的另一个表现是,他们的宣传如殖民主义的宣传一样具有很强的欺骗性,已经毒害到他们本民族普通民众的甚至其他弱小民族人民的心灵。布卢姆本是一个受害者,作为一个爱尔兰公民,他受到来自英国殖民者的压迫;作为一个犹太人后裔,他又受到来自爱尔兰民族主义者的欺辱;他也一直试图逃避民族主义者的思维逻辑,但他们的思想还是难免遭受民族主义宣传的毒害。当他想到中国人时,他的脑海里就浮现出关于中国人的种种负面传闻:中国人喜欢抽大烟,不喜欢基督教;中国人的坟墓上种满了罂粟;中国人爱吃腌了数十年的鸭蛋,其颜色先蓝后绿;中国人喜欢动不动就大吃大喝,一顿饭要吃三十多道菜;中国人不讲信誉,因为他们是蒙古血统,等等。而且布卢姆的妻子莫莉在梳妆时也联想到中国人还是扎着一条猪尾巴辫子的形象。布卢姆及其妻子对中国人并不怀有任何恶意,他们之所以对中国人有如此多的偏见,是因为他们生活在殖民主义和民族主义盛行的社会环境之中,耳濡目染,难免受其影响。他们对中国人的偏见证明了殖民主义和民族主义丑化他者、美化自我的宣传的危害。正如雷蒙德·威廉姆斯(Raymond Williams)所言:民族内部的一致性不仅靠直接的操控取得,而且靠愚弄老百姓的常识经验、"影响他们对生存意义和价值的认识"来达到。[1] 民族主义思想之所以在爱尔兰民众中大行其道,就是因为它与殖民主义思想一样,巧妙地运用了西方人思维的惯用模式,即二元对立,并采取以偏概全的方法,将异族的全部个体妖魔化,将本族的个体神圣化,正如文森特·陈一针见血地批判的那样:"种族主义、民族主义和男性沙文主义都是运用二元对立的以偏概全的结构,三者互为映像。"[2]

---

[1] Raymond Williams. *Marxism and Literature*. Oxford: Oxford University Press, 1977, p. 110.
[2] Vincent J. Chen. *Joyce, Race and Empire*. Cambridge: Cambridge University Press, 1995, p. 208.

总之，通过对民族主义者"市民"、凯文·伊根等人的言论和行为的描写，通过对主人公布卢姆及其妻子心灵屏幕的再现，《尤利西斯》对民族主义者丑化异族、美化本族的做法进行了披露，并对民族主义者和殖民主义者共同的逻辑、民族主义钳制民族文化、误导本族民众、压迫异族人民等危害进行了批判。

第三节 对宗教的批判

在历史上，特别是在20世纪初的爱尔兰，所有的民族问题都与宗教问题纠缠在一起。人们因宗教而团结，也因宗教而斗争和残杀。"宗教的传统是爱尔兰所有传统中最根本、最普遍，也是最需要首先面对的。"[1]当然，宗教也是乔伊斯创作《尤利西斯》时首先必须面对的问题。要解读和研究《尤利西斯》这部被学界认为是"天书"的文本，理清文本中作者表达的对宗教的看法非常重要。尽管宗教问题之于《尤利西斯》研究如此重要，但国内鲜有人触及此问题。赫云的论文《乔伊斯与爱尔兰宗教传统关系研究》研究了爱尔兰的宗教、爱尔兰人的宗教、乔伊斯的宗教和乔伊斯作品中的宗教等问题，但限于篇幅，对于《尤利西斯》中所传达的宗教批判有些语焉不详。

在《尤利西斯》中，爱尔兰青年艺术家斯蒂芬认为他有两个主子：一个是英国殖民主义者，另一个是老根儿在意大利的罗马天主教会。也就是说，作为要创造爱尔兰民族意识的青年艺术家，斯蒂芬正承受着至少两种压迫，一种来自英国殖民主义，另一种来自罗马天主教会以及天主教生发出来的诸种宗教分支。因此，在爱尔兰已经"沦落为一种巫术"[2]的宗教，一直困扰着《尤利西斯》的主人公斯蒂芬，也困扰着现实中的乔伊斯和他的艺术创作。研究乔伊斯作品中展现出的宗教观是解读作为"爱尔兰民族寓言"[3]的《尤利西斯》的关键之一。

一、宗教在文化碰撞中的重要地位

宗教一直都是文化对抗中殖民文化和被殖民文化之间最重要的争夺领

---

[1] 赫云：《乔伊斯与爱尔兰宗教传统关系研究》，《大连大学学报》，2009年第5期，第72页。
[2] Peake Charles. *James Joyce: The Citizen and the Artist*. Stanford, Calif.: Stanford University Press, 1977, p. 32.
[3] Stuart Gilbert ed. *Letters of James Joyce, Vol. I*. New York: Viking Press, 1963, p. 180.

域之一,因为"宗教也能形成族内和族外相互间的刻板印象、误解和冲突,就像种族和民族问题有时所引发的问题一样",并且"宗教和种族、民族问题相互交织,这为理解群体抱团现象和社会对群体的敌对反应奠定了基础"[1]。殖民活动通常伴随着由传教士承担的宗教教化活动。殖民主义者在殖民活动中最常采用的手段就是丑化殖民地人民和歪曲殖民地历史,而歪曲殖民地历史的重要方式之一就是将殖民地人民本来的信仰界定为异端邪说。因此鲁姆巴也在《殖民主义与后殖民主义》一书中指出:"宗教差异(通常相当复杂纠结地)成为种族、文化及民族差异的一个注解和隐喻。"[2]

"在所有的爱尔兰社会生活中,宗教有着至高无上的地位。"[3]爱尔兰境内的各种文化对抗也往往由宗教而起。在《尤利西斯》一书中,由宗教引起的文化对抗比比皆是。主人公布卢姆虽然为爱尔兰的民族自治做出过贡献,但仍然因为其犹太教信仰而备受欺压和妖魔化;另一主人公斯蒂芬思想自由,酷爱文学,但由于总是被代表英国殖民主义利益的新教和与爱尔兰民族主义利益有着千丝万缕联系的天主教所纠缠,不得不自我流放,远走异国他乡,采取一种"非此非彼、莫衷一是"[4]的文化策略,以远离新教和天主教的纠葛。

在《尤利西斯》中,宗教既是文化压迫的工具,又是反抗文化压迫的有力武器。无论是英国殖民主义者还是爱尔兰民族主义者,都将宗教作为有力武器,或利用宗教贬低他族人民,或利用宗教美化自我,或利用宗教笼络人心,或利用宗教挑起是非,并借此达到文化殖民或对抗文化殖民的目的。爱尔兰人对犹太人最大的文化压迫就是将他们自己能想象出来的各种卑鄙品质都强加到犹太人身上,并将此归因于犹太人的原罪(包括犹太人的唯利是图以及榨干他们到过的所有国家的元气)。根据一些别有用心之人的说法,因为犹太人是背叛了耶稣的犹大的后裔,所以犹太人受到永远在全世界流浪的惩罚。这个宗教偏见非常盛行,结果是尽管事实上犹太人无论走到哪里都会把财富和繁荣带到哪里,但他们仍然被排外的民族主义者"市民"指责为"欺骗农民"和"给爱尔兰带来贫穷"的"臭虫"(《尤》

---

1 N. Vincent Parrillo. *Strangers to These Shores: Race and Ethnic Relations in the United States*. New York: Pearson Education, 2003, p. 475.
2 Ania Looma. *Colonialism/Postcolonialism*. London & New York: Routledge, 1998, p. 106.
3 赫云:《乔伊斯与爱尔兰宗教传统关系研究》,《大连大学学报》,2009年第5期,第72页。
4 Derek Attridge & Marjorie Howes eds. *Semicolonial Joyce*. Cambridge: Cambridge University Press, 2000, pp. 2-3.

570）。而"救世主也是个犹太人，他爹就是个犹太人。你们的天主"（《尤》592）。正是这种基于宗教的反驳使得"市民"哑口无言。这个情节表明宗教话语在殖民主义者和反殖民主义者的文化对抗中的重要性和权威性。

二、乔伊斯对天主教的批判

宗教问题是《尤利西斯》中最重要的主题之一。罗马天主教的因循守旧和新教对爱尔兰的篡谋是乔伊斯和斯蒂芬批判的主要目标。总的来说，罗马天主教在历史上大部分时间里都支持爱尔兰自治，也因此被大多数爱尔兰本地人所接受和支持，并逐渐被爱尔兰人看作是爱尔兰的"本土宗教"。乔伊斯年轻时热衷天主教并决心为此献出毕生精力。但随着时间的流逝，乔伊斯逐渐意识到天主教的因循守旧和腐败无能，最终放弃了天主教信仰。在此事上他非常坚决，甚至拒绝了其母亲的遗愿——像一个天主教信徒那样跪下为她做临终祷告。然而对于在笃信"自己的"天主教信仰的家庭中长大的爱尔兰本土人而言，宗教的影响就像是存在于脑海中的幽灵，无形而持久地缠扰着他们。乔伊斯和斯蒂芬就是这些人中的典型例子。

爱尔兰天主教的因循守旧深深地困扰着乔伊斯。爱尔兰人无比热忱和执着地笃信天主教："没有哪个地方的修士或圣徒能像他们在爱尔兰的同道那样主宰着全体人民的社会与灵性生活。"[1] 天主教规定神父和修女必须独身，禁止信徒堕胎，要求信徒每周必须参加用拉丁文宣讲的千篇一律的弥撒仪式，并且要求信徒必须在私人忏悔室里将他们所犯的罪过向神父忏悔。教会建立教区学校，给信徒的孩子提供适当的宗教教诲和道德指引，以保证孩子们读到的《圣经》是正宗的天主教版本，并培养他们具有严格的宗教道德意识。在乔伊斯看来，这些严格的教义和教条进一步将爱尔兰推向了毁灭的边缘。天主教鼓励生育，禁止使用堕胎等控制生育的手段，从而导致了爱尔兰国土上一个普遍现象：一个母亲后面总是跟着十多个孩子。在《尤利西斯》中，斯蒂芬有14个兄弟姐妹，其中5个已经夭折。普里福伊太太每年都会生一个孩子，布林夫人身后总是有一大群孩子跟着。超生使得这些大家庭陷入贫困和饥饿的深渊。他们时常得忍饥挨饿，如果有土豆和豆汤可吃，那对他们来说就是万幸的事了。在斯蒂芬家里，唯一

---

[1] 泰德·奥尔森：《活着的殉道者：凯尔特人的世界》，朱彬译，北京：北京大学出版社，2007年，第85页。

能减轻饥饿的食物还是从修女那里讨来的豆子做的汤。

对乔伊斯和斯蒂芬来说,更令人无法忍受的是天主教在爱尔兰形成的令人窒息的文化氛围。"宗教的禁锢束缚了人们的思想和行动,使它们沦为懒惰和惯性,甚至是麻木不仁和盲目重复。"[1]对于广大穷困的爱尔兰民众而言,"信仰与其说是一种信条,毋宁说是一种习惯"[2]。在《尤利西斯》中,乔伊斯用两个人物来寓示天主教:斯蒂芬的母亲是饱受令人窒息的天主教之苦的爱尔兰的寓体,穆利根则充当英国殖民主义者同谋的天主教及鄙俗的、玩世不恭的、追求享乐的爱尔兰人的寓体。在第一章中,斯蒂芬的灵魂总是被她母亲的鬼魂紧紧缠扰。他爱她的母亲,认为母爱是世间唯一真实的东西。他珍惜母亲为他所做的一切牺牲,包括母亲在最贫困饥饿时为他从牙缝里省下的一点钱。但他厌恶的是母亲那饱受天主教浸染的魂灵,一直认为母亲的魂灵是肮脏的、难闻的、灰色的、令人窒息而压抑的。鉴于人们有将自己的国家称为"祖国"(motherland)的习惯和斯蒂芬母亲对天主教的忠贞,读者就会很容易理解斯蒂芬母亲的形象所代表的民族和宗教的内涵——她是被天主教幽灵所困扰的爱尔兰的一个生动类比。杰弗里·A.温斯托克在他的论文《失望之桥》里发现了斯蒂芬母亲身上的宗教意蕴,指出斯蒂芬的母亲"梅·迪达勒斯是母性和天主教的化身"[3],但是他没有像后殖民主义者批评家通常在他们的后殖民主义批评中所做的那样把母性(motherhood)和民族联系起来。如果我们用后殖民主义的视角来审视斯蒂芬母亲这一形象的话,就会很容易将她解读为饱受天主教之苦的爱尔兰的化身。[4]

如果不是因拒绝母亲希望他跪下向上帝祷告的遗愿而产生的负罪感的困扰,斯蒂芬应该会全心全意爱他的母亲,就像如果爱尔兰没有受天主教如此深入的浸染,乔伊斯会义无反顾地深爱着爱尔兰一样。斯蒂芬热爱爱尔兰,从《一个青年艺术家的肖像》中的很多细节就可以发现这一点。他是爱尔兰历史上伟大的爱国者帕内尔的坚定支持者。即使长期流亡在国外,他的心也一直牵挂着爱尔兰。就像锡德尼·博尔特(Sydney Bolt)所说:"乔伊斯无法割舍祖国和家庭。他的自我放逐恰恰给他提供了一个用来思索无

---

[1] 赫云:《乔伊斯与爱尔兰宗教传统关系研究》,《大连大学学报》,2009年第5期,第74页。
[2] 威廉·佩第:《爱尔兰的政治解读》,周锦如译,北京:商务印书馆,1994年,第77页。
[3] Jeffrey A. Weinstock. "The Disappointed Bridge: Textual Hauntings in *Ulysses*." *Ulysses*. Ed. R. Emig. New York: Palgrave Macmillan, 2004, p. 71.
[4] 申丹英:《论<尤利西斯>中作为爱尔兰形象寓言的女性》,《国外文学》,2010年第4期,第112-119页。

可救药的混乱的立足点。"¹ 乔伊斯对天主教令人窒息的教义极其不满。他热爱爱尔兰，但痛恨玷污爱尔兰的宗教。在《肖像》中，斯蒂芬因思想解放而受到教会的惩罚，使他对教会产生了怨恨之情：这个教会以其表面神圣、实际虚伪的教义来欺骗他，使他饱尝幻灭之苦；仅仅由于他青春期的冲动，这个教会就把他推进罪恶感的深渊；这个教会还把他心中最伟大的民族英雄帕内尔视为叛教之人。这一切均使他感到天主教实际上成了他灵魂的沉重枷锁。"究竟斯蒂芬是否能够成为一名艺术家并懂得创造的乐趣，这个问题取决于他是否能让父母的鬼魂安息。"² 换句话说，斯蒂芬是否能够"在他的灵魂的锻造间里打造出从未被创造出的民族意识"³，取决于他是否能从天主教束缚中解放出来；或者从广义上讲，爱尔兰艺术家们是否能创造出他们的民族意识取决于他们是否能挣脱天主教的束缚。

斯蒂芬最终没有回到马铁洛塔，这表明他决心去流亡，去挣脱天主教的束缚。在《尤利西斯》中穆利根一出场就带有天主教的色彩，当然还带有一种世俗的玩世不恭的味道。他住在那个塔里，租金却由斯蒂芬支付，他甚至从斯蒂芬那儿拿走象征支配和控制权的钥匙。穆利根在实际和象征两个层面上都依赖斯蒂芬，并让斯蒂芬用他微薄的收入为他奢侈的"豪饮"买单。但与常理相悖的是，穆利根表现出一副救世主和施恩者的面孔，反复对斯蒂芬说要信任他："我是唯一赏识你的人。你为什么不更多地信任我呢？"（《尤》34）并且一而再、再而三地对斯蒂芬颐指气使，极尽侮辱之能事。这非常自然地让我们联想起第五章中布卢姆观察到的情形：那些神父们因饱食信徒用血汗换来的谷物而脑满肠肥，而他们却要求信徒在他们面前下跪祈祷，感激他们和他们的上帝。这些肥头大耳的神职人员操纵着宗教仪式，只是给信徒们展示一些小小的宗教把戏，却从信徒的血汗钱中"搜刮钱财"（《尤》158）。但是信徒们都对神父们的把戏深信不疑，当他们吃圣餐时却感觉像在吃棒棒糖一样甜美幸福。这些"骗局"（《尤》157）总是给信徒们一个错觉——以为自己在"天国怀抱里，一切痛苦都止息了"（《尤》156）。

---

1 Sydney Bolt. *A Preface to Joyce*. Beijing: Beijing University Press, 2005, p. 13.
2 Jeffrey A. Weinstock. "The Disappointed Bridge: Textual Hauntings in *Ulysses*." *Ulysses*. Ed. R. Emig. New York: Palgrave Macmillan, 2004, p. 71.
3 James Joyce. *A Portrait of the Artist as a Young Man*. Hertfordshire: Wordsworth Editions Limited, 1992, p. 196.

除了看清天主教教义的欺骗性外，乔伊斯还洞悉到天主教会实质上是英国殖民者的同谋。为了使更多的人相信他们所宣扬的说教，神父们用从信徒们那里骗来的食物收买教外人士去信奉天主教。当然，乔伊斯认为，羊毛出在羊身上，收买更多的信徒不是目的，从更多的人身上捞取更多的油水才是神父们最真实的目的，因为神父们"操纵着整套演出"，并且"搜刮钱财"（《尤》158）。甚至连给信徒们喝的水，神父们都是以"圣水"的名义收取高额费用。他们号召所有信徒拥护他们严酷的教义，却从不考虑这种教义可怕的后果。他们禁止堕胎并鼓励多生育，致使许多家庭因孩子太多而被吃穷（《尤》279）。因此，尽管天主教会一直站在爱尔兰民族主义者这一方，支持爱尔兰民族主义运动，但实际上天主教教义却扮演了英国殖民主义者同谋的角色。它在致使爱尔兰陷入饥荒、贫穷、文化贫乏以及限制爱国活动方面起到了推波助澜的恶劣作用，包括天主教以帕内尔的不正当婚姻为由对帕内尔落井下石。这就是为什么乔伊斯把代表天主教的穆利根塑造成英国殖民主义者海恩斯的同谋的原因。

三、乔伊斯对新教的批判

正如萧伯纳所言，"尽管宗教有上百种版本，但是天底下归根结底只有一种宗教"[1]，这个观点也适用于评价《尤利西斯》中乔伊斯的宗教观。乔伊斯对宗教的批判不仅仅局限于天主教，因为他同样痛恨新教。在乔伊斯看来，所有宗教都是维护统治阶级利益的社会控制机构。就像帕瑞罗（Vincent N. Parrillo）所意识到的那样："在一个社会居于统治地位的宗教代表的是在经济和政治的阶级领域占统治地位的阶级的利益。它使现存的社会结构合法化，用来世回报的许诺来减轻人们的挫折感、愤怒和伤痛。"[2] 在殖民过程中，宗教被当作一种操纵权力的工具，它们"使异教徒皈依主流宗教的活动扮演着使经济剥削合法化的角色"[3]。为了巩固自己的殖民统治，爱尔兰境内的一些新教徒用尽各种手段污蔑天主教信徒，并在饥荒时期用食物收买天主教徒去信奉新教。

在《尤利西斯》中，爱尔兰乌尔斯特的新教代表迪希先生就像大多数

---

[1] George Bernard Shaw. "Plays Pleasant." *The Complete Prefaces Volume 1: 1889-1913*. Eds. Dan H. Laurence & Daniel J. Leary. London: Penguin Books Ltd., 1993, p. 41.
[2] Vincent N. Parrillo. *Strangers to These Shores: Race and Ethnic Relations in the United States*. New York: Pearson Education Inc., 2003, p. 514.
[3] Ania Looma. *Colonialism/Postcolonialism*. London & New York: Routledge, 1998, p. 114.

新教徒所做的那样，不遗余力地维护英国殖民主义者的利益。在历史上，自 17 世纪开始，大批信仰新教的英格兰人"在英国政府的扶持下迁徙到爱尔兰东部的乌尔斯特地区，大肆掠夺爱尔兰人的土地，建立农场"，使得当地本土爱尔兰人沦为佃农。[1] 这些新教徒怀有"爱尔兰人对立面"的意识，[2] 拥护英国政府当局的殖民政策，"反对爱尔兰自治"[3]。作为新教专为上层阶级子弟所设的新教学校的校长，迪希先生尽职尽责地教育这些子弟，使他们彻底英国化。这些男孩们打英式板球，而不打爱尔兰式曲棍球，并学习希腊历史（这与穆利根要将爱尔兰希腊化的建议相呼应，其实质是使爱尔兰英国化）。迪希先生在这所学校所企图做的事情证明了托马斯·巴宾顿·麦考利（Thomas Babington Macaulay）对殖民主义者在殖民地兴办教育的作用的总结——英国教育将会使殖民地本土人民在品味、观念、道德和智力方面都英国化。这些人将形成一个阶级来保护英国人的利益，帮助英国人管理这片可能难以驾驭的土地。[4]

迪希先生所代表的殖民势力还歪曲历史，将新教在殖民过程中的罪责强加给天主教和爱尔兰本土人民。身为一名校长，迪希先生不可能不了解历史，但他故意歪曲历史，其目的是迎合新教殖民主义者的利益。当代爱尔兰问题专家都明白，爱尔兰新教徒的利益与英国殖民主义者的利益在大多数情况下是一致的，因此爱尔兰宗教纷争通常与民族冲突相纠结。这就是为什么迪希先生对历史的歪曲总是与宗教及种族偏见、误解（或者更准确地说是故意曲解）混杂在一起。他对斯蒂芬的说教中掺杂着故意捏造的丑闻和对"他者"种族和宗教信仰的偏见。他首先谴责天主教是将奥康内尔斥责为"煽动者"的罪魁祸首，但将奥康内尔斥责为"煽动者"的真正元凶却是英国政府。他又将奥康内尔反对英爱联合议会的目的与"橙带党"反对英爱联合议会的目的相混淆，但事实上这两者的目的完全不同，奥康内尔是为了爱尔兰的自治而战，而"橙带党"是试图保住英国殖民者的利益。他甚至故意将约翰·布莱克伍德爵士歪曲为英爱联合议会的拥护者，而事实上布莱克伍德拒绝给英爱联合议会投赞成票，直到他死后他的儿子迫于

---

1 郭家宏：《民族、宗教与 20 世纪爱尔兰问题》，《史学月刊》，2004 年第 2 期，第 89 页。
2 Johnathan Tonge. *Northern Ireland: Conflict and Change*. London: Prentice Hall Europe, 1998, p. 6.
3 郭家宏：《民族、宗教与 20 世纪爱尔兰问题》，《史学月刊》，2004 年第 2 期，第 90 页。
4 Thomas Babington Macaulay. "Minute on Indian Education." *Selected Writings*. Eds. John Clive & Thomas Pinney. Chicago: University of Chicago Press, 1972, pp. 235-252.

英国的压力才投了赞成票。

殖民主义者还不遗余力地利用宗教为自己寻找替罪羊,而女性和犹太人就成了他们最顺手的替罪羊。迪希先生利用宗教贬低在性别和民族等方面的"他者"。他把造成爱尔兰和世界灾难的罪责都强加在妇女头上,宣称我们的原罪、特洛伊城的沦陷、爱尔兰的丧国、帕内尔的倒台等都是由女人导致的;他还将造成上述灾难的罪责强加在犹太人头上,声称犹太人对光犯下了罪,并且正在毁灭整个爱尔兰的经济。他最后编造了一个谎言,说爱尔兰有幸成为唯一一个从未迫害过犹太人的国家,并为此捏造了如下理由:爱尔兰从未让犹太人进入过爱尔兰本国。这实际上是一个双重谎言,因为爱尔兰不是从未迫害过犹太人的国家,布卢姆被爱尔兰民族主义者"市民"所侮辱可以证明这一点。爱尔兰曾允许犹太人入境,但是在13世纪又将他们驱逐出境,并且在18世纪至19世纪通过立法使犹太人归化(《尤》86)。由此可看出,殖民主义者无论在性别、民族问题上,还是在宗教问题上对"他者"的偏见和妖魔化都十分严重。

当然,主要由新教徒构成的英国殖民势力对天主教以及犹太教徒的这些扭曲、偏见和妖魔化都披上了"正义""神圣"和"逻辑"的外衣。迪希先生宣称:"我们是个慷慨的民族,但我们也必须做到公正。"(《尤》73)但他的正义是一种强盗的正义,因为他把英国政府和支持英国殖民主义者的新教徒的罪孽都归于天主教和爱尔兰民族主义者。正如斯蒂芬所观察到的那样,像"公正"和"宽容"这些耀眼的词语对爱尔兰人民来说只会带来更多的灾难。斯蒂芬心中很快由这些字眼联想到新教徒所发出的拥护英国殖民主义的誓言、被英国殖民主义者屠杀的一具具天主教徒尸体、英国殖民行为导致的饥荒和疾病:"光荣、虔诚、不朽的纪念。在光辉的阿马的钻石会堂里,悬挂着天主教徒的一具具尸首。沙哑着嗓子,戴面罩,手执武器,殖民者的宣誓。被荒废的北部,确实正统的《圣经》。平头派倒下去。"(《尤》73)迪希先生闪耀的正义面具也因此很快被斯蒂芬联想到的史实撕下。迪希先生决定"为正义而战斗到最后"(《尤》77),但毫无疑问他是为了殖民主义新教的利益而战。他最大的忧虑是古老的英国(而不是古老的爱尔兰)因犹太人的"掠夺"即将消失,他最坚信的是历史最终会走向光辉的目标——上帝的启示,但是他口中的"上帝"指的是新教徒的上帝,而他口中的"光"则是那个在大英帝国中永不坠落的太阳,而他认为走到哪里就会搞垮哪里的犹太人却在世界各地创造和积攒着财富，并随时准备着被异族所掠夺和欺辱。

总之，在《尤利西斯》中，乔伊斯批判了天主教，揭露了它将爱尔兰推向经济贫困和文化窒息的深渊的罪恶，暴露了它实际上充当英国殖民主义者同谋的本质；乔伊斯同时也批判了新教，揭露了它充当英国殖民主义者文化殖民工具的实质，暴露了它为了维护英国殖民者的利益而丑化天主教以及将少数族裔和女性当作殖民者罪行的替罪羊的恶行。当然，乔伊斯批判宗教的目的不是仅仅批判宗教，而是借批判作为文化主战场的宗教而揭露爱尔兰国内的民族主义、天主教、新教、殖民主义等势力间错综复杂的政治关系。与此相对应的是，本书作者研究《尤利西斯》中的宗教观，其目的也不是对天主教或新教说长道短，而是研究作为第一部后殖民小说的《尤利西斯》中宗教在文化殖民批判中的重要作用和地位。

第四节 对不知亡国之恨的快乐的背叛者的批判

在《尤利西斯》中，压迫在青年艺术家斯蒂芬头上的有四座大山：英国殖民主义、爱尔兰民族主义、罗马天主教和爱尔兰的"快乐的背叛者"。关于英国殖民主义、爱尔兰民族主义和罗马天主教对爱尔兰民族艺术的钳制，本书已经做了较为详细的研究，但还有一个问题等待解决，即什么是爱尔兰"快乐的背叛者"？或者说"快乐的背叛者"何以成为压在爱尔兰艺术家头上的第四座大山？第一个问题答案很明确，爱尔兰"快乐的背叛者"包括两个部分的人，第一部分为英国殖民者的帮凶，比如穆利根之流，第二部分即那些不知亡国之恨、醉生梦死的普通民众。至于他们为何成了压在爱尔兰身上的第四座大山，首先应当了解这两部分人的危害。殖民者的走狗的危害我们在本章第一节已经论及，第二部分人的危害性要从爱尔兰当时的三大弊俗谈起。根据乔伊斯研究权威斯图亚特·吉尔伯特的发现，乔伊斯时代流行于爱尔兰的三大弊俗为酗酒、唱歌、谈女人。[1] 爱尔兰的三大弊俗是爱尔兰"快乐的背叛者"寻欢作乐的主要手段，也是麻木爱尔兰民众灵魂、窒息爱尔兰民众爱国热情、钳制爱尔兰艺术发展的罪魁祸首。

1　Stuart Gilbert. *James Joyce's Ulysses*. New York: Vintage, 1952, p. 103.

一、酗酒

在爱尔兰三大弊俗中，酗酒位列首位。酗酒行为是在《尤利西斯》中作者深恶痛绝的，因为它耗费了饥馑中爱尔兰最宝贵的粮食资源，麻木了爱尔兰民众的民族情感，破坏了爱尔兰民族主义者的理性，助长了爱尔兰民族主义者的酒后之勇和偏狭心态。

首先，酗酒行为耗费了粮食资源，使正处于饥荒之中的爱尔兰更加捉襟见肘。爱尔兰人民以豪放、好客和善于容纳外乡人而著称，而他们豪放的一个典型表现就是善饮。饮酒在本质上没有优劣善恶之分，但在饥荒盛行的年月无节制地酗酒，则带有了很强的不道德色彩了。在《尤利西斯》中，白天的街道上最常见的场景是饿得骨瘦如柴的孩子在典当东西，以换得钱来购买果腹之物，或者是满脸愁容的母亲行色匆匆，满世界奔走，好为在家嗷嗷待哺的孩子带回一点充饥之物；夜幕笼罩时的大街上最常见的场景则是喝得东倒西歪的醉鬼，他们或如行尸走肉般踟躅街头，或醉卧街头人事不省，或醉呕街头肮脏不堪，全然不顾家中忍饥挨饿的妻儿老小。醉鬼们消耗掉大量酒类，就等于糟蹋掉大量对于处于饥馑之中的爱尔兰民众弥足珍贵的粮食，使饱受饥荒之苦的爱尔兰雪上加霜。

其次，酗酒麻醉了爱尔兰民众的精神，泯灭了他们的爱国之情。在《尤利西斯》成书的年代里，爱尔兰正处于英国殖民活动的水深火热之中，爱尔兰农民的土地被英国殖民当局强行没收，分给那些宣誓效忠的异族人，大量失去土地的农民食不果腹，流离失所，只得流落街头。而民族主义运动又一次次遭到重创，许多民族主义的领袖们每每从爱尔兰"仓皇出逃"，在国外变成"没有爱情，没有国土，没有老婆"、被民众遗忘的流亡者(《尤》96)。民众看不到爱尔兰独立的希望，苦闷彷徨，便借酒浇愁，但结果是借酒消愁愁更愁，酒精麻醉了他们的亡国之恨，使他们变成一群只知在酒精、歌声和女人身上寻欢作乐的亡国奴。酒馆里纵饮放歌的老迪达勒斯、本·多拉德等人均是此类民众的代表。他们有的像迪格纳姆一样喝得撒手人寰，丢下孤儿寡母于饥馑之中；有的像老迪达勒斯一样为了喝上一顿而置自己正在挨饿的女儿于不顾。难怪罗伯特·威尔逊发出了"禁酒的爱尔兰乃是自由的爱尔兰"的呼吁（《尤》556）。再次，酗酒使得本来就偏狭的爱尔兰民族主义运动更加失去理性。爱尔兰民族主义者遵循排他逻辑，拼命美化爱尔兰民族文化,丑化英国及其他异族文化,盲目将其他民族的文化精华拒之门外,偏狭地将同样支持爱尔兰自治或独立的其他民族的人民排斥在他们的阵营之外,使自己陷入孤军奋战的境地。在《尤利西斯》中,虽然布卢姆支持爱尔兰自治,并身体力行地将自己视为爱尔兰人,将爱尔兰视为祖国,但所谓的爱国主义者"市民"坚持偏狭的民族主义,一边大饮其酒,一边大肆污蔑布卢姆等犹太人是"披着羊皮的狼",是危害人类的"臭虫",随时随地在危害爱尔兰民族利益。在酒精的作用下,他甚至试图对以理服人的布卢姆大打出手,追着布卢姆扔东西。而且,在整部《尤利西斯》中,所有的民族主义高谈阔论都是所谓的爱国主义者在酒馆中大肆酗酒时进行的。民族主义领袖凯文·伊根边喝"绿妖精"边谈民族事业,斯蒂芬的父亲边喝酒边为民族困境痛心疾首,假装爱国的穆利根边酗酒边大谈为爱尔兰大干一番,那帮医学院学生边喝得酩酊烂醉,边为爱尔兰的计划生育规划蓝图……这就是布卢姆之所以提出"不要酒徒们的爱国主义"(《尤》803)的倡议的原因。

二、唱歌

爱尔兰人民能歌善舞,热爱音乐和舞蹈,因此,都柏林大街小巷都是大小不一的可供人唱歌的歌厅或酒馆。乔伊斯的父亲是他那个时代都柏林小有名气的业余歌唱家,乔伊斯本人也遗传了父亲的好嗓音,喜好唱歌,而且歌唱水平很高,甚至有些批评家断言,如果乔伊斯不成为一位著名作家,他很有可能成为一位著名歌唱家。但这样一位热爱唱歌的作家却在其代表作中对爱尔兰人民喜好唱歌的民俗进行了讽喻,其原因值得思考。

首先,唱歌作为一种音乐艺术形式,爱尔兰热爱它本无可厚非,但关键是当时民众所唱歌曲的内容与当时民族所面临的危难格格不入。当一个民族处于生死攸关的时刻,民众所歌唱的应该是积极向上的励志之歌。但当时爱尔兰民众所歌唱的大多是以及时行乐为主题的歌曲。例如小说第一章中穆利根唱的几首歌,它们要么是寻欢作乐的歌曲,要么是玩世不恭的歌曲:

啊,咱们快乐一番好吗?
喝威士忌、啤酒和葡萄酒,

为了加冕,

加冕日。

啊,咱们快乐一番好吗?

为了加冕日。(《尤》38—39)

(注:加冕日意指发工资的日子)

因为玛丽·安老妪,

她一点也不在乎

可撩起她的衬裙……(《尤》41)

倘有人认为,我不是神明,

我造出的酒,他休想白饮。

只好去喝水,但愿是淡的,

可别等那酒重新变成水。(《尤》48)

(注:"重新变成水"意思是"变成尿")

在酒吧里,斯蒂芬的父亲用他刚刚从忍饥挨饿的女儿那里眛下来的钱与几个朋友一起买醉唱歌。他们都忘却了亡国之恨,忘却了挨饿的家人,只顾将自己麻醉于酒精之中,挑逗着酒吧女侍,唱着靡靡之音:

我神魂颠倒之际,

顾不得为明天而焦虑。(《尤》491)

爱情如今造访,

攫住我的目光……(《尤》493)

回来吧,迷失的你!

回来吧,我亲爱的你!

其次,唱歌在当时的爱尔兰已经沦为一种寻欢作乐的手段,它严重消磨了爱尔兰人的斗志。在醉生梦死的歌声中,爱尔兰男人们沉浸在色情的想象和享乐中,忘记了亡国之恨,忘记了穷家之忧。例如《尤利西斯》第十一章中,斯蒂芬的父亲、本·多拉德、考利神父等边纵情歌唱,边尽兴饮酒,边恣意地进行色情想象,音乐将他们或许尚存的勇武之心消磨殆尽。

多拉德的嗓门像大管似的冲来，压过他们那炮轰般的和音。

当狂恋使我神魂颠倒之际……

本杰明那雷鸣般的声音震撼屋宇，震得天窗玻璃直颤抖着，爱情的颤抖。

"战争！战争！"考利神父大声嚷，"你是勇士。"

"正是这样，"勇士本笑着说，"我正想着你的房东呢。恋爱也罢，金钱也罢。"

他住了口。为了自己犯的大错，他摇晃着大脸盘上的大胡子。

"就凭你这样的声音，"迪达勒斯先生在香烟缭绕中说，"你准会弄破她的膜，伙计。"

多拉德摇晃着胡子，在键盘上大笑一通。他做得到的。（《尤》498）

"且别提另一个膜了，"考利神父补充说，"歇口气吧，含情但勿过甚。我来弹吧。"（《尤》491）

这几个男人以唱歌为手段而进行的寻欢作乐实在出乎人们对民族正在生死存亡关头的爱尔兰民众的想象。在这个民族生死存亡关头，他们唱的竟是靡靡之音，喝的竟是价格不菲的烈性啤酒，谈的竟是"弄破她的膜"。就连神父也加入其中，并且一本正经地劝诫他们可以纵情但性生活不要过度。歌曲成了鼓舞这些"勇士"色胆和消磨他们为民族而奋战的斗志的有力武器。正如西蒙·迪达勒斯的歌声在布卢姆身上所催化的情绪一样："温吞吞、乐融融、舔光这股秘密热流，化为音乐，化为情欲，任情流淌，为了舔那流淌的东西而侵入……"（《尤》497）连平时理性冷静的布卢姆听到这种歌声都会陷入慵懒淫邪的思绪中，何况那些本来就醉生梦死的酒徒？

再次，歌曲如同酒精一样消耗着本来就贫困的爱尔兰人民的经济资源，使他们的贫困雪上加霜。以斯蒂芬的父亲为例，斯蒂芬有十四个兄弟姐妹，由于家庭贫困，他的妹妹大多时日都处于饥饿之中。正如布卢姆在街头上见到的那样，"可怜的小妞儿，衣服破破烂烂的。她看上去好像营养也不良。成天是土豆和人造黄油，人造黄油和土豆。当他们感觉到的时候，就已来不及了"（《尤》279）。但当斯蒂芬的妹妹因饥饿向父亲讨要金钱买食物时，老迪达勒斯竟然将大半的钱昧下。他宁肯自己的女儿去挨饿,也要留下钱供自己去酒吧里歌唱潇洒一番。在酒吧里,他竟大言不惭地说:"我不差钱,然而您们要是肯听的话,我就为大家唱一支沉痛的心灵之曲。"结果他唱的竟是《爱情如今》,其中一句是"幻梦破灭一场空虚"。而当他唱歌时,布卢姆不无愤慨地想道:老迪达勒斯本来可以靠唱歌"能够挣到钱的",但他只把唱歌当娱乐,不想当谋生手段,结果是"净唱错歌词。把他老婆活活地累死了。现下他倒唱起来了"(《尤》497)。女儿在家喝着从修女那里乞讨来的豆子做的豆汤,老爸在酒馆里纵情歌唱,尽兴饮酒和调情,这不仅仅是迪达勒斯一家的写照,而是千千万万爱尔兰家庭的缩影。布林夫人的"个个都有一张吃饭的嘴"的哀叹,普里福伊太太的"得年复一年,整日整夜地喂奶"(《尤》291)的苦痛,喝酒喝出肾炎、四处写信求助但"也来唱唱"的里奇舅舅的穷困,都是促使乔伊斯将本无任何害处的唱歌视为爱尔兰弊俗的动因。

三、谈女人

爱尔兰大多数民众信奉天主教,而天主教主张一夫一妻制,禁止离婚,禁止一夫多妻制。所以,对于身处天主教禁锢下的豪放浪漫的爱尔兰男士们而言,与同伴们聚在一起谈论一下异性本无可厚非,但《尤利西斯》中爱尔兰男性们谈论女人的内容和方式大大超出了无伤大雅的程度,已经达到了危害民族事业的程度。

首先,爱尔兰男性们所谓的"谈论女性"的行为往往与对女性的猥亵相连,对整个民族的社会风气造成了污染。例如在《尤利西斯》第十一章中,本·多拉德、考利神父等边饮酒边唱歌,在谈论时总是离不开对女性的性幻想,话题竟从本高亢的歌喉跳到女人的性器官以及性生活的频度等(《尤》491)。利内翰和博伊兰边喝酒边盯住酒吧侍女杜丝小姐的胸部,与她不停地调情,最后还极力邀请她撩起裙子,将袜带高高拉起,让它抽打在她的大腿上(《尤》485-486)。这种让女性弹袜带的把戏是在酒吧里寻欢作乐的爱尔兰男士常玩的把戏,而且他们还形象地美其名曰"敲响那口钟"(《尤》523)这种行为甚至使斯蒂芬的父亲忘记了十几个忍饥挨饿的孩子和被他"活活地累死"的妻子,使他兴奋地谈论着布卢姆的妻子莫莉,用双关语污蔑莫莉喜欢在男人面前脱下各式各样的衣服(《尤》489),并通过大唱"脸

蛋儿上的肌肉 [……] 怎样？[……] 有点儿褪了色 [……] 噢，她是 [……] 我的爱尔兰妞儿莫莉，噢"（《尤》490）。来表达她对莫莉的垂涎。可见爱尔兰男人们对女性的兴趣远远超出了他们对身处危难之中的爱尔兰命运的关注。

其次，爱尔兰男人对女人的谈论总是伴随着对女性的妖魔化。他们对女性进行妖魔化的目的与他们对异族的妖魔化的目的一样，都是为爱尔兰的沦落寻找替罪羊。在《尤利西斯》的第十二章中，在将爱尔兰日益式微的形势归罪于犹太人后，民族主义者"市民"认为将英国殖民者引入爱尔兰的是爱尔兰女人："是咱们放他们进来的，咱们引他们进来的，奸妇和她的奸夫把撒克逊强盗们带到这儿来了。""一个不守贞操的老婆，……这就是咱们一切不幸的根源。"（《尤》571）作为一个民族主义者，"市民"不去严肃认真地探讨民族沉沦的根源，而是将它简单地归结在布雷夫尼的大公奥鲁尔克之妻与伦斯特的麦克默罗的奸情上，这显然不是一个爱国人士的所作所为，而是一个酒徒的疯言癫语。这种寻找替罪羊的心理模糊了民族主义者以及广大民众的视线，对民族大业有百害而无一益。

更重要的是，爱尔兰男性对女性的逻辑与英国殖民者及其利益均沾的逻辑如出一辙。在《尤利西斯》的第二章中，积极从事英国殖民活动的苏格兰人迪希校长在将英国的沉沦归罪于犹太人后也说：

> 一个女人把罪恶带到了人世间。为了一个不怎么样的女人，海伦，就是墨涅拉俄斯那个跟人跑了的妻子，希腊人同特洛伊打了十年仗。一个不贞的老婆首先把陌生人带到咱们这海岸上来了，就是麦克默罗的老婆和她的奸夫布雷夫尼大公奥鲁尔克。帕内尔也是由于一个女人的缘故才栽的跟斗。（《尤》77）

在污蔑女人时，迪希先生甚至对离当时不远的史实都不屑查证一下，将奥鲁尔克的老婆说成是麦克默罗的老婆，将奸夫麦克默罗说成是奥鲁尔克。将应当由统治者背负的罪责统统推到一个弱女子头上，这与爱尔兰的民族主义者几乎是异口同声，其逻辑也惊人的一致。由此可见，在乔伊斯创作《尤利西斯》的年代里，爱尔兰民众和民族主义者中谈论女人的弊俗与殖民主义者将女性当作替罪羊的伎俩纠缠在一起，二者共用一个逻辑，其目的也都同样是为当权者开脱罪责。

由此不难看出，《尤利西斯》中压在爱尔兰人民头上的第四座大山就是"快乐的背叛者"，这个群体中即包括与殖民主义为一丘之貉的卖国者（如穆利根之流），也包括不知亡国之恨的普通民众。前者与殖民者沆瀣一气，助纣为虐，后者沉迷于酗酒、唱歌和谈女人，形成了20世纪初爱尔兰的三大时弊。前者的危害不言自明，后者形成的三种风俗耗费了爱尔兰宝贵的粮食和金钱，污染了爱尔兰的社会风气，消磨了爱尔兰民众争取民族独立的斗志，麻木了爱尔兰民众的爱国主义灵魂，危害了爱尔兰的民族独立大业。

第五节 对噩梦般的历史真相的揭露

在英国殖民活动和罗马天主教的扼制下，在令人窒息的爱尔兰狭隘民族主义氛围中，在爱尔兰人民寻欢作乐及安逸浑噩的生活方式里，爱尔兰满目疮痍、破败不堪。

爱尔兰的"两个主人"，即爱尔兰无处不在的浸泡在酒馆里的民族主义者及"快乐的背叛者"，使爱尔兰人民陷于赤贫状态。在《尤利西斯》里的布卢姆和斯蒂芬在都柏林的整个精神探索历程中，他们看到的是如下的生活惨状：焦虑的母亲，后面跟着成群的衣不蔽体的孩子；丧母的女孩，为了缓解饥饿的折磨而典当东西以购买食物；营养不良的女孩子们，垂涎欲滴地围坐在修女施舍的一锅豌豆粥前渴望以其果腹；远在异国他乡的年轻的爱尔兰流亡者，饥肠辘辘地空等着一贫如洗的家人给自己的汇款［……］爱尔兰人民的苦难使乔伊斯及《尤利西斯》里的斯蒂芬忧心忡忡，而更使他俩忧虑的是爱尔兰艺术的两难境地。

在第一章里，斯蒂芬表达了他（也是乔伊斯）对爱尔兰艺术的看法。他认为爱尔兰艺术就如同仆人的一面有裂纹的镜子。如前所述，这个仆人有两个主人，一个来自意大利，另一个来自英国，也就是分别来自罗马天主教和英国殖民主义的两种压迫。这个仆人也是"仆人的仆人"，即这个仆人还受到爱尔兰人的压迫，也就是受到爱尔兰的"快乐的背叛者"及"浸泡在酒馆里的爱国主义者"的压迫。在天主教、英国殖民主义者、"独眼巨人"似的民族主义者及寻欢作乐的爱尔兰民众的钳制下，爱尔兰艺术被扭曲而变形为一面有裂纹的镜子，丧失了反映现实的所有功能。它自身沦为民族主义者美化民族文化，尤其是关于所谓的爱尔兰文化的纯洁性的神话，沦为卖国者力图使爱尔兰希腊化的伪艺术，沦为殖民者用来消除或贬损爱尔兰文化的工具,甚至沦为寻欢作乐的普通大众口中空洞无物的情歌,沦为牧师滔滔不绝的布道。与此种情形相类似的就是,斯蒂芬的创造性思想一直为穆利根试图与海恩斯合作以及使爱尔兰希腊化的迫切欲望所压制,也为他虔诚的母亲希望他与天主教和解的临终遗愿所压迫,还为格里菲斯坚持爱尔兰文化纯洁性而作的宣传所窒息。在这种情形下,如果仅靠复兴爱尔兰民族文化而保持其纯洁性,或转向其对立面,仅靠把爱尔兰文化英国化或希腊化,爱尔兰文化都无法走出其自身的两难困境。

这一两难困境在《尤利西斯》第一章中被斯蒂芬以"赚钱"的观点象征性地表示出来。海恩斯对斯蒂芬的妙语印象深刻,询问是否可以把斯蒂芬的这些说辞收集起来,斯蒂芬反问他能否从中赚点儿钱,海恩斯回答说这很难说。而后斯蒂芬说:"问题是要弄到钱。从谁身上弄?从送牛奶的老太婆或是从他(海恩斯)那里。我看他们两个,碰上谁算谁。"(《尤》45)正如斯图亚特·吉尔伯特所言,斯蒂芬是在象征性地思索"哪个国家更好利用"[1]。斯蒂芬所思索的不是经济而是文化问题。哪个国家对他的艺术更为有益呢?哪个国家能助他"在他的铁匠铺般的思想里铸就他的民族前所未有过的良知呢?"[2]爱尔兰艺术的何种未来才能创造爱尔兰人民的真正灵魂呢?斯蒂芬不介意这个国家是自己的祖国还是任何异国。前者以送牛奶的老妪为象征,她被斯蒂芬用爱尔兰的两个古老的名字称作"最漂亮的牛"或"贫穷的老妪"(《尤》42)。后者甚至可以是他祖国的宗主国英国,只要这个国家对爱尔兰文化的未来有益。

但明摆着的事实是,如果爱尔兰艺术家持狭隘的观点来抵抗这种或那种异族文化,那么未来的爱尔兰文化既不能从英国文化也不能从本民族文化中获益。因为,正如盖尔特利·斯皮瓦克(Gayattri Spivak)所认为的,"在帝国主义评判体系内,对已逝根源的怀念对于认清社会现实是有害而无益的"[3]。在评论托马斯·巴宾顿·麦考利关于印度人民模仿殖民文化的观点时,鲁姆巴指出,被殖民者"只能模仿但不能如实再现英国价值,他们认识到自己的模仿与真相之间永存的差距这一事实确定了他们的从属地位"[4]。这

---

[1] Stuart Stuart Gilbert. *James Joyce's* Ulysses: *A Study*. London: Faber & Faber Ltd., 1952, p. 196.
[2] James Joyce. *A Portrait of the Artist as a Young Man*. Hertfordshire: Wordsworth Editions Ltd., 1992, p. 196.
[3] G. C. Spivak. "Can the Subaltern Speak?" *Marxism and the Interpretation of Culture*. Eds. C. Nelson & L. Grossberg. Basingstoke: Macmillan Education, 1988, pp. 271-313.
[4] Ania Looma. *Colonialism/Postcolonialism*. London & New York: Routledge, 1998, p. 173.

也是斯蒂芬为何说无论是从殖民地爱尔兰还是从宗主国英国"我都看不到任何赚钱的丁点儿希望"的原因。此处他表明,爱尔兰就如送牛奶的老妪一样贫穷、低贱、丑陋,是"一个到处流浪满脸皱纹的老太婆,[……]伺候着她的征服者与她那快乐的叛徒",只有如穆利根之流的溜须拍马者作"她的接骨师和药师"(《尤》42),未来的爱尔兰文化没有希望从此受益;而代表宗主国英国的海恩斯随时准备杀死他所畏惧的梦里的"黑豹",随时准备将被殖民地人民的任何新生力量扼杀在摇篮里,未来的爱尔兰文化更是无望从此获利。这里,读者可以看清斯蒂芬和乔伊斯对本民族文化和英国帝国主义文化的看法。爱尔兰文化如贫穷的到处流浪的送牛奶的老妪,侍奉着她的征服者与背叛者。深受两"主人"如此的压迫,她丧失了活力与尊严。她民族的"脊柱"折断了,而为她正骨治疗的却是那些绝不可能扶正她的脊柱的"快乐的叛徒"。由海恩斯体现的英国文化对被边缘化为"他者"的爱尔兰文化怀有持久的畏惧心理。相应地,爱尔兰文化在殖民者的无意识层次上就被象征化为威胁英国文化的"黑豹"。正如海恩斯惧怕"黑豹"一般,英国殖民主义者也惧怕从属文化潜在的"黑色"的生命力,并伺机用枪杀死这只"黑豹"。因此,英国殖民主义文化决不允许爱尔兰文化这只"黑豹"在它的统治之下鲜活起来。乔伊斯(即斯蒂芬)洞悉英国帝国主义潜藏的恐惧,如果采用帝国主义的二项对立逻辑,也就是乔伊斯自己说的非此即彼的逻辑,爱尔兰文化无望受益于英国帝国主义文化。因此,爱尔兰艺术需要遵循一种既来自英国文化又来自爱尔兰文化的传统。正如斯蒂芬需要一位精神之父,爱尔兰文化也需要父辈传统,尽管它当下已有一种实际的传统,那就是爱尔兰传统文化。这就是为何斯蒂芬被称为寻找父亲的"雅弗"[1]。在西方文化里,"父亲"指代传统、历史、信仰及归属感。斯蒂芬清楚地知道,因为没有一种他能遵循的独立的、绝对的、唯一的文化传统,也就是说他"无家可归",所以只能继续流亡生活。他别无选择,只能继续文化意义上的自我放逐,继续寻找一种可遵循的传统,继续寻找一位精神意义上的"父亲"。而寻找传统需要人类重新评价历史,因为历史是所有父辈传统之所在。

---

[1] 雅弗(Japhet,也称 Japheth),《圣经》中诺亚的第三子,通常被认为是欧洲人的祖先。据《圣经》记载,诺亚喝醉了酒,雅弗与他的兄弟外出寻找他们的父亲。雅弗与欧洲人的关联见《创世纪》10: 5,里面记述了雅弗的儿子们迁移到 the isles of the Gentiles,通常被认为是希腊群岛,尽管也有观点认为那是大不列颠群岛。

一、历史的梦魇

历史从来都是殖民者和被殖民者之间的必争之地。在作为"爱尔兰民族寓言"[1]的《尤利西斯》中,历史自然是乔伊斯密切关注的话题。在《尤利西斯》中,乔伊斯揭示了历史虚构的外壳及其社会和心理成因,暴露了殖民主义者和民族主义者对历史的歪曲及其背后共同的逻辑,探讨了历史的发展趋势和实质,即历史无法逃脱混乱的走向,但又包含真实的因素。

乔伊斯的这些真知灼见由于《尤利西斯》中无处不在的含混表达和寓言/类比手法而长期为许多乔学研究者所忽略,但由于近现代后殖民主义以及新历史主义对历史的虚构性和历史的真实性的争论而吸引了许多乔学研究者的关注。鉴于国内外还没有在后殖民主义和新历史主义等现代理论观照下的专门对《尤利西斯》中的历史观的研究,对该小说中乔伊斯展现的历史的外壳与内核、殖民主义者与民族主义者歪曲历史的共同手法和逻辑以及历史的走向的探讨很有必要,也具有较高的理论意义和社会价值。

(一)历史的外壳与内核

维柯的历史观极大地影响了乔伊斯。维柯认为,"历史是人的建构,其根源在于人的意识"[2],历史只是一种虚构,以各式各样的叙述为表象。维柯还认为,"理想永恒的历史穿越时间,历尽每个国家的诞生、发展、成熟和衰落",都会经过"神灵时代""英雄时代""凡人时代"和"混乱时代"[3],由此可以看出维柯相信历史是循环的,是有一定规律可循的,而且是有一些可信之处的。肯纳将维柯对乔伊斯历史观的影响概括为:"维柯就历史和文化模式提供的心理线索概括了乔伊斯在《尤利西斯》中使用的神秘手法。"[4]而且乔伊斯以及维柯的历史观和后世的后殖民主义、新历史主义及文化研究者的观点是一致的,都承认历史的虚构性、历史的可寻性:"各种受压迫人民的生活是可以为人知晓的,这只能通过坚持没有单一的历史,只有'多重的历史'来实现"[5];历史"不仅仅是幻想","历史有

---

1 Frederic Jameson. "Third World Literature in the Era of Multinational Capitalism." *Social Text*, 15.3 (1986), p. 68.
2 Hugh Kenner. *Joyce's Voices*. London: Faber & Faber Ltd., 1978, p. 333.
3 Giambattista Vico. *The New Science*. Trans. Thomas G. Bergin & Max H. Fisch. Ithaca: Cornell University Press, 1948, p. 71.
4 Hugh Kenner. *Joyce's Voices*. London: Faber & Faber Ltd., 1978, p. 334.
5 Ania Looma. *Colonialism/Postcolonialism*. London & New York: Routledge, 1998, p. 335.

其真实的、物质的和象征性的效果"。[1]

在《尤利西斯》第二章中，乔伊斯探索了历史的虚构性，即历史是一种叙事，一种意识形态的筛选，一种假设和想象。在斯蒂芬的历史课堂上，他所教授的不是历史的内核和精髓，而是历史的外壳，是历史学家在假设的基础上所认定的干巴巴的所谓历史事件。就像世上其他的历史课一样，斯蒂芬的历史课也是由地点、时间、事件、领袖、参加者，特别是君主和战争的指挥者所构成。这些都只是历史的外壳，所以斯蒂芬和他的学生们对课程都不感兴趣，学生也无法理解它们的意义。他的学生们感兴趣的是故事，尤其是鬼故事，这些故事都只是想象和幻想的产物，而斯蒂芬感兴趣的是历史的本质，即历史为什么成其为历史，历史的虚构性是怎样形成的，历史的真实性何在。他的脑海中时常盘旋着历史事实和历史叙事之间的关系以及历史中唯一真实的东西。要追寻历史的真实风貌，就必须找出形成历史虚构的成因。在追寻形成历史虚构的诸种因素的过程中，斯蒂芬剥去了历史的层层外壳，历史的实质便昭然若揭。

首先，斯蒂芬（也就是乔伊斯本人）发现历史的虚构来源于人类对故事情节的热衷。人类对稀奇故事情节的热望可以追溯到孩提时期。斯蒂芬的学生们排斥干巴巴的历史事实，在课堂上公然要求历史老师讲个故事，而且是稀奇古怪的"鬼故事"，这反映出人类对干巴巴的历史事件强加上人为联系或逻辑的倾向性，而这种将孤立的事实加入生硬但符合逻辑的情节的做法是历史虚构的重要成因，也是虚构历史大行其道的原因之一。

其次，斯蒂芬和乔伊斯均认为历史的虚构性来源于记忆的迷误和记忆的选择，也与人类的假设和推理的主观性有关。历史来源于记忆，而记忆又是由对以前的事件不断加工和想象而来。也就是说，记忆也包括一些想象甚至一些谬误。既然历史包含了一系列的记忆，它就和想象脱不了干系。进一步来说，历史学家口中所谓的历史事实主要基于历史学家的推测。正如斯蒂芬所意识到的那样，在一个事件发生之前，有许多种可能性。在历史中有许多"如果"，比如，"倘若皮勒斯并未在阿尔戈斯丧命于一个老太婆手下，或是尤利乌斯·恺撒不曾被短剑刺死呢？"（《尤》65）如果是这样，历史就会有所不同。但是一旦事件发生后，"岁月已给它们打上

---

[1] Stuart Hall. "Cultural Identity and Diaspora." *Colonial Discourse and Postcolonial Theory*. Eds. Patrick Williams & Laura Chrisman. New York: Columbia University Press, 1994, p. 395.

了烙印，把它们束缚住，关在被它们排挤出去的无限的可能性的领域里"（《尤》65），永远把其他可能性排除在事实之外了。然而，其他的可能性在人类的逻辑中还是存在的，并且经过一定时间后就可能像"事实"一样。用斯蒂芬的话说，就是"那些可能性既然从未实现，难道还说得上什么可能吗？抑或唯有发生了的才是可能的呢？织吧，织风者"（《尤》65）。对于靠基于点滴证据推测历史事实的史学家而言，一切皆有可能发生，虽然历史上只有一种事实。"事实"与可能性之间的边界在历史学家的眼中可能是模糊的，历史学家们仅仅是从一些断壁残垣和残留的叙述中想象出一些"历史事实"。因此，在一定意义上，这些"事实"仅仅是人的想象。所以离历史事实不远的任何一个可能性都可能被历史学家看成是历史事实，因此，在一定意义上，历史学家是空穴来风的编造者（即斯蒂芬所说的"织风者"）。据斯蒂芬和乔伊斯看来，历史是一种故事，是许多讲故事的人编造的故事。这个观点与后世的新历史学家有很多共通之处，因为新历史学家认为历史是诗化的建构，它本质上"不是什么时间和伟大事件的问题，而是政治、意识形态、权力、权威和颠覆"[1]。

当然，历史的虚构性是历史讲述者选择历史叙述的结果。在对历史事件的各类不同叙述的表象之下，往往隐藏着历史学家自身的兴趣和利益。对一个特定历史事件进行叙述的文本经不同的历史学家之手会呈现出不同的面貌，其原因是每个文本本身就是其叙述者的意识形态和当时的主流意识形态之间的平衡和妥协。斯蒂芬对谜语"狐狸葬母"的谜底做了改动，这从类比的角度解释了文本创作者和权威文本或所谓的历史事实之间的差异的成因。此谜的"权威"答案是"狐狸将它的母亲葬在了冬青树下"，但由于这个谜语的叙述者斯蒂芬对他的母亲有一种愧疚感（他拒绝了他母亲最后的愿望），他就把"母亲"改为"祖母"，以避免"母亲"这个词给他带来内心的伤痛，避免勾起他关于母亲的痛苦记忆。

同样道理，在《尤利西斯》中，当时爱尔兰许多有影响力的派别，包括英国殖民主义者和爱尔兰民族主义者，都出于自己的不同的利益和动因，遵从着相同的逻辑，使用着相似的手法，对历史进行各种各样的虚构。殖民主义者和民族主义者对历史的歪曲乃是虚构历史中最典型的例证。

---

[1] John Peckand & Martin Coyle eds. *Literary Terms and Criticism* (3rd edition). Basingstoke: Palgrave, 2002, p. 200.

（二）英国殖民主义者及其追随者对历史的虚构

在殖民过程中最可怕的事是殖民者剥夺了被殖民人民自己的历史，就像谢默斯·迪恩在《民族主义、殖民主义和文学》中认识到的那样，"殖民活动是一个彻底的剥夺过程。被殖民的人民没有自己的历史"[1]。殖民者剥夺被殖民人民的历史是通过消灭当地的原创文化从而在被殖民者的灵魂中创造一种"自卑情结"进行的，目的是方便他们的经济剥削和政治压迫。[2]乔伊斯在《尤利西斯》中颇为超前地意识到了殖民主义者通过历史、文化剥夺来为自己的殖民行为寻找借口的狡猾伎俩。

为了保障他们自己的利益，使他们在爱尔兰的殖民统治师出有名，英国殖民者和他们的利益共享者绞尽脑汁扭曲爱尔兰历史。在第一章中，英国人海恩斯并没有就殖民者给爱尔兰带来的灾难道歉，而是给殖民者所犯下的罪恶找到了一个最狡诈的借口："看来这要怪历史。"（《尤》50）海恩斯虽然强词夺理地将殖民者在爱尔兰犯下的罪责归咎于历史，但他并未在身为爱尔兰民族艺术家的斯蒂芬面前为他关于历史的谬论作出任何解释，而殖民主义的利益共享者迪希先生却对斯蒂芬进行了长篇大论的说教，其实质上是在对殖民者海恩斯关于殖民问题应当"怪历史"的论调的一唱一和的呼应（尽管二人或许并不相识）。迪希先生是爱尔兰乌尔斯特富人区专为殖民者子弟兴办的学校的校长，而且也是一位响应英国殖民主义号召、宣誓过效忠英王去爱尔兰殖民的苏格兰移民，属于亲英的、信仰新教的"种族主义者"，是典型的殖民主义和种族主义卫道士，[3]其话语中充满了对历史的歪曲与篡改。他把英国人关于"日不落帝国"的自诩说成是法国凯尔特人对大英帝国的颂扬，以此来掩盖英国殖民者建立大英帝国的野心，并谴责占爱尔兰人大多数的凯尔特人是有吞并世界野心的民族；他把将奥康内尔污蔑为煽动者的罪责归咎于天主教，而没有谴责真正的元凶英国政府，迪希之所以如此张冠李戴不是由于他对历史的无知，而是因为他要刻意污蔑天主教。他把橙带党"误解"成"废除联合议会"的鼓动者，好把爱国主义的荣光加在新教和乌尔斯特人头上；他错把约翰·布莱克伍德爵士认定为联合议会的支持者，是为了证明自己主张的合理性，即所谓"我

---

1 Seamus Deane. "Introduction." *Nationalism, Colonialism, and Literature*. Eds. Terry Eagleton, Jameson Fredric & Edward W. Said. Minneapolis: University of Minnesota Press, 1990, p. 10.
2 Frantz Fanon. *The Wretched of the Earth*. New York: Penguin, 1967, p. 18.
3 Vincent J. Chen. *Joyce, Race and Empire*. Cambridge: Cambridge University Press, 1995, p. 208.

们都是爱尔兰人，都是国王的子嗣"，并借此模糊爱尔兰人与殖民者之间的利益冲突。

为了掩盖其殖民罪行，殖民者及其利益共享者往往歪曲历史，为自己的罪恶寻找替罪羊，而弱势种族和弱势群体（特别是女性）便成了他们最好的替罪羊。迪希先生就试图为统治者犯下的所有罪行找寻替罪羊：他把毁灭特洛伊的罪行都推到海伦身上；把毁灭爱尔兰的罪行都推到麦克默罗的老婆和她的姘夫身上（事实上，是奥鲁尔克的妻子与麦克默罗私通，由此招致爱尔兰的内部冲突）；把帕内尔的倒台归咎于帕内尔的情妇。除了女人之外，少数民族在他口中因同样的逻辑也成了替罪羊。按照迪希的理论，犹太人毁灭了大英帝国，"他们是一个国家衰败的兆头"，他们"把国家的元气吞掉"（《尤》76）。他认为爱尔兰享有从未迫害犹太人的荣耀，其原因是爱尔兰从未让犹太人入过境。他对历史的歪曲实际上暴露了殖民主义者双重的荒诞逻辑：首先，爱尔兰并不是没有迫害过犹太人的国度，布卢姆的经历就是很好的证据，这证明了殖民主义者惯用的将"有"虚构成"无"的伎俩；其次，爱尔兰也不是从未让犹太人入境的国度，否则布卢姆等犹太人也不会生活在爱尔兰，这证明了殖民主义者惯用的将"无"说成"有"的伎俩。这种荒诞的逻辑是彻头彻尾的殖民主义逻辑——让残忍的迫害者享受着"从未迫害过人"的荣耀。这也反映了乔伊斯远远超越他所生活的时代，极富见地地识破了殖民主义者的诡计："女人和被殖民者在经济中发挥了他们的作用，经济的发展依赖于他们，而他们都易遭受将这种剥削合理化的意识形态之害。"[1] 乔伊斯以及斯蒂芬深入洞悉了殖民主义者扭曲历史的本质。当迪希将爱尔兰所有冲突的罪行都强加在爱尔兰和天主教身上时，斯蒂芬就揭露说：清教光荣、虔诚和不朽的记忆的背后是"一具具尸首"和"被荒废的北部"，还有根深蒂固的让"平头派倒下去"的仇恨（《尤》73）。殖民主义者用貌似正义的宣传遮掩他们肮脏血腥的动机——在经济和文化上压迫和剥削殖民地人民。但是他们的花言巧语掩盖不了他们对物质和文化财产的野蛮渴求，结果"战场上的拼搏、泥泞和喊声，阵亡者弥留之际的呕吐物结成了冰，长矛挑起鲜血淋漓的内脏时那尖叫声"（《尤》75）便充斥了整个爱尔兰被殖民历史。当迪希污蔑犹太人正在破坏英国时，斯蒂芬就直言不讳地为犹太人辩护说，是金色皮肤的

---

[1] Ania Loomba. *Colonialism/Postcolonialism*. London & New York: Routledge, 1998, p. 40.

人们（西欧人）对金钱的贪欲操纵着世界（特别是股票市场），使世界陷入一场混乱，而犹太人只是"热忱而徒然地"耐心积累着他们的财富（《尤》76）。

（三）民族主义者对历史的歪曲

虚构历史并不仅仅是权威和主流人物的专利。边缘人物和被殖民者也同样有虚构历史的热情。当然，民族主义者虚构历史的目的是"试图通过历史来保存国家身份"[1]，是"努力代表、创造和恢复在殖民统治规则下被系统压制和破坏的文化和自我"[2]。如果民族主义者仅仅是通过回忆已经被抹杀的历史来恢复他们的民族身份的话，这种努力是情有可原的，但是乔伊斯以及斯蒂芬的精神之父布卢姆所厌恶的是民族主义者对爱尔兰所谓的"辉煌历史"的极度自负和在重现历史的过程中表现出的对弱小民族历史的歪曲。

在爱尔兰被殖民的历史上，民族主义者对本民族文化历来敝帚自珍，甚至曾有几位政治家兼学者致力于寻找莎士比亚的爱尔兰文化血统，其中比较著名的包括《尤利西斯》第九章中涉及的《爱尔兰与莎士比亚之间的联系》（*Links between Ireland and Shakespeare*）的作者庞巴·普兰克特·巴顿爵士（Sir Punbar Plunket Barton）和对巴顿爵士的观点产生影响的道治逊·汉密尔顿·麦顿（Dodgson Hamilton Madden）都在不遗余力地寻找莎士比亚身上的爱尔兰生理或文化渊源。[3] 尽管这些人当中既有联合议会的赞成者，也有民族主义的拥护者，但他们的"研究成果"均被某些民族主义者放大、利用，用以证明爱尔兰历史的辉煌和爱尔兰民族的伟大。在《尤利西斯》中，以爱尔兰"盖尔人体育协会"（Gaelic Athletic Association）的创始人、爱尔兰著名民族主义者迈克尔·库塞克（Michael Cusack）为原型创作的人物"市民"[4]腰里悬挂的鹅卵石上雕刻着的爱尔兰部族英雄"帕特里克·威·莎士比亚"（Patrick W. Shakespeare）就是对爱尔兰民族主义学者试图证明莎士比亚的爱尔兰民族身份的揶揄讽刺。

1　Charles Baker. *William Faulkner's Postcolonial South*. New York: Peter Lang Publishing Inc., 2000, p. 36.
2　Ania Looma. *Colonialism/Postcolonialism*. London & New York: Routledge, 1998, p. 217.
3　Don Gifford & Robert J. Seidman. *Ulysses Annotated: Notes for James Joyce's Ulysses*. New York: E. P. Dutton, 1974, p. 225.
4　库塞克是爱尔兰民族主义组织——盖尔体育协会的创始人。

但是民族主义者这种对历史的歪曲只不过是一种自欺欺人的自我安慰。乔伊斯在《尤利西斯》第五章中就以一种类比的方式揭露了民族主义者自我安慰的狂热。这章似乎和小说其他章节一样混乱,其中包含了布卢姆梦幻中对玛莎的柏拉图式的爱慕、宗教信仰者对上帝歇斯底里般的狂热、赌徒对赌博的迷恋、马儿在阉割后对干草的陶醉、人们对剧院的痴迷等。这些现象似乎是杂乱无章并且彼此毫不相关,但是它们都有一个共同点,即它们都是人们寻求自我安慰的手段。因此,对于爱尔兰民族主义者贬低其他民族的历史、美化自己的历史所表现出的普遍狂热,这一章是一个很好的世俗化的类比。那些嗜酒的、狭隘的假爱国主义者热衷于自我安慰式的想象,终日沉浸在对爱尔兰辉煌历史和英国卑微历史的幻想中,其结果也只能使民族主义者陶醉在阉马醉心于干草的快乐中,对自己被役使的命运没有任何作用。

歪曲历史对恢复民族身份不但没有任何好处,而且还使民族主义者不知不觉地扮演殖民主义者同谋的角色,丑化异族的历史,美化本土历史,并不遗余力地来贬低女性和其他民族。"殖民主义、民族主义和男性沙文主义都是运用二元对立的以偏概全的结构,三者互为映像。"[1] 在民族主义者"市民"的民族主义话语中,英国的文明只不过是"梅毒文明",英国历史上的一切辉煌都是"从咱们这里偷走的","音乐,美术,文学全谈不上,简直没有值得一提的"(《尤》572);法国人只不过是"一帮教跳舞的"(《尤》578)。爱尔兰历史才是辉煌的历史,"那些杂种(英国人)还没呱呱落地之前,咱们就跟西班牙、法国人和佛兰芒人搞起贸易来了"(《尤》575-576)而且"市民"还责备女性和犹太人毁灭了爱尔兰,指责"奸妇和她的姘夫"把撒克逊人带到了爱尔兰,指责犹太人"大批地涌进爱尔兰,弄得全国都是臭虫"(《尤》570),并污蔑犹太人是"披着羊皮的狼"(《尤》588),其座右铭是"抢光我的邻居"(《尤》582),而且他发誓要"让那个该死的犹太佬开瓢儿"(《尤》593)。在"市民"的眼里,奸妇,即奥鲁尔克的妻子,应当为爱尔兰落入英国之手负责,但他并没有意识到,爱尔兰腐败的统治者和贪得无厌的外国帝国主义者才是应当对此负责的罪魁祸首。他认为是犹太人毁灭了爱尔兰,但没有认识到犹太人为爱尔兰经济带来了金钱、知识和活力,大批像布卢姆一样的犹太人正在为爱尔兰自

---

[1] Vincent J. Chen. *Joyce, Race and Empire*. Cambridge: Cambridge University Press, 1995, p. 208.

治贡献着自己的力量。

诚然，作为爱尔兰民族主义的一员，"市民"关于殖民主义对爱尔兰的宗教迫害、政治压迫、财富掠夺的控诉基本上是符合史实的，乔伊斯本人在其演讲和日记中也引用了此类史实控诉了英国殖民主义者对爱尔兰所造成的灾难，但作为伟大艺术家的乔伊斯在其"民族寓言"中显然超越了民族主义的樊篱，通过嘲讽民族主义的典型代表"市民"对犹太人和女性的偏见暴露了民族主义与殖民主义共有的逻辑——丑化他者，美化自我。

二、走出历史梦魇

在认清殖民主义者和民族主义者歪曲历史的动机和伎俩后，乔伊斯及斯蒂芬还颇为超前地洞察到历史的走向。当迪希得出的结论说历史正朝着一个伟大的目标前进、总是体现出神的旨意时，斯蒂芬针锋相对地反驳说：历史是他正努力从中醒过来的一场噩梦，历史只走向一个目标——"街上的喊叫"（《尤》77），即混乱与骚动。在这里，斯蒂芬要暗示的是历史历来是一个文化战场，当权者和社会主流都试图鼓吹历史目的论，从而将他们的意志以神的旨意或神秘力量的体现的名义强加在民众和被压迫者身上。而作为头脑清醒的青年艺术家，斯蒂芬拒绝承认殖民主义者强加给他的历史目的论的思维框架，拒绝承认历史是最高权威或神的意志的反映，并通过将历史解释为必然走向混乱来解构殖民主义者设定的意识形态框架。

虽然斯蒂芬和乔伊斯把历史看成是他们想从中醒来的一场"噩梦"（《尤》77），然而他们相信历史中毕竟有一些真实的东西值得人类去追寻。大卫·皮尔斯也注意到乔伊斯对历史中真实成分的信仰："乔伊斯，一个像鹰一样的人，他发起一场激烈的报复之战，对历史进行了无穷的嘲讽，但他作品中却没有像朱娜·巴恩斯的《夜林》中所表现的满怀恶意的深仇大恨。"[1]

斯蒂芬与乔伊斯一样，一生都在不懈地追求着历史上真实的东西。年轻时，斯蒂芬把宗教信仰看成是值得追求的真实，并为之倾尽身心之力。但是不久之后，他渐渐地认识到宗教的随意性和荒诞性。在他看来宗教只是一些随意性很强的东西，就像他捏造的英语单词"共在变体赞美攻击犹太论"（contransmagnificandjewbangtantiality）（《尤》88）一样，包含着自相矛盾的逻辑和偏见。牧师也只不过是一群移动着的、穿着白麻布圣衣的、

---

[1] David Pierce. *James Joyce's Ireland*. New Haven: Yale University Press, 1992, p. 115.

哼唱着拉丁文的寄生虫，因饱食小麦精华而脑满肠肥（《尤》91）。无论是教堂还是牧师都救赎不了爱尔兰"将倾的大厦"。天主教与人性之间的矛盾最终让斯蒂芬和乔伊斯放弃了宗教幻想。

斯蒂芬和乔伊斯一样，年轻时曾崇拜爱尔兰的民族英雄，特别是民族英雄帕内尔，也认为成为民族英雄是历史上值得追求的真实价值。但是随着思想的成熟，斯蒂芬和乔伊斯都渐渐认识到民族主义的弊端和无可避免的悲剧结局，虽然他们都同情甚至尊敬一些民族英雄，包括凯文·伊根。虽然伊根将自己的一切都奉献给了爱尔兰和民族主义运动，但是由于运动本身的缺陷，他注定陷入一堆麻烦之中，其下场只能是落荒而逃，东躲西藏。虽然民族主义者为民族事业作出了很多贡献，但是他们只能成为"迷失的领导人，遭到背叛的人"，继续"疯狂地逃亡"，生活在"伪装"下（《尤》96）。虽然伊根像其他流亡的爱国人士一样，从来没有忘记祖国人民，但是人们却完全忘记了他。他作为一个流亡异乡的难民，注定是"没有爱情，没有国土，没有老婆"（《尤》96）。为斯蒂芬和乔伊斯深谙民族主义者理想的种种缺陷，对民族主义阵营中的种种阴谋和背叛完全失望，并且对一叶障目的民族主义者对待民族历史和民族文化的态度深恶痛绝，因此他们并不想成为民族主义者的"轭友"，并且从思想上和艺术理念上"以一种谨慎的脱离的态度来看待"爱尔兰民族主义。[1]

对于乔伊斯和斯蒂芬来说，在经历了宗教和民族主义的幻灭后，爱就成了他们在历史上唯一值得追寻的真实。人类的历史是由于罪孽、欲望和贪婪横行而变成当街的嘈杂，这使得人类的历史充满了饥荒、瘟疫和屠杀，历史变成了那些"僭君"自古至今享受着欢愉的乐园。在这样的人类历史中，诚实的人被那些僭君嘲讽为胆小鬼，他们也只能做胆小鬼，因为所有的僭君都已经在历史中被塑造为英雄和伟人。在僭君的乐园中，爱成了唯一的救赎。

当然，乔伊斯所追求的爱并不是狭义上的爱，而是大爱、博爱，是爱的实质：人类不同群体和个体间的相互包容、理解、宽容和关爱，这对于超越种族和民族间的分歧和矛盾是至关重要的。如果斯蒂芬对爱的渴求是以对母爱和性爱的形式表露出来的，那么他的精神之父布卢姆则对爱的内

---

[1] Walter Benjamin. *"These on the Philosophy of History" Illuminations.* Ed. and with an introduction by Hannah Arendt. Trans. Harry Zohn. New York: Twayne, 1992, p. 251.

涵作出了最好的解释："犹太教、伊斯兰教徒与异教徒都联合起来。[……] 普遍大赦。[……] 推行世界语以促进普天之下的博爱。再也不要酒吧间食客和以治水肿病为幌子来行骗的家伙们的那种爱国主义了。"（《尤》803）布卢姆的对异族多样性的容纳和博爱恰恰是各民族或种族之间消解对峙和冲突、走向和平共处和文化互补的良好途径。[1] 同样重要的是，乔伊斯对爱的强调与他对祖国爱尔兰的超凡脱俗的爱紧密相连。母爱并不是斯蒂芬或乔伊斯所追求的唯一真实的东西，因为"母爱和天主教的非难险些囚禁了斯蒂芬的灵魂"[2]，险些阻挡了他追求艺术永恒的道路。因此，要解读斯蒂芬或乔伊斯强调爱的真实意图，就必须将斯蒂芬对母亲的爱和乔伊斯对祖国的爱做一种类比或寓言式的联系，也就是说，斯蒂芬对母爱的追求就是斯蒂芬和乔伊斯对祖国大爱的追求的类比或寓言。要是没有母亲/祖国，一个孩子/放逐者就一钱不值，只能是"被脚踩得烂成一摊无骨的蜗牛浆"（《尤》69）。但是斯蒂芬的母亲/乔伊斯的爱尔兰都让人又爱又恨。斯蒂芬对待母亲的感情体现了"斯蒂芬和乔伊斯因背叛养育者而心生的愧疚感，以及因他们的所作所为没有达到他们文化的要求预期而带来的负罪感"[3]。斯蒂芬/乔伊斯被困于两个相对的因素的矛盾之中，总是在他们远离母亲/民族文化的需要和他们对母亲/民族文化固有的爱二者之间纠结。如果斯蒂芬和乔伊斯要想对祖国做出大爱之举，通过艺术"打造出爱尔兰未曾有过的民族意识"[4]，那么他们都必须"背叛"自己的母亲/祖国，远走他乡，流亡海外，以便获得一个超然冷静的视角，跳出天主教信仰和民族主义狭隘的思想框架。因此，"[乔伊斯]将背弃[祖国]，他将带上文学先师们留给他的五花八门的遗物[……]带上一切能拿到的工具，他会将它们变成一件艺术品，这将会向他[自己]，而不是[爱尔兰]致敬"[5]。总之，乔伊斯对祖国的爱都是一分为二的，是一个主动的流亡者在认识到祖国的优势和劣势之后超然冷静而又深沉真挚的爱。

1　Willy Maley. "Postcolonial Joyce?" *Irish Encounters: Poetry, Politics and Prose Since 1880*. Eds. Alan Marshall & Neil Sammells. Newton Park: Sulis Press, 1998, pp. 59-69.
2　Shari Benstock. "*Ulysses* as Ghoststory." *James Joyce Quarterly*, 12.4 (Summer 1975), p. 401.
3　Jeffrey A. Weinstock. "The Disappointed Bridge: Textual Hauntings in *Ulysses*." *Ulysses*. Ed. R. Emig. New York: Palgrave Macmillan, 2004, p. 71.
4　James Joyce. *A Portrait of the Artist as a Young Man*. Hertfordshire: Wordsworth Editions Limited, 1992, p. 196.
5　Michael Murphy. "'Proteus' and Prose: Paternity or Workmanship?" *Ulysses*. Ed. R. Emig. New York: Palgrave Macmillan, 2004, p. 56.

另一个在斯蒂芬眼中能够帮助艺术家走出历史噩梦、通向永恒的途径就是文学。斯蒂芬认为借由文学他可以创作出他"民族从未被创造出的良知"，但什么样的文学才是斯蒂芬或者说乔伊斯需要的呢？这个问题在本书第三编第二章第六节可以找到答案。

第二章 《尤利西斯》的幽灵叙事形式

乔伊斯作为20世纪上半叶爱尔兰最著名的作家之一，面对身处英国殖民主义统治的爱尔兰，他在其作品中表达了深厚的民族关怀和人性关怀。但出于对殖民主义文化审查制度的逃避以及爱尔兰身处现代性和被殖民性夹缝中尴尬境地的考虑，乔伊斯在其作品中采用了人性叙事和民族叙事双重叙事的策略。而连接人性叙事和民族叙事的恰恰是寓言的手法。

寓言的典型特征是言此意彼。具体到《尤利西斯》而言，"此"便是显性文本中以零散、无序形式出现的个人私密的意识流片段。其内容大多是个人生活体验、包括父子关系、母子关系、夫妻关系、情人关系、同租屋内的居住关系以及其他个人困境，而"彼"则是民族关怀，包括对民族历史与当下民族困境、民族群体与民众个人、本族文化与异族文化、同胞与同胞、国土与疆界诸多关系的思索。而连接"此"与"彼"的就是具有将作者真实意图遮蔽成一种"神龙见首不见尾"面貌的"幽灵式"书写策略。

"幽灵"作为一个批评专业术语，对于作为民族寓言的乔伊斯作品研究不仅具有鲜明的相关性，而且具有相当的建设意义。乔伊斯的作品具有民族史诗和人类史诗的双重叙事结构，而连接双重叙事结构的是文本中飘忽不定的幽灵元素。幽灵元素允斥在乔伊斯小说的文本中，从人物特征、人物关系到叙事方式都有幽灵元素各种形式的体现，它们飘忽不定，处于在场与不在场之间，但时时制约着文本的意义。研究乔伊斯作品的幽灵元素可以较有效地破解乔伊斯作品的晦涩难解之处。具体而言，研究制约着人物内在关系的"幽灵"式的观念，比如多位同质体、灵魂转生（metempsychosis）和变形（metamorphosis）等，这对于理解《尤利西斯》这部作品的民族叙事与人性（个人）叙事之间的联系，对于理解这部作品在文学史中的定位具有深远意义。

"禁忌"既是《尤利西斯》中无处不在的现象,也是《尤利西斯》中的"幽灵"式母题。禁忌往往寓示着对人欲望的禁制和压抑。禁忌是解读詹姆斯·乔伊斯隐藏在《尤利西斯》文本中的对爱尔兰民族问题隐性关注的一把金钥匙。乔伊斯在这部爱尔兰"民族史诗"[1]中要表达自己对天主教、新教、英国殖民主义、爱尔兰民族主义等势力的不满,但这些势力当时在爱尔兰仍大行其道,言说对它们的不满就等于触犯政治禁忌,因此乔伊斯就不得不采取将上述政治禁忌与其他可以言说的禁忌相互穿插、相互拼贴的策略,把能够书写的禁忌当作不能够书写的禁忌的替代物(即使用文学中的类比、隐喻、象征和寓言等)。通过这些手法,乔伊斯隐晦地表达了他自己想要言说但又不便直接言说的对民族问题的思考,策略地表达了他对英国殖民主义、天主教、爱尔兰民族主义与爱尔兰民族文化之间以及其他民族压迫者与被压迫者之间关系的看法。

第一节 显文本与隐文本之间的幽灵式连接

在20世纪初被许多批评家认为是纯粹现代主义的《尤利西斯》,在20世纪末和21世纪初被越来越多的批评家认为是爱尔兰民族寓言和民族史诗。形成这种现象的根源是,在民族主义和殖民主义同样高涨的20世纪初的爱尔兰,言说殖民主义和民族主义对于民族文化的危害对艺术家而言几乎成了一种文化禁忌,如果违反了这种禁忌就会激怒殖民文化当局,同时也会冒犯民族主义的信仰,其结果是"言说或暴露它们就等于犯罪"[2]。但是对于一位伟大的艺术家而言,不能言说并不等于不去言说,而是意味着采取一种掩人耳目的策略,去言说不能言说之事。乔伊斯采取的策略是将《尤利西斯》创作成一部披着杂糅、拼贴等现代主义特征外衣的民族寓言,一部借书写性、性关系、家庭关系等私密琐碎事件而言说民族大业的恢宏民族史诗。而能将现代主义的混杂、私密琐碎特征与民族寓言和恢宏史诗书写有机融为一体的手段便是在文本中大量运用多位同质体、灵魂转生和变形等概念。这些概念在《尤利西斯》中既是重要的母题,又是连接《尤利西斯》显性文本与隐性文本、私密琐碎的小叙事与恢宏磅礴的民族大叙事、

---

[1] Frederic Jameson. "Third World Literature in the Era of Multinational Capitalism." *Social Text*, 15.3 (1986), p. 68.
[2] David Jackson. "Introduction." *Taboos in German Literature*. Ed. David Jackson. Oxford: Berghahn Books, 1996, p. 4.

孤立零碎的人物意象与表达民族文化内涵的人物组群等的"幽灵"式元素。

一、多位同质体

多位同质体（Consubstantiality）这一概念在正统基督教圈中第一个使用者是奥利根（Origen），用来指涉上帝与耶稣的关系[1]，逐渐用来意指圣父、圣子、圣灵是"同体的、同质的"，有些学者一般将其等同于"三位一体"，但Consubstantiality不仅指神圣的三位一体的同质关系，而且还可指世俗间的某人与他人间的同质关系。

在《尤利西斯》中，乔伊斯将不同的人物塑造成同质的关系，分别寓示某种事物的不同侧面，从而使他（她）们形成类似的神圣三位一体的同质关系。因为这些人物组群或由两个人物构成，或由三个人物构成，或由多位人物构成，因此为切实起见，笔者将Consubstantiality译为"多位同质体"。

多位同质体的概念是《尤利西斯》中的一个核心概念。在小说的第三章一开始青年艺术家提出表象与本质问题，[2]并思考了诸多不同可视事物无可避免之形式后提出了小说的核心问题：圣父与圣子的神圣实体问题。当然这个问题带有寓言性，即具有不同的可视形态的事物可以是同体的，或曰具有相同的质（being）。

具体而言，《尤利西斯》中作者关注的民族身份具有由多个人物形成的同质体，即由不同的人物群构成了民族身份的"多位同质体"。首先，布卢姆、斯蒂芬和莫莉分别代表着爱尔兰的历史、现在与未来。在他们三人之中，斯蒂芬是"寻找父亲的雅弗"，在寓言层面上代表爱尔兰的现状。他有两个主子，还是"仆人的仆人"。这两个主子一个老根在英国，即海恩斯代表的英国殖民者；另一个主子老根在意大利，即穆利根戏仿的天主教；那个要斯蒂芬为其打杂的仆人则是穆利根代表的"快乐的背叛者"——不知亡国之恨的爱尔兰民众和凯文·伊根所代表的爱尔兰民族主义者。不言而喻，斯蒂芬的处境在寓言层面上就是爱尔兰民族文化的现状：饱受英国殖民主义和天主教的欺压和钳制，同时还要受制于国内不知亡国之恨的亡国奴和狭隘的民族主义。斯蒂芬是走在衣着光鲜的海恩斯和穆利根之间

---

[1] T. E. Clarke. "Consubstantiality." *New Catholic Encyclopedia* (Vol. 4). Eds. Berard L. Marthaler et al. Detroit: Gale, 2003, p. 197.
[2] 詹姆斯·乔伊斯：《尤利西斯》，萧乾、文洁若译，南京：译林出版社，1996年，第87页。本章后文出自《尤利西斯》同一译本内的引语，将随文标出中文译名简称《尤》和引语出处页码，不再另注。

的穿"二腿裤子"的艺术家，其艺术也不过是一面破碎的镜子，失去了反映事实的功能。在意识到无论是海恩斯代表的殖民主义文化还是在卖牛奶的老妇人所代表的民族传统文化那儿均赚不到钱（得不到好处）时，他下定决心不再回马铁洛塔，而是去流亡，去寻找精神之父。显而易见，在寓言层面上，斯蒂芬的穷困潦倒形象就是爱尔兰民族文化的现实写照：它只能尴尬地被夹在英国殖民文化和爱尔兰天主教文化、民族主义文化之间，受它们的压迫，无法得到它们的滋养；要摆脱他们的胁迫，爱尔兰文化必须走出去，去寻找一位精神之父。

布卢姆是斯蒂芬的精神之父和莫莉的性无能丈夫，在寓言的层面代表爱尔兰的历史和传统文化。所谓父亲在西方历来有"根源""历史"的含义。布卢姆天性善良，思想开放，善于包容和接纳各种异质性的东西，连对待一只猫都能替它换位思考一番，主张各民族通婚和各宗教和平共存。这一切都是代表爱尔兰当代文化的斯蒂芬需要从爱尔兰文化历史中寻求的。布卢姆虽然是斯蒂芬的精神之父，但他是犹太人，并非地道的爱尔兰人。但是，他生于爱尔兰，长于爱尔兰，支持爱尔兰自治运动，自己将自己定位为爱尔兰人。在这个意义上，他这位斯蒂芬的精神之父更符合要远离爱尔兰去欧陆流亡的斯蒂芬的精神追求：到爱尔兰传统文化中去寻求精神支持，但又不拘泥于爱尔兰本土文化。

布卢姆虽然代表着爱尔兰民族文化传统的种种精华，也代表着这种传统的不足。他虽是一位关爱、体贴、包容妻子的丈夫，但他自从丧子后就失去了性功能，成了一个名不副实的丈夫。妻子莫莉红杏出墙的主要原因就是他的性无能。莫莉拥有无数情人，但这些情人对于莫莉而言只是布卢姆的替代物[1]，是莫莉为补偿布卢姆的性无能而寻找的安慰。从寓言的层面而言，在殖民主义、天主教、民族主义等的压迫下，爱尔兰传统文化早已失去了性活力，对于爱尔兰民族文化的未来而言，因为历史创伤造成的性无力而从异族文化那里寻找性无力的代偿品，这是再自然不过的事，也难怪莫莉坦言，谁要是指责她乱搞，谁就没人性。

布卢姆虽失去性功能，但并未失去繁殖力。他拥有丰富的精液[2]，而且他的种种优点也深深吸引了莫莉。因此莫莉决定给他一次机会，与他重修

---

[1] James Joyce. *Ulysses: Annotated Students Edition*. London: Penguin Books, 1992, p. 1187.
[2] Ibid.

旧好，这在寓言层面意味着爱尔兰文化虽失能，但未失生命力。在未来去寻找异族文化对本土文化的补足并不意味着抛弃民族文化传统，而是应当汲取民族文化传统的精华。

莫莉身为斯蒂芬的精神之父和布卢姆的妻子，在寓言的层面则代表着爱尔兰民族文化的出路和未来。她在小说中虽是一位拥有数不清情人的不贞女人，但她却是"斯蒂芬和布卢姆通向永恒的护照上不可或缺的汇签"[1]，是"斯蒂芬和布卢姆两颗彗星定期回访的地球"[2]。所以，她的滥交乃是文化杂糅的寓言。爱尔兰文化要走出困境，就必须像莫莉广纳情人那样，不分种族，不分贫富，不分老少，广泛与异族文化杂糅，只要是能对民族文化发展有益，就应当广泛吸纳各个异族文化的精华。但在文化杂糅的同时，也应像莫莉与各个情人交往的同时对布卢姆不离不弃一样，对本土文化传统不弃不离，保持本土文化传统的优点。[3]

当然，《尤利西斯》中多位同质的概念还体现在其他人物关系上，其中较为重要的一组就是卖牛奶的老妇人、斯蒂芬的母亲梅·迪达勒斯、格蒂和莫莉。这四位女性人物在现实生活中互为陌路人，没有任何关系，但在寓言的层面上，她们分别代表着穷困且饱受殖民主义歪曲之苦的爱尔兰、饱受天主教之苦的爱尔兰、深受民族主义美化之害的爱尔兰和走向文化杂糅的爱尔兰。[4] 乔伊斯通过运用多位同质的概念，将爱尔兰的四位典型女性形象在寓言层面上联系起来，使他们代表爱尔兰的不同侧面，形象深刻地反映了爱尔兰文化的全貌。

二、灵魂转生

在《尤利西斯》中，常常发生两个人物相混淆的现象，他们或说着彼此相似的语言或使人自然联想到另一个人，或干脆在同一个地方共由一个人称代词来指称。当然，这不是作者的疏忽，而是作者刻意安排的，以表现一个人物的灵魂在另一个人物身上转生。灵魂转生的概念是《尤利西斯》中的重要母题之一。在布卢姆的奥德赛的第一章，也就是他在小说中首次

---

[1] James Joyce. *Selected Letters of James Joyce*. Ed. Richard Ellmann. London: Faber & Faber Ltd., 1975, p. 278.
[2] A. Walton Litz. *The Art of James Joyce*. London: Oxford University Press, 1961, p. 46.
[3] 申富英：《民族、文化与性别》，北京：中国社会科学出版社，2007年，第163页。
[4] 参见申富英：《论<尤利西斯>中作为爱尔兰形象寓言的女性》，《国外文学》，2010年第4期，第112-119页。

出场的第四章中,他妻子莫莉郑重其事地问他的问题便是"灵魂转生"的概念。他对这一问题进行了非常认真的思索,并且这个问题在他一整天的漫游中不时地占据他的大脑。转世,指人死时灵魂转到另一个新的身体或转入某种新的存在形式,"大致说来,转世与再生或者灵魂托体新生,在意义上是相近的"[1]。

布卢姆的回答与这个术语的起源和意义是相符的。"灵魂"最初是希腊的一个哲学术语,指灵魂"从一个死的生灵身上转到另一个生灵身上",这种生灵可以是人,也可以是动物或植物。[2]许多古希腊哲学家都相信转生论,柏拉图在其《斐多》和《理想国》中均有论及。

在《尤利西斯》中,"灵魂转生"的现象在寓言的意义上像幽灵一样发生在许多人物中间。例如,在第二章中,斯蒂芬与萨金特互相灵魂转生,达到一种你中有我我中有你的状态:

> 长得丑,而且没出息:细细的脖颈;其乱如麻的头发,一抹墨水渍,蜗牛窝。但还是有人爱过他,搂在怀里,疼在心上。倘非有她,在这谁也不让谁的世间,他早就被脚踩得烂成一摊无骨的蜗牛浆了。她爱的是从她自己身上流进去的他那虚弱稀薄的血液[……]她拯救了他,使他免于被践踏在脚下,而她自己却没怎么活就走了"。(《尤》69)

引文中第一句虽然是在描写萨金特又瘦弱又蠢笨的状态,但从"但还是有人爱过他"一直到"使他免于被践踏在脚下",萨金特的灵魂与斯蒂芬的灵魂似乎合二为一,前半部分萨金特的色彩浓一些,后半部分斯蒂芬的色彩浓一些,到"而她自己却没怎么活就走了"一句中的"她"明显是说斯蒂芬的母亲,也就是说,在这一句中萨金特的灵魂已经转生成斯蒂芬的灵魂了。

总的来说,作者用"他"(he)来指称萨金特和斯蒂芬,用"她"(she)来指代二者的母亲。作者之所以不将这两个人物区分开,其目的是强调年少时的斯蒂芬与萨金特、斯蒂芬的母亲与萨金特的母亲的灵魂的一致性,

---

1 "什么叫转世." [EB/OL]. http://www.chinabuddhism.com.cn/a/fjwh/2k0503/2k0503/2k0503f27.htm.
2 A. Nicholas Fargnoli & Michael Patrick Gillespie. *James Joyce A to Z: The Essential Reference to the Life and Work*. New York: Facts on File, 1995, p. 147.

即母亲的伟大和对儿子的保护以及儿子对母亲的依恋。可以说，这两对人物的灵魂相互转生。

灵魂转生的概念是《尤利西斯》中的重要母题之一。他对"灵魂转生"的概念进行了非常认真的思索，并且莫莉的这个问题在他一整天的漫游中不时地占据他的大脑。

> 给我看看，她说。我做了个记号。有个词儿我想问问你。
>
> 她从捧在手里的杯中呷了一大口茶，麻利地用毛毯揩拭了一下指尖，开始用发夹顺着文字划拉，终于找到了那个词儿。
>
> 遇见了他什么？他问。
>
> 在这儿哪，她说。这是什么意思？
>
> 他弯下身去，读着她那修得漂漂亮亮的大拇指甲旁边的字。
>
> Metempsychosis?
>
> Metempsychosis, 他皱着眉头说。这是个希腊字眼儿，从希腊文来的，意思是灵魂转生。
>
> 哦，别转文啦。她说。用普普通通的字眼告诉我！
>
> ……
>
> 有些人相信，他说，咱们死后还会继续活在另一具肉体里，而且咱们前世也曾是那样。他们管这叫转生。还认为几千年前，咱们全都在地球或旁的星球上生活过。他们说，咱们不记得了，可有些人说，他们还记得自己前世的生活。
>
> 转生，他说，是古希腊人的说法。比方说，他们曾相信，人可以变成动物或树木。譬如，还可以变作他们所说的宁芙。(《尤》76-77)

在这种灵魂转生的现象中，不乏人与动物灵魂的转生。例如，在斯蒂芬让小学生猜的那个谜底是"狐狸在埋葬它妈妈"的谜语中，新丧母的斯蒂芬为了避免触及丧母带来的心灵创伤，故意将谜底改成"狐狸在埋葬它奶奶"。这只狐狸从此就在语言和寓言的层面上与斯蒂芬的灵魂不断转生。例如，

> 一副可怜的灵魂升了天堂：星光闪烁下，在石楠丛生的荒野上，

一只皮毛上还沾着劫掠者那血腥臭的狐狸,有着一双凶残明亮的眼睛,爪子刨地,听了听,刨起土来又听,刨啊,刨啊。(《尤》31-32)

在这里,丧母之痛使得斯蒂芬犹如一只狐狸,拼死想挖出母亲的遗体,好最后看上一眼,以解赎罪负罪之怀。

再如,第二章迪希先生的话和第十二章中"市民"的话如出一辙。他们均指出犹太人走到哪个国家,哪个国家就沦落;犹太人是灾祸的根源;女人也是国家或英雄沦落的根源(《尤》76-77;570-571)。他们都拼命美化自己的民族,丑化敌对民族。"市民"与迪希先生的论调如此一致,似乎他们二人的灵魂互相转生。似乎是"市民"在重述迪希先生的论调,唯一的区别是前者是爱尔兰人,后者是殖民者的代言人。按照常理,本土人与殖民者是对立的,二者的差别和对立是人们关注的焦点。乔伊斯在小说中之所以强调二者话语的相似性旨在强调二者遵从的是同一种逻辑,即美化自我、贬抑他者的逻辑。

三、变形

变形指人或物改变自身身份的形态,变成另一个人或物的形态。变形作为一种母题广泛存在于文学作品中。例如,在希腊神话和中国神话中均具有许多变形的传说,宙斯为追求爱情变成牛或天鹅以及孙悟空七十二变等均属典型的例子。变形作为一种文学创作母题,在西方始于奥维德的《变形记》,在欧洲文学史中源远流长,拉伯雷的《巨人传》、路易斯的《爱丽丝漫游奇境记》和《爱丽丝镜中奇遇记》都是这方面的典型例子;在现代主义文学中变形的母题也不乏其例,卡夫卡的《变形记》就是一个典型案例。

"变形"是《尤利西斯》中非常重要的概念。《尤利西斯》第三章中的标题是"Proteus",这是希腊神话中的一位神祇,其最重要的特点就是会变形。作者之所以选择这样一位神祇的名字作本章的题目,就是因为变形是本章的重要主题,而本章又是小说第一部分最重要的一章,因为这一章是为第一章的爱尔兰现状和第二章的史实做出哲学解释和提供哲学框架的。而整个第一部分又是全书的大背景和大框架,是为布卢姆的世俗之旅提供精神意义的部分。乔伊斯之所以将变形提到如此高的地位，就是要强调形式与本质的关系："可视事物无可避免的形式：至少是对可视事物，通过我的眼睛认知。"（《尤》87）但是，形式与本质是有区别的："他察觉事物的形体早于察觉其带色了。怎样察觉的？用他的头脑撞过，准是的。"（《尤》87）所以，要真正体会事物的本质，就应当像斯蒂芬那样，"闭上你的眼睛去看吧"。不要仅看形式，而是透过形式和表象去体察其本质。

在《尤利西斯》中，变形现象典型地体现在穆利根身上。他出场时以一个神父的形象亮相：身穿神父穿的神袍一样款式的睡衣，手托着由剃刀和刷子交叉成的十字架，口颂着神父常常哼唱的圣词。但出场不久，他摇身一变，成了海恩斯的走狗，对斯蒂芬狂吠，向海恩斯摇尾乞怜，似乎成了大英帝国的弄臣。他不时地在天主教神父和大英帝国走狗间变来变去，中间还不时变成"快乐的叛徒"——寻欢作乐、不知亡国之恨的爱尔兰民众，口唱淫荡小调，一心要海喝狂饮。除了这三个角色，他还偶尔变身为民族主义的魅影：当穆利根提议要与斯蒂芬合作，共同将爱尔兰希腊化时，穆利根在瞬间变形为民族主义者克立兰："克立兰的胳膊，他的胳膊。"此处，"他的胳膊"就是穆利根的胳膊。通过将克立兰与穆利根的胳膊并置，穆利根瞬间变形为克立兰，作者也借此将民族主义者和寻欢作乐的民众及钳制爱尔兰精神的天主教对爱尔兰造成的在实质上相似的危害彰显出来。

英国殖民主义、天主教、民族主义、不知亡国之恨的民众，这四者本来矛盾重重，一个人绝对不可能既是殖民主义者的帮凶，又是备受爱尔兰民众敬仰和支持的天主教神父，还是反对英国殖民主义者的民族主义者，又是不管民族兴亡的亡国奴。乔伊斯之所以让穆利根在这四者之间不断变形，就是要突出这样一个事实：英国殖民者的剥削与压迫、天主教的狭隘与僵化、民族主义者的暴力与偏狭、不知亡国之恨的民众的麻木与冷漠虽然形式上毫无共同之处，但他们在本质上都是爱尔兰国内祸国殃民的罪犯，所起的作用和遵循的逻辑是相同的。穆利根在现实层面无非是一个借助马铁洛塔中与海恩斯一起向斯蒂芬蹭吃蹭喝的朋友，但在寓言层面则是殖民主义、天主教、民族主义、寻欢作乐的亡国奴心态互为勾连、互为朋比、变形转化的生动写照。

在《尤利西斯》中，所有的人物在第十五章中都经历了变形。这种变形实际上是人物受压抑的欲望的外化。以布卢姆为例，他一会儿是与玛莎偷情的负心汉，一会儿是备受老鸨（变为男王八）欺压的妓女，一会儿又是雄心勃勃、试图兼济天下的政治家，一会儿是一心要把老婆送给主人博伊兰、并以偷窥妻子与主人偷情为乐的仆人。其地位一会儿在天上，一会儿在地下；其性别一会儿是男，一会儿是女，一会儿又非男非女；其精神世界一会儿高尚，一会儿卑俗。布卢姆的这些变形既不是作者故意恶搞的游戏，更不是布卢姆荒诞不经的写照，而是乔伊斯要通过布卢姆的变形传达这样的寓意：与玛莎的偷情是布卢姆渴望恢复青春、渴望恢复性活力的曲折表达；变形为受老鸨兼男王八欺压的妓女乃是布卢姆作为犹太人时受欺凌的历史记忆的曲折表达；变形为试图大展宏图的政治家乃是布卢姆身为受压迫者一直试图消弭民族、种族、阶级、宗教等差异，消弭压迫、剥削的夙愿的曲折体现；变形为偷窥妻子通奸的仆人则是布卢姆一方面渴望恢复性能力，另一方面又对博伊兰强大性能力的嫉妒与仇恨的复杂矛盾心态的外化。布卢姆的变形使得他这个人物的形象更加立体化，更加丰满。

第二节 作为爱尔兰文化传统、现状和未来寓言的人物群

《尤利西斯》是一部奇书，奇就奇在它可以有千百样的诠释，正如作者所说，它"足以让教授们忙上几百年的了"。而这本书的奇中之奇却是一位没有多少文化的女性——莫莉·布卢姆。《尤利西斯》中以莫莉为主的章节只有一章，即小说的最后一章。这一章共有四十多页，整个章节仅由 8 个长句子构成，共同组成了世界上最为奇特的女性意识流。恰是这位作者着墨不多的女性却引起了诸多乔学家的争议。早期的读者和一些批评家认为莫莉只不过是一个粗俗性感的荡妇，[1]而以斯图亚特·吉尔伯特为代表的批评家却认为莫莉是大地母亲的象征，她性感，快乐，靠感官认识世界，是一个反理性的女性形象，包含了乔伊斯对女性的全部认识。但普通读者往往会对文学批评家的这些结论产生怀疑——乔伊斯创造了成熟的"每个男人"的代表布卢姆和青年艺术家斯蒂芬，并以他二人的精神结合来寄托作者对人类精神融合的希望，但为什么作者把书中唯一一位重要女性塑造成一个荡妇形象？为什么这个"荡妇"对布卢姆形成如此强的吸引力？这个"荡妇"的意义何在？如果说她是纯女性的代表，那么乔伊斯对女性的

---

[1] Matthew Hodgart. *James Joyce: A Student's Guide*. London, Henley & Boston: Routledge & Kegan, 1978, p. 128.

看法是否太过于偏颇？如果说她是大地母亲的象征，那么她代表的生命力、生殖力和包容性是对何而言？意义何在？

笔者认为，乔伊斯是要通过塑造莫莉这一人物形象暗示超越民族文化和殖民文化、建立一种永恒的世界文化的可能及途径。最近几年来，西方的许多文学批评家，如：文森特·陈和艾默尔·诺兰等，均一直致力于乔伊斯作品中的殖民文化的研究，并取得了令人瞩目的成果。他们认为，从文化的角度来说，世俗而精明的犹太人布卢姆是一种被置于边缘地位的文化的化身，是游离于犹太民族文化和爱尔兰本土文化边缘的边缘文化的化身；而斯蒂芬乃是自我流放、上下求索的青年艺术家的代表，也是游离于英国殖民文化和爱尔兰民族主义文化之外的边缘文化的化身。因此，笔者认为既然两个男主角都带有文化象征意义，那么莫莉作为小说中唯一的女主角，作为"布卢姆通向永恒的护照的汇签"[1]，也就没有任何道理不带有文化内涵和象征意义。这个观点或许出乎一些读者的意料，但是如果从乔伊斯特有的文化观、《尤利西斯》的文化主题和其他两个主要人物的文化象征意义细加分析，这个观点不仅顺理成章，而且也有助于解释莫莉这个人物身上诸多看似相互矛盾的特点。

一、马铁洛塔：爱尔兰文化的两难处境

《尤利西斯》作为现代主义的代表作品，具有浓重的寓言性。在《尤利西斯》中，看似琐碎的种种事件"都不能仅仅从字面上理解，而需要从更深的层面理解"[2]。透过《尤利西斯》叙述过程中文本与内涵形成的复杂的象征关系，不难发现一个有助于界定莫莉象征意义的具有殖民地文化色彩的爱尔兰文化背景。

《尤利西斯》的第一章即是爱尔兰当时民族文化形态的缩影。实际上，小小的马铁洛塔就是处在英国殖民者重压下的爱尔兰现实境况的一面镜子，带有浓重的殖民地印记。[3] 马铁洛塔中人物的寓言意义因《尤利西斯》中潜在的《奥德赛》神话结构变得更加厚重。斯蒂芬在小说的《奥德赛》神话框架中对应的是被其母亲的追求者剥夺了继承权的忒勒马科斯（Telemachus），在其本应继承的国土上既找不到代表保护和根的父亲，也失去了对自己国

---

1 Richard Ellmann ed. *Selected Joyce Letters*. New York: The Viking Press, 1975, p. 285.
2 徐曙玉等：《20 世纪西方现代主义文学》，天津：百花文艺出版社，2001 年，第 253 页。
3 James Joyce. *Ulysses: Annotated Students Edition*. London: Penguin Books, 1992, p. 942.

土的掌控权，无奈地在掠夺者（即其母的求爱者）的嘲弄下暗中寻求出路；海恩斯和穆利根在神话框架中对应的是那些求爱者，[1]他们鸠占鹊巢，控制着奥德修斯（Odysseus）的王权，挥霍着奥德修斯的财产，还千方百计地企图霸占奥德修斯的妻子。斯蒂芬的境况与忒勒马科斯的处境如出一辙。塔楼的主人应当是斯蒂芬，因为是他付的房租。但是作为"天主教化身的穆利根和英国人的代表海恩斯"[2]处处欺辱斯蒂芬，似乎是这座塔楼的主人。他们住着斯蒂芬花钱租来的塔楼，处处以塔楼主人自居，而且还要求掌管塔楼的钥匙。在西方文化中，钥匙（key）代表着拥有权、控制权，他们要求掌握塔楼的钥匙实际上是要求彻底掌握斯蒂芬租来的塔楼。斯蒂芬虽然比起他的同胞穆利根和英国人海恩斯要贫穷得多，但他不仅要缴纳所有的房租，而且还要为他们支付"海喝一顿"的费用。斯蒂芬在塔楼的处境与当时爱尔兰的境况十分相似。爱尔兰人不仅要在经济上受英国人的剥削，而且还要感恩戴德地"请"英国人来"管理"自己，来"改良"自己的文化，并且还要为来到爱尔兰管理他们的英国老爷们支付管理费。

如前所述，英国不仅在经济和政治上控制爱尔兰，而且在文化上压迫爱尔兰人民。海恩斯是英国殖民主义者的代表，他来爱尔兰的目的和他父亲去英国的其他殖民地一样，都是去掠夺和压迫。他父亲去非洲殖民地是去掠夺殖民地人民的财富，海恩斯去爱尔兰是去倒卖英国文化，或者说是去贬低爱尔兰文化。[3]他明为去爱尔兰搜集爱尔兰文化遗产，实际上是将爱尔兰文化强行放入他的文化框架之内。而作为爱尔兰人的穆利根这个人物一出场就带有多种劣性色彩，他表面上宣称要拯救爱尔兰文化，要把爱尔兰希腊化，实际上是在走英国殖民文化的老路。[4]另外，他不仅是海恩斯的通风报信者（报告斯蒂芬的情况），还是他的帮凶（与他一道分享斯蒂芬租来的住处）。不难看出，穆利根这一人物身上带有乔伊斯所痛恨的四种爱尔兰人的特点——宗教人士的偏执和虚伪、爱国人士的狭隘和偏激、卖国贼的奴颜婢膝以及普通民众的寻欢作乐。

1　Stuart Gilbert. *James Joyce's Ulysses: A Study*. London: Penguin Books, 1963, p. 97, 103.
2　James Joyce. *Ulysses: Annotated Students Edition*. London: Penguin Books, 1992, p. 942.
3　Vincent J. Chen. *Joyce, Race and Empire*. Cambridge: Cambridge University Press, 1995, p. 53.
4　James Joyce. *Ulysses: Annotated Students Edition*. London: Penguin Books, 1992, p. 942.

二、斯蒂芬和布卢姆：爱尔兰文化困境与文化传统

在上述形势下，爱尔兰文化被挤入边缘，成了另类。斯蒂芬与布卢姆形象地反映了被边缘化了的爱尔兰人的文化心态。

斯蒂芬是怀有理想和激情、对人生和艺术抱着美好憧憬的爱尔兰文化青年的代表。[1] 他渴望成为爱尔兰的民族诗人，用自己"千百次的现实经历"在心灵的"锻造间""锻造出我种族从未有过的良知"[2]。他对处于英国殖民者和罗马天主教的双重重压下的爱尔兰的现实极其不满，也对代表着宗教压迫的终日酗酒放荡的父亲深感厌恶，[3] 同时还对爱尔兰狭隘的爱国主义敬而远之。[4] 为了追求理想，他自我放逐，远渡巴黎；为了坚持自己的信仰，他坚决拒绝满足把自己"出卖给了天主教的上帝"[5] 的母亲的临终愿望；为了挣脱世俗的和英国殖民者及其走狗的控制，他放弃了借以维生的教师工作，踯躅街头，佯狂买醉。斯蒂芬清楚地认识到，他是"奴仆的奴仆"（《尤》39）：他既充当英国人海恩斯和天主教的奴仆，又充当英国人的奴仆穆利根的奴仆。他所代表的爱尔兰文化既要受英国殖民文化的冲击和侵略，又要受故步自封、传统保守的罗马天主教的钳制，还要受狭隘盲目的民族主义文化的误解和打击。在这种尴尬境况下，作为一个有创新意识的艺术家，斯蒂芬（也是乔伊斯本人）十分清楚自己的任务和无奈。他的任务不是盲目地排外，也不是盲目地崇外，而是择有用者而用之，不管是爱尔兰的文化还是英国的文化，只要是优秀的文化就是可吸收的。斯蒂芬将吸收不同民族的文化比作是商人做生意："问题是要弄到钱。从谁身上弄？从送牛奶的老太婆或是从他那里？我看他们两个，碰上谁算谁。"（《尤》45）显然，这儿的"赚钱"象征着吸收文化的精华，老妇人是爱尔兰传统民族文化的化身，而海恩斯是英国殖民文化的化身，其结果是，如果将二者对立起来，无论从英国文化还是从爱尔兰文化那儿，一个真正的艺术家可以受益的"希望都微乎其微"。可以说，斯蒂芬是处在英国殖民主义、天主教和狭隘的民族主义三重压迫下的为了理想而上下求索的爱尔兰有志文化青年的代表，是被上述三种权威挤入文化边缘但真正代表爱尔兰民族文化

1　袁德成：《詹姆斯·乔伊斯：现代尤利西斯》，成都：四川人民出版社，1999年，第247页。
2　Stuart Gilbert. *James Joyce's* Ulysses: *A Study*. London: Penguin Books, 1963, p. 97.
3　徐曙玉等：《20世纪西方现代主义文学》，天津：百花文艺出版社，2001年，第252页。
4　Stuart Gilbert. *James Joyce's* Ulysses: *A Study*. London: Penguin Books, 1963, p. 101.
5　徐曙玉等：《20世纪西方现代主义文学》，天津：百花文艺出版社，2001年，第252页。

出路的有志之士，是较为理想主义的、尚未成熟的、为爱尔兰民族文化上下求索阶段的乔伊斯。[1] 与斯蒂芬不同，布卢姆深受异族压迫，但仍能对自己的民族文化抱有热爱之心，同时又能接纳异族文化，是带有容纳色彩的民族边缘文化的代表。作为犹太人，他在爱尔兰处处受到歧视和排挤，甚至被人当面侮辱，但他对自己的犹太身份从未感到过一丝的轻视和耻辱。在种族歧视的重压下，他身上尽管不乏凡人的卑琐特点，但仍不时放射出人性善良的光辉，在不到一天的时间里做了不少好事，而且更难能可贵的是，他尽管在爱尔兰备受爱尔兰当地人的欺侮、仍坚持认为自己就是爱尔兰人中的一员，并作为爱尔兰人的一员为爱尔兰民族的独立事业尽过不少力。他始终生活在无奈的求索之中，既不愿放弃自己的犹太身份和文化，又不愿与经常欺辱自己的爱尔兰人为敌，而是把自己看作一个犹太裔的爱尔兰人。他的身上带有正努力与异族文化相融合的民族文化印记。他代表着世俗的、圆滑的、正在走向世界文化的乔伊斯。乔伊斯抛弃了宗教偏见，把信仰天主教的爱尔兰人与信仰犹太教的犹太人布卢姆相提并论，这本身就足以证明乔伊斯对狭隘的民族观和宗教观的极大蔑视。

既然布卢姆和斯蒂芬所代表的殖民地和被压迫民族的民族文化均处于进退两难的境地，既不能靠背叛本民族文化、以外来殖民文化来取得发展，又不能靠故步自封、沉浸在虚幻的复兴民族文化的梦想中借以自慰，那么摆在民族文化面前的道路似乎只有一条，那就是既要吸收优秀的本民族文化，又要吸纳异族文化的精华，走向世界文化的大同之路。而民族文化的这种最终归宿也应顺理成章地落到在象征意义上作为布卢姆走向永恒的护照汇签和斯蒂芬的精神母亲的莫莉身上。[2]

三、莫莉：文化包容和文化杂糅

莫莉是小说中圣父—圣母—圣子或父亲—母亲—儿子三角关系中的重要一环。寻找精神家园的布卢姆将莫莉作为家的主要意象，作为"布卢姆精神上的儿子"[3]的斯蒂芬又被莫莉在潜意识中看作了儿子，[4]那么依照逻辑推断，莫莉的象征意义便是他们两人最终的精神归宿，即他们两个一直在

---

[1] 徐曙玉等：《20世纪西方现代主义文学》，天津：百花文艺出版社，2001年，第249页。
[2] 徐曙玉等：《20世纪西方现代主义文学》，天津：百花文艺出版社，2001年，第252页。
[3] Stuart Gilbert. *James Joyce's Ulysses: A Study*. London: Penguin Books, 1963, p. 103.
[4] 徐曙玉等：《20世纪西方现代主义文学》，天津：百花文艺出版社，2001年，第252页。

徘徊和探索中向往的以杂交和容纳为特点的世界文化。

乔伊斯在写作《尤利西斯》最后一章，也就是以莫莉为主角的唯一一章时打了一个草稿，草稿上写着"MB = Spinning Earth, yes, yes, yes, yes, yes"。显然 MB 是英文 Molly Bloom 的缩写形式，指的是莫莉·布卢姆，作者旨在将她创造成在全书中具有旋转的地球作用的人物，要传达的是一种肯定性的信息："莫莉是地球，是大地母亲，是决定在'伊大加'那章中被比作彗星的布卢姆和斯蒂芬的轨迹的固着点。"[1] 既然作为彗星的布卢姆和斯蒂芬都分别带有浓厚的文化信息，那么代表他们二人的文化追求与出路、身兼"荡妇和大地母亲"双重色彩的莫莉传达的是什么文化信息呢？

"荡妇"必然具有"包容"不同男性的特点，具有"乱交"的特性，"大地母亲"意味着"承载万物、容纳百川"的特点，这些特点恰好与乔伊斯强调的世界文化的"包容性"和杂交趋势相吻合，因此我们可以看出作者创造这个人物的目的是要强调世界性文化应当走各种文化相互融合之路；民族文化要想发展就必须吸取异族文化的精华。

在莫莉长达四十多页的内心独白中，在她意识中所出现的与她发生过关系的主要男性共有四位——布卢姆、博伊兰、马尔维和加德纳。

首先，莫莉的初恋情人是马尔维，一个英国海军军官。莫莉对他的印象是非常美好的，因为在莫莉的内心独白中，莫莉一直把他与她的热吻和布卢姆向她求婚的情景混淆在一起。莫莉对年轻时期的布卢姆印象非常美好，认为他是理想的恋人，因而对与她处于热恋中的布卢姆的印象非常温馨。由此可见，她对马尔维的印象是温馨的、美好的。而莫莉的另一个英国军官恋人加德纳则是一个好战的、具有殖民思想的英国青年。"他是如此地道的英国人"，如此热衷于殖民战争，当布尔战争打响时，他十分渴望参加战斗。莫莉尽管与他发生过关系，但对他的好战和侵略性却比较反感。

博伊兰是莫莉现在的情人，是布卢姆的强劲对手。博伊兰可以说是侵略者和背叛者的化身。博伊兰本人在性方面十分富于侵略性，他发达无比的性器官以及他性生活方面的粗野均是侵略性的寓言；他鸠占鹊巢，明知道布卢姆对他与莫莉私通之事可能心知肚明，还要在布卢姆面前耀武扬威，并且毫无顾忌地与莫莉幽会。可见博伊兰身上的攻击性色彩非常浓厚。另外，博伊兰除了与莫莉私通外，还想勾搭所有他能见到的稍有姿色的女性。莫

1　A. Walton Litz. *The Art of James Joyce*. London: Oxford University Press, 1961, p. 46.

莉对他粗俗的举止和无情无义的本性十分清楚，骂他是"一头彻头彻尾的畜生"，这可以说是对他再恰当不过的评价了。如果把博伊兰的特点与英国在当时历史条件下的所作所为稍加比较的话，便会发现二者竟是惊人地相似。博伊兰可以说是性强盗的化身，十分富于攻击性和侵略性，而英国在当时是世界头号强国，四处侵略抢占殖民地；博伊兰鸠占鹊巢，不以为耻反而四处招摇，其气焰远远高过莫莉的丈夫布卢姆；而英国侵占了爱尔兰，反以施恩者的面目出现，处处试图使爱尔兰人对其感恩戴德。可见二者在本质上是十分相似的。

作为莫莉丈夫的布卢姆却是与博伊兰相反的人物。他有很明显的阴柔的一面。他天性纯良（尽管有许多人性的弱点），柔顺而不乏韧性。他尽管收入低微，却慷慨解囊，捐助处于困境的迪格纳姆一家；尽管对莫莉与博伊兰私通一事心知肚明，却对莫莉关爱有加，并对博伊兰的嚣张气焰抱着息事宁人的态度；在异国他乡虽因种族和宗族信仰而备受轻视和欺辱，却总能通过圆滑的为人、巧妙的周旋和忍耐到极致后的抗争在轻视和欺辱中生存下来；他尽管暂时失去了性功能，但他却仍拥有男性最基本的条件——大度和非凡的繁殖力。其繁殖力可以从莫莉所暗示的他的精液比博伊兰的多得多的事实得到象征性的印证。[1]尽管博伊兰暗度陈仓，与莫莉私通，但布卢姆在莫莉心中的位置是无人可以取代的，而博伊兰只不过是莫莉的玩偶，只不过是布卢姆的替代品而已。[2]如果把布卢姆与在当时历史条件下的爱尔兰加以比较，便会发现二者也是惊人地相似。布卢姆天性柔弱，具有女性阴柔的一面，备受欺凌，但能忍辱偷生，并保持人性最珍贵的特点——善良和人类最基本的延续条件——强大的繁殖力；爱尔兰虽沦为英国的殖民地，备受英国的剥削和压迫，但爱尔兰人民或通过忍辱含垢，或通过不同形式的反抗，顽强地生存了下来。

莫莉对待以上几位男性的态度与乔伊斯的文化观，尤其是关于英国文化和爱尔兰文化的关系的看法惊人地相似。可以说，莫莉对马尔维的温馨记忆和对加德纳的复杂情感乃是乔伊斯对灿烂的英国古典文化和英国与爱尔兰两国关系复杂历史的记忆，莫莉对博伊兰的感觉乃是乔伊斯对入侵爱尔兰文化的英国殖民文化的感觉，莫莉对待布卢姆的态度也就是乔伊斯对

---

[1] James Joyce. *Ulysses: Annotated Students Edition*. London: Penguin Books, 1992, p. 1187.
[2] Ibid.

待祖国爱尔兰文化的态度,莫莉对斯蒂芬的希望也就是乔伊斯对爱尔兰文化未来的希望,莫莉对几个不同男性的容纳也就是乔伊斯对世界性杂糅文化的一种设想。

莫莉对博伊兰的态度正反映了乔伊斯对待英国文化的态度。正如前文所述,莫莉对博伊兰的粗鄙无礼和蛮横十分反感,认为他只不过是头畜生,但她对他的强壮十分倾心,[1] 在潜意识层面把他作为性无能的布卢姆的替代品,不断地与他幽会。这与乔伊斯既不能苟同于爱尔兰国内的爱国主义者也不能全盘接受英国文化的态度十分相近。乔伊斯之所以宣称如果爱尔兰爱国主义者不要求放弃英语的话,他或许会成为一个爱国主义者,我认为他是想暗示两点:首先,乔伊斯从根本上是肯定爱尔兰文化的。如果从广义上而言,乔伊斯是热爱爱尔兰民族文化的。其次,乔伊斯认为异族文化是民族文化的有益补充。具体而言,他认为英国文化,比如英语,是发展爱尔兰民族文化所必须吸纳的东西。"爱尔兰文化是一个大杂烩",根本没有什么纯洁性可言。[2] 要想使爱尔兰文化走向发展之路,即走向世界文化的大舞台,爱尔兰人就必须像莫莉接纳博伊兰一样接纳英国文化。当然,这种接纳是部分的,正如莫莉爱恋的依旧是布卢姆,只是把博伊兰当作她丈夫的替身一样。

当然,莫莉对待布卢姆的态度也是乔伊斯对待爱尔兰文化态度的反映。莫莉对布卢姆阴柔、性无力的一面有所不满,但对他仍怀有温馨的回忆和爱恋,最终决定再给布卢姆一次机会,用她的活力唤醒布卢姆沉睡多年的性活力。乔伊斯本人对待爱尔兰文化的态度可谓"怨其不力,怒其不争",从表面上看他似乎舍弃了爱尔兰文化,自我放逐远离祖国,投身到没有国界的世界现代文化洪流中,但他的创作无论从地点、场景、人物、事件还是主题上来说,无一不是紧紧围绕着都柏林。"如果都柏林毁于一旦,人们根据《尤利西斯》一夜之间就能恢复其原貌。"[3] 由此可见乔伊斯的爱尔兰情结。这与莫莉尽管与多人发生过性关系,但心中爱恋的只是布卢姆一人的事实是十分相似的。

奇伯特(Kiberd)指出,莫莉不仅与多个男性发生过性关系,而且总是

---

1 Stuart Gilbert. *James Joyce's* Ulysses*: A Study.* London: Penguin Books, 1963, p. 338.
2 James Joyce. *The Critical Writings of James Joyce.* Eds. Ellsworth Mason & Richard Ellmann. New York: The Viking Press, 1964, pp. 165-166.
3 詹姆斯·乔伊斯:《尤利西斯》(节译本),金隄译,天津:百花文艺出版社,1987年,第23页。

将与她发生过性关系的男性的人称代词混淆在一起，读者总是搞不清楚她在指谁。马尔维融入布卢姆的形象中，布卢姆的草帽又融入博伊兰的草帽中，都柏林的妓女头上的黑草帽又出现在莫莉的卧室里。"这一切都暗示定义一个人特性的因素是多么随意和站不住脚。"[1] 既然界定个人的因素是随意的和站不住脚的，界定个人的努力也是徒劳的，那么由于"每一个民族都具有一个自我，就像每一个个人一样"[2]，所以强行将各个民族文化割裂开来的企图也是徒劳可笑的。如果莫莉代表一种文化容纳，那么她混淆她的男友和丈夫的称谓也可谓乔伊斯对世界文化杂糅、杂交的必要性的一种暗示性的肯定。

总之，我们有充足的理由从文化的角度去分析莫莉这一人物形象，我们也有充足的理由认为我们的分析与著名的乔学权威斯图亚特·吉尔伯特的观点相一致：吉尔伯特的著作《詹姆斯·乔伊斯的〈尤利西斯〉：一种研究》是由乔伊斯本人亲自授权并审定的关于《尤利西斯》的批评研究。在这部著作中，吉尔伯特指出，莫莉乃是地母盖娅的象征。从文化的角度去分析，她自然是文化领域的盖娅，代表着一种广泛的文化杂糅和杂交，一种文化上的广泛接纳和容纳，也是一切未来有生命力的世界性文化的象征。具体到爱尔兰和英国文化，不难看出乔伊斯通过莫莉要传达出的信息是：爱尔兰文化是有生命力的，有许多长处的，但它正如布卢姆一样，处于劣势，暂时失去了生命创造力；爱尔兰的文化界必须给它找一个替代品，以弥补它的不足。爱尔兰人既要吸收本民族没有反感的异族文化，也应批判性地吸收侵略它多年的英国文化，就如莫莉接纳博伊兰一样；但在吸纳异族文化的同时，一定不要舍弃本民族文化，就如莫莉不会舍弃布卢姆一样。

第三节 作为爱尔兰不同侧面寓言的女性人物群

和其他现代主义作品一样，《尤利西斯》并不是依赖复杂的故事情节或命途多舛的英雄人物取胜，而只是通过两个男主人公——布卢姆和斯蒂芬在一天之内的日常琐事来展现现代人对现代社会的所感、所思、所想而取胜。

以往对《尤利西斯》的研究，主要是以两个男主人公的所见所闻和所

---

[1] James Joyce. *Ulysses: Annotated Students Edition*. London: Penguin Books, 1992, p. 1183.
[2] James Joyce. *The Critical Writings of James Joyce*. Eds. Ellsworth Mason & Richard Ellmann. New York: The Viking Press, 1964, p. 154.

思所想为线索,来探讨这部作品的"现代性",其中既包括其思想内容的现代性,即现代人对各种现代问题的感觉和认识,也包括其艺术的现代性,即乔伊斯对创作手法的革新。但随着乔学研究的深入,西方的批评家们逐渐意识到,作为饱受异族压迫的爱尔兰知识分子,乔伊斯在他的代表作中关注的不仅仅是现代人类的普遍问题,而且也包括他对爱尔兰民族命运的深切关注。他对爱尔兰民族命运的关注不仅在小说的男主人公身上展示出来,而且也在小说的女性人物身上隐晦而不乏深刻地展现出来。因此,随着对乔伊斯民族关注研究的深入,以前往往被批评家们忽略或怀有偏见的女性人物形象引起了一些批评家的关注。

目前乔学界虽对乔伊斯的女性人物身上所传递的作者对民族命运的关注有所认识,但相关的研究仅局限于对某个女性人物的零星研究,并未将女性人物纳入系统研究的框架内。因此,笔者拟对《尤利西斯》中的主要女性人物进行系统的整体探讨,并借此揭示乔伊斯寄托在这些女性人物表象之下的对民族命运的关注。

多位同质在《尤利西斯》中是一个起着关键作用的概念,对解读《尤利西斯》隐藏在对生活琐碎细节的描述之下的寓言、隐喻和象征意义具有非常重要的作用。"多位同质"既是一个宗教概念,也是一个哲学概念,它既指圣父、圣子、圣灵三位一体的存在形式,又指一些事物之间具有相同本质但在形式上相互变化的存在形式。在乔伊斯笔下,多位同质的概念被大量运用到人物的寓言功能上,使得《尤利西斯》中的人物形成几个寓言意义上的组合,数个人物分别意寓某个事物或现象的不同侧面,而且一个人物又可以同时属于不同的寓言组合,就像上帝既是上帝一个存在,又可以分别有圣父、圣子、圣灵三个存在形式,而且圣父、圣子、圣灵又是上帝的同一个存在,可以相互幻化。《尤利西斯》中有数组人物均形成了意义链上的"多位同质体",如布卢姆、斯蒂芬和莫莉,他们实际上分别代表着爱尔兰民族历史、现状及文化杂交未来的"共在变体"(多位同质体);莎士比亚的父亲、莎士比亚及莎士比亚的儿子哈姆奈特共同组成了代表文学的传承、创新、舍弃的多位同质体。当然,《尤利西斯》的四位主要女性人物——斯蒂芬的母亲、卖牛奶的老妇人、格蒂和莫莉共同组成了代表饱受天主教、殖民主义和民族主义之苦的贫困现状和文化杂糅趋势的多位同质体。

一、斯蒂芬之母：饱受天主教之苦的爱尔兰

在《尤利西斯》的开篇，爱尔兰青年艺术家斯蒂芬的内心就不停地为他母亲的鬼魂所侵扰，对她既厌倦又惧怕："她去世之后，曾在梦中悄悄地来找过他，她那枯槁的身躯裹在宽松的褐色衣衾里，散发出蜡和黄檀的气味；当她带着微嗔一声不响地朝他俯下身来时，依稀闻到一股淡淡的湿灰气味。"（《尤》32）但是他的内心又时时怀恋母亲对他的关怀：她那由于替孩子掐虱子而被血染红的指甲，她从牙缝里省出寄给远在巴黎的儿子的生活费，而且，他比任何人都明白，在这个世界上，唯一真实的字眼就是"母爱"，母爱是"人生唯一靠得住的东西"（《尤》69）。斯蒂芬对母亲截然相反的两种态度令不少人产生困惑，热爱自己的母亲是人之常情，即使是斯蒂芬厌恶母亲信仰天主教，但也不至于在心中把死去的母亲幻化成呼着湿灰气味的女鬼，总感觉目前对他形成的永久威压："她两眼盯着我，想迫使我下跪。"（《尤》38）

乔学批评家温斯托克对斯蒂芬母亲的评价似乎可以为我们解决这一疑问提供一些线索，他在论文《失望之桥》中指出，梅·迪达勒斯（斯蒂芬的母亲）是一个"代表母性和天主教的人物"，即她不仅是一个个体的母亲，而是一个代表母爱和天主教毒害的人物，她身上有更宽广的象征或寓言意义。[1] 温斯托克的评价只是为我们诠释梅·迪达勒斯打开了一扇门，至于她身上更深刻的象征或寓言意义还需批评者进一步探讨。如果我们将梅放入《尤利西斯》这部书的整体框架内，就不难发现她代表一系列的东西：母爱（或更广意义上的祖国之爱）和宗教的毒害（或更广意义上的宗教毒害之下的爱尔兰）。

首先，梅是祖国之爱的代表。在《尤利西斯》第二章中，斯蒂芬运用寓言的手法说明了祖国之爱之于一个市民的意义。他认为，如果那个丑孩子萨金特没有了母亲的关爱，那"在这谁也不让谁的世间，他早就被脚踩得烂成一摊无骨的蜗牛浆了"（《尤》69）。恰恰是因为有了母爱，斯蒂芬才"免于被践踏在脚下"，但他母亲自己"却没怎么活就走了"（《尤》69）。在斯蒂芬心中，母爱无疑是人生唯一靠得住的东西，无论孩子多么丑，母亲总会把他"搂在怀里，疼在心上"，"她爱的是从她自己身上流进去

---

[1] Jeffrey A. Weinstock. "The Disappointed Bridge: Textual Hauntings in *Ulysses*." *Ulysses*. Ed. R. Emig. New York: Palgrave Macmillan, 2004, pp. 61-80.

的他那虚弱稀薄的血液"(《尤》69)。正因为如此,斯蒂芬一直在思念母爱,就像那个哀伤的狐狸,"刨啊,刨啊",刨着母亲的爱,刨得双爪是血。

梅的母爱在《尤利西斯》中不仅仅是个人情感,而且是祖国之爱的寓言。用母亲来意寓祖国的做法并不是乔伊斯的专利,因为在殖民和后殖民话语中,女性往往是国家的寓言,"常常以母亲或妻子的身份出现"[1]。在《尤利西斯》中,梅就是爱尔兰的寓言,她对斯蒂芬的母爱就是爱尔兰在斯蒂芬心中崇高地位的化身。一个人的祖国如果丧失了主权,那么这个人就像失去母爱的孩子,在列强的倾轧之下,只能被踏在脚下做亡国奴;作为青年艺术家的斯蒂芬,在爱尔兰失去独立的情况下,只得沦为"两个主人的奴仆",这两个主人"一个英国人,一个意大利人"(《尤》50),即一个是英国帝国主义殖民者,一个是植根于意大利的罗马天主教;他的艺术也沦为"仆人的一面有裂纹的镜子"(《尤》33),失去反映现实的功能。作为亡国奴的艺术家乔伊斯(或斯蒂芬),也无时无刻不在怀恋祖国,在"刨啊,刨啊",希望刨回那被扼杀了主权的祖国的爱。

其次,梅饱受天主教之苦,这是饱受宗教之苦的爱尔兰的寓言。天主教僵化的教条毒害了梅的心灵,使她拒绝计划生育,生了十多个孩子,使贫困的家境雪上加霜;她至死不忘天主教,临死时的愿望竟是逼早已认清宗教虚伪性的儿子向天主教下跪。天主教对梅的影响是天主教钳制之下的爱尔兰的寓言,因为天主教禁止堕胎的教义致使爱尔兰人口出生率猛增,使殖民主义掠夺下的贫困的爱尔兰雪上加霜;天主教僵化的教义对爱尔兰民族文化形成威压,对爱尔兰人民心中的民族英雄落井下石,变成了压在爱尔兰民族文化身上的"主人",成了纠缠在爱尔兰艺术家心头的"呼着湿灰气味的女鬼"。与另一个压迫爱尔兰民族文化的"主人"——英国殖民主义者一道,将爱尔兰民族艺术家变成了"奴仆",将爱尔兰民族艺术变成了仆人破碎的镜子,失去了反映现实和唤醒民众的功能。

另外,斯蒂芬对母亲又爱又恨的心态也是爱尔兰艺术家斯蒂芬或乔伊斯对待爱尔兰态度的寓言。他们虽然对钳制着他们灵魂的作为爱尔兰本土宗教的天主教又惧又憎,决心像逃脱恶鬼一样逃离爱尔兰,但他们又深深知道,是祖国母亲给了他们艺术的立身之本,是祖国母亲养育了他们,祖

---

[1] Ania Loomba. *Colonialism/Postcolonialism*. London & New York: Routledge, 1998, p. 216.

国母亲之爱是人世间唯一靠得住的东西,使他们免于被异族像踩烂蜗牛一样踏在脚下。对祖国的爱是他们逃离祖国后唯一无法割舍的情愫,正如锡德尼·博尔特(Sydney Bolt)所指出的那样,"乔伊斯无法割舍爱尔兰,就像他无法割舍他的家人,他的自我流放给他提供了一种观察视角,使他思考出一种明知不可为而为之的参与爱尔兰事务的方法"[1]。

总之,梅的形象是饱受天主教之苦的爱尔兰的寓言,斯蒂芬对母亲复杂的心态就是乔伊斯对待爱尔兰复杂的心态。

二、卖牛奶的老妇人:贫穷和文化扭曲的爱尔兰

英国殖民者在入侵爱尔兰后实行殖民政策,将大量爱尔兰土地强行从爱尔兰农民手中剥夺过去,分配给那些宣誓效忠英国王室的英格兰和苏格兰移民,致使大批爱尔兰农民丧失生存的手段,沦为赤贫,也使爱尔兰大批中产阶级生活水平急剧下降,整个爱尔兰人民处于温饱不保的状态。同时,英国殖民者加紧文化殖民。为了证明其殖民的"合理性",殖民者动用所谓的"人类学"和"文化研究"等手段,从人种和文化的角度宣称爱尔兰人是"疯狂的爱尔兰人",是"野人",是"处于'白奴'和'类人猿'之间的一种混合物种"[2];英国殖民者入侵爱尔兰的目的是"启蒙"爱尔兰人,以使他们变得"文明化"。

爱尔兰人民这种在经济上的赤贫状态和在文化上备受扭曲的地位以寓言的形式反映在《尤利西斯》中的卖牛奶的老妇人身上。在写实层面上,卖牛奶的老妇人只是《尤利西斯》中一闪而过的小人物,在小说的第一章中到斯蒂芬居住的马铁洛塔卖给斯蒂芬等人牛奶,但在象征层面上,这位只在小说中出场一次的女性人物具有十分重要的功能。在斯蒂芬眼中,她是贫穷的爱尔兰的寓言。她衣衫褴褛,又老又穷。斯蒂芬在心中将她唤作"贫穷的老妪"和"最漂亮的牛",并把她想象成坐在毒菌菇上挤牛奶的老巫婆,当然,"那奶不是她的",她只具有"衰老干瘪的乳房"(《尤》42)。"贫穷的老妪"和"最漂亮的牛"本是爱尔兰古老的称呼,乔伊斯用这类称呼来指称卖牛奶的老妇人,这表明送牛奶的老妇人是爱尔兰的寓言无疑。爱尔兰就像这个老妇人一样,贫穷、干瘪,被压榨得只剩下"干瘪的乳房",

---

[1] Sydney Bolt. *A Preface to Joyce*. Beijing: Beijing University Press, 2005, p. 13.
[2] Lewis Perry Curtis Jr. *Apes and Angels: The Irishman in Victorian Caricature*. Washington: Smithsonian Institution Press, 1971, p. 97.

沦为"一个到处流浪、满脸皱纹的老太婆"(《尤》42),无力养育她的国民。她有两个压迫者,一个是"她的征服者",就是英国殖民势力,另一个是"她那快乐的叛徒"(《尤》42),即爱尔兰内部那些寻欢作乐、不关心国运的亡国奴。她深受其害,小心地"伺候着"他们,沦为"受他们二者玩弄的母王八",备受欺辱,自尊尽丧。

　　送牛奶的老妇人不仅是贫穷的爱尔兰的寓言,而且也是形象饱受歪曲的爱尔兰的寓言。在代表英国殖民者的海恩斯眼中,这个贫穷的爱尔兰老妇就是落后的爱尔兰人的化身,他们是一群身居荒蛮之地、愚昧地讲着古老的爱尔兰语的乡巴佬。他与这个老妇的对话颇具讽刺意味:

　　"你听得懂他在说什么吗?"斯蒂芬问她。
　　"先生,您讲的是法国话吗?"老妪对海恩斯说。
　　海恩斯又对她说了一段更长的话,把握十足地。
　　"爱尔兰语,"勃克·穆利根说。"你有盖尔族的气质吗?"
　　"我猜那一定是爱尔兰语,"她说,"就是那个腔调。您是从西边儿来的吗,先生?"
　　"我是个英国人,"海恩斯回答说。
　　"他是一位英国人,"勃克·穆利根说,"他认为在爱尔兰,我们应该讲爱尔兰语。"(《尤》43)

　　以上对话颇具讽刺意味地表现了英国殖民者歪曲爱尔兰形象,将爱尔兰想象成古老、落后、神秘的范式形象的做法。作为英国殖民文化工作者,海恩斯来爱尔兰的目的是进行所谓的爱尔兰民族文化采风活动,是将他认为的具有爱尔兰特质的名言、格言、警句等搜集起来。但他心中的爱尔兰文化并非真实的爱尔兰文化,而是被他放进了落后、神秘、古老范式后的爱尔兰文化。他认为代表爱尔兰的送牛奶的老妇人应该是典型的西部人,而且西部人一定贫穷、衣衫褴褛,应该讲一口古老的爱尔兰语,但事实是,送牛奶的老妇人既不来自西部,也根本不懂爱尔兰语,更具讽刺意味的是,老妇人把海恩斯对她讲的他认为十分标准的爱尔兰语当成了法语,在得到纠正后,她又误以为这个衣着光鲜的英国殖民者是西部爱尔兰人,可见西部爱尔兰人并不像海恩斯想象的那样落后、愚昧,而且有些人可能与所谓的英国绅士差别甚小。从这个意义上说,这个在《尤利西斯》中仅露一次面的老妇人无疑是饱受扭曲的爱尔兰形象的寓言。老妇人的遭遇也证明了被后世学者所发现的一个规律：英国殖民主义者"总是认为一切土著人都是'他者'，他们认为爱尔兰人就是低等种族的代表"[1]。当然，殖民主义者此种做法的目的就是"证明英国殖民者对殖民地的殖民、贸易、传教和军事活动都是正当的"[2]。

当然，老妇人的寓言功能远不止于此。她还是"来自神秘早晨的使者"，就像《奥德赛》里的雅典娜一样，来激发一个被欺压的年轻人去奋发，去找寻自己的父亲（对斯蒂芬而言，是找寻精神之父），夺回本应属于自己的东西。这个老妇人代表着饱受欺压的爱尔兰，她的贫穷和被殖民者强加的落后特质，即便她处于"伺候"的位置，也似乎能够"谴责"斯蒂芬的沉默与消沉，激励他奋起，去创造爱尔兰"民族从未被创造的良知"[3]。

三、格蒂：被过分美化的爱尔兰

在殖民主义者不遗余力地丑化爱尔兰人民和歪曲爱尔兰历史的同时，爱尔兰的民族主义者也在积极地从事一个具有共同逻辑的活动，那就是极尽夸张之能事地美化自我、丑化他者，具体而言，就是极力美化爱尔兰，尤其是爱尔兰文化与历史，极力证明爱尔兰的文化是多么优秀，爱尔兰的历史是多么辉煌。在《尤利西斯》所描写的1904年前后，爱尔兰的民族主义大行其道，许多爱国文人深受影响。W. B. 叶芝和格里高里夫人正投身于复兴爱尔兰民族文化的凯尔特复兴运动，新芬党（Sinn Fein）的领袖亚瑟·格里菲斯正通过报纸教育爱尔兰人民去"信仰仇恨的陈词滥调"[4]。

乔伊斯对民族主义历来不感兴趣，他认为民族主义者所鼓吹的"民族纯洁性的论调"是十分可笑的，因为他们所谓的民族纯洁性根本就不存在，[5]只不过是他们一厢情愿想象的结果。作为一个负责的艺术家，乔伊斯认为他应该把未经美化的民族文化展现给世界，就像把一个未经化妆，未经修饰的姑娘展示给世人一样，而民族主义者展示给世人的爱尔兰文化只不过

1　Charles Baker. *William Faulkner's Postcolonial South*. New York: Peter Lang Publishing Inc., 2000, p. 17.
2　Ania Loomba. *Colonialism /Postcolonialism*. London & New York: Routledge, 1998, p. 58.
3　James Joyce. *A Portrait of the Artist as a Young Man*. Hertfordshire: Wordsworth Editions Ltd., 1992, p. 196.
4　Richard Ellmann ed. *Letters of James Joyce, Vol. II*. New York: Viking Press, 1966, p. 187.
5　Vincent J. Chen. *Joyce, Race and Empire*. Cambridge: Cambridge University Press, 1995, p. 191.

是一位化了妆、掩盖了缺陷的姑娘。《尤利西斯》中的格蒂就是被爱尔兰民族主义者美化过的民族文化的生动寓言。

布卢姆眼中格蒂完美的美是一种虚幻的美，是布卢姆想象的产物，这是爱尔兰所谓民族文化的纯洁性很好的寓言。在布卢姆眼中，格蒂美若天仙，纯真得像天使，但实际上格蒂是一个跛子，虚荣、轻浮，喜欢打扮，满脑子都是浪漫的、不切实际的爱情幻想和性幻想，即使是看到布卢姆手淫也不像一般姑娘那般害臊，这与爱尔兰民族主义者过分美化的爱尔兰文化有许多相似之处。在民族主义者笔下，爱尔兰几乎是全世界文化的发源地，有些爱尔兰人甚至在设法证明莎士比亚是在爱尔兰出生的爱尔兰人，正如乔伊斯在《尤利西斯》"独眼巨人"那一章里通过戏仿手法所讽刺的那样，民族主义者的做法实质上是在试图把英国的威廉·莎士比亚篡改成爱尔兰的"帕特里克·莎士比亚"，把中国的孔子篡改成爱尔兰的"布莱恩·孔子"，伊斯兰教的先知穆罕默德、美国的本杰明·富兰克林、罗马的尤利乌斯·恺撒、意大利的米开朗琪罗、甚至《圣经》里的亚当与夏娃，在爱尔兰民族主义者心中都成了"爱尔兰部族的男女英雄"（《尤》541）。而在实际上，爱尔兰民族文化只不过像那个卖牛奶的老妇人，虽曾经美丽、年轻，但现在只不过是又老又丑的侍奉着英国殖民文化和天主教"两个主人"、顺从着寻欢作乐、不关心国运的作为"快乐的背叛者"的爱尔兰亡国奴的"母王八"，或是像格蒂一样的虽然美丽但有残缺的少女，它虽然曾经辉煌，产生了许多英雄，但如今在殖民文化的歪曲、天主教教义的钳制和民族主义者的篡改下已经面目全非，残缺不全；那些民族主义者挖掘整理出的所谓"民族文化"，只不过像格蒂一样虽然美丽但有过多装饰且掩盖了残疾。

格蒂身上的残疾随她的由静止到运动而暴露无遗，令布卢姆沮丧不已，这是民族主义者所谓的"纯洁的爱尔兰文化"幻想破灭的寓言。民族主义者在美化爱尔兰民族文化时的逻辑与殖民主义者丑化爱尔兰民族主义者如出一辙，总是建立在丑化他者、美化自我的基础之上，总是颠倒黑白，荒谬至极。在英国殖民主义者眼中，英国是文明的集大成者，是日不落帝国，他们的女王"受到万人的崇敬"（《尤》544），而在爱尔兰民族主义者眼中，英国只有"梅毒文明""音乐，美术，文学全都谈不上，简直没有值得一提的""他们的任何文明都是从咱们这儿偷去的"（《尤》572），他们的女王是一个长着黄板牙的丑婆子。殖民主义者与爱尔兰民族主义者共同逻辑的荒谬性就如同"独眼巨人"那章中人们对同一条狗的判断，一会儿它是长满疮疖和虱子的"该死的杂种狗"（《尤》543），一会儿它又变成了威武雄壮的著名的爱尔兰老赛特种红毛狼狗。

乔伊斯对爱尔兰民族主义者美化爱尔兰民族文化的做法和他对英国殖民主义者丑化爱尔兰民族文化的做法一样深恶痛绝。斯蒂芬认为他除了有殖民主义者和天主教两个压迫者外，还是一个侍奉着"奴仆的奴仆"（《尤》39）。这个需要他侍奉的奴仆就是爱尔兰民族主义者，因为他们需要斯蒂芬（也是乔伊斯）"给他们打杂"（《尤》50）。在《尤利西斯》第三章中，民族主义者凯文·伊根与斯蒂芬大谈"我们共同的事业"，试图把斯蒂芬"套进去，充当他的轭友"（《尤》95），变成一个民族主义者。而斯蒂芬，也就是乔伊斯，对此极为反感，他在《尤利西斯》"独眼巨人"那一章中把爱尔兰民族主义者的代表"市民"戏拟为《奥德赛》中的"独眼巨人"，讽刺他们好像只长一只眼，看到的全是片面的东西。乔伊斯曾不无揶揄意味地表示，如果爱尔兰民族主义者不坚持爱尔兰人应当讲爱尔兰语的主张，如果格里菲斯不一直用报纸试图"用充满种族仇恨的陈词滥调来教育爱尔兰人民的话"，他"或许会考虑当一个民族主义者"[1]。

四、莫莉：走向文化杂糅的爱尔兰

斯蒂芬的母亲梅、卖牛奶的老妇人和格蒂分别意寓着饱受天主教、英国殖民者和民族主义者压迫的爱尔兰，而《尤利西斯》中的女主角布卢姆之妻莫莉则是走向文化杂糅的爱尔兰的寓言。

这个看法似乎不能为普通读者所接受，因为在《尤利西斯》中，莫莉是一个放荡的、与多个男性私通的有夫之妇，而且早期的乔伊斯研究者，特别是休·肯纳（Hugh Kenner）、爱德温·斯坦恩伯格（Edwin Steinberg）和达西·奥布雷恩（Darcy O'Brien）等，都把莫莉看作荡妇。肯纳把莫莉称作"撒旦似的情妇"[2]，斯坦恩伯格认为莫莉是"我们社会正常女性"的反面典型，[3]而奥布雷恩则把莫莉指责为"三十先令买一个的婊子"[4]。但把莫莉看作荡妇形象的做法有更多的问题。首先，乔伊斯的本意并不是让莫

1　Richard Ellmann ed. *Letters of James Joyce, Vol. II*. New York: Viking Press, 1966, p. 187.
2　Hugh Kenner. *Dublin's Joyce*. New York: Columbia University Press, 1987, p. 262.
3　Bonnie Kime Scott. *Joyce and Feminism*. Bloomington: Indiana University Press, 1984, p. 159.
4　Ibid. p. 211.

莉在《尤利西斯》中仅仅充当一个荡妇,而是要使莫莉在《尤利西斯》最后一章的话语成为"布卢姆通向永恒的护照的必不可少的密码"[1]。布卢姆是爱尔兰青年艺术家斯蒂芬"精神上的父亲"[2],如果斯蒂芬要找到走出爱尔兰文化困境的路,他必须找到他的精神之父布卢姆;而布卢姆如果要通向永恒,成为斯蒂芬的精神之父,就必须回归莫莉身边,找到他通向永恒护照的密码。那么,这个以荡妇形象出现的掌握永恒的秘诀的女人肯定有其象征或寓言意义。

老一代的乔伊斯研究者中有相当一部分认同于乔伊斯对莫莉的设计,把莫莉看作"一个巨大的地球"[3],是地母盖娅,是布卢姆和斯蒂芬像彗星一样定期造访的家园。[4]但在什么意义上莫莉是布卢姆和斯蒂芬回归的家园,这个问题一直到后殖民主义批评兴起之后才逐渐有些眉目。迈克尔·斯坦聂尔(Michael Stanier)认为:作为当代的帕涅罗珮(佩内罗普,奥德赛之妻)的莫莉,她本人"乃至她房子的窗户——都被打造成了文化的工艺品"[5],而且这种文化解读的视角对于任何试图解读莫莉形象的批评都是"至关重要的"[6]。

斯坦聂尔的观点是完全有道理的,笔者在这个方面还要更进一步探讨,认为莫莉乃是爱尔兰民族文化与异族文化杂糅的寓言。其实,用性别、性别关系乃至家庭关系来意寓或象征民族文化与殖民文化之间的关系,是(后)殖民主义书写和殖民文学通用的一种手法,"从殖民时期开始一直到结束(而且到结束以后),女性的身体一直象征着被征服的国土"[7];而且女性"在实际上或象征意义上繁殖一个民族"[8];女性在其中一直起重要作用的家庭关系也被用来意寓民族关系,"民族的领导者或权力符号就起到了父母的作用,民族同胞们则成了兄弟姐妹"[9];"女性、性别关系,还有性行为的方式都用来象征文化本质和文化差别"[10]。因此,笔者完全有理由认为,

---

[1] Richard Ellmann ed. *Selected Joyce Letters*. New York: The Viking Press, 1975, p. 278.
[2] Stuart Gilbert. *James Joyce's* Ulysses. New York: Vintage, 1952, p. 103.
[3] Stuart Gilbert ed. *Letters of James Joyce, Vol. I*. New York: Viking Press, 1963, p. 180.
[4] Stuart Gilbert. *James Joyce's* Ulysses. New York: Vintage, 1952, p. 103, 382–383.
[5] Michael Stanier. "'Penelope' and 'Sirens' in *Ulysses*." *Ulysses*. Ed. R. Emig. New York: Palgrave Macmillan, 2004, p. 92.
[6] Ibid.
[7] Ania Loomba. *Colonialism/Postcolonialism*. London & New York: Routledge, 1998, p. 152.
[8] Ibid. p. 216.
[9] Ibid.
[10] Ibid. p. 218.

在《尤利西斯》这部"民族寓言"[1]中，作为两个主人公通向永恒的关键的女主人公莫莉，她意寓着要走向文化杂糅未来的爱尔兰文化，她与她丈夫、她与她的情人之间的关系则分别意寓着爱尔兰未来民族文化与爱尔兰传统文化之间、爱尔兰民族文化与异族文化之间的关系。

莫莉与多个情人私通的合理性意寓着爱尔兰民族文化与异族文化杂糅的合理性。布卢姆自从儿子夭折后一直性无能，已经十多年没有与莫莉过夫妻生活了。作为一个健康的中年妇女，莫莉自然有性需求，她选择在固守婚姻的前提下与情人私通也在情理之中，正如她自己在《尤利西斯》最后一章中所认为的那样，如果谁在不考虑布卢姆性无能的情况下就指责她的话，那这个人就毫无人性。同样道理，正如意寓着爱尔兰民族传统文化的布卢姆那样，爱尔兰传统文化已失去了活力，变成了性无能，如果单纯抱着传统的爱尔兰民族文化故步自封，爱尔兰民族文化将毫无发展前途。在第一章中，作为目光如炬的爱尔兰青年艺术家斯蒂芬以寓言的方式表达了对这个问题的看法，他认为如果单纯依靠爱尔兰传统文化或英国殖民文化，未来的爱尔兰民族文化将一无所获："问题是要弄到钱。从谁身上弄？从送牛奶的老太婆或是从他（海恩斯，笔者注）那里。我看他们两个，碰上谁算谁。"但是，"我看不出有什么指望"，"老太婆也罢，那家伙也罢"（《尤》45）。发展民族文化就如挣钱，不管是谁，有利可图就行，关键是单纯从贫穷的爱尔兰或是从唯利是图的殖民主义者那里，都没有什么油水可捞。因此，爱尔兰民族文化不得不抛弃只选其一（either ... or ...）的逻辑，走土洋结合（both ... and ...）的路子，在不放弃民族文化的前提下，与异族文化杂交。

莫莉对待布卢姆和她情人的态度意寓着爱尔兰未来民族文化和异族文化的关系。莫莉与多个情人私通，但布卢姆依旧是她心中真正的爱人，而且她从未产生过离开布卢姆的想法，而且在《尤利西斯》结尾处她下定决心唤起布卢姆的性活力；她的情人在她心中只不过是"布卢姆的替代品而已"[2]。这恰是爱尔兰民族文化未来的写照：它对民族文化传统应不弃不离，但也应当纳入异族文化的新鲜血液，但异族文化只能是民族文化的有益补充，决不能喧宾夺主，或鸠占鹊巢，代替民族文化。

---

1 Frederic Jameson. "Third World Literature in the Era of Multinational Capitalism." *Social Text*, 15.3 (1986), p. 68.

2 James Joyce. *Ulysses: Annotated Students Edition*. London: Penguin Books, 1992, p. 1187.

莫莉对待其情人一视同仁的态度意寓着在文化杂糅中对待异族文化应持的态度。乔伊斯对莫莉这一人物的设计是"顺从、不固守自我、放松、不对抗"[1]，而且莫莉这一人物的最显著特征也的确是"顺从，不对抗"。她最讨厌男性事事对抗的哲学，认为女性的不对抗特性是世界和平的有益条件，因为女性从不打打杀杀，从不嗜酒，从不赌博，"不论做啥都懂得到时候就该收场"。在选择情人方面，她也是本着不对抗、不固守自我的态度。她的情人中有黑人，也有白人；有老头，也有小伙子；有高官，也有平民；有富翁，也有一贫如洗者。作为一个女人，她的这种态度的确令人无法理解，但作为民族文化的寓言，这倒是意义非凡，它意寓着在文化杂糅中人们应持的态度：顺其自然，不固守自我，不对抗；也就是说，在文化杂糅过程中，人们应该把民族文化与诸种异族文化放在同一个平台上，尽量避免企图把某种文化视为"低级""劣等""怪异"等，而把另一种文化视为"高级""优等""典范"等，在处理民族文化关系时，既要兼顾各种文化间的平等关系，又要兼顾它们之间的差异，坚持多元文化并存的原则。[2]

总之，通过塑造一系列的女性形象来作为爱尔兰的寓言，乔伊斯在《尤利西斯》中不仅展现了爱尔兰（特别是爱尔兰民族文化）所面临的困境：英国殖民者的盘剥、文化扭曲和亡国奴的冷落、天主教的精神压制、民族主义者的过分美化，而且还表现了他对爱尔兰民族文化未来出路的展望——与异族文化的杂糅，并在寓言层面上预见了未来民族文化杂糅过程中可能出现的问题及解决这些问题的基本思路。

第四节 作为被妖魔化族群寓言的中国人

詹姆斯·乔伊斯的《尤利西斯》是一部现代主义的鸿篇巨制，它不仅反映了现代人孤独的、有隔膜的生活状态，而且还反映了乔伊斯对处于英国殖民文化压制下的爱尔兰民族文化两难处境的思考和最终走向文化协商、文化杂糅前景的展望，并展现了当时英国殖民文化和爱尔兰民族主义文化中共同存在的问题——将异族、异族文化作为"他者"加以神秘化、妖魔化，并借此界定自我和本族文化的肯定性、合理性。为了展示这种对异族文化

1　Richard Ellmann ed. *James Joyce*. New York: Oxford University Press, 1982, p. 721.
2　申富英：《民族、文化与性别》，北京：中国社会科学出版社，2007 年，第 177-184 页。

妖魔化、神秘化的普遍性，乔伊斯运用大量篇幅来书写英爱文化之外的文化被"他者化"的现象，并展示了殖民主义、民族主义将异族文化边缘化、神秘化、妖魔化的荒谬和危害。

《尤利西斯》对英爱文化之外的文化的书写主要集中在被异族文化认为是倍受歧视的犹太文化的遭遇上。除此之外，《尤利西斯》对其他民族文化也有所涉及，其中涉及较多的便是中国文化。尽管涉及中国文化和中国人形象的文字在《尤利西斯》中往往是只言片语，且分散在《尤利西斯》的各章节中，并且一直未引起乔学批评家们的注意，但如果我们将这些只言片语连接起来，作为一个整体来考虑，就会发现它们在《尤利西斯》中的地位相当重要。表现西方文明对中国形象的扭曲不仅可以表现西方殖民文化对"落后"民族文化的神秘化、边缘化、妖魔化所惯常使用的伎俩，而且还可通过普通人对这种扭曲的接受来展现殖民文化通过大众传媒对大众意识所产生的负面影响，同时还可以展示民族主义者对民族文化盲目纯洁化、神圣化的荒谬。

一、《尤利西斯》对中国形象的扭曲

（一）对中国人外貌的丑化

"没下巴的中国佬"是《尤利西斯》作为英国殖民文化帮凶的穆利根在谈及民族文化时冷不丁冒出的一句话。这句话原本是当时在西方盛极一时的反映所谓东方情调的轻喜剧《艺妓》中的一句台词，却冷不丁地出现在穆利根关于民族文化的长篇大论中，这足以反映"中国人下巴短"这一定式化思维已经成为西方帝国主义文化贬低中国形象的有效手段之一。这与西方人对中国人的"小眼睛、塌鼻梁"等相貌方面的负面想象如出一辙，是西方人从人种学的角度贬低"他族""他者"的司空见惯的做法，因为"将少数民族描述成具有像猩猩一样的长相是一个世界范围的趋势"[1]。英国殖民主义人类学家在他们绘制的人种谱系树上将黑人放在比大猩猩只高一点的位置上，[2] 英国殖民主义漫画家则将爱尔兰人丑化成大猩猩，[3] 他们将中国

---

1 Vincent N. Parrillo. *Strangers to These Shores: Race and Ethnic Relations in the United States*. New York: Pearson Education, 2003, p. 87.
2 Vincent J. Chen. *Joyce, Race and Empire*. Cambridge: Cambridge University Press, 1995, p. 28.
3 Vincent N. Parrillo. *Strangers to These Shores: Race and Ethnic Relations in the United States*. New York: Pearson Education, 2003, p. 87.

人丑化成下巴短、塌鼻梁就一点也不出人意料了。同时，西方人对中国人外貌的贬损也与他们对"中国愚昧落后状态"的想象如出一辙。

《尤利西斯》的女主人公莫莉认为，中国人早晨起来为一天做好准备，其主要活动首先是梳理他们的"猪尾巴"辫子。这里的"他们"包括男人和女人，这反映出在莫莉心中，中国人全都是梳着"猪尾巴"辫子的老古董。

中国人的"猪尾巴"辫子似乎成了中国人"落后"的标志。"他们奇特的衣服样式和辫子看起来十分不合时宜"[1]，这与西方人想象中的中国人"娘娘腔"、喝"老鼠汤"等一起构成了可证明中国人"落后""荒蛮"的"有力证据"[2]。实际上，我们知道中国人并非人人都是短下巴，1904年（也就是《尤利西斯》所描写的那一年），在中国即使是女人也并不都梳着"猪尾巴"辫子。当然，西方人对中国人的这种外貌上的想象是与他们对自我的"进化、开化、文明"等民族特点的定义相辅相成的，他们对自我的"进化、开化、文明"的定义是建立在对"他者"的"落后、原始、动物化"的定义的基础之上的，因为西方人眼中的"他者"总是他们的"自我"所不是的那一类人。[3]

（二）对中国饮食文化的扭曲

中国菜闻名世界，这是众所周知的事实。但在西方人眼中，他们对中国饮食的想象同样有许多负面的东西。例如《尤利西斯》中代表现代"每个人"的布卢姆在看到都柏林人大吃大喝的时候就联想到人们在饮食上有许多稀奇古怪的习惯，比如中国人喜欢吃腌了五十多年的鸭蛋，其颜色"先蓝后绿"，而且中国人"一桌席上三十道菜"等（《尤》309）。实际上，至少我们大多数中国人一辈子也没见过，甚至也没听说过腌了五十多年的鸭蛋，更别说吃过了。而且在20世纪初，中国人民正生活于水深火热之中，大多数人温饱都无法保证，更别说一顿饭吃三十多道菜。这实际上反映了布卢姆虽然是一个在大多数情况下能理解其他民族习俗、能质疑一般人对"他族"特点的负面想象的人，但他自己并不能完全避免对异族人的偏见，同时也可看出西方帝国主义文化对"他者"特征的宣传已达到深入人心的

---

[1] Vincent N. Parrillo. *Strangers to These Shores: Race and Ethnic Relations in the United States*. New York: Pearson Education, 2003, 294.
[2] Albert W. Palmer. *Orientals in American Life*. New York: Friendship Press, 1934, pp. 1-2.
[3] Vincent J. Chen. *Joyce, Race and Empire*. Cambridge: Cambridge University Press, 1995, p. 20.

程度。

另外,《尤利西斯》中作为代表身份的虚构性和不确定性的老水手墨菲对与他一同喝酒的人大谈一些可能是他胡编乱造的稀奇古怪的异族经历,其中就包括他与中国人所谓的"接触"。他说中国人喜欢用"老鼠汤"招待客人,而且味道非常好(《尤》973)。这实际上也是把中国人作为他者进行妖魔化的典型例子,因为这与墨菲之前讲述的所谓非洲落后部落的风俗如出一辙。在西方,关于中国人饮食的负面想象流传甚广。例如,美国人阿尔伯特·W.帕尔默在20世纪初观察到,西方人总是戴着有色眼镜观察、丑化中国的一切,认为"中国城看起来十分诡异""中国人以吃鲨鱼甚至老鼠而著名"[1]。中国的确有个别地区的人有吃老鼠肉的习惯,但并非所有中国人都喜欢吃老鼠肉。

这些对中国人饮食的负面想象绝不是单纯的对中国人饮食习惯的看法问题,因为"食物的喜好和食物的禁忌在本质上均是一种文化现象"[2],对一个民族饮食的贬低也是对一个民族文化的贬低。西方人将非洲及个别部落食人尸的现象大而化之,宣传非洲人是"食人族",同样是出于将非洲人动物化、野人化和妖魔化的目的。殖民者往往将"他族"成员中的个别现象(如个别中国人吃老鼠肉或吃腌了多年的鸭蛋)进行普遍化,将这种他们认为是负面特质的东西强加在"他族"所有个体身上,并不考虑这些个体之间的差别(如从未考虑大多数中国人都厌恶老鼠肉)。这就像将非洲人想象成食人族一样,进行这些负面想象的根本目的在于贬低殖民地、半殖民地人民的文化,抬高殖民文化,以便为他们去殖民地、半殖民地进行所谓的"管理、教化"活动寻找借口。

(三)对中国"古老""神秘""奇异"等特质的想象

殖民者对"他者"特质的想象往往是"顺从""混乱""愚昧""无开拓精神""懦弱""粗俗""无礼""原始""野蛮""不开化"和"迷信"[3]。在涉及"他者"的特质时,尽管殖民者认为被殖民者在本质上是"愚昧、落后、野蛮"的,但在他们的殖民话语中最常出现的字眼却是"神秘""奇

---

1 Albert W. Palmer. *Orientals in American Life*. New York: Friendship Press, 1934, pp. 1-2.
2 Dirk van der Elst. *Culture as Given, Culture as Choice*. Illinois: Waveland Press, 1999, p. 38.
3 Vincent J. Chen. *Joyce, Race and Empire*. Cambridge: Cambridge University Press, 1995, pp. 20-21.

异"。在这种话语中,"神秘"似乎可以和"不开化"画等号,"奇异"可以和"怪异"甚至"邪恶"画等号。墨菲在谈到自己与所谓的"中国人"的接触时还说,他见到有的中国人有一种像油灰的药丸,"往水里一放,就绽开了,个个都不一样,一个变成船,另一个变成房子,还有一朵花儿"(《尤》973)。这种小药丸是什么,连我们中国人都从未在现实中见过,墨菲的杜撰正好印证了帝国主义文化对中国的所谓"神秘""古老""奇异"等特点的夸大宣传在西方民间的深远影响。

根据中医中药的奇特原料或形态来对中国进行负面想象的做法在西方也屡见不鲜,例如西方人认为中国人怪异的表现之一就是"用癞蛤蟆和蜘蛛制药"[1]。的确,中医认为蟾蜍和蜘蛛均可入药,但这并不能证明中国人是怪异、怪诞的。同样道理,对中国形象的这种负面想象并不是单纯出于对中药的好奇和一知半解,而是西方人先入为主的对中国文化的偏见在作怪,因为对"什么可以入口,什么不可以入口"的问题是一种文化问题。由于文化的影响,一种东西在一个民族眼中可以是美食,在另一个民族眼中或许是禁忌之物。[2] 刻意强调一个民族对某种禁忌之物的摄取,也是主流文化对从属文化的一种常见的妖魔化手段。

布卢姆对中国坟地的印象同样也可印证殖民者的殖民主义宣传对大众心理的影响。布卢姆的街坊麦斯帝亚斯基曾告诉布卢姆,中国的坟地上种着巨大的罂粟,在那里能够采到优质的鸦片(《尤》197)。中国人在坟地有种松树的,有种柏树的,但从未听说过有种罂粟的,更未听说过有人从坟地上采鸦片。为什么西方人将他们的坟地插上十字架,期望死者的灵魂得升天堂,而将中国人的坟地想象成种满了罂粟呢?这恐怕需要我们从殖民者的深层意识形态上寻求答案了。的确,在19世纪末20世纪初,中国人饱受鸦片之苦,但这要归罪于英国殖民者向中国倾销大量鸦片的所谓"贸易"行为。但殖民者却把个别中国人吸食鸦片的现象想象成他们想要的"他者"的实质,把它解释成中国人"喜好吸毒"的例证。实际上,关于中国人是"大烟鬼"的定式化形象在西方深入人心,甚至在1943年10月的美国"国会记录"中竟有这样的官方记录:"中国人是一群吸毒成性的'大

---

1 Albert W. Palmer. *Orientals in American Life*. New York: Friendship Press, 1934, pp. 1-2.
2 Dirk van der Elst. *Culture as Given, Culture as Choice*. Illinois: Waveland Press, 1999, p. 38

烟鬼',他们一天中大部分时间都在吸食毒品。"[1] 作为这种官方负面想象的衍生物,像布卢姆的邻居这样的普通人将中国的坟地想象成种满罂粟的地方也就不足为奇了。这种现象将对富有神秘、阴霾之气的罂粟花的想象与中国所谓的古老、神秘特质联系起来,在潜意识层面把对中国大烟鬼的厌恶借助于罂粟与死亡(坟墓)的联系宣泄出来,极大地强化了中国神秘特质的阴霾之气。

(四)对中国人"异教徒"特质的想象

宗教历来是殖民者与土著文化的必争之地,因为"宗教和种族性(ethnicity)总是紧密交织在一起""宗教同样可以引发族内和族外的定式化思维"[2]。西方殖民者不仅从一些世俗生活领域对"他者"的特征进行负面想象、证明和宣传,而且将基督教作为正统宗教,将殖民地、半殖民地等不信基督教的异族人定性为异教徒,对他们的信仰大加贬低,以证明自己对异族的文化和宗教殖民的合理性。布卢姆对天主教与中国人之间关系的看法既反映了殖民文化对中国人作为"他者"形象的歪曲的影响力,也反映出他作为"他者"(即犹太人)所具有的"用别人看你的眼光去看别人"的较为开明的民族观和宗教观。他看到康米神父要进行布道的告示就想道:新教也好,天主教也罢,总是认为只有自己的宗教才是唯一正统的宗教,并为此斗得头破血流。他认为,西方神职人员"要拯救中国的芸芸众生。不知道他们怎样向中国异教徒宣讲。宁肯要一两鸦片。天朝的子民。对他们而言,这一切是十足的异端邪说。他们的神是如来佛,手托腮帮,安详地侧卧在博物馆里。香烟缭绕。不同于头戴荆冠、钉在十字架上的。'瞧!这个人!'"(《尤》154)首先,西方人"要拯救中国的芸芸众生"的行为,深刻地反映了殖民主义文化侵略政策的运作方式:殖民者通过宗教对殖民地人民进行精神控制,以驯服殖民地人民的思想,但殖民者却把这一侵略行为美化为"拯救";殖民主义思想具有十分隐蔽的欺骗性,甚至连殖民者国内的民众,包括从事这种文化侵略的神父们也深信这种行为具有十分神圣的"救赎"意义。但是,"不知道他们怎样向中国异教徒宣讲",这

---

[1] *Congressional Record*. Washington: United States Government Printing Office, Oct. 21, 1943: 8626.
[2] Vincent N. Parrillo. *Strangers to These Shores: Race and Ethnic Relations in the United States*. New York: Pearson Education, 2003, p. 475.

反映出被殖民者并非像殖民者想象的那样没有思想,他们也有自己的信仰,尽管他们的信仰被殖民者贬斥为异教,他们的信仰也同样排斥基督教或天主教。在殖民地人民眼中,被殖民者奉为正统宗教的基督教或天主教才是异教,因此殖民地人民不会轻易信奉殖民者的宗教。但是,殖民者作为当权者便采取另一种贬低中国人的手段来解释这种尴尬境况,他们对本国(帝国主义国家)的人民宣传说中国人"宁肯要一两鸦片",也不会信奉他们的宗教,即这些所谓的"天朝子民"只不过是一群东亚病夫,一群愚笨、不可教化的动物,他们竟笨到去选择吸食鸦片,而不去信仰他们那可给世人带来救赎的宗教,因为"对他们而言,这一切是十足的异端邪说,他们的神是如来佛",而不是上帝。当然,在这里,尽管布卢姆不可避免地深受帝国主义文化宣传的浸染,对中国人只是一知半解,但他难能可贵地跳出中西文化的对抗,采取一种中立、宽容的角度去看待这种文化对立,认为中国人看到"头戴荆冠、钉在十字架上的"耶稣时的感觉与西方人看到"手托腮帮"安详地侧卧在博物馆里的如来佛时的反应一样,是出于一种看待"他者"的眼光来看待异国文化,只是觉得奇异、怪诞,充满着排斥、厌恶又好奇的感情,正如《约翰福音》中的罗马总督彼拉多看到头戴荆冠的耶稣时说"瞧!这个人!"那句话时的感觉一样。

这种好奇、厌恶、排斥的心理就像《尤利西斯》第六章中布卢姆回忆起的《中国游记》中的一句话所表述的那样,"中国人说白种人身上有一股尸体的气味"(《尤》205)。白种人觉得中国人不爱洗澡,因此觉得中国人脏,有异味。而中国人则认为白种人身上有尸体味,所以天天洗澡。实际上,这两者只不过是将异族人放在"他者"的位置上,进行虚构、想象,将"他者"妖魔化,并以此来突显"自我作为中心"的优势而已。中国人不是天天洗澡,那是受生活条件的限制和实际需要的影响,并非中国人天生肮脏、懒惰。当然,西方人也并非人人都天天洗澡,天天洗澡也并不是因为身上有尸体味。这也是中国人把白种人作为"他者"进行虚构的结果而已,这与中国人关于白种人"膝盖不会打弯"的想象是同样道理。

(五)对中国语言文字的扭曲、变形

在《尤利西斯》中,乔伊斯还通过梦幻、造词、拼贴等手法对中国语言文字进行扭曲、变形。当然,乔伊斯的本意并不是歪曲中国文化,而是借此来讽刺殖民者或民族主义者对异族文化的扭曲、篡改。例如，布卢姆在幻觉中看到约翰·埃格林顿穿着"印有蜥蜴形文字的黄色中国朝服"(《尤》822)。在布卢姆的潜意识中，中国文字古老神秘，透出某种诡异，如同蜥蜴的形状。实际上，西方人对中国语言文字的负面想象司空见惯，他们认为中国人的"发音和方块字对一切非中国人来说是非常奇异的，正如他们的宗教一样"[1]，甚至认为中国人"在拿着假嗓子说着他们怪异的鸟语"[2]。在《尤利西斯》第12章中，作者在对爱尔兰民族主义者纪念爱尔兰民族英雄的文章进行戏仿时，将孔子写成"布赖恩·孔子"（Brian Confucius），将莎士比亚写成"帕特里克·威·莎士比亚（Patrick W. Shakespeare）"(《尤》541)。将孔子与爱尔兰常用男子名布赖恩联在一起，乔伊斯旨在讽刺爱尔兰民族主义者将自己的文化任意神圣化的做法。在当时的爱尔兰，有的民族主义学者甚至将莎士比亚爱尔兰化，四处罗织所谓的证据证明莎士比亚有爱尔兰血统。乔伊斯对此立场很鲜明，他认为爱尔兰民族主义者能将莎士比亚说成爱尔兰人，在将来某一天就会滑天下之大稽，将孔子说成是爱尔兰人，以证明爱尔兰文化的辉煌历史和伟大建树。

语言、文字、历史等历来都是殖民者和被殖民者文化冲突的主战场，殖民者总是企图通过贬低被殖民者的语言文字、甚至妄想用殖民者的语言文字取而代之和篡改被殖民者的历史，试图抹杀被殖民者的民族记忆和否定被殖民者的民族身份，从而使被殖民者顺从于他们的殖民统治，而殖民地的爱国文人和民族主义文人总是试图通过美化自己的文化和书写自己的历史来恢复自己民族的民族记忆和民族身份，以达到"激发本民族人民对抗异族文化侵略"[3]的目的。因此，《尤利西斯》中的人物对中国文化的扭曲不仅可以反映出殖民者对"他族""他文化"的刻意贬低之于大众心理的深远影响，同时也可反映出民族主义者同样为了自己的利益对"他族""他文化"的刻意贬低及其对大众心理的深远影响。

（六）对中国人人格和道德的贬低

《尤利西斯》中对中国人人格方面的贬低只有一句，但它却能反映西

---

[1] Vincent N. Parrillo. *Strangers to These Shores: Race and Ethnic Relations in the United States*. New York: Pearson Education, 2003, p. 294.
[2] Albert W. Palmer. *Orientals in American Life*. New York: Friendship Press, 1934, pp. 1-2.
[3] Charles Baker. *William Faulkner's Postcolonial South*. New York: Peter Lang Publishing Inc., 2000, pp. 39-40.

方人对中国人所谓"天性"的认识。布卢姆在幻觉中遇到困境,试图摆脱,便对对手说他自己"属于蒙古血统,对自己的行为不负任何责任"(《尤》779)。众所周知,大多数学者认为中国人大多属于蒙古血统,拥有蒙古血统的人大多是中国人。布卢姆的幻觉是他"在潜意识里被压抑的愿望和想法的曲折表现"[1],并非与他清醒的或实际的思想毫无关系。他的这番呓语是殖民者关于中国人本性邪恶的宣传在他心理屏幕上的折射。

在西方,关于中国人本性邪恶和道德堕落的说法有很多,早在19世纪七八十年代,"黄祸"论就已很盛行,在1879年美国缅因州民主党议员詹姆斯·G.布雷恩(James G. Blaine)就中国人缺乏所谓的家庭伦理进行指责,他认为中国人"不关心家人,不注重夫妻关系,无视父母与孩子之间的纽带"[2]等。他的论调对任何一个真正了解中国人的人来说都是毫无道理的,因为中国人浓重的家庭观念几乎是举世闻名的。更有甚者,不少西方人在过去将中国人看作天生的道德败坏者,例如帕尔默记载的20世纪30年代美国人对唐人街的看法就很能说明西方人当时的偏见:"唐人街被认为是邪恶的化身,它充满着赌博、吸毒、彩票、帮会打斗和嫖妓活动。"[3]连英国19世纪最具权威性的百科全书《大不列颠百科全书》也有类似的甚至有过之而无不及的偏见:"中国人冷漠、狡猾、不可信;经常随时随地利用一切他能够得到的机会;非常贪婪、欺诈成性;喜好争吵,睚眦必报,但又讷言卑怯。办公室里的中国人是一种蛮横与卑贱的混合体。"[4]这种对中国人的妖魔化可谓到了无以复加的地步。布卢姆关于蒙古血统的人对任何事情均不负责任的观念恐怕只是这些帝国主义文化将异族文化、异族人妖魔化宣传的一个极其寻常的反映而已。帝国主义文化对中国人进行妖魔化的描述中所使用的语调一般显得客观、冷静,毋庸置疑,他们宣称中国人"给人下毒药,用刀子捅人"[5],似乎他们编造的这一切都是中国人血液中流淌的和血脉中传承的邪恶,难怪布卢姆在潜意识中将中国人所谓的"不负责任"上升到了血统论的高度了。

1　Stuart Gilbert. *James Joyce's Ulysses: A Study*. London: Faber & Faber, 1952, pp. 318-319.
2　*Congressional Record*. Washington: United States Government Printing Office, Feb. 14, 1879: 1301.
3　Albert W. Palmer. *Orientals in American Life*. New York: Friendship Press, 1934, pp. 1-2.
4　Macvey Napier ed. *Encyclopedia Britannica, Vol. 6* (7th edition). Edinburgh: A & C Black Ltd., 1842: "China", p. 10.
5　Vincent N. Parrillo. *Strangers to These Shores: Race and Ethnic Relations in the United States*. New York: Pearson Education, 2003, p. 296.

二、《尤利西斯》扭曲中国形象的目的

从以上分析不难看出,《尤利西斯》中尽管对中国形象的描述不多,颇为零散,却深刻反映了殖民文化对中国形象的扭曲和妖魔化,同时也微妙地折射出人类对"他者""他文化""他族"形象扭曲的深层心理原因。但在分析《尤利西斯》对中国形象的描述时我们还须注意以下几个问题。

(一)乔伊斯展示定式化的中国形象的本意

《尤利西斯》对中国形象的扭曲并不是乔伊斯的本意,也不是小说中相关人物本人出于恶意而进行的丑化。实际上,乔伊斯描述都柏林的普通人,包括深受殖民主义迫害的爱尔兰人和被西方主流文化排挤在边缘的犹太人在内心深处对中国形象的扭曲和偏见,其目的是揭露殖民文化、民族主义文化的流毒对人们心灵的毒害。因为布卢姆、莫莉以及墨菲这些人对中国人的偏见乃至妖魔化均不是空穴来风,而是殖民主义通过各种大众传媒,包括布卢姆书架上的《中国游记》和他随处可听到的流行歌曲,渗透到这些大众的意识形态中。客观而言,布卢姆与莫莉属于饱受种族压抑和排挤的犹太人,对于强势文化对弱势文化的他者化和妖魔化深为反感,并从内心深处希望自己能超然于种族偏见和种族歧视之上,但他们这些深受种族歧视之害的人仍然不能超越种族偏见和种族歧视,对中国人抱有这样或那样的偏见,可见当时的殖民主义文化传播之广、流毒之深。殖民文化通过大众传媒,包括报纸、歌曲、小说、游记,已经渗入大众的心灵,因为"作为社会价值反映的大众传媒对人们人格的形成和群体的身份具有无比巨大的影响"[1]。同时,这也说明这样一个道理,"一个人(群体)界定为'他者'和'野蛮人'的本质更多说明的是关于这个人(群体)的信息,而不是那个'他者'"[2]。布卢姆、莫莉、墨菲等人对中国的种种偏见反映了他们备受帝国殖民文化毒害的心理状态,也反映了英国殖民者将中国人界定为"他者"和"野蛮人"并靠贬低异族人格以抬高自我评价的做法背后狭隘自私和虚伪狡诈的心理。对这种心理的隐晦但不失强烈的批判恰恰是《尤利西斯》的主题之一。

---

1 Joseph Giordano. "Identity Crisis: Stereotypes Stifle Self-development." *Media and Values*, 1987 (Winter), p. 11.
2 Vincent J. Chen. *Joyce, Race and Empire*. Cambridge: Cambridge University Press, 1995, p. 20.

（二）《尤利西斯》对中国文化的展示与对爱尔兰民族文化书写的关系

《尤利西斯》主要关注的不是殖民文化与中国文化之间的关系，而是爱尔兰文化与英国殖民文化之间的碰撞、商讨与杂糅。整部《尤利西斯》可以看作是关于爱尔兰文化与英国文化乃至其他文化碰撞、商讨与杂糅并最终走向世界文化的史诗。由于当时严峻的政治形势、高涨的民族主义运动和英国政府的文化审查制度的限制，乔伊斯无法直接书写爱尔兰民族文化与英国殖民文化之间的关系，不得不采取隐喻、象征和类比的书写策略。爱尔兰人被英国殖民者野蛮化、妖魔化，被称作是"需要管理的幼童"[1]，而身处爱尔兰的犹太人布卢姆则被爱尔兰人妖魔化为"犹大""罪恶的携带者"和"吝啬鬼"等，备受排挤和侮辱，而作为"他者"的布卢姆又不自觉地对远在东方的中国人充满想象和偏见。由于"维多利亚的盎格鲁－撒克逊主义者普遍认为盎格鲁－撒克逊人种比其他任何人种都优越，尤其是在对自由的热爱和有效管理方面"[2]，并且在英国殖民统治下，爱尔兰人总是被与非洲、澳大利亚和东方的土著人相提并论，[3] 与中国人、毛利人、西非人、苏丹人及其他被认为"野蛮"的民族归为一类，所以爱尔兰人、犹太人和中国人被他者化和妖魔化的遭遇可以互为类比，相互表现、说明，中国人在人类学、日常习俗、宗教、文化乃至天性等方面被野蛮化、妖魔化的现象乃是爱尔兰人民在殖民统治下、犹太人在爱尔兰民族主义钳制下遭遇的一面镜子。

（三）《尤利西斯》借助表现中国形象所要达到的双向批判目的

通过描述布卢姆等人对中国形象的扭曲，《尤利西斯》对来自殖民文化和民族主义文化两方面的对异族形象的丑化和妖魔化进行了讽刺。乔伊斯选取布卢姆这一犹太人的心理活动作为进行双面讽刺的媒介，颇有创意。一方面，布卢姆作为犹太人饱受爱尔兰人的歧视和妖魔化之害，这正如爱尔兰人饱受英国殖民者的歧视和妖魔化之害一样；布卢姆同时又对爱尔兰人、中国人等充满想象，不乏扭曲之处，这也与爱尔人对犹太人充满歧视与仇视是一个道理，均是受殖民主义和民族主义的"为提高自己的自尊而

1　Vincent J. Chen. *Joyce, Race and Empire*. Cambridge: Cambridge University Press, 1995, p. 28.
2　Ibid. p. 20.
3　Lewis P. Curtis Jr. *The Anglo-Saxons and Celts: A Study of Anti-Irish Prejudice in Victorian England*. Bridgeport, Connecticut: University of Bridgeport, 1968, p. 58.

牺牲那些被定式化的他者的人格"[1]这一潜在逻辑的影响而产生的不良后果。乔伊斯在《尤利西斯》中使用的批判武器是一把双刃剑：一方面通过对英国人海恩斯对爱尔兰人斯蒂芬和卖牛奶的老妇人的定式化认识、爱尔兰民族主义者"市民"对犹太人布卢姆的妖魔化、犹太人布卢姆对中国人形象的种种扭曲乃至妖魔化的描述，对主流（殖民）文化对从属（被殖民）文化的定式化印象和妖魔化进行了寓言式或类比式的批判；另一方面通过关于爱尔兰民族主义者"市民"对英国文化、布卢姆对中国文化、中国人对英国人的偏见和负面想象以及"市民"对爱尔兰文化的盲目吹捧的描述，对被压迫民族中盲目的民族主义文化思潮予以讽刺。布卢姆等人对中国形象的丑化和妖魔化折射出帝国主义文化的荒谬和对大众心灵的毒害，而布卢姆所听说的关于中国人对西方白人的所谓"尸体味"以及把基督教看作异端邪说的做法则反映了作为从属（被殖民或半殖民）文化对主流（殖民）文化及其人民的丑化和妖魔化。在乔伊斯眼中，二者的逻辑是一样的，产生的毒害是一样大的，都是应当受到唾弃的。

总之，在其现代主义巨制《尤利西斯》中，乔伊斯展现了犹太人和爱尔兰人对中国人的外貌、饮食习俗、宗教、语言文字、道德和民族特质等方面的扭曲、误解乃至妖魔化，并借此讽喻了殖民主义者和民族主义者所共有的将"他者""他族""他文化"野蛮化、神秘化、妖魔化的做法，揭露了他们妄图借此达到抬高自我文化的荒诞逻辑，揭穿了殖民者与民族主义者贬低异族文化的不同目的——殖民主义者贬损殖民地文化是为自己的名为"管理、教化"殖民地人民实则是政治、经济和文化侵略的行为寻找借口，民族主义者贬低他族文化的目的乃是要证明本族文化的优秀、辉煌和伟大建树。

第五节 言此意彼的禁忌书写

根据西格蒙德·弗洛伊德（Sigmund Freud）的说法，"禁忌是针对人类某些强烈的欲望而由外来所强迫加入（由某些权威）的原始禁制"。因此，禁忌的表现形式是"禁制""禁止"和"规范"人们的某些行为。但"所有遵守禁忌的人们对禁物都怀有一种矛盾的态度"[2]。因为禁忌一方面是"被

---

[1] Vincent J. Chen. *Joyce, Race and Empire*. Cambridge: Cambridge University Press, 1995, p. 14.
[2] 西格蒙德·弗洛伊德：《图腾与禁忌》，文良文化译，北京：中央编译出版社，2009年，第43页。

强烈禁止的事情",另一方面也是"人人想做的事情"[1]。

人类对待禁忌的这种矛盾态度也为文学批评者解读文学作品中的许多"欲说还休"的现象提供了一种线索。对文学创作者而言,文学书写过程中也充满了禁忌,"有些事情是不能言说的,言说或暴露它们就等于犯罪"[2],但对于伟大的艺术家而言,不能言说不等于不去言说,他们往往对那些被禁忌的但他们又想言说的话题采用一种"拉康所强调的存在与不存在、认可之物与排斥之物、膜拜之物与禁忌之物之间在语言中快速相互穿插的表达方法"[3]。对一种能够言说的禁忌的书写是书写那些不能言说的禁忌的最好策略,因为在禁忌中,"本能的欲望常常在不断变换以避免陷入'僵局',并努力去寻找替代物(替换的物体及替换的行为)来代替被禁忌的物体"[4]。作者对禁忌的矛盾心态往往在文学作品中表现为拼贴、类比、隐喻、寓言、象征等手法,这些手法使得某些文学作品显得艰涩难解,从而能够使作者能够逃脱文化审查制度的钳制。

现代主义巨制《尤利西斯》自问世以来一直被认为是西方文学史上的一部天书,是一部连作者自己也认为是可以使后世文学研究者忙上几百年的作品。[5]它之所以令普通读者如此费解,主要原因是乔伊斯在这部爱尔兰"民族史诗"[6]中要表达自己对天主教、新教、英国殖民主义、爱尔兰民族主义等势力的不满,但这些势力当时在爱尔兰仍大行其道,言说对它们的不满就等于触犯政治禁忌,因此乔伊斯就不得不采取将上述政治禁忌与其他可以言说的禁忌相互穿插、相互拼贴的策略,把能够书写的禁忌当作不能够书写的禁忌的替代物(即使用文学中的类比、隐喻、象征和寓言等)。通过这些手法,乔伊斯隐晦地表达了他自己想要言说但又不便直接言说的对民族问题的思考。但这也给读者造成了理解上的巨大困难,如果读者不能理解这些禁忌背后隐含的作者对民族问题的关注,或对这些禁忌与整个

---

1 西格蒙德・弗洛伊德:《图腾与禁忌》,文良文化译,北京:中央编译出版社,2009年,第87页。
2 David Jackson. "Introduction." *Taboos in German Literature*. Ed. David Jackson. Oxford: Berghahn Books, 1996, p. 4.
3 转引自 Martin Swales. "Text and Sub-text: Reflections on the Literary Exploration of Taboo Experience." *Taboos in German Literature*. Ed. David Jackson. Oxford: Berghahn Books, 1996, pp. 17-18.
4 西格蒙德・弗洛伊德:《图腾与禁忌》,文良文化译,北京:中央编译出版社,2009年,第38页。
5 李维屏:《乔伊斯的美学思想和小说艺术》,上海:上海外语教育出版社,2000年,第iii页。
6 Frederic Jameson. "Third World Literature in the Era of Multinational Capitalism." *Social Text*, 15.3 (1986), p. 68.

文本之间的联系知之不详的话,就很可能影响他们对整部作品的解读。

禁忌的分类方法有很多,如果按禁忌分布的领域来划分的话,禁忌主要包括性禁忌、死亡禁忌、饮食禁忌及语言禁忌,而这些禁忌往往又与宗教禁忌相互交叉。为了讨论方便,我们大致可将《尤利西斯》文本中的禁忌划分为宗教禁忌、死亡禁忌、饮食禁忌等几类。

一、宗教禁忌

乔伊斯在《尤利西斯》第一章中就借斯蒂芬之口指出:压迫在爱尔兰人民头上的有"两个主子"和"一个奴仆"。这"两个主子"指的是英国殖民者和"老根儿在意大利"的天主教,"一个奴仆"指的是爱尔兰境内的不知亡国之恨的"快乐的背叛者",即那些醉生梦死的爱尔兰人。乔伊斯痛恨作为殖民者的英国人和那些不知抗争的亡国奴,但他为什么痛恨在许多问题上都支持爱尔兰自治的天主教?这个问题的答案在《尤利西斯》中表现得十分隐晦,而研究宗教禁忌是解答这些问题的途径之一。

首先,乔伊斯痛恨天主教,是因为在当时的爱尔兰,"宗教已经被降格为一种巫术"[1]。"天主教教众严格遵从天主教教义和教规,并通过将区域教堂变成其触手伸展至四面八方的控制机构,来建立起它的权力金字塔"[2],从而控制爱尔兰民众的思想和行为。它"与民族问题纠结在一起"[3],扮演着无处不在的压迫爱尔兰民众和钳制爱尔兰民族文化的殖民主义帮凶的角色。它通过严厉的教义禁止堕胎,致使爱尔兰人口过剩,使本就贫穷的爱尔兰雪上加霜。正是因为这种宗教禁忌,爱尔兰国内广大的天主教教徒才笃信多子多福,几乎每个家庭都生育了十多个孩子。无节制的生育造成人口的过度膨胀,人口的过剩加上殖民者的盘剥使爱尔兰人民陷入严重的贫困和饥馑之中。但如果直接揭露天主教的这种相当于英国殖民者帮凶的角色则会激怒爱尔兰国内众多的天主教信徒,所以乔伊斯只得采取用可言说之物来替代不可言说之物的策略,只描述布卢姆在大街上的所见所闻:"可怜的小妞儿,衣服破破烂烂的。她看上去好像营养也不良。成天是土豆和人造黄油,人造黄油和土豆。当他们感觉到的时候,就已来不及了。"

---

[1] Charles Peake. *James Joyce: The Citizen and the Artist*. Stanford, California: Stanford University Press, 1977, p. 32.
[2] Vincent N. Parrillo. *Strangers to These Shores: Race and Ethnic Relations in the United States*. New York: Pearson Education Inc., 2003, p. 480.
[3] Ibid., p. 475.

（《尤》279）而且这种饥馑状况并不限于斯蒂芬的众多妹妹们，而是遍及《尤利西斯》中多处出现的由妈妈带领着的一群一群饿得骨瘦如柴的孩子们。许多普通读者或许会将孩子们所受的苦难与殖民统治和天灾导致的庄稼歉收联系起来，但往往因为不太了解天主教禁忌而忽略天主教在此中应负的责任。乔伊斯通过描写那些饥馑中众多孩子的真实目的之一就是批判天主教的教义，暴露天主教在祸害爱尔兰人民方面实际上等同于殖民者同谋的实质。

其次，乔伊斯痛恨天主教是因为天主教对他心目中的民族英雄帕内尔落井下石。当然，要解释其中缘由，还须从天主教的禁忌谈起。天主教教义认为，每一桩受过神父祝福的婚姻都是受上帝保护的，而任何破坏神圣婚姻的行为，特别是与有妇之夫或者有夫之妇私通，都是违背天主旨意的，都应当视为禁忌。而爱尔兰民族英雄帕内尔在他的民族事业如日中天之时却恰恰触犯了这一禁忌。他先与有夫之妇私通，然后又计划与这个有夫之妇结婚，这种在天主教教徒看来大逆不道的行为深深触怒了原本支持帕内尔领导的爱尔兰自治运动的天主教，天主教发出严正声明，严厉谴责帕内尔的触犯天主教禁忌的行为，这无疑是对身处殖民者及其同谋口诛笔伐之中的帕内尔的一次落井下石之举，使得帕内尔很快威信扫地，抑郁而终。这无疑是对满怀爱国之情的乔伊斯沉重的一击。但出于众怒难犯的考虑，乔伊斯无法直接表达对天主教出于离婚禁忌而落井下石行为的愤怒，只得在《尤利西斯》中多次用可言说之物来替代不可言说之物的手法，借讽刺所谓"红颜祸水"的说法来暗喻特洛伊不是毁灭于海伦之手，帕内尔也不是败落在其情妇手中，来表达他对帕内尔的同情和对天主教的愤怒：特洛伊实际上灭亡在希腊人入侵的野心上，帕内尔实际上败落在天主教的偏狭上，那两位女性只不过充当了当权者的替罪羊而已。如果不了解天主教的禁忌，那么也就无法理解帕内尔之死与天主教之间的关系，也就无法理解《尤利西斯》中为何总是充斥着殖民者和民族主义者异口同声的对海伦和帕内尔情妇的一片声讨之声，更无法理解乔伊斯要借讽刺"红颜祸水"的说法达到批判天主教和殖民者的目的。

从上述分析不难看出，理解宗教禁忌对于理解乔伊斯在《尤利西斯》中对爱尔兰三大压迫者之一的天主教的批判至关重要。虽然乔伊斯本人幼年时备受天主教的欺骗，他本人对天主教呆板教条的教义深恶痛绝，对天主教教堂搜刮教民的行为大为憎恶,但天主教的宗教禁忌造成的人口过剩、饿殍遍野和使得民族英雄含恨而亡的罪行才是导致乔伊斯痛恨天主教的主要原因。

二、死亡禁忌

死亡是乔伊斯所有小说的重要主题之一,在《尤利西斯》中也占有重要位置。可以说,死亡的阴影伴随着爱尔兰民众的懦弱、民族主义者的偏狭和殖民主义者的压迫而四处游荡,笼罩着《尤利西斯》的许多章节。所以,尽管在此节中要讨论的许多死亡禁忌也属于宗教禁忌,但我们还是将这些禁忌划归为死亡禁忌。

西方历来有只能说死神和死者好话、不可说死神或死者坏话的禁忌,甚至与死亡相关的一些话题也忌讳使用直白的表达。如果不了解这些禁忌,就无法解读《尤利西斯》第六章的主题。该章的主要内容是关于布卢姆等人参加迪格纳姆的葬礼。所有参加葬礼的人都在谈论死亡的话题,谈论死者的优点、死者家属的可怜处境,唯独避讳的是死者的死因——醉酒而死。即使是不得不涉及时,作者也在刻意使用典故来暗示。作者之所以在书写迪格纳姆之死时刻意突出西方民间忌讳言说死者不好的做法,其目的是在用这个可言说的禁忌来讽喻当时爱尔兰民众刻意回避谈论的民族痼疾——爱尔兰民众嗜酒如命的特点。

在几个参加迪格纳姆葬礼的人当中,所有的人都受到酗酒的毒害。迪格纳姆醉酒而死,留下他妻儿无依无靠,备受穷困之苦;斯蒂芬的父亲嗜酒如命,整日泡在酒吧里,将家财损耗一空,置忍饥挨饿的几个孩子于不顾;坎宁翰勤恳工作,任劳任怨,但其妻子却是个酒鬼,将家中所有值钱的物件全部典当出去买酒喝,使坎宁翰一家的日子过得如西西弗斯的命运一般,沿着"典当——赎回——再典当"的轨迹恶性循环:"一次次地为她把家安顿好,然而几乎一到星期六她就把家具典当一空,让他去赎。他过着像是在地狱里一般的日子。即便是一颗石头做的心脏,也会消磨殆尽的"(《尤》182);就连滴酒不沾的布卢姆也饱受饮酒之害,先是为被酒鬼朋友穆利根等人欺骗的斯蒂芬担惊受怕,后来又被"酒鬼爱国主义者"——"市民"所辱骂。可以说,酒精麻醉了爱尔兰人民的灵魂,将爱尔兰推向死亡的边缘,但就像人们忌讳言说死者坏处的习俗一样,爱尔兰人民众口缄默,谁都不愿言说他们嗜酒如命的陋习。通过描写爱尔兰民间禁忌在迪格纳姆葬礼上的作用,乔伊斯巧妙揭露了爱尔兰民众在嗜酒这一民族痼疾方面所表现出的讳疾忌医的不良风气,并呼应了爱尔兰著名记者罗伯特·A. 威尔逊提出的"禁酒的爱尔兰乃是自由的爱尔兰"的口号。[1] 而如果不了解西方在死亡方面的禁忌,就很可能忽略乔伊斯在《尤利西斯》中对爱尔兰民众"哀其不幸,怒其不争"的良苦用心。

西方还有在服丧期间禁穿浅色衣服的习俗。而这一可以言说的禁忌恰恰被乔伊斯运用在《尤利西斯》中,作为表现当时不便言说的爱尔兰民族艺术家生存困境的替代物。在英国殖民爱尔兰期间,爱尔兰民族艺术就像青年艺术家斯蒂芬一样饱受"一仆二主"(偏狭的民族主义者及醉生梦死的民众、英国殖民主义者和爱尔兰天主教)的压迫,变成了一面"破碎的镜子",失去了反映现实的功能,只能起到扭曲现实的作用;爱尔兰艺术家也饱受压制与穷困之苦,成了像斯蒂芬一样穿着借来的"二腿裤子"的人。斯蒂芬丧母之后,本该穿黑衣服来服丧,但由于爱尔兰艺术家所普遍面临的穷困问题,他没有丧服可穿,所以不得不穿借住在他租住的塔里的朋友穆利根借给他的一条来历不明的破裤子(被穆利根戏称为沾了梅毒的"二腿裤子",此处的"二腿裤子"与"二手衣服"相对应)。穿着借来的"二腿裤子"的艺术家夹在穿着光鲜的海恩斯和穆利根中间的情景,恰恰是饱受殖民文化、天主教教义和甘做亡国奴的大众心态之害的爱尔兰民族文化的真实写照,因为海恩斯代表着英国殖民者,而穆利根则兼具天主教神父和醉生梦死、妄谈民族主义的民众两方面的特质。这二人虽然比穷困的斯蒂芬富裕很多,但却不拿房租,免费住在斯蒂芬租来的塔里,作威作福,甚至掌管了象征拥有权和控制权的塔钥匙,排挤走了象征爱尔兰民族文化未来的塔租住者斯蒂芬。由此可以看出,因在服丧期间禁穿浅色衣服的习俗而不得不穿"二腿裤子"的斯蒂芬恰恰是因殖民主义和民族主义的许多文化禁忌不得不穿上英国文学传统这条"二腿裤子"的爱尔兰青年艺术家无奈境遇的绝妙类比。

西方还有忌讳数字 13 的习俗,特别是在葬礼上更忌讳 13 这个数字。这一禁忌被乔伊斯信手拈来,用在《尤利西斯》中来暗喻爱尔兰民族艺术

---

[1] 另一说法是该口号由爱尔兰工会主席乔治·里黑(George Leahy)提出,见 http://www.Marxists.org/archive/Connolly/1900/07/sober.htm。

家的身份困境。在参加迪格纳姆葬礼时,布卢姆无意中清点了一下参加葬礼的人数,正好是 20 人。布卢姆感觉其他人似乎都没什么奇特之处,唯有第 13 个人,模样十分诡异,而且显得十分不吉利,这不仅仅是因为这个人是第 13 个人,而且还因为他身穿胶布雨衣,面目似乎怎么也看不清。更为神秘的是,无人知晓他是怎么来的又是如何离开的。这个"第 13 人"引起许多乔学家的好奇,不少学者也撰文研究这第 13 人的身份,其结论出入很大。笔者认为这第 13 人恰恰是作者自身的写照。诸多乔学家对他身份的争议恰恰是身为爱尔兰艺术家身份不确定性的间接证据。作为身处英国殖民文化和爱尔兰民族主义文化夹缝中的爱国艺术家,乔伊斯总是处于非此非彼的状态之中,"既是一个分离主义者又是一个联合主义者,并不断地使用既运用二元对立又消解二元对立的逻辑来思考问题"[1]。这种处于两难境地的身份恰如穿雨衣的第 13 个送葬之人,无论是在民族主义者眼中还是在殖民主义者眼中,都是一个不受欢迎的"他者",都被敌对的双方所排斥和忌讳,但他本人却是一个"死亡"的送葬者,是处于死亡边缘的爱尔兰传统文化的见证者和送行者。所以说,西方葬礼上对单数 13 的禁忌恰恰突显了乔伊斯作为爱尔兰民族艺术家的身份困境。

另外,西方还有对自杀的禁忌。根据西方民间信仰,自杀是一种弥天大罪,是人为对抗上帝对生死安排的行为,因此自杀者是要受到上帝惩罚的。正如《尤利西斯》中普通民众所理解的那样:"本地人对那种事儿和杀婴是毫不留情的。不许作为基督教徒来埋葬。早先竟往坟墓中的死者心脏里打进一根木桩,唯恐他的心脏还没有破碎。"(《尤》182)在《尤利西斯》中,自杀禁忌恰恰是在当时不可言说的民族压迫和种族压迫的替代物。在去参加迪格纳姆葬礼的路上,几个参加葬礼的人在谈论死亡话题时,都纷纷指责自杀乃是一种弥天大罪,但他们都恰恰忽略了布卢姆的父亲就是自杀而亡的,甚至在坎宁翰记起布卢姆父亲自杀而亡这一事实并暗示别人不要再谈论自杀话题时,其他人也并未住嘴,而且也未表现出一点愧疚之意(《尤》182)。这个小插曲至少可以说明三个问题:1)虽然同为熟人和朋友,虽然布卢姆生于爱尔兰,长于爱尔兰,为爱尔兰自治事业贡献力量,也尽量与周围的人友好相处,但在送葬车中,显然身为犹太人的布卢姆被其他人

---

[1] Derek Attridge. "Introduction." *Semicolonial Joyce*. Eds. Derek Attridge & Marjorie Howes. Cambridge: Cambridge University Press, 2000, p. 2.

边缘化了，因为没有人关注过对他造成永久伤害的父亲自杀一事；2）布卢姆受到同乘一辆送葬车的人的歧视，否则那些人不会公然在布卢姆面前谈论自杀有罪，不会在坎宁翰提示他们的话题欠妥后还在谈论，一点愧疚之心也没有，而且连坎宁翰也未向他道歉；3）布卢姆无父无子，这使他在一群有父有子的同车人中间明显是一个"他者"，而他父亲带有禁忌色彩的死亡方式更加深了别人对他"他者"身份特质的想象，更加深了别人关于"[犹太人]对光已犯下了罪"和"可以从[犹太人]的眼睛里看到黑暗"等偏见。所以，对西方人自杀禁忌的书写，实际上是乔伊斯表现布卢姆被爱尔兰人"他者化"和"边缘化"境遇的"替代物"，目的是借此迂回书写爱尔兰人被英国人"他者化"和"边缘化"的悲惨境遇。

爱尔兰人还禁忌拒绝遵从死者的临终愿望，因为爱尔兰人认为拒绝死者的临终愿望会使死者灵魂不安，无法安息。对斯蒂芬违反死者临终愿望的禁忌的书写在《尤利西斯》中实际上是充当了乔伊斯在当时不可言说的要远离被天主教控制的爱尔兰的决心的替代物。青年乔伊斯的原型斯蒂芬毅然拒绝其母亲让他向天主下跪祈祷的最后愿望，虽然他心中时时充满思母之情，时时在幻觉中看到母亲的幽灵四处游走的影子，但他从未因拒绝母亲的那一请求而后悔过。鉴于斯蒂芬对他母亲深厚的感情，他的这种举动似乎令人费解。乔学批评家莎莉·本斯托克（Shari Benstock）对斯蒂芬母亲的评价似乎可以为我们解决这一疑问提供一些线索。她在其论文《作为鬼故事的<尤利西斯>》中指出，梅·迪达勒斯（斯蒂芬的母亲）是一个"代表母性和天主教的人物"[1]，即她不仅是一个个体的母亲，也是代表被天主教毒害的所有母亲。而在笔者看来，她的身上还有更广的象征或寓言意义：她是饱受天主教之害的爱尔兰的寓言式人物，斯蒂芬毅然决然地拒绝的不是他的母亲，而是她代表的天主教教义，他毫无愧疚地割舍下的是少年时代对天主教的盲目崇拜，而他一直怀有的是对祖国母亲的爱恋。[2] 因此，对忤逆亲人遗愿禁忌的解读乃是阐释乔伊斯对饱受天主教之苦的爱尔兰真实情感的一把钥匙。

1　Shari Benstock. "*Ulysses* as a Ghost story." *James Joyce Quarterly*, 12.4 (Summer 1975), p. 401.
2　申富英：《论<尤利西斯>中作为爱尔兰形象寓言的女性》，《国外文学》，2010年第4期，第113-114页。

三、饮食禁忌

饮食不仅仅是吃喝问题,其背后掩藏的是民族文化。"食物的喜好和食物的禁忌在本质上都是一种文化现象。"[1]同样道理,《尤利西斯》中对饮食禁忌的书写也不仅仅是展现人们习俗中认为哪些东西可以吃,哪些东西不可以品尝的问题,而是要用可言说的饮食禁忌来书写当时不可言说的主流文化对"他者"文化的想象和妖魔化。

首先,《尤利西斯》中关于非洲食人族和中国人喜食腐败之物的描写并不是乔伊斯在刻意丑化非洲人和中国人,而是有意借这种描写来表现帝国文化对大众的负面影响。关于非洲人和中国人饮食习惯的描写主要存在于《尤利西斯》中布卢姆的意识流中和老水手墨菲的吹嘘中,并不是从作者的客观视角来书写的。布卢姆并不了解中国人和非洲人,但由于他经常阅读一些游记和回忆录之类的书籍,他对中国人和非洲人的所谓"了解"主要来自当时扮演帝国主义文化宣传重要角色的游记和回忆录。这样的文献中经常充斥着一些殖民主义者对异族的想象和妖魔化,其中很重要的就是关于那些异族稀奇古怪的饮食习惯的"记载"。西方人忌食同类(恐怕所有人类都这样),禁食腐烂的食物和食腐的动物,也禁食鼠、蛇之类令人生厌的动物,所以对异族妖魔化的最佳手段恐怕就是将异族描写成食人族或食腐族或喜食一些令人厌恶的动物的民(种)族了。布卢姆由在街头上联想到的大众文化中对非洲人的想象:"嗜食人肉者会就着柠檬和大米饭来用餐了。白种人传教士味道太咸了,很像腌猪肉,酋长想必会吃那精华的部分"(《尤》305),继而联想到中国人的所谓食腐习惯:"可有些人就是喜欢吃发霉的食品,[……]中国人讲究吃储放了五十多年的鸭蛋,颜色先蓝后绿"(《尤》309)。布卢姆对非洲人饮食的印象符不符合实际情况暂且不论,但对中国人饮食的印象明显是一种妖魔化,是一种殖民主义者借大众文化向包括布卢姆在内的普通民众灌输的对异族的妖魔化刻板印象。中国人并没有殖民主义者所谓的食腐习惯,食谱中绝对没有腌了五十多年的鸭蛋,如果有,恐怕也就是通过化学手段腌制的松花蛋,一般腌制期限也只有一两个月,根本就没有五十多年之说。而所谓的"腐乳"之类的食品也是健康的食品。因此对当时流行的可言说的中国人食腐的饮食习

---

1 Dirk van der Elst. *Culture as Given, Culture as Choice*. Illinois: Waveland Press, 1999, p. 38.

惯的书写只是作者借以展示帝国主义者和殖民主义者对异族的妖魔化想象和歪曲等负面影响力的"替代物"而已。

其次，水手墨菲关于中国人喜食老鼠汤之类的话也同样是帝国主义者和殖民主义者对异族想象和妖魔化的一种折射。在《尤利西斯》的第十六章中，墨菲曾"馋涎欲滴"地对其周围的人说：中国人待客时"给你炖老鼠汤喝"（《尤》973）。但布卢姆和斯蒂芬在观察了墨菲对听众的吹嘘之后得出结论：不但墨菲的话漏洞百出，就连他的老水手身份都值得怀疑。如果让中国读者来评判的话，他们会有更多证据来证明墨菲对中国的印象是靠不住的，因为中国人并无食用老鼠肉的习俗；即使有，也是存在于极个别地方的极少数人中，并不能代表所有的中国人。所以墨菲对中国人的印象至少是一种以偏概全的印象，就如同现代社会有人看到极个别的中国人随地吐痰就得出"中国人喜欢随地吐痰"的结论一样，犯了以偏概全的错误，其原因还是这些人本来就怀有的对中国人的偏见在作怪。况且老鼠肉就如同带血的牛排一样，它只是个健康问题，并不涉及种族优劣问题。如果非要拿极个别人的饮食问题来代表民族形象的话，那么恐怕用帝国主义国家中的一两个杀人犯也可以证明那个国家的人都是杀人犯了。因此说，乔伊斯之所以将墨菲塑造成一个身份不确定的吹牛者，就是要借此寓示在大众文化中无处不在的帝国主义者和殖民主义者对异族的歪曲和丑化是多么站不住脚。

当然，需要强调的是，乔伊斯之所以借布卢姆的意识和墨菲的吹嘘来书写人们对中国人饮食方面的负面印象，并不是因为他对中国人的印象不好，而是他想借《尤利西斯》中人物对中国的负面印象来折射帝国文化借由大众文化消费的力量对民众产生的巨大影响和对异族造成的巨大危害。[1] 总之，禁忌在《尤利西斯》中具有十分重要的作用。像其他任何后殖民主义文学作品一样，《尤利西斯》是一部"民族寓言"。为了对抗当时英国殖民者的文化审查制度，它不得不采用"存在与不存在、认可之物与排斥之物、膜拜之物与禁忌之物之间在语言中快速相互穿插的表达"，用可言说的禁忌来寓示、象征、类比、暗喻不能言说的禁忌。通过对可言说的禁忌的书写，作者用隐晦的方式反映了英国殖民主义、天主教、民族主义等

---

[1] 申富英：《论＜尤利西斯＞中的中国形象》，《兰州大学学报（社会科学版）》，2008年第4期，第90页。

与爱尔兰人民、爱尔兰民族文化之间，其他民族压迫者与被压迫者之间的关系以及爱尔兰民族艺术所遭受的无处不在的各种势力的钳制，表达了他压抑不住的要突破当时政治禁忌的渴望。

第六节 作为幽灵人物的莎士比亚

在爱尔兰的文化历史中，出现过许多为后人称道的文学大家，其中最为出名的有乔纳森·斯威夫特（Jonathan Swift）、奥斯卡·王尔德、笔名为A. E. 的乔·拉塞尔、W. B. 叶芝、道格拉斯·海德·伯克利等。但乔伊斯，或者说斯蒂芬，与上述大师有许多不同之处，这种不同令乔伊斯不得不奋起一搏，以图独树一帜。斯威夫特、王尔德和叶芝都是支持英爱联合的新教徒，这与英国民众在一定程度上有不少相似之处；而斯蒂芬和乔伊斯无论在出身教养还是在文化背景上都受爱尔兰天主教传统的熏陶，这种天主教信仰是新教徒和支持英爱联合者不相信也不会书写的东西。另一方面，乔伊斯与爱尔兰的新教作家还是有些共通之处的——他们都来自盛行英语和英国文化的帕莱（Pale）地区。那是爱尔兰的一个小区域，都柏林也包括其中。在那里，爱尔兰人敏锐的语感、睿智的话语与大不列颠的语言和文化水乳交融，加之"海上霸主"宽阔的眼界，由此诞生出一系列伟大的作家，其中包括上文提到的几位。在哲学意义上，作为爱尔兰作家，乔伊斯"可以说既是分离主义者又是英爱联合论的倡导人，一直站在相互对立的角度上思考问题，又保留着或消解着二元对立的逻辑"[1]。乔伊斯选择与爱尔兰的文学先辈们保持一段距离，又从他们的作品中汲取创作的精华。在第三章中，乔伊斯同时表达了背离传统的负罪感和对单纯依赖传统的厌恶之情。他讥讽文学创作中纯粹的剽窃，而这些想法都是借着斯蒂芬之口讽喻式地表达出来。斯蒂芬虽然表达的是自己的观点，但在小说的前半部分，却一直说着那些被文学前辈们用滥了的陈词滥调，这就讽喻了文学中的剽窃行为。在剽窃的过程中，作家的创作仅仅是"堆砌不相干的单词、词组和主意，混乱得无法付梓"[2]。而这样的作家，用斯蒂芬的潜意识中的一个比喻来表达，就是一只"吞噬死尸"的野狗。若总是遭后人抄袭，那传统也不过是

---

[1] Derek Attridge & Marjorie Howes eds. *Semicolonial Joyce*. Cambridge: Cambridge University Press, 2000, p. 2.
[2] Michael Murphy. "'Proteus' and Prose: Paternity or Workmanship?" *Ulysses*. Ed. Rainer Emig. New York: Palgrave Macmillan, 2004, p. 53.

一具野狗的腐尸。文学创作意味着原创性，要求作者在一定程度上背离传统。但背离传统难免引发负罪感，于是斯蒂芬深陷矛盾的情感之中，既厌恶那吞噬死尸的野狗，又对自己的背叛行为充满愧疚，这种背叛包括自己对母亲的背叛、追随者们对民族主义者伊根的背叛、亚当和夏娃对上帝的背叛。这种矛盾复杂的情感则更多地体现在了父与子的主题上。

当然，乔伊斯，也就是斯蒂芬，并不把自己的文学传统局限于爱尔兰文化。他"抱着复杂而莫衷一是的态度，这不是简单的反殖民主义，更不是对殖民主义的组织和方式的苟同，毕竟爱尔兰在这种殖民统治下已经历了漫长的压迫，并且这种压迫会持续乔伊斯一生"[1]。英国的语言和大不列颠文化都是为他文学创作提供精华的东西，但英国文化中也有一点是乔伊斯所厌恶的，那就是其侵略性。他对英国文化的继承和排斥都极好地表现在《尤利西斯》第九章斯蒂芬对莎士比亚其人及其作品的评论上。在斯蒂芬看来，与莎士比亚相关的事情体现出大不列颠文化遗产的特征。莎翁是斯蒂芬心中真正的文学家，因为他是"一具犹豫不决的灵魂，被相互矛盾的疑惑所撕扯，挺身反抗人世无边的苦难"（《尤》337）。从这个层面上看，莎翁便是斯蒂芬或乔伊斯的化身，因为这二者都陷于无边的苦难之中，天主教会、英国殖民统治、民族主义的狭隘、爱尔兰"快乐的背叛者"都是其苦难的来源。他们二人都被相互矛盾的疑惑所撕扯，身陷那些"消解或捍卫二元对立"的矛盾中，采取"一种复杂而莫衷一是的态度"，在哲学意义上成为"分离主义和联合主义的综合体"[2]。但不幸的是，莎翁是撒克逊人，而爱尔兰需要的是爱尔兰本土的青年艺术家，"去塑造一位将被世人誉为能与撒克逊佬莎士比亚的哈姆莱特相媲美的人物"（《尤》338）。对于斯蒂芬来说，"撒克逊佬莎士比亚"是份惨痛的遗产，因为乔伊斯或者斯蒂芬已下定决心成为爱尔兰的青年艺术家，在其心灵的炼炉中"锻造出爱尔兰民族前所未有的良知"[3]，莎翁的形象也不断地提醒着斯蒂芬爱尔兰在英国殖民统治下出现的问题："克兰利手下那11名土生土长的威克洛男子有志于解放祖国。豁牙子凯思林，她那四片美丽的绿野，她家里的陌

1　Derek Attridge & Marjorie Howes eds. *Semicolonial Joyce*. Cambridge: Cambridge University Press, 2000, p. 3.
2　Ibid., pp. 2-3.
3　James Joyce. *A Portrait of the Artist as a Young Man*. Hertfordshire: Wordsworth Editions Ltd., 1992, p. 196.

生人。还有一个向他致意的:"你好,拉比。蒂那依利市的12个人。"(《尤》338)

在斯蒂芬忙于思索的大脑里,最主要的热点包括爱尔兰正在高涨的民族主义运动(克兰利手下那11名土生土长的威克洛男子就是参加者)、贫瘠的爱尔兰(豁牙子凯思林,即爱尔兰古老的称谓,以及爱尔兰那四片美丽的绿野)、英国殖民主义者(爱尔兰家里的陌生人)、与英国殖民主义者同流合污的走狗们或者说民族主义者的背叛者(犹大对耶稣说"你好,拉比")。这些问题都让斯蒂芬和乔伊斯决定成为实质上的和精神上的流亡者,他不会再做任何自己不再相信的事,无论那些事是关乎人们所谓的家园、祖国还是宗教。他希望通过艺术,借助唯一令自己接受的方法——沉默、逃亡和睿智,来捍卫自己。他似乎对艺术抱有极大的希望和热情,祈祷希腊神话中的艺术家鼻祖迪达勒斯能帮助自己达到艺术上的永恒:"前辈,先人,支持我,帮助我。"[1]但要达到艺术的永恒谈何容易!首先,艺术家必须有能力在丑陋的现实中创造美。其次,他必须要走出历史的噩梦,在继承传统和违背传统之间寻求平衡。最后,他必须在对兄弟,对国人的爱与恨中找到平衡。对这些问题的看法,乔伊斯都采用寓言的方式借助《尤利西斯》中斯蒂芬对莎士比亚的讨论表达出来。

《尤利西斯》在某些章节上既有与莎士比亚的代表作《哈姆莱特》在人物形象上的对应关系,又有对莎士比亚生平与创作的直接论述,仅直接论述莎士比亚的内容就在这部18章的小说中占了整整一章。但关于《尤利西斯》为什么专门辟出一个章节来讨论莎士比亚的生平和创作,这个问题往往使普通读者感到莫名其妙,也令很多批评家大伤脑筋,因为这一章似乎与《尤利西斯》整个叙事框架没有太大的联系,但如果我们接受目前许多批评家的观点,将《尤利西斯》看作是爱尔兰民族的"民族寓言"[2],看作是关于书写爱尔兰民族和民族文化的民族史诗,[3]那么只要我们对文本详加研读,就不难发现,《尤利西斯》中的莎士比亚乃是爱尔兰为艺术上下求索的艺术家的寓言,莎士比亚与其父亲、兄弟及妻子之间的关系分别寓

---

[1] James Joyce. *A Portrait of the Artist as a Young Man*. Hertfordshire: Wordsworth Editions Ltd., 1992, p. 196.
[2] Frederic Jameson. "Third World Literature in the Era of Multinational Capitalism." *Social Text*, 15.3 (1986), p. 68.
[3] Stuart Gilbert ed. *Letters of James Joyce, Vol. I*. New York: Viking Press, 1963, p. 180.

示着爱尔兰与其传统文化、民族主义文化和异族文化之间的复杂关系；乔伊斯以莎士比亚为寓体，传达出他本人对爱尔兰民族文化的定位以及对传统文化、殖民文化和民族主义文化关系的看法。

一、莎士比亚：超越现实困境的艺术家的寓言

正如斯蒂芬在《尤利西斯》中所认识到的那样，莎翁的生命本身便是困难和罪恶的海洋。但莎翁将所有的困难和罪恶通过艺术转化成了美，将自己的错误转化成了"认识之门"，这是斯蒂芬认为的艺术家最理想的状态。他抛弃了妻子，但此举却为他赢得了全世界的青睐。他儿子哈姆奈特的死，刺激他创作出永恒的儿子形象"哈姆莱特"，而他妻子与莎翁兄长的私通令他创作出了《哈姆莱特》中的王后"格特鲁德"和弑君者"克劳迪斯"。他对兄弟又爱又恨的情感使他在戏剧中创作出各种各样的兄弟形象："撒谎的弟兄、篡位的弟兄、通奸的弟兄，或者三者兼而有之的弟兄。"（《尤》372）他强烈的金钱欲使他创造出《威尼斯商人》中永恒的经典"夏洛克"。他所犯的罪恶，包括原罪，"在他所创造的世界各个角落，都变幻无穷地存在着"（《尤》373）。莎翁化腐朽为神奇的能力的秘密在于他能超脱于客观世界和个人的狭隘思想。他有能力在同时做到"是鬼魂，是国王，又不是国王"（《尤》343）。他既是"凌辱者"，又是"被凌辱者"（《尤》353），并有能力"让失对他来说就是得，他就带着丝毫不曾减弱的人性步入永恒"。他"一天天地编织再拆散他的身子"，让"肉体的分子来来回回穿梭"，"把自己的人物形象编织起来再拆散"（《尤》350）。他是鬼魂和王子，能合二为一。他超脱出个人的情感与仇恨，奋力抵抗所有人类的困境，超越所有的琐碎与个性，成为"每一个人"，这是斯蒂芬眼里理想的艺术。就像休·肯纳所说，莎翁"摈弃了家系的枷锁，在他自己所创造的更为真实的世界中获得自由"[1]。抛弃琐事和实体，获得超越琐碎的真理，他达到了永恒。

在斯蒂芬的哲学思想里，所有关于莎士比亚的想法似乎都与斯蒂芬对爱尔兰的想法无多大关联。但如果读者们仔细读完第九章，便能觉察出莎士比亚和斯蒂芬（或乔伊斯）间的相似之处。在这个章节里，"斯蒂芬也是无意识间发挥出爱尔兰传统赋予文学大师的预言力，这个预言既是对埃

---

[1] Hugh Kenner. *Ulysses*. London & Boston: G. Allen & Unwin, 1980, p. 114.

文河（英国）也是对伊林（爱尔兰）的"[1]。正如莎士比亚所展示的，一个伟大的文学家，若想不朽，就必须合众为一，融合所有人的特点，必须成为"每一个人"。就斯蒂芬和乔伊斯所处的形势而言，一个伟大的文学家就必须跨越民族间的隔阂。斯蒂芬决心远离撒克逊文化集中营，远离莎翁（哈姆莱特）的"血腥的屠杀场"，避免不小心成为克兰利手下的一名沉默寡言的传令兵，"离得远远地观望着战斗"（《尤》342），这都表明了他决心追随莎翁，超脱具体烦琐的事务，并跳出民族主义的偏见。德里克·阿特里治（Derek Attridge）和马乔里·豪斯（Marjorie Howes）的论断明确地表达出了乔伊斯超脱民族偏见的倾向性："从哲学角度上看，可以说他既是一个分裂主义者，也是一个统一论者，始终从对立统一的视角来考虑着问题 […….] 乔伊斯写的关于爱尔兰的文章做了同样的质疑，既强烈支持又高度批判了爱尔兰的民族主义。"[2]

二、莎士比亚的父子关系：文学与传统文化之间关系的寓言

就历史传统而言，父与子是《尤利西斯》中的重要主题之一。这种父子主题不能仅从字面上理解，因为斯蒂芬在西蒙·迪达勒斯或是布卢姆身上寻求的"并不是一个父亲，而是一种父性特质"[3]。在《詹姆斯·乔伊斯的 < 尤利西斯 >》一书中，斯图亚特·吉尔伯特早就提出，《尤利西斯》里的父与子主题应该理解为过去与未来两代人之间的联系。[4] 如果"继承者"（儿子）可以认定为是过去与未来的连接，那么"父亲"便代表着过去、传统、历史和文化根源。因此，父与子的主题可以解释成乔伊斯和斯蒂芬对文化传统和文学创新的思索。

斯蒂芬运用了莎士比亚的生活与创作中的父子关系问题，用寓言的手法来探究文学传统和原创性之间的关系。若不能为创作提供有价值的素材，文学传统便是垃圾；而在文学创作过程中，如果没有从传统中汲取任何精华，那也算不上创作。"倘若没有儿子的父亲就不成其为父亲，那么没有父亲的儿子能成其为儿子吗？"（《尤》367）斯蒂芬的回答自然是否定的，

1　Stuart Gilbert ed. *Letters of James Joyce Vol. I*. New York: Viking Press, 1963, p. 213.
2　Derek Attridge & Marjorie Howes eds. *Semicolonial Joyce*. Cambridge: Cambridge University Press, 2000, p. 2.
3　Michael Murphy. "'Proteus' and Prose: Paternity or Workmanship?" *Ulysses*. Ed. R. Emig. New York: Palgrave Macmillan, 2004, p. 51.
4　Stuart Gilbert ed. *James Joyce's* Ulysses. New York: Vintage, 1952, p. 214, 344.

因为父亲与儿子的身份的确立取决于对方的存在，正如传统与创新相互依存一样。父与子，或传统与创新，对立统一地相互转化着："他不仅是自己的儿子之父，而且还由于他不再是儿子了，他就成为，自己也感到成为整个家庭之父——他自己的祖父之父，他那未出世的孙儿之父。"（《尤》367）

创新是对传统的接受，而传统也在一定程度上意味着创新。一位伟大的艺术家必须有能力在传统中创新，例如，将历史神话运用于创作中或者借他的祖先说出一些原创的和现代的东西。"他是一个鬼魂也是一个王子"[1]，也就是说，一个艺术家必须创造出一种综合传统和创新的文学，并且把它们融成和谐的整体，一种"超越一切的一切"（all in all）。

把传统和原创融合为一体，这并不是一件容易的事，因为传统在一定程度上是一个伟大文学家创造性思维的巨大负担，正如父子间永远存在着的矛盾。"儿子未出世前便损害了美。出世之后，带来痛苦，分散爱情，增添操劳。他是个新的男性：他的成长乃是他父亲的衰老；他的青春乃是他父亲的妒忌；他的朋友乃是他父亲的仇敌。"（《尤》367）这种观点与形式主义的文学陌生化的观点有不少相似之处，因为形式主义一直强调作家们把他们与先人的创作或经典作品区分开的意义。一个作家对历史遗产心怀感激并不是一件愉快的事，因为创作本身就意味着与传统痛苦地搏斗，正如斯蒂芬所想到的某些强加于父子间的情感："父性可能是法律上的假定。谁是那位受儿子的爱戴，或是疼爱儿子的为人之父呢？"（《尤》367）在寓言意义上显而易见的是，那些后辈作家的创作，如果具有伟大的艺术性和社会意义的话，必定会突破或背离前人的经典。

三、莎士比亚的兄弟关系：乔伊斯与同时代作家和民族主义者之间关系的寓言

除了传统与创新之间的关系，另一个折磨斯蒂芬或乔伊斯艺术思想的问题便是他的作品与同时代的文学创作之间的关系。每一件伟大的艺术作品都是同时代作品间不断磨合的结果。这种关系在寓言层面体现在莎士比亚兄弟间的关系中。在第九章里，"兄弟"作为另一个重要的主题寓言性地说明了同时代文学创作之间对立统一的关系。实际上，莎士比亚所有的

---

[1] James Joyce. *Ulysses*. New York: Penguin Books, 1986, p. 174.

梦想都夹杂着他对兄弟的爱与恨。莎士比亚毫无疑问地珍惜着自己的兄弟情谊,但是他对妻子与兄弟有染的怀疑却不断侵蚀着这份兄弟之爱。他对兄弟们的怨恨经常表现在他的戏剧里。"他笔下的黑心肠的三位一体——那帮恶棍扒手:伊阿古、罗锅儿理查和《李尔王》中的爱德蒙,其中两个的名字都跟他们那坏蛋叔叔一样"(《尤》369)。他与兄弟间的矛盾似乎不可调和,甚至连时间和死亡都不能使之消减。

把同时代的作家对莎士比亚的严厉批驳和斯蒂芬强烈反对同时期的民族主义作家并行来看,斯蒂芬强调莎翁对兄弟不可思议的憎恨便不难理解了。很明显,斯蒂芬将莎士比亚对兄弟的憎恨用来寓示他本身对其同胞,也包括他自己的兄弟的憎恨。他将自己的兄弟当作了磨刀石。他的恨并不局限于他在血缘上的兄弟,而是波及了他的同胞,包括民族主义的领袖克兰利,爱尔兰寻欢作乐的背叛者和英国走狗的寓言人物穆利根。斯蒂芬把他们当成了磨刀石,一些能激发他的灵感、挑战他耐心的刺激物。那些狭隘的民族主义者和那些整天快乐地沉迷于酒精、赌博和调情的背叛者们都给斯蒂芬和乔伊斯的创作思想以令人窒息的压力,同时也给他们以巨大的动力。

当然,乔伊斯或斯蒂芬对民族主义者及部分民众的憎恨并不意味着乔伊斯是英国文化帝国主义的辩护人。正如亚当·伍德拉夫所说,"乔伊斯当然不可能是英国文化帝国主义的辩护人"[1]。乔伊斯假装的对争取民族独立主权的漠不关心、表面上对爱尔兰文艺复兴刻意保持的距离和他作品中那虚构的冷漠人物并不能让批评家忽略这样一个事实:乔伊斯始终都"保持着对爱尔兰文艺复兴的基本概念的忠诚"[2]。用乔伊斯自己的话说,如果不是因为爱尔兰人对爱尔兰语言(盖尔语)的坚持和格里菲斯正在报纸上"用旧的种族怨恨教育爱尔兰人民"的话,他可能已成为一个民族主义者。[3]

四、莎士比亚的夫妻关系:乔伊斯对祖国复杂情感的寓言

对莎士比亚文学创作影响最大的莫过于他对妻子复杂的爱以及他与妻子的相互背叛。我们分析莎翁与父亲、儿子和兄弟之间关系的逻辑,可以

---

[1] Adam Woodruff. "Nobody at Home: 'Cyclops'." *Ulysses*. Ed. R. Emig. New York: Palgrave Macmillan, 2004, p. 83.

[2] Seamus Deane. "Joyce and Nationalism." *James Joyce: New Perspectives*. Ed. Colin MacCabe. Bloomington: Indiana University Press, 1982, p. 172.

[3] Richard Ellmann ed. *Letters of James Joyce, Vol. II*. New York: Viking Press, 1966, p. 187.

发现《尤利西斯》中的另一个寓言，即用莎翁对家庭成员的感情寓示斯蒂芬对祖国的感情以及他和历史的关系。用莎翁对妻子的爱来寓示斯蒂芬对祖国的爱恋，我们便很容易理解斯蒂芬对国家那复杂甚至是令人费解的情感。莎翁对妻子的爱，一半是自愿的，另一半却是旁人强加的，正如斯蒂芬深入剖析的那样：莎士比亚并没有选错，因为他是被他的妻子选中的。他的妻子狡猾地勾引了他，但没有人能否认他对妻子的爱恋，因为安妮在勾引他的时候是如此地迷人。

莎士比亚对妻子这种半推半就的爱与乔伊斯或斯蒂芬对祖国的爱在某种程度上是对应的。尽管斯蒂芬承认，他不过是民族主义者克兰利"沉默寡言的传令兵"，但他"不会拥抱爱尔兰，不会狂热地热爱他的祖国，因为她是令人厌恶的"[1]。在莎翁的一生和他的作品中，对背叛和通奸的憎恶最深。离开故乡后，莎翁便陷入了与多名女子甚至是与一些英俊男子们的难以启齿的爱恋之中，而他的妻子依然处于通奸的丑闻中（仍保持着与莎士亚兄弟的不正当关系）。这种憎恨和负罪感与斯蒂芬当时的心境极为相似，那时他已决心背离爱尔兰民族主义所谓的纯粹的爱尔兰民族文化并开始接触国外的文化。他认为爱尔兰的文化已遭到数国入侵者的凌辱，这些凌辱者既包括入侵的英国文化，也有令人窒息的爱尔兰天主教文化。"他认为：这样的结合（与爱尔兰民族主义文化）对于任何艺术都是无用的。因此，他不再理睬她；他会把文学先辈遗留的与之相称的遗产随身携带。"[2] 与他所有和爱尔兰相关的记忆一起，"他按自己的意愿使用艺术的工具，把它们变成了为他，而不是为她（爱尔兰），带来荣誉的文学作品"[3]。

斯蒂芬对莎士比亚那不忠的妻子以及莎翁对妻子的背叛的思考象征性地表达了斯蒂芬自己对爱尔兰的复杂情感。斯蒂芬在潜意识里将自己与莎士比亚等同起来，而把爱尔兰寓言成了莎翁的妻子安妮·海瑟薇。莎士比亚对他妻子的爱与恨极好地寓示了斯蒂芬对处于英国殖民统治下的爱尔兰的爱与恨，而莎翁对妻子的负罪感则表现在斯蒂芬的自我选择上：他选择当一名流亡者，拒绝投身于民族主义的运动中，但他因自己远离祖国而深感内疚，虽然这种远离是一种冷漠的爱的必然结果，虽然他的心一刻也未

---

[1] Michael Murphy. "'Proteus' and Prose: Paternity or Workmanship?" *Ulysses*. Ed. R. Emig. New York: Palgrave Macmillan, 2004, p. 56.
[2] Ibid.
[3] Ibid.

曾远离爱尔兰。莎士比亚对背叛自己与兄弟私通的妻子的怨恨就类似于斯蒂芬对民族主义者对爱尔兰的钳制的厌恶，而莎翁对其他男人与自己妻子不正当关系的厌恶正好表达了斯蒂芬对英国在爱尔兰实行的殖民统治的厌恶。莎士比亚坚定地离开妻子则寓示了斯蒂芬远离他不再信仰的东西的决心，无论是民族主义还是爱尔兰的天主教教义。

关于斯蒂芬对爱尔兰和英国文化留下的文化遗产的态度问题，我们需要重申以下几个观点。首先，斯蒂芬对莎士比亚的思考从表面上看似乎只是单纯的艺术思考，但实际上，这却是斯蒂芬和乔伊斯对历史遗产和爱尔兰文化发展未来的思考。通过上文将莎士比亚的生活和艺术与斯蒂芬对历史、遗产、现实和创作的对比，我们能得出这样的结论：乔伊斯，或者说斯蒂芬，把文学遗产看成是某些既激发人又令人窒息的、既有益又有害的东西，他们对爱尔兰的文化和民族主义抱着看似矛盾的态度。由于爱尔兰长期被殖民的历史，文学遗产对于爱尔兰的作家们来说不可避免地会与民族主义和殖民主义相连。乔伊斯，或者说斯蒂芬，把自己对民族主义的愤怒看成是类似兄弟间的感情的东西，其间包含着爱与恨；但他们对英国殖民主义的怨恨则像丈夫对出轨的妻子的情感，有点嫉妒也有些微妙的喜欢。他把爱尔兰民族文化看成这样一个妻子，她凌辱了自己的丈夫，又被自己的奸夫所凌辱。这也暗示了爱尔兰文化遭受英国殖民统治的入侵，也给本民族的作家们带来屈辱。

第二，乔伊斯，或者说斯蒂芬，对民族主义的憎恨并不意味着乔伊斯便是英国文化帝国主义的辩护人。并且，他并不是对政治毫不关心，尽管他自我塑造的与政治无关的形象模糊了他对爱尔兰政治的浓厚兴趣和其政治设想的虚幻本质。[1] 事实上，乔伊斯对争取民族独立假装的漠不关心，表面上对爱尔兰文艺复兴保持的距离以及他在作品中虚构的那些对民族大业冷漠的人物，都不能逃过批评家雪亮的眼睛，因为他实际上"保持着对爱尔兰文艺复兴的原创概念的忠诚"[2]。恰恰是以"市民"为代表的狭隘的民族主义者的观点把乔伊斯赶出了爱尔兰文艺复兴的阵营。乔伊斯曾调侃说，如果不是因为盖尔族人对爱尔兰语言（盖尔语）的坚持和格里菲斯在报纸

---

[1] Seamus Deane. "Joyce and Nationalism." *James Joyce: New Perspectives*. Ed. Colin MacCabe. Bloomington: Indiana University Press, 1982, p. 179.
[2] Ibid., p. 172.

上对"用旧的种族怨恨教育爱尔兰人民"[1]的鼓吹,乔伊斯也可能已成为一个民族主义者。

第三,把莎士比亚的生活和创作当作文学家和文化事务的寓言,例如历史、文学遗产、国内外文化,并不意味着斯蒂芬把莎士比亚当作文学创作中绝对好的榜样。斯蒂芬对这位伟大的撒克逊戏剧家既钦佩又排斥。当斯蒂芬思索这位剧作家的生活与创作时,他对莎翁剧中表现的侵略性感到恐惧:

> "罗伯特·格林曾称他作'灵魂的刽子手',"斯蒂芬说,"他真不愧为屠夫的儿子,在手心上啐口唾沫,就抡起磨得铓亮的杀牛斧。为了他父亲这一条命,葬送掉了九条。我们在炼狱中的父亲。身着土黄色军服的哈姆莱特们毫不迟疑地开枪。第五幕那浴血的惨剧乃是斯温伯恩先生在诗中歌颂过的集中营的前奏。"(《尤》342)

很明显,斯蒂芬看透了撒克逊人侵略的本质,那本质一路贯穿于英国文化遗产直到现代作品,最终在被斯温伯恩所赞扬的集中营里得以体现。这种侵略的动力跳动在每一个英国殖民者的血管里,每一次跳动都欺辱着所有"异族"的文化。斯蒂芬对莎士比亚这种既爱又恨的态度和莎士比亚所代表的文化的两面性揭示了文化同化过程中被殖民者典型的矛盾心理,这种心理"并不暗示简单的合作或是直接的反对"[2]。斯蒂芬从历史的角度看待莎士比亚,这证实了格林斯坦(Ran Greenstein)的说法:"历史可以看作一个过程,它允许跨过殖民的分界而结盟,而不是以强者与弱者之间的界限为分界线一分为二。"[3]

另外,在"太阳之牛"那章中,乔伊斯还寓言性地通过再现英国文学风格的发展历程,来展示他对历史上某些真理的信仰。回溯英国文学的发展进程,很容易便能看到每个作家对历史的继承和他的原创性。在这个进程中的每一项新鲜事物都是对先人的置疑和背叛。这便是休·肯纳在他评价《尤利西斯》一书时得出的关于"太阳之牛"那章结尾的结论的原因:"1904

1　Richard Ellmann ed. *Selected Joyce Letters*. New York: The Viking Press, 1975, p. 187.
2　Ania Looma. *Colonialism/Postcolonialism*. London & New York: Routledge, 1998, p. 238.
3　转引自 Ania Looma. *Colonialism/Postcolonialism*. London & New York: Routledge, 1998, p. 225.

年的演讲终于诞生了,它经历了从罗马和撒克逊时期至今长达几个世纪的难产,终于腾空而起",并且"布卢姆和斯蒂芬间的父子关系的纽带也产生了"[1]。

尽管斯蒂芬似乎找到了如何通过艺术实现永恒的答案,也明白该如何处理历史、文学遗产、民族主义和殖民主义等问题,但最棘手的问题依然存在,即如何在他心灵的铁匠铺内锻造他民族"从未被创造出的良知"[2]。这种"从未被创造出的良知"暗示了两种东西:一是在乔伊斯眼中,爱尔兰民族没有良知,至少是在最为重要意义上的那种良知是缺乏的;二是斯蒂芬并不打算把爱尔兰传统当作他文学创作的唯一重要的遗产,因为一个没有良知的民族不可能拥有任何对真正艺术家来说有用的文化遗产。这也是为什么乔伊斯用寓言的方式把斯蒂芬和布卢姆这对精神世界中的父子与爱尔兰文化联系起来的原因,一边是无子的父亲和无父的儿子,另一边则是爱尔兰匮乏的文学或文化遗产和未来的文学家们。如果斯蒂芬拒绝将莎士比亚当成自己的文学偶像是源于莎剧中具有侵略性的基调,那便不难发现斯蒂芬,即使已经有能力在文学与现实、传统与创作、民族主义和殖民主义之间保持平衡,也无法从"锡拉和女妖"那样两难的困境中走出,这是关乎民族文化未来的更为棘手的问题。

---

[1] Hugh Kenner. *Ulysses*. London & Boston: G. Allen & Unwin, 1980, p. 110.
[2] James Joyce. *A Portrait of the Artist as a Young Man*. Hertfordshire: Wordsworth Editions Ltd., 1992, p. 196.

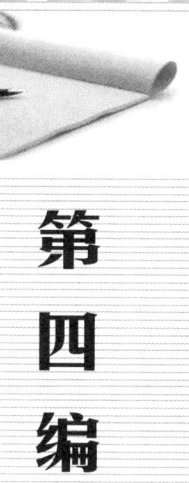

第四编

《芬尼根守灵》的幽灵主题与幽灵叙事形式

《芬尼根守灵》之所以被认为是一部"天书",就在于他在主题、情节、人物和语言等各个方面都是不确定的。首先,其主题涵盖人类历史和文学创作的各种母题,仅HCE(又名Earwicker)的故事"就是历史和文学"[1]。其次,小说中的一个人物与其他同性人物间的边界几乎全部被打破,人物之间不时相互变形或"灵魂转生",甚至可以说小说仅有两个人物,那就是男女主人公HCE和ALP,他们代表世界上一切男男女女,或者说小说中的男男女女都是他们两个的变体。对于HCE与其人物之间的变形关系,卡姆皮亚诺(Cumpiano)曾经做过如下总结:"受害者和妥协者都是HCE,他的另一个替代性的或更年轻的自我,即那些以某种方式具有消解HCE可能的人,都是凯德。这对人物或以父子形式存在,或以诸如孪生兄弟、酒友、陌生人、情敌、敌人等对抗人物的形式存在,有时候同时以所有形式存在。"[2]

---

[1] Bernard Benstock. "Every Telling Has a Taling: A Reading of the Narrative of *Finnegans Wake*." *Modern Fiction Studies*, 15.1 (1969), p. 18.
[2] Marion W. Cumpiano. "The Multifarious Cad in *Finnegans Wake*: Recurrent Elements in His Encounter with HCE." *Studies in the Novel*, 16.1 (Spring 1984), pp. 101-102.

而 ALP 与其他人物之间的变形关系，我们可以从本斯托克（B. Benstock）的断言，即"ALP、伊莎贝拉和凯特象征着妻子、女儿和母亲"[1]做出进一步推论：伊莎贝拉是身为女儿的 ALP，凯特是身为老年母亲的 ALP，小说中其他所有女性人物均是 ALP 的变形人物。再次，小说中几乎没有可以称得上"情节"的情节，"除了书写关于一个'老人'的心理活动外，作者没有在任何'人物'身上屑于使用一点点"进程情节"[2]。虽然没有情节，但小说中有很多有头无尾或有尾无头的插曲，而且这些插曲中的人物或事件（如果可以称得上"事件"的话）也是边界模糊，相互混杂映射。在《芬尼根守灵》笔记目录中，乔伊斯评价了小说向其读者展示的转瞬即逝的线索和神秘莫测的重复，说它们都是为营造叙事的大爆炸而设置："一千零一夜、系列故事、故事里的故事、不顾一切的故事讲述方式、一个故事掩盖另一个故事，进而形成一个更加漫无目的的故事。"[3] 第四，小说的语言是以英语和爱尔兰语为主由几十种语言混杂而成，大部分的单词都有多种含义，每句话都有多种阐释的可能。这四个层面的含混、杂糅和不确定性等幽灵特质形成了对《芬尼根守灵》阐释的巨大困难。

但阐释的困难也造就了对《芬尼根守灵》幽灵特质研究的重大意义。正如本斯托克所言，"不管进行了哪些革新，《芬尼根守灵》将情节的片段分散在了很大的范围内，但这些碎片都根置于宏大史诗的风景里，且总有批评家不断尝试去描画它们存在的形态。小说的故事情节非常单薄，仅仅是强大的寓言和神秘总体结构的微弱对应物，但尝试厘清这些单薄的情节线索对于理解全书具有非常大的作用"[4]。对情节的幽灵性的研究意义如此，对主题、人物和语言的幽灵性的研究意义亦如此。

1　Bernard Benstock. "Every Telling Has a Taling: A Reading of the Narrative of *Finnegans Wake*." *Modern Fiction Studies*, 15.1 (1969), p. 4.
2　Ole Vinding. "James Joyce in Copenhagen." *Portraits of the Artist in Exile: Recollections of James Joyce by Europeans*. Ed. Willard Potts. Seattle: UW Press, 1979, p. 149.
3　Thomas Hofheinz. "'Group Drinkards Maaks Grope Thinkards': Narrative in the 'Norwegian Captain' Episode of *Finnegans Wake*." *James Joyce Quarterly*, 29.3 (Spring 1992), p. 644.
4　Bernard Benstock. "Every Telling Has a Taling: A Reading of the Narrative of *Finnegans Wake*." *Modern Fiction Studies*, 15.1 (1969), p. 2.

第一章 《芬尼根守灵》主题的幽灵式表达

《芬尼根守灵》是关于每个人隐秘世界的小说,也是关于整个人类历史的小说。它既有关于人的原罪、堕落、欲望、嫉妒等主题,也有关于人类爱情、知识、友爱、爱国等主题。这些主题不是像过去传统小说那样通过固定的一系列人物的连贯的故事线索表达出来,而是通过小说中人物的变形、在现实层面毫无关联的梦境和一系列毫无关联的插曲表达出来。许多人物相互变形,许多梦境以插曲的形式出现,它们之间看似互不关联,零散破碎,或有头无尾,或有尾无头,却相互映射,如天空中的乱云,虽然幻化飘忽却也不断相互融合,呈现出有个大致轮廓的形状。而这些如幽灵般变幻莫测、飘忽不定又互相映射、互相融汇的人物和情节映射出人类具有的普世价值的主题。

第一节 堕/坠落主题的幽灵式展现

任格里(G. Renggli)认为,《芬尼根守灵》的内容是围绕侵犯、沦落、牺牲等主题展开的。[1] 也可以说,沦落/堕落主题是《芬尼根守灵》最重要的主题之一。但什么造成了沦落和堕落?通过人物变形和情节插曲的相互映射,小说给予了诸多暗示。

在《芬尼根守灵》开篇的第三段,堕/坠落的主题便由一声响雷彰显出来:"bababadalgharaghtakamminarronnkonnbronntonnerronntnonnthunntrorarrhounawnskawntoohoohoordenenthunnuk"。伴随着上帝这天庭之怒,爱尔兰的巨灵之神,也是尘世间的泥瓦工芬尼根,因喝威士忌过量,从房顶上坠下而晕死过去。酗酒不仅是芬尼根失去生命的原因,也是爱尔兰民族沉沦的根源。

早在《尤利西斯》中,酗酒就是爱尔兰民众堕落的原因之一。都柏林大街小巷、酒馆饭店,到处都是醉鬼。迪格纳姆因醉酒而亡,留下其妻子儿女无依无靠,饱受贫穷的煎熬;坎宁翰尽管辛勤工作,能力非凡,但因其妻子酗酒成性,将家中值钱的东西典当了又赎回,赎回了又典当,其家庭多年来一贫如洗;斯蒂芬的父亲因嗜酒如命,把身上不多的金钱留作买

---

[1] Gabriel Renggli. "Suspended Pluralities: Postlapsarian Language and Pentecostal Writing in James Joyce's *Finnegans Wake*." *Modernism/Modernity*, 21.4 (2014), p. 1000.

酒之资，置处于饥馑中的儿女于不顾；老实本分的布卢姆和一心为国上下求索的青年艺术家斯蒂芬都饱受酒精之害，前者被醉酒的民族主义者所辱骂、排挤，后者不仅工资被同住的穆利根索去买酒海喝一顿，本人还被强行灌醉，差点因醉酒闹事被警察逮捕。

芬尼根（Finnegans）从身份上而言是爱尔兰神话中的巨人，也是诙谐民间传说中的爱尔兰泥瓦工。从名字的构成上而言，Finn 是爱尔兰民族英雄的名字，也是爱尔兰的代称，以 Finn 命名的 Finna 是爱尔兰民族主义社团，所以芬尼根是爱尔兰及其民众的代表，他的遭遇具有普遍意义，他的坠落就象征着爱尔兰的堕落。他因醉酒而从房顶上坠落昏死，这个意象寓示出爱尔兰民族因嗜酒而战斗力和凝聚力减弱、致使整个爱尔兰落入英国殖民统治之下的历史事实。

芬尼根的坠落之声与 HCE 的跌倒之声相互混杂，二者之间的跌倒/落的原因也有共通之处。HCE 因白天受了前来酒馆的酒客的怀疑而心情不爽，打烊后将酒客喝剩下的酒收集起来，独自一人喝酒解忧，结果酩酊大醉，跌倒在地。在他跌倒的原因中，爱尔兰民众的嗜酒如命是显性原因，与芬尼根坠落而亡的原因一致。但除此之外，还有其他更深刻的原因，即其他人的造谣、陷害和猜疑。

HCE 之所以醉酒，是因为他想借酒浇愁。他的愁苦来自他周围的人对他捏造的莫须有的罪名。他在凤凰公园碰上一位流浪汉，此人对他产生了误会，误以为他在公园偷窥女人的私密，结果流浪汉就将此"消息"告诉他人，结果一传十，十传百，每个人在传播谣言时都根据自己的理解添油加醋，越传越离谱，最后 HCE 在他人口中就成了十恶不赦的罪人。当地甚至还编成了一首歌谣，在其中 HCE 成了当地所有罪恶的实施者。但在现实生活中，没有任何一个活着的人能证明 HCE 所犯的罪恶，只有一些人站出来解释 HCE 所谓的"案子"，而且这些人物形象都与 HCE 十分相似。许多路人也被叫住接受采访，发表他们对 HCE 犯罪的看法。在小说中，HCE 的命运与美国的流氓老手的命运进行了对比，而且 HCE 案子中所有的女人没有一个有好下场。在一系列似是而非的谣传、调查、证言、审判等喧闹后，HCE 被拘捕来为自己辩解，在牢房中被一位来自美国的模仿猪叫的探视者透过锁眼辱骂了一通。在这一系列闹剧中，诬陷 HCE 的人都在某种程度上就是他们所捏造的罪恶的实施者，每个人心中的罪犯就是他本人，HCE 只是全人类罪恶的"替罪羊"[1]。在这一系列捏造的罪恶中，偷窥女性是谣言的初始形态，这似乎与爱尔兰当时盛行的男性谈论女人、拿女人作谈资解闷的风俗不谋而合，似乎也是对爱尔兰这一鄙俗的讽喻。

在这一系列闹剧中，人们造谣、信谣、传谣的恶习似乎是HCE沦落的动因之一，这也与当时爱尔兰人对各种政治事件，特别是关于帕内尔倒台事件的谣言四起的现象不谋而合，似乎是对帕内尔倒台原因的讽喻。帕内尔本来主张爱尔兰民族自治，是爱尔兰民众心中的民族英雄，在爱尔兰民众中威信极高。但由于关于他与有夫之妇奥谢夫人有男女不正当关系的传言四起，天主教会因此认定他违背天主教教义，对他大加口诛笔伐，他的追随者也因此对他的道德置喙，一部分人继而对他倒戈相向。帕内尔因为男女关系导致教会诘难，因教会诘难导致其追随者质疑，最终导致其威信一落千丈，从领袖之位上下台，不久郁郁而终。对比HCE与帕内尔的经历，不难发现帕内尔的遭遇就是现实版的HCE的遭遇。可以说，HCE被谣言所害即是被人类原罪——嫉妒、傲慢、贪婪、暴怒、欲望等罪恶所害，这与帕内尔为人类的七宗罪所害的情节十分相似。同族、同派人之间的嫉妒、不同族人之间的相互蔑视、自以为是以及教会高层的傲慢、殖民者或民族主义者崇尚使用武力现象背后的暴怒、殖民者侵占异族资源以及同族、同派人之间相互倾轧背后的对权力的贪婪等，均可理解为人类原罪的具体体现。无论是在HCE的所谓坠/堕落中，还是在帕内尔倒台的过程中，这些罪恶均起到了关键作用。

可以说，在芬尼根、HCE和帕内尔等人物的相互变形中，在芬尼根的坠落、HCE声名的败落和帕内尔的下台等情节的飘忽融合中，坠/堕落主题得以如幽灵般侵扰于文本中。

第二节 复活主题的幽灵式展现

在《芬尼根守灵》中，芬尼根从梯子上的坠落与魔鬼鲁西弗的坠落、人类始祖亚当的堕落、自然世界中的日落、罗马的沦落、摔碎了就无法补救的蛋形胖子（Humpty Dumpty）从墙头上的坠落以及牛顿苹果的坠落等情节具有相互映射的关系。这些坠落既是一种失败和堕/沦落，也蕴含着新的

---

[1] Joseph Campbell & Henry Morton Robinson. *A Skeleton Key to* Finnegans Wake. New York: The Viking Press, 1969, pp. 16-17.

生机，即重新复活。魔鬼的堕落造成夏娃的堕落，夏娃引诱亚当堕落，人类始祖亚当和夏娃因堕落被逐出伊甸园，这才有了人类的繁衍；太阳落下了才会升起；永恒之城罗马的陷落促使了新的永恒之城君士坦丁堡的崛起，还促使了基督徒对基督教的革新性思考，最终促进了基督教在西方世界的大规模传播；牛顿看到苹果从树上落下来，受启发悟透了万有引力的定律；即使蛋形胖子从墙上摔下，摔碎了无人能修好，但也使"国王所有的手下和国王所有的马"因试图修好他的努力而聚合力大增。如果说这所有的坠/堕落都是失败的话，那么这些失败都会带来痛定思痛的结果，都会孕育失败后的改革和新生。

芬尼根的英文拼写 Finnegans 中的 Finn 乃是爱尔兰本土巨人的名字，它代表爱尔兰本土人民，egan 令人联想到 again（再一次），s 乃是复数形式的符号，Finnegans 这个复合词有"爱尔兰人民再一次复苏"的意思。wake 在英文中既有"守灵"之意，也有"苏醒"之意。作者将小说命名为 *Finnegans Wake*，题目本身就可以说明该小说既是关于爱尔兰民族的坠/堕落和失败的作品，也是关于爱尔兰民族苏醒和再次崛起希望的小说。如果放在人类普遍意义上而言，小说中的"各种坠/堕落（蕴含相应的救赎）释放了一种能量，这种能量推动宇宙像水车轮子一样转动，同时也提供一种力量，这种力量使得人类历史沿着四个阶段的循环运转"[1]。这里所谓"人类历史沿着四个阶段的循环运转"指的就是维柯的历史循环论。循环使得人类由失败（坠落）走向复苏（复活）的希望成为可能。

可以说，《芬尼根守灵》中的复活主题，不仅幽灵般萦绕在路西弗、亚当、牛顿和蛋形胖子等人物身上，也在魔鬼的坠落、亚当的堕落、日落、罗马的沦落、蛋形胖子从墙头上的坠落以及牛顿苹果的坠落等情节中不断侵扰。

第三节 历史循环主题的幽灵式展现

根据维柯的学说，无论哪个国家的历史，大体都会经过四个阶段的循环前进，周而复始。这四个阶段分别是神的时代、英雄时代、人的时代和混乱时代（也有学者解释成三个阶段，即前三个阶段）（请见本编第四章第一节）。人类从由神统治（即崇拜神）的时代走向英雄崇拜（即贵族统治）

---

[1] Joseph Campbell & Henry Morton Robinson. *A Skeleton Key to* Finnegans Wake. New York: The Viking Press, 1969, p. 5.

的时代，再走向崇尚民主的、以人为本的时代，人类因人人都自以为是而失去秩序，从而进入混乱时代，人类社会进入衰败期，但这种混乱衰败中也孕育新的希望，人类于混乱中寻求秩序和崇拜对象，逐渐进入神的时代，从而使人类社会进入下一个轮回，经历神的时代、英雄时代、人的时代和混乱时代。人类历史便是不断沿着这四个阶段循环往复的发展历程。因此，如果将坠/堕落主题放在人类历史的宏观维度思考的话，也同样可以得出前面已经阐述过的观点，即坠/堕落中就孕育着救赎和新生。

既然人类社会历史本身就是由坠/堕落、复活、秩序、混乱等周而复始的循环所构成，那么人类社会中的个人生活也是由坠/堕落或沦落到救赎和复活、发展、繁盛再到衰落的历程所构成。

《芬尼根守灵》以夜晚开始，或者说以HCE醉酒及其梦幻和混乱的想象与回忆开始，以他早晨即将醒来结束，正好对应人类的堕落和救赎。整部小说也呈现环形结构，开篇第一句话是"riverrun, past Eve and Adam's, from swerve of shore to bend of bay, brings as by a commodius vicus of recirculation back to Howth Castle and Environ"，结尾的最后一句话是"A way a lone a last a loved a long the"，最后一句的the与第一句的riverrun正好接续起来，构成一句话。无论是人类历史，还是民族命运，抑或个人生活轨迹，都是类似那条长长的、奔流不息的、备受爱的浸润的大河，开始于上一轮回的结尾部分，流经/经历人类始祖的堕落，转过/经历过高潮与低落，如海岸的凸出和凹入部分，走完维柯所谓的众多轮回中的一个轮回，再回到原初/终结之处，开始新的轮回。仅从第一句话而言，对于本小说中所有的人与物而言，人世间绝没有没有复苏希望的沦落，也没有永远辉煌的胜利和荣耀。

为了突出坠落/堕落与救赎/复苏之间的对立统一关系，也为了彰显人类社会在这种对立统一关系中的生生不息、不断繁衍，作者在小说中设置了分别对应人类礼会发展不同阶段的四章，这四章分别和父子关系、母子关系、兄弟关系及男女关系等母题对应。小说第一章标题是"父母之书"（"The Book of the Parents"），主要是关于神性及原罪，其主题是与神相关的事：神话人物芬尼根的坠落、其替身HCE名誉的坠落、其罪行与人类原罪的共性、HCE夫人ALP的书信（也有"字母"之意）与人类初始语言的共性等。显然，这个章节对应的是神的时代，在这个时代人类崇尚、膜拜神性，对世界充满浪漫质朴的想象，靠直觉、本真与想象认识和解释世界。相应地，小说中芬尼根的坠落可以看作人类原初浪漫的想象界的神话故事，HCE 的罪行、ALP 的书信均是在世界原初状态，即有与无之间状态的东西。

第二章标题是"儿子之书"（"The Book of the Sons"），主要是关于人类的英雄行为，其主题主要涉及战争、爱情、知识等。在这一章中，神已经转化为人，但他们是有高尚追求的人，是英雄般的人。HCE 的三个孩子对知识的追问、两个儿子对女性的追求、因爱情而产生的争斗等，均是英雄传奇中常见母题的外化。显然，第二章对应的是维柯历史思想中的英雄时代，人类崇拜英雄，崇拜英雄们对爱情的追求，对民族、国家、群体利益的奉献与战斗以及对真相、知识的追求，这些追求与肖恩与山姆二人对妹妹的追求，对知识的探求以及因爱情、信仰而起的争斗相对应。

第三章标题是"人民之书"（"The Book of the People"），主要是关于人类民主时代的行为，其主题主要涉及选举、竞争、诋毁、宣传、怀疑、殖民、营销等。在这一章中，人类已经成为人民（the people），不再像在神的时代或英雄时代那样崇拜神或英雄，而是崇拜平等、个性、自由、关怀，追求自己的价值和意义。ALP 的母性、肖恩的竞选演讲、对自己兄弟的诋毁，对女性的洗脑，对海外商业帝国的谋划以及其他人（甚至幻想人物，比如四老人）对肖恩的怀疑与询问，无不透射出民主时代的精神。显然，小说第三章对应的是民主时代。这个时代虽彰显个性、平等、自由、自由竞争、人性关怀等精神，但也充满怀疑与混乱。这种怀疑与混乱逐渐将人类社会推入毁灭，人类进入新一轮的蒙昧状态，开始了对神的崇拜，人类历史进入新的"神的时代——英雄时代——人的时代——混乱时代"的轮回。

小说的第四章回归原初，人类的一切活动化身为利菲河，它来自大海，又奔向大海。相应地，这章的最后一句与小说的开始连成完整的一句话："河流奔腾……"（riverrun ...），暗示人类历史如利菲河一样，周而复始，永不停息。

可以说，透过《芬尼根守灵》的开头与结尾、四章的结构设计和情节设计等，历史循环主题就如幽灵一般，不断在在场与不在场之间的状态中以侵扰的方式存在。

第四节 新旧更替和争斗主题的幽灵式展现

与堕/坠落、复活与循环主题相呼应，小说还有另一个主题，即新旧更替主题以及围绕更替而发生的争斗主题。在小说中，HCE 有两个双胞胎儿子肖恩和山姆。肖恩和山姆身上有着与父亲紧密相关的特点，甚至可以说肖恩与山姆只是父亲 HCE 梦境中的两个化身，兄弟两个在现实界是不存在的。如果兄弟两人是现实存在的，那么肖恩和山姆就是 HCE 截然不同的两种自我的化身，即现实主义的 HCE 和理想主义或者作为艺术家的 HCE，或者说 HCE 未来的两种可能性或者想象界的两种追求。当然，也可以说 HCE 只是肖恩和山姆两类人的综合体或曰同质体，这种同质体也可以说是三人共有的历史，它是综合的，混杂的。在小说中，HCE 对女儿伊瑟（Issy）的迷恋与肖恩和山姆对妹妹的追求总是夹杂不清；肖恩/山姆的化身是崔斯坦（Tristan）和马克王（King Mark），但马克王的形象又总带着 HCE 的影子，这些都说明 HCE 与两个儿子的相通性。儿子山姆在偷窥父母性生活时的羡慕，兄弟二人因母亲性器官问题开始大打出手继而握手言和，同样也说明父子、兄弟之间的共同性。但 HCE/马克王对年轻的崔斯坦的嫉妒、父亲梦中的瘫痪与儿子相互嬉戏打斗等情节无不投射出父子的新旧更替规律。

父子新旧更替主题蕴含两层意义指向。其一是新旧更替中的继承关系，即新的事物对历史和传统的继承；其二是舍弃关系，即新的事物对历史和传统的革命、变更。新旧更替中的继承和舍弃缺一不可，如果没有舍弃，人类社会将停滞不前，就没有了历史的四个时期的循环；如果没有继承，人类社会将混乱不堪，人类社会将无任何规律可循。

新旧更替的内涵是解释小说中许多貌似不相关的插曲的关键，特别是土著居民与外来者之间的关系。土著居民可以看作是一块土地上的原居民或旧居民，外来者则是新居民。与新旧更替和因之而起的斗争的主题就如幽灵一样变幻存在于小说的数个插曲中。马特与朱特的语言遭遇战、雅尔·凡·胡瑟尔（Jarl Van Hoother）与恶作剧女王（Prank Queen）的矛盾、穆克斯与格里普斯（the Mookse and the Gripes）的争斗以及挪威船长（Norwegian Captain）和船舶代理人（the Ship's Husband）的纠葛，都是"当地旧居民与新来的入侵者"这一母题在不同时期的变体。

马特与朱特的故事以及雅尔·凡·胡瑟尔与恶作剧女王的故事均是关

于新来者与土著者之间的斗争与和平结局。土著人马特与外来者朱特语言不通，产生误解，最后如盐和糖一样，尽管二者有许多不同，但还是融为一体了；恶作剧女王三次侵入雅尔·凡·胡瑟尔的家，抢走他的两个儿子，把他大儿子规训成了路德教徒，把他小儿子规训成了基督教徒，又想把他女儿抢走，但胡瑟尔没有奋起反抗，最后入侵者与守卫者各归其位，达成和平。对于这种以和平与妥协结局的结尾，有些批评者认为乔伊斯的目的是凸显文化对抗和殖民问题的复杂性。例如，恩达（M. Eide）就认为，"在恶作剧女王插曲的结尾，权力关系是模糊的。尽管这个女海盗被家庭化了，而且与她的配偶"配了对儿"，但她依旧是他的强悍的配偶，尽管他穿着'armour'（既是盔甲也是爱情的意思，笔者注），她也是唯一'内裤底下'（有性爱之意，笔者注）的姑娘"[1]。

穆克斯与格里普斯的故事则展现了新来者和久居者之间错综复杂的纠葛。这个插曲戏仿英国和爱尔兰历史上的宗教之争。从寓言层面而言，穆克斯是伊索寓言中的《狐狸和葡萄》中的狐狸（Fox）和《爱丽丝漫游奇境记》中的嘲笑龟（Mock Turtle）的合体人物，所映射的是英王亨利二世和教皇阿德里安四世两人；而格里普斯则是《爱丽丝漫游奇境记》中的葡萄（Grape）和格里芬（Griffin）二者的合体，所映射的是爱尔兰教会的主教劳伦斯·欧图勒（Lawrence O'Toule）。在历史上，教皇阿德里安四世发布诏书授权英王拥有爱尔兰；趁麦克默罗邀请英军进入爱尔兰帮助解决纠纷之际，英军入侵爱尔兰。但爱尔兰教会一直与教皇及英军势若水火，一方面对抗英王和罗马教皇势力，一方面利用教会控制爱尔兰民众思想。在小说中，爱尔兰教会的权力成了狐狸（即英王和教皇）想吃又拿不到的酸葡萄。在罗马教皇与爱尔兰天主教会的宗教论争中，爱尔兰天主教会则像那个自负又霸道的格里芬。英王和罗马天主教皇为了摘得爱尔兰这串难摘的葡萄，利用恫吓、欺骗、诬蔑等手段，可谓无所不用其极，时时准备滥杀无辜，而爱尔兰教会则扮演着双重角色，一方面对抗外来势力，一方面欺压同胞。几方争斗的结果是将英爱两国糟蹋得民不聊生，这个烂摊子还得由最底层的化身——云姑娘来收拾。

而挪威船长和船舶代理人之间的关系只是恶作剧女王与雅尔·凡·胡

---

[1] Marian Eide. "The Language of Flows: Fluidity, Virology, and *Finnegans Wake*." *James Joyce Quarterly*, 34.4 (Summer 1997), p. 486.

瑟尔的翻版。挪威船长一而再、再而三地消费船舶代理人的商品而赖账,船舶代理人一再上当而索要钱款无果。挪威船长和恶作剧女王一样,都是抢了(消费了)就跑,过一段时间再来抢(消费),而船舶代理人和胡瑟尔一样,都是孩子/东西让人抢走了才跑出去追,而且不吸取教训,一再被抢。

以上四个插曲的故事情节既相同也有不同。它们的主题均是关于两方的争执、争夺,而且都可以看作殖民与被殖民、入侵与被入侵国家/民族之间矛盾的寓言。这些插曲发生的方式也基本一样,都是强势的一方寻找借口,用尽手腕欺辱弱方,抢夺弱方的势力范围、钱财和希望。但它们也有不同。马特与朱特之间的故事更多具有语言不通、文化误解方面的含义,恶作剧女王与胡瑟尔之间的故事则更多暗示强势一方对弱势一方的暴力和精神规驯,穆克斯与格里普斯的故事则具有更多强势一方与弱势一方之间的武力威胁和宗教纷争的意味,也同时暗示弱势一方的当权派的劣迹;挪威船长与船舶代理人的故事除了抢掠与被抢掠的主题之外,也有暗示抢掠者和被抢掠者身份置换互换的可能性以及对被抢掠者不吸取教训特点的批判。这四个故事之间的相似与相异之处既展示了土著与入侵者之间错综复杂的争斗关系,更可以寓言一切兄弟之间、父子之间、邻里之间、群体之间的争斗。

争斗在《芬尼根守灵》中是比较明显的母题。根据马修斯的说法,对立和争斗是该小说的结构性母题:"在小说的第一部第四章,乔伊斯首次将邮递员肖恩和作家山姆的对立戏剧化,这种对立是这部小说的结构法则。"[1]争斗的起因或目的是土地及自然资源、人口(特别是女人)、财富以及对外族的控制,其根本动因是人类的贪婪欲望。这种贪欲使人忘记父子、兄弟、邻里之间的亲情和人与人之间起码的人性,走向相互欺凌、欺骗甚至杀戮,就如恶作剧女王数次侵入雅尔·凡·胡瑟尔的家园,抢走他的孩子;或如海上侵入内地的船长,进入店铺强行消费而逃避付账;或者如穆克斯一样觊觎邻国的财富,耍尽阴谋诡计,对所垂涎的东西极尽诋蔑之能事。当然,争斗或许源于误解,就如马特与朱特之间因语言不通而误解一样,或者像俄罗斯将军与巴克雷(Buckley)之间的文化误解一样(塞缪尔·贝克特认为,俄罗斯将军用草皮擦屁股是"对爱尔兰的另一种侮辱"[2])。但误解的深层次

---

[1] F. X. Mathews. "Festy King in *Finnegans Wake*." *James Joyce Quarterly*, 6.2 (Winter 1969), p. 154.
[2] 转引自 Kelly Anspaugh. "How Butt Shot the Chamber Pot: *Finnegans Wake* II.3". *James Joyce Quarterly*, 32.1 (Fall 1994), p. 72.

根源还是对他人的利益、财富、地位等抱有觊觎之心,否则误解一般不会演变为武力争斗,也容易消除,就如马特与朱特的语言误会以和解作结,但争夺克里米亚控制权的俄罗斯将军与被乔伊斯塑造成"对抗帝国权威的爱尔兰普通一员"[1]的巴克雷之间的文化误解却以巴克雷杀掉俄罗斯将军收场一样。

第五节 爱情母题的幽灵式展现

在《芬尼根守灵》中,爱情母题似乎不那么突出,而比较突出的是爱情中的角力关系,即为爱而发生的情敌间的竞争和争夺以及为爱而产生的内心纠葛。这个母题在《芬尼根守灵》中也是透过数个变形人物的数个情节如幽灵般展现出来的。

HCE 深爱妻子 ALP,但又在潜意识中对女儿伊瑟充满欲望,并在幻觉中化身为马克王。马克王爱恋伊瑟尔(Iseult),派其侄子崔斯坦代表他去异国迎娶伊瑟尔。在迎娶归国途中,崔斯坦与伊瑟尔恋情日弥,私订终身,尽管后来由于种种原因未成夫妻,但二人死后化身藤蔓相互缠绕。马克王面对侄子与爱人至死不渝的爱情,自己对"老迈不敌青春"的无奈以及对侄子青春年少的艳羡展露无遗,这个情节是 HCE 因自己年老力衰而对女性失去魅力的情况的呼应。HCE 虽对 ALP 用情较深,二人之间的恋情如两条奔向大海的河流,其宿命是相交相融,但他也不乏人性弱点,至少在潜意识层面花心比较泛滥。

除了寓示 HCE 与儿子之间因爱恋产生的嫉妒、负罪感等的马克王与崔斯坦的插曲外,寓示爱情引起纠葛的插曲还有伊西斯(Isis)的故事。伊西斯是埃及主神拉(Ra)的女儿,冥王奥赛里斯(Osiris)的妻子。伊西斯、奥赛里斯、赛特(Seth)和涅芙提斯(Nephthys)是亲兄妹四人,前两者是夫妻,后两者也是夫妻,但奥赛里斯却与涅芙提斯发生了性关系,涅芙提斯怀上了奥赛里斯的孩子,即后来的阿努比斯(Anubis)。赛特发觉后对奥赛里斯产生仇恨,要杀死阿努比斯,但伊西斯乔装成涅芙提斯勾引赛特,为涅芙提斯争取时间将阿努比斯生了下来。为了保护阿努比斯,伊西斯收养了他。伊西斯夫妇的所作所为使赛特更加仇恨这对夫妇,于是设计将奥赛里斯杀死,并将其尸体分作 14 块。伊西斯设法找到尸体碎块,将其缝合

---

[1] 转引自 Kelly Anspaugh. "How Butt Shot the Chamber Pot: *Finnegans Wake* II.3". *James Joyce Quarterly*, 32.1 (Fall 1994), p. 72.

在一起，用金子做的男性生殖器代替奥赛里斯丢失的生殖器，并设法使自己怀上了奥赛里斯的孩子赫拉斯（Horus），之后千方百计躲避赛特的追杀并千辛万苦将儿子抚养成人。赫拉斯长大后为父报仇，杀了赛特。

在这个四角恋的埃及神话中，至少有两个元素与《芬尼根守灵》中的主要人物产生幽灵般的对应关系，并寓示着《芬尼根守灵》的爱情主题。一是两兄弟争夺一个女人，另一个是两个女人爱上一个男人。奥赛里斯与其兄弟赛特的妻子（也是他妹妹）产生恋情，致使赛特对他又恨又妒，欲置之死地而后快，这与HCE的两个儿子肖恩和山姆之间争夺妹妹伊瑟的感情（也是恋情）十分相似。肖恩要尽手腕，试图吸引伊瑟的注意，赢得她的好感，而文静内秀的山姆似乎在伊瑟心中占有一定位置，这令肖恩又嫉又恨，所以在他发表公开演讲时对山姆极尽诋毁之能事，污蔑他淫乱、没有道德感，是人类的垃圾。

伊西斯和涅芙提斯都爱奥赛里斯，但二人并无嫉妒之情，也无相残之举。伊西斯甚至不惜以色相勾引赛特，以保护情敌妹妹涅芙提斯，并不惜吃尽千般苦难寻找丈夫尸体碎块，将其缝合在一起，使其复活，并为他孕育后代；涅芙提斯对情敌姐姐怀有无比的信任，为保护奥赛西斯的后代，将其托付给伊西斯抚养，而伊西斯不计前嫌，竟含辛茹苦，将情敌妹妹的儿子抚养长大。女性宽宏大量、大爱无边的特质与《芬尼根守灵》的女主人公ALP的特质颇有共通之处。虽然据传HCE在凤凰公园拈花惹草，偷窥女性，并因此遭到审判，甚至身陷囹圄，但ALP对此并未有任何怨怼，而且千方百计寻找那封她口授完成但随后不知所踪的信件，企图借此拯救HCE出狱。ALP在寓言意义上就是奔流不息的利菲河，义无反顾地奔向大海，这也与埃及神话中伊西斯为奥赛里斯之死流下的眼泪化身为尼罗河的情节相呼应，这也说明ALP与伊西斯之间幽灵式的对应关系。ALP化身为利菲河（在象征层面），这无疑寓示ALP宽广的胸怀和无限的仁爱，特别是超越了三角恋引发的嫉妒和仇恨之情的爱情；伊西斯为花心丈夫之死吃尽千辛万苦，为拯救他历尽千难万险，还为他流尽眼泪，泪水化作定期泛滥的尼罗河，这汇成河流的泪水恰恰是伊西斯对丈夫怀有的超越三角恋情引发的嫉妒和仇恨并且以德报怨的情感的化身。

在《芬尼根守灵》中，这个四角恋情神话的幽灵式存在时隐时现，老妇人缝补的意象，山姆与肖恩二人争斗的情节，ALP寻找信件救夫的情节，

ALP化身利菲河的意象等，无不带有这个埃及以伊西斯为中心的四角恋的影子。这个四角恋在《芬尼根守灵》中的幽灵式存在至少有两个功能：一是突显爱情中情敌／兄弟相争的竞争主题，二是突显爱情中爱的力量，性爱也罢、恋情也罢、姐妹之情也罢、亲情也罢，都是这种爱的显现。奥赛里斯／赛特与山姆／肖恩有幽灵式的对应关系，这种对应关系，加上HCE/肖恩和山姆与马克王／崔斯坦的幽灵式对应关系，深化了爱情中情敌的竞争关系，暗示了这种关系深厚的历史性；伊西斯与ALP的幽灵式对应关系则深化了在竞争关系中爱的重要性，伊西斯对妹妹的保护，对妹妹儿子的庇佑，对丈夫深沉坚贞的爱与ALP对孩子的关爱和对丈夫的宽容相互呼应，也彰显了超越自私与私利的爱的历史性，暗示了爱之于充满了竞争关系的人类生存、繁衍的重要作用。当然，性爱和情爱只是人类情感关系中的一种，但也是最重要的一种，它与人类的繁殖、衍延、智性发展、文明进化密不可分。

乔伊斯选取爱情，特别是三角、四角恋情作为书写对象，目的不仅仅是书写人类最具代表性的情感，而是借这种情感，书写人类诸多关系中最具代表性的一对矛盾，即竞争和仁爱的关系。这种竞争和争斗存在于历史的每个时期，当然也包括殖民时期。恩达就曾指出，"正是通过日常家庭关系，通过婚姻中的性别差异，乔伊斯才能够想象和传递出他关于殖民问题的理论，[……]乔伊斯通过书写诱奸的场景重现征服发生的情况，通过从婚姻中夫妻磨合的角度来理解政治权利关系，使得我们对殖民历史线条的理解更加复杂"[1]。竞争只是人类社会的动因，没有竞争就没有人类的生存和发展，但竞争在某些情况下充满了血腥，甚至会危及人类的生存，所以仁爱与竞争同等重要。仁爱可以有助于避免人类相互残杀，可以使人类社会朝文明、智性、温情等方向发展。因此，在《芬尼根守灵》中，对爱情主题书写中神话、传说的幽灵式在场突显了人类竞争与仁爱的相互对立而又互为因果的关系。

总之，透过不同人物间相互的幻化，透过不同插曲和情节间的相互映射和相互融汇，甚至借助结构和章节的巧妙安排，《芬尼根守灵》的几个相互关联的母题得以像幽灵一样虽然不断变形、飘忽不定但始终保有自己不断侵扰的存在。

---

[1] Marian Eide. "The Language of Flows: Fluidity, Virology, and *Finnegans Wake*." *James Joyce Quarterly*, 34.4 (Summer 1997), p. 485.

第二章 《芬尼根守灵》人物的变形

《芬尼根守灵》是一本谜语般的巨著，它以梦幻为载体，寓言式地展现了人类历史的兴衰和本质。它述说的既是人类共同的历史，也是单个民族，特别是爱尔兰民族特有的历史；它展现的既是人类共同的人性，也是人类个体，特别是爱尔兰人个人的独特体验。它兼及人类普遍与个别、形而上与形而下、精神与世俗等两极，既不模糊其分界，又能弥合其裂隙。它之所以能够达到如此效果，在很大程度上是依赖于对梦幻、梦魇、寓言、魔幻等手法的使用。梦幻、梦魇、寓言、魔幻等给作者以置身于普通逻辑之外的便利，使之能够"将历史的各个时期、将个人和种族发展的每个阶段压缩到一个环形的框架中，在此框架中每个部分都是开头、中间和结尾"[1]。在这个环形结构中，个人的经历也是整个人类历史发展历程的缩影，由于这种个人与普遍性界限的模糊性，人物个人身份的边界也随之含混不清，人物间也随之存在一种灵魂转生式的变形关系。

第一节 "灵魂转生"概念

《芬尼根守灵》置身于普通逻辑之外的特点较为集中地体现在其主题外延的不确定性、人物之间的变形关系以及语言所指的含混性。要研究《芬尼根守灵》中人物之间的变形关系，首先应当搞清"灵魂转生"的含义，因为灵魂转生既是《芬尼根守灵》中人物变形的主要特点，也是其人物变形的本质和哲学基础。在许多国家的文化中，例如中国、希腊、埃及等，都有"灵魂转生"的概念。在许多文化中，灵魂是附体于具有生命的肉体的必要存在，即灵魂是寄宿于/附体于有生命的肉体上的无形存在；当肉体生命结束后，灵魂就离开其寄宿/附体的肉体，可以转到另一个具有生命的肉体上。在不同文化里，具有生命的肉体的外延是不一样的，例如在中国和希腊文化里，灵魂可以寄居/附体的具有生命的肉体可以是人类的，也可以是动物的，而在基督教文化里，只有人类才有灵魂。在不同文化里，肉体与灵魂的关系也不一样，例如在中国文化中，灵魂附体或附身在肉体上，

---

[1] Joseph Campbell & Henry Morton Robinson. *A Skeleton Key to* Finnegans Wake. New York: The Viking Press, 1969, p. 3.

在肉身死亡后灵魂就回到冥界，等待托生到另一具肉身上，但灵魂也可以因为某些原因，如法术、雷电等，离开活着的肉体，阴差阳错地附体于另一个肉身上；在希腊文化中，灵魂是神圣的、不灭的，肉身是有生命时限的，肉体与灵魂定有契约，只要肉身的生命存在，那么灵魂就不得离开肉身，或者换句话说，肉身就是灵魂的牢笼，肉身不死，灵魂就必须与肉身捆绑在一起，只有肉身死了，灵魂与肉身的契约才能终止，灵魂才获得自由，但很短一段时间后，灵魂就必须与另一具肉身订立同样的契约。虽然不同文化对灵魂转生的解释有些许差异，但其基本要义是一致的，即都是指附体于一个肉体的灵魂转移到另一个肉体上。

作为一个哲学概念，"灵魂转生"在毕达哥拉斯、柏拉图等古典哲学家和尼采、叔本华、库尔特·哥德尔等现代哲学家的作品里都有阐述。这个概念也常出现于文学作品中，或者作为一种灵异现象，或者用作比喻意义。例如在中国的许多文学作品中，特别是诸如《聊斋志异》《西游记》等带有古代志怪类文学色彩的作品中，邪灵可以附身于人的肉身。在现代文学作品中，"灵魂转生"往往用作比喻义。

第二节 《芬尼根守灵》人物变形的特点和本质

"灵魂转生"在《尤利西斯》中占有重要地位：它是布卢姆的妻子莫莉一起床就问布卢姆的问题。由于文化水平所限，莫莉把它误解成 met him pike hoses。布卢姆给她进行了解释："这是个希腊字眼儿，从希腊文来的，意思就是灵魂的转生。"接着他对这个词进行了进一步思考："我们死后继续生存。我们的灵魂。一个人死后，他的灵魂，迪格纳穆的灵魂。"[1] 布卢姆显然抓住了灵魂转生的要义，即灵魂是永生的，肉身是有死亡的，人死后灵魂是会继续存在的，是可以在另一个肉身上延续灵魂的存在。这个要义是布卢姆在整部小说中不断思考的内容，也是整部小说一个很重要的主题。当然，在整部小说中，从现实的或物质的角度而言，没有任何人的灵魂转生到另一个人身上，但从精神层面而言，斯蒂芬与布卢姆早夭的儿子鲁迪之间有类似的灵魂转生关系，因为他是布卢姆的精神之子，也被布卢姆在瞬间认作鲁迪；在斯蒂芬眼里，克兰利的灵魂瞬间也转生到穆利根的身上，因为在斯蒂芬心中，穆利根的胳膊瞬间幻化成克兰利的胳膊，二

---

[1] 詹姆斯·乔伊斯：《尤利西斯》，萧乾、文洁若译，南京：译林出版社，1996年，第129页。

人在钳制斯蒂芬精神方面如出一辙，尽管克兰利是民族主义者，穆利根是不知亡国之恨的亡国奴。所以说，"灵魂转生"在《尤利西斯》中主要用于比喻意义，主要用来彰显一个人与另一个人精神上的一致性。

《芬尼根守灵》在人物塑造方面发扬了《尤利西斯》中灵魂转生关系在寓言方面的作用，在小说主要人物，即主人公 HCE、其妻子 ALP、其双生子山姆和肖恩、其女儿伊瑟的基础上，又运用人物间在比喻意义上的灵魂转生关系，塑造了围绕这几个主要人物的人物群。但这些人物群与《尤利西斯》中存在灵魂转生关系的人物群不太一样的是，《芬尼根守灵》中的人物群有自己的特点：一是这些人物群往往以一个人物为主，以其他人物为辅，为辅的人物可以看作主要人物的变体，或者说是变形人物；二是这些互相变形的人物之间的关系是灵魂转生关系，因为他们之间存在一种本质相通的关系。这些人物的变形也与《尤利西斯》中的人物变形不同，因为《尤利西斯》中的变形人物是一个人物只是具有几种人物的影子，并没有真正达到变成另外一个人的地步，就如孙悟空七十二变，无论怎么变实际上还是孙悟空一样，而《芬尼根守灵》中的人物变形则达到了一个人就是与另外的人模糊了身份边界，比如 HCE 也是芬，还是许多插曲故事的主人公，比如马克王、崔斯坦、胡瑟尔、俄罗斯将军、飞行员达奇曼等。

第三节 HCE 的变形人物群

为了能够更清楚地说明《芬尼根守灵》中的人物变形情况，本书仅仅以与 HCE 组成灵魂转生关系的人物群为例，说明这些人物间的变形关系。这个人物群中有爱尔兰民谣中的人物芬尼根、抵抗外族侵略的爱尔兰英雄芬·麦克尔、睡着的爱尔兰巨人禾恩、移民爱尔兰的不列颠人后代威灵顿公爵、率领盎格鲁 – 诺曼人征服爱尔兰的"强弓"（Strongbow）、向爱尔兰传播基督教的圣帕特里克（Saint Patrick）、民谣中被恶作剧女王抢去孩子的胡瑟尔、清教革命中镇压爱尔兰保王党人的克伦威尔、欧陆浪漫传奇人物崔斯坦、崔斯坦和伊瑟尔故事中被戴了绿帽子的马克王、飞行员达奇曼、笑话里在克里米亚战争中被杀死的俄罗斯将军、《圣经》人物以撒、亚当、诺亚等。在零散的叙述中，他还是普罗米修斯、奥赛里斯、基督、佛祖等。他既是所有人，又是所有人的父亲（Havth Childels Everywhere）；既是他自己，又是每一个人。他的名字 Earwicker 还表明他是一种往人耳朵里钻的小昆虫等；当然，与 ALP 组成一个人物群的人物有利菲河、崔斯坦的恋人金发伊瑟尔等；与山姆组成一个人物群的人物有巴特、《圣经》人物以扫等；与肖恩组成一个人物组的有马特、圣经人物雅各、历史教授等；与伊瑟组成一个人物组的有崔斯坦的妻子白手以瑟珥等。

对于《芬尼根守灵》里人物之间纠缠不清的关系，许多批评家都给出了自己的解读。早在 20 世纪 30 年代，《芬尼根守灵》中的片段"The Mookse and the Gripes"刚发表时，罗纳尔德·西蒙德（Ronald Symond）就意识到了人物间相互流变的特点："与他们生活的空间－时间混沌相一致，人物随意改变他们的身份。一会儿他们是人，一会儿是河流或石头或树木，一会儿是某个观点的拟人化，一会儿他们又消失和隐藏在文本的真实肌质里，带有远远超越填字游戏中的精巧的匠心。"[1] 著名批评家玛格特·诺里斯（Margot Norris）认为，《芬尼根守灵》里的人物是"流动而互相转变的"关系。[2] 德克·冯·哈尔（Dirk van Hulle）持与诺里斯相似的观点，认为《芬尼根守灵》的人物属于具有不同形态的原型人物或者人物混合体。[3] 约翰·鲍尔·里坎尔穆（John Paul Riquelme）也认为《芬尼根守灵》中的人物是不稳定的、变形的。[4] 约瑟夫·坎贝尔（Joseph Campbell）和亨利·冒顿·鲁滨孙（Henry Morton Robinson）进一步指出，《芬尼根守灵》里的神话英雄和远古故事与现代人物和当代事件共存于同一个空间和时间里，所有的时间同时存在，"崔斯坦和威灵顿公爵、始祖亚当和蛋形胖子融合在一个概念中。"[5] 此处坎贝尔和鲁滨孙不仅指出《芬尼根守灵》中崔斯坦和威灵顿公爵、始祖亚当和蛋形胖子之间的对应关系，而且也指出他们是靠概念产生对应关系的。约翰·高顿（John Gordon）论证了《芬尼根守灵》中部分人物间的变形关系，但他把这种变形关系归结为梦境所致，[6] 在梦境背后是因为作者的归乡心结和对自己未离开爱尔兰生活假设的想象。[7] 恩达研究了

---

1 Ronald Symond, 转引自 *James Joyce: The Critical Heritage*. Ed. Robert H. Deming. London: Routledge & K. Paul, 1970, p. 606.
2 Margot Norris. *The Decentered Universe of Finnegans Wake: A Structuralist Analysis*. Baltimore: The Johns Hopkins University Press, 1976, p. 4.
3 Dirk van Hulle. "Finnegans Wake." *The Literary Encyclopedia, Volume 1.2.4: Irish Writing and Culture*. Eds. Anne Markey& Ian Campbell Ross, 2002.
4 John Paul Riquelme. *Teller and Tale in Joyce's Fiction*. Baltimore: The Johns Hopkins University Press, 1983, p. 8.
5 Joseph Campbell & Henry Morton Robinson. *A Skeleton Key to* Finnegans Wake. New York: The Viking Press, 1969, p. 3.
6 John Gordon. *Finnegans Wake: A Plot Summery*. Dublin: Gill and Macmillan, 1986, pp. 40-90.
7 Ibid., pp. 91-105.

HCE 与其变体的悖反关系，指出 "HCE 既是被殖民的爱尔兰人，也是雷神 Thor（'by Thorror, you looked it!'），即征服者挪威人的神"[1]。奥尔森（K. Olson）研究了山姆与肖恩的关系及其隐喻意义，认为："山姆性格中的决定因素是其多面性。他与肖恩、HCE、赛克森以及他临时被叫作的 Sham 和 Shamman 等并置通用。被叫作 Sham 既指化妆和改变形象，也指伪装和假造。Shamman 同样令人联想起巫师的两种化身：书写历史的萨满和创造诗歌的文人，两种功能都具有伪造冒充的可能。"[2] 在研究《芬尼根守灵》人物关系方面，卡姆皮亚诺（Cumpiano）的研究应该说是覆盖范围最广者之一。他基于主人公 HCE 与凯德之间的关系，梳理了 HCE 与他的大部分变形人物之间的对应关系：

> 从本质上而言，在小说中男性间的相遇均涉及与凯德的冲突，无论是诸如该隐与亚伯这样的相互冲突的《圣经》人物之间，还是诸如威灵顿与拿破仑这样的历史人物之间，抑或是诸如谢立丹·勒法奴的斯德克及其神秘助手这样的虚构人物之间，抑或是乔伊斯的主要人物之间：马特与朱特、穆克斯与格里普斯、挪威船长与船舶代理人、巴特与塔夫（Taff）、巴克雷与俄罗斯将军。不管在乔伊斯文本中他们被叫作什么其他名字，在本篇论文中，受害者和妥协者都是 HCE，他的另一个替代性的或更年轻的自我，即那些以某种方式具有消解 HCE 可能的人，都是凯德。这对人物或以父子形式存在，或以诸如孪生兄弟、酒友、陌生人、情敌、敌人等对抗人物的形式存在，有时候同时以所有形式存在。HCE 与凯德互换角色，或有些场合互换相貌或特点。[3]

虽然上述研究者都意识到了《芬尼根守灵》中人物间流动或者相互转变的关系，甚至发现了连接人物间这种关系的某些观念或者心结，但目前对于小说中人物之间关系的研究大多仅局限于一个主要人物与一个或一群次要人物的对应关系，尚无系统性，也没有系统研究连接人物间这种关系

---

1 Marian Eide. "The Language of Flows: Fluidity, Virology, and *Finnegans Wake*." *James Joyce Quarterly*, 34.4 (Summer 1997), p. 484.
2 Kristen L. Olson. "The Plurabilities of 'Parole': Giordano Bruno and the Cyclical Trope of Language in *Finnegans Wake*." *James Joyce Quarterly*, 42/43, i-iv (Fall 2004–Summer 2006), p. 260.
3 Marion W. Cumpiano. "The Multifarious Cad in *Finnegans Wake*: Recurrent Elements in His Encounter with HCE." *Studies in the Novel*, 16.1 (Spring 1984), pp. 101-102.

的机制。笔者认为，支撑《芬尼根守灵》中人物间流动或者相互转变关系的是"灵魂转生"和"变形"两个概念的综合体，即人物间某个相同的精神特质是人物间边界模糊或者相互转变的基础，从一个人物变成另一个人物的变形则是其形式。

第四节 HCE 与其变形人物间的"灵魂转生"关系

《芬尼根守灵》的主人公是 HCE，HCE 是 Here Comes Everybody[1] 和 Howth Castle and Environs[2] 的缩写形式，他还叫 Humphrey Chimpden Earwicker。他还有许多不同的名字，例如 Harold or Humphrey Chimpden[3]、Haromphreyld[4]、Finn MacCool[5]、Mr. Makeall Gone[6] 和 Mr. Porter[7] 等。他是"每个人"（everybody/anybody），也是一个现实生活中普通的都柏林人；他身上具有典型的混杂性：他身上有斯堪的纳维亚人的血统，信奉新教，在生命的某个时段移民到爱尔兰，在 Chapelizod 以开酒馆为生，娶了爱尔兰本土人 ALP 为妻，育有两子一女。虽然他信奉新教，但其妻子和子女信奉天主教。他既是爱尔兰人，又是从国外移民到爱尔兰的"陌生人"；他信奉新教，也是天主教徒的父亲和丈夫；他既是曾经入侵爱尔兰的北欧海盗的后代，又是被英国殖民者殖民的爱尔兰人；他既是侍奉着顾客的酒馆老板，又是雇有男仆和女佣的主人；他既是原罪的代表，又是被有罪之人冤枉的替罪羊；他既是被告，又是原告。

小说中有许多与他形成变形关系的人物，或者说有许多与他在比喻意义上产生"灵魂转生"关系的人物。作为爱尔兰都柏林酒馆老板的 HCE 和与他"灵魂转生"的人物组成错综复杂的人物群，这些人物起到了间接体现 HCE 身上的多重混杂性和矛盾性的作用。

首先，与他相互"灵魂转生"的人物有芬尼根。作为爱尔兰民谣中的诙谐人物，芬尼根是一位瓦匠。他嗜酒如命，喝醉酒从屋顶上跌下来，家人以为他摔死了，就为他守灵。守灵期间作为仪式，旁人要喝酒为他送行，

---

[1] James Joyce. *Finnegans Wake*. London: Faber & Faber, 1939, p. 32.
[2] Ibid., p. 1.
[3] Ibid., p. 30.
[4] Ibid., p. 31.
[5] Ibid., p. 139.
[6] Ibid., p. 220.
[7] Ibid., p. 560.

有人不小心将酒溅到芬尼根身上，酒的香味将"死去"的芬尼根唤醒。但为他守灵的人劝他安心死去，强行将他按倒在灵床上。不难发现，芬尼根与 HCE 在嗜酒方面是灵魂相互转生的。HCE 也是嗜酒的，客人散去后他把客人喝剩下的残酒全部喝进肚子，大醉而睡。所以在小说中，劝说芬尼根安心死去的人安慰他说，将有一个人会替代他，这个人就是 HCE。小说将 HCE 设置成芬尼根的灵魂转生人物，凸显了爱尔兰人的痼疾：嗜酒如命。不仅这两个人物嗜酒如命，连其周围的人也是如此，芬尼根死了还被一群嗜好酒精的人守灵；HCE 以开酒馆为生，整日里侍奉的就是嗜酒的人。酒精的危害也从这些人物身上得到体现：芬尼根饮酒坠落，丧了性命。小说中那个惊天地泣鬼神的坠落之声成了小说的背景，而且在这个因酒堕落的背景里，作为芬尼根的后来人，HCE 登场，经营着酒馆，侍奉着酒鬼，因酒百病缠身的他大醉而睡。所以说这个因酒而坠落的母题充分展现了整个爱尔兰人民的生活状态。借助这两个灵魂相互转生的人物，小说给"嗜酒"这个爱尔兰痼疾加上了现实主义和黑色幽默色彩。

芬尼根的坠落引出了 HCE 的另一位变形人物，即蛋形胖子。这是一个童谣里的人物，也在《爱丽丝漫游奇境记》里出现过。他的特征是身材矮胖，或许就是个人形的鹅蛋，很容易摔碎。有儿歌为证："哈姆皮特·达姆皮特在墙上坐 / 哈姆皮特·达姆皮特重重地跌落 / 八十个人再加八十个汉 / 也无法医得哈姆皮特·达姆皮特完好无缺。"暗喻爱尔兰民族沦落的芬尼根的坠落，也就像哈姆皮特·达姆皮特的坠落，一旦坠落，必将粉身碎骨，无法恢复到从前的样子和状态。借此儿歌人物，作者凸显了爱尔兰民族沦落的巨大危害。

HCE 的另一位变形人物是睡着的爱尔兰巨人芜恩。这位爱尔兰神话巨人的身体化成了爱尔兰的山川湖泽，构成了爱尔兰人赖以生存、繁衍生息的土地山川。将这位神话巨人设置成 HCE 的灵魂转生人物，小说凸显了 HCE 所代表的每一个爱尔兰人的历史厚重感。这些爱尔兰人构成了爱尔兰民族，虽历经磨难，屡经惨败，但哪怕是尸体也构成爱尔兰民族的山山水水，构成这个民族的实体。没有了这些爱尔兰人，爱尔兰民族就无从谈起。

HCE 还有一位变形人物，即爱尔兰、苏格兰和威尔士神话传说中的爱尔兰巨人英雄芬·迈克库尔（Finn MacCool，也译作"迈克尔"）。这个巨人是英雄芬尼亚勇士的领袖卡姆浩尔的遗腹子，饱经磨难，获得知识鲑鱼

（the Salmon of Knowledge）的神圣知识；他武艺超群，从杀父仇人手中夺回父亲对芬尼亚勇士的领导权，获得其杀父仇人的外祖父对其的领土补偿，用智慧挫败苏格兰巨人的挑衅，屡次击败入侵爱尔兰的敌人。在一些传说中，这个英雄没死，只是沉睡于洞穴之中，周围是陪伴他的芬尼亚英雄。一旦爱尔兰有来犯之敌，他就会醒来，率领芬尼亚勇士奋起反抗，保卫爱尔兰。也有传说说只要芬尼亚勇士的号角响三下，沉睡的迈克库尔就会醒来，变得和以前一样强大。芬·迈克库尔领导的芬尼亚勇士们被后世的爱尔兰民族独立运动者视为榜样，19世纪以争取爱尔兰独立为目标的芬尼亚兄弟会和领导了1916年复活节起义的新芬党都用芬·迈克库尔及其芬尼亚勇士的名号来为自己命名。芬·迈克库尔之所以被乔伊斯塑造成HCE灵魂转世的人物，原因至少有两点：一是迈克库尔身上负载的热爱爱尔兰、勇于抵抗外敌的爱国精神；二是他的复活复苏能力。迈克库尔身上的这些特质恰恰是HCE这个"每一个人"所蕴含的，每一个爱尔兰人身上或许都潜藏着一个英雄迈克库尔，都是沉睡着的英雄。在某些时刻，他们的爱国之心会被唤醒，他们的睿智将会复活，他们的勇武将会复苏，他们构成的爱尔兰民族将会成为一个巨人，抵抗外来之敌。

以上HCE的三个灵魂转世人物都是爱尔兰本土人或者神祇，具有强烈的爱尔兰性。运用这三个人物，作者旨在强调HCE身上的爱尔兰性。与此同时，作者也没有忘记HCE身上的混杂性。HCE身上的混杂性是通过另外几个与他灵魂转生的人物展现的，其中包括移民爱尔兰的不列颠人后代威灵顿公爵、率领盎格鲁－诺曼人征服爱尔兰的"强弓"、向爱尔兰传播基督教的圣帕特里克，甚至在清教革命中镇压爱尔兰保王党人的克伦威尔、飞行员达奇曼、笑话里在克里米亚战争中被杀死的俄罗斯将军等。

HCE本人是从国外移民到爱尔兰的新教徒，他虽然逐渐本土化，成了爱尔兰人，但其移民身份也注定了他在爱尔兰人眼中的他者身份，他身上的混杂性也是他爱尔兰性不可摆脱的伴生物。这一点与移民到爱尔兰的不列颠人后代威灵顿公爵颇为相似。所以在小说文本中，HCE的灵魂转生人物就包括威灵顿公爵。威灵顿公爵是拿破仑战争时期的英军将领，甚至任过英国首相。他曾在印度军中服役，在西班牙半岛战争（1808–1814年）时期建立战功，并在打败拿破仑的滑铁卢战役（1815年）中起到了很大作用。他最终成了英国陆军元帅，并获得法国、沙俄、普鲁士、西班牙、葡萄牙和荷兰等六国授予的元帅军衔,是世界历史上唯一获得七国元帅军衔的人。虽然他出生于爱尔兰,而且青少年时期大部分时间都在爱尔兰生活和受教育,但他的父亲莫宁顿勋爵是英国人,他本人的封地、勋位、大学教育、信仰都是在英格兰获得的或者是英格兰式的,他自己也倾向于认为自己是个英国人。尽管爱尔兰完全有资格把威灵顿看作爱尔兰的英雄,也早在1844年就在格拉斯哥皇后大道上为他塑造了纪念雕像,但他身上的英爱混杂性总是使爱尔兰人在把他视为爱尔兰英雄和民族骄傲时不那么理直气壮。但小说作者似乎对他身上的混杂性情有独钟,不仅将他塑造为主人公的灵魂转生人物,而且在文本中不断变换威灵顿名字的拼写方式,凸显其混杂性无处不在的幽灵式存在。通过灵魂转生的关系将HCE和威灵顿公爵并置,不难发现威灵顿身上的混杂性也是HCE身上的混杂性,因为HCE也是生活在爱尔兰的外来移民,也信奉新教,也说不清自己到底是爱尔兰人还是原来国家的人。二人的灵魂转生关系还凸显了HCE的身份困境:具有混杂性的人可以对自己身上的混杂性听之任之,但他们时刻面临一个困境,即不得不回答"我是谁"的问题,但这个问题对他们而言是个没有固定答案的问题,因为他们既是爱尔兰人,又是非爱尔兰人,既不是纯粹的爱尔兰人,又不是纯粹的外国人。他们时刻处于两难境地,比如威灵顿,作为伟大人物,既被两个民族所争夺,又不能完全归属于爱尔兰或英国。

  HCE的混杂性还由他的另一位灵魂转生人物——向爱尔兰传播基督教的圣帕特里克来体现。圣帕特里克(约385–461年)出生于英格兰(也有人认为是威尔士或苏格兰),本来不信天主教。少年时曾被绑架到爱尔兰成为奴隶,被囚禁达六年之久。据传说在磨难中逐渐意识到天主的存在,每天不断向天主祈祷,依靠宗教的力量渡过了被囚禁的日子,后来跟随天主的指引逃走。之后他跟随奥克瑞的主教杰门神父学习了12年。由于对天主教的信仰,他学成后冒着生命危险回到爱尔兰,传播天主教,教化当时还未皈依的爱尔兰人。他终其一生从事传教事业,把天主教带到爱尔兰岛上的每个角落,并建立教堂和学校教育爱尔兰人。为了纪念这位将毕生献给爱尔兰天主教事业的主教,爱尔兰人尊奉他为圣人,许多教堂和学校都以他命名,还以他去世的日子3月17日为爱尔兰最重要的节日之一——圣帕特里克节。虽然不是爱尔兰人,但圣帕特里克却给爱尔兰民族带来了宗教精神信仰,成为爱尔兰人的圣人,成为爱尔兰民族精神的基石。

可以说，"爱尔兰人"是个笼统的概念，有的爱尔兰人是凯尔特人的后人，有的是维京人的后代，有的是英格兰或苏格兰人的后裔，有的是法国人、德国人、荷兰人、俄罗斯人或印度人的后裔。这些不同的爱尔兰人又相互通婚，致使所谓的"爱尔兰人"身上混合了多个民族的血液。所以纯粹的爱尔兰人或者爱尔兰文化是不存在的，这就像无论是身为欧陆移民的 HCE，还是英爱混血的威灵顿公爵，还是作为异族人带给爱尔兰人以另一种异族宗教（罗马帝国的天主教）的圣帕特里克，都是广义上的爱尔兰人，都在血缘混杂意义上具有灵魂转生的关系。圣帕特里克与 HCE 的灵魂转生关系凸显了爱尔兰民族性的混杂性，包括精神层面的混杂性，也凸显了爱尔兰人民被精神殖民的历史。

如果说圣帕特里克与 HCE 的灵魂转生关系凸显的是爱尔兰民族的精神混杂性和被精神殖民的历史性，那么 HCE 与率领盎格鲁－诺曼人征服爱尔兰的"强弓"的灵魂转生关系则强化了爱尔兰民族被武力殖民的历史性和生理上的混杂性。这个"强弓"就是在历史上武力征服爱尔兰的理查德·德·克莱尔（Richard de Clare），是彭布罗克（Pembroke）的第二任伯爵、伦斯特（Leinster）领主和爱尔兰最高司法官（1130–1176 年），是带领盎格鲁－诺曼领主的武装力量入侵爱尔兰的重要人物。伦斯特王国国王迪阿麦特·麦克·穆尔查达（Diarmait Mac Murchada）诱拐了布雷夫尼（Breifne）国王提尔南·欧洛克（Tiernan O'Rourke）的妻子，被当时爱尔兰的大国王莱德里·乌阿·康绸拜尔（Ruaidrí Ua Conchobair）剥夺了伦斯特王国。穆尔查达于是请求英王亨利二世出兵爱尔兰帮助其夺回王国，但亨利二世正忙于对付国内外纷争，仅表示支持，暂时无法出兵爱尔兰。穆尔查达转而求助于理查德·德·克莱尔，答应如果他出兵爱尔兰帮助自己夺回王国，他将把其长女许配给理查德，并且允诺理查德可以继位做伦斯特国王。两年后经亨利二世许可，理查德集结了大批威尔士武装力量，由雷蒙德·菲茨杰拉德（Raymond FitzGerald）带领，攻占了爱尔兰的维克斯福德（Wexford）、沃特福德（Waterford）和都柏林。穆尔查达死后，其子继承王位，理查德也主张继承权，后由亨利二世干预介入，理查德将所占领的爱尔兰土地交由亨利二世统治，作为补偿，理查德得到因为原来反对亨利二世母亲而失去的在法国、英国等国的封地，获得了伦斯特王国的统治权。

"强弓"与 HCE 形成灵魂转生关系，从表面上看很奇怪，但其寓意极其丰厚。HCE 至少有两个特点可以与"强弓"形成灵魂转生关系，一是二者身份都具混杂性，都是非土著爱尔兰人，都是以外国人的身份到达爱尔兰，一个是侵略者，一个是移民，而且在到达爱尔兰前的身份都是混杂或含混的。在《芬尼根守灵》文本中，HCE 也被称作 Dutchman（荷兰人），还被认同为被巴克雷打死的俄国将军，其目的同样是凸显 HCE 民族身份的混杂性。在历史上，俄国人和荷兰人都是不断进行民族混合和杂糅的混杂族群。HCE 在到达爱尔兰前是哪国人或血缘如何，不甚清楚；"强弓"理查德到底是法国人还是威尔士人，这也很难说。第二个是作为 HCE 所代表的被侵略、被殖民的爱尔兰人，身上也可能流着侵略者和殖民者的血液。虽然作为侵略者的"强弓"是爱尔兰民族的敌人，但是在踏上爱尔兰土地后，他带去的或派去的盎格鲁-诺曼人在爱尔兰留下的后裔也成了爱尔兰民族的一部分，也成了 HCE 所代表的每一个爱尔兰人中的某些人。从这个意义上说，HCE 与"强弓"的灵魂转生关系凸显了这样一个事实，爱尔兰人也不纯粹是一个被殖民、被压迫的民族，他们血管里也流着侵略者、殖民者和压迫者的血液，正像《尤利西斯》里斯蒂芬所意识到的那样，作为爱尔兰人的他，血管里也流着入侵者维京人的血，流着强盗罪恶的、贪婪的血液。

更重要的是，把"强弓"设计成 HCE 的另一个变形人物，颇具讽刺意味地凸显了爱尔兰问题背后的爱尔兰与英国、法国和威尔士或苏格兰之间错综复杂的关系和爱尔兰被鸠占鹊巢的可悲地位。在"强弓"入侵爱尔兰的整个事件中，爱尔兰人本身既可恨又可悲：爱尔兰内部两个王国国王的纷争本身仅仅是兄弟之间的纷争，但穆尔查达分不清内外，辨不清利害关系，没有民族大义，试图借助异族外力解决内部纷争，结果引狼入室，落得个赔了夫人又折兵的下场，不仅致使儿子丧失王位，也将爱尔兰推向英国人的魔爪。而盎格鲁-诺曼领主理查德和英国王——盎格鲁-诺曼人亨利二世则成了决定爱尔兰命运的主宰，二者各取所需，瓜分了本来与他们没有任何关系的爱尔兰。这种境况从 12 世纪"强弓"入侵爱尔兰直至《芬尼根守灵》成书之日一直持续不变，爱尔兰人一直陷于各种内部纷争，英国殖民活动、罗马天主教、法国和美国的各类"支持者"等一直主宰着爱尔兰的命运，从爱尔兰这块肥肉上揩着各种各样的油水。

HCE 甚至与清教革命中镇压爱尔兰保王党人的克伦威尔也形成一种灵魂转生关系。这种关系凸显的同样是 HCE 身上的混杂性和矛盾性。首先，克伦威尔反对英国王权，推翻王权统治，建立共和制，似乎站在了资产阶级革命的阵营，但他一旦大权在握就实行军事独裁，而且死后将自己护国公的位置传给自己的儿子，这明显与共和制的理想相悖。其次，他为了阻止以爱尔兰为复辟大本营的英国王室势力的死灰复燃，于1649年率领12000名精兵悍然发动对爱尔兰的军事征服。在攻陷德罗赫达城后，他下令将城内投降之敌甚至普通居民全部杀光，此次大屠杀整整进行了两天，被杀戮者多达三千五百名左右；在攻陷维克斯福德市后，其共和军在大街和广场上又屠杀了两千多名军民。克伦威尔对爱尔兰的军事远征不仅是对王朝势力的打击，更是对爱尔兰平民的屠杀，而且还是对在爱尔兰占主导地位的天主教的重创。在他攻陷基尔肯尼后，"天主教联盟"被迫解散。由此可见，虽然克伦威尔远征爱尔兰的目的是打击王权势力，却对爱尔兰实行了军事入侵，屠杀了爱尔兰的平民；虽然克伦威尔总体上实行的是宗教宽容政策，但在远征爱尔兰的军事行动中，却为天主教带来了重创。另外，他与HCE的灵魂转生关系还令人联想到克伦威尔身上的另一个矛盾性，即他既是一个胜利者，也是一个失败者。单纯从对爱尔兰的远征而言，在取得节节胜利时，他也遭到爱尔兰人民的打击。爱尔兰人利用英国人进军爱尔兰内陆所遇到的山地和沼泽等地形，同英军展开游击战，在克伦威尔攻打克朗梅尔时，爱尔兰人一举歼灭英国官兵两千多名，这是克伦威尔无论在英格兰还是在爱尔兰战场从未吃过的最大的一次败仗。作为征服过爱尔兰并双手沾满爱尔兰人鲜血的人物，却被作者塑造为与HCE有灵魂转生关系的人物，并不是说克伦威尔在血缘上与爱尔兰人有什么关系，而是暗示HCE也与克伦威尔一样具有矛盾性，也有本意与行为违和的地方。

HCE还被小说中的其他人物认为是Flying Dutchman，字面意思是"飞行的荷兰人"，似乎是说他不知是从什么地方漂洋过海来到爱尔兰。但Flying Dutchman在西方还有一个解释，即西方传说中的一艘鬼船。它永远在大海上漂泊，但永远无法靠岸。这艘船似乎与HCE漂泊不定的身份相似。HCE曾经漂泊到许多地方，在路上停一阵子就会离开家里（即文明的积淀之地）：从小亚细亚的特洛伊（他常被叫作"土耳其人"）跨越风起云涌的哥特人、法兰克人和古斯堪的纳维亚人之地，远跨重洋，到达不列颠和爱尔兰绿色的岛屿。他的日耳曼血统主要通过沃顿（Woden）和托尔（Thor）展现，他的凯尔特血统主要通过马楠楠·麦克勒珥来展现。正如坎贝尔与鲁滨孙所释，他还是传播新的宗教信仰的圣帕特里克，还是带领盎格鲁-诺曼人征服爱尔兰的"强弓"，还是用血腥手段征服爱尔兰的克伦威尔，在小说里他最常用的身份则是都柏林郊区查普尔佐德的新教徒酒馆老板HCE。[1]HCE就如一艘鬼船，如同命定一般，不停地在世界各地漂泊，永远也不会在一个地方长时间停留，或者从普遍意义上而言，HCE是世界上的任何人，没有具体身份或血缘，甚至不带有任何具体时间和空间的印记。

　　HCE与俄罗斯将军卡刚杜阿（Gargantua）的灵魂转生关系则凸显了其受害者的身份。卡刚杜阿是《巴克雷射杀俄罗斯将军》这个诙谐故事中俄罗斯将军的绰号，他因为自己用草皮擦屁股而被巴克雷射杀，因为巴克雷认为用草皮擦屁股是亵渎大地母亲的举动，也是亵渎爱尔兰的举动，属于不可饶恕的行为。[2]从现实的角度而言，巴克雷低卡刚杜阿一等，是受欺辱的对象。从军衔上讲，巴克雷是列兵，卡刚杜阿是将军；从民族上而言，巴克雷具有被欧洲许多国家定义为低劣人种的爱尔兰人身份，而卡刚杜阿则是大国俄罗斯人。但受害者也可能是统治者，施暴者也可能是属民。处处受欧洲列强欺辱的爱尔兰人也不是在任何情况下都是被同情和支持的一方。在这个诙谐故事中，巴克雷的行为有力地说明了爱尔兰人因为宗教信仰、文化习俗和迷信，有时也会转变为施暴者，做出愚蠢或者残忍的事。《芬尼根守灵》里酒馆中的消费者都认为巴克雷与HCE有许多共同之处，因为他们都是受人欺辱的爱尔兰人，这一点早在20世纪20年代就被乔伊斯本人证实："早在20世纪20年代，乔伊斯就把巴克雷看作是对抗帝国权威的爱尔兰普通一员。"[3]但在有些时候，HCE自己也将自己看成是俄罗斯将军，因为他作为新教徒，也受到过发源于罗马但早已经被爱尔兰人视为"本土"宗教的爱尔兰天主教的歧视。他对俄罗斯将军的认同凸显了这样一个事实：属民未必永远是受害者，受害者也可能曾经是压迫者；信仰或者迷信的影响无孔不入，其影响可能随时会导向杀戮。

　　HCE还与民谣中被恶作剧女王抢去孩子的胡瑟尔和被崔斯坦和伊瑟尔戴了绿帽子的马克王形成灵魂转生关系。根据民谣，恶作剧女王喜欢让人

---

[1] Joseph Campbell & Henry Morton Robinson. *A Skeleton Key to* Finnegans Wake. New York: The Viking Press, 1969, p. 6.
[2] 转引自 Kelly Anspaugh. "How Butt Shot the Chamber Pot: *Finnegans Wake II.3*." *James Joyce Quarterly*, 32.1 (Fall 1994), p. 72.
[3] Ibid.

猜谜语，如果猜不中就会抢走猜不中者的孩子。胡瑟尔猜不中她的谜语，她就抢走了胡瑟尔的孩子。在《芬尼根守灵》中，主人公变形为饱受恶作剧女王捉弄的胡瑟尔，恶作剧女王成了他的侄女。恶作剧女王三次问胡瑟尔问题："为什么我就像一碗豌豆汤？"胡瑟尔每一次都让她闭嘴，她每次都抢走胡瑟尔的孩子，在她的地盘按自己的意愿教化胡瑟尔的孩子。第一次抢走的是胡瑟尔的双胞胎儿子之一——崔斯托夫（Tristopher），让四个老师拔除他心里爱的意识，给他灌输一神论的思想，把他教化成了路德教徒；第二次又抢走了胡瑟尔的另一个双胞胎儿子希拉里（Hillary），又让那四个老师给他灌输宗教思想，将克伦威尔血腥的思想置入他的心里，教他哭泣，把他培养成基督教徒；第三次抢走胡瑟尔的小女儿时，胡瑟尔忍无可忍，愤怒地冲向恶作剧女王，但恶作剧女王向他开枪，带走了他的小女儿。恶作剧女王三次抢走胡瑟尔的孩子，前两次胡瑟尔都是眼睁睁看着自己的孩子被抢走，虽大喊捉贼，要求归还他的继承者，奋力直追，但都毫无用途，结果是自己的两个孩子全部被恶作剧女王洗脑。胡瑟尔的经历可以说是爱尔兰被罗马天主教、英国殖民主义、欧陆其他势力精神和肉体控制的寓言。从西方（后）殖民主义叙事传统而言，儿子往往是一个民族未来或者成员的寓言，女儿往往是一个民族土地的寓言[1]。作为爱尔兰人HCE灵魂转生人物的胡瑟尔，他的遭遇就是爱尔兰民族遭遇的寓言，其儿子被抢走和洗脑，被培养成路德教和基督教教徒，这是爱尔兰人民在精神上被天主教和新教洗脑和控制的寓言；胡瑟尔的小女儿被抢走，一直受到恶作剧女王的人身控制，这是爱尔兰领土被瓜分、被占领的寓言。

而更有趣的是，HCE还与被戴了绿帽子的马克王以及给马克王戴绿帽子的崔斯坦两个人形成灵魂转生关系，这种看似自相矛盾的灵魂转生关系凸显了爱尔兰土地和主权的丧失以及夹在恢复自制和与英国"联合"两种选择间的困境。在亚瑟王传奇中，崔斯坦是马克王的外甥，受命去爱尔兰为马克王迎娶爱尔兰公主金发伊瑟尔为妻。在此之前，金发伊瑟尔曾救过崔斯坦的命，二人已经暗生情愫。在归途中，二人无意间误饮了爱尔兰王后为新婚夫妇准备的爱情药酒，遂深陷爱情不能自拔。但崔斯坦无法忘却对舅父和王国的责任，最后将金发伊瑟尔归还马克王，自己则去了遥远的布列塔尼，娶了当地公爵的女儿白手以瑟珥为妻，但他心中依然无法忘却

---

[1] Ania Loomba. *Colonialism/Postcolonialism*. London & New York: Routledge, 1998, p. 152.

金发伊瑟尔。后来崔斯坦又一次身受重伤，生命即将终结时他央求好友去请金发伊瑟尔来布列塔尼见他最后一面。两人约定，如果金发伊瑟尔来了，船上就挂白帆；如果没来，就挂黑帆。崔斯坦日日在海边苦等，后来因为病情恶化就请妻子白手以瑟珥代为观望。但白手以瑟珥因为嫉妒，就在金发伊瑟尔的船出现时谎称船上挂着黑帆，崔斯坦当即痛苦异常，猝然而死。金发伊瑟尔上岸后见到崔斯坦的尸体，也悲恸而死。在这个传说中，马克王没有任何过错，却阴差阳错地被戴了绿帽子。透过这个与HCE有灵魂转生关系的人物，小说凸显了HCE是"篡夺人"（usurper）的受害者的身份。作为丈夫，HCE也有被戴绿帽子的恐惧；作为爱尔兰人中的一分子，爱尔兰的国土有长达约八百年的被占领或被殖民的历史，而生活于其上的爱尔兰人，本属于自己的土地却被剥夺，这与被篡夺王位、继承权、拥有权等境况有共同之处，也与自己的妻子被他人占有的境况有共同之处。而崔斯坦被夹在金发伊瑟尔和白手以瑟珥之间的两难选择也与HCE的两难处境有相似之处。崔斯坦与金发伊瑟尔真心相爱，但她是马克王的王后，崔斯坦无法与她结合；崔斯坦虽然与白手以瑟珥是夫妻，但他并不爱她，又囿于夫妻间的义务，不得不忠实于她。崔斯坦每时每刻都纠结于这两难的选择。这在家庭生活和民族问题两个层面与HCE的情况相似。作为丈夫，他爱他的妻子ALP，但他在潜意识里，又受他女儿伊瑟的诱惑，因为伊瑟身上带有他妻子ALP年轻时的影子。这与现实中的乱伦无关，只是他心中的幻象在作怪。他在梦中受着对妻子和女儿的爱的欲望的撕扯，无法做出一个"二选一"的选择。HCE还是爱尔兰人的代表，而爱尔兰人在八百多年的被英国侵略和殖民的历史中，总是被夹在英、爱之间，一方面被逼着做英国的奴仆，一方面无法割舍对本土爱尔兰土地和文化的爱恋；从名义上而言，他们不得不做英国的臣民，但在现实中，他们又是排斥英国压迫的爱尔兰本土人。这种选择的两难境地就是崔斯坦对金发伊瑟尔和白手以瑟珥选择的两难境地，他们时刻被现实与理想、义务与情感、反叛与臣服等对立选项撕扯。

另外，HCE与挪威船长也存在一些转生关系。挪威船长定期进入店中消费，这些店似乎不是同一家店铺，但挪威船长每次都是消费过了就逃向大海，躲避付账。店主（似乎都是船舶代理人）无奈，最终似乎祈求将自己的女儿嫁给挪威船长。霍夫亨茨认为"男性人物HCE和他妻子ALP生成了'挪威船长'故事来作为他们婚姻的寓言"[1],而由于"乔伊斯通过书写诱奸的场景重现征服发生的情况,通过从婚姻中夫妻磨合的角度来理解政治权利关系,使得我们对殖民历史线条的理解更加复杂"[2],我们也不难推断出 HCE 身上体现出的劫掠与征服、劫掠与妥协等主题。HCE 既是那个屡次消费了商品而逃避付款的挪威船长,也是那个屡次被挪威船长消费劫掠的店主。ALP 同样既是劫掠者也是被劫掠者,正如 HCE 与 ALP 在婚姻中既是欺辱者也是被欺辱者,既是爱人者也是被爱者。劫掠、逃避付账、强奸/诱奸,从逻辑上说是一回事,而劫掠者与被劫掠者最后的讲和以及劫掠者与被劫掠者身份的模糊性和互置关系恰恰是殖民问题复杂性的体现,它们解构了殖民历史的线性叙事。

在零散的叙述中,HCE 还与亚当、诺亚、普罗米修斯、奥赛里斯、基督、佛祖等宗教传说中的人物形成灵魂转生的关系,其效果也是凸显 HCE 在本质上与这些宗教人物间的相似之处。具体而言,根据《圣经》传说,亚当是人类的始祖,与其妻子夏娃违背上帝的旨意,偷吃禁果,犯下人类原初之罪。HCE 在《芬尼根守灵》中,被众人指责犯下偷窥、淫乱等诸多罪名,指责他的人同时也是犯罪之人,所以 HCE 与亚当形成灵魂转生关系,代表普遍意义上人类的原罪和替罪羊的特质。在上帝要毁灭人类时,诺亚及其妻子因善良而获得上帝恩典得以赦免,在逃生时每个物种他都带上一对,乘坐诺亚方舟逃过浩劫,使得人类和其他物种得以继续繁衍。在《芬尼根守灵》中,HCE 作为每一个人的代表,正如诺亚一样,历经人类的诸种磨难,得以幸免,代代繁衍生息。普罗米修斯为人类偷得天火,造福了人类,也开罪了宙斯,被绑在高加索山上受尽被鹰隼啄食肝脏之苦。在《芬尼根守灵》中,作为每一个人代表的 HCE,也同普罗米修斯一样反抗权威,历经苦难,为他人造福。奥赛里斯为埃及神祇,他为其兄弟所害,尸体破碎,其妻将其尸体整合在一起,他随后复活,并成为冥神。基督为罗马人所害,被钉在十字架上流血而死,数日后复活。佛祖在菩提树下苦思,最终悟道,引领世人参悟因果轮回,其悟道过程类似于西方文化中的复活和获得新生。在《芬尼根守灵》中,HCE 与奥赛里斯、基督、佛祖等形成灵魂转生关系,

---

[1] Thomas Hofheinz. "'Group Drinkards Maaks Grope Thinkards': Narrative in the 'Norwegian Captain' Episode of *Finnegans Wake*." *James Joyce Quarterly*, 29.3 (Spring 1992), p. 651.
[2] Marian Eide. "The Language of Flows: Fluidity, Virology, and *Finnegans Wake*." *James Joyce Quarterly*, 34.4 (Summer 1997), p. 485.

同样也凸显了 HCE 所代表的人类不断上演的堕落和复活的母题。

总之,《芬尼根守灵》中的所有人物都可以说是幽灵人物,都不具备清晰的身份边界。在小说的所谓现实界,只存在 HCE、ALP 及其子女肖恩、山姆和伊瑟,还有男女仆人凯特和赛克逊,甚至有不少批评家认为只存在 HCE 和 ALP 两个人物,其他人物均是他们的变体,或者说变形人物。这些变形人物要么是历史人物,要么是神话、宗教、传说、文学作品中的人物,要么是主要人物想象或梦幻中的人物,这些人物与小说的主要人物存在一种类似灵魂转生的关系,在某种意义上与主要人物是异位同质的,具有与主要人物的某些特质相通的特质。在某些作家笔下,个别人物会有一个影子人物(double),而在乔伊斯的《芬尼根守灵》中,所有主要人物都有许多类似影子人物的变形人物。他们与其他作家笔下的影子人物具有一个相通的功能,即表达主要人物身份或者特质的复杂性,揭示主要人物无法言表的另一面。同时,通过人物的变形和灵魂转生关系,乔伊斯凸显了世界的复杂性和人类认知的有限性。正如马修斯所言,《芬尼根守灵》中的人物不断变形,不断变成具有不同名字的人物,作者的目的是揭示世界的神秘和思维的现实:"亚当在伊甸园里发现,命名可以驯化事物的陌生性。但乔伊斯的命名似乎具有相反的效果:他作的命名是由内而外辐射的,揭示了通向新的神秘和思维的现实。"[1]

第三章 《芬尼根守灵》语言的幽灵性特征

《芬尼根守灵》的语言变化多端,如幽灵一般,没有确定的意义,又不断以鬼魂那虽万变但不离其宗的魅惑去引诱人探寻它的最终面目。借用恩达的话说,就是:"在《芬尼根守灵》中,语言以一种连续不断的液体流动的形态呈现在页面上"[2];"如果这种非诗歌体的行文在通常的意义上

---

[1] F. X. Mathews. "Festy King in *Finnegans Wake*." *James Joyce Quarterly*, 6.2 (Winter 1969), p. 157.
[2] Marian Eide. "The Language of Flows: Fluidity, Virology, and *Finnegans Wake*." *James Joyce Quarterly*, 34.4 (Summer 1997), p. 473.

不算流畅的话，它因其由不同语言和习语构成的洪流而变得汹涌奔流"[1]。

《芬尼根守灵》的语言是以英语和爱尔兰语为基础，经变形、改造、混杂等，变形为意义极不稳定、含义丰富多变的表达。劳伦特·米里斯（Laurent Milesi）通过仔细分析，认为"在《芬尼根守灵》中有大约八十种语言，或者大差不差是这些"[2]。而特伦斯·多兰（Terence Dolan）则认为，乔伊斯"把英语当成了巴别塔，打乱和解构了英语，使之带有许多零星的语言碎片，以英语和爱尔兰语为主予以混杂，以爱尔兰语－英语为主要形式"[3]。当然，"乔伊斯也熟悉其他混杂的方言土语，比较著名的有的里雅斯特意大利语和瑞士德语，这两种语言都在《芬尼根守灵》中留下了痕迹"[4]。多种语言的混杂和变形，使得其表达的含义具有多变性和不稳定性，"《芬尼根守灵》语言的流动性要求读者对它的感知、诠释和理解也具有流动性"[5]。

粗略分析的话，《芬尼根守灵》的语言变形大致可以分为词根变形叠加、人名或地名等专有名词变体为一般词汇、一般词汇与专有名词混合组成新的词汇、象声词变形、外语词汇套用、英语词与外语词汇混合成新的词汇等。在这种语言变形中，语言的语法结构也成了幽灵式存在，虽然变成在场和不在场之间的存在，但依然是读者赖以从语言阅读中衍生阐释的非常重要的隐形线索和结构。

为了对《芬尼根守灵》语言的幽灵式特点有一个直观的了解，对其之于意义的丰富作用有一个相对完整的认识，笔者以《芬尼根守灵》开头的前四段为例，结合坎贝尔和麦克休（McHugh）对部分词语的部分释义来进行说明、阐释。

首先，小说的题目 *Finnegans Wake* 就可以同时具有几种意义：Finne 可以看作 fine，gan 即 again，Finn 也可以看作爱尔兰神话中的民族英雄 Finn，egan 即 again；Finnegan 后跟复数形式的符号 s，表示"众多的人"；

---

[1] Marian Eide. "The Language of Flows: Fluidity, Virology, and *Finnegans Wake*." *James Joyce Quarterly*, 34.4 (Summer 1997), p. 473.
[2] Laurent Milesi. "L'Idiome babélien de *Finnegans Wake*: Recherches thématiques dans une perspective génétique." *Genèse de Babel: Joyce et la Création*. Ed. Claude Jacquet. Paris: CNRS, 1985, p. 173.
[3] Terence Dolan. "Joyce: Babble or Babel?" *Voices on Joyce*. Eds. Anne Fogarty & Fran O'Rourke. Dublin: UCD Press, 2015, p. 102.
[4] Sam Slote. "*Finnegans Wake*, However Basically Translated." *Translation Studies*, 12 (2019), p. 78.
[5] Marian Eide. "The Language of Flows: Fluidity, Virology, and *Finnegans Wake*." *James Joyce Quarterly*, 34.4 (Summer 1997), p. 473.

wake 既可以解释为"守灵",也可以解释为"觉醒"。这几层可能的意义形成厚重的意蕴,即爱尔兰的民族英雄 Finn 或者像他一样众多的爱尔兰人或者民族英雄们正在觉醒,觉醒后爱尔兰民族就会重新复兴(重新变好),或者为死去(实际上是沉睡)的民族英雄 Finn 或者像他一样的民族英雄们致哀、守灵,不忘爱尔兰历史,也与死去的爱尔兰历史创伤诀别。

小说开头一句:"riverrun, past Eve and Adam's, from swerve of shore to bend of bay, brings us by a commodius vicus of recirculation back to Howth castle and Environs"中的 riverrun 即 river run(大河奔流)。river 之所以小写,是因为小说的第一句是从小说的末尾一句未完的句子接上的,也就是说小说的开头是从小说末尾句子的中间开始的,因此小说开头的第一个词就不用大写。这个开头应和的恰恰是小说很重要的主题,即维柯的历史循环论。此处的 river 指的是利菲河,也是世界上的任何一条河。这条河流经一个名字叫 Adam and Eve's 的教堂,作者之所以写这个教堂,是强调人类的原罪及救赎以及自古及今的历史观。开头就写"大河奔流",就是要烘托人类自古至今的原罪与救赎主题以及推古及今的主题。之所以将亚当和夏娃的顺序颠倒过来,是要暗示人类的原罪始于夏娃而不是亚当这一思想。这条河流经弯出去又弯进来的海岸线,恰恰像人类欢迎的姿态,似乎在暗示爱尔兰的海岸线如同一个伸出去准备拥抱的臂膀,在欢迎着到此的陌生人和入侵者,这也与爱尔兰历史上几经入侵但人民却极少反抗的历史相呼应。commodius 暗示的是罗马皇帝 Commodus,他因为贪图舒适安逸的生活而给罗马帝国带来灭顶之灾;vicus 为拉丁语,意为"街道",也令人联想到 Vico,即意大利思想家维柯;recirculation 强调历史循环、周而复始、自古及今等含义,这也是维柯历史循环论的中心。[1] Howth Castle 令人联想到 Hill of Howth。根据爱尔兰神话传说,民族英雄迈克库尔(一说是沃恩)死后头颅化为 Howth 山,脚趾头化为现在的都柏林的凤凰公园。[2] Howth Castle 又为英国历史上的 Sir Almeric Tristram 所建造,而此人是亨利二世所派遣的入侵爱尔兰的重要干将;Tristram 也是后世崔斯坦和伊瑟尔传说中的原型人

---

[1] Roland McHugh. *Annotations to* Finnegans Wake. Baltimore: The John Hopkins University Press, 2006, p. 5.
[2] Joseph Campbell. *Mythic Worlds, Modern Words: On the Art of James Joyce*. Novato, California: New World Library, 2004, p. 196.

物。[1] 所以从 brings 开始的半个句子的字面意思是：这条河从科莫迪斯街打了个回旋后把我们带回侯特城堡和恩威伦斯，而其蕴含的意义则是：它不仅令人联想到与当下爱尔兰人生活态度一样的、贪图安逸享受的罗马皇帝 Commodus，也联想到持历史循环论的维柯，从而使人联想到过去的罗马就是今天的爱尔兰，更使人想到还在沉睡的民族英雄 Finn。他的临终遗言"爱尔兰一旦有难，我会醒来"依然在耳，爱尔兰却沦落到像崔斯坦之类的英国殖民者手里，抑或外来者已经转变为英雄传奇被人传唱，爱尔兰人则在为 Finn 守灵。这句话通过对几个地名和人名的改写和巧妙嵌入，既赋予文本以厚重的历史感，又赋予文本以深切的民族关怀。而且这种历史感和民族关怀尽管介于在场与不在场之间，却如幽灵侵扰般萦绕在文本意义之中。

下一句 "Sir Tristram, Violer d'amores, fr'over the short sea, had passencore rearrived from North Amorica on this side of the scraggy isthmus of Europe minor to wielderfight his penisolar war" 交代了小说主人公 HCE 的变形人物之一——崔斯坦爵士的身份和经历。作为英国入侵爱尔兰的干将，他就是爱的践踏者；作为崔斯坦和伊瑟尔爱情传说中的原型人物，他就是爱的鼓吹者。violer 既可以解释为 violater（践踏者，违反者），也可以解释为中提琴（viola，中提琴），d'amore 为意大利语，意为"爱"。passencore 为法语 pas encore 的变形，意思是 not yet（还没有）。[2] Amorica 可以解释为 Brittany，爱情传说里的崔斯坦在感情中受伤后就住在这个地方。如果考虑到崔斯坦也是 HCE 的一个变形人物，他的儿子肖恩也是 HCE 的一个变形人物，那么 Amorica 也可以解释成肖恩的理想之地——北美，[3] 这个解释在下一句话中可以得到印证。Isthmus 即 Isthmus of Sutton，系地名，它将 Howth 与内陆相连；Isthmus 与希腊语 isthmos（脖子）相似，暗示此地在地理位置上的重要性。wielderfight 与德语 wiederfechten 相似，即"再打一仗"。penisolar 则可以有多种解释，可以拆解为 penis o late，即 late (recent) war of pennis（最近的阴茎战争），也就是男性为争夺女人而打的战争（崔斯坦与马克王争夺伊瑟尔）；也可以拆解为 pen isolate，即孤军奋战式的笔战——HCE 的另一个

1　Joseph Campbell & Henry Morton Robinson. *A Skeleton Key to* Finnegans Wake. New York: The Viking Press, 1969, p. 26.
2　Roland McHugh. *Annotations to* Finnegans Wake. Baltimore: The John Hopkins University Press, 2006, p. 3.
3　Joseph Campbell & Henry Morton Robinson. *A Skeleton Key to* Finnegans Wake. New York: The Viking Press, 1969, p. 26.

变形人物，他的儿子山姆就是孤军奋战、饱尝孤独的文学家形象。历史上的战争要么是文斗，要么是武斗，最原初的根源大多是受繁殖的驱动。这个词还可以解释为 peninsular 的变形，Peninsular War 是拿破仑和威灵顿公爵打的一场重要战役，而拿破仑和威灵顿也是小说主人公 HCE 的两个变形人物。这句话最基本的意思是：崔斯坦爵士，爱的践行者/践踏者，还没有从布列塔尼跨过波涛翻涌的圣乔治海峡，重新到达爱尔兰面向欧陆的破碎海岸线的一边，重新打一场仗。但通过将英语与意大利语、德语、法语混合，并通过关键词 violer 的多义化和将英语 peninsular 改写，此句既阐释了人类历史上的战争主题：不论源于争夺女人，还是起于争夺领土和资源，都是对爱的践踏，虽然有时候看似是为了爱情或爱。即使像崔斯坦一样为了爱情打的仗，也不过是男人为了满足生理的欲望，出于繁殖的本能。无论是最近的战争，还是近代拿破仑与威灵顿的战争；无论是古代崔斯坦爵士对爱尔兰的入侵，还是英雄救美的崔斯坦骑士所发动的战争，其动机莫不如此。虽然表层文本只不过交代了崔斯坦还未到达爱尔兰的事实，由于作者对语言进行的变形，语言带有了幽灵的不确定性和随时随地侵扰的可能性，使得文本的意义变得不确定，但也使得文本的潜在意义变得丰厚起来，带有了历史的厚重感和对爱尔兰的民族关怀意蕴。

在接下来的 "nor had topsawyer's rocks by the stream Oconee exaggerated themselse to Laurens county's gorgios while they went doubling their numper all the time" 中，topsawyer 首先使人联想到马克·吐温的小说《汤姆·索亚历险记》中的同名主人公，是年轻冒险者的代表；其次，该词可以分解为 top sawyer，即站在上位的拉锯之人，令人联想到占优势的人或者成功之人；此外，两个拉锯之人存在一拉一推的竞争姿势，这与小说的重要主题——竞争、争斗相关。rocks 系美国俚语，指的是钱，也可以指睾丸。Oconee 可能指现实中美国的叹息河，其流经佐治亚州（Georgia）的 Laurens 县，旁边有个小镇名叫 Dublin，也同时令人联想到爱尔兰语 ochone，系哀叹时发出的声音，在此句中可以理解为爱尔兰人去美国时发出的哀叹声。exaggerated 可以理解为"发展、拓展、壮大、增长、强大"等意思。themselse 即 themselves。gorgio 至少有五个释义：1. 美国的佐治亚州，只是这里作者颠倒了一下顺序，文中是"劳伦斯县的佐治亚州"，而在现实中则是"佐治亚州的劳伦斯县"，乔伊斯似乎借此暗喻地名如同人的名字和身份一样，都具有建构性；

如果将州设置为比县低一级的建制，它就可以是"劳伦斯县的佐治亚州"；2. gorgeous，即"特别好的、棒极了的"；3. non-gipsy，即非吉卜赛人的；4. youngsters，即年轻人；5. progeny，即子孙。doublin 可以指都柏林（Doublin），也可以是 doubling，即"翻倍"的意思。numper 即 number，意为"数字"；其词根 num 还是一种啤酒的名称，所以 numper 还可以解释为"喝啤酒的人"；如果与它前面的词连在一起理解，可以组成 doublin num，与 doubling num（异期复孕）相似，暗示这些去美国的爱尔兰人增殖速度之快。另外，Laurens county 不仅是美国佐治亚州的一个县，也令人联想起爱尔兰的历史，因为爱尔兰历史上的 Sir Almeric Tristram，也就是都柏林的 Howth Castle 的建造者、入侵爱尔兰的英军干将，为了纪念他的资助人（时任都柏林大主教）Lawrence O'Toole，将自己的姓改成了 Lawrence，[1] 所以，Laurens 一词很容易使人联想到爱尔兰的都柏林，也很容易与爱尔兰这段被侵略的史实联系起来；同时，美国的佐治亚州劳伦斯县都柏林镇则是由一个移民到美国的爱尔兰都柏林人 Peter Sawyer 建立的。[2] 在上述多义、用典、俚语等综合作用下，此句的含义至少有：在下列事件发生之前——那些饱经战争和内讧之患的爱尔兰人哀伤地离开爱尔兰，来到汤姆·索亚的故乡美国，来到常常勾起他们联想到被改姓劳伦斯的崔斯坦爵士代表的异族入侵的屈辱历史／由都柏林移民到美国的都柏林人 Peter Sawyer 建立的佐治亚州劳伦斯县都柏林镇，在叹息河旁安顿下来；他们赚了大笔钱财，生活幸福，繁衍生息，其子孙人数翻了一倍。作者在此句利用形似或音似词和美国俚语等，使得部分词语既在写实，又在用典，带有多义的特点，使得文本意蕴较为丰厚。

"nor avoice from afire bellowsed mishe mishe to tauftauf thuart peatrick"一句中的 avoice 即 a voice，可能是爱尔兰女神布丽吉特（Brigit）的声音；afire 即 a fire，此火光指的是圣帕特里克到爱尔兰传播基督教而带来的上帝之光，同时 afire 的读音与 afar（远处来的）很相似。bellowsed 可以看作 bellow 的过去式，也可以看作 bellow said 的变体，在这里指的是爱尔兰基督化过程中教众们对圣帕特里克一呼百应的声音。Mishe 是爱尔兰语，意为 I am，即表示肯定之意。Tauftauf 是德语，意为 baptize，即"施

---

[1] Joseph Campbell & Henry Morton Robinson. *A Skeleton Key to Finnegans Wake*. New York: The Viking Press, 1969, p. 28.
[2] A. Nicholas Fargnoli & Michael Patrick Gillespie. *James Joyce A to Z: The Essential Reference to His Life and Writings*. New York: Oxford University Press, 1996, p. 3.

洗",此处使用德语,既与圣帕特里克的导师Germanicus爵士的名字与德语(German)相似有关,也与他德国人的身份相关。peatrick可拆解为the peat rick(泥炭堆、余烬堆),这也是爱尔兰的别称,也可以看作Patrick的变体。根据麦克休的解释,圣帕特里克受洗这一事件具有极其重要的意义,[1]或许具有与钦定版《圣经》中描写的重新建立上帝的教堂一样具有划时代意义。在《圣经》中有这样的文字:"我也要告诉你,你是皮特,在这块石头上我要建造我的教堂,地狱之门永远不会朝向它开。"(《马太福音》第16章第18节,笔者自译)此部分通过将英语、德语、爱尔兰语混杂,强调圣帕特里克和小说主人公一样含混、混杂的身份;通过将现代英语词汇合二为一,达到神似古语的效果,强调了圣帕特里克基督化爱尔兰的神圣意义。此部分的含义如幽灵般摇移不定,其大致含义是:在那个来自远方的(女神布丽吉特的)声音还没有如天雷般喊出"是我""是我"的时候,在圣帕特里克还没有将上帝之光带到爱尔兰的时候。除了大致的意思,此部分还带有许多飘忽不定的意义的幽灵:身份混杂的圣帕特里克,以一个异族人的身份给爱尔兰带来基督的福音,被尊崇为爱尔兰的圣人;女神布丽吉特与圣帕特里克形象的杂糅;上帝之光和震天雷声的震撼作用等。

在"Not yet, though venissoon after, had a kidscad buttended a bland old issac"中,venissoon发音与very soon(很快)相近,也与后面斯威夫特的情人Vanessa相似,更与venison(鹿肉、野味)相似;kidscad有两个解释,其一是cadet,即幼子;其二是kid skin,可以解释为羔羊的皮。Buttended可以有三种解释,其一是名词butt end,即烟蒂、笑柄;其二是Butt ended,即一个叫Butt的人终结了(另一个人的生命);其三是动词buttended,即像扔烟蒂一样背弃。bland可以作"沉静的"解,也可以看作blind(瞎的、盲的)的变体。isaac即Isaac,这里可以指两个人,其一是《圣经》中的Isaac,他让儿子以扫(Esau)去打猎以祭祀上帝,之后好给他祝福,赐他长子继承权,但另一个儿子雅各(Jacob)趁机在手腕上绑上羔羊皮,扮作多毛的以扫,骗取了父亲的祝福,获得了本来属于以扫的长子继承权;其二是Isaac Butt,他是爱尔兰民族主义政党的党魁,在1872年由于年轻的

---

[1] Roland McHugh. *Annotations to* Finnegans Wake. Baltimore: The John Hopkins University Press, 2006, p. 3.

帕内尔的运作，他被罢黜，由帕内尔取而代之。[1] 作者在这部分运用词汇的变体使得它们同时具有多重幽灵般不确定的但不断侵扰的意义，使得这部分至少具有两层截然不同的意思：雅各还没有（但很快会发生）用羔羊皮伪装自己去骗自己失明的老父亲以撒，使得父亲成为笑柄；毛头小伙子（帕内尔）还没有（但很快会发生）耍手腕使得老以撒·巴特成为被抛弃的烟屁股，悄无声息地离开领导岗位，成为笑柄。

在接下来的"Not yet, though all's fair in Vannessy, were sosie sesthers wroth with twone nathandjoe"中，vannessy 发音近似于 Vanessa，即乔纳森·斯威夫特的情人，还近似于 Inverness，即《麦克白》中三女巫的城堡的名字；第一个音节发音与 vain 相似，可能暗示上述女人的虚荣。sosie sesthers 即 saucy sisters（粗俗风骚的姐妹），指的是同时与斯威夫特保持情人关系的女孩 Vanessa 和 Stella，也令人联想到《圣经》中同时爱上一个老男人的三个女孩（Susannah、Esther 和 Ruth），因为 sosie sesthers 含有 Susannah 和 Esther 两个词的大部分字母。twone 可拆解为 two 和 one，形象地描摹出斯威夫特或者《圣经》中那个老男人忙于应付数个情人、分身乏术、晕头转向的尴尬情景，还暗指斯威夫特的情人 Vanessa 打趣斯威夫特的滥情而用他的名字 Jonathan 做的一个文字游戏：wise Nathan and chaste Joseph（睿智的纳森和贞洁的约瑟夫）。Nathandjoe 也与 Vanessa 打趣斯威夫特的名字相关，她曾把 Jonathan 中的音节字母群倒过来，变成 Nathandjoe，以讽刺他被不同情人搞得颠三倒四的窘态。通过对正常英文单词和名字的游戏式改写，作者使得数个单词带有两到三个不同含义，指涉数个不同的典故，使得这部分意群含有数个幽灵式的不确定但总是萦绕在显文本之下的意义。这部分的含义至少包括：尽管在三女巫的城堡里一切都很好，但那些风骚的女人们还没有对那个因滥情而颠三倒四、晕头转向、分身乏术的老男人发怒；尽管 Vanessa 一切都很好，但那对风骚的姐妹还没有对那个因滥情而颠三倒四、晕头转向、分身乏术的乔纳森发怒；尽管三个女人的一切都很好，但那三个风骚的女人还没有对那个因滥情而颠三倒四、晕头转向、分身乏术的老男人发怒。通过文字游戏，此部分至少指涉了远古、莎士比亚生活的文艺复兴时代和斯威夫特生活的启蒙时代的男女滥情，使得文本带有了丰

---

[1] Joseph Campbell & Henry Morton Robinson. *A Skeleton Key to* Finnegans Wake. New York: The Viking Press, 1969, pp. 29-30.

厚的历史感。

在"Rot a peck of pa's malt had Jhem or Shen brewed by arclight"中，pa 有两个解释，一个是根据后面的 Jhem 和 Shen 推断出的，指的是《圣经》中的诺亚，他是 Ham、Japhet 和 Shem 的父亲；另一个是根据该词的词形联想到的人物，即 Old Parr——此人名叫 Thomas Parr（据说生卒年份为 1483-1635 年）。据传，他是生活在 Shropshire 郡的老寿星，小说借此暗示这部分所说的是寿星所见，是亘古至今都有的现象。Jhem 和 Shen 是诺亚三个儿子的变体，将三个儿子变形为两个，作者借此强调人类历史上的兄弟或敌对方的竞争和争斗主题。另外，Shen 还可以解读为中文的"神"。与这部分相关的诺亚和其儿子的故事如下：诺亚经过大洪水之灾后安顿下来，耕作生息，一日醉酒，裸身而卧，被 Ham 所见。Ham 将父亲裸体而卧的事情告诉 Japhet 和 Shem，Japhet 和 Shem 用衣物盖住诺亚身体。诺亚得知真相后，因 Ham 的不孝而诅咒了他的子孙。Arclight 即是洪水过后的彩虹，也象征新旧时代的交替。此句大体意思是：Jhem 和 Shen（诺亚的儿子们）用父亲发霉／发酵的一点麦芽在彩虹下酿酒。据坎贝尔和鲁滨孙所言，此句暗示父辈为子辈所替代。[1] 父子新旧更替的根源恐怕就是儿子 Ham、Japhet 和 Shem 终究会替代诺亚的自然规律，而作者将 Ham、Japhet 和 Shem 变形为 Jhem 和 Shen，衍生出兄弟相争相斗的幽灵含义。

在"and rory end to the regginbrow was to be seen ringsome on aquaface"中，rory 令人联想起 Rory O'Connor，他是爱尔兰诸王国的最后一任盟主（high king）。他死后诺曼人入侵爱尔兰，一个新的历史时代开始。rory end 发音比较类似 orient（东方），似乎可以表示方位。regginbrow 发音近似于 rainbow（彩虹），无论从《圣经》文本看，还是从维柯的著述看，彩虹都是一个新时代开始的象征。ringsome 意思是"近似圆圈的"。aquaface 可拆分为 aqua face，前者意为"水"，两个词的意思是"水面"。这部分至少有两个阐释：爱尔兰诸王国的盟主 Rory O'Connor 统治的结束为倒映在水面的弧形彩虹所见证；水面上倒映着东方弧形的彩虹。无论怎么解释，这部分写的都是一个新时代的开始。作者借 rory 的数个幽灵式含义，使得具体时代（Rory O'Connor 统治与诺曼入侵交替的时代）与亘古所有的时代相互

---

[1] Joseph Campbell & Henry Morton Robinson. *A Skeleton Key to* Finnegans Wake. New York: The Viking Press, 1969, p. 30.

交织，突出了新旧时代交替的普世色彩。

在包含着世界上目前最长的英语单词的句子，即"The fall（bababadalgharaghtakamminarronnKonnbronntonnerronntuonnthunntroskawntoohoohoordenenthurnuk！）of a once wallstrait oldparr is retaled early in bed and later on life down through all christian minstrelsy"中，fall 是指世间各种形式的坠落/堕落，随后的象声词是目前英语世界最长的象声词，它描摹芬尼根从屋顶坠落的响声，更代表上帝天威的震天雷声，还是维柯所谓的新旧时代交替时的响雷之声。

"bababadalgharaghtakamminarronnkonnbronntonnerronntuonnthunNtroskawntoohoohoordenenthurnuk"中含有许多语种"雷声"的影子，例如，英语的 thunder、印度语的 karak、日语的 kaminari、法语的 tonnerre、意大利语的 tornach、丹麦语的 torden 等。[1] wallstrait 既呼应芬尼根的瓦匠身份（因为他总是站在笔直的墙上工作），又在发音上近似于 Wall Street（华尔街），暗示上面说的坠落也适用于华尔街上的股票走势。Oldparr 可拆分为 Old Parr，即上段提到的长寿老人，当然也可暗喻古人或作古之人，如亚当、诺亚、芬尼根、帕内尔，甚至年龄不详的小说主人公 HCE。retaled 或许可以拆分为 re taled，即重新讲述，读音也与 retail 相似，或许暗含"买卖"之意。christian 可以指 Christian（基督教的），但因为是小写，或可喻指所有的宗教。minstrelsy 用的是个抽象的多义词，既可以指吟游诗人，也可指吟游诗，还可指吟游诗人的吟唱。该部分的意义同样具有幽灵飘忽不定的特征，但大致意思是：天下的坠落/堕落，或许是亚当的，或许是诺亚的，或许是芬尼根的，或许是美国长寿老人的，或许是帕内尔的，或许是 HCE 的，也或许是华尔街的股票涨跌，也或许是特洛伊的沦陷，也或许是凤凰公园事件，如上帝的雷霆之怒，发出 bababadalgharaghtakanminarronnkonnbronntonnerronntuonnthunntroskawntoohoohoordenenthurnuk 的震天声响。这些事件在早年被人们当作闲趣野闻谈论，逐渐又被各民族的吟游诗人传唱，世代相传。

在"The great fall of the offwall entailed at such short notice the pftjschute of Finnegan, erse solid man, that the humptyhillhead of humself promptly sends an unquiring one well to the west in quest of his tumptytumtoes"中，pftjschute

---

[1] A. Nicholas Fargnoli & Michael Patrick Gillespie. *James Joyce A to Z: The Essential Reference to His Life and Writings*. New York: Oxford University Press, 1996, p. 3.

可拆解为 pftjs 和 chute，前者是对物体坠落声音的模拟，后者意为"滑槽"或者"滑动的轨迹"，两个词加在一起令人联想起陨石或流星或重物滑落的声音和轨迹。erse solid 或许是 arse solid。humptyhillhead 可拆分为 humpty hill head，humpty 令人联想到 Humpty Dumpty（宇宙的原初形态，一个巨大的蛋；西方传说中外形像蛋的巨人，很容易坠落摔碎），芬尼根从高处摔下很像这个蛋形的巨人；hill head 很容易使人联想到爱尔兰神话英雄迈克库尔，他死后脑袋化成了 Howth 山，脚趾化成了凤凰公园中的墓地石碑。后面的 tumptytumtoes 也是同样道理，可拆分为 tumpty tum toes，tumpty 与 Dumpty 发音类似，指的就是 Humpty Dumpty，tum 即暗示与 Humpty Dumpty 的关系，又与 turn（变化的）形似，这整个组合词的意思是 Humpty Dumpty（蛋形巨人，当然也是迈克库尔）的脚趾变成的石碑。humself 既意为 himself，又暗示与 Humpty 的联系。promptly 同样也是这个道理，既意为 promptly（马上），又暗示与 Dumpty 的联系。unquiring 意为 inquiring（询问），又暗示与 Humpty Dumpty 的联系（将 i 变为这个巨人名字中重复出现的 u）。这部分通过将爱尔兰神话传说人物迈克库尔变形为山川河流的传说与蛋形巨人坠落摔碎、芬尼根从房顶坠落三个情节通过词汇的混合而混杂起来，使得三个传说人物互为幽灵人物，使得文本至少叙述了三个互为幽灵的情节，即芬尼根、蛋形巨人和迈克库尔的坠落或跌倒或沦落：这次巨大的坠落事件马上造成了长着结实屁股的芬尼根/蛋型巨人/迈克库尔噼里啪啦地被摔得一塌糊涂，他们的头颅变成的 Howth 山马上就会促使人们向西行走，寻找他的脚趾化成的凤凰公园里的石碑。

在 "and their upturnpikepointandplace is at the knock out in the park where oranges had been laid rust upon the green since devlinsfirst loved livvy" 中，upturnpikepointandplace 可以拆分为 up turn pike point and place——这些单词可以任意组合为 upturn（头朝上或头尾颠倒的）、turnpike（收费公路，转弯的地方）、pikepoint（矛尖）、point 和 place 均可以指涉地点，knock 令人联想起凤凰公园里的 Castle Knock（诺科城堡），而 oranges 既可以指橘子，也可以指代表英国殖民和新教利益的橙带党，the green 既可以指绿地和草地，也可以指爱尔兰本土，因为绿色是象征爱尔兰本土人民的颜色，devlinsfirst 即 the first Dubliners，指的是爱尔兰最早的土著居民，livvy 发音与 Liffey 近似，即利菲河。这部分通过将单独的词汇合在一起，暗示其随意排列组合

可能产生的不同意思，又通过 orange 和 green 等词的双关含义，使得本部分的语义变得不确定，也使其蕴含的意义变得丰富起来。这句大概的意思是：巨人脚趾的化身地／枪矛的搁置地（即和平之地）是在凤凰公园的诺科城堡附近，在那里，从第一批爱尔兰人爱上利菲河／安娜·利菲开始，橘子就在草地上腐烂／橙带党就在爱尔兰国土上腐败。

在感叹句 "What clashes here of wills gen wonts, oystrygods goggin fishygods! Brekkek Kekkek Kekkek Kekkek! Koax Koax Koax! Ualu Ualu Ualu! Quaouauh!" 中，wills 表示尚未拥有的人，因为 will 的意思是"将要"，既然是将要完成的动作，说明还没有拥有，加之后面跟了个表示复数的 s，则表示"还没有拥有的人们"；那些去侵略别国的民族，往往是自己没有某种资源而又想要这种资源。wonts 也是同理：wont 是 won't 的变体，意为"将不"，不再争取某种资源往往是因为自己已经拥有了这种资源。gen 和 goggin 似乎都与德语 gegen 有关，意为"与……相斗／争"。oystrygods 由 oyster gods 变形而来，意指崇拜或者食用 oyster（牡蛎）的民族。同理，fishygods 则是崇拜或者食用鱼类的民族。Brekkek、Koax 等均出自阿里斯托芬的戏剧《蛙》，系描写群蛙齐鸣的声音，以突出群蛙所居的沼泽中充满争斗的混乱之象。Ualu、Quaouauh 是表达哀伤的威尔士语。此部分大致意思是：这是怎样激烈的战斗和冲突！已经拥有的与渴望拥有的／土著人与入侵者，吃牡蛎的与吃鱼的／崇拜牡蛎的与崇拜鱼的，喊哩咯喳，稀里哗啦，噼噼啪啪，噼哩哗啦，打得何等惨烈！

在 "Where the Baddlelaries partisans are still out to mathmaster Malachus Micgranes and the Verdons catapulting the camibalisties out of the Whoyteboyce of Hoodie Head" 中，Baddlelaries 系凯尔特部族；后面的 Malachus Micgranes 和 the Verdons 也是凯尔特部族。mathmaster 中的 math 如果看作盎格鲁-撒克逊语，则有"屠杀""荡平"之意；如果看作梵文，则有"屠灭""灭族"之意；如果看作印度斯坦语，则有"茅屋"和"寺庙"之意；mathmaster 则含有通过上述方式进行统治和奴役之意。catapulting 含有 catapult 和 pelting 两个词的意思，意为"用弹弓打"和"投掷"。camibalisties 首先使人联想到 cannibal，指具有吃人的习俗或者习性；此词中还含有凯尔特语词汇 cami 和英语词汇 ballistics，分别意为"弯的"和"弹道学"。Whoyteboyce 的读音与 White-boys（系一疯狂宗教组织，头戴忽必

烈汗式头巾，四处胡作非为）相似。[1]Hoodie Head 或指 Hill of Howth，因为此山据传是爱尔兰民族英雄迈克库尔的头颅所化。这部分通过把不同语言中的 math 与 master 组合，使得一个词具有多重不确定的意义，又巧妙运用 catapulting 和 camibalisties 可以进行不同拆分的可能性，使得这两个词产生不同的意义组合。该部分大概意思如下：在这里，凯尔特部族 Baddlelaries 的游击队依然四处屠杀 Malachus、Micgranes 和 the Verdons 部族的人，烧毁他们的房子和教堂，用弹弓、标枪等武器将他们身上吃人的野蛮天性和耍弄诡计的恶习激发出来（并且这种现象在使用枪炮的现代社会依旧屡见不鲜）。虽然此处叙述的似乎是古代氏族相互残杀的现象，但通过对 camibalisties 一词的拆分，其中的 ballistics 令人联想起古代与现代的联系。虽然字面上似乎是叙述强大的氏族逼得弱小的氏族退化到人吃人的状态，但通过使用 catapulting 一词拆分后的幽灵意蕴，凸显了强大民族的野蛮特征，使得读者思索强大氏族和弱小氏族、入侵者与土著人谁更野蛮的问题。

就"Assiegates and boomeringstroms"而言，这句话中的 Assiegates 可有两种解释：一是可以看作是法语 assieger，意思是 bessiege，有"打仗、攻击"之意；二是与英语 assegai 相近，即"长矛"；另外，该词还含有英语词 gate，即"门"的意思。Boomeringstroms 中的 boomering 与英语 boomerang 相似，含有"回飞镖、自作自受"等义；boomering 也可以理解为大炮的炮声；这个词后半部分 stroms 可以看作斯堪的纳维亚语词汇，意为"可以将人吸进去致死的漩涡"。这句话通过两个由不同语言的词汇幽灵般的组合，带有幽灵的无限可能性，其大致意思是：到处都有拿着长矛和标枪的人攻击城堡和城市的大门，到处回荡着大炮的隆隆声，战争就像那疯狂的漩涡，将人类卷进去，吞噬他们。

在"Sod's brood, be me fear! Sanglorians, save!"中，这部分的 sod 即 old sod，系古老爱尔兰的别称。brood 意为"一群孩子"。Sod's brood 从发音上与 god's blood（上帝之血）相似。通过 Sod's brood 意义的幽灵式变化，作者似乎暗示了发生在爱尔兰的宗教之争造成了爱尔兰民众血流成河的局面。be me fear 意为 I fear for you（我为你害怕）或者 I fear you（我害怕你）。Sanglorians 中的 sang 在法语中是 blood（血）的意思，sanglot 在法

---

[1] Joseph Campbell & Henry Morton Robinson. *A Skeleton Key to* Finnegans Wake. New York: The Viking Press, 1969, p. 33.

语中是 sob（哭泣）的意思，glori 与英语 glory（荣耀）近似，ans 在英语中是后缀，一般指的是"……的人"。显然，这个词因为以上幽灵般的变化，至少有以下暗示：那些为了荣耀而争斗的人也为此而流血和哭泣。save 在英文里是"保护、拯救"的意思，而又与拉丁语里的 salve（欢呼）相近。通过 save 幽灵般的意义流动，作者暗示了两种对待战争的态度：拯救人类，呼唤和平；支持战争，为战争呐喊助威。这部分的意思大概是：爱尔兰之子们 / 上帝之血，使我恐惧！那些为了荣耀而争斗的人也为此而流血和哭泣。救救他们吧 / 为他们欢呼吧！

在"Arms appeal with larms, appalling. Killykillkilly: a toll, a toll. What chance cuddleys, what cashels aired and ventilated!"中，larms 在英语中与 alarm 相近，意为"惊慌、警报"；在法语中意为"眼泪"；在德语中意为"战争的喧闹声"。这个词在意义上的不确定性使得其阐释具有幽灵式的延展性，暗示了战争带给人的恐慌和悲伤，也生动地描摹了战争中警报四起、嘈杂混乱、民众四处逃难躲藏的情景。Killykillkilly 可以拆解为 Killy kill Killy，而 Killy 形似 Kilkenny。在英国和爱尔兰文化中，均有 Kilkenny cats（科尔可尼猫）的传说，其确切来源已经不可考，但英语中有 fight like Kilkenny cats 的说法，意为"死战"，据说有两只科尔可尼猫殊死一战，最后两只猫互相把对方给吞噬了，只剩两条猫尾巴。Killykillkilly 意为"敌对双方 / 兄弟死磕到底，无一生还"。a toll 可以理解为 atoll，即"珊瑚岛"，爱尔兰也可以看作一个大的珊瑚岛。toll 本身可以有三解：1. 与 tail 词形相近，可以理解为"尾巴"，此解暗示只剩下两条猫尾巴（a tail 和 a tail 加起来正好等于两条尾巴）；2. toll 本身有"丧钟鸣响"之意，此解暗示同根相煎或者敌我相杀后两败俱伤，应该为此敲响丧钟，以示哀悼或警示，也为死去的所谓的"英雄"送行；3. a toll, a toll 可以理解为 a-tall, a-tall，乃爱尔兰土音，这种土音暗示这些自相残杀的双方或者相互残杀的一方是爱尔兰人。cuddleys 至少有三种解释：1. 形似 cudgels，意为"棍棒，用棍棒打"；2. 形似 cuddle，意为"拥抱"；3. 含有柔软、柔弱之意味。[1] 这个词幽灵般的意义变形暗示出在战乱之际，弱肉强食，拿棍棒打人之徒恰逢其时，柔弱良善之辈毫无希望，也对爱情提出了考验。cashal 指教堂等神圣场所的围墙，

---

1 Joseph Campbell & Henry Morton Robinson. *A Skeleton Key to* Finnegans Wake. New York: The Viking Press, 1969, p. 34.

也指石头造的建筑。这部分的意思大致如下:战争四起,眼泪横流,哀号震天,惊恐漫天。敌我双方死战到底,两败俱伤,丧钟声声,为谁而鸣?英雄何在?这给予横行霸道、砍砍杀杀之徒怎样的机会?这给予弱小良善之辈怎样的灭顶之灾?又给爱情以怎样的考验?铜墙铁壁被踏破推倒,凛冽清风被宗教的征服者带入神的教堂和芸芸众生的聚居地。

总之,《芬尼根守灵》语言的流动性本身就是意义流动性本身。正如贝克特所言,乔伊斯的"作品不是关于什么事情的,它们本身就是那些事情本身"("[Joyce's] writing is not about something; it is that something itself"[1])。从另一个角度而言,在《芬尼根守灵》由语言杂糅和叙事碎片构成的叙事关系网络中,语言的流动性和杂糅性也成了非线性和不稳定性的表征。借助语言的流动性和杂糅性,作者似乎在揭示:历史从来就不存在唯一的宏大叙事,人生从来就不存在人为设计的"开头—发展—高潮—结尾"的线性逻辑;语言的杂糅和流动性恰恰是历史和人生非线性的外化,更是这种非线性本身;如果说这部小说要传达一种作者能够肯定的东西的话,那这种东西就是非线性和不确定性。大卫·斯多斯克(David Sidorsky)的观点或许可以印证这点:"《芬尼根守灵》是对历史主体性的一种后现代对抗,因为它对抗叙事的线性。"[2]

第四章 作为幽灵人物的维柯

《尤利西斯》中,斯蒂芬声称自己侍奉着两位主子,一位英国的,一位意大利的。虽然在这里乔伊斯隐喻的是爱尔兰民族受来自英国的殖民压迫和来自意大利罗马天主教的宗教钳制,但是在文学创作方面,乔伊斯受英国和意大利文学传统的影响也是不容忽视的。乔伊斯深受众多英国作家的影响,这是毋庸置疑的,但丁以及其他意大利作家对乔伊斯的影响也已经得到了广泛而深入的研究。然而,能让乔伊斯青睐到多次直言其对自己

---

[1] Samuel Beckett. "Dante... Bruno. Vico... Joyce." *Our Exagmination Round His Factification for Incamination of* Work in Progress. New York: New Directions, 1972, p. 14.
[2] 转引自 Kristen L. Olson. "The Pluralibities of 'Parole': Giordano Bruno and the Cyclical Trope of Language in *Finnegans Wake*." *James Joyce Quarterly*, 42/43, i-iv (Fall 2004–Summer 2006), p. 253.

的影响的,唯有意大利学者焦万尼·巴蒂斯达·维柯(Giovanni Battista Vico)。

在高校求学期间,乔伊斯就已经接触过维柯的著作。大约在1905至1906年间,乔伊斯开始认真阅读维柯,从此成为维柯的忠实读者,潜心研读其作品达15年之久。可以说,他对维柯的兴趣持续了一生。乔伊斯对维柯的《新科学》赞赏有加,他说"当我阅读维柯的作品时,我的想象力增加了"[1]。

维柯对乔伊斯文学创作的影响在他几部重要作品中都有所体现。"《肖像》很有可能也受了维柯的影响,尽管他并没有像在《尤利西斯》中那样直接影射维柯。"[2] 在关于维柯对乔伊斯的影响方面,乔伊斯的代表作《尤利西斯》往往引起评论家们的关注,因为在《尤利西斯》中"有许多维柯元素",比如许多评论家都会注意到的著名的"维柯大道",但是这部作品对维柯的引用"都是以影射的方式,而非直指维柯"[3]。而乔伊斯的晚期作品《芬尼根守灵》被许多评论家视为维柯对乔伊斯影响的直接证据。弗莱(Frye)指出,《芬尼根守灵》"受到了两位意大利人的影响,而这种影响在此前的英语文学中并没有任何呈现"[4],两位意大利人其中之一便是维柯。在《芬尼根守灵》中,在设计让维柯的幽灵不断侵扰人类的认知方面,"乔伊斯做了大量的努力,要借此影响我们的知识传统"[5]。乔伊斯本人也声称维柯是他晚期作品的关键词。他在创作《芬尼根守灵》期间,以《进行中的工作》("Work in Progress")为名发表了小说部分内容,并直言意大利作家,尤其是维柯对自己创作的影响。《芬尼根守灵》出版后,乔伊斯"邀请斯图亚特·吉尔伯特和塞缪尔·贝克特撰写文章评论维柯'理想的永恒的历史'和他的历史和语言统一说",并向他的编辑哈里特·维佛(Harriet Weaver)"解释这部新作中对维柯的影射"。[6] 而正是受他本人的影响,读者们开始注意到《芬尼根守灵》中维柯的存在。

在谈及乔伊斯的著作,尤其是《芬尼根守灵》中所体现出来的维柯思想时,评论家们关注的主要是维柯的历史循环论在这些作品中的呈现,但

---

[1] Richard Ellmann. *James Joyce*. New York: Oxford University Press, 1982, p. 693.
[2] Donald Phillip Verene. *Vico and Joyce*. New York: State University of New York Press, 1987, p. 221.
[3] Ibid.
[4] Ibid., p. 4.
[5] Ibid.
[6] Ibid., p. 120.

是他们也指出,"乔伊斯并非要创造一个维柯的新科学理论,而是要将其纳为己用"[1]。通过多年潜心研读维柯,乔伊斯已经在潜移默化中将其代表性思想融入自己的创作,形成了自己的独特思想和风格。实际上,无论是在《芬尼根守灵》,还是在乔伊斯早期作品《肖像》和代表作《尤利西斯》中,维柯及其历史循环论都如幽灵一般存在,在乔伊斯小说的结构、人物和主题三个方面,或见其影,或闻其声。

第一节 对《芬尼根守灵》结构的幽灵式影响

意大利学者维柯被普遍认为是现代第一位历史哲学家,在其历史哲学中,历史循环论占有非常重要的地位。维柯本人在自传中说,自己"发展出一种理想的永恒的历史,建立在天意或神旨这种思想的基础上[……]这种永恒的历史是各民族的国别史在时间上都经历过的。每个国别都经历了兴起,发展,鼎盛以至于衰亡"[2]。在其著作《新科学》中,维柯将这"永恒的历史"分为三个阶段,"第一段是宗教时期[……]第二段是例如像阿喀琉斯那样拘泥细节的时期。在复归的野蛮时期,这第二段就是决斗者的时期[……]第三段是文明的或温和的时期[……]'人道的'时期"[3]。这三个阶段排在最初的蛮荒时期之后。在最后一个阶段,人类历史要么消亡,要么被更为优秀的民族征服并纳入其麾下,要么回归到最初的蛮荒状态,重新开始新一轮的更迭。因此,在维柯看来,一切人类历史,都将经历神的阶段、英雄阶段、人的阶段,并最终回归到荒蛮状态。每个阶段都各有其政治的、社会的和文化的特点,如此不断重复、推演,周而复始,这便是维柯的历史循环论的基础理论。

维柯认为,在蛮荒时代,人无异于野兽,是无节制的、无秩序的。后来产生了宗教,将人控制在各种制度和秩序之中,由此进入神的时代。正因为有了宗教,人可以获知天神的旨意,由此来安排自己的生活。维柯强调,在神的时代,宗教对于民族诞生和人类发展具有普遍意义,"世界各民族到处都从宗教开始"[4]。信仰宗教和天神的虔诚信徒日渐强大,那些因堕落、疾病而过着悲惨生活的人们被视为背叛天神者,他们逐渐衰落,沦

---

[1] Donald Phillip Verene. *Vico and Joyce*. New York: State University of New York Press, 1987, p. 225.
[2] 维柯:《新科学》,朱光潜译,北京:人民文学出版社,1986年,第660页。
[3] 同上,第492页。
[4] 同上,第176页。

为强者的奴隶，人类历史开始进入英雄阶段。英雄被视为神的后裔，天生高贵，属于统治阶级，享有平民所不能享有的各种特权，因此，英雄时代是贵族专权的时代。随着时代的发展和人智力的进步，平民阶层开始质疑贵族特权并寻求平等的权利，他们联合起来反抗贵族专权并最终取得胜利，建立了保护人权的国家，人类历史便进入了人的时代。然而，在人的时代中，随着个人主义和享乐主义的盛行，人逐渐堕落，最终"又返回到最下贱的奴隶所特有的一切丑行"[1]，此时，人类历史回归到了最初的野蛮状态。维柯指出，复归的野蛮时代"比起第一个野蛮时代显得还更黑暗难解"[2]。而且，人类历史发展的各阶段之间的界限很不分明，因为每一阶段都与下一阶段交叉、融合，有时下一阶段会延迟或者消失。

评论家们一致认为，维柯的历史循环理论为《芬尼根守灵》提供了理论依据，"整部小说的结构看起来是建立在一个源于《新科学》的基础构架之上的"[3]。综观《芬尼根守灵》，可发现在小说的四部分中，每一部分各自对应着维柯历史循环论中的某个阶段。

小说的第一部是关于父亲的部分，主要书写的是神话人物芬尼根的坠落、其替代人物 HCE 名誉的损毁、败坏他名誉的各种谣言、对他的审判以及对其判决至关重要的神秘信件的情况，其母题均属神、宗教意义上的堕落（大写的 Fall）、审判（大写的 Judgement）、类似《圣经》一般的经书（大写的 Letter）以及形式最为原初的浪漫艺术虚构（大写的 Rumour）。可以说，此部分对应的是维柯历史学说中的"神的时代"。在这个时代，人类由神和关于神的宗教所统治，人心甘情愿地膜拜神、膜拜宗教，愿意被神审判，按照神的旨意（《圣经》之类的文献中神的语言）约束自己的言行，艺术创作是原始的浪漫主义再现，同时强调事物的同一性。

小说的第二部是关于儿子的部分，主要书写的是 HCE 的两个儿子肖恩和山姆及其诸多变体人物的"英雄"事迹，包括两兄弟对女孩子的追求、山姆对写作的宏伟规划、两兄弟及其妹妹对知识的追寻（神学、哲学、艺术、数学与几何等）、兄弟二人为女性（母亲）而打斗、士兵巴克雷对俄国将军的谋杀、HCE 和酒客与俄国将军和巴克雷的对应关系、HCE 怀疑自己像

1　陈锐：《论维柯的历史循环论》，《杭州师范学院学报》，1996 年第 4 期，第 18 页。
2　维柯：《新科学》，朱光潜译，北京：人民文学出版社，1986 年，第 537 页。
3　Donald Phillip Verene. *Vico and Joyce*. New York: State University of New York Press, 1987, p. 175.

马克王被崔斯坦戴上绿帽子一样脑袋被绿等，其母题是英雄的征程、对女性的追求、对理性（知识）的尊崇以及英雄之死或英雄的挫败，可以说此部分对应的是维柯历史学说中的"英雄的时代"。在这个时代里，英雄具有权威和激情，南征北战，保护幼小老弱，保护女性，具有骑士、侠士精神，被臣民所追捧，但是其所作所为必须服从社会评判，否则会被臣下推翻或谋杀。

小说的第三部是关于民众的部分，主要书写的是肖恩对民众作的演讲及其对山姆的诋毁、肖恩作为唐璜式英雄踏上帝国的开拓推销之旅、四位老人对肖恩进行问询时的混乱（包括肖恩作为 HCE 高康大式的代表展现的特点、对印度和爱尔兰被帝国强奸的抱怨、自相矛盾的证人和陪审团、各种早被遗忘的只言片语和印象等）、HCE 夫妻的梦境、山姆的淫秽噩梦、父母对山姆的安慰等，其母题是民主背景下的各派势力的竞争、诋毁、谎言、商业开拓、利益争夺及其背后的夸张和虚构、性作为人性最原初的形式在潜意识中的地位、家庭生活在人性最后安身之地的重要地位等，可以说这部分对应的是维柯历史学说中"人的时代"。在这个时代里，人性得到解放，个性得到彰显，权威和对神和道德的畏惧逐渐消解，利益冲突外化和个人化，虽然表面上理性成为规范，但实际上因为上层和下层、高尚和卑俗的界限日益消解，所有人共享某种人性，特殊逐渐趋同于一般，自我实现成为主流（但大多为幻灭），利益驱动下的各种卑劣手段冲出道德的牢笼，人类逐渐回归昏暗、混乱、荒蛮。

小说的第四部是"回转"和"重新开始一遍"的部分。corso 在意大利语中的意思类似英语的 course，意思是"路程、路线"，前缀 re- 则意味着"重新、再一次"，所以坎贝尔和鲁滨孙认为《芬尼根守灵》的第四部是全书的一个 recorso[1] 是有道理的。这部分主要写的是黎明以及新的开始：天使一般的声音寓示新的一天的开始，在黎明的朦胧中显现出圣凯文的身影，田园诗一般的氛围暗示 5 世纪爱尔兰人皈依基督教被启蒙的时刻；睡梦中的人物开始翻身，逐渐醒来，天色逐渐放亮，朦胧开始褪去，小说中的人物逐渐清醒，与此并列的意象是圣帕特里克的到来，对天主教的信仰逐渐代替了德鲁伊教信仰，爱尔兰又一次得到启蒙；ALP 的那封信终于到来（找到），

---

[1] Joseph Campbell & Henry Morton Robinson. *A Skeleton Key to Finnegans Wake.* New York: The Viking Press, 1969, p. 23.

告诉人们过去的一切；HCE 夫妇都感觉到自己生命时光的流逝，他们的未来在他们的后代身上。HCE 变成了蛋形巨人的碎壳，ALP 化作回归大海的利菲河，她一心奔向大海，融入大海，开始新一轮的轮回。所以，在这部分中，一切都在重新开始，但一切都没改变，只是开始新的维柯式的轮回。

所以说，该小说的叙述结构"是环形的，从而塑造了一本'Doublends Jined'（Dublin's Giant and double-ends joined，即都柏林的巨神与开头和结尾相衔接且互换结构相统一，笔者译注）形式的小说，而最终的重演（recorso）并非复活，而只是一个回归"[1]。

维柯的三段式结构不仅映射在《芬尼根守灵》这部作品中，也可见于乔伊斯的宏观创作架构之中。有评论家指出，"《肖像》《尤利西斯》和《芬尼根守灵》对应着维柯理想的永恒历史的三个阶段"[2]。《肖像》对应着神的时代，因为《肖像》的主题是宗教和童年。宗教在维柯历史循环论的第一阶段，即神的阶段，具有非常重要的作用，它是用来塑造世界的方式和手段，而"最早的人类被维柯视为人类的孩童，因为他们像孩童一样富有创造力和想象力"[3]。《尤利西斯》对应着英雄阶段。此时，"语言掌握着世界，语言的掌控力如此之强，以至于小说以一个肯定性的'是的'来结尾"[4]。《芬尼根守灵》则对应着人的时代，它"被置于现代荒蛮时期。它是一种觉醒"[5]。

第二节 对《芬尼根守灵》主题的幽灵式影响

正如上文所述，《芬尼根守灵》是依据维柯的历史循环论来架构的。不仅如此，小说的主题也与维柯的思想相呼应，这一点从小说的叙述空间和叙述时间上以及体现小说主题的插曲（episode）的多位同质体关系上可见端倪。

《芬尼根守灵》是一部关于梦与醒的小说，小说中有诸多的梦与觉醒，芬所梦的各种插曲体现的正是历史的循环。人类历史如同一个永无休止的梦，所有人都在其中，各人在其中做的梦看似细节均不相同，人人似乎都试图醒来，却总被牵绊，就如同芬一样。在现实中，个人每夜的梦终会醒，

---

[1] Donald Phillip Verene. *Vico and Joyce*. New York: State University of New York Press, 1987, p. 8.
[2] Ibid., p. 227.
[3] Ibid.
[4] Ibid.
[5] Ibid.

就如书中所有的梦中人都会在早上醒来一样，醒来后又重新忙于个人琐事，但他们所不知道的是，不管是醒着还是在梦中，他们都处于"历史"这个更宏大的梦中，不管他们处在何种时间、何种地点，都在做着本质上循环往复的事，起于同一个开始，奔向同一个结局，经历同一个过程。正如弗莱所指出的那样，《芬尼根守灵》中有"三个呈同心圆形状的梦，最内层是酒馆守护者的个人梦，最外层是人类历史之梦，而在两者之间是山姆与肖恩之间不断变形的关系，以及杰里和凯文之间的普遍化的形式"[1]，"个人之梦与人类整体之梦的融合似乎是乔伊斯作品奉为依据的先决条件"[2]。

在《芬尼根守灵》中，各个插曲的主人公不同，各个插曲发生的时间和地点不同，甚至连情节也不同，但却是每个人在一生中都要经历的，也是每个国家或地区的历史都会经历的。纵观 HCE 所做的梦中的插曲，无外乎芬尼根的坠落、拿破仑的滑铁卢、惠灵顿与拿破仑的战争、克伦威尔对爱尔兰的铁血手腕、崔斯坦的爱情悲剧、崔斯坦与马克王对伊瑟尔的争夺、白手以瑟珥与金发伊瑟尔对崔斯坦的争夺、芬·迈克库尔保家卫国、蛋形巨人的坠落、肖恩和山姆的兄弟之争、恶作剧女王对胡瑟尔的欺辱和对他子女的规训、飞行员达奇曼在世界各地的漫游和在爱尔兰的定居、圣帕特里克在爱尔兰传教、克里米亚战争中士兵巴克雷杀死俄罗斯将军、马特与朱特的误解、挪威船长对船舶代理人的欺凌、穆克斯和格利普斯之间的宗教之争、圣经人物以撒、亚当的堕落、诺亚的救赎、普罗米修斯的罪与罚、奥赛里斯的复活、基督的牺牲和复活、ALP 的信件的遭遇、ALP 与女儿及女仆之间的变形、ALP 化身利菲河等。如果细分这些插曲，则可发现这些插曲无非是征服（征服一个人、一群人或一个种族，也可以是克服某个困难，取得胜利）、反征服（捍卫爱情、保家卫国）、失败（在捍卫或征服或赢得某个人、某件事、某个国家、某种政权方面的失败）、战争（与一个人、一群人或一个民族、一个国家的争夺和争斗）、阴谋（为了爱欲、资源、国土、恩宠等进行的兄弟之争、N 角恋情、N 国间的钩心斗角）、规训（对一个人、一群人或一个民族、一个国家的精神驯化或者宗教教化）、困惑（面对征服与反征服双方势力或者夹杂在二者之间的困境，包括抉择的犹豫、身份的混杂等）、欲望与尊严（征服背后的欲望、反征服背后的尊严）、

---

1 转引自 Donald Phillip Verene. *Vico and Joyce*. New York: State University of New York Press, 1987, p. 11.
2 Ibid., p. 12.

爱恨情仇（因征服与反征服而起的诸种情感）、复活（生命、爱情、友情、亲情、尊严、信仰、国土、家园、身份等的失而复得）、物极必反的规律（有生必有死、有死必有生、分久必合、合久必分、历史循环）等，可以发生在任何人、任何群体、任何民族或国家身上，可以发生在任何时间，也可以发生在任何地点。

《芬尼根守灵》中将人物身份的界限、时间的界限、空间的界限进行模糊化处理，就是要隐喻历史周而复始、万变不离其宗的主题。正如弗莱所指出的那样，作为乔伊斯的"两大导师"之一的维柯"是时间和历史理论家"，他的"历史进程循环理念实际上是空间隐喻内的时间观"[1]。在《芬尼根守灵》中，事件跨越了时间、空间和个体身份界限。时间是扭曲的，过去、现在和未来的界限十分模糊；空间是并置的，一个地点和另一个地点也是交叉融合的；人物是相互变形的，人物身份界限是模糊的。看似不同的事件和不同的情景重复着相同的母题，在不同的时空重复上演，在不同的人物身上不断发生。在这种混乱、混沌的状态中，"时间序列的概念取决于做梦人共时地而非历时地、依据人的心理需求来感知事件的魔力"[2]，作者要表达的，"不仅是事件在历史时间内重复的维柯原则，还有维柯的诗学地理原则，即事件在新世界和旧世界中并置重复"[3]。

第三节 对《芬尼根守灵》中人物的幽灵式影响

作为主角的 HCE，是全人类的代表，他同历史一样，也与其他任何人类一样，经历着发展、变化和回归的过程。在维柯的三阶段历史论中，人类历史从野蛮时代发展到文明时代，又因人类的堕落和骄奢淫逸而回归野蛮时代，人类也从与野兽无异的野蛮人发展到拥有理性与知识的现代文明人，又因为自己的错误与罪恶沦落为野蛮人。在这一过程中，人的心智也在经历这一推演的过程，也就是说，人无论生活在哪个年代或哪个地方，也都会经历蒙昧到开化再陷入新的蒙昧再到开化的轮回，或者说任何人身上总会与其他人共享某种一样的经历，共有某种特质。正是基于这样一种认知框架，乔伊斯在人物塑造中运用了基督教的"三位一体"理念，在人

---

[1] 转引自 Donald Phillip Verene. *Vico and Joyce*. New York: State University of New York Press, 1987, p. 18.
[2] Ibid., p. 128.
[3] Ibid., p. 229.

物之间设置了"变形""多位同质"和"灵魂转生"等幽灵式的关系。

维柯的关于"三位一体的特殊整体"为乔伊斯的人物塑造手法提供了理论上的依据。在《新科学》中，以历史发展的三阶段论为核心，维柯总共派生出了 11 个"三位一体的特殊整体"[1]，第一个便是三种自然本性。维柯认为，在神的时代，人虽然没有现代人的文明，却具有诗性的智慧，充满了创造力和想象力。这是维科所说的"第一种自然本性"，这种自然本性"在想象方面最强而在推理方面却最弱"，维柯称它为"一种诗性的或创造性的自然本性"[2]。它是各民族中神学诗人的本性，也是凶狠的、残酷的。英雄时代的英雄们有谋略和智慧，具有一种高贵的本性，这是第二种自然本性。维柯认为，只有"第三种才是人的自然本性"：在人的时代，人变得理智、有教养，"把良心、理性和责任感看成法律"[3]。但与此同时，人的创造力和想象力却在退化，从而上演着周而复始的循环。同其他三位一体的特殊整体一样，人心智的发展既独自推演，又包含在一个总的整体之中，也就是说，人类个体之间既有各自的独特之处，又共同拥有某些特质，在经历具体的不同的某些事件中会有共通的体验。所以，乔伊斯笔下的许多人物之间都具有这样一种类似三位一体的关系，要么几个不同的人物如圣父、圣子、圣灵般具有同质关系，共同喻示某种事物的不同侧面；要么像上帝可以化为圣子一样，一个人物又可以在某个方面变形为或者融入其他几个形象中，并喻示几种事物或认知之间相互的勾连；或者像圣父和圣子可转化为圣灵、圣灵又可连接所有信众一样，一个人物的精神可以转化成某种独立的精神存在，在一个或者多个其他人物身上延续。这三种人物间的幽灵式关系就分别对应着本书第三编第二章第一节论述的"多位同质体""变形"和"灵魂转生"关系。

《尤利西斯》中的布卢姆、斯蒂芬和莫莉组成一个三位一体的同质人物组，三个人物都寓示爱尔兰，但他们所寓示的侧重点不一样，他们分别寓示爱尔兰文化的性无能的历史、处于诸种势力压迫下的爱尔兰当下文化和走向文化杂糅的未来文化；卖牛奶的老妇人、梅、格蒂和莫莉四个女性人物都寓示爱尔兰的特质，但四人所寓示的侧面也不同。她们分别寓示饱受贫穷和殖民欺辱之苦的爱尔兰、饱受宗教压迫的爱尔兰、被民族主义过

---

[1] 维柯：《新科学》，朱光潜译，北京：人民文学出版社，1986 年，第 460 页。
[2] 同上，第 461 页。
[3] 同上。

分美化的爱尔兰、走向文化杂糅的爱尔兰。穆利根可谓变形的典型人物：他一会儿像神父一样口诵经文，一会儿满口民族主义者的陈词滥调，一会儿像不知亡国之恨的民众一样寻欢作乐，一会儿又向殖民者摇尾乞怜。可以说，他一会儿变形为天主教神父，一会儿变形为民族主义者，一会儿变形为不顾国耻的民众，一会儿又变形为殖民者的走狗。作者塑造这种变形人物的目的是要暗示天主教、民族主义、不知亡国之恨的心态和殖民主义这四者的共通之处，即它们均是损害爱尔兰民族利益的罪魁祸首。斯蒂芬与萨金特、狐狸之间，海恩斯与"市民"之间都存在某种灵魂转生现象：斯蒂芬与母亲梅之间的情感关系转生到萨金特母子身上，所以当萨金特坐在斯蒂芬身边做作业时，斯蒂芬的形象与萨金特的形象合二为一；斯蒂芬对母亲的思念之情转生为狐狸对母亲的思念之情，所以斯蒂芬思念母亲时就与那个月光下埋葬母亲的狐狸在形象上融为一体。

人物间的灵魂转生和变形现象还集中体现在《芬尼根守灵》中。爱尔兰传说中的人物芬尼根变形为主人公 HCE，"芬和 HCE 是同质体的不同方面，正如三位一体论中的不同位格一样"[1]，同时，HCE 又与仆人赛克逊、儿子肖恩和山姆等存在变形关系。HCE 还与小说中的多位人物存在灵魂转生关系，包括抵抗外族侵略的爱尔兰英雄芬·迈克库尔、移民爱尔兰的不列颠人后代威灵顿公爵、率领盎格鲁-诺曼人征服爱尔兰的"强弓"、向爱尔兰传播基督教的圣帕特里克、民谣中被恶作剧女王抢去孩子的胡瑟尔、清教革命中镇压爱尔兰保王党人的克伦威尔、欧陆浪漫传奇人物崔斯坦、崔斯坦和伊瑟尔故事中戴了绿帽子的马克王、飞行员达奇曼、笑话里在克里米亚战争中被爱尔兰士兵巴克雷杀死的俄罗斯将军、《圣经》人物以撒等。"正如 HCE 和他的儿子们一样，ALP 和她的女儿经常融为一体，但与此同时又截然不同。"[2] 这种不同在于，HCE 与其他人物的变形或灵魂转生关系主要寓示的是某一个精神层面特点的相通之处，而 ALP 与女儿和凯特的变形关系寓示的则是基于相同本质的同一事物的不同阶段。ALP 与其女儿伊瑟及其女仆凯特之间存在变形关系，因为在梦境中，女儿只是她的青年时代的变体，凯特只是她的老年时代的变体。与此同时，ALP 及伊瑟还变形为利菲河，因为"我们可以把她们叫作 [……] 白衣女神和黑衣新娘，前者

---

[1] Donald Phillip Verene. *Vico and Joyce*. New York: State University of New York Press, 1987, p. 8.
[2] Ibid., p. 10.

是布莱克所谓的'女性意志',她安然待在背景中,让人意乱情迷,使人唯命是从,对人朝秦暮楚,令人捉摸不透;后者不断与穿过都柏林的利菲河相连,是新生的力量"[1]。

可以说,在维柯的历史循环论大框架下,生活于其中的人物都在经历死亡和重生的历程,与他们相关的各种社会制度、习俗和语言都在经历同样的演变,这种相通性为他们之间的多位同质体关系、变形关系和灵魂转生关系打下了哲学基础。

另外,在《新科学》中,维柯对理想的、永恒的历史循环往复进行了阐释,并对推动这种历史循环往复的驱动力进行了解释。他认为,驱使人类追寻这一循环往复过程的动力,是人类的内在天性。他清楚地认识到了"从一个历史阶段变换到另一个历史阶段的驱策力和随着人生而变换的人类思想的驱策力之间的关联"[2]。维柯将这种驱策力归结为人类之爱,认为人类之爱从孩提时代开始,一直持续到衰老死亡;这种具有自然动力的爱既包括爱上帝,也包括爱他人、爱自己。此外,维柯还探讨了意志(will)对于社会进化的作用,指出正是爱和意志推动着人类社会从自我中心主义进化到利他主义,尔后又回归到自我中心主义。[3]

维柯关于历史和人类驱动力的观点对乔伊斯产生了不小的影响。在写给哈里特·维佛的书信中,乔伊斯提到了维柯和布鲁诺的理论,他说:"我对这些理论的关注不会超越他们的使用价值,但是他们已经通过我自己的生活环境逐渐地影响了我。"[4] 由此可见,乔伊斯所提倡的,是从生活中反思历史,"从自己思想的变化当中推断所有人和所有事物的历史"[5]。这正呼应了维柯从人的天性和人的意志中追寻历史发展动因的思想。此外,乔伊斯认为,"历史过去是、现在是、将来也一直会是对此或对彼的爱"[6],这也呼应了维柯将人类之爱视为历史推动力的理念。

维柯对于历史循环的驱动力的解释与乔伊斯对丁斯蒂芬和布卢姆最根本特点的塑造也密不可分。无论是布卢姆还是斯蒂芬,二人身上均体现出

1　Donald Phillip Verene. *Vico and Joyce*. New York: State University of New York Press, 1987, p. 10.
2　Ibid., p. 22.
3　Ibid., p. 25.
4　James Joyce. *Letters, Vol. I*. Ed. Smart Gilbert. New York: Viking Press, 1957, p. 241.
5　Donald Phillip Verene. *Vico and Joyce*. New York: State University of New York Press, 1987, p. 24.
6　Ibid.

维柯所谓的"仁爱精神"。斯蒂芬愤世嫉俗,上下求索,支撑他艺术苦旅的恰恰是他超脱了民族主义的爱国情怀。他远走巴黎,不是不爱爱尔兰,而是出于对爱尔兰冷静客观的爱,出于对狭隘的民族主义者和不知亡国之恨的民众的不满,出于寻求一种基于走出庐山之外看清庐山真面目的目的,在异国的土地上寻求为自己民族疗疾的良方,去"在我灵魂的冶炉中,锻造出我的民族那尚未被创造出来的良心意识"[1]。可以说对爱尔兰的深沉的爱是斯蒂芬艺术追求的灵魂。布卢姆则是集仁爱和包容为一体的典型人物。在小说中再普通不过的一天里,他捐款救济新近丧夫的迪格纳穆太太,扶着盲人过马路,救护斯蒂芬免于老鸨的讹诈和因英国士兵的欺辱而深陷囹圄,甚至对妻子与博伊兰的私通也采取了谅解的态度。对于民族主义者"市民"出于民族偏见而进行的侮辱和谩骂,他有礼有节地进行辩护;面对"市民"即将采取的暴力手段,他扬长而去,避免采取暴力手段。大俗人布卢姆之所以成为青年艺术家斯蒂芬的精神之父,其原因就是他身上体现了比斯蒂芬的爱更加广博的仁爱和包容之心。无论是斯蒂芬还是布卢姆,他们身上体现出的爱和意志力都是推动以他们为主人公的小说叙事发展的动力,也是小说中主人公追寻历程的驱动力。

总之,维柯对乔伊斯创作思想的影响可以用下面一句话概括:"乔伊斯与维柯产生了许多共鸣,因为他在维柯个人对历史新科学的追寻中看到了与自己苦苦寻求一种新文学艺术密切相关的一种经验模式。"[2]而维柯对乔伊斯小说创作实践的影响更大程度上是幽灵式的,"《芬尼根守灵》和维柯的《新科学》之间的关系[……]是模仿与被模仿的关系"[3]。虽然《新科学》没有在《芬尼根守灵》或者乔伊斯的任何一部小说中显性登场,但他就如幽灵一般,或者如鬼影一般(任何被模仿的文本在模仿文本中都是幽灵或影子),侵扰着《芬尼根守灵》和《尤利西斯》的结构设计、人物塑造和主题思想。杨建的观点似乎也证明了相同的结论:"除了借用维柯的哲学框架外,《觉醒》各个部分的题材安排乃至语句风格都遵循着维柯所说的几个时代不同的'自然本性''习俗''字母'等特征,还通过语言的循环模式来影射维柯的历史循环论。"[4]

---

1 詹姆斯·乔伊斯:《青年艺术家画像》,朱世达译,上海:上海译文出版社,2011年,第352页。
2 Donald Phillip Verene. *Vico and Joyce*. New York: State University of New York Press, 1987, p. 32.
3 Ibid., p. 85.
4 杨建:《乔伊斯诗学研究》,武汉:华中师范大学出版社,2011年,第148页。

结语

　　与乔伊斯批评家长期以来所持有的观点恰恰相反，乔伊斯并非不涉足政治或对爱尔兰民族事务漠不关心。在《尤利西斯》中，他对爱尔兰人目前的处境深表关切，对本土势力和外国势力在爱尔兰民族问题中所起的作用表现出一种敏锐的洞察力，通过使用幽灵叙事手法，他寓示了关于爱尔兰文化的历史、现状及未来等的如幽灵般隐身于显性文本之下的主题。

　　乔伊斯作品的第一个幽灵主题是对殖民主义者的批判。他创作的《尤利西斯》及《芬尼根守灵》不仅是作为爱尔兰的民族史诗，也是作为所有被殖民、被迫害、被边缘化的民族的史诗。在这些作品中，乔伊斯探究了引发爱尔兰困境的种种原因，像许多他的同代人一样，他把英国殖民者看作导致爱尔兰灾难的罪魁祸首之一。但是，乔伊斯比他的同代人看得更远，因为他发现英国殖民者破坏了爱尔兰的经济（贫困和饥荒）和独立，而且篡改、歪曲爱尔兰历史和民族文化，他们不但掠夺爱尔兰人民的物质财富和文化财富，而且还试图以施舍者和庇护人的身份通过雇佣爱奸，在爱尔兰人中推行殖民文化。殖民主义者对爱尔兰民族的危害不仅体现在《尤利西斯》及《芬尼根守灵》中,也体现在《都柏林人》戕害爱尔兰儿童天性和情感的帝国传奇和爱尔兰知识分子崇拜的英国文学中,还隐身于《一个青年艺术家的肖像》中教导主任的殖民语言中。

乔伊斯作品中的第二个幽灵主题是对狭隘的民族主义的批判。乔伊斯时代的大多数文人致力于恢复爱尔兰民族文化,保护爱尔兰文化虚幻的纯洁性,乔伊斯没有随波逐流,而是批判这种做法。在其小说中,乔伊斯嘲讽了狭隘的爱尔兰民族主义。从文化方面看,这种狭隘的民族主义极力鼓吹一切爱尔兰事物,排斥一切非爱尔兰事物。乔伊斯显示了极强的超前意识,他看穿了狭隘的民族主义本质:它与殖民主义具有相同的逻辑,因为二者都把自己的优越感建立在对"他者"的边缘化、歪曲、妖魔化、贬损与排斥和对自己美化与颂扬的基础上。在《尤利西斯》中用布卢姆来代表爱尔兰文化,在《芬尼根守灵》中将HCE设计成"每一个人"(既是压迫者又是被压迫者),乔伊斯消解了民族主义和殖民主义的二元对立,同时使压迫者和被压迫者之间不再泾渭分明。通过"市民"这一形象,乔伊斯批判了爱尔兰民族主义者的狭隘性。"市民"本来属于爱尔兰民族——一个几个世纪以来被压迫、被殖民的民族,转过来却迫害本身也是爱尔兰人的犹太人布卢姆。通过《都柏林人》中的《选委会办公室里的常青藤日》及《死者》中的民族主义者群像,乔伊斯揭露了某些民族主义者喊着爱国口号却干着假公济私勾当的行径。在《一个青年艺术家的肖像》中,通过达文这一充满盲目爱国热忱的民族主义者形象,乔伊斯批判了民族主义者对爱尔兰历史辉煌和文化纯洁性的盲目追捧,通过坦普尔对爱尔兰的浮夸美化,乔伊斯批判了爱尔兰民族主义者耽于夸夸其谈而毫无独立思想的缺点。

乔伊斯作品中的第三个幽灵主题是对宗教的批判。乔伊斯对宗教的伪善和狭隘的批判如幽灵般萦绕在他的小说中。他不仅批判天主教会,而且批判新教甚至所有的教会。在乔伊斯看来,爱尔兰天主教会实质上扮演着英国殖民者同谋的角色,因为它用严格的宗教教义来扼杀爱尔兰文化;通过禁止控制人口的出生以及教士们鱼肉人民而致使爱尔兰的经济面临窘境;它通过指控帕内尔通奸而断送了他的政治前途。由英格兰人和爱尔兰人支持的新教教会反对爱尔兰自治,迫害天主教会的信徒,在饥荒时期用食品来收买天主教会的信徒,对爱尔兰的动荡、混乱局势起到了推波助澜的作用。

在《都柏林人》的《姊妹们》中，天主教不仅是教众们噤声敛气、欲言又止的原因，也是导致神父抑郁而死的根源，天主教的规训深植于每个人的灵魂，造成爱尔兰人民的精神瘫痪；在《一个青年艺术家的肖像》中，爱尔兰天主教与多种政治利益勾连在一起，对爱尔兰动荡的政局和民众苦闷的精神生活起到了推波助澜的作用；殖民者也充分利用宗教作为工具，以学校、语言和仪式为场域，规训爱尔兰民众的精神世界。在《尤利西斯》中，特别是在"食忘忧果者的种族"一章中，教会成了一种麻痹人类精神的"忘忧果"，神父和教士则成了饱食民脂民膏的蛀虫，而且靠着售卖让人产生被救赎错觉的宗教仪式来蒙蔽教众。宗教在爱尔兰民族问题上所扮演的复杂角色，特别是与爱尔兰的民族主义和英国的殖民主义之间错综复杂的勾连，通过《芬尼根守灵》的插曲，特别是"穆克斯与格里普斯"，得以充分体现。

乔伊斯作品中的第四个幽灵主题是对不知亡国之恨、寻欢作乐的爱尔兰民众的批判。在各种各样的爱尔兰人中，除了狭隘的民族主义者之外，乔伊斯最憎恨的是那些爱尔兰民族事业的"快乐的背叛者们"，尤其是那些寻欢作乐的人们。"快乐的背叛者们"包括两类人：英国殖民者的走狗和寻欢作乐的爱尔兰人。前者毫无爱国之心，把爱尔兰和她的历史当作一爿当铺。当他们需要它的时候，就保留它；当他们不需要它的时候，就出卖它。乔伊斯的小说中充斥着这类人物。《都柏林人》中崇洋媚外的汤米和小钱德勒及"西不列颠人"加布里埃尔、《一个青年艺术家的肖像》中的"爱尔兰贵族们"等均属于这一类人物，甚至连《芬尼根守灵》中的肖恩也有这类人的影子。他们中最具代表性的人物是《尤利西斯》中的穆利根。他跟英国殖民者海恩斯合谋，欺压年轻的爱尔兰艺术家斯蒂芬，并且合谋计划把爱尔兰希腊化。后者指不知亡国之恨、只知寻欢作乐的民众。对于这些爱尔兰人，乔伊斯既痛恨又同情；因为他们要么对爱尔兰民族受奴役的状态没有切肤之痛，要么对国破家亡的状态过于悲观，借酒浇愁。这些人沉溺于喝酒、唱歌、与女人调情、借谈论女人取乐。这些人的不幸和不争气既反映在《都柏林人》中《选委会办公室里的常青藤日》里几乎所有的办公室工作人员和《死者》中的布朗先生身上，又反映在《一个青年艺术家的肖像》中的斯蒂芬的父亲身上，更反映在《尤利西斯》中的穆利根、迪格纳穆、满大街的醉鬼以及《芬尼根守灵》中的酒馆客人身上。在这些人中，许多人歌舞升平的生活的另一面却是要靠典当物品和借钱来买醉，而他们家里往往有十多个孩子在忍饥挨饿。所以用"哀其不幸，怒其不争"来描述乔伊斯对这些人的态度也是再恰当不过了。

在这种困境下，爱尔兰艺术（或广义上说的"爱尔兰文化"）严重失真，成了一面有裂纹的镜子，丧失了反映现实和教诲人民的功能，或者用斯蒂芬自己的话说，丧失了创造爱尔兰人民"尚未被创造的良知"的功能。

乔伊斯并不满足于只揭露爱尔兰文化的困境。相反，他转向历史去探索文化困境的根源，探索历史传说和创新性之间的关系，探索通向永恒的秘诀。所以，乔伊斯作品中的第五个幽灵主题便是对历史规律，特别是历史真实性与虚构性的揭示。他把历史和现在联系起来，其目的是指向未来。乔伊斯深受维柯历史循环论的影响，把历史看成是一系列虚构的故事。在《尤利西斯》中，人们从课本中学到的历史只不过是历史的外壳，用斯蒂芬自己的话说，就是"别人经常讲的故事"。历史是一个战场，在这里，不同群体的意识形态在极力施展自己的影响，更具体地说，在这个战场上，殖民主义者、民族主义者及新教和天主教会的信徒都竭力试图占据中心位置。历史学家认为历史是"他人的故事"，是由一些出于各种不同的目的以及在不同的思想意识形态左右下的人们虚构的故事，他们虚构故事往往会依赖某些可能性而排除其他可能性。历史充斥着一系列当权者犯下的罪恶，而这些罪恶却由少数民族、女人等替罪羊来承担。历史是一场斯蒂芬奋力从中惊醒的噩梦，它不是展示造物主意志，而是混沌和"街头的喊叫"。所有这些梦魇般的历史虚构的因素在"内斯特"（"Nestor"）、"普罗透斯"（"Proteus"）和"独眼巨人"（"Cyclops"）等章节都有详细深入的描述。但乔伊斯并不是一位历史虚无主义者，他通过《芬尼根守灵》中维柯思想的幽灵，以及将维柯历史论外化为小说的结构、人物及内容设计，揭示历史发展的规律性，即历史发展的循环三阶段，同时展现爱与艺术对于历史发展的动力作用。《芬尼根守灵》的结尾是小说第一句话的开始，开头则是这句话的接续部分，这种结构暗示了历史的循环性；女主人公找到了能拨开重重谣言迷雾的信件，并化身为利菲河，滚滚流向大海，势不可挡，这也或许是作者对历史真实性的一种坚信的表达。他在《尤利西斯》中同样看到历史中的那些永恒的东西，其中之一便是母爱。乔伊斯把爱当作唯一真实的东西，当作文化杂糅和精神顿悟的基点，或者更具体地说是一个人超越历史虚无主义得以找到生存意义的基点。其二是真正的艺术。斯蒂芬认为真正的艺术来自但又高于平凡阴暗的现实，来自历史传统与创新欲望的相互作用。

乔伊斯关于历史真实性与永恒性的观点在《尤利西斯》中最具侵扰力的人物之一——莎士比亚身上体现出来。在《尤利西斯》中的现实界，莎士比亚并未参与任何情节，属于幽灵人物。莎士比亚的生活和作品均反映出一种"父子母题"，这个母题寓示着历史传统和创新性之间的关系，其中前者对后者或起推动作用，或起阻碍作用。莎士比亚和他兄弟们之间的关系则寓示着作家和他同时代人之间的关系，或者更确切地说，寓示着乔伊斯和他同时代人之间的关系。乔伊斯同时代的人大多是倾力支持狭隘的民族主义运动，致力于恢复爱尔兰民族文化的纯洁性和辉煌。对这种兄弟关系，斯蒂芬和作者本人都既爱又恨。他们把兄弟既看作是对手又看作是家人。莎士比亚和他妻子安妮、安妮的情人以及莎士比亚的情妇之间的关系则寓示了不同文化、不同群体之间的冲突和杂糅。莎士比亚的永恒性表现在他能够以超然的态度来对待所有的冲突和矛盾，表现在他能够做到既包含一切又是人类个体的一员，他的永恒性表明了平和、接纳和容忍的重要性，这对文化杂糅也是至关重要的。

在20世纪初，在英国殖民下的爱尔兰，民族主义、殖民主义、天主教信仰日益高涨，民众在这三重压迫下要么背弃爱尔兰，成为所谓的"西不列颠人"，要么沉溺于所谓爱尔兰历史的辉煌和纯洁，试图重建自己的民族身份，要么诉诸暴力，企图以暴制暴，夺回爱尔兰失去的独立，要么沉溺于宗教，试图用宗教来解决所有的问题，包括殖民问题、贫穷问题、酗酒问题、政治问题等，要么干脆醉生梦死，在酗酒、赌博、唱歌、与女人调情中打发令人郁闷和痛苦的生活。在这种背景下，如果要表达上述本书称之为"幽灵主题"的主题，就会给自己惹来大麻烦，得罪殖民势力、民族主义势力、宗教势力、不明就里的民众等，甚至会招来杀身之祸。在这种情形下，乔伊斯就采取了双重叙事策略，即将人性叙事置于显性文本，将民族叙事置于隐性文本的策略。简言之，就是乔伊斯采取了复杂多变的幽灵叙事策略。

"幽灵"作为一个批评专业术语，对于乔伊斯作品研究不仅具有鲜明的相关性，而且具有相当的建设性意义。乔伊斯的作品具有民族史诗和人类史诗的双重叙事结构，而连接双重叙事结构的是文本中飘忽不定的幽灵元素。幽灵元素充斥在乔伊斯小说的文本中，从人物特征、人物关系到叙事方式及语言文体特点都有幽灵元素各种形式的体现，它们飘忽不定，处于在场与不在场之间，但时时制约着文本的意义。因此，研究乔伊斯作品的幽灵叙事策略可以有效地破解乔伊斯作品的晦涩难解之处。

具体而言，幽灵叙事策略在形式上可以大致分为情节（或曰叙事进程）、人物塑造、语言文体等几个方面。在叙事进程方面，乔伊斯的幽灵叙事形式包括寓言、跑题、文本或故事嵌套、互文、置换等；在人物塑造上则采取幽灵人物、影子人物、矛盾人物、变形人物群、灵魂转生人物群、多位同质体人物群等人物塑造形式；在语言上则采取多种语言变形方法和不同文体拼贴手法，将幽灵主题隐藏在令读者眼花缭乱的现代主义和后现代主义的不确定性和矛盾性中。通过幽灵叙事策略，他巧妙地逃出了各种政治势力的文化围堵，表达了自己对爱尔兰民族的关怀。

首先，寓言的机制是"言此意彼"，"此"为显性文本，"彼"为隐性文本或曰幽灵成分。寓言的手法在《都柏林人》的《赛车以后》初露端倪，小说各个人物之间的关系和他们的地位分别是这些人物的祖国之间的国家关系及国家地位的寓言；在《一个青年艺术家的肖像》中也有零星使用，比如那个随意把陌生人拉进家门与之发生性关系的女人就是爱尔兰民族劣根——随意选择外族势力"帮忙"进而引狼入室——的寓言，那头吃自己猪崽子的老母猪则是爱尔兰另一劣根——迫害自己的民族英雄——的寓言；在《尤利西斯》中，寓言成为幽灵叙事的主要形式，在《芬尼根守灵》中则演化为"言此"与"意彼"边界完全消失的叙事模式，即在情节、人物、语言各方面均是流动不居的混沌模式。

之所以说寓言在《尤利西斯》中是幽灵叙事的主要形式，是因为其叙事具有言此意彼的双重叙事特点，显文本似乎在言说日常琐事，隐文本则在言说民族之事。例如，在《尤利西斯》中，乔伊斯为他的爱尔兰民族构想了一个文化杂糅的未来，这个未来就是通过莫莉本人以及她跟她丈夫以及她的众多情人之间的关系来寓言的。文化杂糅之所以成为必然是由于爱尔兰文化的困境，这一点是通过莫莉为自己的辩解寓示出来的：她认为自己找情人是布卢姆活该，因为他性无能，所以她得找替身来弥补布卢姆在他们夫妻生活中的作用。布卢姆虽然性无能，却有大量的精液，这一点又寓示了爱尔兰文化的典型特点，即虽处于困境但不乏生机和繁育能力；性欲强烈的博伊兰虽对莫莉具有强大的吸引力，但在她眼中他不过是一头畜生，这一点寓示着英国文化的特点，即虽然充满了生命力但侵略性太强；莫莉拥有众多情人，这寓示爱尔兰文化与不同的外国文化杂糅的未来，而莫莉决定回到布卢姆身边，恢复他们之间和谐的性关系，这寓示着爱尔兰文化在汲取外国文化营养的同时应坚持自己的民族文化传统。

跑题一般是写作的大忌，却成了乔伊斯幽灵叙事的手法。《都柏林人》中《姊妹们》中姊妹们对神父死因的东拉西扯、欲说还休的述说，以及《选委会办公室里的常青藤日》里拉选票的办公人员的闲聊，《一个青年艺术家的肖像》中关于阿奎那美学的讨论、对地狱景象的描绘，《尤利西斯》中对莎士比亚生平和创作的讨论等，都是某种跑题现象。但这些看似与小说情节无多大关联的成分，与"言此意彼"中的"此"处于显性、"彼"处于隐性不同，因为寓言中的"此"与"彼"具有同等重要的地位（因为人性叙事和民族叙事都是乔伊斯所要言说的），而跑题部分的显文本的目的不是显文本本身，而是隐文本——即借助对跑题部分的冗长化、枯燥化等陌生化处理，彰显那个造成无法言说"彼"的原因，即无处不在的殖民压迫、宗教压迫、民族主义压迫、民众对民族命运的冷漠，以及作者试图冲破这些压迫的心理欲望及深刻思考。

文本或故事嵌套指的是在总文本中嵌入另外的文本或者故事情节。例如，在《都柏林人》中的《痛苦的事件》中关于西尼考太太死亡的新闻通告、《选委会办公室里的常青藤日》里的用来拉选票的卡片内容均属于文本嵌套，《尤利西斯》中无处不在的民歌和俗语警句等，虽说可以归入互文范畴，但也算得上是文本嵌套；《都柏林人》中《死者》中的驴子绕着错误的物体打转的故事，《芬尼根守灵》中无数的插曲，如巴克雷与俄罗斯将军、恶作剧女工和胡瑟尔、挪威船长与船舶代理人等均属典型的故事嵌套。乔伊斯小说中的文本嵌套大多起到反讽效果，例如关于西尼考太太死亡的新闻通告讽喻了整个社会的无情，那个用来点烟的选举卡片讽喻了爱尔兰民族主义者和民众对帕内尔初心的反叛。而故事嵌套往往起到画龙点睛的暗示作用，例如驴子打转的嵌套故事让人顿悟《死者》中所有人物都是故步自封、走不出自己固有生活模式的驴子，《芬尼根守灵》中的插曲相互映射、相互补充，引导读者领悟个人的故事、社会的故事、全人类历史的故事其实是一个故事,是同一个圆心的三个圈里的故事。文本或故事嵌套通过讽喻或者引导读者顿悟进而达到言说不便言说之事的效果。

目前学界对乔伊斯小说中的互文现象研究较多,本研究在本书各编的某些章节中亦有涉及。大致归纳起来可以说,《一个青年艺术家的肖像》与迪达勒斯神话传说形成互文,《尤利西斯》与荷马史诗《奥德赛》及莎士比亚的《哈姆雷特》形成互文,《芬尼根守灵》与诸多的爱尔兰神话和维柯的《新科学》中的历史循环论形成互文。借助迪达勒斯神话传说,斯蒂芬言说了自己冲破爱尔兰的民族主义、殖民主义、宗教、不知亡国之恨的民众等势力织就的大网,去创造爱尔兰民族从未有过的良知的决心;借助与荷马史诗《奥德赛》及莎士比亚的《哈姆雷特》的互文关系,乔伊斯凸显了爱尔兰艺术被殖民势力鸠占鹊巢或精神魅控的困境,以及对英雄复仇的戏仿和对英雄回归的期盼;诸多的爱尔兰神话则为《芬尼根守灵》这部人类史诗(也是爱尔兰民族史诗)增加了具象和张力,同时也为其民族叙事增添了许多插曲,这些插曲与主要情节相互补充和映射,增加了叙事和主题的幽灵性、流动性和居间性;维柯的历史循环论是《芬尼根守灵》叙事结构的哲学基础,基于维柯的历史三阶段循环往复的观点,乔伊斯设计了小说的四章并与此形成对应关系。

置换策略指的是作者借言说可以言说的事来言说不可言说之事,也指人物塑造中的等式原则,即 A 人物也是 B 人物,B 人物也是 C 人物,以此类推。置换策略比较典型地反映在乔伊斯对禁忌的书写上。《尤利西斯》中人物面对的禁忌无处不在,但乔伊斯在显性文本中能够书写的只是人们能够言说的普通禁忌,但这些禁忌作为寓言所寓示的则是爱尔兰艺术家所面对的无法言说的民族和文化禁忌。《芬尼根守灵》中的置换策略主要体现在人物塑造和插曲设计上,HCE 与无数人物形成变形关系,实际上是在某种意义或层面上与这些人物形成等式关系,例如 HCE 在某种意义上就是马克王、崔斯坦、胡瑟尔、俄罗斯将军、威灵顿公爵等;而 HCE 与儿子的关系在某种意义上就是马克王与崔斯坦、俄罗斯将军与巴克雷等的关系。这种置换的策略凸显了可言说之事和不可言说之事的共同之处,解构表面上不同事物、概念、身份之间的边界。

在人物塑造上,乔伊斯小说的幽灵叙事形式主要是塑造幽灵人物、塑造人物的幽灵特质及塑造人物间的幽灵式关系。乔氏小说中的幽灵人物包括早已经作古的历史名人,如阿奎那、莎士比亚、维柯等,也包括小说中人物逝去的亲人或朋友等。前者往往是给作者或小说中主要人物以文学创作启示或灵感,或者与作者或主要人物形成对话关系,并暗示或揭示作者关于小说乃至艺术创作的理念。例如,阿奎那给予斯蒂芬和乔伊斯美学观念诸多启发和灵感;在对传统与创新、人生与艺术、琐碎与超然等之间的关系方面,莎士比亚与斯蒂芬的处理方法有许多相似之处,而且莎士比亚在斯蒂芬心中既是艺术家的楷模,也是英国殖民文化侵略性的缩影。小说中人物逝去的亲人或朋友等的幽灵往往是人物心理的投射,如斯蒂芬母亲的幽灵是斯蒂芬对母亲的愧疚及对母亲所代表的天主教的厌恶的心理投射;幽灵同时也是历史魅控的表征,如布鲁姆的儿子鲁迪的幽灵就是爱尔兰历史失能的具象化,《死者》中迈克尔的幽灵就是爱尔兰本土文化魅控的表征。

在乔伊斯小说中,许多活着的人物都具有幽灵特质,这些人物可简单分为两种,一种是在主要人物心灵屏幕上转瞬即逝但又侵扰不止的人物,他们如幽灵一样乍现即逝,看似与主要情节没有多少关联,但其深层意义非常深远,在主要人物的心里如幽灵一样侵扰,虽不怎么显性但也挥之不去。例如《一个青年艺术家的肖像》中随意拉人入室发生性关系的爱尔兰妇人,她虽然是斯蒂芬偶然听说的一个女人,但她的所作所为被斯蒂芬与爱尔兰民族特质联系起来,与蝙蝠形象渐渐合二为一,在斯蒂芬心中侵扰不休,促使斯蒂芬对爱尔兰民族命运进行深度思考。这类人物在乔氏小说中俯拾即是,《都柏林人》中扮演印第安人打仗的孩子们,《一个青年艺术家的肖像》中谈论星星的老人,《尤利西斯》中街上的醉汉及饥饿的孩子们,《芬尼根守灵》中博物馆里的历史名人,都是这类人物的典型。这类人物往往是爱尔兰性或者某些抽象特质的具象的普遍化。还有一类是变形人物和矛盾人物,他们身上的特点非常不稳定,具有像幽灵一样变化多端的特点,也具有幽灵一样的不稳定性。《尤利西斯》中的穆利根就是变形人物的典型,在外在表现上他在卖国贼、民族主义者、天主教神父、不知亡国之恨的民众四者之间变来变去,在功能上主要是凸显卖国贼、民族主义者、天主教神父、不知亡国之恨的民众虽然表现形式不同,但对爱尔兰民族却造成了一样的危害这样一个主题。《一次偶遇》中"古怪的老家伙"就是矛盾人物的典型。这个形象超出了出尔反尔的人物形象的范畴。他无论是话语、言行还是所表现出的特质都是自相矛盾的。这类人物的设置主要是凸显在民族主义话语和殖民主义话语中，对立的两极实际上往往是共享一种逻辑，这也凸显了民族主义话语和殖民主义话语的随意性和荒诞性。

在人物塑造方面，乔伊斯最具创新性的幽灵叙事形式是对具有幽灵式关系的人物群的塑造。在小说的现实界，这类人物群之中的人物间往往没有什么关系（或者即便有什么关系，他们在现实界里的关系也只不过是某种寓言），但他们之间却有一种幽灵式的关系，或者说在寓言层面具有非常紧密的关系。这类人物群内部人物间的关系可以分为影子人物关系、灵魂转生关系和多位同质关系等。影子人物关系涉及的人往往是两个，一个人物是另一个人物的影子人物；在二者之间，影子人物往往是他/她映射的人物隐秘的乃至黑暗的、或者不可言说或者不愿言说的某种特质，抑或是所映射的人物命运的另一种可能。《都柏林人》中《痛苦的事件》中西尼考太太就是杜菲先生的影子人物。二者在表面上有许多不同，一个冷漠呆板，一个追求浪漫，但实际上西尼考太太不守常规、大胆浪漫的追求乃是杜菲先生想拥有而不敢拥有的生活目标，西尼考太太的悲剧结局也是杜菲先生假设像西尼考太太那样生活的必然结局。

具有灵魂转生关系的人物群往往涉及两个或多个人物。当然，"灵魂转生"在此并非说玄学意义上一个人物的灵魂转生到另一个人物身上，而是说一个人的精神特质在另一个人身上呈现或者存在。《尤利西斯》中的斯蒂芬、萨金特、狐狸之间、迪西先生与海恩斯之间均存在灵魂转生关系；《芬尼根守灵》中的HCE与几十个次要人物（幽灵人物）间也存在灵魂转生关系。灵魂转生人物群的幽灵式关系往往凸显不同身份间在某些方面的相似性，进而凸显身份的复杂性、杂糅性和流动性。例如HCE与他的灵魂转生人物之间的关系凸显的是HCE身上"每一个人"的特质，即他身份的杂糅性和流动性：他既是侵略者又是被侵略者，既是本土人又是异族人，既是压迫者又是被压迫者，既是通奸者又是王八，既是父亲又是儿子，既是被告又是原告，既是有罪者又是替罪羊等。

具有多位同质关系的人物群往往涉及三个或者三个以上的人物。"多位同质"关系最主要的内涵与基督教的"三位一体"概念紧密相连，用来指圣父与圣子在神性上的同质性，但在乔伊斯的人物塑造中则意味着几个人物共同寓言某种事物的不同侧面。在《尤利西斯》中，斯蒂芬、布鲁姆和莫莉形成一种具有多位同质体关系的人物组，在寓言意义上分别喻示饱受诸种势力钳制的爱尔兰现状、性无能但依然有繁殖力（在文化上被异族打压而失能但依然保有文化传统）的爱尔兰历史、走向文化杂糅的爱尔兰未来；买牛奶的老妇人、梅、格蒂和莫莉也形成一种具有多位同质体关系的人物组，在寓言意义上分别喻示贫穷落后的爱尔兰、饱受宗教之害的爱尔兰、备受民族主义美化的爱尔兰和走向文化杂糅的爱尔兰。具有多位同质关系的人物群的设置将不可言说的爱尔兰问题化整为零，用几个似乎完全不同的甚至根本不相识的人物来喻示爱尔兰的不同侧面，将不可言说的民族问题借助个人琐事言说出来。

乔伊斯的幽灵叙事形式在语言上表现为语言的杂糅和变形，在文体上则表现为不同文体的拼贴并置。前者典型地运用到《芬尼根守灵》里，该小说的语言以爱尔兰英语为基础，与八十多种语言混杂，经变形、改造、合成等手法，变形为意义极不稳定、含义丰富多变的杂糅语言。在小说中，语言变形大致分为词根变形叠加、专有名词变体为一般词汇、一般词汇与专有名词混合组成新词汇、象声词变形、外语词汇套用、英语词汇与外语词汇混合成新的词汇等。在这种语言变形中，语言的语法结构也成了幽灵式的存在，变成在场和不在场之间的存在。这种语言变形既是小说形式，也是小说内容本身，即人类生存状态的流动性、不稳定性和居间性。文体的拼贴在《一个青年艺术家的肖像》中就开始运用，如小说中有许多布道词和日记；在《尤利西斯》中则是主要文体形式：每章的文体都各不相同，有的是教义问答形式，有的是内心独白形式，有的是戏剧剧本形式，有的是赋歌曲形式，有的是浪漫爱情小说形式；甚至在一章内把英国文学史上所有重要作家风格模仿了一遍，还有就是将褒扬和贬低的段落并置在一起。这种拼贴一方面是根据小说各章叙事内容的不同而变化的结果，但也有讽刺和揶揄的功效，例如，在"瑙西卡"那章，浪漫爱情小说的文体是对格蒂表面贤淑文雅而内里世俗风骚的讽喻，而在"独眼巨人"那章里，在描写同一事物或人物时将褒扬和贬低的段落并置，则揶揄了民族主义和殖民主义话语的随意性和荒谬性。

总之，乔伊斯对英国殖民主义、爱尔兰民族主义、天主教、不知亡国之恨的民众等均持批判态度，但在他创作的年代里，这些势力在爱尔兰仍大行其道，言说对它们的不满就等于触犯政治禁忌。因此乔伊斯就不得不采取上述幽灵叙事形式，将上述在当时不便言说的主题掩藏在精英现代主义人性叙事的外表之下,使得自己的小说具有了人性叙事和民族叙事的双重叙事,同时也使得它们具有了横跨细节现实主义和高度象征主义或寓言性两极的张力,从而使得它们成为当之无愧的爱尔兰民族史诗和20世纪最伟大的现代主义或后现代主义鸿篇巨制。

附录 I

Titles of Episodes in *Ulysses*

Episode 1	Telemachus
Episode 2	Nestor
Episode 3	Proteus
Episode 4	Calypso
Episode 5	Lotus Eaters
Episode 6	Hades
Episode 7	Aeolus
Episode 8	Lestrygonians
Episode 9	Scylla and Charybdis
Episode 10	Wandering Rocks
Episode 11	Sirens
Episode 12	Cyclops
Episode 13	Nausicca
Episode 14	Oxen of the Sun
Episode 15	Circe
Episode 16	Eumaeus
Episode 17	Ithaca
Episode 18	Penelope

附录 II

詹姆斯·乔伊斯生平大事年表

1882 年　2 月 2 日詹姆斯·奥古斯汀·阿洛伊修斯·乔伊斯（James Augustine Aloysius Joyce）出生于都柏林郊区拉斯加（Rathgar）地区的一个天主教家庭。其父约翰·斯旦尼斯劳斯·乔伊斯（John Stanislaus Joyce, 1849–1931）是税务专员，其母为马丽·简·尼幕雷（Mary Jane Joyce, nee Murray, 1859–1903）。乔伊斯父母共育有十个子女，四男六女，乔伊斯为长子。

1884 年　斯旦尼斯劳斯·乔伊斯（Stanislaus Joyce）出生。他是詹姆斯·乔伊斯存活下来的九个兄弟姐妹中与詹姆斯最为亲近的一个。

1886 年　英首相葛莱斯顿的《自治法案》未获通过。乔伊斯一家搬迁到都柏林南部的布雷（Bray）镇。詹姆斯入克朗戈威斯·伍德学校（Clongowes Wood College）。这是一所基督教贵族学校，校长是天主教耶稣会会长康米神父。乔伊斯是学生中年龄最小的。

1890 年　爱尔兰民族主义领袖帕内尔失去自治联盟主席职位；帕内尔的倒台给詹姆斯留下了深刻印象。

1891 年　因父亲失业、家庭经济困难，乔伊斯于 6 月辍学，离开克朗戈威斯。10 月，帕内尔去世。出于对帕内尔的同情，乔伊斯写了一首诗——《希利，你也这样！》，讽刺与帕内尔关系密切的爱尔兰自治运动和土地改革运动领袖希利在关键时刻与帕内尔决裂。

1892 年　乔伊斯一家搬到都柏林郊区的布莱克洛（Blackrock）镇。

1893 年　因家庭经济情况进一进恶化，乔伊斯一家在都柏林不断搬迁。经人介绍，乔伊斯于 4 月 6 日注册，成为名为"贝尔维迪尔公学"（Belvedere College）的一所耶稣会学校的走读生，一度想成为神父。中学时期的乔伊斯深受爱尔兰民族独立运动、爱尔兰文艺复兴运动和 19 世纪欧洲文学自由思想的影响，于中学毕业前夕对宗教信仰产生了怀疑。

1896 年　成为圣母玛利亚联谊会的会长。

1897 年　当年获多个学术奖项，其中包括"全爱尔兰最佳作文奖"。对天主教的信仰开始动摇。

1898 年　9 月入读皇家大学都柏林学院（University College, Dublin），专攻哲学和语言学，博览群书；为能读懂易卜生的原著，乔伊斯学了丹麦文和挪威文，因为易卜生是他最佩服的作家。

1899 年　出席叶芝《伯爵夫人凯思琳》（*The Countess Cathleen*）的开幕式狂欢之夜，公开支持叶芝。

1900 年　1 月 20 日，在大学的文学及历史协会宣读题为《戏剧与人生》（"Drama and Life"）的论文。4 月 1 日，就易卜生作品《当我们死而复醒时》（1899）在文学杂志《半月评论》（*Fortnightly Review*）上发表评论文章——《易卜生的新戏剧》，引起易卜生的注意，易卜生专门请他的英国译者阿切尔转达谢意。乔伊斯深受鼓舞，坚定了走上文学道路的决心。这期间乔伊斯写了一些戏剧和诗歌，但大部分已销毁。

1901 年　10 月，写成论文《喧嚣的时代》（"The Day of the Rabblement"），批评爱尔兰文艺剧院狭隘的民族主义。因大学杂志拒绝刊载该文，乔伊斯自费发表。

1902年　夏天，结识叶芝和剧作家格雷戈里夫人。10月获学士学位；大学毕业后入圣塞西莉亚医学院，很快因经济原因辍学。12月初赴巴黎，下旬回都柏林。

1903年　1月17日再度离开都柏林，23日抵巴黎，靠写书评和教英语糊口。4月10日，接到母亲病危的电报回国。8月13日，母亲去世。在都柏林结交了奥利弗·戈加蒂（Oliver Gogarty）。

1904年　离开家庭住处，在外面住过好几个地方，包括马铁洛塔（Martello Tower）。开始写自传体小说《一个青年艺术家的肖像》（A Portrait of the Artist as a Young Man）。3月至6月底，在多基一座私立的克里夫顿学校代课。6月10日，与在芬恩饭店工作的诺拉·巴那克尔（Nora Barnacle）相识，一见钟情，于10月8日离开都柏林来到欧洲大陆。其间，写成一些短篇小说发表在当地报刊上，后来收录在《都柏林人》中，其中的《姊妹们》写于8月13日。10月上旬联系好在瑞士教英语的职务，途经巴黎，11日抵苏黎世。然而教职落了空，11月初改赴当时奥地利治下的南斯拉夫（Yugoslavia）的波拉（Pola）的伯利兹（Berlitz）语言学校任教。

1905年　3月，转到德里雅斯特（Trieste）的伯利兹语言学校任教。7月，胞弟斯旦尼斯劳斯到伯利兹语言学校任教。同月，长子乔治亚（Giorgio）出生。12月3日，将《都柏林人》原稿12篇（后补加3篇）寄给出版人格兰特·理查兹（Grant Richards）。

1906年　7月底赴罗马任银行通讯员。9月30日，在致斯旦尼斯劳斯的信中谈到小说《尤利西斯》（Ulyssess）的构想。4月以来，就改写《都柏林人》的问题与理查兹通信商讨。9月30日，收到拒绝出版《都柏林人》的信。

1907年　3月5日辞去银行的工作。5月，早年写的抒情诗集《室内音乐》出版。7月回德里雅斯特，仍在原校任教。7月6日，长女露西亚（Lucia）出生。乔伊斯辞去教职，为私人教授英语。

1908年　3月，将辛格的《骑马下海人》（1904年上演的悲剧）译成意大利文。5月底，患虹膜炎，完成《一个青年艺术家的肖像》的三章内容。

1909年　7月回到都柏林的父亲家，并与蒙塞尔出版社（Maunsel & Co.）

签订《都柏林人》出版合同。9月返回德里雅斯特。10月又返回都柏林。在别人的赞助下于12月开设沃尔特电影院。

1910年　1月2日，在妹妹伊娃（Eva）的陪伴下回到德里雅斯特。7月，出让一直亏损的沃尔特电影院。

1911年　2月9日，蒙塞尔出版社来信，要求将涉及爱德华七世的记述一概删除。与妻诺拉争吵后，一怒之下把《一个青年艺术家的肖像》原稿丢进了火炉，幸而伊娃在场，及时把稿子抢了出来。

1912年　7月，最后一次回爱尔兰。与蒙塞尔出版社的谈判破裂。9月11日，活字版《都柏林人》被拆掉。当夜，乔伊斯携全家人离开都柏林。在回德里雅斯特的路上，写成讽刺诗《火口喷出来的瓦斯》。

1913年　在列沃帖拉高等商业学校【德里雅斯特大学（University of Trieste）的前身】教书的同时，继续为私人教授英语。12月15日，经叶芝介绍，庞德（Ezra Pound）来信叫他寄作品去。

1914年　经庞德介绍，自2月2日起，至次年9月为止，在《唯我主义者》（*Egoist*）杂志上分25次连载《一个青年艺术家的肖像》。1月29日，理查兹同意出版《都柏林人》，该书于6月15日问世。6月，开始写《尤利西斯》第三章。

1915年　6月下旬移居苏黎世（Zurich），继续为私人教授英语。经庞德、叶芝等人奔走，获得皇家文学基金的津贴。写成《流亡者》（*Exiles*）。

1916年　经《唯我主义者》主编相助，《都柏林人》以及《一个青年艺术家的肖像》在美国出版。

1917年　2月，眼疾复发。2月12日，《一个青年艺术家的肖像》英国版由伦敦的《唯我主义者》出版社出版。自5月起，《唯我主义者》主编哈丽特·肖·维沃尔（Harrier Shaw Weaver）开始在经济上资助乔伊斯。8月18日，右眼动手术。写完《尤利西斯》第三章。

1918年　经庞德介绍，在美国《小评论》（*Little Review*）杂志3月号上开始连载《尤利西斯》。5月，剧本《流亡者》的英国版和美国版同时问世。与友人克劳德·赛克斯（Claud Sykes）共同创立英国演员剧团，夏季到洛桑、日内瓦等城市巡回演出王尔德的《认真的重要性》（*The Importance of Being Earnest*）。9月，在苏黎世

	公演萧伯纳的《华伦夫人的职业》等英国戏剧。
1919 年	8 月 7 日，《流亡者》在慕尼黑上演。10 月中旬返回德里雅斯特，回到列沃帖拉高等商业学校任教。
1920 年	在庞德的劝说下，于 7 月 8 日抵达巴黎，开始了长达 20 年之久的巴黎之居。11 日结识莎士比亚书屋的西尔维亚·毕奇（Sylvia Beach）。8 月 15 日，诗人 T. S. 艾略特来访。12 月 20 日，完成《尤利西斯》第十五章。
1921 年	因连载《尤利西斯》，《小评论》杂志在纽约被控告刊载猥亵作品并被判有罪。4 月 10 日，与西尔维亚·毕奇签订《尤利西斯》出版合同，征集 1000 部的预约。预约者有叶芝、庞德和海明威等。5 月，在友人家与马塞尔·普鲁斯特（Marcel Proust）晤面。10 月 29 日，完成《尤利西斯》原稿。
1922 年	2 月 2 日，收到《尤利西斯》的样本。《尤利西斯》在巴黎由西尔维亚·毕奇的书店出版。8 月，携妻赴伦敦，初次见到哈丽特·维沃尔，后因眼疾恶化，返回巴黎。开始构思《芬尼根守灵》（*Finnegans Wake*）。
1923 年	3 月 10 日，开始写《前进中的作品》（*Work in Progress*），最后出版即为《芬尼根守灵》。
1924 年	3 月，《一个青年艺术家的肖像》的法译本出版，改名为《迪达勒斯》。《尤利西斯》法译本的一部分刊载在《交流》杂志上。4 月，《大西洋两岸评论》（*Transatlantic Review*）刊载《芬尼根守灵》开头部分。当年，弗吉尼亚·伍尔夫（Virginia Woolf）发行小册子《本涅特先生和布朗太太》（"Mr. Bennett and Mrs. Brown"），对乔伊斯的作品表示支持。赫伯特·戈尔曼（Herbert Gorman）所著的《詹姆斯·乔伊斯最初的四十年》（*James Joyce: His First Forty Years*）出版。
1925 年	2 月 19 日，纽约上演《流亡者》。在《标准》（*The Criterion*）7 月号上发表《芬尼根守灵》第五章。
1926 年	2 月 14、15 日，伦敦上演《流亡者》。
1927 年	抒情诗集《一分钱一首的诗》（*Pomes Penyeach*）由莎士比亚书屋出版。《尤利西斯》的德译本问世。《前进中的作品》开始以

分节的形式出现。

1929 年　2 月，《尤利西斯》的法译本出版。4 月 25 日，儿子乔治亚作为男低音歌手首次登台演唱。女儿露西亚的神经出现异常症状。塞缪尔·贝克特（Samuel Beckett）及其他 11 人出版了关于乔伊斯《芬尼根守灵》的论文集，题为：*Our Exagmination Round His Factification for Incamination of* Work in Progress。

1930 年　《尤利西斯》的德译本第三版出版。12 月下旬，受乔伊斯本人之托，赫伯特·戈尔曼着手为其作传。斯图亚特·吉尔伯特（Stuart Gilbert）的《詹姆斯·乔伊斯的〈尤利西斯〉》由费伯与费伯出版社出版，他强调了此作的古典主义特色与象征性（此书的修订本出版于 1952 年）。

1931 年　4 月，携妻女赴伦敦。7 月 4 日是父亲约翰的生日，乔伊斯在伦敦与诺拉正式结婚。12 月 29 日，其父在都柏林逝世。

1932 年　2 月 15 日，孙儿斯蒂芬·詹姆斯·乔伊斯出生。女儿露西亚的神经病发作。《尤利西斯》的日译本由岩波书店出版。乔伊斯本人认为属盗印，但按日本版权法，外国作品只享有十年版权。

1933 年　12 月 6 日，纽约的乌尔赛法官宣判《尤利西斯》并非猥亵作品，允许其在美国发行。女儿露西亚在瑞士就医。

1934 年　1 月，纽约的兰登书屋出版《尤利西斯》。弗兰克·勃真所著的《詹姆斯·乔伊斯与〈尤利西斯〉的创造》由伦敦格雷森出版社出版（修订本于 1967 年由美国印第安纳大学出版社出版）。

1935 年　7 月，女儿露西亚的神经病复发，导致乔伊斯精神状态不佳。

1936 年　7 月，将露西亚以前写的《乔叟入门》作为她的生日（6 月 26 日）礼物出版。12 月，《诗集》出版。

1937 年　10 月，《年轻内向的斯特列拉》在伦敦出版。

1938 年　11 月 13 日，《芬尼根守灵》完成。乔伊斯动员友人们做校对，于年底校完。

1939 年　5 月 4 日，《芬尼根守灵》在伦敦和纽约分别由费伯与费伯出版社和维京出版社同时出版。二战爆发后，乔伊斯一家搬到法国南部。

1940 年　12 月 17 日，获准离开法国，迁居苏黎世。赫伯特·戈尔曼的《詹姆斯·乔伊斯》（*James Joyce*）出版。

1941 年　1 月 10 日，因腹部痉挛住院，查明系穿孔性胃溃疡，13 日凌晨去世，15 日葬于苏黎世的弗隆顿墓地（Fluntern cemetery），享年 58 岁。伦敦《泰晤士报》（*The Times*）刊载了一篇对乔伊斯缺乏理解的悼文，艾略特立即撰文表示抗议，并在《地平线》（*Horizon*）杂志 3 月号上发表文章，进一步反击。伍尔夫接到讣告，感慨系之（她于同年 3 月 28 日也自杀身亡）。这一年，哈里·莱文（Harry Levin）撰写了《詹姆斯·乔伊斯》（*James Joyce*）一书，肯定了乔伊斯在欧洲文坛的地位。

1951 年　诺拉·巴那克尔·乔伊斯在苏黎世辞世。